U0963407

山东辞赋选注

SHANDONG CIFU XUANZHU

刘培◎主编

山东大学出版社

图书在版编目(CIP)数据

山东辞赋选注/刘培主编. —济南:山东大学出版社,2020.12

ISBN 978-7-5607-6821-2

Ⅰ. ①山… Ⅱ. ①刘… Ⅲ. ①赋—作品集—中国—古代Ⅳ. ①Ⅰ222.4

中国版本图书馆 CIP 数据核字(2020)第 265076 号

策划编辑　李　港
责任编辑　郭凯迪
封面设计　周香菊

出版发行　山东大学出版社
社　　址　山东省济南市山大南路 20 号
邮政编码　250100
发行热线　(0531)88363008
经　　销　新华书店
印　　刷　山东和平商务有限公司
规　　格　720 毫米×1000 毫米　1/16
　　　　　19.5 印张　339 千字
版　　次　2020 年 12 月第 1 版
印　　次　2020 年 12 月第 1 次印刷
定　　价　48.00 元

版权所有 侵权必究

本书采取分工协作的方式完成。具体分工如下(按篇目先后为序):

刘俞廷:司马相如《子虚赋》《上林赋》,王延寿《鲁灵光殿赋》,徐幹《齐都赋》。

李炜:刘祯《鲁都赋》,陈琏《登泰山赋》。

赵骥:熊曜《琅琊台观日赋》,王禹偁《三黜赋》《罔极赋》,王曾《矮松赋》,司马光《稷下赋》,程明远《浴沂赋》,杨应奎《琅琊台赋》,范守己《泰山赋》。

陈济川:苏辙《超然台赋》,李清臣《超然台赋》,张耒《超然台赋》,鲜于侁《超然台赋》。

朱露露:阮籍《东平赋》,颜之推《观我生赋》,晁补之《北渚亭赋》《求志赋》,李清照《打马赋》。

钟铮:罗继传《历山赋》,涂景涛《登岱赋》,吴育《岱顶看云图赋》,爱新觉罗弘历《望峄山赋》,牛运震《峄山赋》,蔡新《壁中闻丝竹赋》,蔡邦绂《太白酒楼赋》,周藩《泰山赋》,曹学诗《阙里赋》,郝经《泰山赋》,胡祇遹《孔子手植桧儒冠赋》,刘敏中《东山赋》。

郑宏伟:梁思立《岱宗赋》,杨维桢《封禅赋》,汪克宽《夫子之墙赋》,祝尧《手植桧树赋》,吴师道《望峄山赋》。

张帆:苏志乾《岱山赋》,陆求可《登泰山赋》,朱彝尊《谒孔林赋》,蒲松龄《煎饼赋》《古历亭赋》《趵突泉赋》,周拱辰《尼山履赋》,高士奇《驾幸阙里赋》,康熙《阙里古桧赋》,安箕《云门山赋》《纪台览古赋》《历下亭赋》,孔毓埏《曲阜赋》,刘敏中《励志赋》,张须《太白楼赋》。

雷雨豪:程大约《徂徕之松赋》,杨应奎《潍水赋》,黄卿《怀鲁仲连赋》,申旞《泰山观日出赋》,王守仁《太白楼赋》。

序

辞赋是继《诗三百》之后首先繁荣起来的一种文体。它惊采绝艳而义归风雅，汪洸奥博而节奏顿挫，最能体现汉语语言文字特点，最具民族特色。它文学性极强且文化信息含量极为丰富，在中国文学和文化中占有独特地位，是国学的重要构成之一。因此，一个地方的辞赋，最能体现这个地方的历史文化和地理沿革，最能展现这个地方的山川大地和物产人文、风俗人情。可以说，辞赋，最能展现一个地方的特色，是这个地方的百科全书和文化名片。

正因为辞赋的这个特点，近年来，许多省份和地区积极收集、整理本地的辞赋，以追古溯今，启示未来，展现地方文化传统和文化特色。齐鲁大地是圣人之乡，历史绵长，文化悠久，底蕴深厚，内涵丰富，山川壮丽，物阜民丰，风俗淳厚，人文化成，正是辞赋描写的绝佳题材。事实上，在历史发展的长河中，山东辞赋的创作极其丰富，围绕泰山、三孔、海滨的辞赋创作极具特色，各地也有不少的地方风物赋；齐鲁大地文化底蕴深厚，具有全国声望的文人学士代不乏人，辞赋创作队伍非常雄厚。因此，对山东辞赋的整理与研究对彰显山东文化之特色以及弘扬优秀传统文化来说，极具历史和现实价值。

山东辞赋，包括山东作家的赋作和描写山东的赋作两个方面。山东作家是指在齐鲁大地上成长起来的作家，即出生在山东，且与山东具有密切的文化渊源的作家。以齐鲁大地为表现对象的辞赋，只是以山东各地的物产、风俗、文化等为描写对象的辞赋，这些赋作的作者，即便不是山东人士，但是如果赋作创作于山东，且以表现当地风物为主，亦在本书的关注之列。辞赋是古代文学诸文体中最重视学识素养的文体，也最能体现作者的胸襟学养，因此也最为学人士子看重。山东读书成风，每个时代都有善于写赋的博学鸿儒；山东有着丰富的文化内涵，因此古代描写山东山川大地和风土人情的赋作层出不穷，这是我们传承文化、彰显山东特色的绝好资源。比如，北宋就有描写济南大明湖的辞赋，而宋元以后，尤其是明清时期，描写山东的辞赋举不胜举，泰山、三孔、蓬莱、名泉尤其是辞赋题材之渊薮。

本书收集整理山东辞赋，通过对作品的梳理和注释来勾勒从古至今山东形象的演进和特色。其中，对泰山、三孔、蓬莱等重点文化载体作了专题整理，借以彰显山东辞赋的地域文化特色，诸如围绕“三孔”的辞赋所蕴含的圣贤文化、泰山辞赋与封禅文化、滨海辞赋与蓬莱文化、济南辞赋与名泉文化，等等；对辞赋作家，则重点整理了王禹偁、蒲松龄等作家的赋作。在整个梳理过程中，《山东文献集成》的出版，为这项工作的开展提供了不少便利。本书辞赋收集截止到晚清近代，相关工作的开展紧密联系山东各地的发展规划，联系山东文化、儒家文化的弘扬与传承。我们试图做到全方位地勾画山东各地的文化发展脉络，以述往事知来者，增强文化自信，启发当下和未来的山东经济文化建设。

本书的总体框架是依时代先后对山东辞赋进行整理，并按照相关彰显山东文化的选题对山东辞赋进行注释。根据赋学文献留存的状况和总体文化特征，我们将山东辞赋分为先秦两汉魏晋南北朝、唐宋辽金、元明、清四个板块。需要说明的是，汉代辞赋方面，《孔丛子》收录有传言孔子十世孙孔臧的《谏格虎赋》，然而该文真伪难辨，为审慎起见，姑不录。六朝时期，北方经历了长期的动荡，礼乐荡然，衣冠南渡，这个时期是山东辞赋创作的低潮，存赋极少。隋唐时期山东辞赋存量也极为稀少，这与文化中心的转移有很大关系。宋代以来，山东辞赋创作渐入佳境，我们择其优秀者、学林没有给予充分关注者予以整理注释，尤其是元明清三代辞赋，学界问津者不多，注释者就更为稀有了，我们着力于此，除了开拓这一辞赋新域外，还考虑到它与山东近现代文化的传承性。

本书的难点在于这是首次对山东辞赋进行收集整理与研究，可依傍借鉴者绝少，因此，对山东作家、山东辞赋的甄别、考订牵涉了我们大量精力；唐以前辞赋整理的不少，但是唐以后辞赋，目前的整理相当不够，尤其是明清时期，辞赋数量非常庞大，这就为我们的工作增加了更多的烦难；目前看来，明清以来的辞赋，近人整理者，目前只有《历代辞赋总汇》，但遗漏非常多，因此，我们的收集整理的工作量非常巨大。

本书通过整理研究山东辞赋，展现山东地域的优秀传统文化及其发展脉络，展现山东各地域的文化形象和文化特色，在深入传统的基础上审视当下，启迪未来。辞赋的特点是形象性、宏大性和全面性，辞赋可以全方位地、历史地、生动形象地展示一个地域的自然人文特色，这对于我们梳理从古到今的山东形象的演变提供了可能。而这种文化形象的梳理，对当下的意义相当重大。比如济南，众多古代辞赋对这一地域的描写中，往往突出其地处北方而呈现江南腔调的特色，这是济南这一城市在文化传统中的形象，也是当下汉语文化圈中它被赋予的文化想象，婉约而安详，清秀而灵动，如果济南的城市发展背离了这一特点，其被汉语语境的接纳将会面临困难。

本书在学术思想、学术观点、研究方法等方面颇多特色和创新之处。首先，这是学术界少有的对地域文化圈辞赋的收集整理，尤其是对目前几乎无人问津的明清山东辞赋的收集注释，其对学术界的启发意义不容小视。其次，它是从辞赋文体的角度来勾勒、展示一个地域的自然、文化形象，这对弘扬传统文化具有积极作用，尤其是对满足山东人民对本地域历史人文的了解的需求，具有重要意义。再次，本书的开展，对进一步了解山东地域自然、人文等的发展演进具有积极作用，对启发当下该地域的经济发展和文化建设，对重塑山东文化名片、展示山东形象，具有重要意义。

本书通过对山东辞赋的整理与注释，尽量展现齐鲁大地的这种在传统中的形象塑造，展现山东地域辉煌的历史文化和壮美的山川风物，这在当下，尤其有启发意义。通过这些成果的展示，宣传齐鲁文化，增强文化自信，并对当下山东地域的城乡规划和文化定位提供必要的借鉴。由于学识谫陋，本书必然存在着种种不足，希望读者不吝赐正。

刘　培

2020 年 7 月于山东大学

目　录

先秦两汉魏晋南北朝

唐宋辽金

元明

清

先秦两汉魏晋南北朝

司马相如

【作者简介】

司马相如(约前179—约前118),字长卿,蜀郡成都人,一说巴郡安汉县(今四川南充蓬安)人。原名司马长卿,因仰慕战国时的名相蔺相如而改名。汉大赋创作的代表性人物,作品辞藻富丽,结构宏大,后人称其为"赋圣"和"辞宗"。代表作有《子虚赋》《上林赋》,生平事迹见《史记·司马相如列传》《汉书·司马相如传》等。

子虚赋(节选)

【题解】

《子虚赋》是司马相如早期游梁时所作,主要内容是楚国子虚先生出使齐国,向乌有先生讲述随齐王出猎时所见的盛大场景;齐王问及楚国情况,子虚先生极力铺排楚国之广大丰饶,言及云梦不过是其后花园小小一角;乌有先生不服,便述以齐国大海名山、异方殊类,傲视子虚。此处节选的内容便是子虚与乌有的对话,包括子虚对齐地猎场的描述以及乌有先生以齐地风光反驳子虚。

【原文】

楚使子虚使于齐[①],王悉发车骑与使者出畋[②]。畋罢,子虚过奼乌有先生[③],亡是公存焉。坐定,乌有先生问曰:"今日畋乐乎?"子虚曰:"乐。""获多乎?"曰:

"少。""然则何乐?"对曰:"仆乐齐王之欲夸仆以车骑之众,而仆对以云梦之事也[4]。"曰:"可得闻乎?"

子虚曰:"可。王车驾千乘,选徒万骑,畋于海滨。列卒满泽,罘网弥山[5],掩兔辚鹿[6],射麋脚麟[7]。骛于盐浦[8],割鲜染轮[9]。射中获多,矜而自功[10]。顾谓仆曰:'楚亦有平原广泽游猎之地饶乐若此者乎[11]?楚王之猎孰与寡人乎[12]?'仆下车对曰:'臣,楚国之鄙人也[13],幸得宿卫十有余年[14],时从出游,游于后园,览于有无[15],然犹未能遍睹也,又焉足以言其外泽乎[16]!'……"乌有先生曰:"……齐东陼钜海,南有琅邪[17];观乎成山,射乎之罘[18];浮勃澥,游孟诸[19];邪与肃慎为邻[20],右以汤谷为界[21]。秋田乎青丘[22],彷徨乎海外。吞若云梦者八九于其胸中曾不蒂芥。若乃俶傥瑰伟[23],异方殊类,珍怪鸟兽,万端鳞崪充牣其中[24],不可胜记。禹不能名,卨不能计[25]。然在诸侯之位,不敢言游戏之乐,苑囿之大。"

(据《李善注文选》卷七,《四部备要》本)

【注释】

①子虚:"子虚"以及后文"乌有先生""亡是公"三人的对话组成了赋中问答的环节,"虚""乌有""亡"表明三人皆为虚构人物。

②畋:打猎。

③过:拜访,探望。姹(chà):夸耀。《历代赋汇》卷五八作"诧"。

④云梦:云梦泽,地处江汉平原。《尚书·禹贡》:荆州,"云梦土作乂";《周礼·职方》:荆州,"其泽薮曰云梦"。《左传·昭公三年》曰:"郑伯如楚……王以田江南之梦。"杜预注:"楚之云梦,跨江南北。"《国策·楚策》记载楚王曾于此畋猎:"于是楚王游于云梦,结驷千乘,旌旗蔽天。野火之起也若云蜺,兕虎之嗥声若雷霆。"

⑤罘(fú):捕野兽的网。

⑥掩:捕捉。辚:用车轮碾压。

⑦脚:此处用作动词,本指动物的小腿,此为捉住小腿之意。

⑧骛:纵横奔驰。盐浦:海边盐滩。

⑨割鲜:指宰割畋猎中猎狩到的鸟兽的生肉。染轮:血染车轮。此句言猎获的鸟兽甚多。

⑩矜:骄矜、夸耀。自功:自己夸耀自己的功绩。

⑪饶:多,富于。

⑫孰与:比对方怎么样,表示疑问语气,用于比照。

⑬鄙人:见识浅陋的人。谦辞。

⑭宿卫:宫禁中值宿、担任警卫的人。

⑮有无：指后园中有些事物看到过，有些事物未曾得见。所以后文说“未能遍睹”。

⑯外泽：楚王后园外的其他水泽地区，即后文“云梦”等七泽。

⑰陼：同“渚”，水边。琅邪：即琅琊，山名，在今山东胶南县南。

⑱成山：地名，位于今山东半岛最东部。之罘：即芝罘，地名，位于山东福山县北。

⑲勃澥：渤海。孟诸：亦作“孟猪”“孟潴”。古泽薮名。在今河南商丘东北、虞城西北。

⑳邪：即斜。肃慎：中国古代东北民族，是现代满族等族的祖先之一。亦作“息慎”“稷慎”。

㉑汤谷：即“旸谷”，神话传说中太阳升起之处。

㉒青丘：亦作“青邱”。传说中的海外国名。

㉓若乃：至于。俶傥：同“倜傥”，卓越不平凡。

㉔鳞崪：如鱼鳞之聚集。崪，同“萃”，聚集义。

㉕禹：大禹，相传大禹能识别九州山川草木。卨：商族部落始祖阏伯，又名卨，亦作“契”。相传其掌管人口土地等事宜。

（刘俞廷　注）

上林赋(节选)

【题解】

《上林赋》是《子虚赋》的姊妹篇，两篇合称《天子游猎赋》。上林是天子的猎苑。秦时所建，汉武帝扩建，南傍终南山，北滨渭水，周围三百里，内有离宫七十所。此赋为子虚、乌有二先生为楚和齐地争论不休后，引出天子上林之事，依次夸饰天子上林苑中的水势、水产、水草、走兽、台观、果木、猿类之胜，然后写天子猎余庆功，最后曲终奏雅、劝百讽一。此处节选的便是将引出上林之事时，亡是公对齐国得失的总结。

【原文】

亡是公听然而笑曰[①]：“楚则失矣[②]，而齐亦未为得也[③]。夫使诸侯纳贡者[④]，非为财币，所以述职也[⑤]。封疆画界者，非为守御，所以禁淫也[⑥]。今齐列为东藩[⑦]，而外私肃慎[⑧]，捐国逾限[⑨]，越海而田，其于义固未可也。且二君之论[⑩]，不务明君臣之义[⑪]，正诸侯之礼，徒事争于游戏之乐、苑囿之大[⑫]，欲以奢侈相胜，荒淫相越，此不可以扬名发誉，而适足以贬君自损也[13]。”

（据《李善注文选》卷八，《四部备要》本）

【注释】

①听(yǐn)然：张口而笑的样子。

②失：与后文“得”相对，即回答得不对。

③得：得理，说得对。

④纳贡：古代诸侯向天子贡献财物土产。

⑤述职：古代诸侯朝见天子，陈述政务方面的情况。述，陈述。职，指职权、职责。

⑥禁淫：禁止过分的追求。淫，过分，超过。

⑦藩：藩国。

⑧私肃慎：私通肃慎人。肃慎，中国古代东北民族，是现代满族的祖先，亦作“息慎”“稷慎”。

⑨捐国逾限：离开国土，越过界限。捐，捐弃，抛弃。逾，逾越。

⑩二君：指子虚、乌有二人。

⑪务：追求。

⑫徒：只，仅仅。囿(yòu)：古代帝王畜养禽兽的园林，汉以后也称苑。

⑬贬君自损：子虚和乌有互相贬低对方的国君，只会损害自己的声誉。

（刘俞廷　注）

王延寿

【作者简介】

王延寿(约140—约165)，字文考，一字子山，南郡宜城(今湖北襄阳宜城)人，楚辞学家王逸之子。曾周游鲁国，后渡湘水溺死，年仅二十余。《鲁灵光殿赋》为其辞赋代表作。

鲁灵光殿赋并序

【题解】

灵光殿是汉代著名宫殿，位于鲁地，具体所在地为今山东曲阜，为汉景帝时鲁恭王刘馀所建。此赋先追述了鲁恭王当初受封及建造灵光殿的情景，再从外观上综述灵光殿的高峻、博大、卓异、奇险和壮丽，详细书写了宫殿内部构造和设施，然后对整个建筑的设计、施工、结构予以高度评价和赞叹，展现了灵光殿的雄奇瑰丽。此赋对于了解当时的宫殿式样、建筑用料、壁画等是较为重要的文献材料。

【原文】

鲁灵光殿者[①]，盖景帝程姬之子恭王馀之所立也[②]。初，恭王始都下国[③]，好治宫室，遂因鲁僖基兆而营焉[④]。遭汉中微[⑤]，盗贼奔突[⑥]，自西京未央、建章之殿，皆见隳坏[⑦]，而灵光岿然独存[⑧]。意者岂非神明依凭支持以保汉室者也[⑨]。然其规矩制度，上应星宿[⑩]，亦所以永安也。予客自南鄙[⑪]，观蓺于鲁[⑫]，睹斯而眙曰[⑬]：嗟乎！诗人之兴，感物而作。故奚斯颂僖[⑭]，歌其路寝[⑮]，而功绩存乎辞，德音昭乎声。物以赋显，事以颂宣，匪赋匪颂，将何述焉？遂作赋曰：

粤若稽古帝汉[⑯]，祖宗濬哲钦明[⑰]。殷五代之纯熙[⑱]，绍伊唐之炎精[⑲]。荷天衢以元亨[⑳]，廓宇宙而作京[㉑]。敷皇极以创业[㉒]，协神道而大宁[㉓]。于是百姓昭明[㉔]，九族敦序[㉕]，乃命孝孙[㉖]，俾侯于鲁[㉗]。锡介圭以作瑞[㉘]，宅附庸而开宇[㉙]。乃立灵光之秘殿[㉚]，配紫微而为辅[㉛]。承明堂于少阳[㉜]，昭列显于奎之分野[㉝]。瞻彼灵光之为状也，则嵯峨嶵嵬[㉞]，峞巍巊嵲[㉟]。吁！可畏乎其骇人也。迢峣倜傥[㊱]，丰丽博敞，洞轇轕乎其无垠也[㊲]。邈希世而特出[㊳]，羌瑰谲而鸿纷[㊴]。屹山峙以纡郁[㊵]，隆崛岉乎青云。郁坱圠以嶒竑[㊶]，崱缯绫而龙鳞[㊷]。汩硙硙以璀璨[㊸]，赫烊烊而烛坤[㊹]。状若积石之锵锵[㊺]，又似乎帝室之威神[㊻]。崇墉冈连以岭属[㊼]，朱阙岩岩而双立[㊽]。高门拟于阊阖[㊾]，方二轨而并入[㊿]。

于是乎乃历夫太阶[51]，以造其堂[52]。俯仰顾眄[53]，东西周章[54]。彤彩之饰，徒何为乎？澔澔涆涆[55]，流离烂漫。皓壁皓曜以月照[56]，丹柱歙赩而电烻[57]。霞驳云蔚，若阴若阳[58]。灌濩磷乱[59]，炜炜煌煌[60]。隐阴夏以中处[61]，霐寥窲以峥嵘[62]。鸿炉炕以爣阆[63]，飋萧条而清泠[64]。动滴沥以成响[65]，殷雷应其若惊[66]。耳嘈嘈以失听[67]，目矎矎而丧精[68]。骈密石与琅玕[69]，齐玉珰与璧英[70]。

遂排金扉而北入[71]，霄霭霭而晻暧[72]。旋室㛹娟以窈窕[73]，洞房叫窱而幽邃[74]。西厢踟蹰以闲宴[75]，东序重深而奥秘[76]。屹铿瞑以勿罔[77]，屑黡翳以懿濞[78]。魂悚悚其惊斯[79]，心猥猥而发悸[80]。

于是详察其栋宇，观其结构。规矩应天[81]，上宪觜陬[82]。倔佹云起[83]，嵚崟离搂[84]。三间四表[85]，八维九隅[86]。万楹丛倚[87]，磊砢相扶[88]。浮柱岧嵽以星悬[89]，漂峣峴而枝柱[90]。飞梁偃蹇以虹指[91]，揭蘧蘧而腾凑[92]。层栌磥垝以岌峨[93]，曲枅要绍而环句[94]。芝栭欑罗以戢舂[95]，枝掌杈枒而斜据[96]。傍夭蟜以横出[97]，互黝纠而搏负[98]。下弟蔚以璀错[99]，上崎嶬而重注[100]。捷猎鳞集[101]，支离分赴[102]。纵横骆驿，各有所趣[103]。

尔乃悬栋结阿[104]，天窗绮疏[105]。圆渊方井[106]，反植荷蕖[107]。发秀吐荣，菡萏披敷。绿房紫菂[108]，窋咤垂珠[109]。云楶藻棁[110]，龙桷雕镂[111]。飞禽走兽，因木生姿。奔虎攫挐以梁倚[112]，仡奋舋而轩鬐[113]。虬龙腾骧以蜿蟺[114]，颔若动而躨跜[115]。朱鸟舒翼以峙衡[116]，腾蛇蟉虬而绕榱[117]。白鹿孑蜺于欂栌[118]，蟠螭宛转而承楣[119]。狡兔跧伏于柎侧[120]，猿狖攀椽而相追。玄熊舑琰以断断[121]，却负载而蹲跠[122]。齐首目以瞪眄[123]，徒脉脉而狋狋[124]。胡人遥集于上楹[125]，俨雅跽而相对[126]。仡欺猥以雕䀣[127]，䫜顤顡而睽睢[128]，状若悲愁于危处，憯嚬蹙而含悴[129]。神仙岳岳于栋间[130]，玉女窥窗而下视[131]。忽瞟眇以响像[132]，若鬼神之仿佛[133]。

图画天地，品类群生[134]。杂物奇怪，山神海灵。写载其状，托之丹青。千变万化，事各缪形[135]。随色象类[136]，曲得其情[137]。上纪开辟[138]，遂古之初[139]。五龙比翼[140]，人皇九头[141]。伏羲鳞身，女娲蛇躯[142]。鸿荒朴略[143]，厥状睢盱[144]。焕炳可观[145]，黄帝唐虞[146]。轩冕以庸[147]，衣裳有殊[148]。下及三后[149]，淫妃乱主[150]。忠臣孝子，烈士贞女[151]。贤愚成败，靡不载叙。恶以诫世，善以示后。

于是乎连阁承宫[152]，驰道周环[153]。阳榭外望，高楼飞观。长途升降[154]，轩槛曼延[155]。渐台临池[156]，层曲九成[157]。屹然特立，的尔殊形[158]。高径华盖[159]，仰看天庭。飞陛揭孽[160]，缘云上征[161]。中坐垂景，俯视流星。千门相似，万户如一。岩突洞出[162]，逶迤诘屈[163]。周行数里，仰不见日。何宏丽之靡靡[164]，咨用力之妙勤[165]。非夫通神之俊才，谁能克成乎此勋？

据坤灵之宝势，承苍昊之纯殷[166]。包阴阳之变化，含元气之烟煴[167]。玄醴腾涌于阴沟[168]，甘露被宇而下臻[169]。朱桂黝倏于南北[170]，兰芝阿那于东西[171]。祥风翕习以飒洒[172]，激芳香而常芬。神灵扶其栋宇，历千载而弥坚[173]。永安宁以祉福，长与大汉而久存。实至尊之所御，保延寿而宜子孙。苟可贵其若斯，孰亦有云而不珍？

乱曰[174]：彤彤灵宫[175]，岿嶵穹崇[176]，纷庬鸿兮[177]。崱屴嵫厘[178]，岑崟嵫嶷[179]，骈巃嵸兮[180]。连拳偃蹇[181]，岺菌踡嵲[182]，傍欹倾兮[183]。歇欻幽蔼[184]，云覆霮䨴[185]，洞杳冥兮。葱翠紫蔚[186]，礧碨瑰玮[187]，含光晷兮[188]。穷奇极妙，栋宇已来，未之有兮。神之营之，瑞我汉室，永不朽兮。

（据《李善注文选》卷一一，《四库备要》本）

【注释】

①灵光殿：汉景帝时鲁恭王刘馀所建宫殿名，位于今山东曲阜。

②恭王：鲁恭王刘馀，汉景帝子，母程姬。汉景帝前元二年（前155）立为淮南王，后徙鲁，谥"恭"。《史记·五宗世家》载其"好治宫室、苑囿、狗马"。

③下国：诸侯国，这里指鲁国。

④鲁僖（xī）基兆：鲁僖公所修建宫室的地基区域。鲁僖，即春秋时的鲁僖公，姓姬，名申。僖，一作"釐"。营：建。

⑤中微：指西汉王莽之乱。

⑥奔突：横冲直撞。

⑦见：被。隳（huī）：毁。

⑧岿然：高大坚固的样子。

⑨意者：推测、臆测的情况。

⑩星宿（xiù）：此处指觜陬，十二星次之一，古代传说主管架屋的星宿。李善注："上应星宿，谓觜陬也。"

⑪客：客居。南鄙：南方边鄙之地，这里指南郡，因王延寿为南郡宜城人。

⑫观蓺于鲁：到鲁国学习。张华《博物志》："王子山与父叔师到泰山从鲍子真学筭，到鲁，赋灵光殿。"蓺，同"艺"，指六经。

⑬斯：这，指灵光殿。眙（yí）：惊诧的样子。

⑭奚斯颂僖：《诗经·鲁颂·閟宫》："路寝孔硕，新庙奕奕，奚斯所作。"《韩诗》据此以为《诗经·鲁颂·閟宫》为奚斯所作。

⑮路寝：据《毛传》："路寝，正寝也。"此处代指鲁僖公的宫殿。

⑯粤若：发语词，用于句首，引起往事。稽古：考查古事。该用法始见于《尚书·尧典》："粤若稽古帝尧。"

⑰濬（jùn）哲：深邃的智慧。钦明：恭敬贤明。

⑱殷：盛、多。五代：指唐尧、虞舜、夏、商、周五个朝代。纯熙：常形容品德高尚、光明。

⑲绍伊唐之炎精：古人"五德相胜"的观点认为，王朝的更替符合五行相克的循环过程。唐尧属火德，汉朝继承唐尧，所以亦属火德。绍，继承。伊，语气词，无义。炎精，火德。

⑳荷(hè)天衢(qú)以元亨:《周易·大畜》:“何天之衢,亨。”荷,依赖。天衢,天道。元亨,大通。

㉑廓宇宙:指平定天下。作京:建都西京。这里指汉王朝建立,建都长安。

㉒敷(fū):颁布。皇极:帝王治国的准则,指典章律令等。创业:指开创帝王的事业。

㉓协:协和。神道:神明之道。大宁:指天下太平。

㉔昭明:分明。《尚书·尧典》:“百姓昭明,协和万邦。”

㉕九族敦序:指亲族之间的亲疏关系有条理。九族,《尚书·尧典》:“以亲九族,九族既睦。”敦,大。序,秩序。

㉖孝孙:指鲁恭王刘馀。

㉗俾:使。侯:为诸侯。

㉘锡(cì):通“赐”。介圭:大圭,用作分封诸侯的凭据,为诸侯所有。瑞:信。

㉙宅:居。附庸:附庸诸侯国的小国,这里指附庸诸侯国鲁国的小国。开宇:开拓疆域。

㉚秘殿:神殿,这里指灵光殿。

㉛配:陪伴。紫微:紫微宫,星宿名,古人以为是天帝所居之处,此处指帝王所居的宫殿。辅:藩卫。

㉜承:继承。明堂:古代天子宣政教的场所。少阳:东方,鲁国在东方,故称。

㉝昭列:星星光明、明显地排列。奎:二十八宿之一,古人认为其分野在鲁地。

㉞嵯峨、崔嵬(zuì wéi):都是高峻的样子。嶵,通“崔”。嵬巍(wéi wēi):高峻的样子。

㉟壘嵔(lěi kuǐ) :通“磊块”,山石高低不平的样子。

㊱迢峣(yáo)倜傥:高大突出的样子。

㊲洞:幽深貌。轇轕(jiāo gé):旷远深邈的样子。

㊳邈(miǎo):久远。希世:世间少有。特出:独出。

㊴羌:语气词,无实意。

㊵纡郁:曲折幽深的样子。

㊶坱圠(yǎng yà):高低不齐的样子。嶒竑(céng róng):深空的样子。

㊷崱(zè):山势连绵起伏的样子。缯绫:不平的样子。

㊸汩(yù):干净的样子。硊(wéi)硊:高。璀璨:装饰繁盛样子。

㊹赫烨烨:明亮的样子。烛:照耀。坤:大地。

㊺积石:山名。锵锵:庄严的样子,一作“将将”。

㊻帝室：天帝的宫室。威神：威严神圣。

㊼崇墉：高大的城墙。冈连、岭属：如群山连绵。

㊽朱阙：红色的城门楼。

㊾阊阖(chāng hé)：传说中的天门，这里指宫殿大门。

㊿方：并。二轨：可并行两车。轨，车道。

51历：通过，经过。太阶：高大的台阶。

52造：至。堂：古代宫室，前堂后室。

53俯仰顾眄(miǎn)：上下观看。顾眄，环视。

54周章：浏览。

55澔(hào)澔涆(gàn)涆：色彩鲜明的样子。

56皓壁：白墙。皓曜：白光。

57歙赩(xī xì)：红色。电烻(yàn)：如电光闪烁。烻，光亮的样子。

58霞驳云蔚，若阴若阳：色彩众多，闪烁不定。

59濩濩(huò hù)：变化迅疾的样子。磷(lín)乱：光影散乱不定的样子。

60炜(wěi)炜煌(huáng)煌：明亮辉煌。

61阴夏：宫殿中北向之室。

62霟(hóng)、寥窲(liáo cháo)、峥嵘：皆幽深的样子。

63鸿：宏大。圹炾(kuàng huǎng)、爣(tǎng)阆：都是宽敞明亮的样子。

64飋(sè)：秋风。萧条、清泠(líng)：都是清凉的样子。

65滴沥：象声词，水滴落声。

66殷：雷动声。

67嘈嘈：嘈杂声。失听：失去听力。

68瞏瞏(xuān)：目光散乱的样子。丧精：失去精光。

69骈：并列。密石：古代天子宫殿装饰中用的一种石材。《国语·晋语八》："天子之室，斫其椽而砻之，加密石焉。"琅玕：如珠玉的美石。

70齐：并列。珰(dāng)：瓦当。壁英：一作"壁瑛"，美玉名。

71排：推。金扉(fēi)：金饰的门。

72宵霭霭而晻暧：形容殿内昏暗。宵，日将暮。霭霭、晻暖，如夜色不明的样子。

73旋室：曲折的宫室。《淮南子·地形训》："倾宫、旋室……在昆仑阊阖之中。"㛹(pián)娟、窈窕：本意都是女子姿态绰约的样子，这里比喻宫室深幽曲折。

74洞房：幽深的内室。叫窱(yǎo tiǎo)：幽深的样子。叫，通"窈"。

75西厢：正堂西边的房子。踟蹰：相连接的样子。闲宴：安静。晏，通"安"。

76东序：东厢。重深：深而又深。奥秘：深奥隐秘。

⑦屹：特出的样子。铿(kēng)瞑、勿罔：都是视不分明的样子。勿罔，通“惚恍”。

⑱屑：微小的样子。黡翳(yǎn yì)：隐蔽的样子。懿濞(yì bì)：深渺的样子。

⑲悚悚：惊讶的样子。斯：这。

⑳猥猥(xǐxǐ)：同“葸葸”，恐惧不安的样子。

㉑应天：上合天象。

㉒宪：效法。觜陬：“陬觜”的倒文，觜星的位置。觜，二十八宿之一，属西方。

㉓倔佹：通“谲诡”，变化万千。

㉔嵚崟(qīn yín)：堆垒的样子。离搂：众木相依的样子。

㉕三间：每三间为一室。古代建筑以四立柱之间的区域为一间，则三间即是八立柱之间的区域。四表：四面墙。

㉖八维：八方。九隅：八方加正中。

㉗楹：柱。丛倚：聚集依靠。

㉘磊砢：参差不齐。相扶：相互扶持。

㉙浮柱：梁上短柱。岧嵽(tiáo dì)：通“迢递”，高远。星悬：像群星悬挂在天空。

㉚峣屼(yáo niè)：高而欲坠的样子。

㉛偃蹇(yǎn jiǎn)：高耸的样子。虹指：如虹霓有所指。

㉜揭：举起。蘧(qú)蘧：众物攒集、高耸的样子。凑：聚集。

㉝层：高。栌：斗拱。磥垝(lěi wéi)：亦作“磊嵬”。岌峨：堆垒欲坠的样子。

㉞曲枅(jī)：屈曲的拱木。枅，柱上横木。要绍、环句：屈曲的样子。

㉟芝栭(ér)：绘有灵芝图案的枋木。栭，两柱间相连的木料，截面为方形，故又曰“枋”。戢孴(jí nì)：众多的样子。

㊱枝掌(chēng)：梁上交叉的支柱。杈枒(chā yá)：参差不齐。

㊲夭蟜(jiǎo)：通“夭矫”，伸舒的样子。横出：旁出。

㊳黝纠：相互连绕。搏负：相互支撑。

㊴茀(fú)蔚：相互遮蔽，形容繁盛。璀错：璀璨，光彩夺目的样子。

⑩⓪崎嶬(yí)：高而不安的样子。重注：重重相连。

⑩①捷猎：排比相接的样子。

⑩②鳞集：密集如鱼鳞。支离分赴：椽木分别伸向不同的方向。支离，分散的样子。

⑩③纵横骆驿(yì)，各有所趣：或交错或相连，各有所往的方向。

⑩④悬栋结阿：悬栋连接起四阿。悬栋，指短柱或栌斗上的重梁。四阿，古代

屋顶建筑的一种形式，由四个下垂斜面、一条正脊和四条斜脊构成，屋角和屋檐翘起，四个斜面成曲形，故曰“四阿”。阿，曲。

⑩⑤天窗：指栋梁之间交错而形成的框格。绮(qǐ)疏：华美空疏的样子。

⑩⑥圆渊方井：指屋顶藻井。

⑩⑦反植荷蕖(qú)：描绘荷蕖于屋顶，自下仰视，有如反植。

⑩⑧房：莲房。菂(dì)：莲子。

⑩⑨窋咤(zhú zhà)垂珠：莲子从莲房深处露出好像欲坠的珠子。窋咤，物在穴中的样子。

⑪⓪云楶(jié)藻棁(zhuō)：绘有云形的柱头枓拱。楶，栌斗。藻棁，绘有美丽图案的短柱。棁，梁上短柱。

⑪①龙桷(jué)雕镂：椽木上刻镂有各种各样的龙纹。桷，截面为方形的木椽。

⑪②攫挐：以爪相持。梁倚：依倚。

⑪③仡(yì)：抬头。奋亹(xìn)：迅速而有气势。轩髻(qí)：竖起鬣毛。

⑪④腾骧：举头。颔若：摇头的样子。

⑪⑤蝼蜺(kuí ní)：虬龙蠕动的样子。

⑪⑥朱鸟：南方神鸟朱雀。衡：门上衡木。

⑪⑦腾蛇：龙的一种。《韩非子·难势》：“飞龙乘云腾蛇游雾。”蟉虬(liào qiú)：缠绕。榱(cuī)：椽。

⑪⑧孑蜺(jié ní)：伸头的样子。欂(dòu)栌：栌斗。

⑪⑨蟠螭(pán chī)：盘曲的螭。螭，传说中似龙的一种动物。承楣：在楣梁之下。楣，即二梁。

⑫⓪跧(quán)伏：蜷伏。柎：栌斗上的横梁。

⑫①䑙舕(tān tàn)：伸舌的样子。龂(yín)龂：露齿的样子。

⑫②蹲跠(yí)：蹲。

⑫③齐首目瞪眄：并头相瞪视。

⑫④脉脉、狋(yí)狋：都是相视的样子。

⑫⑤遥集：指在高高的梁上。上楹：楹的上方。楹，厅堂前的立柱。

⑫⑥俨雅：恭敬的样子。跽：长跪。

⑫⑦欺猥：通“䫏頯”，面颊丑陋。猥，俗体作“腲”。雕眈(xuè)：如雕之视。眈，同“矞”，惊视的样子。

⑫⑧鼬(āo)、顤(yáo)、顟(liào)：都是形容胡人高鼻深目。睽睢(kuí suī)：张眼的样子。

⑫⑨嚬蹙(pín cù)：皱额蹙眉，形容胡人高额高眉骨。悴(cuì)：忧。

⑬⓪岳岳：站立的样子。

⑬①玉女：指神女。窥窗：从天窗下视，形容玉女所在之高。

⑬②忽：恍惚。瞟眇(piǎo miǎo)：看不清楚的样子。响像：声响影迹，都是指不定而难以捉摸的事物。

⑬③仿佛：依稀。

⑬④品类：众类。

⑬⑤缪(móu)形：形态各异。

⑬⑥随色象类：以不同颜色摹绘物类。

⑬⑦曲得其情：符合事物的变化得其真实情状。

⑬⑧纪：记。开辟：指开天辟地之时。

⑬⑨遂古：远古。

⑭⓪五龙比翼：李善引《春秋命历序》曰："皇伯、皇仲、皇叔、皇季、皇少五姓，同期俱驾龙，周密与神通，号曰五龙。"五臣注吕向曰："上古有五龙，兄弟有五人也。黄伯、黄仲、黄叔、皇季、黄少，并有羽翼，分理九州也。"

⑭①人皇九头：据司马贞《补史记·三皇本纪》："人皇九头，乘云车，驾六羽，出谷口，兄弟九人，分长九州，各立城邑，凡一百五十世，合四万五千六百年。"一说人皇为三皇(天皇、人皇、地皇)之一。

⑭②伏羲鳞身，女娲蛇躯：李善引《玄中记》曰："伏羲龙身，女娲蛇躯。"伏羲、女娲，古代神话传说人物。一说伏羲、女娲、神农为三皇；一说伏羲、女娲为夫妇。卢仝《与马异结交诗》："女娲本是伏羲妇。"为人类祖先。

⑭③鸿荒：形容远古蒙昧的状态。朴略：记载质朴简略。

⑭④厥状睢盱(suī xū)：见其状而不知其事。

⑭⑤焕炳：清楚明显。

⑭⑥黄帝唐虞：指黄帝、唐尧、虞舜，与颛顼、帝喾并称"五帝"。

⑭⑦轩冕以庸：天子据不同等级以车服赏赐诸侯。《尚书·舜典》："车服以庸。"轩冕，车服。庸，通"用"。

⑭⑧衣裳有殊：以衣裳的不同来区别等级亲疏。《周易·系辞传》："黄帝、尧、舜垂衣裳而天下治，盖取诸乾坤。"

⑭⑨三后：指夏商周三代。

⑮⓪淫妃：指夏之妺喜、商之妲己、周之褒姒。

⑮①烈士：指轻身重义之士。贞女：贞节女子。

⑮②阁：楼。

⑮③驰道：指帝王行车马的道路。

⑮④长途升降：沿地势的阁道。

⑮⑤轩槛(jiàn)：指道边护栏。

⑯渐台：本为星名，此处取为台名。《汉书·郊祀志下》载汉武帝在建章宫北“治大池，渐台高二十余丈，名曰泰液，池中有蓬莱、方丈、瀛州、壶梁，象海中神山、龟、鱼之属”。颜师古注：“渐，浸也。台在池中，为水所浸，故曰‘渐台’。”

⑰层曲九成：李善注曰：“言重高九层也。”《吕氏春秋·季夏纪·音初》：“有娀氏有二佚女，为之九成之台，饮食必以鼓。”

⑱的(dì)尔：分明的样子。殊形：形状与众不同。

⑲华盖：星官名，属紫微垣。

⑳陛：指陛道，有台阶的道路。揭孽(niè)：高的样子。

㉑缘云上征：行陛道如乘云而上。

㉒岩突：幽深的样子。洞出：穿出。

㉓逶迤：连绵不绝。诘(jié)屈：曲折的样子。

㉔靡靡：美盛、华丽。

㉕咨：嗟，叹词。妙勤：做工之妙，用力之勤。

㉖承苍昊之纯般：得天之独厚。苍昊，春为苍天，夏为昊天，这里泛指天。纯般：专富。

㉗元气：天地未分化之前的混沌之气。烟煴(yūn)：通作“氤氲”，元气鸿蒙浩荡的样子。

㉘玄醴(lǐ)：醴泉，与“甘露”都是统治者德合天地之意。《春秋元命苞》：“天枢得则醴泉出。”

㉙被宇：覆盖屋顶。臻：至。

㉚黝倏：茂盛的样子。南北：和下文“东西”互文，均指东西南北。

㉛阿那(ē nuó)：通“婀娜”，随风摇曳的样子。

㉜翕(xī)习：风吹拂来的样子。飒(sà)洒：风吹草木之声。

㉝弥坚：愈益坚固。

㉞乱：乱辞，楚歌中特有的形式，放在乐章之后，起总理全篇的作用。

㉟彤彤：红色。灵宫：指灵光殿。

㊱岿(kuī)覃、穹崇：高大的样子。

㊲庬(máng)鸿：元气未分的样子。

㊳崱屴(lì)：高耸的样子。嵫(zī)厘：险峻的样子。

㊴岑崟(yín)：形容山锐而高。嵚嶷(yí)：不齐的样子。

㊵巃嵸(lóng zōng)：聚集的样子。

㊶连拳：屈曲连接的样子。

㊷踡(quán)嵼：山势高曲险峻的样子。

㊸攲(qī)倾：楼阁宫室相互依傍倾侧。

⑱歘欻(xū):幽深的样子。幽蔼:阴暗的样子。

⑱霮霴(dàn duì):阴云密布的样子,皆比喻幽深不明的样子。

⑱葱翠紫蔚:形容殿堂彩绘绚烂。

⑱礧硌:大石。硌,一作"硌"。瑰玮(wěi):珍奇之物。

⑱光晷(guǐ):日影。

(刘俞廷　注)

徐　幹

【作者简介】

徐幹(170—217),字伟长,北海郡(今山东昌乐)人。博学广识,有文名,创作以诗、赋、散文见长,建安七子之一。代表作有《中论》《答刘桢》《玄猿赋》。

齐都赋

【题解】

徐幹的《齐都赋》是一篇典型京都大赋,描绘了古代齐国的首都临淄,今仅存残篇。从残存的内容可知,徐幹描述了齐都的地理环境、丰饶物产、人文活动等。

【原文】

齐国〔者,元龟之精①,降为厥野②,〕(据《太平寰宇记·河南道十八·青州》补)实坤德之膏腴③,而神州之奥府④。其川渎则洪河洋洋⑤,发源昆仑⑥,〔九流分逝⑦,北朝沧渊⑧。〕(据《水经注·河水》补)惊波沛厉⑨,浮沫扬奔。南望无限,北顾无埒⑩。蒹葭苍苍⑪,莞菰沃若⑫。〔驾鹅鸧鸹⑬,鸿雁鹭鸨⑭,连轩翚霍⑮,覆水掩渚⑯。〕(据《韵补》卷三"鸨"字注补)瑰禽异鸟⑰,群萃乎其间⑱。带华蹈缥⑲,披紫垂丹。应节往来⑳,翕习翩翩㉑。灵芝生乎丹石,发翠叶之煌煌㉒。其宝玩则玄蛤抱玑㉓,驳蚌含珰㉔。构厦殿以宏覆㉕,起层榭以高骧㉖。龙楹螭桷㉗,山岊云墙㉘。其后宫内庭,嫔妾之馆㉙,众伟所施,极巧穷变。然后修龙榜㉚,游洪池[31]，折珊瑚[32]，破琉璃[33]，日既仄而西舍[34]，乃反宫而栖迟。欢幸在侧[35]，便嬖侍隅[36]。含清歌以咏志，流玄眸而微眄[37]。疏长袖以合节[38]，纷翩翻其轻迅[39]。〔往如飞晨，来如降燕[40]。〕（据《韵补》卷四“迅”字注补）王乃乘华玉之辂[41]，驾玄驳之骏[42]。〔翠幄浮游[43]，金光皓旰[44]。戎车云布[45]。〕（据《太平御览·兵部六九·金鼓》补）武骑星散，钲鼓雷动[46]，旌旃虹乱[47]，盈乎灵圃之中[48]。于是羽旄咸兴，毛群尽起[49]。上蔽穹庭[50]，下被皋薮[51]。

〔罛鳣鲔[52]，网鲤鲨[53]，拾玭珠[54]，籍蛟螭[55]。〕（据《韵补》卷一“鲨”字注补）

〔若其大利[56]，则海滨博者，溲盐是钟[57]。皓皓乎若白雪之积，鄂鄂乎若景阿之崇[58]。〕（据《北堂书钞·酒食部五·盐》补）

〔宗属大同[59]，乡党集聚[60]。济济盈室，爵位以齿[61]。〕（据《韵补》卷三“齿”字注补）

〔磬管锵锵[62]，钟鼓喈喈[63]。制度之妙[64]，非众所奇。〕（据《韵补》卷一“喈”字注补）

〔主人盛飨[65]，期尽所有。三酒既醇，五齐惟醹[66]。〕（据《韵补》卷一“有”字注补）〔烂豕臑羔[67]，炰鳖脍鲤[68]。〔嘉旨杂遝[69]，丰实左右。前彻后著，恶可胜数[70]。〕（据《韵补》卷三“鲤”字注、《北堂书钞·酒食部一·总篇》补）

〔倾杯白水[71]，沉肴如京[72]。〕（据《玉烛宝典·三月季春》补）

〔青阳季月[73]，上除之良[74]。无大无小[75]，祓于水阳[76]。〕（《初学记·岁时部下·三月三日》补）

〔纤丽细缨[77]，轻配蝉翼。尊曰元饰[78]，贵为首服[79]。自尊及卑，须我元服[80]。〕（据《北堂书钞·衣冠部上·缨》补）〔君子敬慎，自强不忒。〕（据《初学记·器物部·冠》补）

〔历阴堂，行北轩。彤玉限兮金铺锹枪[81]。〕（据《编珠·居处部》补）

〔窗棂参差[82]，景纳阳轩[83]。〕（据《文选·曹植〈赠徐幹〉》诗注补）

〔隋珠荆宝[84]，磦起流烂[85]。雕琢有章[86]，灼烁明焕[87]。生民以来，非所视见。〕（据《韵补》卷四“烂”字注补）

〔既坠反升，将绝复胤[88]。昭晰神化，傀巧难遍[89]。〕（据《韵补》卷四“胤”字注补）

〔日不迁晷[90]，玄泽普宣[91]。鹑火南飞[92]，我后来巡[93]。〕（据《韵补》卷一“宣”字注补）

〔刊梗林[94]，燎圃草，驱禽翼兽，十千惟旅[95]。〕（据《韵补》卷三“草”字注补）

〔矢流镝[96]，绁张罗，晋飞铤[97]，抱雄戈[98]。〕（据《太平御览·兵部七十·叙兵器》补）

〔砏殷礜戾[99]，壮气无伦。陵高越险[100]，追远逐遁。〕（据《韵补》卷二“遁”字注补）

（据《历代赋汇》卷三七，清康熙四十五年内府刊本）

【注释】

①元龟：大龟，古代用以占卜汉代纬书。《春秋元命苞》："虚、危之精，流为青州，分为齐国为莱山。"虚、危是二十八星宿中的两宿，属于北宫，象征北方的动物为玄武。

②厥：其。

③坤德：地德。坤，《周易》之卦名。《周易·说卦》："坤也者，地也。"膏腴：指齐土地肥沃。

④奥府：指物产聚藏之所。汉焦赣《易林·干之观》："汀、河、淮、海，天之奥府。众利所聚，可以饶有。"

⑤川渎：泛指河流。洪河：大河，古时多指黄河。汉班固《西都赋》："右界褒、斜、陇首之险，带以洪河、泾、渭之川。"洋洋：盛大貌。形容河流盛大、水量丰沛的样子。

⑥昆仑：山名，即昆仑山。

⑦九流：亦称九河。黄河分出九条支流，各有名称，据《尔雅·释水》记载，它们的名称分别为徒骇、太史、马颊、覆翮、胡苏、简、絜、钩盘、鬲津。

⑧北朝：北流。沧渊：大海，指渤海。

⑨惊波：激流。沛厉：水流激荡湍急的样子。

⑩无垺：没有边际。垺，意为边际、界线。

⑪蒹葭：荻草与芦苇。《诗经·秦风·蒹葭》："蒹葭苍苍，白露为霜。"莞：俗称水葱、席子草。

⑫菰：多年生草本植物，生长在池沼里。

⑬驾鹅：野鹅。

⑭鸨：水鸟名，比雁略大。

⑮连轩：飞舞的样子。

⑯翚霍：双声词，形容鸟类鼓动翅膀飞翔的样子。渚：水中沙洲。

⑰瑰禽异鸟：珍贵奇特的鸟类。

⑱萃：聚集，栖息。

⑲带华：形容鸟类头部的五颜六色的花纹。蹈缥：形容足部为淡青色。缥，淡青色。

⑳节：季节。

㉑翕习：鸟飞时翅膀开合貌。

㉒翠叶：绿色的花朵。煌煌：光明的样子。

㉓玄蛤：黑色的蚌。玑：不圆的珠。

㉔驳蚌含珰：颜色驳杂的蚌含有不同的珍珠。

㉕构：架木造屋。

㉖高骧：腾越，腾飞。

㉗龙楹：雕刻有龙的柱子。螭：古代传说中无角的龙。

㉘岊：两山交接处。

㉙嫔：宫中女官名，天子诸侯姬妾。《礼记·昏义》："古者，天子后立六宫、五夫人、九嫔。"

㉚龙榜：龙船上的桨，这里指代船。

㉛洪池：古池塘名。汉张衡《东京赋》李善注："洪池，名也，在洛阳东三十里。"

㉜珊瑚：由珊瑚虫分泌的石灰质骨骼聚结而成之物，鲜艳美观，可做装饰品。

㉝琉璃：本多为青色和黄色，可用以烧制瓦、缸等，此处泛指有色彩的宝石。

㉞日既仄：太阳倾斜。

㉟欢幸：指得到齐王欢心和宠爱。幸，亲近，宠爱。

㊱便嬖：善于谄媚而受宠爱的人。侍隅：在边侧或角落陪从或伺候尊长、主人。

㊲玄眸：黑色的眼珠。微眄（miǎn）：微微顾盼，从眼神中传达出心中的情思。

㊳疏：舞动。合节：合于音乐节奏、节拍。

㊴纷：众多貌，一说指丝带或旗上的飘带。

㊵降燕：落下的燕子。这两句谓舞者起舞时去如飞行着的鸿雁，来似落下的燕子，喻舞者舞蹈之轻盈优美。

㊶华玉之辂：用彩绘和玉石装修的车。辂，大车，多指帝王所乘的车。

㊷玄驳之骏：指黑白间杂的骏马。驳，指马毛色不纯，白黑间杂；亦指白黑间杂之马。

㊸翠幄：翠鸟羽毛装饰的篷帐。幄，篷帐。

㊹皓旰：光亮的样子。

㊺戎车云布：兵车像云一样密布。

㊻钲鼓：古代行军时，击鼓表示前进，敲钲表示停止。

㊼旗旃：旗子。虹：通"讧"，惑乱。一作"虬"。

㊽灵圃：本为周文王园圃名，后来成为园圃的代称。

㊾毛群：走兽。

㊿穹庭：天空。

㉛皋薮(gāo sǒu):水边长满草的湿地。

㉜罛(gū):一种大型渔网,此处用作动词,指用大型渔网网鱼。鳣(zhān):鲟鳇鱼。鳀(tí):鲶鱼。

㉝鲨:吹沙鱼。

㉞玭(pín)珠:珍珠。

㉟籍:记录,登记。蛟:传说中龙的一种。蠵(xī):一种大龟。

㊱利:利益,此处用作动词,获得利益。

㊲溲盐:淘洗海盐,齐地自古以来盛产海盐。钟:聚集,汇聚。

㊳皓皓:洁白貌。鄂鄂:挺立貌。景:大。阿:山阿。崇:高。这两句是形容海盐的颜色和堆积得高。

㊴宗属:宗室成员。大同:宗室和睦共处,像是达到了大同的境界。

㊵乡党:同乡。

㊶以齿:凭借年龄。齿,年龄。

㊷磬:古代一种打击乐。锵锵:玉石撞击声。

㊸喈喈:和谐的声音。

㊹制度:制作,此处指乐器的演奏。

㊺盛飨:丰盛的菜肴。

㊻三酒:按照礼制,有三种在不同场合的酒,具体为"事酒""昔酒""清酒"。五齐:指五种酒,即"泛齐""醴齐""盎齐""缇齐""沈齐"五种清浊度不同的酒。关于"三酒""五齐"的记载出自《周礼·天官》。醹(rú):醇厚。

㊼烂豕:煮烂的猪肉。臑(ér):通"胹",烹煮。

㊽炰:同"炮",把带毛的肉用泥包好放在火上烧烤。鲙:同"脍",切得很细的鱼或肉。

㊾嘉旨:美味的食物,美酒佳肴。杂遝:众多纷杂的样子。

㊿恶可胜数:不可数。

(71)倾杯:饮酒。白水:泛指清水。

(72)沅肴:吃掉的佳肴。如京:像高高的山丘一样。

(73)青阳:春天。季月:每月的最后一个月。

(74)上除:上巳,即三月三。

(75)无大无小:无论大小,即举国上下。

(76)祓(fú):古代为祈福驱邪而举行的祭礼。

(77)纤丽:用来束发的细纹丝帛。缨:系冠帽的带子。

(78)元饰:首饰。

(79)首服:指头上的冠戴服饰。

⑧⓪元服：冠，古时行冠礼为加元服。《仪礼·士冠礼》："令月吉日，始加元服。"

⑧①彤：朱红色。隈（wēi）：山、水等弯曲的地方。金铺：门上兽面形的铜质环钮，后多指门环。

⑧②棂：指窗或栏杆上雕有花纹的木格子。

⑧③景：亮光，日光。

⑧④隋珠：隋侯之珠，传说中的宝珠。荆宝：荆山所产的玉石，即和氏璧。

⑧⑤磥：众多石块累积在一起，此处比喻珠宝众多。流烂：散布，遍布。

⑧⑥章：花纹。

⑧⑦灼烁：光彩鲜明。

⑧⑧胤：继承，延续。

⑧⑨傀（guī）巧：珍奇巧妙。傀，亦作"瑰"。难遍：难以用语言全部概括。

⑨⓪迁晷：日影移动，代指时间变化。

⑨①玄泽：皇帝的恩泽。

⑨②鹑火：星次名，南方有井、鬼、柳、星、张、翼、轸七宿，称朱鸟七宿。首位者称鹑旨，中部者（柳、星、张）称鹑火，末位者称鹑。

⑨③后：君主，帝王。

⑨④刊：砍斫，削除。楩（pián）：木名，质地坚密，是建筑良材。

⑨⑤十千惟旅：军队人数达到一万人。旅，军队。

⑨⑥镝：飞动的箭头。

⑨⑦絓：通"挂"，意为悬挂。张罗：张设罗网。

⑨⑧瞀：同"簪"，古人插定发髻或冠的长针，后专指妇女首饰。鋋（chán）：古代一种铁柄短矛，也泛指短矛。

⑨⑨砏殷（pīn yīn）：通"砏磤"，石相击声。奰（bì）戾：奰意壮大，戾为乖张，形容海浪波涛互相打击的样子。

⑩⓪陵：超越，越过。

（刘俞廷　注）

刘 桢

【作者简介】

刘桢(? —217),字公幹,东平(山东东平)人,建安七子之一。曾为曹操丞相掾属下。其诗文出众,善辞令,曹丕称赞其五言诗“妙绝时人”,钟嵘《诗品》将其列为上品:“其源出于古诗。仗气爱奇,动多振绝,真骨凌霜,高风跨俗。但气过其文,雕润恨少。然自陈思以下,桢称独步。”著有《刘公幹集》,今存赋六篇,俱残。

鲁都赋

【题解】

鲁都,即古鲁国的国都,指今山东曲阜。此赋已残,今文经后人推敲所辑。从仅剩的赋文来看,刘桢并未对鲁都的地理位置进行细致描写,反而从靠近曲阜的泰山之形胜入手,进而描写都城内的庄稼、海产、建筑以及乡情民俗,对后世了解当年鲁国的物产、历史和人文等颇具史料价值。

【原文】

昔大庭氏肇建厥居[1],少昊受命[2],亦都兹焉[3]。山则连冈属岭[4],暄魁峡北[5],紫金扬辉于鸿崖[6],水精潜光乎云穴[7]。岱宗邈其层秀[8],干气雾以高越[9]。其木则赤桋青松[10],文茎蕙棠[11],洪干百围[12],高径穹皇[13]。竹则填彼山陔[14],根弥阪域[15]。蒙雪含霜[16],不渝其色[17]。夏篙攒包[18],劲篠并殖[19]。翠实离离[20],凤凰攸食[21]。水产众夥[22],各有彝伦[23]:颁首莘尾[24],丰颃重断[25],戴兵挟刃[26],盘甲曲麟[27]。且观其时谢节移[28],和族绥宗[29],招欢合好[30],肃戒友朋[31]。〔众媛侍侧[32],鳞附盈房[33]。〕(据《太平御览·人事部二十二·美妇人下》补)蛾眉清眸[34],颜若雪霜[35]。〔含丹吮素[36],巧笑妍详[37]。〕(据《太平御览·人事部二十二·美妇人下》补)插曜日之珍笄[38],珥明月之珠珰[39]。〔袿裾纷袢[40],振佩鸣璜[41]。〕(据《太平御览·人事部二十二·美妇人下》补)舞人就列[42],整饰容华[43]。〔妖服初工[44],刻画绮纱[45]。〕(据《韵补》卷二“纱”字注补)和颜扬眸[46],眄风长歌[47]。飘乎猋发[48],身如转波[49]。

寻虚骋迹[50]，顾与节和[51]。纵修袖以终曲[52]，若奔星之赴河[53]。及其素秋二七[54]，天汉指隅[55]。民胥祓禊[56]，国子水嬉[57]。〔工祝掩渚[58]，扬荮陈词[59]。〕(据《韵补》卷一“词”字注补)缇帷弥津[60]，丹帐覆洲[61]。〔日暮宴罢，车骑就衢[62]。〕(据《初学记·岁时部下·七月七日》补)盖如飞鹤[63]，马如游鱼。应门岩岩[64]，朱扉含光。路殿岿其隆崇[65]，文陛巘其高骧[66]。听迅雷于长除[67]，若有闻而复亡。其园囿苑沼[68]，骈阗接连[69]。渌池分浪[70]，以带石垠[71]。文隅琼岸[72]，华玉依津[73]。邦乃大狩[74]，振扬炎威[75]。教民即戎[76]，讲习兴师[77]。络幕包括[78]，连结营围[79]。〔长罼掩罊[80]，大罗被罘[81]。〕(据《太平御览·资产部十二·罗》补)毛群陨殪[82]，羽族歼剥[83]。填崎塞畎[84]，不可胜录[85]。

〔巨海分焉[86]，倾泻百川。〕(据《初学记·地部中·海》补)

〔旁厉四邑[87]，延于休溷[88]。冠盖交错[89]，隐隐辚辚[90]。〕(据《韵补》卷一“溷”字注补)

〔又有盐池漭沆[91]，煎炙赐春[92]。焦暴濆沫[93]，疏盐自殷[94]。挹之不损[95]，取之不勤[96]。〕(据《北堂书钞·酒食部五·盐》补)

〔其盐则高盆连冉[97]，波酌海臻[98]。素鹾凝结[99]，皓若雪氛[100]。〕(据《北堂书钞·酒食部五·盐》补)

〔汤盐池[101]，东西长七十里，南北七里，盐生海内，暮取朝复生。〕(据《北堂书钞·酒食部五·盐》补)

〔其女工则绛绮縠[102]。〕(据《太平御览·布帛部三·縠》补)

〔纤纤丝履[103]，灿烂鲜新[104]。灵草寻梦[105]，华荣奏口。表以文组[106]，缀以珠玭。步履安审[107]，接趾承身[108]。〕(据《北堂书钞·酒食部五·盐》补)

〔龙烛九枝[109]，逸稻寿阳。赋《湛露》以留客[110]，召丽妙之新倡[111]。〕(据《初学记·乐部上·杂乐》补)

〔玄发曜粉，芳泽不□[112]。〕(据《北堂书钞·服饰部五·脂》补)

〔伊岁之冬，云气清晞[113]。水冱露凝[114]，冰雪皑皑。〕(据《初学记·岁时部上·冬》)

〔金陛玉砌[115]，玄桓云阿[116]。〕(据《文选·王融〈三月三日曲水序〉》李善注补)

〔阳窗含辉[117]，阴牖纳光[118]。〕(据《编珠·居处部》补)

〔芳果万名[119]，攒罗广庭[120]。霜滋露熟[121]，时至则零[122]。〕(据《太平御览·果部一·果》补)

〔黍稷油油[123]，秔族垂芒[124]。残穟满握[125]，一颖盈箱[126]。〕(据《初学记·草补·五谷》补)

〔绿鹢葱鸳[127]。〕(据《太平御览·羽部十二·鹢》补)

〔蘋藻漂于阳侯[128]，芙蕖出乎渚际[129]。奋红葩之熗熗[130]，逸景烛于崖水[131]。〕(据

《韵补》卷四“水”字注补）

〔龟螭潜滑于黄泥[132]，文鱼游踊于清濑[133]。浚迅波以远腾[134]，正泌瀄乎泪潏[135]。〕（《据韵补》卷四“濑”字注补）

〔戢武器于有炎之库[136]，放戎马于钜野之垧[137]。〕（据《水经注·泗水》补）

〔建燕尾之飞旌[138]。〕（据《编珠·居处部》补）

〔岩险回隔[139]，峻巇隐曲。猛兽深潜，介禽窜匿[140]。〕（据《韵补》卷五“曲”字注补）

〔獥窳猛容[141]，举父猴玃[142]。战斗陵冈[143]，嗔目奋赫[144]。〕（据《韵补》卷五“猩”字注补）

〔昼藏宵行[145]，俯仰哮咆，禽兽怖窜，失偶丧俦[146]。〕（据《韵补》卷二“咆”字注补）

〔彼齐诸儒，皆绘弁端衣[147]，散佩垂绅[148]。金声玉色[149]，温故知新[150]。访鲁都之区域，吊先生之遗真[151]。〕（据《太平御览·州郡部二·叙京都下》补）

〔若乃考王道之去就[152]，览万代之兴衰[153]。发龙图于金縢[154]，启洛典乎石扉[155]。崇七经之旨义[156]，删百氏之乖违[157]。〕（据《北堂书钞·艺文部七·藏书》补）

〔覃思图籍[158]，阐迪德谟[159]。蕴包古今，撰集丘素[160]。〕（据《韵补》卷四“谟”字注补）

〔举成均之旧志[161]，建学校乎泗滨[162]。表泮宫之宪肆[163]，有唐虞之《三坟》[164]。〕（据《韵补》卷一“坟”字注补）

〔采逸礼于残竹[165]，听遗诗乎达路。览国俗之盛衰，求群士之德素[166]。〕（据《北堂书钞·艺文部七·采求遗逸》补）

〔至于日昃[167]，体劳怠倦。一张一弛，文武之训[168]。〕（据《韵补》卷四“倦”字注补）

〔曳发编芒[169]，蔚若雾烟[170]。九采灼铄[171]，青藻纷缤。〕（据《韵补》卷一“烟”字注补）

〔奉彝执幂[172]，纳觯授觞[173]。引满辄釂[174]，滴沥受觥[175]。〕（据《韵补》卷二“觥”字注补）

〔贵交尚信，轻命重气[176]。义激毫毛[177]，怨成梗概[178]。〕（据《韵补》卷四“概”字注补）

〔四域来求[179]。〕（据《北堂书钞·酒食部五·盐》补）

（据《历代赋汇》卷三七，清康熙四十五年内府刊本）

【注释】

①大庭氏：古国名。杜预注：“大庭氏，古国名，在鲁城内，鲁于其处作库。”

《左传·昭公十八年》:"宋、卫、陈、郑皆火,梓慎登大庭氏之库以望之。"肇:始。厥:表领属关系,其。居:居所。

②少昊:亦作"少皞",传说中古代东夷集团首领。《吕氏春秋》:"少皞,帝喾之子,挚兄也。以金德王天下,号为金天氏,死配金,为西方金德之帝。"受命:受天之命。

③亦:也。都:定都。兹:代词,这,此。

④属:接连,连缀。

⑤曀:天色阴暗。《释名》:"阴而风曰曀。"

⑥紫金:一种珍贵矿物。扬辉:发出光辉。鸿崖:高大陡立的山崖。《北堂书钞》卷一五八、《全上古三代秦汉三国六朝文》卷六五"崖"作"岸"。

⑦水精:水晶。云穴:指洞穴吞云吐雾。

⑧岱宗:泰山,为五岳之首。《汉书·郊祀志上》:"岱宗,泰山也。"《汉书·五行志》:"泰山岱宗,五岳之长。"邈:远。层秀:指泰山高耸秀丽。

⑨干:冲犯。高越:高远超拔。

⑩赤桋:木名,即赤棟。《诗经·小雅·四月》:"山有蕨薇,隰有杞桋。"清吴其濬《植物名实图考·桋树》:"桋树生山西霍州,大树亭亭,斜纹纠错,枝柯柔敷。"

⑪文茎:木名。《山海经·西山经》:"又西八十里,曰符禺之山,其阳多铜,其阴多铁,其上有木焉,名曰文茎,其实如枣,可以已聋。"蕙棠:木名。《山海经笺疏》:"又西三百里,曰中皇之山,其上多黄金,其下多蕙棠。"

⑫洪干:高大的树干。围:量词。两手拇指和食指合拢的长度或两臂合拢的长度。

⑬穹皇:指天。

⑭山陔:这里指山上高低起伏的地方。陔,田埂。束皙《补亡诗》:"循彼南陔,言采其兰。"李善注引《声类》:"陔,陇也。"

⑮弥:满,遍。阪域:这里指山坡、斜坡。阪,山坡;斜坡。《诗经·秦风·车邻》:"阪有漆,隰有栗。"毛传:"陂者曰阪。"

⑯蒙:覆盖。毛传:"蒙,覆也。"含:带着。《文心雕龙·诠赋》:"延寿灵光,含飞动之势。"

⑰渝:改变。《诗经·郑风·羔裘》:"彼其之子,舍命不渝。"毛传:"渝,变也。"

⑱夏簜:大竹。《说文解字》:"簜,大竹也。"攒:聚集,凑集。包:通"苞",丛生。清沈炳震《九经辨字渎蒙》:"包,草木渐包。孔传:'包,丛生。'释文:'字或作苞。'"

⑲劲篠：强劲的竹纸。殖：生长。

⑳翠实：翠绿色的竹实。翠，翠绿色。司马相如《上林赋》："扬翠叶，扤紫茎。发红华，垂朱荣。"实，竹实，是竹子所结的子实。汉桓宽《盐铁论·毁学》："南方有鸟，名鹓鶵，非竹实不食，非醴泉不饮。"离离：竹实茂盛的样子。宋朱熹《诗集传》："离离，垂茂。"

㉑凤凰：神鸟名。《山海经·南山经》："又东五百里，曰丹穴之山……有鸟焉，其状如鸡，五采而文，名曰凤皇。"攸：助词，所。

㉒水产：水中的产物。众、夥：众多，盛多。司马相如《上林赋》："鱼鳖欢声，万物众夥。"

㉓彝伦：常理，常道。

㉔颁首：大头。颁，大头貌。《说文解字》："颁，大头也。"莘尾：长尾。莘，原作"华"，据严可均本改。毛传："莘，长貌。"《诗经·小雅·鱼藻》："鱼在在藻，有莘其尾。"

㉕丰颅：大头。龂：同"龈"，牙根肉。汉史游《急就篇》卷三："闭口唇舌龂牙齿。"颜师古注："龂，齿根肉也。"

㉖戴兵挟刃：这里代指水中有着螯的虾蟹类。

㉗盘甲：带有甲壳。曲麟：弯曲的鳞片。

㉘观：看。时谢节移：四季变换。谢，辞，逝。

㉙和族绥宗：亲族和睦安好。绥，安。

㉚招欢合好：喜好接待宾客。

㉛肃戒：严肃地告诫。

㉜众媛侍侧：许多美女陪侍在旁。媛，美女。毛传："美女为媛。"

㉝鳞附盈房：如鳞似的充满了房间，形容美女众多。

㉞蛾眉：比喻女子的眉毛似蛾须细长而弯曲。清眸：明亮的眼珠。

㉟颜若雪霜：形容女子脸色如雪霜般白皙。

㊱含丹吮素：形容女子唇红齿白。

㊲巧笑：美好的笑容。《诗经·卫风·硕人》："巧笑倩兮，美目盼兮。"妍详：美丽安详。

㊳曜日：明亮的太阳。曜，《太平御览》作"耀"。笄：簪子，古代女子用来固定头发的东西。《说文解字注》："笄，簪也"。

㊴珥：珠玉之耳坠。《汉书·东方朔传》："主乃下殿，去簪珥。"师古曰："珥珠玉饰耳者也，音饵。"珰：古代女子戴在耳垂上的装饰品。

㊵袿：长襦，妇人的上服。宋玉《神女赋》："振绣衣，被袿裳。"裾：衣服的前后襟。纷袢：衣长垂下的样子。

㊶佩：玉佩。璜：一种佩饰。《说文解字注》："璜，佩上玉也。毛传曰：'杂佩者，珩、璜、琚、瑀、冲牙之类。'"

㊷舞人就列：舞者就位。

㊸整饰：修饰。容华：美丽的容颜。

㊹妖服：妖冶的服装。张衡《七辩》："美人妖服，变曲为清。改赋新词，转歌流声，此音乐之丽也。"初工：刚刚做好。

㊺刻画绮纱：在丝织品上绣上图案。绮，有花纹的丝织品。

㊻和颜：和蔼的面色。汉刘向《列女传》："妇人以端正和颜为容。"

㊼眄：看，视。风：指眼眸流转而显示的风姿。

㊽猋：本义为犬奔貌，引申为迅疾貌。屈原《九歌·云中君》："灵皇皇兮既降，猋远举兮云中。"王逸注："猋，去疾貌也。"

㊾转波：旋转的波浪，这里形容舞女飞扬的舞姿。

㊿寻虚骋迹：指舞女舞动起来像是凌空而去，舞步轻盈来往自如。虚，天空。骋，放纵。

(51)顾与节和：指舞女回头相视的舞步与音乐节拍相协调。顾，回头看。

(52)纵：抛出。修袖：长袖。终曲：乐曲结束。

(53)若：好像。奔星：流星。河：银河。

(54)及：等到。素秋：秋天。《六臣注文选》卷一九《励志诗》："星火既夕，忽焉素秋。善曰：'星火，火星也。'《尔雅》曰：'秋为白藏，故云素秋。'翰曰：'星火，流火也。西方色白，故曰素秋。'"二七：指农历七月十四日。

(55)天汉：银河。指隅：指向角落。隅，角落。

(56)胥：都。祓禊：古人在水边戒浴，以除不祥的一种祭祀。《说文解字义证》："祓，除恶疾也。"

(57)国子水嬉：《艺文类聚》原为"国于水游"，《正字通》卷二、《全上古三代秦汉三国六朝文·全后汉文》卷六五、《韵补》卷一为"嬉"。国子，全国官民上下。水嬉，在水边玩耍。

(58)工祝：古代招魂的巫师。屈原《楚辞·招魂》："工祝招君，背行先些。良曰：'工祝，良巫也。'"掩：遮蔽，遮盖。渚：水中的小洲。

(59)扬翦：举起笤帚。

(60)缇帷：橘红色的帐幕。缇，橘红色。弥：满。津：渡口。

(61)丹帐：红色的帷帐。洲：水中的陆地。

(62)就衢：靠近大路。衢，大路。《说文解字》："四达，谓之衢。"

(63)盖：车篷。

(64)应门：古代宫廷正门。《礼记·明堂位》："九采之国，应门之外，北面东上。”岩岩:高峻貌。《诗经·小雅·节南山》:“节彼南山,维石岩岩。”

㊺路殿:大殿,天子诸侯的正殿。岿:高大屹立的样子。隆崇:高耸。

㊻文陛:宫阙的殿阶,借指朝廷。《六臣注文选》卷五九《齐故安陆昭王碑文》:“升降文陛,逶迤魏阙。”张铣注:“文陛,天子殿阶也,以文石砌之。”巘:山。《诗经·大雅·公刘》:“陟则在巘,复降在原。”毛传:“巘,小山,别于大山也。”骧:仰。

㊼迅雷:突发而快速的雷声。《论语·乡党》:“迅雷风烈必变。”除:台阶。

㊽园囿:周以围墙,布置亭榭石木,间或畜有鸟兽的皇家花园。《荀子·王霸》:“合天下而君之,饮食甚厚,声乐甚大,台谢甚高,园囿甚广。”苑:古代养禽兽植林木的地方,多指帝王的花园。沼:水池。

㊾骈阗:连属,聚集。《西京赋》:“麀鹿麌麌,骈田偪仄。骈田偪仄,聚会之意。”

㊿渌池:清澈的池塘。渌,清澈。

㉛垠:边,岸。

㉜文隅:池边的地方色彩斑斓。隅,靠边的地方。琼岸:美玉所砌的水岸。琼,美玉。

㉝华玉:美丽而有光彩的玉石。依:傍着。津:渡口。

㉞邦:国。古代诸侯的封国。《周礼·天官冢宰》注:“大曰邦,小曰国。”大狩:狩猎规模宏大。

㉟振扬:兴起。炎威:这里国家威力大。

㊱即戎:用兵,从事军事活动。《论语·子路》:“善人教民七年,亦可以即戎矣。”包咸注:“即戎,就兵,可以攻战也。”

㊲讲习:讲授研习。兴师:兴兵,起兵。这里指操练军队。

㊳络幕:连在一起的帷幕。络,连接。

㊴连结营围:将打猎的围场连接起来。

㊵罼:古同“毕”,捕捉禽兽的长柄网。掩壑:遮掩深沟。壑,深谷,深沟。

㊶被:遮盖。睪:古同“皋”,高地。

㊷毛群:地上的走兽。《六臣注文选》卷四《蜀都赋》:“毛群陆离,羽族纷泊。”刘良注:“毛群,兽也。”陨:损伤。殪:死。

㊸羽族:鸟类。《六臣注文选》卷四《蜀都赋》:“毛群陆离,羽族纷泊。”刘良注:“羽族,鸟也。”歼:消灭。剥:剥裂。

㊹崎:山间不平的地方。畎:山间中的沟。

㊺不可胜录:无法算清楚。录,记载,抄写。这里指计算。

㊻巨海分焉:指鲁国与大海分隔。巨海,大海。

⑻旁:旁边,四面。厉:至。四邑:四方各国。

⑻延:及。休溷:古戎狄之地。《史记·赵世家》:"至于休溷诸貂。"张守节正义:"自河宗休溷诸貂,乃戎狄之地也。"

⑻冠盖交错:指贵族的冠服和车盖互相交错。冠,礼貌。盖,车盖。

⑼隐隐辚辚:形容车马之声络绎不绝。

⑼盐池:生产食盐的咸水湖。漭沆:水广大貌。张衡《西京赋》:"顾临太液,沧池漭沆。"薛综注:"漭沆,犹洸瀁,亦宽大也。"

⑼煎炙:煮和烤。赐春:指春季。

⑼焦:烧灼。暴:同"曝",晒。濆沫:指盐池中的盐水被炙烤后冒出来的泡沫。濆,古同"喷"。

⑼疏盐:粗盐。疏,粗糙。殷:众多。

⑼挹:舀。损:减少。

⑼勤:同"尽"。竭,完。

⑼连冉:这里指煮盐盆连续排列。冉,逐渐,渐进。

⑼酌:舀取。臻:至。

⑼素鹾:白色的盐。鹾,盐。《礼记·曲礼下》:"盐曰咸鹾。"

⑽皓:洁白,明亮。雪氛:雪尘。

⑽汤盐池:陈俞本《北堂书钞》作"内盐池",为晒盐池。

⑽女工:同"女红",指古代女子所从事的刺绣、编织等手工劳动及其制成品。绛:深红色。绮:有纹采的丝织品。縠:有皱纹的纱。

⑽纤纤丝履:用柔细丝绸做成的鞋子。纤纤,形容小巧、细长或柔美。履,鞋子。

⑽灿烂鲜新:光鲜亮丽。

⑽灵草:仙草。寻梦:仙草名。

⑽表:外表,外貌。文组:有纹饰的丝带。《后汉书·王符传》:"且其徒御仆妾,皆服文组彩牒,锦绣绮纨。"

⑽步履安审:步伐安定。安,从容不迫。审,慎重。

⑽接趾承身:指鞋子适合脚的尺寸和身体的姿态。接,靠近,承受。趾,指脚。

⑽龙烛:烛龙神。亦作"烛阴",是神话中的开辟神。《山海经传·海外北经》:"钟山之神名曰烛阴,视为昼,瞑为夜,吹为冬,呼为夏,不饮,不食,不息,息为风,身长千里,在无脊之东,其为物,人面蛇身,赤色,居钟山下。"郭璞注:"烛龙也,是烛九阴,因名云。"

⑾赋:诵读。《湛露》:《诗经·小雅》篇名。《左传·文公四年》:"昔诸侯朝正于王,王宴乐之,于是乎赋《湛露》。则天子当阳,诸侯用命也。"后因喻君主之恩泽。

⑪丽妙:容貌美好。倡:歌女。

⑫芳泽:妇女用以润发的香油。后泛指妇女的香气。

⑬云气清晞:指天气晴朗明亮。

⑭冱:冻结。皑皑:雪白貌。

⑮陛:台阶。玉砌:玉砌成的台阶。

⑯玄枑:黑色的拒马。枑,古代官府门前阻拦人马通行的木架子。也称"行马"。云阿:用云彩图案装饰的梁柱。

⑰阳窗:向南的窗户。

⑱阴牖:向北的窗户。牖,窗户。

⑲芳果:指香甜的果实。万名:表示众多。

⑳攒罗:聚集堆积。

㉑霜滋露熟:指霜露给予水果养分,使其成熟。

㉒时至则零:指果实到了成熟季节就会落下。时,节令。零,指植物的凋零。

㉓黍稷:古代农作物。明李时珍《本草纲目》卷二三:"时珍曰:'稷与黍,一类二种也。粘者为黍,不粘者为稷,稷可作饭,黍可酿酒。'"油油:这里指作物色泽光润的样子。

㉔秔:一种水稻名称。族:类。垂芒:伸出芒刺。

㉕穟:古同"穗"。

㉖颖:带芒的谷穗。盈:充满。

㉗鹢:水鸟名。古书上说的一种似鹭的水鸟。鹙:一种头颈无毛而性贪馋的水鸟。这里的鹢和鹙指画有绿色的鹢和青绿色的鹙的船。明杨慎《升菴集》卷六七:"刘桢《鲁都赋》'绿鹢葱鹙'皆船名,船首画此二鸟形也。"

㉘蘋藻:浮萍。阳侯:古代传说中的水神,这里指河流。晋张华《博物志》:"大波神曰阳侯。"

㉙芙蕖:荷花。渚:水中小块陆地。

㉚奋:本义指鸟张开并振动翅膀,这里指荷花怒放的样子。红葩:芙蕖的红花。熇熇:这里指满池荷花红得似火。熇,光。

㉛逸景:消逝的光阴。逸,跑。烛:照。

㉜螭:古代传说中一种没有角的龙。

㉝文鱼:鲤鱼别称。清濑:从沙石上流过的清水。

㉞浚:疏通,挖深。

㉟泌瀄:水流急速且水波冲击激荡的样子。司马相如《上林赋》:"滭弗宓汩,逼侧泌瀄。"李善注引司马彪注曰:"泌瀄,相揳也。"湄滴:水边。湄,河岸,水

与草交接的地方。

⑬⑥戢：收藏。有炎：炎帝神农氏。

⑬⑦钜野：古湖泽名。在今山东省巨野县北五里。坰：离城远的郊野。《说文解字义证》："《诗经·鲁颂》'在坰之野'。毛传云：'坰，远野也。邑外曰郊，郊外曰野，野外曰林，林外曰坰。'"

⑬⑧飞旌：飘扬的旗子。旌，古代用羽毛装饰的旗子，也指普通的旗子。

⑬⑨岩险：高峻险要之地。

⑭⓪介：大。窜匿：逃窜藏匿。

⑭①猰貐：古代恶兽名。《山海经广注》卷三引郭璞注："《尔雅》云：'猰貐似貙虎。'"《山海经·北山经》："少咸之山，无草木，多青碧，有兽焉。其状如牛而赤身、人面、马足，名曰猰貐。"猛容：猛兽名。

⑭②举父：古代野兽名。《山海经·西山经》："（崇吾之山）有兽焉，其状如禺而文臂，豹虎而善投，名曰举父。"郭璞注："或作夸父。"玃：大猴子。

⑭③陵冈：山陵，山岗。

⑭④瞋目：睁眼怒视。奋赫：形容非常生气的样子。赫，发怒。

⑭⑤昼藏宵行：昼伏夜出。

⑭⑥偶、俦：同伴。

⑭⑦绘弁：古代贵族的一种帽子。端衣：一种礼服，多用于丧祭场合。

⑭⑧垂绅：垂下腰间的大带。

⑭⑨金声玉色：喻人坚贞品格和操守。《尚书大传》卷四："天下诸侯之悉来进受命于周，而退见文武之尸者，千七百七十三诸侯，皆莫不磬折玉音，金声玉色。"

⑮⓪温故知新：语出《论语·为政》："温故而知新，可以为师矣。"

⑮①吊：凭吊。先生：指儒家先贤。遗真：画像。

⑮②若乃：至于。考：审察，察考。王道：儒家主张的仁义之道。之去就：取舍。

⑮③览：考察。万代：之兴衰。

⑮④发：开。龙图：河图。相传龙马从黄河中背负而出的图。汉应劭《风俗通义·山泽·四渎》："河者，播也，播为九流，出龙图也。"金縢：古代用以放置公文档案的金匮。

⑮⑤启：开。洛典：洛书。《周易·系辞上》："河出图，洛出书，圣人则之。"南朝梁刘勰《文心雕龙·原道》："若乃河图孕乎八卦，洛书韫乎九畴。"石扉：石门。

⑮⑥崇：尊重，推重。七经：汉以来历代封建王朝所推崇的七部儒家经典。关于七经名目，历来说法不一。东汉《一字石经》作《易》《诗》《书》《仪礼》《春秋》

《公羊》《论语》。

⑰百氏:诸子百家。乖违:背离,违背。汉王充《论衡·顺鼓》:"若事,臣子之礼也;责让,上之礼也。乖违礼意,行之如何?"

⑱覃思:深思。覃,深广。

⑲阐迪:说明和遵循。德谟:规范和谋略。谟,计谋,策略。

⑳撰集:编集。丘素:指传说中最古老的书名《九丘》和《八索》的合称。

⑯成均:古代大学。《礼记·文王世子》郑玄注引董仲舒曰:"五帝名大学曰成均。"旧志:过去的文章。

⑯泗滨:泗水岸边。泗,水名,在鲁都内。

⑯表:显示。泮宫:西周时诸侯所设的大学。《汉书·郊祀志上》:"周公相成王,王道大洽,制礼作乐,天子曰明堂辟雍,诸侯曰泮宫。"

⑯唐虞:指唐尧和虞顺。三坟:传说中最古老的书名。《左传·昭公十二年》:"是能读三坟、五典、八索、九丘。"杜预注:"皆古书名。"

⑯采:搜集,寻找。逸:散失。

⑯德素:德行。

⑯日昃:日落。昃,太阳偏西。《说文解字》:"昃,日在西方时侧也。"

⑯一张一弛,文武之训:指为政之道当有拉紧和放松的时候,文武兼济。《礼记·杂记下》:"张而不弛,文武弗能也;弛而不张,文武弗为也。一张一弛,文武之道也。"郑玄注:"张弛以弓弩喻人也,弓弩久张之,则失其体。"

⑯曳发:牵引头发。编芒:编制芒草。

⑰蔚:茂盛,盛大。

⑰九采:多种颜色。灼铄:鲜明光彩的样子。

⑰奉彝:手捧着礼器。彝,古代盛酒的器具,亦泛指古代宗庙常用的祭器。执幂:拿着遮盖食物的帕子。幂,覆盖东西的巾。

⑰纳:接受。觯:盛行于中国商代晚期和西周初期的酒器,青铜制,形似尊而小,或有盖。觞:泛指酒器。

⑰辄:就。釂:干杯饮酒。

⑰滴沥:流滴。觥:古代酒器,腹椭圆,上有提梁,底有圈足,兽头形盖,亦有整个酒器作兽形的,并附有小勺。

⑰贵交尚信,轻命重气:写鲁国之人重友谊信用,轻视自己的姓名重义气。

⑰义激:被正义所鼓动。毫毛:指小的事情。

⑰梗概:刚直的气概。

⑰四域来求:四面八方的人都来祈求。

（李炜　注）

阮　籍

【作者简介】

阮籍(210—263),字嗣宗,陈留尉氏(今河南开封)人,三国时期魏国诗人,竹林七贤之一。曾任步兵校尉,世称阮步兵。思想上崇尚任性自然,信奉老庄清静无为的哲学态度,蔑视礼法束缚。政治上迫于司马氏政权的高压,采取慎言避祸的态度。阮籍是"正始之音"的代表作家,善于五言诗的创作,主要有《咏怀诗》八十二首。同时工巧于文,代表作有《大人先生传》等。原有文集已佚,后人辑有《阮步兵集》。

东平赋

【题解】

《东平赋》是作者想施展一番作为却无路请缨的悲愤心情的真实写照。此赋分为两部分,第一部分着重描写东平的恶劣民俗,以及作者的一系列感慨。在第二部分中,由于作者的人生观与现实生活格格不入,他只好离开人间,与仙人王子乔一道外出周游。在四处周游的过程中,作者经历了激烈的思想斗争,最后还是放弃了求仙访道的出路回到现实人间,坚持"恬淡永世"的高洁人格。赋作多用象征、对比的艺术手法,想象精奇瑰丽、不拘一格。明代张溥评曰:"清遥古雅,有楚骚之遗则。凡赋中仍沓、铺张、薰蒸、蹇涩诸习,皆洗濯尽去。"(《汉魏六朝百三名家集·阮步兵集》)

【原文】

夫九州有方圆①,九野有形势②。区域高下③,物有其制④。开之则通,塞之则否⑤。流之则行,壅之则止⑥。崇之则成丘陵⑦,污之则为薮泽⑧。逶迤漫衍⑨,绕以大壑⑩。及至分之国邑⑪,树之表物。四时仪其象⑫,阴阳畅其气。傍通回荡⑬,有形有德⑭。云升雷动,一叫一默。或由之安,乃用斯惑。若观夫隅隈之缺⑮,幽荒之涂⑯,沕漠之域,穷野之都。奇伟谲诡⑰,可以胜图⑱。乃有遍游之士，浩养之雅[19]，凌惊飙[20]，蹑浮霄，清浊俱逝[21]，吉凶相招。是以伶伦游凤于昆仑之阳[22]，邹子嗡温于黍谷之阴[23]，伯高登降于尚季之上[24]，羡门逍遥于三山之岑[25]。上邀玄圃[26]，下游邓林[27]。凤鸟自歌，翔鸾自舞。嘉谷蕃殖[28]，匪我稷黍[29]。其厄陋则有横术之场[30]，鹿豕之墟。匪修洁之攸丽[31]，于秽累之所如。西则首仰阿甄[32]，傍通戚蒲。桑间濮上[33]，淫荒所庐。三晋纵横[34]，郑卫纷敷。豪俊凌属[35]，徒属留居。是以强御横于户牖[36]，怨毒奋于床隅[37]。仍渺欲而作慝[38]，岂待久而发诸。士惟中，刘王是聚。高危临城，穷川带宇。叔氏婚族[39]，实在其湄[40]。背险向水，垢污多私。是以其州闾鄙邑[41]，莫言或非[42]。殪情戾虑，以殖厥资[43]。其土田则原壤芜荒，树艺失时[44]。畴亩不辟，荆棘不治。流潢余溏，洋溢靡之[45]。东当三齐[46]，西接邹鲁，长涂千里，受兹商旅。力间为率，师使以辅。骄仆纤邑，于焉斯处。川泽捷径，洞庭荆楚。遗风过焉，是径是宇。由而绍俗[47]，靡则靡观[48]。非夷罔式[49]，导斯作残[50]。是以其唱和矜势，背理向奸。尚气逐利，因畏惟愆。其居处壅翳蔽塞，窕邃弗章。倚以陵墓，带以曲房[51]。是故居之则心昏，言之则志哀。悸罔徙易，靡所寤怀。其外有浊河萦其溏，清济荡其樊[52]。其北有连冈，崺巃崎岖[53]。山陵崔巍[54]，云电相干。长风振厉，萧条太原。其南则浮汶湛湛[55]，行潦成池[56]。深林茂树，蓊郁参差[57]。群鸟翔天，百兽交驰。

虽黔首之不淑兮[58]，傥山泽之足弥。古哲人之攸贵兮，好政教之有仪[59]。彼玄真之所宝兮[60]，乐寂寞之无知。咨闾阎之散感兮[61]，因回风以扬声[62]。瞻荒榛之芜秽兮[63]，顾东山之葱青。甘邱里之旧言兮[64]，发新诗以慰情。信严霜之未滋兮，岂丹木之再荣。《北门》悲于殷忧兮[65]，《小弁》哀于独诚[66]。鸱端一而慕仁兮，何淳朴之靡逞[67]。彼羽仪之感志兮，矧伊人之匪灵[68]。时敞惘以遥思兮[69]，飙飘飒以欲归。钦丕游于陵颠兮[70]，举斯群而竞飞。物修化而神乐兮，宁遐观之可追[71]。乘松舟以载险兮[72]，虽无维而自絷[73]。骋骅骝于狭路兮[74]，顾蹇驴而弗及[75]。资章甫以游越兮[76]，见犀光而先入[77]。被文绣而贾戎兮[78]，识旃裘之必袭[79]。奉淳德之平和兮[80]，孰斯邦之可集。将言归于美俗兮[81]，请王子与俱游[82]。漱玉液之滋怡兮[83]，饮白水之清流。遂虚心而后已兮，又何怀乎患忧？

重曰[84]：嘉年时之淑清兮[85]，美春阳以肇夏[86]。托思飙而载行兮，因形骸以成驾。遵间维而长驱兮[87]，问迷罔于菀风[88]。玄云兴而四周兮[89]，寒雨沦而下降。忽一寤而丧轨兮，蹈空虚而遂征。扶摇蔽于合墟兮[90]，咸池照乎增城[91]。欣煌熠之朝显兮，喜太阳之炎精[92]。测虚舟以遑思兮[93]，聊逍遥于清溟[94]。谨玄真之谌训兮[95]，想至人之有形[96]。绣靡睹其纷错兮[97]，虑弥远而度逼[98]。并旋轸于畎浍兮[99]，若空桑之可即[100]。言淫衍而莫止兮[101]，心绵绵而未息。集舒诰以鉴戒兮，赐众诲之难测。神遥遥以抒归兮，畏双环之在侧。咨禽鸟之不群兮，悼悠悠之无极。感藜藿之易修兮[102]，摄左右之相誉。惧从风而永去兮，托蹶项于鲋隅[103]。虽琴瑟之毕存兮，岂声曲之复舒。虑遨游以觌奇兮[104]，彼上腾其焉如。纷晻暧以乱错兮[105]，漫浩瀁而未静[106]。理都缪而改据兮[107]，竦端委而自整[108]。制规矩以仪衡兮[109]，占我龟以观省。眺兹舆之所彻兮[110]，寔斯近而匪远。岂三年之无问兮，将一往而九反。顾杲日之初开兮[111]，驰曲陵而饰容。时零落之飘飖兮[112]，试枯菀之必从[113]。释辽遥之阔度兮，习约结之常契。巡襄城之间收兮，诵纯一之遗誓[114]。被风雨之沾濡兮[115]，安敢轩翥而游署[116]。窃悄悄之眷贞兮[117]，泰恬淡而永世。岂淹留以为感兮[118]，将易貌乎殊方[119]。乃择高以登栖兮，永欣欣而乐康。

（据信述堂本《阮步兵集》）

【注释】

①州：古人将汉族聚居地分为九个区域，即冀州、兖州、青州、徐州、扬州、荆州、豫州、梁州、雍州，后泛指中国。龚自珍《己亥杂诗（二百二十）》："九州生气恃风雷，万马齐喑究可哀。"方圆：随宜，变通，这里指地形各有不同。罗隐《谗书·答贺兰友书》："非仆之不可苟合，道义之人，皆不合也。而受性介僻，不能方圆。"

②九野有形势：九州的原野地势各有不同。

③区域高下：九州的地势高低起伏。

④物有其制：天地万物自有其遵循的法则。

⑤否：不通、不利。《孔雀东南飞》："否泰如天地，足以荣汝身。"

⑥壅：堵塞。《旧五代史·梁书·太祖纪》："会乃率众于州东筑堰，壅汴水以浸其城。"

⑦崇：堆积。《仪礼·乡饮酒礼》："主人坐奠爵于西楹南介右，再拜崇酒。"

⑧薮泽：湖泊。《庄子·刻意》："就薮泽，处闲旷，钓鱼闲处，无为而已矣。"

⑨逶迤：也写作"逶池""逶蛇""委蛇"，曲折连绵貌。《淮南子·泰族训》："河以逶蛇故能远，山以陵迟故能高。"漫衍：流溢，泛滥。王褒《洞箫赋》："或漫衍而络绎兮，沛焉竞溢。"

⑩大壑：大海。《庄子·天地》："夫大壑之为物也，注焉而不满，酌焉而不竭。"成玄英疏："夫大海泓宏，深远难测，百川注之而不溢，尾闾泄之而不乾。"

⑪国邑：汉代诸侯的封地。《汉书·马宫传》："伏自惟念，入称四辅，出备

三公，爵为列侯，诚无颜复望阙廷，无心复居官府，无宜复食国邑。”

⑫四时仪其象：即四时与四象一一配合。四时，指春、夏、秋、冬四季。象，指木、火、金、水四象。

⑬傍通：通达，畅通。晋郭璞《江赋》：“爰有包山洞庭，巴陵地道，潜逵傍通，幽岫窈窕。”

⑭有形有德：形，一作“刑”。“刑”与“德”是两种治国理念，这里指山川地势高低相依。

⑮隅隈：角落。《诗经·邶风·静女》：“静女其姝，俟我于城隅。”《淮南子·览冥训》：“田者不侵畔，渔者不侵隈。”高诱注：“隈，曲深处，鱼所聚也。”

⑯幽荒：荒远之地。隋杨素《出塞》：“休明大道暨，幽荒日用同。方就长安邸，来谒建章宫。”

⑰奇伟：奇特壮美。王安石《游褒禅山记》：“而世之奇伟、瑰怪、非常之观，常在于险远，而人之所罕至焉，故非有志者不能至也。”谲诡：变化多端。宋玉《高唐赋》：“状似走兽，或象飞禽，谲诡奇伟，不可究陈。”

⑱不可胜图：不可描述完全。王安石《桂枝香·金陵怀古》：“彩舟云淡，星河鹭起，画图难足。”

⑲浩养之雅：有浩然正气的士大夫。《孟子·公孙丑上》：“我善养吾浩然之气。”

⑳飙：暴风。南朝梁庾信《哀江南赋序》：“况复舟楫路穷，星汉非乘槎可上；风飙道阻，蓬莱无可到之期。”

㉑清浊：清气与浊气，引申以喻天地阴阳二气。左思《魏都赋》：“夫泰极剖判，造化权舆，体兼昼夜，理包清浊。”李善注：“清轻者上为天，浊重者下为地。”

㉒伶伦：相传为黄帝时代的乐官，曾在昆仑之阳听到凤凰鸣叫，据此发明了律吕据以制乐。

㉓邹子：邹衍，战国时齐国人，阴阳家代表人物，五行创始人，曾居黍谷。《太平御览》卷八四二引汉刘向《别录》：“传言邹衍在燕，有谷地美而寒，不生五谷。邹子居之，吹律而温至生黍，到今名黍谷焉。”

㉔伯高：伯成子高，唐尧时的有道之士。《庄子·天地》：“尧治天下，伯成子高立为诸侯。尧授舜，舜授禹，伯成子高辞为诸侯而耕。”登降：犹进退。陶潜《始作镇军参军经曲阿作》：“我行岂不遥，登降千里余。”

㉕羡门：传说中的仙人。《史记·秦始皇本纪》：“三十二年，始皇之碣石，使燕人卢生求羡门、高誓。”逍遥：悠然自得地徘徊。《楚辞·九章·哀郢》：“去终古之所居兮，今逍遥而来东。”三山：指神话传说中的蓬莱、方丈、瀛洲三

仙山。李清照《渔家傲》:“九万里风鹏正举,风休住,蓬舟吹取三山去。”岑:山顶。晋陆机《猛虎行》:“静言幽谷底,长啸高山岑。”

㉖玄圃:亦作“县圃”。《离骚》:“朝发轫于苍梧兮,夕余至乎县圃。”

㉗邓林:神话中的桃林。《山海经·海外北经》:“夸父与日逐走,入日。渴欲得饮,饮于河渭。河渭不足,北饮大泽,未至,道渴而死,弃其杖,化为邓林。”

㉘蕃殖:即繁殖。《管子·四称》:“五谷蕃殖,外内均和。”

㉙稷黍:古代主要农作物,泛指五谷。《诗经·王风·黍离》:“彼黍离离,彼稷之苗。行迈靡靡,中心摇摇。”

㉚厄陋:狭窄简陋。韩愈《复志赋》:“抱关之厄陋兮,有肆志之扬扬。”横术:横于道旁。《汉书·燕刺王刘旦传》:“归空城兮,狗不吠,鸡不鸣,横术何广广兮,固知国中之无人!”颜师古注引臣瓒曰:“术,道路也。”

㉛修洁:整齐洁净。《国语·周语下》:“三曰姑洗,所以修洁百物,考神纳宾也。”

㉜阿甄:指东阿、甄城,古地名,在今山东省境内。

㉝桑间濮上:指濮水之上桑林之间,是青年男女幽会的地方,古人认为是郑卫情歌的发源地。《礼记·乐记》:“桑间濮上之音,亡国之音也。”《汉书·地理志下》:“卫地有桑间濮上之阻,男女亦亟聚会,声色生焉。”

㉞三晋:指战国时韩、赵、魏三国,由于三家分晋,故称。唐崔曙《九日登望仙台呈刘明府》:“三晋云山皆北向,二陵风雨自东来。”

㉟凌属:盛气凌人地侵犯。《楚辞·九歌·国殇》:“诚既勇兮又以武,终刚强兮不可凌。身既死兮神以灵,魂魄毅兮为鬼雄。”

㊱强御:豪强,有权势之人。《诗经·大雅·烝民》:“不侮矜寡,不畏强御。”户牖:室门叫“户”,室和堂之间有窗子叫“牖”。《古诗十九首·青青河畔草》:“盈盈楼上女,皎皎当窗牖。”

㊲怨毒:仇恨。《战国策·赵策一》:“今足下功力,非数痛加于秦国,而怨毒积恶,非曾深凌于韩也。”

㊳作慝:作恶。慝,存有邪念。《史记·五帝本纪》:“昔帝鸿氏有不才子,掩义隐贼,好行凶慝,天下谓之浑沌。”

㊴刘王、叔氏:此指大族。

㊵湄:河边。《诗经·秦风·蒹葭》:“所谓伊人,在水之湄。”

㊶州闾鄙邑:古代行政区划。

㊷莫言或非:没有是非,没人说不好。

㊸殚、戾:用尽。这句指为自己发财而挖空心思。

㊹树艺：种植，泛指农事。《孟子·梁惠王上》："五亩之宅，树之以桑，五十者可以衣帛矣。"

㊺流潢余溏，洋溢靡之：此二句言当地百姓不擅治水，致使洪水奔流泛滥。

㊻三齐：秦亡，项羽以齐国故地分立齐、胶东、济北三国，皆在今山东东部，后泛称"三齐"。

㊼绍：继续，接续。《尚书·盘庚》："绍复先王之大业。"

㊽则：效法。《周易·系辞上》："河出图，洛出书，圣人则之。"

㊾夷：平和。王安石《游褒禅山记》："夫夷以近，则游者众；险以远，则至者少。"罔式：不遵守法规。

㊿作残：作恶，同上文的"作慝"。

51曲房：内室、密室。汉枚乘《七发》："往来游醼，纵恣于曲房隐间之中。"

52浊河：指黄河，因河水含沙水流混浊而得名。清济：指济水，济水清，故为清济。《战国策·燕策》："苏代说燕王：'齐有清济、浊河，可以为固。'"诗文中常将浊河和清济对举，比喻奸佞和忠正。

53崺靡崎岖：形容山势险峻连绵。

54崔巍：犹"崔嵬"，山势高大。李白《蜀道难》："剑阁峥嵘而崔嵬，一夫当关，万夫莫开。"

55浮汶：汶水浮动。汶，指汶河，汇入黄河。李白《沙丘城下寄杜甫》："思君若汶水，浩荡寄南征。"湛湛：水深而清澈的样子。《楚辞·招魂》："湛湛江水兮上有枫，目极千里兮伤春心。"

56行潦：沟中的流水。《诗经·召南·采苹》："于以采藻？于彼行潦。"

57蓊郁：草木茂盛。白居易《答桐花》："山木多蓊郁，兹桐独亭亭。"

58黔首：百姓。贾谊《过秦论》："于是废先王之道，焚百家之言，以愚黔首。"不淑：即不善良。《诗经·鄘风·君子偕老》："子之不淑，云如之何。"

59仪：法则、规范。《诗经·鄘风·相鼠》："人而无仪，不死何为？"

60玄真：道家称妙道、精气等。晋嵇康《琴赋》："若和平者听之，则怡养悦愉，淑穆玄真。"

61咨：嗟叹。李白《蜀道难》："蜀道之难，难于上青天，侧身西望长咨嗟。"闾阎：乡里。王勃《滕王阁序》："闾阎扑地，钟鸣鼎食之家。"

62回风：旋风。回，旋转。《楚辞·九章》有《悲回风》篇。

63荒榛：杂乱丛生的草木，引申为荒芜。晋孙绰《游天台山赋》："披荒榛之蒙茏，陟峭崿之峥嵘。"

64邱里之旧言：原指方言、风土、群情等地方的通性，后引申为无私无名、无所不容的自然之道。《庄子·则阳》："少知问于大公调曰：'何谓丘里之言？'大公调曰：'丘里者，合十姓百名，以为风俗也。合异以为同，散同以为异。'"

㊺《北门》悲于殷忧：借《诗经·北门》表现忠臣受到薄待的抑郁不得志之情。《诗经·邶风·北门》："出自北门，忧心殷殷。"

㊻《小弁》哀于独诚：借《诗经·小雅·小弁》诗表达自己的忠诚。《诗经·小雅·小弁》："踧踧周道，鞫为茂草。我心忧伤，惄焉如捣。假寐永叹，维忧用老。心之忧矣，疢如疾首。"诗中主人公的父亲听信谗言将他放逐，全诗抒发其幽怨不平之情。

㊼鸥端一而慕仁兮，何淳朴之靡逞：典故出自《列子·黄帝》："海上之人有好鸥鸟者，每旦之海上，从鸥鸟游。鸥鸟之至者百数而不止，其父曰：'吾闻鸥鸟皆从汝游，汝取来吾玩之。'明日之海上，鸥鸟舞而不下也。"喻指存有机心之后就找不回淳朴的本心了。孟浩然《积雨辋川庄作》："野老与人争席罢，海鸥何事更相疑？"

㊽矧：何况。柳宗元《敌戒》："矧今之人，曾不是思。"

㊾敝：急。悃：诚恳，诚实。《楚辞·卜居》："悃悃款款，朴以忠乎？"

㊿钦丕：传说中的神鸟，见《山海经·西山经》。

51遐观：远眺，遍览，纵观。陶渊明《归去来兮辞》："策扶老以流憩，时矫首而遐观。"

52松舟：用松木作成的小舟。《诗经·魏风·竹竿》："淇水滺滺，桧楫松舟。"

53维：绳子。絷：羁绊。《诗经·小雅·白驹》："絷之维之。"

54骅骝：良马名，为周穆王"八骏"之一。宋周必大《二老堂杂志·井蛙骅骝》："井蛙不可以语海，其见小也；骅骝不可以捕鼠，其用大也。"

55蹇驴：跛脚的驴。苏轼《和子由渑池怀旧》："往日崎岖还记否，路长人困蹇驴嘶。"

56资：贩卖。章甫：殷代人所戴之冠，这里泛指帽子。《庄子·逍遥游》："宋人资章甫而适诸越，越人断发文身，无所用之。"

57犀光：犀牛发出的光。辛弃疾《水龙吟·过南剑双溪楼》："待燃犀下看，凭栏却怕，风雷怒，鱼龙惨。"

58戎：泛指我国西部的少数民族。《三国志·蜀书·诸葛亮传》："西和诸戎，南抚夷越。"

59旃裘：古代北方游牧民族用兽毛等制成的衣服。《史记·匈奴列传》："自君王以下，咸食畜肉，衣其皮革，被旃裘。"

⑧⓪淳德：淳厚的德行。《史记·秦本纪》："上含淳德以遇其下，下怀忠信以事其上。"

⑧①美俗：淳美的风俗。《荀子·王霸》："无国而不有美俗，无国而不有恶俗。"

⑧②王子：神话传说中的仙人王子乔。《古诗十九首·生年不满百》："仙人王子乔，难可与等期。"

⑧③玉液：道家所炼的仙液。王逸《九思·疾世》："从卬遨兮栖迟，吮玉液兮止渴。"原注："玉液，琼蕊之精气。"

⑧④重曰：即重复申明，常用作辞赋结尾部分的发语词，表强调作用。

⑧⑤嘉：赞美。韩愈《师说》："余嘉其能行古道。"淑：美好。《诗经·周南·关雎》："窈窕淑女，君子好逑。"

⑧⑥春阳：温暖和煦的春日。南朝陈徐陵《玉台新咏》："兰若生春阳，涉冬犹盛滋。"肇：开始。《离骚》："皇览揆余初度兮，肇锡余以嘉名。"

⑧⑦间维：固定天穹的绳子。《楚辞·远游》："历玄冥以邪径兮，乘间维以反顾。"

⑧⑧菀风：寓言中虚构的人物。菀，通"苑"。《庄子·大地》："谆芒将东之大壑，适遇苑风于东海之滨。"

⑧⑨玄云：乌云。

⑨⓪扶摇：道家神话传说中的树名。合墟：神话中日月所居之地。《山海经·大荒东经》："大荒之中，有山名曰合虚，日月所出。"

⑨①咸池：日浴之处。屈原《离骚》："饮余马于咸池兮，揔余辔乎扶桑。"王逸注："咸池，日浴处也。"增城：出自《淮南子·地形训》："掘昆仑墟以下，地中有增城九重。"

⑨②炎精：指太阳。《宋书·武帝纪下》："近炎精亢序，苗稼多伤。"

⑨③虚舟：无人驾驶的船只。《庄子·山木》："方舟而济于河，有虚船来触舟，虽有惼心之人不怒。"遑：安闲。《诗经·小雅·采薇》："不遑启居，玁狁之故。"

⑨④溟：这里指大海。《庄子·逍遥游》："穷发之北有溟海者，天池也。"

⑨⑤谌：诚然，的确。《楚辞·九章·哀郢》："外承欢之汋约兮，谌荏弱而难持。"

⑨⑥至人：超凡脱俗，达到无我境界的人。《庄子·逍遥游》："至人无己，神人无功，圣人无名。"

⑨⑦纷错：纷繁杂乱。唐韦处厚《盛山》诗之八："倒花纷错秀，鉴月静涵冰。"

⑨⑧度逼：受到约束限制。

⑨⑨旋轸：调转车子。轸，车箱底部四周的横木，借指车。《周礼·考工记

序》："车轸有六等之数，车四尺，谓之一等。"畎浍：田间水沟。《尚书·益稷》："予决九川距四海，濬畎浍距川。"郑玄注："畎浍，田间沟也。"

⑩⑩空桑：传说中的山名，产琴瑟之材。《楚辞·九歌·大司命》："君回翔兮以下，逾空桑兮从女。"王逸注："空桑，山名，司命所经。"

⑩①淫衍：连绵不绝。曹丕《愁霖赋》："涂渐洳以沉滞，潦淫衍而横湍。"

⑩②藜藿：粗劣的饭菜。《韩非子·五蠹》："粝粢之食，藜藿之羹。"

⑩③颛顼：五帝之一，号高阳氏，姬姓，上古部落首领。唐吴筠《游仙二十四首》："颛顼清玄宫，禺强扫幽境。"鲋隅：一作"鲋禺"，山名，即鲋鱼山。李善注引《山海经》："大荒之中，河水之间，鲋禺之山，帝颛顼与九嫔葬焉。"

⑩④觌：观察，见到。曹植《洛神赋》："乃援御者而告之曰：'尔有觌于彼者乎？彼何人斯，若此之艳也！'"

⑩⑤晻暧：昏暗。温庭筠《苦楝花》："晻暧迷青琐，氤氲向画图。"

⑩⑥浩瀁：水浩瀚无涯。谢灵运《山居赋》："引修堤之逶迤，吐泉流之浩瀁。"唐皮日休《九讽·悼贾》："临汨罗之浩瀁兮，想《怀沙》之幽忧。"

⑩⑦缪：通"谬"。错误，谬误。《汉书·司马迁传》："故《易》曰：'差以毫厘，谬以千里。'"

⑩⑧竦：恭敬。张衡《思玄赋》："竦余身而顺止兮，遵绳墨而不跌。"端委：古代礼服。《左传·昭公元年》："吾与子弁冕端委，以治民临诸侯。"杜预注："端委，礼衣。"

⑩⑨规矩：规和矩是校正圆形和方形的两种工具，代指礼仪法度。屈原《离骚》："固时俗之工巧兮，偭规矩而改错。"

⑪⓪彻：遵循。《诗经·小雅·十月之交》："天命不彻，我不敢效我友自逸。"

⑪①杲日：明亮的阳光。杲，明亮。《管子·内业》："杲乎如登于天。"

⑪②飘飖：形容举止轻盈、洒脱。高适《别董大(其二)》："六翮飘飖私自怜，一离京洛十余年。"

⑪③枯菀：草木的枯荣，比喻人生的黯淡与辉煌。古人有以草木象征人生的文学传统。

⑪④纯一：淳朴单纯。王充《论衡·本性》："初禀天然之姿，受纯一之质，故生而兆见，善恶可察。"

⑪⑤沾濡：恩泽普及。司马相如《封禅文》："怀生之类，沾濡浸润。"

⑪⑥轩翥：高飞。《楚辞·远游》："雌蜺便娟以增挠兮，鸾鸟轩翥而翔飞。"

⑪⑦悄悄：忧伤的样子。眷贞：返顾操守。

⑪⑧淹留：停留，羁旅。柳永《八声甘州》："叹年来踪迹，何事苦淹留？"感：通"憾"。

⑪⑨殊方：远方，异域。王维《晓行巴峡》："人作殊方语，莺为旧国声。"

（朱露露　注）

颜之推

【作者简介】

颜之推（531—约 597），字介，生于江陵（今湖北江陵），祖籍琅邪临沂（今山东临沂）。年少时即博学善属文，任湘东王萧绎右常侍，加镇西墨曹参军。后于侯景之乱中被俘，得王则相救而幸免于难，囚送建康。侯景乱平后，颜之推被释放，从建康归还江陵，被封为散骑侍郎，奉命校书。颜之推在西魏攻陷江陵时再次被俘，遣送西魏，受李显庆赏识而得以掌平阳公书翰，不久便携家沿黄河逃往北齐。在得知陈霸先废梁敬帝而自立后，颜之推留仕北齐，历二十年，历任中书舍人、黄门侍郎、平原太守。齐亡，颜之推再次随周军入长安，被北周征为御史上士。北周灭亡后仕隋，于开皇年间被召为学士，约于开皇十七年（597）去世。颜之推历仕梁、西魏、北齐、北周、隋五个朝代，是南北朝后期由南入北的典型文人。他的文学创作受琅琊王氏儒学传家的影响，以典正著称，其作品所反映的故国之思和作为贰臣的愧疚之感交织在一起，这一点与庾信风格相近。今存《颜氏家训》《还冤志》两部著作。

观我生赋

【题解】

"观我生"典出《周易·观》，"九五"爻辞云："观我生，君子无咎。"在这篇赋中可以理解为总结平生际遇，由此引发一生"三为亡国之人"的沉痛叹息，仕途的艰辛、屡遭颠沛的苦难，让这篇赋极具感动人心的力量。《观我生赋》作于北齐刚刚灭亡不久，颜之推从自身遭际出发，将个人命运与华夏文化命运紧紧关联，反映了在胡人统治中国的特殊时代背景下文人的文化心态。

【原文】

仰浮清之藐藐，俯沉奥之茫茫[1]，已生民而立教[2]，乃司牧以分疆[3]，内诸夏而外夷狄[4]，骤五帝而驰三王[5]。大道寝而日隐，《小雅》摧以云亡[6]，哀赵武之作孽，怪汉灵之不祥[7]，旄头玩其金鼎[8]，典午失其珠囊[9]，瀍涧鞠成沙漠[10]，神华泯为龙荒[11]，吾王所以东运，我祖于是南翔[12]。晋中宗以琅邪王南渡，之推琅邪人，故称吾王。去琅邪之迁越，宅金陵之旧章，作羽仪于新邑[13]，树杞梓于水乡[14]，传清白而勿替[15]，守法度而不忘[16]。

逮微躬之九叶[17]，颓世济之声芳[18]。问我良之安在，钟厌恶于有梁，养傅翼之飞兽，梁武帝纳亡人侯景，授其命，遂为反叛之基。子贪心之野狼。武帝初养临川王子正德为嗣，生昭明后，正德还本，特封临贺王。犹怀怨恨。经叛入北而还，积财养士，每有异志也。初召祸于绝域，重发衅于萧墙[19]。正德求征侯景，至新林，叛投景，景立为主，以攻台城[20]。虽万里而作限，聊一苇而可航[21]，指金阙以长铩[22]，向王路而蹶张[23]。勤王逾于十万[24]，曾不解其搤吭[25]，嗟将相之骨鲠[26]，皆屈体于犬羊[27]。台城陷，援军并问讯二宫[28]，致敬于侯景也。武皇忽以厌世，白日黯而无光，既飨国而五十，何克终之弗康[29]。嗣君听于巨猾[30]，每凛然而负芒。自东晋之违难，寓礼乐于江湘[31]，迄此几于三百，左衽浃于四方[32]，咏苦胡而永叹，吟微管而增伤。

世祖赫其斯怒[33]，奋大义于沮漳[34]。孝元帝时为荆州刺史。授犀函与鹤膝，建飞云及艅艎[35]，北征兵于汉曲，南发饵于衡阳[36]。湘州刺史河东王誉，雍州刺史岳阳王詧并隶荆州都督府。昔承华之宾帝[37]，实兄亡而弟及，昭明太子薨，乃立晋安王为太子。逮皇孙之失宠[38]，叹扶车之不立。嫡皇孙驩出封豫章王而薨。间王道之多难[39]，各私求于京邑，襄阳阻其铜符[40]，长沙闭其玉粒[41]。河东、岳阳皆昭明子。遽自战于其地[42]，岂大勋之暇集[43]，子既殒而侄攻，昆亦围而叔袭，褚乘城而宵下，杜倒戈而夜入，孝元以河东不供船艎，乃遣世子方等为刺史。大军掩至，河东不暇遣拒。世子信用群小，贪其子女玉帛，遂欲攻之，故河东急而逆战，世子为乱兵所害。孝元发怒，又使鲍泉围河东。而岳阳宣言大猎，即拥众袭荆州，求解湘州之围。时襄阳杜岸兄弟怨其见劫，不以实告，又不义此行，率兵八千夜降，岳阳于是遁走。河东府褚显族据投岳阳。所以湘洲见陷也。行路弯弓而含笑，骨肉相诛而涕泣，周旦其犹病诸[44]，孝武悔而焉及[45]。

方幕府之事殷[46]，谬见择于人群，未成冠而登仕[47]，财解履以从军。时年十九，释褐湘东国右常侍，以军功加镇西墨曹参军。非社稷之能卫[48]。童汪锜[阙]。仅书记于阶闼[49]，罕羽翼于风云。及荆王之定霸，始仇耻而图雪[50]，舟师次乎武昌[51]，抚军镇于夏汭[52]。时遣徐州刺史徐文盛领二万人屯武昌芦州拒侯景将任约，又第二子绥宁度方诸为世子，拜中抚军将军、郢州刺史以盛声势。滥充选于多士[53]，在参戎之盛列[54]，惭四白之调护，厕六友之谈说，时迁中抚军外兵参军，掌管记，与文珪、刘民英等与世子游处。

虽形就而心和，匪余怀之所说。繄深宫之生贵，矧垂堂与倚衡[55]，欲推心以厉物，树幼齿以先声。中抚军时年十五。忾敷求之不器，乃画地而取名，仗御武于文吏，以虞预为郢州司马，领城防事。委军政于儒生。以鲍泉为郢州行事，总摄州府也。值白波之猝骇，逢赤舌之烧城[56]，王凝坐而对寇[57]，向诩拱以临兵[58]。任约为文盛所困，侯景自上救之，舟舰弊漏，军饥卒疲，数战失利。乃令宋子仙、任约步道偷郢州城，预无备，故陷贼。莫不变蝯而化鹄[59]，皆自取首以破脑。将睥睨于渚宫[60]，先凭陵于他道[61]，景欲攻荆州，路由巴陵[62]。懿永宁之龙蟠[63]，永宁公王僧辩据巴陵城，善于守御[64]，景不能进。奇护军之电扫[65]。护军将军陆法和破任约于赤亭湖，景退走，大溃。奔虏快其余毒，缧囚膏乎野草[66]，幸先生之无劝，赖滕公之我保[67]，之推执在景军，例当见杀。景行台郎中王则初无旧识，再三救护，获免，囚以还都。剟鬼录于岱宗[68]，招归魂于苍旻[69]，时解衣讫而获全。荷性命之重赐，衔若人以终老[70]。

贼弃甲而来复，肆觜距之雕鸢[71]，积假履而弑帝，凭衣雾以上天，用速灾于四月，奚闻道之十年[72]。台城陷后，梁武曾独坐叹曰："侯景于文为小人百日天子。"及景以大宝二年十一月十九日僭位[73]，至明年三月十九日弃城逃窜，是一百二十日，芛天道纪大数，故文为百日。言与公孙述俱禀十二[74]，而旬岁不同。就狄俘于旧壤，陷戎俗于来旋，慨黍离于清庙[75]，怆麦秀于空廛[76]，鼖鼓卧而不考[77]，景钟毁而莫悬[78]，野萧条以横骨，邑阒寂而无烟[79]。畴百家之或在，中原冠带随晋渡江者百家，故江东有《百谱》，至是在都者覆灭略尽。覆五宗而翦焉[80]。独昭君之哀奏，唯翁主之悲弦[81]。公主子女见辱见仇。经长干以掩抑[82]，长干旧颜家巷。展白下以流连[83]，靖侯以下七世坟茔皆在白下。深燕雀之余思，感桑梓之遗虔[84]，得此心于尼甫[85]，信兹言乎仲宣[86]。逖西土之有众[87]，资方叔以薄伐[88]，永宁公以司徒为大都督。抚鸣剑而雷咤，振雄旗而云窣[89]，千里追其飞走，三载穷于巢窟，屠蚩尤于东郡[90]，挂郅支于北阙[91]。既斩侯景，烹尸于建业市，百姓食之，至于肉尽龁骨，传首荆州，悬于都街。吊幽魂之冤枉，扫园陵之芜没，殷道是以再兴，夏祀于焉不忽，但遗恨于炎昆[92]，火延宫而累月。侯景既走，义师采穞失火，烧宫殿荡尽也。

指余棹于两东，侍升坛之五让，钦汉官之复睹[93]，赴楚民之有望。摄绛衣以奏言[94]，忝黄散于官谤，时为散骑侍郎，奏舍人事也。或校石渠之文[95]，王司徒表送秘阁旧事八万卷，乃诏比校，部分为正御、副御、重杂三本。左民尚书周弘正、黄门郎彭僧朗、直省学士王珪、戴陵校经部，左仆射王褒、吏部尚书宗怀正、员外郎颜之推、直学士刘仁英校史部，廷尉卿殷不害、御史中丞王孝纪、中书郎邓荩、金部郎中徐报校子部，右卫将军庾信、中书郎王固、晋安王文学宗善业、直省学士周确校集部也。时参柏梁之唱[96]。顾甂瓯之不算[97]，濯波涛而无量[98]，属潇湘之负罪[99]，陆纳。兼岷峨之自王[100]。武陵王。伫既定以鸣鸾，修东都之大壮。诏司农卿黄文超营殿。

惊北风之复起，惨南歌之不畅[101]。秦兵继来。守金城之汤池[102]，转绛宫之玉帐[103]。孝元自晓阴阳兵法，初闻贼来，颇为厌胜，被围之后，每叹息，知必败。徒有道而师直，翻无名之不抗。孝元与宇文丞相断金结和[104]，无何见灭[105]，是师出无名。民百万而囚虏，书千两而烟炀，溥天之下[106]，斯文尽丧[107]。北于坟籍少于江东三分之一[108]，梁氏剥乱[109]，散逸湮亡[110]。唯孝元鸠合[111]，通重十余万，史籍以来，未之有也。兵败悉焚之，海内无复书府。怜婴孺之何辜，矜老疾之无状[112]，夺诸怀而弃草，踣于涂而受掠[113]。冤乘舆之残酷，轸人神之无状[114]，载下车以黜丧，揜桐棺之藁葬[115]。云无心以容与[116]，风怀愤而憀恨。井伯饮牛于秦中[117]，子卿牧羊于海上[118]。留钏之妻，人衔其断绝；击磬之子，家缠其悲怆。

小臣耻其独死，实有愧于胡颜，牵痾疻而就路，时患脚气。策驽蹇以入关[119]。官疲驴瘦马。下无景而属蹈[120]，上有寻而亟搴[121]，嗟飞蓬之日永，恨流梗之无还[122]。若乃玄牛之旌，九龙之路，土圭测影[123]，璿玑审度[124]，或先圣之规模[125]，乍前王之典故[126]，与神鼎而偕没[127]，切仙宫之永慕。尔其十六国之风教[128]，七十代之州壤，接耳目而不通，咏图书而可想，何黎氓之匪昔，徒山川之犹曩[129]。每结思于江湖[130]，将取弊于罗网[131]，聆代竹之哀怨，听出塞之嘹朗[132]，对皓月以增愁，临芳樽而无赏[133]。

自太清之内衅，彼天齐而外侵，始蹙国于淮浒[134]，遂压境于江浔[135]。侯景之乱，齐氏深斥梁家土宇，江北、淮北唯余庐江、晋熙、高唐、新蔡、西阳、齐昌数郡。至孝元之败，于是尽矣，以江为界也。获仁厚之麟角[136]，克俊秀之南金[137]，爰众旅而纳主，车五百以夐临，齐遣上党王涣率兵数万纳梁贞阳侯明为主。返季子之观乐[138]，释钟仪之鼓琴[139]。梁武聘使，谢挺、徐陵始得还南[140]，凡厥梁臣，皆以礼遣。窃闻风而清耳，倾见日之归心，试拂蓍以贞筮，遇交泰之吉林[141]。之推闻梁人返国，故有奔齐之心。以丙子岁旦筮东行吉不，遇《泰》之《坎》，乃喜曰："天地交泰而更习，坎重险，行而不失其信，此吉卦也，但恨小往大来耳。"后遂吉也。譬欲秦而更楚，假南路于东寻，乘龙门之一曲，历砥柱之双岑[142]。冰夷风薄而雷响[143]，阳侯山载而谷沉[144]，侔挈龟以冯浚[145]，类斩蛟而赴深[146]，昏扬舲于分陕[147]，曙结缆于河阴[148]。水路七百里一夜而至。追风飙之逸气[149]，从忠信以行吟[150]。

遭厄命而事旋，旧国从于采芑[151]，先废君而诛相，讫变朝而易市[152]。至邺，便值陈兴而梁灭，故不得还南。遂留滞于漳滨[153]，私自怜其何已[154]，谢黄鹄之回集[155]，恧翠凤之高峙[156]，曾微令思之对[157]，空窃彦先之仕[158]，纂书盛化之旁[159]，待诏崇文之里[160]，齐武平中，署文林馆待诏者仆射阳休之、祖孝征以下三十余人[161]，之推专掌，其撰《修文殿御览》《续文章流别》等皆诣进贤门奏之[162]。珥貂蝉而就列[163]，执麾盖以入齿[164]。时以通直散骑常侍迁黄门郎也。款一相之故人，故人祖仆射掌机密，吐纳帝令也。贺万乘之知己，秖夜语之见忌[165]，宁怀䛕之足恃。谏谮言之矛戟[166]，惕险情之山水[167]，由重裘以寒胜[168]，用去薪而沸止[169]。时武职疾文人[170]，之推蒙礼遇，每构创痏[171]。故侍中崔季舒等六人以谏诛，之推尔日邻祸。而侪流或有毁之推于祖仆射者[172]，仆射察之无实，所知如旧不忘。

予武成之燕翼[173]，遵春坊而原始[174]，唯骄奢之是修，亦佞臣之云使。武成奢侈，后宫御者数百人，食于水陆贡献珍异，至乃厌饱，弃于厕中。裈衣悉罗缬锦绣珍玉，织成五百一段。尔后宫掖遂为旧事。后主之在宫，乃使骆提婆母陆氏为之，又胡人何洪珍等为左右，后皆预政乱国焉[175]。惜染丝之良质[176]，惰琢玉之遗祉[177]，用夷吾而治臻[178]，昵狄牙而乱起[179]。祖孝征用事[180]，则朝野翕然[181]，政刑有纲纪矣[182]。骆提婆等苦孝征以法绳己[183]，谮而出之。于是教令昏僻[184]，至于灭亡。诚怠荒于度政[185]，惋驱除之神速，肇平阳之烂鱼，次太原之破竹[186]。晋州小失利，便弃军还并，又不守并州[187]，奔走向邺。寔未改于弦望[188]，遂□□□□□，及都□而升降，怀坟墓之沦覆[189]。迷识主而状人，竟已栖而择木，六马纷其颠沛[190]，千官散于奔逐[191]，无寒瓜以疗饥，靡秋萤而照宿[192]，时在季冬，故无此物。仇敌起于舟中[193]，胡、越生于辇毂[194]。壮安德之一战，邀文武之余福，尸狼藉其如莽[195]，血玄黄以成谷[196]，后主奔后，安德王延宗收合余烬[197]，于并州夜战，杀数千人。周主欲退，齐将之降周者告以虚实，故留至明而安德败也。天命纵不可再来，犹贤死庙而恸哭[198]。乃诏余以典郡[199]，据要路而问津[200]，除之推为平原郡[201]，据河津，以为奔陈之计。斯呼航而济水[202]，郊乡导于善邻[203]，约以邺下一战不克[204]，当与之推入陈。不羞寄公之礼[205]，愿为式微之宾[206]。忽成言而中悔[207]，矫阴疏而阳亲[208]，信谄谋于公王，竟受陷于奸臣。丞相高阿那肱等不愿入南，又惧失齐主则得罪于周朝，故疏间之推[209]。所以齐主留之推守平原城，而索船渡济向青州。阿那肱求自镇济州，乃启报应齐主云："无贼，勿匆匆。"遂道周军追齐主而及之。曩九围以制命[210]，今八尺而由人，四七之期必尽，百六之数溘屯[211]。赵郡李穆叔调妙占天文算术，齐初践祚计止于二十八年[212]。至是如期而灭。

予一生而三化，备荼苦而蓼辛[213]，在扬都值侯景杀简文而篡位，于江陵逢孝元覆灭，至此而三为亡国之人。鸟焚林而铩翮，鱼夺水而暴鳞[214]，嗟宇宙之辽旷[215]，愧无所而容身。夫有过而自讼[216]，始发矇于天真[217]，远绝圣而弃智[218]，妄锁义以羁仁，举世溺而欲拯[219]，王道郁以求申。既衔石以填海[220]，终荷戟以入秦，亡寿陵之故步[221]，临大行以逡巡[222]。向使潜于草茅之下[223]，甘为畎亩之人[224]，无读书而学剑[225]，莫抵掌以膏身[226]，委明珠而乐贱[227]，辞白璧以安贫[228]，尧、舜不能荣其素朴，桀、纣无以污其清尘[229]，此穷何由而至，兹辱安所自臻[230]。而今而后，不敢怨天而泣麟也[231]。

（据《北齐书·颜之推传》，中华书局 1972 年版）

【注释】

①浮清：指青天。沉奥：指大地。古人认为清气上浮为天，浊气下沉为地。藐藐、茫茫：高远貌。藐藐，犹邈邈、渺渺。《红楼梦》一百二十回："谁与我游兮，

吾谁与从？渺渺茫茫兮，归彼大荒。”

②立教：树立教化，进行教导。《韩诗外传》卷八：“学校庠序以立教，事老养孤以化民。”

③司牧：管理，统治。《左传・襄公十四年》：“天生民而立之君，使司牧之，勿使失性。”分疆：区分疆界。《晋书・地理志上》：“武帝开越攘胡，初置十七，拓土分疆，又增十四。”

④内诸夏而外夷狄：以中原汉族为中心，排斥少数民族，古人有以血缘、地缘、礼仪等标准区分华夷的传统。《论语・八佾》：“夷狄之有君，不如诸夏之亡也。”

⑤五帝：上古时代五位部落首领，指黄帝、颛顼、帝喾、尧、舜，见《大戴礼记》。三王：即三皇，指天皇氏、地皇氏、人皇氏。

⑥两句谓世道衰微、政教松弛。《诗经・小雅・六月》毛序云：“小雅尽废，则四夷交侵，中国微矣。”寝：湮没不彰，隐蔽。南朝宋王僧达《祭颜光禄文》：“凉阴掩轩，娥月寝耀。”

⑦两句指责赵武灵王胡服骑射、汉灵帝好穿胡服用胡物的行为，作者认为他们破坏了华夏传统。

⑧两句言胡族入侵，汉族政权覆灭。旄头：昴星，二十八宿之一，主西方，代指少数民族。李白《经乱离后天恩流夜郎忆旧游书怀赠江夏韦太守良宰》：“安得羿善射，一箭落旄头。”

⑨典午：“司马”的隐语，常用作晋朝的代称。《晋书・安帝恭帝纪论》：“是以宋高非典午之臣，孙恩岂金行之寇。”珠囊：指五星的躔度。《尚书考灵曜》：“天失日月，遗其珠囊。”郑玄注：“珠，谓五星也。遗其囊者，盈缩失度也。”

⑩瀍涧：瀍水和涧水的并称。洛阳有瀍水直穿城中、涧水环其西，故多以瀍涧代指洛阳。孟浩然《题李四十庄兼赠綦毋校书》：“左右瀍涧水，门庭缑氏山。”

⑪龙荒：漠北。龙，指匈奴祭天处龙城。荒，谓荒服。王昌龄《从军行七首(其三)》：“表请回军掩尘骨，莫教兵士哭龙荒。”

⑫两句言颜之推的九世祖颜含跟随晋中宗司马睿南渡。

⑬羽仪：旌旗。《南齐书・东昏侯纪》：“帝乌帽袴褶，备羽仪，登南掖门临望。”新邑：新的都城。晋潘岳《西征赋》：“于斯时也，乃摹写旧丰制造新邑。”

⑭杞梓：原指两种木材名字，后比喻优秀的人才。《国语・楚语上》：“晋卿不若楚，其大夫则贤。其大夫皆卿才也，若杞、梓、皮革焉，楚实遗之。”

⑮勿替：不要荒废。《诗经・小雅・谷风之什・楚茨》：“子子孙孙，勿替引之。”

⑯法度：法令制度，行为准则。《尚书・大禹谟》：“儆戒无虞，罔失法度。”

⑰微躬：自我的谦称。宋郭祥正《金山行》："百年形影浪自苦，便欲此地安微躬。"叶：代。《后汉书·郭躬传》："三叶皆为司隶，时称其盛。"

⑱颓：衰败。李白《古风五十九首（其五十四）》："晋风日已颓，穷途方恸哭。"世济：世代继承。《史记·五帝本纪》："高辛氏有才子八人，世谓之'八元'。此十六族者，世济其美，不陨其名。"声芳：美好的名声。《宋书·王景文传论》："王景文弱年立誉，声芳籍甚。"

⑲发衅于萧墙：内部发生祸乱。衅，祸患，祸乱。《后汉书·隗嚣传》："夫功全则誉显，业谢则衅生。"萧墙，萧之言肃也。古代宫室内作为屏障的矮墙，代指内部。《论语·季氏》："吾恐季孙之忧，不在颛臾，而在萧墙之内也。"

⑳台城：在建康城内，是东晋至南朝的皇宫所在地。唐韦庄《台城》："无情最是台城柳，依旧烟笼十里堤。"

㉑一苇而可航：出自《诗经·卫风·河广》："谁谓河广，一苇航之。"

㉒金阙：天子所居的宫殿。王涯《望禁门松雪》："金阙晴光照，琼枝瑞色封。"

㉓蹶张：气势汹汹的样子。《史记·张丞相列传》："申屠丞相嘉者，梁人，以材官蹶张从高帝击项籍，迁为队率。"

㉔勤王：君主的统治受到威胁时，臣子起兵救援。《左传·僖公二十五年》："狐偃言于晋侯曰：'求诸侯莫如勤王。'"

㉕曾：竟然。《列子·汤问》："北山愚公长息曰：'汝心之固，固不可彻，曾不若孀妻弱子。'"搤吭：扼住咽喉，形容危急的形势。

㉖骨鲠：比喻刚直。《史记·吴太伯世家》："方今吴外困于楚，而内空无骨鲠之臣，是无奈我何。"

㉗屈体：屈服，屈膝。李白《赠新平少年》："屈体若无骨，壮心有所凭。"犬羊：对外敌的蔑称。宋陈与义《伤春》："稍喜长沙向延阁，疲兵敢犯犬羊锋。"

㉘问讯：问候。陶渊明《桃花源记》："村中闻有此人，咸来问讯。"

㉙四句言梁武帝在位四十八年，最后竟不得善终。飨国：即享国，享有其国，指帝王在位。贾谊《过秦论》："延及孝文王、庄襄王，享国日浅，国家无事。"

㉚嗣君：指简文帝萧纲，受制于侯景。

㉛两句言东晋衣冠南渡，避乱江南，在江南延续华夏文明。

㉜左衽：少数民族的服装，衣襟向左掩，异于中原一带的右衽。《论语·宪问》："微管仲，吾其被发左衽矣。"

㉝世祖：指梁元帝萧绎。赫其斯怒：勃然大怒。《诗经·大雅·皇矣》："王赫斯怒，爰整其旅。"

㉞沮漳：沮水与漳水的并称，代指此二水之间的地区。谢灵运《拟魏太子邺

中集诗·王粲》:"沮漳自可美,客心非外奖。"

㉟飞云、艅艎:大型战舰。郭璞《江赋》:"漂飞云,运艅艎。"

㊱馈:即运,但馈属于徭役,不同于民间的货物运输,而是由官府颁令而行,专指为军队后勤保障而进行的运输。衡阳:今属湖南省。范仲淹《渔家傲·秋思》:"塞下秋来风景异,衡阳雁去无留意。"

㊲承华之宾帝:指昭明太子萧统去世。承华,太子所居宫殿,代指太子。陆机《洛阳记》:"太子宫在太宫东薄室门外,中有承华门。"

㊳逮:及,等到。李密《陈情表》:"逮奉圣朝,沐浴清化。"

㊴王道:以仁义治理天下的仁政,与霸道相对。《史记·十二诸侯年表》:"孔子明王道,干七十余君,莫能用。"

㊵铜符:调兵遣将的兵符,这里指军队。

㊶玉粒:粟之类的谷物,这里指军粮。杜甫《茅堂检校收稻(其一)》:"红鲜终日有,玉粒未吾悭。"

㊷遽:急速,匆忙。《国语·晋语》:"公惧,遽见之。"

㊸暇:空闲。《尚书·无逸》:"不敢自暇自逸。"

㊹周旦其犹病诸:周公平管蔡之乱,尚且为世人诟病。

㊺孝武悔而焉及:汉武帝受江充蒙蔽逼死戾太子,后来追悔莫及。

㊻幕府:将帅办公的地方,泛指衙署。杜甫《宿府》:"清秋幕府井梧寒,独宿江城蜡炬残。"

㊼成冠:指成年。古代男子二十岁进加冠礼。左思《咏史(其一)》:"弱冠弄柔翰,卓荦观群书。"

㊽社稷:国家的代称。社,土地神。稷,谷神。《史记·吕太后本纪》:"夫全社稷,定刘氏之后,君亦不如臣。"

㊾阶闼:陛阶和宫门,借指朝廷。《汉书·霍光金日磾传赞》:"霍光以结发内侍,起于阶闼之间。"

㊿仇:仇恨。阮籍《咏怀八十二首(其七十七)》:"百年何足言?但苦怨与仇。"

51次:停泊。《左传·襄公十八年》:"楚师伐郑,次于鱼陵。"

52夏汭:古地名,即今湖北汉水入长江处。《左传·昭公四年》:"吴伐楚,楚沈尹射奔命于夏汭。"

53滥充:即滥竽充数,自谦之词。多士:众多贤士,也指百官。《诗经·大雅·文王》:"济济多士,文王以宁。"

54参戎:参谋军务。

55垂堂:靠近堂屋檐下。倚衡:靠在车前横木上。以喻处于危险境地。《汉书·袁盎传》："盎曰：'臣闻千金之子坐不垂堂，百金之子不骑衡。'"

㊻赤舌之烧城：毁谤或挑拨离间的话非常伤害人。扬雄《太玄·乾》："赤舌烧城，吐水于瓶。"

㊼王凝坐而对寇：王凝之任会稽太守时逢孙恩贼乱，他不设防，而是作法请求鬼兵相助，兵败后与诸子一同被杀。

㊽向诩拱以临兵：东汉向栩，为人好高谈阔论。张角作乱，向栩认为国家不用兴兵，但遣将于河上北向读《孝经》，贼自当消灭。结果朝中有人谗害向栩里通黄巾，向栩因之被处死。这两个典故用以说明书生误国。

㊾变蝯而化鹄：即变猿化鹤，比喻将士阵亡。《太平御览》卷九一六引古本《抱朴子》："周穆王南征，一军尽化，君子为猴为鹤，小人为虫为沙。"

㊿睥睨：侦伺，窥视。《续资治通鉴·宋高宗建炎三年》："敌又睥睨金陵、镇江。"渚宫：楚国的宫名，故址在今湖北省江陵县。《左传·文公十年》："(子西)沿汉泝江，将入郢。王在渚宫，下，见之。"

(61)凭陵：横行，猖獗。高适《燕歌行》："山川萧条极边土，胡骑凭陵杂风雨。"

(62)巴陵：今湖南岳阳的古称。李益《喜见外弟又言别》："明日巴陵道，秋山又几重。"

(63)懿：赞美。班固《幽通赋》："懿前烈之纯淑兮，穷与达其必济。"龙蟠：像龙一样盘伏，形容雄壮绵延的样子，这里指人气势雄壮。诸葛亮评价南京："钟阜龙蟠，石城虎踞，此帝王之宅也。"

(64)守御：守备防御。《史记·孟子荀卿列传》："盖墨翟，宋之大夫，善守御，为节用。"

(65)奇：出人意料。《汉书·英布传》："楚发兵与战徐僮间，为三军，欲以相救为奇。"电扫：像闪电划过，比喻迅速扫荡净尽。明吴伟业《圆圆曲》："电扫黄巾下黑山，哭罢君亲再相见。"

(66)缧囚：被拘囚的人。李商隐《赠送前刘五经》："缧囚为学切，掌故受经忙。"膏乎野草：用身体给草地做肥料，借指赴死。《汉书·苏武传》："空以身膏草野，谁复知之?"

(67)滕公：指夏侯婴，曾解救了坐法当斩的韩信并将他推荐给了萧何，萧何又将韩信举荐给了刘邦。

(68)剟鬼录：免于一死。剟，删除。鬼录，迷信者所谓阴间死人的名簿。曹丕《与吴质书》："观其姓名，已为鬼录，追思昔游，犹在心目。"岱宗：泰山的尊称，古人谓人死后魂归泰山。唐顾况《伤大理谢少卿》："空留封禅草，已作岱宗行。"

(69)苍旻：苍天。李白《荆州贼乱临洞庭言怀作》："长叫天可闻，吾将问苍旻。"

⑰衔:存在心里,指终身感激王则的救命之恩。苏轼《谢观音晴文》:“某等共衔不报之恩,愿颂难名之德。”

⑪觜距:禽鸟的嘴和爪甲,比喻决胜的武力、武器或力量。张衡《东京赋》:“秦政利觜长矩,终得擅场。”雕鸢:雕和鸢,均为凶猛贪残的禽类,比喻凶残的人。

⑫奚:哪里,怎么。《庄子·逍遥游》:“奚以之九万里而南为?”

⑬僭位:越分窃据上位。宋沈作喆《寓简》卷一〇:“伪齐刘豫既僭位,大飨群臣。”

⑭公孙述:新莽末年割据势力,割据益州称帝,在位十二年,有跃马封侯之典故。杜甫《阁夜》:“卧龙跃马终黄土,人事音书漫寂寥。”

⑮黍离:指《诗经·王风·黍离》篇,是周大夫过故宗庙宫室,闵周室之颠覆所作。

⑯麦秀:《史记·宋微子世家》:“箕子朝周,过故殷墟,感宫室毁坏,生禾黍。箕子伤之,欲哭则不可,欲泣为其近妇人,乃作《麦秀之诗》以歌咏之。”因此,《黍离》《麦秀》都是表现亡国之悲的诗歌。

⑰鼖鼓:大鼓。《周礼·考工记·韗人》:“鼓长八尺,鼓四尺,中围加三之一,谓之鼖鼓。”郑玄注:“大鼓谓之鼖。以鼖鼓鼓军事。”考:敲击。《诗经·唐风·山有枢》:“子有钟鼓,弗鼓弗考。”

⑱景钟:春秋晋景公所铸之钟。《国语·晋语七》:“昔克潞之役,秦来图败晋功,魏颗以其身却退秦师于辅氏,亲止杜回,其勋铭于景钟。”韦昭注:“景钟,景公钟。”

⑲阒寂:死寂,幽静。卢照邻《病梨树赋》:“余独病卧兹邑,阒寂无人,伏枕十旬,闭门三月。”

⑳五宗:犹言五世,谓高祖、曾祖、祖、父、己身五代。翦:消灭。《诗经·召南·甘棠》:“蔽芾甘棠,勿翦勿伐,召伯所茇。”

㉑两句用王昭君怀抱琵琶出塞和亲的典故。

㉒长干:古建康里巷名,借指南京。李白《长干行(其一)》:“同居长干里,两小无嫌猜。”掩抑:低沉抑郁。白居易《琵琶行》:“弦弦掩抑声声思,似诉平生不得意。”

㉓白下:建康地名,后世也用为南京的别名。王士禛《秋柳四章(其一)》:“秋来何处最销魂?残照西风白下门。”流连:盘桓停留,依恋不舍。宋丘崈《沁园春》:“便流连不到,迎春见柳;也须小驻,度腊观梅。”

㉔桑梓:古人常在家屋旁栽种桑树和梓树,借指故乡。《诗经·小雅·小弁》:“维桑与梓,必恭敬止。”

㉟尼甫：亦称“尼父”，对孔子的尊称。孔子字仲尼，故称。

㊱仲宣：王粲，字仲宣，建安七子之一。王粲避乱荆州依附刘表时曾作《登楼赋》，表达其怀才不遇、久客思归之情。李清照《鹧鸪天》：“秋已尽，日犹长，仲宣怀远更凄凉。”

㊲逖：远。《尚书·牧誓》：“逖矣，西土之人。”

㊳方叔：周宣王时的贤臣。《诗经·小雅·采芑》：“显允方叔，征伐玁狁，蛮荆来威。”薄伐：征伐，征讨。《诗经·小雅·六月》：“薄伐猃狁，至于大原。”

㊴窣：拂。唐杜荀鹤《赠元上人》：“垂露竹粘蝉落壳，窣云松载鹤栖巢。”

㊵蚩尤：上古时代九黎部落联盟的酋长，被炎帝黄帝联手击败。后世多代称恶人。

㊶郅支：呼韩邪单于之兄，汉宣帝五凤元年（前57）独立为郅支骨都单于。元帝初叛汉，杀汉使节谷吉。建昭三年（前36），西域副校尉陈汤攻杀单于，斩郅支首及名王以下千余级，并将单于首级送回长安，悬挂于汉宫之北阙。后世因以“郅支”代称外寇。

㊷炎昆：《尚书·胤征》：“火炎昆冈，玉石俱焚。”后以炎昆喻同归于尽。

㊸钦汉宫之复睹：更始帝欲定都洛阳，令刘秀为司隶校尉，使前整修宫府。刘秀复原汉代官制，一切典章制度如旧。《后汉书·光武帝纪》：“老吏或垂涕曰：‘不图今日复见汉官威仪！’由是识者皆属心焉。”

㊹绛衣：深红色衣服，古代军服常用绛色，见《汉书·五行志》。王利器曰：“绛衣谓戎服……摄绛衣，盖指释褐以军功加镇西墨曹参军而言。”

㊺石渠之文：这里指作者曾奉命校书。石渠阁，原为西汉皇室藏书之处。《汉书·刘向传》：“讲论五经于石渠。”

㊻柏梁之唱：这里指作者曾参加君臣唱和。柏梁，汉武帝建有柏梁台，为君臣唱和之所，由此衍申出了柏梁体，后世以柏梁体代指应制诗歌。《史记·孝武本纪》：“其后则又作柏梁、铜柱、承露仙人掌之属矣。”

㊼瓿瓯：泛称粗陋的陶质小盆小瓮，这里是自谦之词。

㊽濯：洗涤。《楚辞·渔父》：“沧浪之水清兮，可以濯吾缨；沧浪之水浊兮，可以濯吾足。”

㊾潇湘：潇水与湘江的并称，泛指今湖南省区域。秦观《踏莎行》：“郴江幸自绕郴山，为谁流下潇湘去？”

⑩⓪岷峨：岷山和峨眉山的并称。苏轼《满庭芳》：“归去来兮，吾归何处，万里家在岷峨。”

⑩①南歌之不畅：即“南风不竞”，借指军情紧急。《左传·襄公十八年》：“晋人闻有楚师，师旷曰：‘不害。吾骤歌北风，又歌南风。南风不竞，多死声。楚必

无功。'"

⑩金城之汤池：金属造的城，沸水流淌的护城河，形容城池险固。《汉书·蒯伍江息夫列传》："皆为金城汤池，不可攻也。"

⑩绛宫：本义是漆成大红色的宫殿，引申为传说中神仙所住的宫殿。苏轼《虔州八境图（其七）》："想见之罘观海市，绛宫明灭是蓬莱。"玉帐：主帅所居的帐幕，取如玉之坚的意思。李商隐《重有感》："玉帐牙旗得上游，安危须共主君忧。"

⑩宇文丞相：即宇文泰。断金：出自《周易·系辞上》："二人同心，其利断金。"孔颖达疏："金是坚固之物，能断而截之，盛言利之甚也。"后谓同心协力或情深义厚。

⑩无何：不多时，不久。唐吴筠《建业怀古》："衔璧入洛阳，委躬为晋臣。无何覆社稷，为尔含悲辛。"

⑩溥天之下：出自《诗经·小雅·谷风之什·北山》："普天之下，莫非王土；率土之滨，莫非王臣。"

⑩斯文：指文化、文脉传统。《论语·子罕》："子畏于匡，曰：'文王既没，文不在兹乎？天之将丧斯文也，后死者不得与于斯文也；天之未丧斯文也，匡人其如予何？'"

⑩坟籍：古代典籍，三皇时期的典籍称作"三坟"，五帝时期的典籍称作"五典"。《左传·昭公十二年》楚灵王称赞左史倚相："是良史也，子善视之，是能读《三坟》《五典》《八索》《九丘》。"

⑩剥乱：扰乱，离乱。《左传·昭公二十六年》："今王室乱，单旗、刘狄剥乱天下，壹行不若。"

⑩散逸湮亡：散落遗失。《南史·徐勉传》："及文宪薨，遗文散逸。"

⑪鸠合：搜集，编集。晋常璩《华阳国志·后贤志·陈寿》："吴平后，寿乃鸠合三国史，著《魏》《吴》《蜀》三书六十五篇，号《三国志》。"

⑫矜：同情，怜惜。《诗经·小雅·巷伯》："苍天苍天，视彼骄人，矜此劳人。"

⑬踣：跌倒，摔倒。柳宗元《捕蛇者说》："号呼而转徙，饥渴而顿踣。"

⑭轸：悲痛。《旧唐书·僖宗纪》："言念疲羸，良深轸恻，我心未济，天道如何。"

⑮揜：通"掩"。司马相如《上林赋》："载云罕，揜群雅。"桐棺：桐木做的棺材，因其质地朴素，故表示薄葬。《左传·哀公二年》："桐棺三寸，不设属辟。"藁葬：草草埋葬。宋周密《齐东野语·巴陵本末》："始欲治葬于西山寺，其后遂藁葬于西溪焉。"

⑯容与：徘徊犹豫，踌躇不前。屈原《离骚》："忽吾行此流沙兮，遵赤水而容与。"

⑰井伯饮牛于秦中：井伯，即百里奚，本虞国大夫。晋献公用假途伐虢之计灭了虞国，百里奚因此被俘，作为秦穆姬的陪嫁奴隶送到秦国。百里奚逃至楚国宛邑，被秦穆公用五张黑羊皮从市井中换回，任为大夫，使秦国大治。

⑱子卿牧羊于海上：苏武字子卿，出使匈奴被扣留，面对匈奴的劝降坚贞不屈，于北海杖节牧羊十九年，终得返国。

⑲驽蹇：疲惫瘦弱的马。《荀子·劝学》："驽马十驾，功在不舍。"东方朔《七谏·谬谏》："驾蹇驴而无策兮，又何路之能极？"

⑳景：天光。陶渊明《归去来兮辞》："景翳翳以将入，抚孤松而盘桓。"属：连续。《史记·屈原贾生列传》："然亡国破家相随属，而圣君治国累世而不见者，其所谓忠者不忠，而所谓贤者不贤也。"蹈：践踏，踩。《资治通鉴·建安十三年》："羸兵为人马所蹈藉。"

㉑寻：古代长度单位，八尺为寻，倍寻为常。杜甫《曲江二首(其二)》："酒债寻常行处有，人生七十古来稀。"亟：屡次，一再。《左传·成公十六年》："吾先君之亟战也，有故。"搴：拔取。清黄景仁《别老母》："搴帷拜母河梁去，白发愁看泪眼枯。"

㉒飞蓬、流梗：比喻飘泊不定的人生。高适《送李侍御赴安西》："行子对飞蓬，金鞭指铁骢。"《水浒传》一一回："身世悲浮梗，功名类转蓬。"日永：漫长，长久。柳永《曲玉管》："一场消黯，永日无言，却下层楼。"

㉓土圭测影：古代测量日影长短的方法，即垂直于地面立一根杆，通过观察记录它正午时影子的长短变化来确定季节的变化。见《周礼·地官·大司徒》。

㉔璿玑：即璇玑，古代观测天象的仪器中能运转的部分，亦指整个测天仪器。《后汉书·张衡传》："(张衡)遂乃研核阴阳，妙尽璇玑之正，作浑天仪。"审度：认真查看并估量。唐赵璘《因话录》卷六："其人乘小马，至门审度，马调道端，下鞭而进。"

㉕规模：制度，程式。张衡《东京赋》："是以西匠营宫，目玩阿房，规摹逾溢，不度不臧。"

㉖典故：典制和成例。《后汉书·东平宪王苍传》："亲屈至尊，降礼下臣，每赐讌见，辄兴席改容，中宫亲拜，事过典故。"

㉗神鼎：周有九鼎，鼎是权力的象征，神鼎覆没即表明政权覆没。

㉘风教：风俗教化。《诗大序》："风，风也，教也。风以动之，教以化之。"

㉙两句言山河依旧，但百姓已经变成胡人了，即文天祥《金陵驿二首》"山河风景元无异，城郭人民半已非"之叹。黎氓：百姓，民众。汉王褒《四子讲德论》：

"况乎圣德巍巍荡荡，黎氓所不能命哉。"曩：往昔，从前。司马迁《报任安书》："曩者辱赐书，教以慎于接物，推贤进士为务。"

⑬⓪结思于江湖：有隐居之思。《庄子·内篇·大宗师》："泉涸，鱼相与处于陆，相呴以湿，相濡以沫，不如相忘于江湖。"

⑬①取弊于罗网：指困顿官场。陶渊明《归园田居(其一)》："误落尘网中，一去三十年。"

⑬②出塞：乐府旧题，写边关征战事。唐李颀《古意》："今为羌笛出塞声，使我三军泪如雨。"

⑬③芳樽：盛酒器，代指酒。宋钱惟演《木兰花》："昔年多病厌芳尊，今日芳尊惟恐浅。"

⑬④蹙国：丧失国土。《诗经·大雅·召旻》："昔先王受命，有如召公，日辟国百里，今也日蹙国百里。"浒：水边。《诗经·王风·葛藟》："绵绵葛藟，在河之浒。"

⑬⑤压境：逼近边境，兵临城下。唐李敬方《近无西耗》："远戎兵压境，迁客泪横襟。"江浔：江边。枚乘《七发》："游涉乎云林，周驰乎兰泽，弭节乎江浔。"

⑬⑥获仁厚之麟角："获麟"典出《春秋公羊传·哀公十四年》："西狩获麟，孔子曰：'吾道穷矣！'"相传孔子作《春秋》至此而辍笔。

⑬⑦俊秀：才识出众的人。《北史·庾道传》："(庾道)及至洛阳，环堵弊庐，多与俊秀交旧，积二十余岁，殊无宦情。"

⑬⑧返季子之观乐：《左传·襄公二十九年》载，吴公子季札出使鲁国，鲁国人为他表演周王室的乐舞。

⑬⑨释钟仪之鼓琴：《左传·成公九年》载，楚人乐工钟仪被晋军俘虏，晋侯令奏琴，钟仪奏楚乐以表示不忘故国，最终被放回楚国。

⑭⓪徐陵：南朝著名文人，善作宫体诗，《玉台新咏》编者。

⑭①两句言占卜得到了象征好运的卦。

⑭②龙门、砥柱：都是黄河激流中的地名。岑：小而高的山。张衡《思玄赋》："嗡青岑之玉醴兮，餐沆瀣以为粮。"

⑭③冰夷：神话传说中的黄河水神。《山海经·海内北经》中记载："冰夷人面，乘两龙。"雷响：吼声如雷。晋郭璞《江赋》："圆渊九回以悬腾，湓流雷响而电激。"

⑭④阳侯：古代传说中的波涛之神。《淮南子·览冥训》："武王伐纣，渡于孟津，阳侯之波，逆流而击。"

⑭⑤侔：相等，齐。《庄子·外物》："海水震荡，声侔鬼神。"挈：带，领。《汉书·韩信传》："淮阴侯挈其手，辟左右与之步于庭。"冯：通"凭"，凌空越过。苏轼《赤壁

赋》:"浩浩乎如冯虚御风,而不知其所止。"浚:古水名。

⑭斩蛟:斩杀蛟龙。《吕氏春秋·知分》有春秋楚次非斩绕船两蛟,《水经注·河水五》有鲁澹台子羽赍璧渡河斩蛟,《晋书·周处传》有周处在长桥下斩蛟,《初学记》卷七引南朝宋盛弘之《荆州记》有襄阳太守邓遐入沔水斩蛟。

⑭昏:黄昏时分。南朝梁吴均《与朱元思书》:"横柯上蔽,在昼犹昏。"舲:有窗户的小船。《楚辞·九章·涉江》:"乘舲船余上沅兮,齐吴榜以击汰。"分陕:即以今河南省三门峡市陕州区境内的"陕塬"为分界线,把西周的统治区域划分为东、西两部分,由周公旦和召公奭分头治理,以夹辅周室。《左传·隐公五年》:"自陕而东者,周公主之;自陕而西者,召公主之。"这里借指分陕故地。

⑱曙:拂晓,天刚亮。《楚辞·远游》:"夜耿耿而不寐兮,魂营营而至曙。"结缆:系舟,停舟。陈子昂《宿襄河驿浦》:"沿流辞北渚,结缆宿南洲。"河阴:古县名。

⑲风飙:暴风。三国魏王粲《杂诗》:"风飙扬尘起,白昼忽已冥。"逸气:超脱世俗的气概风度。李白《天马歌》:"逸气棱棱凌九区,白璧如山谁敢沽。"

⑮忠信:忠诚信实。《论语·卫灵公》:"言忠信,行笃敬,虽蛮貊之邦行矣。"行吟:边走边吟唱。《史记·屈原贾生列传》:"屈原至江滨,被发行吟泽畔,颜色憔悴,形容枯槁。"

⑮采芑:语出《诗经·小雅·采芑》:"薄言采芑,于彼新田。"

⑮讫:最终,终究。《汉书·西域传》:"而康居骄黠,讫不肯拜使者。"朝、市:指朝廷。《战国策·齐策一》:"能谤讥于市朝,闻寡人之耳者,受下赏。"

⑮留滞:停留,羁留。唐王建《荆门行》:"壮年留滞尚思家,况复白头在天涯。"漳滨:漳水边。李商隐《梓州罢吟寄同舍》:"楚雨含情皆有托,漳滨多病竟无憀。"

⑮私自怜:语出宋玉《九辩》:"羁旅而无友生,惆怅兮而私自怜。"

⑮黄鹄:鸟名,常以喻思乡的游子。乌孙公主《悲秋歌》:"居常土思兮心内伤,愿为黄鹄兮归故乡。"

⑮忝:惭愧。嵇康《幽愤歌》:"内负宿心,外忝良朋。"翠凤:翠羽制成的凤形旗饰。李斯《谏逐客书》:"建翠凤之旗,树灵鼍之鼓。"高峙:高高耸立。潘岳《闲居赋》:"浮梁黝以径度,灵台杰其高峙。"

⑮微:没有。令思之对:西晋华谭,字令思。王济于众人面前嘲笑华谭为亡国之余,本有轻视之心,一旦亲聆其谈人论事、议辩兴衰,终转诚服,以礼相待。后以此用为善于言词应对的典故。

⑮彦先之仕:西晋顾荣,字彦先,在复杂的政治斗争旋涡中独善其身。

⑮盛化:昌明的教化。董仲舒《春秋繁露·正贯》:"声响盛化运于物,散入

于理，德在天地，神明休集，并行而不竭，盈于四海而讼咏。”

⑯⓪待诏：等待皇帝的诏命。唐王绩《晚年叙志示翟处士》：“明经思待诏，学剑觅封侯。”

⑯①署：任命。《后汉书·范雎传》：“太守宗资先闻其名，请署功曹，委任政事。”文林馆待诏：官名。北齐后主武平三年(572)开文林馆置，多引文学之士，无固定品阶。仆射：魏晋以后仆射处于副相地位，号称端副。

⑯②《修文殿御览》是当时所编撰的一部类书，《续文章流别》是当时编撰的诗文总集，今皆已不传。

⑯③珥：插在帽子上。貂蝉：原为汉代皇帝的侍从官员帽上的装饰物，借指达官贵人。左思《咏史(其二)》：“金张藉旧业，七叶珥汉貂。”辛弃疾《破阵子》：“燕雀岂知鸿鹄，貂蝉元出兜鍪。”就列：就位，任职。《论语·季氏》：“陈力就列，不能者止。”

⑯④麾盖：将帅用的旌旗伞盖，泛称依仗。《三国志·蜀书·关羽传》：“羽望见良麾盖，策马刺良于万众之中，斩其首还。”

⑯⑤夜语之见忌：曹操曾单独召见杜袭夜谈，王粲心生忌恨。

⑯⑥谮言：谗言。《诗经·小雅·雨无正》：“听言则答，谮言则退。”

⑯⑦惕：畏惧，小心谨慎。《国语·楚语上》：“不然，是三城也，岂不使诸侯之心惕惕焉。”

⑯⑧由重裘以寒胜：用厚毛皮衣抵御严寒。重裘，厚毛皮衣。白居易《岁暮》：“夹帽长覆耳，重裘宽裹身。”

⑯⑨用去薪而沸止：即釜底抽薪，比喻从根本上解决问题。北齐魏收《为侯景叛移梁朝文》：“抽薪止沸，剪草除根。”

⑰⓪疾：妒忌，怨恨。《商君书·修权》：“公私之分别，则小人不疾贤，而不肖者不妒功。”

⑰①构：招致，引起。《诗经·小雅·四月》：“相彼泉水，载清载浊。我日构祸，曷云能谷?”创痏：受伤，祸害。左思《吴都赋》：“所以挂扢而为创痏，冲跸而断筋骨。”

⑰②侪流：同辈，同僚。《魏书·刘道斌传》：“高祖谓黄门侍郎邢峦曰：‘道斌是段之举，便异侪流矣。’”毁：诽谤。韩愈《原毁》：“事修而谤兴，德高而毁来。”

⑰③武成：北齐皇帝高湛的谥号。燕翼：这里代指子孙。《诗经·大雅·文王有声》：“武王岂不仕，诒厥孙谋，以燕翼子。”后以燕翼谓善为子孙后代谋划。

⑰④春坊：晋以来称太子宫为春坊。南朝梁沈约《郊居赋》：“劳蒙司而获谢，犹奉职于春坊。”

⑰⑤预政：参与国家大事。《东观汉记·明帝纪》：“外戚预政，上浊明主，下危

臣子。”

⑯染丝:《墨子·所染》:“子墨子言,见染丝者而叹曰:‘染于苍则苍,染于黄则黄。所入者变,其色亦变。五入必,而已则为五色矣。故染不可不慎也。’”比喻客观环境对人的影响较大,引申为佞臣能败坏国家风气。

⑰琢玉:《诗经·卫风·淇奥》:“有匪君子,如切如磋,如琢如磨。”比喻君子修身必须严于律己、精益求精。遗祉:余福。晋陆云《晋故豫章内史夏府君诔》:“越殷自周,绍膺遗祉。”

⑱夷吾:管仲字夷吾,春秋时齐国贤相,辅佐齐桓公成为春秋五霸之一。这里指祖珽。臻:本义为达到(美好的境地),引申为周全。《后汉书·章帝纪》:“泽臻四表,远人慕化。”

⑲昵:亲近。《世说新语·仇隙》:“王胡之与无忌长甚相昵,胡之尝共游。”狄牙:即易牙,春秋时齐国奸臣,曾烹子以献桓公,管仲临终告诫桓公务必疏远易牙等奸佞。这里指骆提婆母陆氏、何洪珍等。

⑳用事:当权执政。《战国策·秦策三》:“今秦,太后、穰侯用事,高陵、泾阳佐之。”

㉑翕然:安宁和顺。《史记·太史公自序》:“诸侯骄恣,吴首为乱,京师行诛,七国伏辜,天下翕然。”

㉒纲纪:社会秩序,国家法度。《史记·秦始皇本纪》:“大圣作治,建定法度,显箸纲纪。”

㉓苦:恨,怨嫌。《后汉书·岑彭传》:“人苦不知足,既平陇,复望蜀。”绳:约束,限制。汉桓宽《盐铁论·大论》:“绳之以法,断之以刑。”

㉔教令:法令,条例。《晏子春秋·内篇·问上》:“晏子对曰:‘明其教令,而先之以行义。’”

㉕怠荒:懒惰放荡。《周书·明帝纪》:“作民父母,弗敢怠荒。”

㉖太原之破竹:指北齐晋阳战败事,太原古称晋阳。李商隐《北齐》:“小怜玉体横陈夜,已报周师入晋阳。”“晋阳已陷休回顾,更请君王猎一围。”破竹,比喻迅速破亡的形势。唐许浑《登蒜山观发军》:“犬羊忧破竹,貔虎极飞蓬。”

㉗并州:与晋州均为太原的别名。刘皂《渡桑干》:“客舍并州已十霜,归心日夜忆咸阳。”

㉘弦:半圆形的月亮。杜甫《月(其三)》:“万里瞿塘峡,春来六上弦。”望:圆月,即农历每月十五日。苏轼《赤壁赋》:“壬戌之秋,七月既望。”

㉙沦覆:沦亡,覆没。《太平御览》卷九八引孙盛《晋阳秋》:“永嘉大乱,王室沦覆。”

㉚六马:皇帝之车驾用六马,代指天子。《王度记》:“天子驾六,诸侯驾五,

卿驾四，大夫三，士二，庶人一。”颠沛：困顿，挫折。《论语·里仁》：“君子无终食之间违仁，造次必于是，颠沛必于是。”

⑲奔逐：奔跑追逐。《后汉书·公孙瓒传》：“每闻有警，瓒辄厉色愤怒，如赴仇敌，望尘奔逐，或继之以夜战。”

⑲秋萤而照宿：即囊萤映雪。《晋书·车胤传》载，车胤家贫而好学，夏夜捕萤火虫入囊中，借萤火虫发出的微光读书。这两句意为逃难途中缺衣少食。

⑲仇敌起于舟中：《史记·孙子吴起列传》载，吴起对魏武侯说：“由此观之，在德不在险。若君不修德，舟中之人尽为敌国也。”柳宗元《古东门行》：“羌胡毂下一朝起，敌国舟中非所拟。”

⑲胡越：北方和南方的各民族，比喻敌人或对立关系。苏轼《韩愈论》：“儒墨之相戾，不啻若胡越。”辇毂：皇帝的车轮。曹植《求通亲亲表》：“出从华盖，入侍辇毂。”

⑲狼藉：纵横散乱貌。元稹《夜坐》：“孩提万里何时见？狼藉家书卧满床。”莽：密生的草。扬雄《长杨赋》：“罗千乘于林莽，列万骑于山隅。”

⑲血玄黄：《周易·坤》：“龙战于野，其血玄黄。”比喻战斗惨烈，血流成河。

⑲收合余烬：聚集残余兵卒。《左传·成公二年》：“请收合余烬，背城借一。”

⑲死庙而恸哭：蜀后主刘禅准备降魏，其子刘谌劝谏不听，在昭烈庙痛哭一场之后杀妻自尽。这里将北齐后主比作蜀后主。

⑲典郡：任郡守，主管一郡政事。《汉书·云敞传》：“唐林言敞可典郡，擢为鲁郡大尹。”

⑳据：占有，占据。《史记·陈涉世家》：“弗胜，守丞死，乃入据陈。”要路：重要的道路。杜甫《寄司马山人》：“悬旌要路口，倚剑短亭中。”问津：探询情况。陶渊明《桃花源记》：“后遂无问津者。”

⑳除：任命官职。《梁书·韦放传》：“天监元年，为盱眙太守，还除通直郎。”

⑳呼航而济水：典故出自《淮南子·道应训》：“昔者公孙龙在赵之时，谓弟子曰：‘人而无能者，龙不能与游。’有客衣褐带索而见曰：‘臣能呼。’公孙龙顾谓弟子曰：‘门下故有能呼者呼？’对曰：‘无有。’公孙龙曰：‘与之弟子之籍。’后数日，往说燕王，至于河上，而航在一泛，使善呼者呼之，一呼而航来。”

⑳善邻：友好的邻居。《左传·隐公六年》：“亲仁善邻，国之宝也，君其许郑。”

⑳克：战胜。《左传·隐公元年》：“郑伯克段于鄢。”

⑳寄公：古指失国后寄居别国的诸侯，后亦泛称失位而流亡者。《仪礼·丧服》：“寄公者，何也？失地之君也。”

⑳式微：衰微，衰败。《诗经·邶风·式微》："式微式微，胡不归？"

⑳成言：订约，成议。屈原《离骚》："初既与余成言兮，后悔遁而有他。"中悔：中途后悔。《世说新语·品藻》："有人问谢安石、王坦之优劣于桓公，桓公停欲言，中悔，曰：'卿喜传人语，不能复语卿。'"

⑳矫：假托。《汉书·佞幸传》："后果有人上书，告显颛命矫诏开宫门。"

⑳疏间：疏远离间。《晋书·王敦传》："时刘隗用事，颇疏间王氏，导等甚不平之。"

⑳制命：制订命令。《左传·闵公二年》："师在制命而已，禀命则不威，专命则不孝，故君之嗣适不可以帅师。"

⑪百六之数：灾难，厄运。《汉书·王莽传》："予受命遭阳九之厄，百六之会。"溘：突然。屈原《离骚》："宁溘死以流亡兮，余不忍为此态也。"

⑫践祚：即位，登基。《史记·太史公自序》："汉既初兴，继嗣不明，迎王践祚，天下归心。"

⑬荼苦：《诗经·邶风·谷风》："谁谓荼苦，其甘如荠。"这里代指艰难困苦。蓼辛：《诗经·小雅·蓼莪》："蓼蓼者莪，匪莪伊蒿。哀哀父母，生我劬劳。"本是歌咏父母养育子女的艰辛，这里代指苦难。

⑭铩翮、暴鳞：比喻失意者。南朝宋鲍照《侍郎上疏》："铩羽暴鳞，复见翻跃；枯杨寒炭，遂起烟华。"

⑮宇宙：《淮南子·原道训》："神托于秋毫之末，而大宇宙之总。"高诱注："宇宙，喻天地；总，合也。"辽旷：辽阔广大。北魏郦道元《水经注·河水五》："昔燕齐辽旷，分置营州。"

⑯自讼：自责。《论语·公冶长》："吾未见能见其过而内自讼者也。"

⑰发矇：即发蒙，启发蒙昧。《礼记·仲尼燕居》："三子者，既得闻此言也于夫子，昭然若发蒙矣。"

⑱绝圣而弃智：弃绝聪明才智，返归天真纯朴，这里代指道家清静无为的思想主张。《老子》第十九章："绝圣弃智，民利百倍；绝仁弃义，民复孝慈；绝巧弃利，盗贼无有。"

⑲举世：普天下。《庄子·逍遥游》："且举世誉之而不加劝，举世非之而不加沮。"

⑳衔石以填海：指精卫填海，比喻意志坚决、锲而不舍。见《山海经·北山经》。

㉑寿陵之故步：指邯郸学步，比喻仿效不成反而失去了自己的特色。见《庄子·秋水》。

㉒逡巡：拖延停留，徘徊不前。王逸《九思·悯上》："逡巡兮圃薮，率彼兮畛陌。"

㉓向使：假使，如果。白居易《放言五首（其三）》："向使当初身便死，一生真伪复谁知？"草茅：与朝廷相对，指未出仕的平民。《仪礼·士相见礼》："凡自称于君，士大夫则曰下臣，宅者在邦则曰市井之臣，在野则曰草茅之臣。"

㉔畎亩之人：指农民。《孟子·告子下》："舜发于畎亩之中。"

㉕读书而学剑：《史记·项羽本纪》："项籍少时，学书不成，去学剑，又不成。"这里指学习建功立业的本领。

㉖抵掌以青身：《战国策·秦策一》："于是乃摩燕乌集阙，见说赵王于华屋之下，抵掌而谈，赵王大悦，封为武安君。"抵掌，两人手掌相抵，喻交心而谈。青身，荣身。

㉗委：抛弃。《孟子·公孙丑下》："委而去之，是地利不如人和也。"乐贱：甘于贫贱。

㉘辞白璧：《左传·僖公二十三年》有晋公子重耳在曹国受飧返璧的典故，以示不贪恋富贵。这句的"白璧"和上句的"明珠"都指功名富贵。

㉙两句言无论世道是清明还是污浊，都不能动摇作者的道德节操。尧舜是仁君，桀纣是暴君。

㉚两句言自己如果真能隐居山林不出仕，又怎么会遭遇到后来的困顿、屈辱呢？兹：这，此。李白《送友人》："挥手自兹去，萧萧班马鸣。"臻：到来。《诗经·邶风·泉水》："遄臻于卫，不瑕有害？"

㉛怨天而泣麟：《春秋公羊传·哀公十四年》载，鲁哀公西狩获麟，"孔子曰：'孰为来哉？孰为来哉！'反袂拭面涕沾袍"。孔子认为麒麟是祥瑞之兽，它出现在乱世代表自己坚持的道义也走到了尽头。

（朱露露　注）

唐宋辽金

熊　曜

【作者简介】

熊曜，洪州南昌（今江西南昌）人，唐玄宗开元年间任临清尉。性豪爽，有才气，曾与岑参互为诗友。事迹散见于《元和姓纂》《封氏闻见记》《岑嘉州集》。

琅琊台观日赋

【题解】

这篇赋写处东海之畔琅琊台，远望海中日出的景象，视野宏阔，想象奇崛，在种种磅礴壮大的自然景象中穿插融入许多历史遗迹和典故，将对自然景观的无限叹美和对历史兴亡的深刻反思巧妙地糅合在一起，而毫无生硬堆砌的痕迹。赋中的意象及语言如“惊涛连山，前拒后却”“冲融青冥，遥浸大明”“羲和首驭，夸父上征”“长波沃荡”“日向蒙汜”等都颇具《庄》《骚》风格，波荡伟谲而飘飏纵恣。“失万邦者，虽设门而必圮”又有儒家的现实关怀。赋作融壮阔幻漫的想象、历史思索以及个人情思于一体，确属佳作。

【原文】

秦筑东门于海岸[①]，曰琅琊台[②]，高可望远，而东之人悉以宵分之后观日于海底者[③]。壮其观而为赋云：

秦门之东，天地一空[4]。直见晓日，生于海中。赤光浮浪，如沸如铄[5]。惊涛连山，前拒后却。圜规上下[6]，隐见寥廓[7]。焜煌天垂[8]，若吞巨鳌[9]。当其扶桑汹涌于云光[10]，阳德出丽于乾刚[11]，汗漫翕纳[12]，将吞六合，冲融青冥[13]，遥浸大明[14]。羲和首驭[15]，夸父上征[16]。眩转心目，苍黄性情[17]。倾地舆而通水府[18]，吸天盖而骇长鲸[19]。彼秦伊何[20]，崇此为门。委绝人力[21]，其谁敢论，失万邦者，虽设门而必圮[22]；表东海者，谅无门而亦存[23]。步秦亭而在此，伤魏阙而何言[24]。千载之后，石梁斯在。时无鬼功，岂越沧海[25]。念无道而肆志[26]，将不亡而何待。我国家逾溟渤而布声教[27]，穷地理而立郊坰[28]。略秦皇于帝典，参汉武于天经[29]。顾荒台而寂寞，取殷鉴于生灵[30]。尔其秋景超忽[31]，晴光涣发。蜃氛干云，蚌胎候月[32]。长波沃荡，超百谷以深沈[33]；唳鹤徘徊，想三山而灭没[34]。齐鲁郡邑，霜天泬寥[35]。凌虚无而倒景[36]，临沆瀣而乘朝[37]。日向蒙汜，云横丽谯[38]。追鲁连之达节，行将蹈海[39]；仰田横之行义[40]，若在云霄。骊龙之珠，群玉之府[41]。想望绵邈，依稀处所[42]。有海客之无心，托扶摇之轻举[43]。

（据《全唐文》卷三五一，中华书局1983年影印本）

【注释】

①东门：意为秦地东至于海。《史记·秦始皇本纪》司马贞索隐："立石东海上朐(qú)界中，以为秦东门。"

②《山海经·海内东经》："琅邪台在渤海间，琅邪之东。"《史记·秦始皇本纪》司马贞索隐："盖海畔有山，形如台，在琅邪，故曰琅邪台。"越王勾践灭吴称霸，于琅琊筑台以远望东海。秦始皇统一六国之后曾迁民数万户于琅琊台下，并大兴土木修建琅琊台以观海望日，并于其上刻石立碑以颂秦之功业，此即《琅琊台刻石》。

③宵分：夜半，半夜。《魏书·崔辩传》附《崔楷传》："亮由君之勤恤，臣用劬劳，日昃忘餐，宵分废寝。"《汉武洞冥记》："乘象入海底取宝，宿于鲛人之舍。"古人认为日出于海中，此句极言琅琊台之高，以至于人处其上，夜半即可远远望见海底之日。

④此句言海面辽阔，唯见波涛。

⑤铄(shuò)：熔化。《淮南子·兵略训》："人无筋骨之强，爪牙之利，故割革而为甲，铄铁而为刃。"

⑥圜(huán)：通"环"。《汉书·贾谊传》："动一亲戚，天下圜视而起。"《周易·说卦》："乾为天，为圜。"

⑦寥廓：指阔远之天空。《汉书·司马相如传》："观者未睹指，听者未闻音，犹焦朋已翔乎寥廓，而罗者犹视乎薮泽，悲夫！"

⑧焜煌(kūn huáng):明亮辉煌。杜甫《封西岳赋》:“岐梁闪倏,泾渭反复;而天府载万侯之玉,尚方具左纛黄屋,已焜煌于山足矣。”天垂:天边。晋左思《蜀都赋》:“火井沉荧于幽泉,高焖飞煽于天垂。”

⑨巨壑:指大海。曹植《与吴季重书》:“食若填巨壑,饮若灌漏卮。”

⑩扶桑:古代传说中太阳升起的地方,亦可代指太阳。《淮南鸿烈解》:“扶桑,日所出之木也。”陶渊明《闲情赋》:“悲扶桑之舒光,奄灭景而藏明。”云光:云层缝隙中漏出的阳光。王嘉《拾遗记》:“使宫人为歌曰:‘……云光开曙月低河,万岁为乐岂云多。’”

⑪阳德:阳气、生长万物之气。《周礼·春官·大宗伯》:“以天产作阴德,以中礼防之,以地产作阳德,以和乐防之。”丽:附丽。《周易·离卦》:“离,丽也;日月丽乎天,百谷草木丽乎土。重明以丽乎正,乃化成天下。”乾刚:天道刚健。乾卦为周易卦象之一,其特征为刚健纯阳。《周易·杂卦》:“《乾》刚《坤》柔。”《后汉书·杨震传》:“唯陛下奋乾刚之德,弃骄奢之臣,以掩訞言之口。”《周易·乾卦》:“夫乾,其静也专,其动也直,是以大生焉。”

⑫汗漫:广大,漫无边际。《淮南子·俶真训》:“至德之世,甘暝于溷澖之域而徙倚于汗漫之宇。”翕(xī):合,聚。《诗经·小雅·大东》:“维南有箕,载翕其舌。”《道德经》:“将欲翕之,必固张之。”纳:接受,收入。诸葛亮《出师表》:“陛下亦宜自谋,以谘诹善道,察纳雅言。”

⑬冲融:充溢弥漫之貌。韩愈《游青龙寺赠崔大补阙》:“魂翻眼倒忘处所,赤气冲融无间断。”青冥:指苍郁悠远的青天。《楚辞·九章·悲回风》:“据青冥而摅虹兮,遂倏忽而扪天。”

⑭大明:太阳。《周易·乾卦》:“云行雨施,品物流行,大明终始,六位时成。”白居易《为宰相贺赦表》:“大明升而六合晓,一气熏而万物春。”

⑮羲和:古代神话中的太阳女神或者御日的神。《山海经·大荒南经》:“东南海之外,甘水之间,有羲和之国。有女子名曰羲和,方浴日于甘渊。羲和者,帝俊之妻,生十日。”《离骚》:“吾令羲和弭节兮,望崦嵫而勿迫。”驭:控制,驾驭。

⑯夸父:古代神话传说中的人物。《山海经·海外北经》:“夸父与日逐走,入日。渴,欲得饮,饮于河、渭;河、渭不足,北饮大泽。未至,道渴而死。弃其杖,化为邓林。”

⑰苍黄:比喻事物的变化。《墨子·所染》:“染于苍则苍,染于黄则黄;所入者变,其色亦变。”南朝齐孔稚珪《北山移文》:“终始参差,苍黄翻覆。”

⑱地舆:大地。《淮南子·原道训》:“以地为舆,则无不载也。”地载育万物,可以将其比作车舆,后世就称大地为地舆。水府:传说水神居住之所在。木华《海赋》:“尔其水府之内,极深之庭,则有崇岛巨鳌,峌崐孤亭。”

⑲天盖：青天。桓宽《盐铁论·周秦》："谓天盖高，不敢不局；谓地盖厚，不敢不蹐。"长鲸：巨大的鲸鱼。陆游《长歌行》："人生不作安期生，醉入东海骑长鲸。"

⑳伊何：为何。《诗经·小雅·頍弁》："有頍者弁，实维伊何？尔酒既旨，尔肴既嘉。岂伊异人？"

㉑委绝：衰亡，衰败，耗尽。刘勰《文心雕龙·铭箴》："战伐已来，弃德务功，铭辞代兴，箴文委绝。"杜甫《晚晴》："汩乎吾生何飘零，支离委绝同死灰。"

㉒圮(pǐ)：崩塌，倾覆。柳宗元《梓人传》："由我则固，不由我则圮。"

㉓表：以之为外。《左传·僖公二十八年》："子犯曰：'战也。战而捷，必得诸侯。若其不捷，表里山河，必无害也。'"本句意为东接大海，以之为界，而非设台为门。谅：料想，想必。

㉔秦亭：据《水经注·渭水》："水出东北大陇山秦谷，二源双导，历三泉，合成一水，而历秦川。川有故秦亭，秦仲所封也，秦之为号，始自是矣。"魏阙：宫门上高出的观楼，后用作朝廷的代称。《庄子·让王》："身在江海之上，心居乎魏阙之下。"

㉕伏琛《三齐略记》："始皇作石桥，欲过海观日出处。于时有神人能驱石下海，城阳一山石，尽起立。嶷嶷东倾，状似相随而去。云石去不速，神人辄鞭之，尽流血，石莫不悉赤，至今犹尔。"本句意为当年并无神鬼相助之功，怎么可能越得过沧海。

㉖无道：不行德政，暴虐天下。肆志：纵情快意。《庄子·缮性》："故不为轩冕肆志，不为穷约趋俗，其乐彼与此同，故无忧而已矣。"

㉗逾：越过，超过。溟渤：泛指大海。李白《与南陵常赞府游五松山》："安石泛溟渤，独啸长风还。逸韵动海上，高情出人间。"

㉘坰(jiōng)：远郊，野外。此二句意为国家疆域广大，最遥远的天涯海边都在治理之下，接受教化。

㉙略：省去，简去。萧统《文选序》："自非略其芜秽，集其清英，盖欲兼功，太半难矣。"帝典：帝王的法则。扬雄《剧秦美新》："是以帝典阙而不补，王纲弛而未张。"参：检验，考证。天经：天之道。《春秋繁露·五行对》："天经既得闻之矣，愿闻地之义。"

㉚殷鉴：鉴戒。《诗经·大雅·荡》："殷鉴不远，在夏后之世。"

㉛超忽：遥远貌。庾信《周祀五帝歌·黄帝云门舞》："神光乃超忽，嘉气恒葱葱。"骆宾王《久戍边城有怀京邑》："关山暂超忽，形影叹艰虞。"

㉜蜃氛(shèn fēn)：蜃气。古人认为海市蜃楼乃蜃气变换而成。《汉书·天文志》："海旁蜃气象楼台，广壄气成宫阙然。云气各象其山川人民所聚积。"蚌

胎：珍珠。扬雄《羽猎赋》："方椎夜光之流离，剖明月之珠胎。"古人认为珍珠乃蚌吸纳月华所生之物。

㉝沃：本义为水从上浇下。沈：古同"沉"。

㉞唳(lì)：鸟鸣。《世说新语·尤悔》："陆平原河桥败，为卢志所谗，被诛，临刑叹曰：'欲闻华亭鹤唳，可复得乎。'"三山：古代神话传说中的三座仙山，指蓬莱、方丈、瀛壶。王嘉《拾遗记》："三壶则海中三山也。一曰方壶，则方丈也；二曰蓬壶，则蓬莱也；三曰瀛壶，则瀛洲也。"灭没：鸟高飞远翔时若隐若现渐至不见的样子。

㉟泬(jué)寥：清朗空旷貌。《楚辞·九辩》："泬寥兮天高而气清。"

㊱虚无：指天空。司马相如《上林赋》："然后扬节而上浮，凌惊风，历骇猋，乘虚无，与神俱。"杜甫《白帝楼》："漠漠虚无里，连连睥睨侵。"倒景：物临水而其景倒，故谓之倒景。谢灵运《从游京口北固应诏》："张组眺倒景，列筵瞩归潮。"

㊲沆瀣(hàng xiè)：夜间的水汽，露水。《楚辞·远游》："餐六气而饮沆瀣兮，漱正阳而含朝霞。"乘朝：在早晨。《后汉书·坚镡传》："镡与建义大将军朱祐乘朝而入，与鲔大战武库下，杀伤甚众，至旦食乃罢，朱鲔由是遂降。"

㊳蒙汜：古代神话中的日入之处。《楚辞·天问》："出自汤谷，次于蒙汜；自明及晦，所行几里？"丽谯：华丽的高楼。《庄子·徐无鬼》："君亦必无盛鹤列于丽谯之间。"

㊴鲁连：鲁仲连，战国时人，曾助田单复兴齐国并且游说赵、魏两国联合抗秦。李白《古风(其十)》："齐有倜傥生，鲁连特高妙。明月出海底，一朝开光曜。却秦振英声，后世仰末照。意轻千金赠，顾向平原笑。"蹈海：蹈海自杀。《史记·鲁仲连邹阳列传》："鲁仲连曰：'……彼秦者，弃礼义而上首功之国也，权使其士，虏使其民。彼即肆然而为帝，过而为政于天下，则连有蹈东海而死耳，吾不忍为之民也。'"

㊵田横：原为齐国贵族，在秦末战争中，田横与其兄田儋、田荣反秦自立，三人先后占据齐地为王。后刘邦统一天下，田横不肯称臣，率五百门客逃往海岛，刘邦使人招抚。田横被迫乘船入汉，在途中因不肯受辱而自杀。《史记·田儋列传》："(田横)谓其客曰：'横始与汉王俱南面称孤，今汉王为天子，而横乃为亡虏而北面事之，其耻固已甚矣。且吾亨人之兄，与其弟并肩而事其主，纵彼畏天子之诏，不敢动我，我独不愧于心乎？且陛下所以欲见我者，不过欲一见吾面貌耳。今陛下在洛阳，今斩吾头，驰三十里间，形容尚未能败，犹可观也。'遂自刭，令客奉其头，从使者驰奏之高帝。"

㊶群玉：本为传说中古代帝王藏书之处，后用以称帝王珍藏图籍书画之所。《庄子·列御寇》："夫千金之珠，必在九重之渊而骊龙颔下。"《穆天子传》："天子

北征，东还，乃循黑水，癸巳，至于群玉之山。”

㊷依稀：渺茫，不清晰。

㊸《列子·黄帝》：“海上之人有好沤鸟者，每旦之海上，从沤鸟游，沤鸟之至者百住而不止。其父曰：‘吾闻沤鸟皆从汝游，汝取来，吾玩之。’明日之海上，沤鸟舞而不下也。故曰：至言去言，至为无为；齐智之所知，则浅矣。”李白《江上吟》：“仙人有待乘黄鹤，海客无心随白鸥。”托：寄托。扶摇：指盘旋而上飞。《庄子·逍遥游》：“鹏之徙于南冥也，水击三千里，抟扶摇而上者九万里。”

（赵骥 注）

王禹偁

【作者简介】

王禹偁(954—1001)，字元之，济州钜野(今山东巨野)人。北宋诗人、散文家、辞赋家。世为农家子，少颖悟好学。太平兴国八年(983)进士，历任右拾遗、左司谏、知制诰、翰林学士等职。敢于直言讽谏，因此屡受贬谪。曾贬至黄州，故世称王黄州。王禹偁喜奖掖后学，当时名士多出其门。又以变革文风为己任，为北宋诗文革新运动的先驱。著有《小畜集》三十卷，《五代史阙文》一卷。王禹偁现存辞赋二十六篇，其中古赋八篇，律赋十八篇。

三黜赋

【题解】

文莹《玉壶清话》卷四对王禹偁的三次谪贬经历有所交代：“王元之禹偁尝作《三黜赋》以见志。初为司谏、知制诰，疏雪徐铉，贬商州团练副使。方召归为学士，坐为孝章皇后迁梓宫于燕国长公主之第，群臣不成服，元之私语宾友曰：‘后尝母仪天下，当奉旧典。’坐讪谤，出守滁州。方召还，知制诰，撰太祖徽号、玉册，语涉轻诬，会时相不悦，密奏黜黄州。”王禹偁第三次谪贬是在咸平元年(998)的十二月，《三黜赋》并非写作于被贬当年，而是写作于次年前往黄州赴任之际，即咸平二年(999)春。此赋乃“见志”之作，抒发的是一种以道进退而遭受贬抑的愤激之情。苏颂《小畜外集序》云：“愤懑所激，不能自已，三坐左官，皆以直道，因作《三黜赋》以见志。”

【原文】

一生几日，八年三黜①。始贬商于②，亲老且疾③；儿未免乳④，呱呱拥树⑤。六百里之穷山，唯毒蛇与赞虎⑥。历二稔而生还⑦，幸举族而无苦⑧。再谪滁上⑨，吾亲已丧⑩。几筵未收，旅榇未葬⑪。泣血就路⑫，痛彼苍兮安仰⑬。移郡印于淮海⑭，信靡盬而鞅掌⑮。旋号赴于国哀⑯，亦事居而送往⑰。叨四入于掖垣⑱，何宠禄之便蕃⑲。今去齐安⑳，发白目昏。吾子有孙，始笑未言㉑。去无骑乘㉒，留无田园。羝羊触藩㉓，老鹤乘轩㉔。不我知者，犹谓乎郎官贵而郡守尊也㉕。

于戏㉖！令尹无愠㉗，吾之所师；下惠不耻㉘，吾其庶几㉙？卞和之刖㉚，吾乃完肤㉛；曹沫之败㉜，吾非舆尸㉝。缄金人之口㉞，复白圭之诗㉟。细不宥兮过可补㊱，思而行兮悔可追㊲。慕康侯之昼接兮㊳，苟无所施，徒锡马而胡为㊴；效仲尼之日省兮㊵，苟无所为，虽叹凤而奚悲㊶？夫如是，屈于身兮不屈其道㊷，任百谪而何亏㊸？吾当守正直兮佩仁义㊹，期终身以行之㊺。

（据《小畜集》卷一，《四部丛刊》初编本）

【注释】

①八年三黜(chù)：王禹偁第一次被贬为商州团练副使，在太宗淳化二年(991)，第三次谪贬黄州在真宗咸平元年(998)，前后正好是八年。黜，贬黜，谪贬。

②商于：古代秦楚边境地名，此代指商州，今在陕西。

③亲老：指父母亲。疾：有疾，患病。刘向《说苑·建本》：“子路曰：负重道远者，不择地而休；家贫亲老者，不择禄而仕。”

④免乳：断奶。

⑤呱呱(gū)：形容小儿哭声、悲泣声。王安石《忆昨诗示诸外弟》：“母兄呱呱泣相守，三载厌食钟山薇。”

⑥赞(xuàn)虎：猛虎。《尔雅·释兽》云：“赞有力。”郭璞注曰：“出西海，大秦国有养者，似狗，多力，犷恶。”

⑦二稔(rěn)：两年。谷物成熟谓之稔，一稔为一岁。《左传·僖公二年》：“不可以五稔。”

⑧无苦：没有不幸的事情发生，不痛苦难受。《史记·扁鹊仓公列传》：“《脉法》曰‘病重而脉顺清者曰内关’，内关之病，人不知其所痛，心急然

无苦。”

⑨再谪滁(chú)上：至道元年(995)，王禹偁因论孝章皇后丧仪事，被贬滁州。滁州，在今安徽境内。

⑩丧：去世。

⑪旅榇(chèn)：指死于外地、尚未回乡安葬的骨骸。榇，棺木。刘禹锡《为鄂州李大夫祭柳员外文》：“闻君旅榇，既及岳阳。寝门一恸，贯裂衷肠。”

⑫泣血：指因极度悲痛而无声哭泣或形容极度悲伤。《礼记·檀弓上》：“高子皋之执亲之丧也。泣血三年，未尝见齿，君子以为难。”李商隐《祭裴氏姊文》：“不幸不佑，天实为之，椎心泣血，孰知所诉。”就路：上路。《后汉书·孔奋传》：“唯奋无资，单车就路。”

⑬彼苍：苍天。《诗经·秦风·黄鸟》云：“彼苍者天，歼我良人。”仰：仰赖。《墨子·七患》：“凡五谷者，民之所仰也。”

⑭移郡印于淮海：由滁州移知扬州。淮海，指扬州。

⑮信：实在，确实。靡盬(gǔ)：没有止息。《诗经·小雅·北山》云：“偕偕士子，朝夕从事。王事靡盬，忧我父母。”鞅(yāng)掌：没有时间注重仪容，形容事务繁重。《诗经·小雅·北山》云：“或栖迟偃仰，或王事鞅掌。”

⑯旋：很快。国哀：指宋太宗驾崩。太宗崩于至道三年(997)，赵恒即位，是为真宗。

⑰事居而送往：大意是送走太宗后，继续效忠新皇帝。

⑱叨(tāo)：谦辞，指受到某种好处。唐张说《恩制赐食于丽正殿书院宴赋得林字》：“位窃和羹重，恩叨醉酒深。”掖垣(yuán)：宫廷的围墙，代指朝廷。杜甫《春宿左省》：“花隐掖垣暮，啾啾栖鸟过。”

⑲便蕃：形容次数多。《左传·襄公十一年》载：“乐只君子，福禄攸同，便蕃左右，亦是帅从。”杜预注：“便蕃，数也。”

⑳齐安：指黄州，今在湖北黄冈。

㉑未言：还不会说话。

㉒骑乘：可以代步的车马。晋葛洪《抱朴子·崇教》：“指摘衣服之鄙野，争骑乘之善否，论弓剑之疏密。”

㉓羝(dī)羊触藩：公羊角卡在篱笆上，形容进退两难。《周易·大壮》云：“羝羊触藩，羸其角。”又云：“羝羊触藩，不能退，不能遂。”

㉔老鹤乘轩：比喻滥居官位。《左传·闵公二年》：“冬十二月，狄人伐卫。卫懿公好鹤，鹤有乘轩者。将战，国人受甲者皆曰：‘使鹤，鹤实有禄位，余焉能战。’”

㉕此句意谓那些不了解我的人还以为我当着大官，有多么尊贵似的，其

实我已经够狼狈了。

㉖于戏：同“呜呼”，感叹词。《史记·游侠列传》：“谚曰：‘人貌荣名，岂有既乎！’于戏，惜哉！”

㉗令尹无愠（yùn）：令尹，指子文。《论语·公冶长》载：“令尹子文三仕为令尹，无喜色；三已之，无愠色。”愠，生气，恼怒。

㉘下惠不耻：下惠，指柳下惠。《论语·微子》载：“柳下惠为士师，三黜。人曰：‘子未可以去乎？’曰：‘直道而事人，焉往而不三黜？枉道而事人，何必去父母之邦？’”

㉙庶几：差不多。《孟子·梁惠王下》：“王之好乐甚，则齐国其庶几乎！”

㉚卞和之刖（yuè）：据《韩非子·和氏》，楚人卞和在荆山得一玉璞，献给厉王，厉王让人鉴别，说是石头，有欺君之罪，断其左足。待楚武王即位，卞和再次献玉，武王让人鉴别，仍说是石头，又断其右足。后来文王即位，卞和抱玉恸哭于荆山下，文王令人剖璞，果得宝玉，因此称“和氏璧”。刖，断足，古代的一种刑罚。

㉛完肤：身体发肤完好无损。《新唐书·刘迺传》：“帝狩奉天，乃卧疾私第，朱泚遣人召之，固称笃。复遣伪相蒋镇慰诱，乃佯瘖不答，炙无完肤。”

㉜曹沫之败：据《史记·刺客列传》：“曹沫者，鲁人也，以勇力事鲁庄公。庄公好力。曹沫为鲁将，与齐战，三败北。”此处是说曹沫曾打过败仗。

㉝舆尸：用车载运尸体。《周易·师卦》：“师或舆尸，大无功也。”

㉞缄金人之口：形容说话谨慎。刘向《说苑·敬慎》：“孔子之周，观于太庙，右陛之前，有金人焉。三缄其口，而铭其背曰：‘古之慎言人也，戒之哉，戒之哉！无多言，多言多败。’”

㉟复白圭之诗：形容说话要谨慎。《诗经·大雅·抑》云：“白圭之玷，尚可磨也。斯言之玷，不可为也。”白圭，即白玉。

㊱宥（yòu）：宽恕。唐李朝威《柳毅传》：“中间驰至九天，以告上帝。帝知其冤，而宥其失，前所谴责，因而获免。”

㊲思而行：《论语·公冶长》载：“季文子三思而后行。”追：改正。陶渊明《归去来兮辞》：“悟已往之不谏，知来者之可追。”

㊳康侯之昼接：形容臣子受到皇帝的赏赐十分优渥。《周易·晋卦》：“晋康侯用锡马蕃庶，昼日三接。”

㊴胡为：反问，又有什么意义呢。《诗经·邶风·式微》：“微君之故，胡为乎中露？”

㊵仲尼之日省：《论语·学而》载：“曾子曰：‘吾日三省吾身：为人谋而不忠乎？与朋友交而不信乎？传不习乎？’”“日省”的实则是曾子，王禹偁在这

里说成了孔子。

㊶叹凤：感叹凤鸟不至。《论语·子罕》载："子曰：'凤鸟不至，河不出图，吾已矣夫！'"奚悲：有什么好悲叹的。

㊷屈于身兮不屈其道：虽然身受委屈，但在道义上却是刚直不阿的。

㊸亏：欠缺。

㊹佩：佩戴，践行。

㊺行之：去实践它。

（赵骥　注）

罔极赋

【题解】

此赋有语云："今日何日，家人举爵，祝我寿考，劝我欢乐。""今日"即是王禹偁的生日。庆生的礼俗是逐渐发展起来的，"魏晋以前，不为生日"（赵彦卫《云麓漫钞》卷二）；魏晋之后，庆祝生日的习俗才流行开来。颜之推《颜氏家训》卷上云："二亲若在，每至此日（按：生日），常有酒食之事耳。无教之徒，虽已孤露，其日皆为供顿，酣畅声乐，不知有所感伤。"据颜之推之意，逢遇生日，如果父母健在，可以开筵为欢；如果双亲已经去世了，还酣畅玩乐，便是无教之徒。因为在儒家看来，生日这天应该首先想到的是父母的劳苦。王禹偁是一个儒家思想很浓厚的人，他在《罔极赋》中流露的正是怀念父母的感伤之情。此赋大约作于咸平三年（1000）。

【原文】

后周广顺[①]，太岁甲寅[②]，季秋戊子[③]，实生吾身。禀粹和于两仪[④]，荷鞠育于二亲[⑤]。粤自始孩[⑥]，逮乎成人，求名得名，干禄得禄。痛吾母之早终[⑦]，受君羹而舍肉[⑧]；丁吾父之大忧[⑨]，徒倚庐以食粥[⑩]。被朝恩之抑夺[⑪]，履人事而凄迷[⑫]。五鼎或来[⑬]，羡仲由之斗米[⑭]；三牲纵具[⑮]，非茅容之只鸡[⑯]。岂无兄弟，各怀禄而凄凄[⑰]；亦有子孙，方嬉戏乎孩提[⑱]。冗食兮纪纲之仆[⑲]，多病兮糟糠之妻[⑳]。望松楸以暮泣[㉑]，履霜露而晨啼[㉒]。

今日何日，家人举爵[㉓]，祝我寿考[㉔]，劝我欢乐。感悬弧于兹晨[㉕]，念《陟岵》而泪落[㉖]。换斑衣兮纯素[㉗]，变华颠于总角[㉘]。孰谓儒者，不如农夫，良田十亩，柔桑百株[㉙]。无求于人，身何忧其悔吝[㉚]；必出于力，养不间乎精粗[㉛]。父母俱存，缊袍重襦[32]；子弟匪懈[33]，夕耕晓锄。鸡豚掩豆[34]，黍稷盈壶[35]。草堂为寿[36]，其乐只且[37]。嗟乎！吾不得而及也，赋《罔极》而长吁[38]。

（据《小畜集》卷一，《四部丛刊》初编本）

【注释】

①广顺：后周太祖的年号(951—953)。然而，甲寅年正月丙子朔，后周太祖已改元显德。王禹偁实生于显德元年(954)九月戊子日，与广顺年号无涉，此处应该是王禹偁追记偶误。

②太岁：古代天文学名词，即岁星、木星的神格。甲寅：显德元年。

③季秋：秋天的最后一个月，也就是九月。《礼记·月令》："季秋之月，日在房，昏虚中，旦柳中。"

④禀粹和于两仪：形容资质纯美。禀，禀赋。粹和，精粹和美。两仪，天地之间的阴阳之气。

⑤鞠(jū)育：养育，抚育。《诗经·小雅·蓼莪》云："父兮生我，母兮鞠我。拊我畜我，长我育我。"

⑥粤：发语助词。

⑦早终：去世得早。

⑧舍肉：将肉留下来，舍不得吃。《左传·隐公元年》载："颍考叔为颍谷封人，闻之，有献于公。公赐之食，食舍肉。公问之，对曰：'小人有母，皆尝小人之食矣，未尝君之羹，请以遗之。'"

⑨丁吾父之大忧：为父亲的去世而服丧。丁忧：服丧，居丧。

⑩徒倚庐以食粥：居丧期间的情状。《晏子春秋·内篇杂上》："晏子居晏桓子之丧，粗衰，斩，苴经带，杖，菅屦，食粥，居倚庐，寝苫，枕草。"

⑪抑夺：剥夺，夺取。《汉书·王莽传中》："莽即真，尤备大臣，抑夺下权。"

⑫凄迷：悲伤怅惘。陆龟蒙《采药赋》：" 江仆射之孤灯向壁，不少凄迷。"

⑬五鼎：列五鼎而食，形容富贵荣华的奢侈生活。《史记·平津侯主父列传》："且丈夫生不五鼎食，死即五鼎烹耳。"

⑭仲由：孔子的弟子子路。刘向《说苑·建本》载："子路曰：负重道远者，不择地而休；家贫亲老者，不择禄而仕。昔者由事二亲之时，常食藜藿之实而为亲负米百里之外，亲没之后，南游于楚，从车百乘，积粟万钟，累茵而坐，列鼎而食，愿食藜藿为亲负米之时不可复得也。"

⑮三牲：古代祭祀时用的供品，分大三牲（猪、牛、羊）和小三牲（鸡、鸭、鱼）两种。

⑯茅容：东汉时期名士。《后汉书·郭太传》载："茅容字季伟，陈留人也。

年四十余，耕于野，时与等辈避雨树下，众皆夷踞相对，容独危坐愈恭。林宗行见之而奇其异，遂与共言，因请寓宿。旦日，容杀鸡为馔，林宗谓为己设，既而以供其母，自以草蔬与客同饭。林宗起拜之曰：'卿贤乎哉！'因劝令学，卒以成德。"

⑰怀禄：留恋爵禄，为了利禄而奔波。杨恽《报孙会宗书》："位在列卿，爵为通侯……怀禄贪势，不能自退。"

⑱孩提：幼儿时期。韩愈《祭十二郎文》："如此孩提者，又可冀其成立邪？"

⑲纪纲之仆：统领仆隶之人，后泛指仆人。《左传·僖公二十四年》："秦伯送卫于晋三千人，实纪纲之仆。"

⑳糟糠之妻：共过患难的妻子。《后汉书·宋弘传》："（光武帝）谓弘曰：'谚言贵易交，富易妻，人情乎？'弘曰：'臣闻贫贱之交不可忘，糟糠之妻不下堂。'"

㉑松楸：松树与楸树，墓地多植，因以代称坟墓，此处特指父母的坟墓。

㉒霜露：《礼记·祭义》云："霜露既降，君子履之，必有凄怆之心，非其寒之谓也。"霜露之思，乃是指对父母的怀念。

㉓举爵：举起酒杯。《仪礼·聘礼》："一人举爵，献从者，行酬，乃出。上介至，亦如之。"

㉔寿考：长寿。《诗经·大雅·棫朴》："周王寿考，遐不作人。"

㉕悬弧：古代风俗尚武，家中生男，则于门左挂弓一张，后因称生男为悬弧。《礼记·内则》："子生，男子设弧于门左，女子设帨于门右。"兹晨：今天这个日子。

㉖《陟岵》：此为《诗经·魏风》中的一篇，主旨即怀念父母，如其有语云："陟彼岵兮，瞻望父兮"，"陟彼岵兮，瞻望母兮"。

㉗斑衣：彩衣。《南史·张裕传》附《张嵊传》："少敦孝行，年三十余，犹斑衣受稷杖。"

㉘华颠：白头，指年老。《后汉书·崔骃传》云："唐且华颠以悟秦，甘罗童牙而报赵。"总角：古时儿童未冠的样子。

㉙柔桑：嫩桑叶。《诗经·豳风·七月》云："女执懿筐，遵彼微行，爰求柔桑。"

㉚悔吝：灾祸。《周易·系辞上》曰："悔吝者，忧虞之象也。"

㉛精粗：此处指精食与粗食。

㉜缊袍：以乱麻为絮的袍子。《论语·子罕》："衣敝缊袍，与衣狐貉者立而不耻者，其由也与。"重襦（rú）：厚实的短袄。

㉝匪懈：不懈怠。《诗经·大雅·烝民》："既明且哲，以保其身，夙夜匪懈，以事一人。"

㉞鸡豚掩豆：形容家畜丰足。《礼记·礼器》载："晏平仲祀其先人，豚肩不掩豆。"

㉟黍稷盈壶：形容粮食丰足。

㊱草堂：简陋的茅屋。

㊲只且：语气词，表感叹。《诗经·邶风·北风》云："其虚其邪，既亟只且。"

㊳罔极：无穷尽，无边际。《诗经·小雅·蓼莪》云："欲报之德，昊天罔极。"长吁：长叹。

（赵骥　注）

王　曾

【作者简介】

王曾（978—1038），字孝先，青州益都（今山东青州）人。北宋名相。少年孤苦，善文章。真宗咸平年间连中三元，发解试、省试、殿试均为第一。杨亿见其赋，认为是"王佐器也"。以将作监丞通判济州。后得寇准赏识，授职秘书省著作郎、直史馆、三司户部判官。大中祥符四年（1011）升任尚书主客郎中，后又知审官院、通进银台司、勾当三班院，累官至吏部侍郎，两度为参知政事。仁宗即位后，拜中书侍郎、同中书门下平章事，计逐丁谓。后因忤刘太后意，罢官知青州。景祐初，为枢密使，寻拜相，封沂国公，后与吕夷简一同罢相。景祐四年（1037），以左仆射、资政殿大学士之衔判郓州。宝元元年（1038）卒，终年六十一岁。宋史有传，著有《九域图》三卷、《契丹志》一卷，今有《王文正公笔录》一卷传世。

矮松赋

【题解】

从序文可知，这篇赋作于仁宗天圣八年（1030），王曾忤刘太后意，罢相出知青州之时。青州是作者的家乡，宦海沉浮数十年之后返归故里，山河无异而人事代谢。赋作以一株历经沧桑的松树作为描写对象，串联起作者对年月流逝的感叹，流露出一名正直的士大夫在官场倾轧以及政治风波中的疲惫和失落，表达了想全身保命而又期望再有所作为的复杂心绪。赋作巧妙地化用了许多先秦典籍的语句和典故，并借用了《洛神赋》等前代名作的句式，显示出作者深厚的文化素养。行文中对矮松的刻画以及对自我身世遭际的感叹融为一体，将自身的情感最大限度地融入了铺排描写之中；同时，赋中写矮松拗健老劲形态时，用到一些稍为佶屈聱牙的词语，恰到好处地对应了矮松的外形和作者赋予其的精神内质。

【原文】

齐城西南隅矮松园[①]，自昔之闲馆[②]，此邦之胜概[③]。二松对植，卑枝四出。高不倍寻[④]，周且百尺。轮囷偃亚[⑤]，观者骇目。盖莫知其年祀[⑥]，亦靡记其本源，真造化奇诡之绝品也[⑦]。曾咸平中忝乡荐[⑧]，登甲科，蒙被宠灵[⑨]，践历清显[⑩]，几三十载。前岁秋始罢冢司[⑪]，出守青社[⑫]。下车之后，省闾里[⑬]，访故旧，则曩之耆耋悉沦逝[⑭]，童冠皆壮老[⑮]，邑居风物，触目迁变，惟彼珍树，依然故态。窃谓是松也，匪独以后凋，克固岁寒[⑯]，抑由拥肿支离，不为世用，故能宅兹皋壤，免于斤斧。向若负构厦之才，竦凌云之干，将为梁栋，戕伐无余[⑰]。又安得保其天年，全其生理哉[⑱]！感物兴叹，聊为赋云：

惟中齐之旧国[⑲]，乃东夏之奥区[⑳]。有囿游之胜致[㉑]，直廛闬之坤隅[㉒]。伟茂松之骈植，轶众木而特殊[㉓]。上轮囷以夭矫[㉔]，傍翳荟而纷敷[㉕]。广庭庑之可蔽[㉖]，高寻常之不逾。枝拥阏兮横亘[㉗]，根蹙缩兮盘纡[㉘]。徒观其前瞻林岭，却枕康衢[㉙]，宅宝势兮葱郁[㉚]，据右地兮膏腴[㉛]。类蟠蛰兮神蜧，讶腾倚兮虎驱[㉜]。将拿攫兮未奋[㉝]，忽伏窜兮争趋。色斗鲜兮欲滴，形诡俗兮难图[㉞]。远而望之，蔚兮若抟鹏之出沧海[㉟]；迫而察之，默兮若方舆之承宝盖[㊱]。矗洞口之归云，堆岩阿之宿霭[㊲]。谈挥麈兮何多[㊳]，被集翠兮增汰[㊴]，度朔吹兮飕飗[㊵]，含阳晖兮晻蔼[㊶]。吾不知其几千岁，起毫末而硕大。

昔去里兮离邦，攀绿条兮彷徨。今剖符兮临郡[㊷]，识奇树兮青苍[㊸]。怵光景兮遄迈[㊹]。嘉岁寒兮益彰。叶毵毵兮不改[㊺]，情眷眷兮难忘[㊻]。异古人之叹柳[㊼]，协予志之恭桑[㊽]。信矣夫，卑以自牧[㊾]，终然允臧[㊿]，效先哲之俯偻[51]，法幽经之伏藏[52]，愿蹋影于涧底[53]，厌争荣于豫章[54]。鄙直木兮先伐，惧秀林夕见伤[55]。幸高梧之垂荫，愧修竹之联芳。鸾乍迷于枳棘[56]，鹓每悮于榆枋[57]。媲周《雅》之踏地[58]，符羲《易》之巽床[59]。既交让以屈节[60]，复善下而同方[61]。自储精于甘实，不受命于繁霜。

客有系而称曰：材之良兮，梓匠之攸贵[62]；生之全兮，蒙庄之所美[63]。苟入用于钩绳[64]，宁委迹于尘滓[65]？俾其夭性而称珍[66]，曷若存身而受祉[67]？纷异趣兮谁与归[68]，当去彼而取此。

（据《历代赋汇》卷一一五，清康熙四十五年内府刊本）

【注释】

①齐城：青州，是作者故乡所在。

②闲馆：宽广的馆舍。班固《西都赋》："徇以离宫别寝，承以崇台闲馆。"

③胜概：美景。李白《夏日陪司马武公与群贤宴姑熟亭序》："此亭跨姑熟之水，可称为姑熟亭焉。嘉名胜概，自我作也。"杜甫《奉留赠集观院崔于二学士》："故山多药物，胜概忆桃源。"

④倍寻：二寻，即一丈六尺。寻，中国古代长度单位，约为八尺。

⑤轮囷（qūn）：盘曲硕大貌。汉邹阳《狱中上书自明》："蟠木根柢，轮囷离奇。"王禹偁《送光禄王寺丞通判徐方》："戏马台荒春寂寞，斩蚍乡古树轮囷。"偃亚：覆压低垂。梅尧臣《元日朝》："放仗旌旗方偃亚，回头宫阙更嵯峨。"

⑥年祀：年岁。《魏书·礼志三》："自皇代革命，多历年祀，四祖三宗，相继纂业。"

⑦奇诡：奇异诡绝。《新唐书·陆贽传》："权以纾难，暂以应机，事有便宜，谋有奇诡。"

⑧咸平：宋真宗年号（998—1003）。忝（tiǎn）：辱，有愧于。李商隐《筹笔驿》："管乐有才原不忝，关张无命欲何如。"乡荐：唐宋时应试进士，由州县荐举，称乡荐。王曾于宋真宗咸平五年（1002）由乡荐参加科举，廷试为第一。

⑨宠灵：恩宠光耀。《左传·昭公七年》："今君若步玉趾，辱见寡君，宠灵楚国，以信蜀之役，致君之嘉惠，是寡君既受贶矣，何蜀之敢望！"

⑩清显：清贵显要的职位。晋王胡之《遗从弟洽书》："弟今二十九，便居清显要任。"

⑪冢司：宰相。《旧唐书·宋璟传》："遂使再升台座，三入冢司，进阶开府，增封本郡。"

⑫出守青社：出任为青州的地方长官。

⑬闾里：邻居。《庄子·至乐》："吾使司命复生子形，为子骨肉肌肤，反子父母、妻子、闾里、知识，子欲之乎？"

⑭耆耋（qí dié）：耆，六十岁；耋，八十岁。此处指上了年纪的老人。汉桓宽《盐铁论·未通》："乡饮酒之礼，耆老异馔，所以优耆耄而明养老也。"沦逝：逝世。白居易《赠裴垍官制》："事君尽礼，徇国忘身，积忧与劳，搆成疾恙，以至沦逝，念之恻然！"

⑮童冠：童子与青少年人。童，《增韵》："十五以下谓之童子。"冠，依周制，男子二十岁行冠礼。

⑯此句化用《论语・子罕》："岁寒，然后知松柏之后凋也。"

⑰拥肿：臃肿，粗大笨重。《庄子・人间世》："南伯子綦游乎商之丘，见大木焉，有异，结驷千乘，隐将芘其所藾。子綦曰：'此何木也哉？此必有异材夫！'仰而视其细枝，则拳曲而不可为栋梁；俯而视其大根，则轴解而不可为棺椁；咶其叶，则口烂而为伤；嗅之，则使人狂酲，三日而不已。子綦曰：'此果不材之木也，以至于此其大也！嗟乎神人，以此不材！'"此数句取庄子之意，感叹矮松正因为枝干蜷曲，不能用来制作屋梁家具等物，所以才得以生长多年而不遭砍伐，这正是"无用"的"大用"。庾信《枯树赋》："乃有拳曲拥肿，盘坳反覆。熊彪顾盼，鱼龙起伏。节竖山连，文横水蹙。"构厦之才：适合建造房屋的木材。戕（qiāng）伐：伤害。骆宾王《和闺情诗启》："颜谢特挺，戕伐典丽。自兹以降，声律稍精。"

⑱生理：生存的可能。《宋书・王敬弘传》："年向九十，生理殆尽，永绝天光，沦没丘壑。"

⑲中齐：山东中部。青州为古代九州之一，地域范围包括今天山东一部分，北宋的青州在其中部。

⑳东夏：华夏大地的东部。《尚书・周书》："上帝时歆，下民祗协，庸建尔于上公，尹兹东夏。"奥区：腹地。《后汉书・班固传》："防御之阻，则天下之奥区焉。"

㉑囿游：帝王的离宫别苑。《周礼・天官》："王宫每门四人，囿游亦如之。"

㉒直：正当，指方位。廛闬（chán hàn）：廛里，民人居住的区域。鲍照《芜城赋》："廛闬扑地，歌吹沸天。"廛，古代城市平民的居住区。闬，里巷的大门。坤隅：西南方。《周易・坤卦》："坤：元，亨，利牝马之贞。君子有攸往。先迷，后得，主利。西南得朋，东北丧朋。安贞吉。"

㉓轶：超出。《庄子・徐无鬼》："天下马有成材，若恤若失，若丧其一，若是超轶绝尘，不知其所。"

㉔夭矫：木枝屈曲貌。《淮南子・修务训》："木熙者，举梧槚，据句枉，蝯自纵，好茂叶，龙夭矫，燕枝拘，援丰条，舞扶疏。"

㉕翳荟（yì huì）：草木茂盛貌。张华《鹪鹩赋》："翳荟蒙茏，是焉游集。"纷敷：纷披，盛多散乱。潘岳《西征赋》："华实纷敷，桑麻条畅。"

㉖庭庑：厅堂下四周的廊屋。潘岳《怀旧赋》："步庭庑以徘徊，涕泫流而沾巾。"

㉗拥阏（è）：壅塞；阻滞。《史记・天官书》："土与水合，穰而拥阏，有覆军，其国不可举事。"横亘：横贯，横跨。王昌龄《出郴山口寄张十一》："石脉尽横亘，潜潭何时流。"

㉘蹙缩：蜷缩，皱缩。元稹《分水岭》："偶值当途石，蹙缩又纵横。"盘纡：盘结曲折。宋玉《高唐赋》："水澹澹而盘纡兮，洪波淫淫之溶滴。"

㉙康衢：四通八达的大路。《列子·仲尼》："尧乃微服游于康衢，闻儿童谣。"

㉚宅：生长于。《尚书·盘庚》："我王来，既爰宅于兹。"宝势：奇异的地势。王延寿《鲁灵光殿赋》："据坤灵之宝势，承苍昊之纯殷。"葱郁：青翠繁盛。《宋史·乐志》："氤氲成雾，葱郁垂阴。"

㉛右地：要地。膏腴：肥沃。《战国策·赵策四》："今媪尊长安君之位，而封之以膏腴之地。"

㉜蟠蛰：隐居藏伏。姚合《赠终南山傅山人》："蟠蛰身仍病，鹏抟力未通。"神蜧（lì）：古代传说中能兴云雨的黑色神蛇。腾倚：或腾跃或倚立。唐张说《舞马词》："帝皁龙驹沛艾，星兰骥子权奇，腾倚骧洋应节，繁骄接迹不移。"

㉝拿攫：搏斗。扬雄《羽猎赋》："犀兕之抵触，熊罴之拿攫。"

㉞诡俗：异于常态。《梁书·孝行传序》："高祖创业开基，饬躬化俗，浇弊之风以革，孝治之术斯著。每发丝纶，远加旌表。而淳和比屋，罕要诡俗之誉，潜晦成风，俯列逾群之迹。"

㉟抟鹏：乘风盘旋而上的大鹏。《庄子·逍遥游》："鹏之徙于南冥也，水击三千里，抟扶摇而上者九万里。"

㊱黕（dǎn）：黑。曹丕《愁霖赋》："玄云黕其四塞。"方舆：大地。晋束皙《补亡诗》："漫漫方舆，回回洪覆。何类不繁，何生不茂。"宝盖：仪仗中的伞盖。

㊲归云：行云。潘岳《西征赋》："吐清风之飂戾，纳归云之郁蓊。岩阿：山石的曲折之处。王粲《七哀诗》："山岗有余映，岩阿增重阴。"宿霭：久聚的云气。韩愈、孟郊《秋雨联句》："安得发商飙，廓然吹宿霭。白日悬大野，幽泥化轻壒。"

㊳挥麈（zhǔ）：挥动麈尾，东晋南朝士人清谈时，常挥动麈尾以助谈兴。麈，麋鹿。欧阳修《和圣俞聚蚊》："抱琴不暇抚，挥麈无由停。"

㊴被：布满。集翠：陆机《文赋》："彼榛楛之勿翦，亦蒙荣于集翠。"汰：波涛，波动，此处指松树枝叶的摇动。《九章·涉江》："乘舲船余上沅兮，齐吴榜以击汰。"

㊵朔吹：北风。南朝陈张正见《寒树晚蝉疏》："朔吹犯梧桐。"飕飗：风雨声。唐李颀《听安万善吹觱篥歌》："枯桑老柏寒飕飗，九雏鸣凤乱啾啾。"

㊶晻蔼（ǎn ǎi）：昏暗。屈原《离骚》："扬云霓之晻蔼兮，鸣玉鸾之啾啾。"

㊷剖符：古代帝王封赏有功将士时，将符节剖分为二，君臣各执一半，作为信守的约证，叫作"剖符"。符用铜或竹、木制成，上刻有字。此处指的是作者离

开京师，赴任青州。司马迁《报任少卿书》："仆之先人非有剖符丹书之功"。临郡：指自己到达青州任地方长官。袁宏《后汉纪·孝桓皇帝纪》："太守翟超临郡，请为东部督。"

㊸青苍：深青色。刘昚虚《暮秋扬子江寄孟浩然》："林山相晚暮，天海空青苍。"

㊹光景：光阴，时光。李白《相逢行》："光景不待人，须臾成发丝。"遄迈(chuán mài)：快速行进。潘岳《寡妇赋》："曜灵晔而遄迈兮，四节运而推移。"

㊺毵毵(sān)：枝条细长、垂拂纷披貌。刘商《柳条歌送客》："毵毵拂人行不进，依依送君无远近。"苏轼《过岭》："谁遣山鸡忽惊起，半岩花雨落毵毵。"

㊻眷眷：眷恋反顾，依依难舍。陶渊明《杂诗》："眷眷往昔时，忆此断人肠。"

㊼《世说新语·言语》："桓公北征，经金城，见前为琅邪时种柳，皆已十围。慨然曰：'树犹如此，人何以堪。'攀枝执条，泫然流泪。"此处引桓温典故，意为慨叹光阴流逝。

㊽恭桑：敬恭桑梓、友爱尊敬故乡的人。《诗经·小雅·小弁》："维桑与梓，必恭敬之。

㊾卑以自牧：谦卑并自我完善。《周易·谦卦》："谦谦君子，卑以自牧也。"

㊿终然允臧：始终都很完美。《诗经·鄘风·定之方中》："卜云其吉，终然允臧。"

51俯偻：屈身。晋潘尼《赠陆机出为吴王郎中令》："俯偻从命，奚恤奚喜。"

52幽经：指《相鹤经》，相传为神仙的经书。

53跼(jú)影：谨慎小心的样子。黄滔《与薛推先辈启》："倾身耸听，跼影瞻风，如飞冰雪以清心，若韵笙簧而到耳。"

54豫章：樟树。司马相如《上林赋》："欃檀木兰，豫章女贞，长千仞，大连抱，夸条直畅，实叶葰楙。"

55三国魏李康《运命论》："故木秀于林，风必摧之；堆出于岸，流必湍之；行高于人，众必非之。前鉴不远，覆车继轨。"此二句意为树木挺拔劲直则易被砍伐以做栋梁、家具，树木孤高于林中，则易为大风所摧折。

56枳(zhǐ)棘：枳木与棘木。因其多刺而称恶木。常用以比喻恶人或者艰难险恶的环境。《韩非子·外储说左下》："阳虎去齐走赵，简主问曰：'吾闻子善树人。'虎曰：'臣居鲁，树三人，皆为令尹，及虎抵罪于鲁，皆搜索于虎也。臣居齐，荐三人，一人得近王，一人为县令，一人为候吏，及臣得罪，近王者不见臣，县令者迎臣执缚，候吏者追臣至境上，不及而止。虎不善树人。'主俯而笑曰：'夫树橘柚者，食之则甘，嗅之则香；树枳棘者，成而刺人；故君子慎所树。'"

57鷃：一种小鸟。宋玉《对楚王问》："夫蕃篱之鷃，岂能与之料天地之高哉？"

榆枋(yú fāng):榆树和枋树,比喻狭小的天地。《庄子·逍遥游》:"蜩与学鸠笑之曰:'我决起而飞,枪榆枋,时则不至,而控于地而已矣,奚以之九万里而南为?'"

㊽周《雅》:指《诗经》中的《大雅》和《小雅》。蹐(jí)地:比喻谨慎戒惧貌。《诗经·小雅·正月》:"谓地盖厚,不敢不蹐。"

㊾羲《易》:指《周易》。巽床:巽,《周易》中的《巽卦》,表示谦卑逊让。《周易·巽卦》:"巽在床下,用史巫纷若,吉,无咎。"

㊿交让:相互谦让。《晏子春秋》:"诸侯相见,交让,争处其卑,礼之文也。"屈节:降低身份,待人谦卑。《世说新语·贤媛》:"络秀语伯仁等:'我所以屈节为汝家作妾,门户计耳。'"

61同方:志向相同。《礼记·儒行》:"儒有合志同方,营道同术。"

62梓匠:木工与匠人。《孟子·尽心下》:"梓、匠、轮、舆、能与人规矩,不能使人巧。"攸:所。《周易·坤卦》:"君子有攸往。"

63蒙庄:庄子。庄子为蒙县人。

64钩绳:木工用以正曲直的工具。

65尘滓:细小的尘灰渣滓,比喻世间烦琐的事务。颜之推《颜氏家训·养生》:"而望遁迹山林,超然尘滓,千万不遇一尔。"

66俾(bǐ):顺从。

67受祉:接受天地神明的降福。《诗经·小雅·六月》:"吉甫燕喜,既多受祉。"

68异趣:不同的志趣。《史记·李斯列传》:"非主以为名,异趣以为高,率群下以造谤。"

(赵骥　注)

司马光

【作者简介】

司马光(1019—1086),字君实,号迂夫,晚号迂叟,世称涑水先生,陕州夏县人。北宋著名政治家、史学家、思想家。宋仁宗宝元元年(1038)进士及第,历任大理寺丞、天章阁侍制兼侍讲知谏院、龙图阁直学士、右谏议大夫。神宗继位,为翰林学士、御史中丞,因极力反对神宗任用王安石进行变法，坚辞枢密副使之任。熙宁三年(1070)，以端明殿学士出知永兴军(今陕西西安)。熙宁四年(1071)，退居洛阳，继续编撰《通鉴》，元丰七年(1084)成书，奏进给神宗皇帝。神宗认为此书“有鉴于往事，以资治道”，赐名为《资治通鉴》。元丰八年(1085)，神宗死，哲宗继位，因皇帝年幼，太皇太后高氏听政，召司马光入京为门下侍郎、尚书左仆射以主持国事。司马光尽废新法，并召因反对新法而被贬的刘挚、范纯仁、苏轼、苏辙等人回京任职。元祐元年(1086)九月病死，年六十八岁，赠太师、温国公，谥号文正。宋史有传。有《传家集》八十卷，又全集一百一十六卷。现存辞赋三篇。

稷下赋

【题解】

司马光作为北宋著名的政治家和史学家，在文学创作中更多地是以平实切近的语言和切中世用的思想性而取胜，他的几篇赋作也都是这种风格。此赋以传统的对话体展开，语言明白晓畅，立意鲜明准确，论辩条理清晰，颇有《孟子》“沛然不可当”的文章风格。赋作主要分为两个部分：前一部分从居所环境、衣着神情等方面将“处士”们的形象仪态描摹得生动而具体；后一部分则是司马光借荀卿之口阐发自己的思想，申明“拨去浮末，敦明本初”，尊崇正统儒学的学术主张和政治倾向。

【原文】

齐王乐五帝之遐风[①]，嘉三王之茂烈[②]，致千里之奇士，总百家之伟说[③]。于是筑巨馆[④]，临康衢[⑤]，盛处士之游[⑥]，壮学者之居。美矣哉，高门横闶[⑦]，夏屋长檐[⑧]，樽罍明洁[⑨]，几杖清严[⑩]。尔乃杂佩华缨[⑪]，净冠素履[⑫]，端居危坐，规行矩止。相与奋髯横议[⑬]，投袂高谈[⑭]。下论孔墨[⑮]，上述羲炎[⑯]。树同拔异，辨是分非。荣誉樵株，为之蓊蔚[⑰]。訾毁琞美，化为瑕疵[⑱]。譬若兰芷蒿莎，布濩于云梦之洳[⑲]；鸿鹄鹙鸧，鼓舞于渤澥之涯[⑳]。于是齐王沛然来游[㉑]，欣然自喜。谓稷下之富，尽四海之美，慨乎有自得之志矣。

祭酒荀卿进而称曰[㉒]：“吾王辟仁义之途，殖诗书之林，安人之虑广，致治之意深。然而诸侯未服，四邻交侵。士有行役之怨，民有愁痛之音。意者臣等道术之浅薄，未足以称王之用心故也。”王曰：“先生之责寡人深矣，愿卒闻之。”对曰:"臣闻之,珷玞乱玉[23],鱼目间珠[24]。泥沙涨者其泉慁[25],稂莠茂者其谷芜[26]。纲者弃纲而失叙[27],行者多歧而丧途[28]。今是非一概[29],邪正同区。异端角进[30],大道羁孤[31]。何以齐踪于夏商,继轸于唐虞[32]?诚能拨去浮末[33],敦明本初[34]。修先王之典礼,践大圣之规模[35]。德被品物,威加海隅[36]。忠正修烈[37],谗邪放疏。行其言不必饱其腹,用其道不必暖其肤。使臣饭粱啮肥[38],而餐骄君之禄;不若荷钼秉耒[39],而为尧舜之徒。惜夫美食华衣,高堂闲室,凤藻鸱仪[40],豹纹麋质[41]。诵无用之言,费难得之日。民未治不与其忧[42],国将危不知其失。臣窃以大王为徒慕养贤之名,而未睹用贤之实也已。"

(据《司马温公文集》卷一二,《丛书集成》初编本)

【注释】

①遐风:影响深远的教化,指儒家所谓的仁义道德之类。陆机《吊魏武帝文》:"悠悠遐风,千载是仰。"《晋书·元帝纪》:"社稷时难,则戚藩定其倾;郊庙或替,则宗哲纂其祀。是以弘振遐风,式固万世,三五以降,靡不由之。"

②茂烈:盛大的功业。《旧唐书·孝友传》:"赞九功之茂烈,叶万国之欢心。"

③百家之伟说:指各种学术流派的思想。贾谊《过秦论》:"焚百家之言。"

④巨馆:巨大而壮丽的房屋。

⑤康衢:四通八达的大路。《列子·仲尼》:"尧乃微服游于康衢,闻儿童谣。"

⑥处士:古代有道德才华但是不愿做官或者未能做官的人,后来泛指没有做过官的读书人。《孟子·滕文公下》:"圣王不作,诸侯放恣,处士横议。"

⑦闶(kàng):高大的门庭。张衡《西京赋》:"嘉木树庭,芳草如积。高门有闶,列坐金狄,内有常侍谒者,奉命当御。"

⑧夏屋:高大的屋室。《楚辞·大招》:"夏屋广大,沙堂秀只。"

⑨樽罍(zūn léi):泛指酒器。杜甫《赠特进汝阳王二十韵》:"樽罍临极浦,凫雁宿张灯。"

⑩几杖:坐几和手杖。《礼记·曲礼》:"谋于长者,必操几杖以从之。"

⑪华缨:华美的缨带,指仕宦者的缨带。鲍照《代放歌行》:"素带曳长飙,华缨结远埃。"

⑫净冠素履:洁净美丽的冠与履。《周易·履卦》:"初九:素履往,无咎。象曰:素履之往,独行愿也。"

⑬奋髯:抖动胡须,形容激愤或激昂貌。《汉书·朱博传》:"齐郡舒缓养名,博新视事,右曹掾史皆移病卧……博奋髯抵几曰:'观齐儿欲以此为俗邪?'"横

议：恣意议论。《孟子·滕文公下》："圣王不作，诸侯放恣，处士横议。"

⑭投袂(mèi)：挥袖，甩袖表示立即行动。《吕氏春秋·恃君览》："投袂而起，履及诸庭。"高谈：侃侃而谈，大发议论。三国魏刘劭《人物志·接识》："是故多陈处直，则以为见美，静听不言，则以为虚空，抗为高谈，则为不逊。"

⑮孔墨：孔子和墨子，指儒家和墨家的思想。《韩非子·显学》："孔墨之后，儒分为八，墨离为三，取舍相反不同，而皆自谓真孔墨。孔墨不可复生，将谁使定世之学乎？"

⑯羲炎：伏羲与炎帝，中国古代神话传说中的上古圣王。

⑰樵株：此处指散木和细小的枝条。蓊蔚：草木茂盛的样子。张衡《南都赋》："晻暖蓊蔚，含芬吐芳。"本句意为处士学者们善辩能言，能将樵株说成茂盛壮硕的树木。

⑱訾(zǐ)毁：非议诋毁。《荀子·不苟》："正义直指，举人之过，非毁疵也。"珵(chéng)：美玉。瑕疵：玉的斑痕，指玉的疵病，喻微小的缺点，后泛指一切缺点。王建《求友》："不求立名声，所贵去瑕玭。"本句意为处士学者们党同伐异，凡为自己不认同的，即使是晶莹的美玉，也贬低为瑕疵。

⑲兰芷：兰草与白芷。《离骚》："兰芷变而不芳兮，荃蕙化而为茅。"《史记·日者列传》："兰芷芎藭弃于广野，蒿萧成林，使君子退而不显众，公等是也。"蒿莎：泛指野草。布濩：散布弥漫貌。《史记·司马相如列传》："鲜枝黄砾，蒋芧青薠，布濩闳泽，延曼太原。"云梦：江汉平原上的古代湖泊群的总称。司马相如《子虚赋》："臣闻楚有七泽，尝见其一，未睹其余也。臣之所见，盖特其小小耳者，名曰云梦。云梦者，方九百里，其中有山焉。"洳(rù)：低湿之地。韩愈《南山诗》："春阳潜沮洳，濯濯吐深秀。"

⑳鸿鹄：指大雁与天鹅。鹙鸧(qiū cāng)：秃鹫。渤澥(xiè)：古代称东海的一部分，即渤海。司马相如《子虚赋》："浮渤澥，游孟诸。"涯：指水边。本句与上句意为香草野草都生长散布在云梦大泽之中，鸿鹄与秃鹫都飞翔遨游在渤海之滨，指齐王所奉养的这些处士学者鱼龙混杂，没有经过辨别区分。

㉑沛然：盛大貌。《孟子·尽心上》："及其闻一善言，见一善行，若决江河，沛然莫之能御也。"

㉒荀卿：荀子(约前313—前238)，名况，字卿，战国时期思想家、文学家、政治家，时人尊称"荀卿"。

㉓珷玞(wǔ fū)乱玉：似是而非。珷玞，像玉的石头，又作"碔砆"。汉王褒《四子讲德论》："故美玉蕴于碔砆。"赵蕤《反经·知人》："亡国之主似智，亡国之臣似忠，幽莠之幼似禾，骊牛之黄似虎，白骨疑象，珷玞类玉，此皆似是而非也。"

㉔鱼目间珠：鱼目混珠。鱼目，鱼的眼珠。刘勰《文心雕龙·杂文》："自连

珠以下，拟者间出。杜笃贾逵之曹，刘珍潘勖之辈，欲穿明珠，多贯鱼目。”

㉕慁(hùn)：杂乱、混杂。刘勰《文心雕龙·书记》：“烦而不慁者，事理明也。”

㉖稂莠(láng yǒu)：形状似禾苗、妨害禾苗生长的杂草。《后汉书·王符传》：“夫养稂莠者伤禾稼，惠奸轨者贼良民。”

㉗纲：提网的总绳。《尚书·盘庚上》：“若网在纲，有条而不紊。”叙：通“序”。《淮南子·本经训》：“四时不失其叙。”

㉘行者多歧而丧途：岔路太多而令行人迷失路途。歧，岔路。《列子·说符》：“大道以多歧亡羊；学者以多方丧生。”

㉙概：《管子·枢言》：“釜鼓满则人概之，人满则天概之。”

㉚异端：异乎正统的思想学说，赋中指不同于儒家的学派。《论语·为政》：“攻乎异端，斯害也已。”角进：竞相以进。

㉛大道：赋中指正统的儒家思想。羁孤：赋中指儒家思想无人理会、备受冷落。羁，束缚、拘束。孤，幼年死去父亲或父母双亡。

㉜齐踪：继踵前贤，与之并列。《三国志·魏书·孙礼传》：“本谓明公齐踪伊吕。”继轸(zhěn)：继轨，接继前人之轨迹。轸，许慎《说文解字》：“轸，车后横木也。”三国魏李康《运命论》：“前监不远，覆车继轨。”

㉝浮末：无关实用或者违背儒家思想的学说。

㉞敦明：使之昭明。敦，劝导督促。《后汉书·秦彭传》：“崇好儒雅，敦明庠序。”本初：根本、基本。

㉟先王之典礼：儒家思想中古代圣王的典则制度。大圣：指道德完善、智能超绝、通晓天下大道的人。《荀子·哀公》：“孔子曰：‘人有五仪：有庸人，有士，有君子，有贤人，有大圣……所谓大圣者，知通乎大道，应变而不穷，辨乎万物之情性者也。’”规模：制度、程式。张衡《东京赋》：“是以西匠营宫，目玩阿房，规摹逾溢，不度不臧。”

㊱被：此处意为覆盖。品物：万物。《周易·乾卦》：“云行雨施，品物流形。”海隅：海边，指偏僻遥远的地方。《尚书·君奭》：“我咸成文王功于不怠，丕冒海隅出日，罔不率俾。”

㊲修烈：努力投身于盛美的事业。烈，功业。《汉书·王莽传》：“成王不能共事天地，修文、武之烈。”

㊳粱：小米。《管子·小匡》：“陈妾数千，食必粱肉。”啮(niè)：咬。《汉书·李广苏建传》：“武卧啮雪。”肥：许慎《说文解字》：“肥，多肉也。”

㊴钽(chú)：同“锄”。贾谊《过秦论》：“锄耰棘矜，非铦于钩戟长铩。”耒(lěi)：耒耜，古代一种翻土工具。耜用于起土，耒为耜的木曲柄。

㊵凤藻：华美的文辞。李白《夏日诸从弟登汝州龙兴阁序》："当挥尔凤藻，挹予霞觞。"鸱(chī)仪：亦作"鸱义"，指错误的、败坏道德的行为。《尚书·吕刑》："蚩尤惟始作乱，延及于平民，罔不寇贼，鸱义奸宄。"

㊶豹纹：豹身上的花纹，比喻华美的外表。麋质：麋皮做的底子。周昙《武公》："君看豹彩蒙麋质，人取无难必不存。"

㊷与(yù)：参与。《左传·僖公三十三年》："蹇叔之子与师。"

（赵骥　注）

苏　辙

【作者简介】

苏辙(1039—1112)，字子由，一字同叔，晚号颍滨遗老，眉州眉山人。嘉祐二年(1057)，参加礼部会试，欧阳修知贡举，苏辙与兄苏轼同登进士科。嘉祐六年(1061)与苏轼同中制举科，任试秘书省校书郎、商州军事推官。英宗治平二年(1065)，为大名府留守推官，寻差管句大名府路安抚总管司机宜文字。神宗朝，因指责王安石新法，出为河南府留守推官。后历任陈州教授、齐州掌书记、著作佐郎、签书应天府判官等职。元丰二年(1079)，坐苏轼乌台诗案，贬为监筠州盐酒税，五年不得升调。元丰七年(1084)，移为歙州绩溪县令。哲宗立，召回为秘书省校书郎。元祐元年(1086)任右司谏、中书舍人。元祐四年(1089)，权任吏部尚书，出使契丹。后历任龙图阁直学士、御史中丞、龙图阁学士、中大夫、守尚书右丞，代理太尉、充任册皇后告期使，任太中大夫、守门下侍郎，晋爵开国伯，实封食邑二百户。绍圣元年(1094)，因上书反对恢复熙宁新法，贬知汝州。后再贬为左朝议大夫、知袁州，又降为左朝议大夫、试少府监。后又被贬为化州别驾、雷州安置。元符元年(1098)，移至循州安置。徽宗即位，移永州、岳州安置，任为濠州团练副使，复职太中大夫，提举凤翔上清太平宫。崇宁元年(1102)，蔡京当政，降授朝议大夫。迁居汝南，罢提举太平宫之职，以太中大夫致仕。崇宁三年(1104)，定居颍川，自号颍滨遗老。政和二年(1112)卒，年七十四。朝廷追复为端明殿学士，特赠宣奉大夫，宋孝宗特敕追谥文定。与父苏洵、兄苏轼并称为"三苏"，居唐宋八大家之一。诗追随兄苏轼，但才力略逊；擅史论、政论，以古鉴今，纵谈时弊。《宋史艺文志》载其有《栾城集》八十四卷、《应诏集》十卷、《策论》十卷、《均阳杂著》一卷。《宋史》卷三三九有传。

超然台赋并叙

【题解】

超然台是苏轼在密州任内所修，在城墙废台的基础上修葺而成，其后与同僚日常登台览景。苏轼请苏辙为此台命名，苏辙以《老子》中“虽有荣观，燕处超然”之句，命名为超然台。《超然台赋》即是苏辙命名后对超然台加以赞咏之作，并在序中言明以上修台命名之因由。辞赋的正文部分首先对超然台进行景物描写，登台远望，酒对山川，云烟如画，有飘然欲乘风飞去之感。随即宕开一笔，联想到历代兴亡、人生艰险，气氛由登台所见之清远转为沧桑。面对飘摇的人生际遇，作者给出的解决方式是达观顺心、欣于所遇、及时行乐，这也是其将此台命名为“超然台”的用意所在。

【原文】

子瞻既通守余杭[①]，三年不得代。以辙之在济南也[②]，求为东州守。既得请高密，其地介于淮海之间，风俗朴陋，四方宾客不至。受命之岁，承大旱之余孽，驱除蝗蝗，逐捕盗贼，廪恤饥馑[③]，日不遑给，几年而后少安。顾居处隐陋，无以自放，乃因其城上之废台而增葺之[④]，日与其僚览其山川而乐之，以告辙曰：“此将何以名之?”辙曰：“今夫山居者知山，林居者知林，耕者知原，渔者知泽。安于其所而已，其乐不相及也，而台则尽之。天下之士，奔走于是非之场，浮沉于荣辱之海，嚣然尽力而忘反，亦莫自知也。而达者哀之。二者非以其超然不累于物故邪?《老子》曰：‘虽有荣观，燕处超然[⑤]。’尝试以‘超然’命之，可乎?”因为之赋以告曰：

东海之滨，日气所先。岿高台之陵空兮，溢晨景之絜鲜[⑥]。幸氛翳之收霁兮[⑦]，逮朋友之燕闲。舒堙郁以延望兮[⑧]，放远目于山川。设金罍与玉斝兮[⑨]，清醪洁其如泉。奏丝竹之愤怒兮，声激越而眇绵。下仰望而不闻兮，微风过而激天。曾陟降之几何兮[⑩]，弃溷浊乎人间[⑪]。倚轩楹以长啸兮，袂轻举而飞翻。极千里于一瞬兮，寄无尽于云烟。前陵阜之汹涌兮，后平野之湠漫[⑫]。乔木蔚其蓁蓁兮[⑬]，兴亡忽乎满前。怀故国于天末兮，限东西之险艰。飞鸿往而莫及兮，落日耿其夕躔[14]。嗟人生之漂摇兮，寄流柎于海壖[15]。苟所遇而皆得兮，遑既择而后安[16]。彼世俗之私已兮，每自予于曲全。中变溃而失故兮，有惊悼而汍澜[17]。诚建观之无不可兮，又何有于忧患。顾游宦之迫隘兮，常勤苦以终年。盍求乐于一醉兮[18]，灭膏火之焚煎。虽昼日其犹未足兮，竢明月乎林端。纷既醉而相命兮，霜凝磴而跰蹁[19]。马踯躅而号鸣兮，左右翼而不能鞍。各云散于城邑兮，徂清夜之既阑[20]。惟所往而乐易兮，此其所以为超然者邪。

（据《栾城集》卷一七，《四部丛刊》景明嘉靖蜀藩活字本）

【注释】

①通守：官名，隋炀帝置。职位次于太守，佐理郡务。指苏轼于熙宁四年(1071)通判杭州。据《宋史·苏轼传》："熙宁四年……轼遂请外，通判杭州。"

②苏辙熙宁于六年(1073)至熙宁九年(1076)任齐州掌书记。齐州，即今济南。

③廪：米仓。

④苏轼《超然台记》："余自钱塘移守胶西，释舟楫之安，而服车马之劳；去雕墙之美，而蔽采椽之居；背湖山之观，而适桑麻之野。……予既乐其风俗之淳，而其吏民亦安予之拙也。于是治其园圃，洁其庭宇，伐安丘、高密之木，以修补破败，为苟全之计。而园之北，因城以为台者旧矣，稍葺而新之。时相与登览，放意肆志焉。"

⑤燕处：退朝闲居。

⑥絜鲜：清新。絜，同"洁"。

⑦翳：遮盖，晦暗不明。霁：雨后天晴。

⑧堙郁：郁结，抑郁。

⑨罍：大型盛酒器和礼器，有方形和圆形两种。斝：古代用于温酒的酒器，常用青铜铸造，三足，一鋬，两柱。

⑩陟降：升降，上下。《诗经·大雅·文王》："文王陟降，在帝左右。"朱熹《诗集传》："盖以文王之神在天，一升一降，无时不在上帝之左右，是以子孙蒙其福泽，而君有天下也。"

⑪溷浊：混乱污浊。《九章·涉江》："世溷浊而莫余知兮，吾方高驰而不顾。"

⑫淡漫：水广远状。

⑬蓁蓁：草木茂盛貌。《诗经·周南·桃夭》："桃之夭夭，其叶蓁蓁。"

⑭夕躔：日行至黄昏的轨迹。躔，日月运行五星的度次。

⑮柎：古同"蘖"，树砍去后枯萎的枝干。壖：空地或田地。

⑯遑：通"惶"。

⑰汍澜：漫溢横流。

⑱盍：何不。

⑲磴：石头台阶。跰：走路跌跌撞撞的样子。

⑳徂：到。阑：将尽。

（陈济川　注）

李清臣

【作者简介】

李清臣(1032—1102)，字邦直，先世魏县(今河北大名西北)人，徙居安阳。皇祐五年(1053)进士，调刑州司户参军、和川令。应材识兼茂科，欧阳修以苏轼比其文；试秘阁，韩维许以荀卿笔力。以秘书郎签书平江军判官，诏举馆阁，得集贤校理、同知太常礼院。因韩绛故通判海州。出提点京东刑狱。以《韩琦行状》见信于神宗，召为两朝国史编修官，同修起居注，进知制诰、翰林学士。后拜吏部尚书，拜尚书右丞。哲宗即位，转左丞。罢为资政殿学士、知河阳，徙河南、永兴。召为吏部尚书。哲宗亲政，拜中书侍郎。被诬谋反，以大学士知河南，落职知真定府。为曾布所陷，出知大名府而卒，年七十一。赠金紫光禄大夫。初以辞藻受知神宗，为文简重宏放，文体各成一家。有《淇水集》八十卷、《重修都城记》一卷、文集一百卷、奏议三十卷、《进策》五卷。《宋史》卷三二八有传。

超然台赋并序

【题解】

超然台在济南境内，李清臣在胶西(今山东高密)任上，与友人同游作赋。首先作者用大量篇幅对超然台所处的环境进行描写，山高水清、临川面海，日出日落时一派浩荡壮丽之景。随即抒发登台之感与作者怀抱，不为物牵，不虑人言，嗤笑荣名，哀悯众生。结语充满道家辩证思想，安危相倚，自然不争，并借卫风《考槃》表达了归隐之意。此赋景物清丽壮朗，情怀真挚洒脱，篇幅不长却境界高远，借登台而抒情言志，赋予超然台一脉清高悠远的文化意味。

【原文】

惟太史氏守胶西之明年，政平民裕，易勤勚为燕闲[①]。寓所乐于登望，成高台于此园。以属济南从事，以事赋之，命为超然。客有过胶西者，览观乎其上曰：信乎，美哉台也！抑可以缘名而见意，即事而知贤。乃继之曰：

山则带簁覆釜[②]，五疑九仙[③]；水则胶皎卢落，阳冯维涓。枕以句游之岛，带以却淇之川。深回回以索阜，高丛丛其刺天。晨金乌之始出[④]，搏碧海而孤骞。虽夸父知不可从兮，惟明霞之后先。立瞪视以既久，目眩晃而飞圆。欣草木之得时[⑤]，野蒨郁而生烟[⑥]。恶百里之氛垢，喜大虚之澄鲜[⑦]。下不接乎物之迹，旁不慁乎人之言[⑧]。兽腾原以踯躅，鸟隐木而间关[⑨]。谓行云之无心，何既往而复还。雨谁者其使之，忽驰驱以北南。惝踌躇以慕古[⑩]，感四叙之徂迁。朝迎旦乎扶桑[⑪]，夕饯日乎虞渊[⑫]。下四顾而愍裕[⑬]，借所趣之奇偏。得有征于鼠臂[⑭]，丧有巨于牛肩。视溺者之纷纷兮，愈疾走而争前。余宏望而独得，思浩渺而难传。轶昊气而与之游，遗事物之羁缠。嗤荣名之喧卑，哀有生之烦煎。万有不接吾之心术兮，味逍遥之陈篇。蛾眉弗以为侍兮，识幻假于朱铅[⑮]。虽巫神与洛妃，吾不睹其为妍。湛幽默以静思，屏秋耳之繁弦。嗅绿缛之杂芬[⑯]，叱层坛之龙涎。斥醪醴而不御[⑰]，尘芳荼以沦泉。系曰：世所甘处，我以为患兮。物皆谓危，已所安兮。非彼所争，为乐不愆兮。佩玉龙绶，得考槃兮[⑱]。

（据《新刊国朝二百家名贤文粹》卷一七九，宋庆元三年书隐斋刻本）

【注释】

①勤勚：辛劳。王安石《诏允观文殿学士富弼乞赴汝州避灾养疾》："触热载驰，用忘勤勚。"燕闲：安闲。曾巩《中书舍人除翰林学士制》："今宇内嘉靖，朝廷燕闲。"

②覆釜：覆釜山，在连江县城南。如王维有《饭覆釜山僧》，钱起有《独往覆釜山，寄郎士元》。亦指山形如倒立之釜。

③九仙：九类仙人，泛指众仙。李世民《望终南山》："对此恬千虑，无劳访九仙。"

④金乌：神话中的神鸟，指太阳。唐韩偓《晓日》："直须日观三更后，首送金乌上碧空。"

⑤此句出自《鬼谷子》："以德养民，犹草木之得时；以仁化人，犹天生草木以雨润泽之。"

⑥蒨：同"茜"，草木繁盛貌。晋左思《吴都赋》："夏晔冬蒨。"郁：《广韵》："郁之俗也，木丛生也，香草也。"

⑦大虚：太虚，指空寂玄奥之境。《庄子·知北游》："是以不过乎昆仑，不游乎太虚。"亦指宇宙。梁沈约《均圣论》："我之所久，莫过轩羲；而天地之在彼太虚，犹轩羲之在彼天地。"

⑧恩：忧虑。《左传·昭公六年》："舍不为暴，主不恩宾。"

⑨间关：旅途艰辛，劳碌奔波。《汉书·王莽传》："间关至渐台。"

⑩惝：迷惘，失意。

⑪扶桑：传说中日出之处。《淮南子·天文训》："日出于旸谷，浴于咸池，拂于扶桑，是谓晨明。登于扶桑，爰始将行，是谓朏明。"《九歌·东君》："暾将出兮东方，照吾槛兮扶桑。"王逸《楚辞章句》："日出，下浴于汤谷，上拂其扶桑，爰始而登，照曜四方。"

⑫饯：设酒食送行。王勃《滕王阁序》："童子何知，躬逢胜饯。"虞渊：传说中日落之处。《淮南子·天文训》："至于虞渊，是谓黄昏。"

⑬愍：同"悯"。

⑭有征：验证后存在，很灵验。汉班昭《东征赋》："吴札称多君子兮，其言信而有征。"鼠臂：鼠臂虮肝，犹鼠肝虫臂。指或为鼠臂或为虮肝，指人世变化无常。

⑮朱铅：胭脂铅粉。杜甫《北征》："移时施朱铅，狼籍画眉阔。"

⑯绿缛：草木繁盛。欧阳修《秋声赋》："丰草绿缛而争茂，佳木葱茏而可悦。"

⑰醪醴：浊酒。《素问·汤液醪醴论》："黄帝问曰：'为五谷汤液及醪醴奈何？'岐伯对曰：'必以稻米，炊之稻薪。稻米者完，稻薪者坚。'帝曰：'何以然？'岐伯曰：'此得天地之和，高下之宜，故能至完，伐取得时，故能至坚也。'"

⑱考槃：《诗经·卫风·考槃》是一首对隐士的赞歌。"考槃在涧，硕人之宽。独寐寤言，永矢弗谖。考槃在阿，硕人之薖。独寐寤歌，永矢弗过。考槃在陆，硕人之轴。独寐寤宿，永矢弗告。"

（陈济川　注）

张　耒

【作者简介】

张耒(1054—1114),字文潜,号柯山,楚州淮阴人。人称宛丘先生、张右史。自幼聪颖,苏轼爱其文章,因得以从苏轼游。熙宁六年(1073)进士,历临淮主簿、寿安尉、咸平县丞。入为太学录。迁秘书省正字、著作佐郎、秘书丞、著作郎、史馆检讨。绍圣初,以直龙图阁知润州,坐党籍徙宣州,谪监黄州酒税,徙复州。徽宗立,起为通判黄州,知兖州,召为太常少卿,复出知颍、汝二州。崇宁初,复坐党籍落职,主管明道宫。以为苏轼举哀行服,贬房州别驾,安置于黄。后得自便,居陈州。晚监南岳庙,主管崇福宫。年六十一卒。建炎初,赠集英殿修撰。为苏门四学士之一,笔力绝健,尤长于骚词。文学主张和创作均文理天然,平易顺达。作诗喜学唐人,晚年力求平淡,效白居易体,乐府学张籍。今存文集主要有四种版本:《宛丘先生文集》七十六卷、《柯山集》五十卷、《张右史文集》六十五卷、《张文潜文集》十三卷。《宋史》卷四四四有传。

超然台赋有序

【题解】

张耒此赋是应苏轼之邀,为其所修超然台作,也是二人文字交往的开始。开篇同样以登台所见之景引出,临山傍海,有欲凌风之感。随后吊古怀今,引出议论。先言有人疑于超然,认为自名为超然是心有拘碍之举。作者对此进行辩驳,解释何为真正的超然:以奔走劳役之人、珍视金玉之人作比,超然者心中无累、以无为本,冥合自然,才能达到至乐的境界。文章理趣盎然而不失形象,展现了作者无拘无束的襟怀,不愧苏轼“其文汪洋淡泊,有一唱三叹之声”的赞誉。

【原文】

苏子瞻守密,作台于囿,命以超然,命诸公赋之。余在东海,子瞻令刘贡父来命。或有疑于超然，曰："古之所谓至乐者[①]，安能自名其所以然耶？今夫鸟之能飞，兽之能驰，与夫人之耳目手足，视听动作[②]，自外而观之者，岂不以为大乐乎？然鸟兽与人未尝自以为乐也。古之有道者，其乐亦然，又安能自名其所以然耶？彼方自以为超然而乐之，则是其心未免夫有累也。"客有应之曰："吾岂以子之言非耶？吾方有所较，而后知超然者之贤也。予视世之贱丈夫方奔走劳役，守尘壤，握垢秽，嗜之而不知厌。而超然者方远引绝去，芥视万物[③]，视世之所乐，不动其心，则可不谓贤耶？今夫世之富人，日玩其金玉而乐之，是未能富也；忘其所有而安之，是真能富矣。夫惟有之，是以贵其能忘之，使其无有，则将何所忘邪！予以谓将忘超然为真超然，则其初必有乐乎超然，而后忘可能也。予以谓乐夫世之乐者乎？然则子亦安知夫名超然者，果非能至乐者也？"赋曰：

登高台之岌峨兮[④]，旷四顾而无穷；环群仙于左右兮，瞰大海于其东。弃尘壤之喧卑兮[⑤]，揖天半之清风[⑥]。身飘飖而欲举兮[⑦]，招飞鹄与翔鸿。莽丘原之茫茫兮，吊韩侯之武功[⑧]。提千乘之富强兮[⑨]，凭百胜而称雄。忽千年而何有兮，哀墟庙之榛蓬[⑩]。有物必归于尽兮[⑪]，吾知此台之何恃？惟废兴之相召兮，要以必毁而后正。彼变化之无穷兮，嗟其偶存之几何？聊徼乐于吾世兮[⑫]，又安知夫其他？或有疑夫超然者兮，岂其知道而未纯。曰："彼天下之至乐兮，又安能自名其所以然？惟乐而不知所以乐兮[⑬]，此其所以为乐之全[⑭]。彼超然而独得兮[⑮]，是犹存物我于其间。客有复之者，曰："子知至乐之无名兮[⑯]，是未知世之所可恶。世方奔走于物外兮，盖或至死而不顾，眇如醯鸡之舞瓮兮[⑰]，又似乎青蝇之集污[⑱]。众皆旁视而笑兮[⑲]，彼独守而不能去。较此乐于超然兮，谓孰贤而孰愚？何善恶之足较兮，固天阔之异区[⑳]。道不可以直至兮，终冥合乎自然[㉑]。子又安知夫名超然者[㉒]，果不能造至乐之渊乎[㉓]？"

（据《张右史文集》卷二，《四部丛刊》初编本）

【注释】

①圣乐：出自《庄子·至乐》："天下有至乐无有哉？"

②此句源自汉王充《论衡》："生于天，含天之气，以天为主，犹耳目手足系于心矣。心有所为，耳目视听，手足动作，谓天应人，是谓心为耳目手足使乎？"

③芥视：轻视。宋黄震《黄氏日钞》："大者性命之源，道德之至尊至贵；小则所谓芥视轩冕，尘视金玉者也。"

④岌峨：高貌。曹植《九咏》："冠北辰兮岌峨，带长虹兮凌厉。"

⑤尘壤：尘世。白居易《闲关》："回顾趋时者，役役尘壤间。"

⑥此句化用唐陆龟蒙《严光钓台》:"片帆竿外揖清风,石立云孤万古中。"

⑦飘飖:轻盈潇洒。曹植《洛神赋》:"仿佛兮若轻云之蔽月,飘飖兮若流风之回雪。"

⑧韩侯:韩信,淮阴人,世称淮阴侯。清袁保恒《过韩侯岭题壁》:"高帝眼中只两雄,淮阴同士与重瞳。项王已死将军在,能否无嫌到考终。"武功:军事成就。《礼记·祭法》:"汤以宽治民而除甚虐,文王以文治,武王以武功,去民之灾,此皆有功烈于民者也。"

⑨千乘:一车四马为一乘,千乘为兵车千辆。杜甫《忆昔》:"忆昔先皇巡朔方,千乘万骑入咸阳。"亦与万乘相对,指较小的诸侯国。《论语·先进》:"千乘之国,摄乎大国之间,加之以师旅,因之以饥馑。"

⑩墟庙:张耒喜用,如《寄题何戢秀才琬琰堂》:"山川兵火后,墟庙金石存。"《永济桥》:"墟庙无人吊毁垣,故桥遗址至今存。"榛:落叶灌木或小乔木。蓬:飞蓬。曹雪芹《芙蓉女儿诔》:"诼谣謑诟,出自屏帏;荆棘蓬榛,蔓延户牖。"

⑪王羲之《兰亭集序》:"况修短随化,终期于尽。"

⑫徼:求。

⑬唐李节《饯潭州疏言禅师诣太原求藏经诗序》:"抑能知其然,未知其所以然者也。……吾故曰能知其然不知其所以然者也。"欧阳修《醉翁亭记》:"人知从太守游而乐,而不知太守之乐其乐也。"

⑭全:庄老提倡自然全美的境界,与偏之美相对,如"大方无隅,大器免成。大音希声,大象无形"(《道德经》第四十一章)、"天籁"(《庄子·齐物论》),都已经达到了全美的理想。

⑮独得:自在,自得。晋孙绰《太傅褚裒碑》:"穆然忘容,尘务不干其度;默尔独得,朕见莫测其奥。"

⑯无名:《道德经》第一章:"道可道,非常道;名可名,非常名。无名,天地之始,有名,万物之母。"

⑰醯鸡之舞瓮:醋瓮中的蠛蠓,一种小虫,古人以为由酒醋上的白霉变成。比喻见识浅陋。《庄子·田子方》:"孔子出,以告颜回曰:'丘之于道也,其犹醯鸡与!微夫子之发吾覆也,吾不知天地之大全也。'"郭象《庄子注》:"醯鸡者,瓮中之蠛蠓。"

⑱青蝇:苍蝇,以其色黑故称。《诗经·小雅·青蝇》:"营营青蝇,止于樊。岂弟君子,无信谗言。"亦用于比喻谗佞。刘向《九叹·怨思》:"若青蝇之伪质兮,晋骊姬之反情。"王逸《楚辞章句》:"青蝇变白使黑,变黑使白,以喻谗佞。"

⑲旁视：侧视。唐牛僧孺《周秦行记》："忽车音马迹相杂，罗绮焕燿，旁视不给。"

⑳天阔：本指高天和深渊，如《诗经·大雅·旱麓》："鸢飞戾天，鱼跃于渊。"后用于比喻相隔极远，差别极大，即天渊之别。

㉑冥合：暗合。柳宗元《始得西山宴游记》："心凝形释，与万化冥合。"

㉒者：《张耒集》作"兮"，其注曰："'兮'，草斋本、吕本、丛刊本、四库本并作'者'。"

㉓造：达到，如登峰造极。

（陈济川　注）

鲜于侁

【作者简介】

鲜于侁（1019—1087），字子骏，北宋阆州（今四川阆中）人。唐鲜于叔明后裔。景祐中进士乙科，为江陵右司理参军。为人庄重耿介，庆历中调黟令，摄治婺源，杖责奸民遂使恶类屏迹。通判绵州，应诏陈十六事，神宗爱其言。除利州路转运判官。上书直指王安石坏乱天下，安石毁短之，神宗爱侁之文学，安石不敢言。升副使，仍兼提举常平，不强民以青苗法。苏轼称侁"上不害法，中不废亲，下不伤民，以为'三难'"。徙京东西路转运使，后知扬州。王安石、吕惠卿当权之时，正人多不为容，侁荐举刘挚、李常、苏轼、苏辙等守道背时之士。苏轼自湖州赴狱，亲朋绝交，而侁独往见，罢主管西京御史台。哲宗朝，使京东，司马光谏之救齐鲁之地，乃召为太常少卿，拜左谏议大夫。侁谏复王安石所废之六科，乞罢大理狱，多言事多施行。在职三月，以疾求去。除集贤殿修撰、知陈州。年六十九卒。刻意经术，所著《诗传》《易断》为范镇、孙甫所推许。诗风平淡渊粹，尤擅楚辞，为苏轼称许。另著有《刀笔集》《治世谠言》等。《宋史》卷三四四有传。

超然台赋

【题解】

鲜于侁此赋用楚辞体，为骚赋，多用《楚辞》之典。虽是登超然台之作，但自篇首登台后即将思绪置于宇宙无穷之广，全文极骋想象之辞，远游于六合之外，无所拘碍。上天入地，无处不可入；乘云驾月，无仙不可友。最后落于寿命之短暂易逝，并出之以逍遥自得的自我开解。语言华赡而不失清丽，深有《楚辞》遗韵。《宋史》云苏轼评价鲜于侁之作"近屈原、宋玉，自以为不可及也"，其于骚赋之精由此篇可略窥一二。

【原文】

佳人兮何为，超然台兮独处。极劳心兮怅望①，登宝峰兮仰止②。天之西兮海之东，不惮远兮欲从其游。秣余马兮沃余车③，道阻长兮不可驱驰④。天苍苍兮云垂垂⑤，风雨冥冥兮愁余思。余之思兮何在，远游兮六合之外⑥。御一气兮周流⑦，横八风兮上下⑧，绝人世之嚣气兮，捐区中之佚隘⑨。命丰隆使先驱兮⑩，飞廉扫清于晻蔼⑪。阳子仓皇而不及驭兮⑫，陲良腭眙而不及驾。朝五岭兮画昆仑，晡玄圃兮夕三山⑬。乘云气而骑日月兮，陟降治乎群仙⑭。王乔韩终惠好而游兮⑮，访丹丘而揖羡门⑯。顾超然之佳人兮，相对而忘言，忘言兮道存⑰。冠岌岌兮服芬芳⑱，饮沆瀣兮飧落英⑲，气充发须兮貌可长生。金丹煌煌兮五色，服之一丸兮生羽翼。闻风恍惚兮或有求而不得。蜉蝣之生兮，蟪蛄之年，朝菌晔煜兮⑳，舜华鲜鲜㉑，蛮触之角兮醯鸡之天㉒。寿命几何，皆去如绝弦㉓。佳人兮奈何，道不可流人兮，时不再来。聊逍遥兮自得㉔，与日月兮同存㉕。

（据《新刊国朝二百家名贤文粹》卷一七九，宋庆元三年书隐斋刻本）

注释

①劳心：出自《九歌·云中君》："思夫君兮太息，极劳心兮忡忡。"

②仰止：仰望，仰慕。《诗经·小雅·车辖》："高山仰止，景行行止。"

③秣余马：喂饱我的马。《左传·僖公三十三年》："郑穆公使视客馆，则束载厉兵秣马矣。"

④此句化用《诗经·秦风·蒹葭》："蒹葭苍苍，白露为霜。所谓伊人，在水一方。溯洄从之，道阻且长。"

⑤此句化用《敕勒歌》:“天苍苍,野茫茫。风吹草低见牛羊。”

⑥远游:出自《庄子·远游》:“悲时俗之迫阨兮,愿轻举而远游。”六合:上下东南西北六方,常用于指宇宙或天下。《庄子·齐物论》:“六合之外,圣人存而不论。”

⑦一气:混沌之气,构成天地万物的本原。《庄子·大宗师》:“彼方且与造物者为人,而游乎天地之一气。”

⑧八风:八方之风。《吕氏春秋》:“何谓八风?东北曰炎风……东方曰滔风……东南曰熏风……南方曰巨风……西南曰凄风……西方曰飂风……西北曰厉风……北方曰寒风。”

⑨区中:人世间,宇内。《史记·司马相如列传》:“迫区中之隘陕兮,舒节出乎北垠。”

⑩丰隆:雷神。《离骚》:“吾令丰隆椉云兮,求宓妃之所在。”《淮南子·天文训》:“季春三月,丰隆乃出,以将其雨。”

⑪飞廉:亦作“蜚廉”,风神,是天帝出巡的先锋,为其出行扫清障碍。《离骚》:“前望舒使先驱兮,后飞廉使奔属。”晻蔼:阴暗。《离骚》:“扬云霓之晻蔼兮,鸣玉鸾之啾啾。”宋洪兴祖《楚辞补注》:“晻蔼,暗也,冥也。”

⑫此句典出《汉书·司马相如列传》:“阳子骖乘,孅阿为御。”

⑬晡:申时,15时至17时。玄圃:昆仑山顶的神仙居处、黄帝下园。玄,通“悬”。张衡《东京赋》:“左瞰旸谷,右睨玄圃。”

⑭陟降:升降,上下。《诗经·大雅·文王》:“文王陟降,在帝左右。”朱熹《诗集传》:“盖以文王之神在天,一升一降,无时不在上帝之左右,是以子孙蒙其福泽,而君有天下也。”

⑮王乔:蜀人,后得道成仙。《淮南子·齐俗训》注云:“王乔,蜀武阳人也。为伯入令,得道而仙也。”韩终:秦始皇时方士。《史记·秦始皇本纪》:“因使韩终、侯公、石生求仙人不死之药。”

⑯丹丘:传说中神仙所居之地。《庄子·远游》:“仍羽人于丹丘兮,留不死之旧乡。”王逸《楚辞章句》:“丹丘,昼夜常明也。”羡门:传说中的仙人。《史记·秦始皇本纪》:“三十二年,始皇之碣石,使燕人卢生求羡门、高誓。”裴骃集解:“韦昭曰:‘古仙人。’”

⑰此句化用《庄子·外物》:“言者所以在意,得意而忘言。”

⑱此句出自《离骚》:“高余冠之岌岌兮,长余佩之陆离。”

⑲沆瀣:露水,旧谓仙人所饮。《庄子·远游》:“餐六气而饮沆瀣兮,漱正阳而含朝霞。”王逸《楚辞章句》:“《凌阳子明经》言:春食朝霞……冬饮沆瀣。沆瀣者,北方夜半气也。”落英:《离骚》:“朝饮木兰之坠露兮,夕餐秋菊之落

英。”《庄子·逍遥游》:“朝菌不知晦朔,蟪蛄不知春秋。”

⑳晔煜:繁盛光耀貌。《后汉书·班固传》:“钟鼓铿锵,管弦晔煜。”

㉑舜华:木槿花。《诗经·郑风·有女同车》:“有女同车,颜如舜华。”

㉒《庄子·则阳》:“有国于蜗之左角者,曰触氏,有国于蜗之右角者,曰蛮氏。时相与争地而战,伏尸数万,逐北旬有五日而后反。”宋吴沆《临高台三首(其一)》:“羊岐之亡周象得,蛮触之角醯鸡天,临台一笑俱超然。”

㉓《吕氏春秋》:“钟子期死,伯牙破琴绝弦,终身不复鼓琴。”

㉔《九歌·湘夫人》:“时不可兮骤得,聊逍遥兮容与。”

㉕《涉江》:“与天地兮比寿,与日月兮齐光。”

(陈济川　注)

晁补之

【作者简介】

晁补之(1053—1110),字无咎,号归来子,济州钜野(今山东巨野)人,北宋著名文学家,苏门四学士之一,政治上被视为元祐一党,宦海沉浮,漂泊不定。博学善属文,诗词、书画亦多有建树。文风波澜壮阔,诗词俊逸高秀,散文化气息明显。现存《鸡肋集》《晁氏琴趣外篇》等著作。

北渚亭赋

【题解】

此赋的结构可分两大部分:前一部分描写北渚亭周围的环境,对山山水水进行铺排,纯为赋的写法;第二部分则感怀古事,主要针对当年齐国由盛而衰的历史,说明沧桑兴替是历史必然,奉劝今人不必为古人而感伤,还是尽情地享受人生之乐。这种看法反映了作者旷达的襟怀,符合历史唯物主义的观点。此赋的主客问答形式深得传统赋学体例之精妙,可见作者辞赋方面的深厚功力。

【原文】

北渚亭，熙宁五年，集贤校理南丰曾侯巩[①]，守齐之所作也。盖取杜甫《宴历下亭》诗以名之，所谓“东藩驻皂盖，北渚凌清河”者也[②]。风雨废久，州人思侯，犹能道之。后二十一年，而秘阁校理南阳晁补之来承守乏。侯于补之，丈人行，辱出其后[③]。访其遗文故事，廑有存者。而圃多大木，历下亭又其最高处也。举首南望，不知其有山。尝登所谓北渚之址，则群峰屹然列于林上，城郭井闾[④]，皆在其下。陂湖迤逦[⑤]，川原极望[⑥]。因太息语客[⑦]，想见侯经始之意[⑧]，旷然可喜，非特登东山小鲁而已[⑨]。乃撤池南苇间坏亭，徙而复之。或请记其事，补之曰：赋可也。作《北渚亭赋》，其词曰：

登爽邱之故墟兮[⑩]，睇岱宗之独立[⑪]。根旁礴而维坤兮[⑫]，支扶疏而走隰[⑬]。跆琅邪与钜野兮[⑭]，梁清济而北出[⑮]。前淤漫而将屯兮[⑯]，后崔嵬其相袭[⑰]。坯者扈者，峄者峘者，岩者嶶者，障鲁屏齐，曰惟历山。或肺附之[⑱]，箕拱环连[⑲]。势厓绝而脉泄兮，万源发于其间。谷射沙出，浸淫潗濈[⑳]，瀺灂汩泌[㉑]，澎濞渤潏[㉒]，忽瀵起而成川。经营一国，其利汾浍[㉓]。防为井沼，壅为碓硙[㉔]。得平而肆，乃滉漾而滂沛[㉕]。经民间而贯府舍兮，渚为池之千亩[㉖]。惟守之居，面岩背阻。邈阛阁之遗址兮[㉗]，肇嘉名乎北渚[㉘]。悲经始之几何兮，牛羊牧而宇颠。非境胜之为难兮，善择胜之为难。尝试观夫其园，千章之萩，合抱之杨，立而成阡。跻历下之岧峣[㉙]，望南山之孱颜[㉚]。修干大枝，出榈造天。藐砠岫之蔽亏，乍仿佛其云烟[㉛]；思仙人之楼居，尚轻举而高翻。盍驾言其北游[㉜]，登斯渚而盘桓[㉝]。冈峦忽其翔舞，萩杨眇以如箸[㉞]。抚千里于一眒[㉟]，收城郭乎环堵[㊱]。其下陂湖汗漫[㊲]，葭芦无畔[㊳]，菱荷荇藻[㊴]，蘅荃杜茝[㊵]。众物居之，浩若烟海。岁秋八月，草木始衰。乃命罾罟[㊶]，观渔其脽。鸣根四合[㊷]，方舟顺涯。鲙鲤窘乎深塘兮，鸿雁起于中沠[㊸]。复有桂舫兰枻[㊹]，浮游其中。榜歌流唱[㊺]，自西徂东[㊻]。纤饵投限，微鳞挂空。客顾而嬉，倾盂倒钟。明月出于缺岭，夕阳眇其微红。天耿耿而益高[㊼]，夜寥寥其方中。骇河汉之冲波[㊽]，披海岱之泠风[㊾]。恐此乐之难留兮，愿乘槎乎星渚[㊿]。期韩终与偓佺兮[51]，采芝英乎瑶圃[52]。庶忘老而遗死兮，路漫漫其修阻[53]。于是酒含太息，中座语客曰：“自昔太公[54]，奄有此邱。是征五侯[55]，桓公用之，攘狄尊周[56]。方其盛时，山河十二，号称东秦[57]。临菑遨乐[58]，中具五民[59]。秋田青邱[60]，实囿海滨。而薛又其小邑也[61]，区区之赋，食三千人[62]，其强孰与比哉？观华不注[63]，竭其孤巘[64]，虎牙桀立[65]，芙蓉菡萏[66]。尚想三周，追奔执羁[67]，下车取饮，仅以身免[68]。困责质于萧同[69]，尚何私乎纪甗[70]？而齐自是亦不竞矣[71]，夸夺势穷，虽强安在？事以日迁，而山不改，则物之可乐，固不可得而留也。认而有之，来不可持；所玩无故，去何必悲？此齐侯之所雪涕，而晏子之所窃嗤也[72]。今我与客，论古人则知迷，属有感而歔欷，岂不重惑也哉？仕如行贾[73]，孰非逆旅[74]？托生理于四方，固朝秦而莫楚[75]。曾无必于一笑，尚何知乎千古？”于是客矉然喜[76]，再拜举觞而前曰：“凡主人言，理实易求，而我旷然，已忘昔忧。使客常满，使酒不空[77]。请寿主人[78]，如汉孔公。”主人亦矉然喜，受饮反觞[79]，执客之手而言曰：“《诗》固有之：未见君子，忧心忡忡[80]；既见君子，云乎不乐[81]？”再拜洗觞而酬客，舍然大笑[82]。

（据《鸡肋集》卷二，清文渊阁《四库全书》本）

【注释】

①集贤校理：为集贤院下属文职散官。唐开元中置集贤殿书院，置学士、直学士等官，后又增修撰、校理等官。宋亦沿置，绍圣时改为秘书校理。杜甫《莫相疑行》：“集贤学士如堵墙，观我落笔中书堂。往时文彩动人主，此日饥寒趋路旁。”曾巩：江西南丰人，曾为馆阁校勘、集贤校理，熙宁间知齐州。

②东藩驻皂盖，北渚凌清河：出自杜甫《陪李北海宴历下亭》。

③曾巩是钜野晁氏的姻亲。丈人行：长辈。《汉书·苏武传》：“汉天子我丈人行也。”

④井闾：村落。《唐书·杜牧传》：“井闾阡陌，仓廪财赋，果自治乎？”

⑤陂：池塘。杜甫《秋兴八首（其八）》：“昆吾御宿自逶迤，紫阁峰阴入渼陂。”迤逦：曲折连绵。谢朓《治宅》：“迢递南川阳，迤逦西山足。”

⑥川原：原野。杜甫《垂老别》：“积尸草木腥，流血川原丹。”极望：尽力放眼远望。清顾炎武《复庵记》：“极望之不可见矣。”

⑦太息：出声叹气。屈原《离骚》：“长太息以掩涕兮，哀民生之多艰。”清王士禛《秋柳四章（其三）》：“东风作絮糁春衣，太息萧条景物非。”

⑧经始：开始营建，开创事业。《诗经·大雅·灵台》：“经始灵台，经之营之。”

⑨登东山小鲁：典出《孟子·尽心上》：“孔子登东山而小鲁，登太山而小天下。”

⑩爽丘：开阔的山丘。晋陆机《齐讴行》：“营丘负海曲，沃野爽且平。”欧阳修《会圣宫颂》：“地爽而洁，宇敞而邃。”

⑪睇：看。《楚辞·九歌·山鬼》：“既含睇兮又宜笑，子慕予兮善窈窕。”岱宗：泰山的尊称。杜甫《望岳》：“岱宗夫如何，齐鲁青未了。”

⑫旁礴：即“旁薄”“磅礴”，广大宏伟。扬雄《太玄·太玄告》：“天穹隆而周乎下，地旁薄而向乎上。”

⑬扶疏：枝叶茂盛的样子。陶渊明《读山海经（其一）》：“孟夏草木长，绕屋

树扶疏。"隰:低湿的地方。《诗经·卫风·氓》:"淇则有岸,隰则有泮。"

⑭跆:踏。琅邪:山东东南部的古地名。钜野:今山东省菏泽市下辖县。

⑮梁:贯通。清济:指济水,济水清,故为清济。

⑯淡漫:水广远貌。木华《海赋》:"沖瀜沆瀁,渺弥淡漫。"

⑰崔嵬:山势雄伟。李白《蜀道难》:"剑阁峥嵘而崔嵬,一夫当关,万夫莫开。"

⑱肺附:亲近。《三国志·蜀书·刘璋传》:"刘豫州,使君之肺腑,可与交通。"

⑲箕拱:犹箕踞、箕坐。两脚张开,两膝微曲地坐着,形状像箕。这里比喻山势。《战国策·燕策三》:"轲自知事不就,倚柱而笑,箕踞以骂曰:'事所以不成者,乃欲以生劫之,必得约契以报太子也。'"

⑳潗溅:水迅疾地外流。张衡《南都赋》:"流湍投溅,砏汃輣轧。"

㉑瀺灂:水流声。司马相如《上林赋》:"临坻注壑,瀺灂霣坠。"

㉒澎濞:波涛撞击声。司马相如《上林赋》:"横流逆折,转腾潎洌,澎濞沆瀣。"渤潏:水沸涌貌。李白《万愤词投魏郎中》:"海水渤潏,人罹鲸鲵。"

㉓汾浍:汾水与浍水。《左传·成公六年》:"不如新田,土厚水深,居之不疾,有汾浍以流其恶,且民从教,十世之利也。"

㉔碓硙:舂米和磨粉用具。宋文莹《湘山野录》卷中:"民间舟车碓硙箱箧银钏之物悉籍之。"

㉕滉漾:广阔无涯。曹植《节游赋》:"望洪池之滉漾,遂降集乎轻舟。"滂沛:水流广远貌。司马相如《大人赋》:"贯列缺之倒景兮,涉丰隆之滂沛。"

㉖潴:水积聚。四库本《鸡肋集》作"渚",今据《宋文鉴》改。王安石《上杜学士言开河书》:"大浚治川渠,使有所潴。"

㉗闉阇:古代城门外瓮城的重门。《诗经·郑风·出其东门》:"出其闉阇,有女如荼。"

㉘北渚:《楚辞·九歌·湘夫人》:"帝子降兮北渚,目眇眇兮愁予。"北渚亭名即由此而来。

㉙岧峣:山势高峻貌。曹植《九愁赋》:"践蹊径之危阻,登岧峣之高岑。"

㉚孱颜:险峻、高耸貌。李商隐《荆山》:"压河连华势孱颜,鸟没云归一望间。"

㉛仿佛:隐约,依稀。《楚辞·远游》:"时仿佛以遥见兮,精皎皎以往来。"

㉜驾言:驾,乘车。言,语助词。后用以指代出游、出行。《古诗十九首·回车驾言迈》:"回车驾言迈,悠悠涉长道。"晋陆机《门有车马客行》:"门有车马客,驾言发故乡。"

㉝盘桓:徘徊,逗留。陶渊明《归去来兮辞》:"景翳翳以将入,抚孤松而

盘桓。”

㉞眇：远，高。《庄子·庚桑楚》：“不厌深眇而已矣。”

㉟眒：张目，瞪大眼睛。

㊱环堵：狭小，拥挤。陶渊明《五柳先生传》：“环堵萧然，不蔽风日。”

㊲汗漫：水浩瀚无涯的样子。文天祥《酹江月·南康军和东坡》：“空翠晴岚浮汗漫，还障天东半壁。”

㊳葭芦：芦苇。《诗经·秦风·蒹葭》：“蒹葭苍苍，白露为霜。”

㊴菱荷荇藻：皆水生植物名。苏轼《记承天寺夜游》：“庭下如积水空明，水中藻荇交横，盖竹柏影也。”

㊵蘅荃杜茝：皆香草名。屈原《离骚》：“既替余以蕙纕兮，又申之以揽茝。”

㊶罾罟：渔网。《孟子·梁惠王上》：“数罟不入洿池，鱼鳖不可胜食也。”

㊷鸣榔：敲击船舷使作声，用以惊鱼，使入网中。张煌言《舟次听雨分得长字》：“小雨江天倍渺茫，翩然有客度鸣榔。”

㊸泜：通“坻”，水中高地。《诗经·秦风·蒹葭》：“溯游从之，宛在水中坻。”

㊹桂舫：桂树做的船。兰枻：兰木做的桨。枻，短桨。《楚辞·渔父》：“渔父莞尔而笑，鼓枻而去。”苏轼《赤壁赋》：“桂棹兮兰桨，击空明兮溯流光。”

㊺榜歌：船夫唱的歌。孟浩然《夜泊牛渚趁薛八船不及》：“榜歌空里失，船火望中疑。”唐刘长卿《七里滩重送》：“秋江渺渺水空波，越客孤舟欲榜歌。”

㊻徂：去，到。《诗经·豳风·东山》：“我徂东山，慆慆不归。”

㊼耿耿：明亮。白居易《长恨歌》：“迟迟钟鼓初长夜，耿耿星河欲曙天。”

㊽河汉：本义指黄河和汉水，后代指天上的银河。《古诗十九首·迢迢牵牛星》：“迢迢牵牛星，皎皎河汉女……河汉清且浅，相去复几许？”

㊾海岱：自黄海西岸至泰山南北的广大地区。《尚书·禹贡》：“海岱惟青州。”泠风：清风，和风。《庄子·齐物论》：“泠风则小和，飘风则大和。”

㊿乘槎：乘大木筏上天。晋张华《博物志》卷一〇载：“旧说天河与海通。居海滨之人乘槎而去，至一处，有城郭屋舍，遥望宫中有女子织布，又见一丈夫牵牛于河边饮水。此人问牵牛者：‘此是何处？’答曰：‘还至蜀访严君平便知。’如期而还，至蜀访严君平，曰：‘某年月日，客星犯牵牛宿。’计其年月，正是此人到天河时也。”杜甫《秋兴八首(其二)》：“听猿实下三声泪，奉使虚随八月槎。”明钱谦益《后秋兴之十三(其二)》：“更无鱼腹捐躯地，况有龙涎泛海槎。”

(51)韩终：秦始皇时的方士。《史记·秦始皇本纪》：“因使韩终、侯公、石生求仙人不死之药。”偓佺：古代传说中的仙人。晋干宝《搜神记》：“偓佺者，槐山采药父也。好食松实。形体生毛，长七寸。两目更方。能飞行逐走马。以松子遗尧，尧不暇服。松者，简松也。时受服者，皆三百岁。”

㉒芝英：传说中的瑞草。《宋书·符瑞》："芝英者，王者亲近耆老，养有道，则生。汉章帝元和中，芝英生郡国。"瑶圃：仙境。《楚辞·九章·涉江》："驾青虬兮骖白螭，吾与重华游兮瑶之圃。"

㉓路漫漫其修阻：道路漫长而艰难。《离骚》："路漫漫其修远兮，吾将上下而求索。"

㉔太公：即姜太公姜尚，封地在齐国。

㉕五侯：公、侯、伯、子、男五等诸侯。《左传·僖公四年》："管仲对曰：'昔召康公命我先君大公曰：五侯九伯，女实征之，以夹辅周室。'"

㉖桓公用之，攘狄尊周：齐桓公即位后任管仲为相，尊周室，攘夷狄，成春秋五霸之一。

㉗东秦：战国时秦昭王曾称西帝，齐湣王称东帝，两国皆以其富强而东西并立。因齐在秦东，故后世亦称齐为东秦。萧统《诒明山宾诗》："平仲古称奇，夷吾昔擅美，令则挺伊贤，东秦固多士。"苏轼《次韵答顿起》之二："十二东秦比汉京，去年古寺共题名。"

㉘临菑：即临淄，齐国国都，现属山东省淄博市。《梁甫吟》："步出齐城门，遥望荡阴里"，齐城门即临淄。

㉙五民：《史记·货殖列传》："临菑亦海岱之间一都会也……大国之风也，其中具五民。"裴骃集解引服虔曰："士、农、商、工、贾也。"

㉚秋田青邱：秋季畋猎。司马相如《子虚赋》："秋田乎青邱，傍偟乎海外。"

㉛薛：诸侯国名，是战国四公子之一的齐国孟尝君田文的封地，今属山东省枣庄市。

㉜食三千人：孟尝君门下有三千食客。杜甫："空余门下三千客，辜负胸中十万兵。"

㉝华不注：山名，在今山东济南，是齐晋鞌之战的古战场。

㉞巘：山峰。柳永《望海潮》："重湖叠巘清嘉，有三秋桂子，十里荷花。"

㉟桀立：耸立。郦道元《水经注·阴沟水》："今城内东侧，犹有山亭桀立，陵阜高峻。"

㊱芙蓉菡萏：都是荷花的别称。李贺《李凭箜篌引》："昆山玉碎凤凰叫，芙蓉泣露香兰笑。"李商隐《赠荷花》："惟有绿荷红菡萏，卷舒开合任天真。"南唐李璟《摊破浣溪沙》："菡萏香销翠叶残，西风愁起绿波间。"

㊲三周：鞌之战齐师败绩，晋、鲁之师逐之，绕华不住山三周。靷：驾车时套在马背上的皮带。

㊳下车取饮，仅以身免：鞌之战齐师大败，齐顷公被围。逄丑父假扮齐顷公，使顷公如华泉取饮，郑周父、宛茷遂载顷公逃脱。

⑥9萧同：即萧同叔子，齐惠公之妻，齐顷公之母。顷公六年（前593）春，晋国派郤克出使齐国，萧同叔子曾嘲笑郤克的跛足。后齐国战败，郤克一定要得到曾嘲笑自己的萧同叔子作人质，后在鲁、卫两国的劝说下作罢。

⑦0纪甗：古代纪国宝器名，后纪为齐所灭，甗遂归齐。《左传·成公二年》："晋师从齐师，人自丘舆……齐侯使宾媚人赂以纪甗、玉磬与地，不可，则听客之所为。"

⑦1不竞：竞争失利，犹言不胜、不强。《左传·襄公十八年》："晋人闻有楚师，师旷曰：'不害。吾骤歌北风，又歌南风。南风不竞，多死声。楚必无功。'"

⑦2齐侯之所雪涕，而晏子之所窃嗤：典出《列子·力命》："景公游于牛山，北临其国而流涕曰：'美哉国乎！郁郁芊芊，若何滴滴去此国而死乎？使古无死者，寡人将去斯而之何？'史孔、梁丘据皆从而泣……晏子独笑于旁，公雪涕而顾晏子曰：'寡人今日之游悲，孔与据皆从寡人而泣，子之独笑，何也？'晏子对曰：'使贤者常守之，则太公、桓公将常守之矣；使有勇者而常守之，则庄公、灵公将常守之矣。数君者将守之，吾君方将被蓑笠而立乎畎亩之中，唯事之恤，行假念死乎？则吾君又安得此位而立焉？以其迭处之、迭去之，至于君也，而独为流涕，是不仁也。见不仁之君，见谄谀之臣，臣见此二者，臣之所为独窃笑也。'景公惭焉，举觞自罚，二臣者各二觞焉。"杜牧《九日齐山登高》："古往今来只如此，牛山何必独沾衣"即用此典。雪涕，擦干眼泪。李商隐《重有感》："昼号夜哭兼幽显，早晚星关雪涕收。"

⑦3行贾：往来的商人，意为仕宦生活漂泊不定。

⑦4逆旅：旅馆。李白《春夜宴从弟桃花园序》："夫天地者万物之逆旅也，光阴者百代之过客也。"苏轼《临江仙·送钱穆父》："人生如逆旅，我亦是行人。"

⑦5朝秦而暮楚：战国时期，秦楚两个诸侯大国相互对立，经常作战。有的诸侯小国为了保证自身的利益与安全，时而倾向秦，时而倾向楚。后用来比喻事物的归属变换不定或人的立场不坚定。清孔尚任《桃花扇》："烟满郡州，南北从军走；叹朝秦暮楚，三载依刘。"

⑦6冁然：大笑貌。《庄子·达生》："桓公田于泽，管仲御，见鬼焉……皇子曰：'委蛇，其大如毂，其长如辕，紫衣而朱冠。其为物也恶，闻雷车之声则捧其首而立。见之者殆乎霸。'桓公冁然而笑曰：'此寡人之所见者也。'"

⑦7使客常满，使酒不空：《三国志·魏书·崔琰传》裴松之注引张璠《汉纪》："（孔融）虽家居失势，而宾客日满其门，爱才乐酒，常叹曰：'坐上客常满，樽中酒不空，吾无忧矣。'"后文的"孔公"即孔融。

⑦8请寿主人：祝主人健康长寿。《史记·项羽本纪》："沛公奉卮酒为寿，约为婚姻。"

⑲反觞:回敬对方酒。宋孙应时《和答司马宜春逆》:“君侯反觞客,欲起辄被肘。”

⑳未见君子,忧心忡忡:出自《诗经·召南·草虫》。忡忡,忧愁貌。姜夔《诉衷情·端午宿合路》:“谙世味,楚人弓,莫忡忡。”

㉑既见君子,云乎不乐:化用《诗经·郑风·风雨》:“既见君子,云胡不喜?”

㉒舍然:即释然,疑虑顿消。《列子·天瑞》:“其人舍然大喜,晓之者亦舍然大喜。”

(朱露露　注)

求志赋

【题解】

《求志赋》仿《离骚》而作,是晁补之的平生自叙,集中叙述了自己的家世、半生行迹及志向追求,抒发其牢骚不平之情及高洁的道德情操。文中引用了大量典故,情真意切,感慨深沉。

【原文】

幼余不自知惷兮[①],愿求古人而与之游。高平邑于大野兮,鲁东鄙而北邹。固余心其悃款兮[②],求前圣又不远。岂无邻莫可与谋兮,治郰氏而俗泮[③]。幽离房诚不忍兮[④],弃此而莫能岁。执徐之青阳兮,余先子乎东征。横武林之大江兮[⑤],暀始宁之南邑[⑥]。路会稽以周流兮[⑦],求历山之所在[⑧]。昔封嵎之世守兮,以后夫而致刑[⑨]。越惩耻于夫椒兮[⑩],进樵女而抑心。懿二臣以国霸兮[⑪],卒焉异夫出处。行束薪而自言兮,妻不忍而求去。助申威于司马兮[⑫],卒陨声以淮南。盱诉死于娑娑兮[⑬],悲绰约之亦歼。彼章陈之诡啸兮,既愕眙于甲夜[⑭]。何仲御之清激兮[⑮],而亦云骇夫观者。纷回穴其莫识兮,泮千载而迹陈。思苗山犹若兹兮[⑯],又何悲乎曲水[⑰]?惟郑公之志约兮,逢神人焉靡求?山崥崥而谷纡兮,风浏浏乎旦莫。耿吾何不可留此土兮,窃悲越人之机。岂其食鲑而化音兮,无所用吾之緌。冬曚曚其多雨兮,夏瘅热以生蠚。溪水之浅深兮,舟上下而击石。吾遵夏盖之山兮[⑱],聊以观乎远海。

吾先子之初服兮,羌董道而不改。小人之有心兮,犹不假器。末余从于东安兮[⑲],依哲人而闻谊。蜀苏子之有廛兮,汉遗化而多儒。往者其不可及兮,曷不从子之庐?朝余食乎山中,夕余宿乎江上。悲世俗之近市兮,余安能忍而与之皆往？余令楼季为右兮[20]，使王良前余[21]。世解辔而驰石兮，缅余得此坦途。良吾鞅使环濔兮[22]，密吾牙使朴属。揽九州而顾怀兮，夫安知余力之不足？遘余生之罹闵兮，归将母乎故都[23]。伏里门而畏邻兮，幽独守此四隅。时命大谬兮，吾迋迋欲何之慨[24]？永夏之宜养兮，霜薆然其萃之。增歔欷以啜泣兮，杀身其安可？宇摧荣而藩穴兮，雀鼠去而不舍。憯四序之不淹兮[25]，春蔼蔼其既菲。揽卉木犹若兹兮，吾独不聊此时。悲予仲之婉娈兮，饶其心以诗礼。吾不能操赢而坐闾兮，耘东山而自食[26]。岁旱暵而不雨兮，螟又生余之场。属岁秋之有谷兮，河出坟而汤汤[27]。于陵子之终褊兮，井上李其犹饱。服芬芳而洁腹兮，夫岂不足以忘老？众虒豕而好朝兮[28]，咸得时而的皪。持衣裘而鬻暑兮，余固知余贾之不售。思遐举而莫从兮[29]，心纡轸而尽伤。讯黄石以吉凶兮[30]，棋十二而星罗。曰由小基大兮，何有颠沛[31]？既非初志之敢期兮，曾何以知其所系？頩清济以去垢兮[32]，芝九茎而为华[33]。宵倚楹而悲诧兮[34]，畴独忧余之无家。萧苑侯之慷慨兮[35]，孰云非食之故。济澶渊之灵津兮[36]，横中流而飙怒[37]。思城阙之挑达兮[38]，勉踵夫昔之人[39]。羿之志于彀兮，亦反求夫余身。小人不知学礼兮，畏罪罟之所寻。宋七世之炳灵兮，皇纯佑此下土。举贤而授能兮，哀茕独此黎庶[40]。牧羊而肥兮，式亦用夫有闻。辟雍之洋洋兮[41]，宇干日而纠纷。连衽以成云兮[42]，汗而为雨。岂余不足于同门兮，独惆怅而延伫[43]。先事而后得兮，惟其食者之责。举九鼎于鲵渊兮，亦人假夫一臂[44]。余张子之好修兮[45]，蹇博大而无朋。雪霏霏而宇冻兮[46]，松柏不改其青[47]。固黄子尝语余兮，曰此是为明月。虽工师不以佩兮，保厥美亦未艾。彼喔咿为已甚兮，羌浮石而沈木[48]。子云之好思兮[49]，亦众谇其寂寞。虞氏之为政兮，举五臣而与言[50]。彼霡霂之射谷兮，何足以容江潭之鳣[51]？众不察余之情兮，求余初犹未沫。超孤举而远寻兮，唯夫不足而论世。

良恫韩而成汉兮[52]，皓保惠而悟高[53]。成功则去兮，曾何足以介其一毛？融躬行既卒骄兮，禹服义亦太靡。陈辎车与乘马兮，桓荣亦酋乎富贵。蕃居室其不理兮，滂之志以四海。允膺之激烈兮，羌不以生而昧义。意岂弟神所翲兮，固何以罹此之不祥？岂其莫忍邻之捽兮，纷救斗而得伤。嘉林宗之善裁兮，要成败以不失。宁遵不知时之可为兮，行渔濑以毕世。喟嵇康之蹈尽兮[54]，愧孙子其安补？阮清舌而咎目兮[55]，潜固自识而远去。谓道不可为兮，为者败之。众竁然咸不留兮，惟至人焉在之[56]。泮千祀而语邻兮，孰与至人之服？意神龙之乘云兮，吾欲从焉以足。士生各有遇兮，吾何为侘傺乎此时[57]。曾藿菽不足以化兮[58]，求余身其庶几[59]。滋兰以旨蓄兮，菊以为糗[60]。修忠信以抑躁兮，夫安知余时之后图？前圣吾永赖兮，揽百子与并舆。时翱翔于道奥兮[61]，历年岁以为娱。

（据《鸡肋集》卷一，清文渊阁《四库全书》本）

【注释】

①惷：愚笨。《淮南子·本经》："愚夫惷妇。"

②悃款：诚挚。《楚辞·卜居》："吾宁悃悃款款朴以忠乎？将送往劳来斯无穷乎？"

③鲁地学脉昌盛，唯独邴氏靠冶矿致富。鲁人之所以摒弃文学而追逐利益，都是邴氏开了头的缘故，事见《汉书·地理志》《史记·货殖列传》。

④离房：即别房，扬雄《反离骚》："芳酷烈而莫闻兮，不如襞而幽之离房。"

⑤武林：杭州的别称，以武林山得名。苏轼《送子由使契丹》："沙漠回看清禁月，湖山应梦武林春。"

⑥始宁：今浙江绍兴市上虞区南部及嵊州市北部，县署驻地在嵊州市三界镇。谢灵运有《过始宁墅》诗，谢灵运之祖晋车骑将军谢玄曾于此建别墅。

⑦会稽：今绍兴、宁波一带。王羲之《兰亭集序》："会于会稽山阴之兰亭，修禊事也。"

⑧历山：今济南千佛山，古史称舜曾在此耕田。宋袁甫《和晋斋兄韵》："历山舜耕，雷泽舜渔。"

⑨封嵎：即防封氏。禹召集群臣在会稽山开会，结果防风氏迟到了，为禹所杀。

⑩夫椒：周敬王二十六年（前494），吴王夫差为报先王阖闾被越军击败杀死的仇恨，举全国兵力进攻越国，在夫椒山击溃越国军队，迫使越国屈服，越王勾践作为战俘前往吴国侍奉吴王三年。

⑪二臣：即文种、范蠡两位大夫。

⑫司马：指严助。

⑬盱：曹娥之父名盱。

⑭章陈：章丹、陈珠两位女巫，夜祠诡啸，夏统见而惊走者也，而仲御亦尝见贾充叩舷吴歌致风云。

⑮仲御：夏统字。

⑯苗山：会稽山。

⑰曲水：即流觞曲水，是文人墨客诗酒雅集的一种活动。用漆制的酒杯盛酒，放入弯曲的水道中任其飘流，杯停在某人面前，某人就举杯饮酒。王羲之《兰亭集序》："引以为流觞曲水，列坐其次。"

⑱夏盖：上虞海边的山名。

⑲东安：杭州的新城。

⑳楼季：战国魏时善于腾跳的勇士。《韩非子·五蠹》："故十仞之城，楼季

弗能逾者，峭也。”

㉑王良：四库本《鸡肋集》作“王阳”，今据《宋文鉴》改。春秋时善于驾车的人。《孟子·滕文公下》：“昔者赵简子使王良与嬖奚乘。”

㉒环濈：用漆涂饰为环状纹理。《周礼·考工记·辀人》：“良辀环濈。”郑玄注引郑司农曰：“环濈谓漆沂鄂如环。”贾公彦疏：“云环濈谓漆沂鄂如环者，指谓漆之文理也。”

㉓归将母乎故都：作者丧母，归济时也。

㉔迋迋：恐惧不安。司马相如《长门赋》：“惕寤觉而无见兮，魂迋迋若有亡。”

㉕憯：通“惨”，忧伤。《汉书·淮南宪王钦传》：“乃者诏下，止诸侯朝者，寡人憯然不知所出。”淹：留，延迟。《离骚》：“日月忽其不淹兮，春与秋其代序。”

㉖东山：济东郭，作者置田地的地方，比二年不雨，河决，卒不获。

㉗汤汤：指水势浩大、水流很急的样子。《尚书·尧典》：“汤汤洪水方割，荡荡怀山襄陵，浩浩滔天。”孔传：“汤汤，流貌。”

㉘虒豸：犹参差。

㉙遐举：远行，远扬，高飞。白居易《送王处士》：“王生独拂衣，遐举如云鹄。”

㉚黄石：秦汉时道家代表人物。这里指求仙问道。

㉛颠沛：困顿挫折。《论语·里仁》：“君子无终食之间违仁，造次必于是，颠沛必于是。”

㉜清济：济水清澈，诗文中常与浊河并举，用以喻忠正。

㉝九茎：芝草。《史记·孝武本纪》：“夏，有芝生殿防内中。天子为塞河，兴通天台，若有光云，乃下诏曰：‘甘泉防生芝九茎，赦天下，毋有复作。’”

㉞倚楹：鲁漆室女，中宵悲啸，邻人疑其欲嫁者也。

㉟萧苑侯：萧望之尝为小苑东门侯，自谓各从其志。

㊱澶渊：古湖泊名，也叫繁渊，故址在今河南濮阳市西。春秋卫地，《春秋》记载襄公二十年(前553)晋齐等诸侯“盟于澶渊”，即此。历史上北宋与辽国的澶渊之盟也发生在此。灵津：要道。

㊲中流：中途，半渡，在水流之中。汉武帝《秋风辞》：“泛楼船兮济汾河，横中流兮扬素波。”

㊳城阙：城门两边的望楼。挑达：独自徘徊。《诗经·郑风·子衿》：“挑兮达兮，在城阙兮。”毛传：“挑达，往来相见貌。”孔颖达疏：“谓城上之别有高阙，非宫阙也。”

㊴踵：跟随。《汉书·武帝纪》：“步兵踵军后数十万人。”

㊵哀茕：忧伤孤独。嵇康《幽愤诗》："哀茕靡识，越在襁褓。"

㊶辟雍之洋洋：指作者离开北京作了太学正。

㊷衽：衣襟，泛指上衣的前幅。《离骚》："跪敷衽以陈辞兮，耿吾既得此中正。"

㊸延伫：徘徊观望，犹豫不决。陶渊明《停云》："良朋悠邈，搔首延伫。"

㊹鲵渊：九渊之一。《列子·黄帝》："鲵旋之潘为渊。"此句意为举起九鼎需要假借他人之力。

㊺张子：作者太学同舍张文潜也。文潜不苟合于人，黄庭坚作《明月篇》赠给他，有"天地具美兮生此明月，陟白虹兮贯朝日"之句，深受作者喜爱。

㊻雪霏霏：出自《诗经·邶风·北风》："北风其喈，雨雪其霏。惠而好我，携手同归。"

㊼松柏不改其青：出自《论语·子罕》："岁寒，然后知松柏之后凋也。"

㊽浮石而沈木：自然界没有这种现象，但是那些诬蔑别人清白的人，他们的言论与浮石沉木大致相似。沈，同"沉"。

㊾子云：扬雄，字子云，西汉著名辞赋家，文采赡丽，名动一时。但他屈身事王莽，最后投阁自尽，未遂。杜甫《醉时歌》："相如逸才亲涤器，子云识字终投阁。"

㊿虞氏：上古五帝之一的虞帝舜。五臣：《论语·泰伯》："舜有臣五人，而天下治。"何晏注："孔曰：'禹、稷、契、皋陶、伯益。'"

51这句意为大材小用，小雨不足以滋养江鳣。霡霂：小雨。《诗经·小雅·谷风之什·信南山》："雨雪雰雰，益之以霡霂。"鳣：鲟鳇鱼的古称。

52良悯韩而成汉兮：张良原相韩，后辅保刘邦定鼎汉室江山。

53皓保惠而悟高：商山四皓是秦朝末年四位信奉黄老之学的博士，即东园公唐秉、夏黄公崔广、绮里季吴实、角里先生周术。他们隐居于商山，曾经向汉高祖刘邦讽谏不可废黜太子刘盈（即后来的汉惠帝）。

54嵇康之蹈尽：嵇康性情刚烈，难容于司马氏政权，最终被处死。

55阮清舌而明目：阮籍在竹林七贤中，颇能自浊，口不臧否人物。阮籍常作青白眼，对自己欣赏的人物青眼有加，反之则白眼相对。杜甫《短歌行赠王郎司直》："青眼高歌望吾子，眼中之人吾老矣。"

56至人：超脱世俗，顺应自然而长寿的人。《庄子·外物》："唯至人乃能游于世而不僻，顺人而不失己。"

57侘傺：不得志。《离骚》："忳郁邑余侘傺兮，吾独穷困乎此时也。"

58藿菽：豆叶和大豆，比喻清贫的生活。柳宗元《武功县丞厅壁记》："其植物丰畅茂遂，有秬秠藿菽之宜。"

⑲庶几：或许可以。文天祥《衣带赞》："而今而后，庶几无愧。"

⑳这句化用屈原《离骚》："余既滋兰之九畹兮，又树蕙之百亩。"

㉑道奥：道家学说深微之处。《后汉书·方术列传上》："阐弘道奥，同史苏、京房之伦。"

（朱露露　注）

李清照

【作者简介】

李清照（1084—约1155），号易安居士，历城（今山东济南章丘）人。宋代女词人，婉约派代表作家。李清照出身书香门第，其父李格非任礼部员外郎又兼有文名，早期生活优裕，受到了良好的家学熏陶。出嫁后与丈夫赵明诚共同致力于金石书画的搜集整理，夫妻琴瑟和谐，婚姻幸福美满。金兵入侵中原后，赵明诚去世，李清照孤身流寓江南，晚景凄凉。其词风前后两个阶段截然不同，前期多写富贵闲适生活，后期多悲叹身世，寄寓家国情思。形式上善用白描手法，语言清丽，不拘一格，后世评之为"易安体"。有《漱玉集》传世。

打马赋

【题解】

《打马赋》作于宋高宗绍兴四年（1134）十月，此时李清照经历了国破家亡，正避乱金华。《打马赋》是李清照在编著《打马图经》时所写，虽为游戏文字，却语涉时事。作者借谈论博弈之事，引用大量古代名人豪赌的典故，包括东晋的谢安、陶侃、桓温、袁耽和南朝宋武帝刘裕等人，以棋局比喻政局，寄寓对收复失地的愿望和忧国忧民的强烈感情。明代赵世杰、赵如源在《古今女史》中评《打马赋》："文人三昧，虽游戏亦具大神通。"（《古今女史》卷一引）

【原文】

岁令云徂[①]，卢或可呼[②]。千金一掷[③]，百万十都[④]。尊俎具陈[⑤]，已行揖让之礼[6]；主宾既醉，不有博奕者乎[7]。打马爰兴，摴蒱遂废[8]。实小道之上流，乃深闺之雅戏。齐驱骥𫘧[9]，疑穆王万里之行[10]；间列玄黄[11]，类杨氏五家之队[12]。珊珊珮响，方惊玉蹬之敲；落落星罗，忽见连钱之碎[13]。若乃吴江枫冷[14]，燕山叶飞[15]，玉门关闭[16]，沙苑草肥[17]，临波不渡，似惜障泥[18]。或出人用奇，有类昆阳之战[19]。或优游仗义，正如涿鹿之师[20]。或闻望久高，脱复庾郎之失[21]。或声名素昧，便同痴叔之奇[22]。亦有缓缓而归，昂昂而去。鸟道惊驰[23]，蚁封安步[24]，崎岖峻坂，未遇王良[25]。跼促盐车[26]，难逢造父[27]。且夫邱陵云远，白云在天，心存恋豆[28]，志在著鞭[29]。止蹄黄叶，何异金钱[30]。用五十六采之间，行九十一路之内。明以赏罚，核其殿最[31]。运指麾于方寸之中，决胜负于几微之外。且好胜者人之常情，游艺者士之末技。说梅止渴[32]，稍苏奔竞之心；画饼充饥[33]，少谢腾骧之志。将图实效，故临难而不回；欲报厚恩，故知几而先退。或衔枚缓进[34]，已逾关塞之艰；或贾勇争先，莫悟穽堑之坠。皆由不知止足，自贻尤悔[35]。况为之不已，事实见于正经。用之以诚义，必合于天德。故绕床大叫，五木皆卢[36]。沥酒一呼，六子尽赤[37]。平生不负，遂成剑阁之师[38]。别墅未输，已破淮淝之贼[39]。今日岂无元子[40]，明时不乏安石[41]。又何必陶长沙博局之投[42]，正当师袁彦道布帽之掷也[43]。辞曰：佛狸定见卯年死[44]，贵贱纷纷尚流徙。满眼骅骝兼绿耳[45]，时危安得真致此[46]。老矣谁能志千里[47]，但愿相将过淮水[48]。

（据粤雅堂丛书《打马图经》）

【注释】

①岁令云徂：一年已经过去。岁令，岁时。云，助词。徂，过去，逝。《诗经·东山·豳风》："我徂东山，慆慆不归。"

②卢或可呼：古代掷骰子，五子皆黑为卢，为头彩，掷时大声呼喊，称"呼卢"，以期得胜。

③千金一掷：下注一次就有千金之多。唐吴象之《少年行》："一掷千金浑是胆，家无四壁不知贫。"

④都：博戏中的计数单位。

⑤尊俎具陈：常用于宴席的代称。尊，盛酒器。俎，置肉之几。宋张镃《江城子·凯旋》："尊俎风流，谈笑酒徐倾。"

⑥揖让之礼：宾主相见的礼节。《左传·昭公二十五年》："子大叔见赵简子，简子问揖让、周旋之礼焉，对曰：'是仪也，非礼也。'"

⑦博奕：即博弈，打马是其中一种形式。《论语·阳货》："饱食终日，无所用心，难矣哉！不有博弈者乎？为之，犹贤乎已。"

⑧樗蒱：汉代的一种投骰子博戏。韦应物《逢杨开府》："朝持樗蒱局，暮窃

东邻姬。”

⑨骥騄：赤骥和騄耳。《穆天子传》卷一：“天子之骏，赤骥、盗骊、白义、逾轮、山子、渠黄、骅骝、騄耳。”

⑩穆王：即周穆王。《逸周书·周穆王》记载，周穆王乘八骏往西王母处做客。李商隐《瑶池》：“八骏日行三万里，穆王何事不重来？”

⑪玄黄：指黑色、黄色的各种马。《千字文》：“天地玄黄。”

⑫杨氏五家之队：杨贵妃五家姐妹的队伍。《旧唐书·玄宗杨贵妃传》：“玄宗每年十月幸华清宫，国忠姊妹五家扈从。每家为一队，著一色衣，五家合队，照映如百花之焕发。”

⑬连钱：连钱骢，良马名。岑参《走马川行奉送封大夫出师西征》：“马毛带雪汗气蒸，五花连钱旋作冰，幕中草檄砚水凝。”清纳兰性德《虞美人》：“采香行处蹙连钱，拾得翠翘何恨不能言。”

⑭吴江枫冷：吴淞江畔枫叶纷纷飘零，形容行马受挫。宋张炎《绮罗香·红叶》：“枫冷吴江，独客又吟愁句。”

⑮燕山叶飞：典出唐张固《幽闲鼓吹》：“乔彝京兆府解试，时有二试官。彝日午叩门，试官令引入，则已醺醉。视题曰《幽兰赋》，不肯作，曰：‘两个汉相对作此题！速改之。’为《渥洼马赋》，曰：‘校些子。’奋笔斯须而就，警句云：‘四蹄曳练，翻瀚之惊澜；一喷生风，下胡山之乱叶。’便欲首送，京尹曰：‘乔彝峥嵘甚，宜以解副荐之。’”

⑯玉门关闭：典出《汉书·李广利传》：“太初元年，以广利为贰师将军，发属国六千骑及郡国恶少年数万人以往……人少不足以拔宛，愿且罢兵，益发而复往。天子闻之大怒，使使遮玉门关曰：‘军有敢入，斩之。贰师恐，因留敦煌。’”这里用来比喻雄关难入，则养精蓄锐以待战机。玉门，中原通往西域的门户，故址在今甘肃敦煌西北。王之涣《凉州词》：“羌笛何须怨杨柳，春风不度玉门关。”唐戴叔伦《塞上曲二首(其二)》：“愿得此身长报国，何须生入玉门关。”元张可久《卖花声·怀古》：“美人自刎乌江岸，战火曾烧赤壁山，将军空老玉门关。”

⑰沙苑：陕西大荔南洛水与渭水间一大片沙草地，为历代牧马场所。

⑱临波不渡，似惜障泥：典出《世说新语·术解》：“王武子善解马性。尝乘一马，着连钱障泥。前有水，终日不肯渡。王云：‘此必是惜障泥。’使人解去，便径度。”障泥：垂于马腹两侧用于遮挡尘土的东西。辛弃疾《蝶恋花·继杨济翁韵饯范南伯知县归京口》：“老马临流痴不渡，应惜障泥，忘了寻春路。”

⑲昆阳之战：更始元年(23)，刘秀以三千精兵大破王莽百万大军，是奠定未来中原国运的关键一战。作者借此说明打马博戏中出奇制胜的战略。

⑳涿鹿之师：黄帝讨伐蚩尤的军队。

㉑庾郎之失:庾郎,即庾翼。据《世说新语·雅量》:“庾小征西尝出未还。妇母阮是刘万安妻,与女上安陵城楼上。俄顷翼归,策良马,盛舆卫。阮语女:‘闻庾郎能骑,我何由得见!’妇告翼,翼便为于道开卤薄盘马,始两转,坠马堕地,意色自若。”

㉒痴叔之奇:据《世说新语·赏誉》,晋人王湛,善骑术,通《易经》,但世人皆以为痴。当晋武帝戏问其侄子王济时,王济回答:“臣叔不痴。”并且“称其实美。帝曰:‘谁比?’济曰:‘山涛以下,魏舒以上。’于是显名,年二十八始宦”。

㉓鸟道:险峻的山道。李白《蜀道难》:“西当太白有鸟道,可以横绝峨嵋巅。”

㉔蚁封安步:形容良马涉险如履平地。蚁封,形同蚂蚁窝高低起伏的土堆。晋邓粲《晋纪》:“湛曰:‘今直行车路,何以别马胜不?唯当就蚁封耳!’于是就蚁封盘马,果倒踣,其俊识天才乃尔。”

㉕王良:春秋时晋国著名的驭手,见《孟子·滕文公下》:“昔者赵简子使王良与嬖奚乘。”

㉖跼促盐车:据《战国策·楚策四》,伯乐曾见一匹千里马拉着盐车艰难上山的情形,比喻人才处于困境不能尽其才。

㉗造父:周穆王的驭手。《史记·秦本纪》:“造父以善御幸于周穆王。”

㉘心存恋豆:马贪恋豆料,比喻胸无大志的人贪恋眼前的蝇头小利。宋蔡伸《蓦山溪·登历阳城楼》:“区区恋豆,岂是甘牛后?时命未来间,且只得、低眉袖手。”

㉙著鞭:比喻走在前面,抢占先机。典出《晋书·刘琨传》:“吾枕戈待旦,志枭逆虏,常恐祖生先吾著鞭耳。”

㉚止蹄黄叶,何异金钱:古人常用黄叶比喻金钱。黄庭坚《题扇诗》:“黄叶委庭观九州,小虫催女献功裘。金钱满地无人费,百斛明珠薏苡秋。”

㉛核其殿最:核查名次等级。殿最,古代考核政绩或军功,下等称为“殿”,上等称为“最”。

㉜说梅止渴:即望梅止渴。《世说新语·假谲》:“魏武行役失汲道,军皆渴,乃令曰:‘前有大梅林,饶子,甘酸可以解渴。’士卒闻之,口皆出水,乘此得及前源。”

㉝画饼充饥:《三国志·魏书·卢毓传》载魏明帝语:“选举莫取有名,名如画地作饼,不可啖也。”

㉞衔枚:古代行军时口中衔着枚,以防喧哗。枚状如箸,两端有带,可系于颈上。《周礼·夏官·大司马》:“群司马振铎,车徒皆作,遂鼓行,徒衔枚而进。”

㉟尤悔:罪过和悔恨。《世说新语》中有“尤悔”篇。《汉书·叙传下》:“疑殆

匪阙，违众迕世，浅为尤悔，深作敦害。”

㊱绕床大叫，五木皆卢：据《晋书·刘毅传》，刘毅、刘裕诸人聚财，刘毅掷得雉（次彩），激动得绕床大叫，喧闹庆祝。

㊲沥酒一呼，六子尽赤：典出宋郑文宝《南唐近事》：“刘信攻南康，终月不下。义祖谴信使者而杖之，詈曰：‘语刘信。要背即背，何疑之甚也？’信闻命大怖，并力急攻，次宿而下。凯旋之日，师至新林浦，犒锡不至，亦无所存劳。他日谒见，义祖命诸元勋为六博之戏，以纾前意。信酒酣，掬六骰于手曰：‘令公疑信欲背者，倾西江之水，终难自涤。不负公，当一掷遍赤。诚如前旨，则众彩而已，信当自拘，不烦刑吏耳。’义祖免释不暇，投之于盆，六子皆赤。义祖赏其精诚昭感，复待以忠贞焉。”

㊳平生不负，遂成剑阁之师：典出《世说新语·识鉴》：“桓公将伐蜀。在事诸贤，咸以李势在蜀既久，承籍累叶，且形据上流三峡，未易可克。唯刘尹云：伊必能克蜀。观其蒲博，不必得，则不为。”

㊴别墅未输，已破淮淝之贼：指淝水之战。在前秦苻坚大军压境之际，满朝惊惶，只有宰相谢安屡危如闲，派其弟谢石、侄谢玄拒敌于淝水，以八万兵力大破苻坚八十七万之众，为东晋保留江南半壁江山，这是我国战争史上著名的以少胜多的战役。《世说新语·雅量》载：“谢公与人围棋，俄而谢玄淮上信至，看书竟，默然无言，徐向局。客问淮上利害，答曰：‘小儿辈大破贼归矣。’意色举止，不异于常。”

㊵元子：桓温，字元子。

㊶安石：谢安，字安石。李白《永王东巡歌》：“但用东山谢安石，为君谈笑静胡沙。”辛弃疾《念奴娇·登建康赏心亭呈史致道留守》：“却忆安石风流，东山岁晚，泪落哀筝曲。”

㊷陶长沙博局之投：陶侃封长沙郡公，故称陶长沙。《晋书·陶侃传》：“诸参佐或以谈戏废事者，乃命取其酒器蒲博之具，投之于江。”

㊸袁彦道布帽之掷：袁彦道，即晋人袁耽。粤雅堂丛书《打马图经》作“袁宏道”，今据《癸巳类稿》改。《世说新语·任诞》：“桓宣武少家贫，戏大输，债主敦求甚切。思自振之方，莫知所出。陈郡袁耽俊迈多能，宣武欲求救于耽。耽时居艰，恐致疑，试以告焉，应声便许，略无嫌吝。遂变服，怀布帽，随温去与债主戏。耽素有艺名，债主就局，曰：‘汝故当不办作袁彦道邪？’遂共戏。十万一掷，直上百万数，投马绝叫，傍若无人，探布帽掷对人曰：‘汝竟识袁彦道不？’”

㊹佛狸：北魏太武帝拓跋焘的小字，此处借喻金国侵略者。辛弃疾《永遇乐·京口北固亭怀古》：“可堪回首，佛狸祠下，一片神鸦社鼓。”卯年：据《宋书·臧质传》，刘宋时童谣：“虏马饮江水，佛狸死卯年。”这里是以小见大，表达了作者期待

消灭侵略者恢复中原的强烈愿望。

㊺骅骝：传说周穆王八骏马中马名。杜甫《丹青引赠曹将军霸》："幹惟画肉不画骨，忍使骅骝气凋丧。"

㊻时危安得真致此：化用杜甫《题壁上韦偃画马歌》"时危安得真致此，与人同生亦同死"的诗句。

㊼老矣谁能志千里：反用曹操《步出夏门行·神龟虽寿》："老骥伏枥，志在千里。烈士暮年，壮心不已"的诗意。

㊽相将：相随、相伴。司马相如《凤求凰》："愿言配德兮，携手相将。"

（朱露露　注）

郝　经

【作者简介】

郝经（1223—1275），字伯常，泽州陵川（今山西陵川）人。宋末元初名儒。幼年遭兵乱，金亡徙顺天，被守帅张柔、贾辅延为宾客。入世祖王府，宪宗伐宋时为江淮荆湖宣抚副使，后为翰林侍读学士，充国信使使宋，为宋相贾似道囚于真州，十五年后方得放还。第二年大病而卒，谥号文忠。撰有《续后汉书》九十卷，作《周易外传》《春秋外传》《太极演》《原古录》《通鉴书法》《玉衡贞观》等书。著有《陵川集》三十九卷。

泰山赋

【题解】

郝经《泰山赋》立足于岱宗的磅礴气势及其所处地理位置，复与他山相较，凸显泰山所代表的中正崇高之意，以及其施仁德于天下的气度。

【原文】

粤大荒之播气[①]，肇天一而为水[②]。滓泬澄而浊凝，柔泂荡而刚峙[③]。故水载乎地，地载乎山，柢艮茁震[4]，冠海而起。为万物之始终，藏八索之首尾[5]。堪看舆之骨壮，真宰之形似[6]。人皇九头[7]，俶载于祀[8]。禹凿益焚[9]，神力是试。条而为三，别而为九，祀而为四。中维岱宗[10]，独尊而雄，盘踞万古，莫与比隆[11]。衡固阜丽，瘴海极炽[12]，融飙赫赫[13]，物毁其锐，华固秀拔。金天肃杀，一翠横秋。万化搴擢，恒亦宏富。天地阖户[14]，玄都幽府[15]，固阴寒冱[16]。粤惟兹山，首出庶岳，其顶则呀突乾维[17]，其足则亘抐坤络。奄东国之全势[18]，孕日出之鸿爓。作帝孙而奕大[19]，混天胎而不凿。为有生之司命[20]，权天地之橐籥[21]。露大初之面目[22]，愠巨灵之狞恶[23]。鳌六眷而娇首[24]，龙七襄而奋角[25]。障大海使不流，俾降丘以东作。拒洪河之奔湍，俾回翔而北却。三州得以完厚，万民得以土著[26]。瞰临冀、魏[27]，轩轾恒、赵[28]。背左燕、辽，夹右瀛、郑。辟青、徐之疆畛，包兖、豫之封略[29]。压吴头而益重，捽楚尾而欲割[30]。拉琅邪而横骛[31]，控龟蒙而回跃[32]。瀹济、漯以为襟[33]，带汶、沂以为约[34]。潴大霈于雷夏[35]，泄庞泽于郓、滶[36]。秦观可以窥长安，周观可以窥汴洛。合沓九州之半[37]，覆压数千余里。重觉鲁强，不为齐弱。

岂无他山，高蹈磊落？剑门则擅其重闭[38]，楼石则肆其超卓，天台则郁其诡谲[39]，太行则亘其磅礴[40]。各据地势，偃蹇岞崿[41]。如草昧之崛起[42]，据偏方而骄跋[43]。恃区区之险固，僭制外之封爵。孰如兹山，中华正朔，建极启元[44]，衣冠礼乐。天宇夷而皞皞，王道裕而绰绰[45]。岂无群山，纷纭交错，或缭径之蛇结，或垂巘之鹭啄[46]，或刀岩之栉叠，或断壁之牙遏，或青莲之天开，或苍屏之玉削。如夸徒与宵民[47]，极其力而相较。客气鼓其余勇[48]，冶容盛其涂抹。孰如兹山，衮冕黻珽[49]，朱弦疏越[50]，纯粹中正，崇高溥博。大哉乎！联延九重，郁如深宫，岿其中峰[51]，见天子之雍容；前列如却，后列如剥，拱捧旋躍[52]，见百工之致恪[53]。云云亭亭，众星北辰；石闾社首[54]，百鸷一鹗[55]。既烽涌而丰隆[56]，复旷豁而绵邈。扶青帝之宫观[57]，缔玄台之楼阁[58]。瀛州邃其幽深[59]，蓬壶敞其寥廓[60]。飞仙飘兮遨游，抱明月而遂乐。采玉芝之芳润，探先天之希阔。御绝顶之长风，眇天地于目末。阅扶桑之菌蠢[61]，幻鱼龙之镠镐。卵长鲸于云根，巢阳乌于日脚[62]。苍筤分其霁色[63]，铄红金于碧落。羲和起其龙驭[64]，骇万国以开觉。耆觋蓄而奕奕，昭灵贮而灼灼。岂徒云乎高大，乃与世而落莫！岂呈奇而露异，等寻常之岩壑哉！若夫触石而云，肤寸而合[65]。崇朝一雨[66]，暵旱弭虐[67]。卷舒阴阳，杳不可度，有如是之神；储膏溢泽，蒸为桑土。衣被天下[68]，民无寒苦。播为阳春，狐纩天宇[69]。发育万物，勾芒汇庶[70]。信屈起伏，如妪如煦[71]。有如是之仁。既高而大，又神而仁。乃于岳麓，笃生圣人。续太皞之统[72]，萃奎壁之真。太极再造，四时复春。蕴而为道，发而为文。膏泽其民，尧、舜其君。德与山高，名与山尊。六经垂天，与不死者存。则又与夫育兰茝[73]，囿松椿[74]，出器车[75]，生皇麟，羡金锡之利，蕴珠璧之珍者[76]，不既大矣乎！

宜乎唐虞盛典[77]，周汉极制。巍巍堂堂，殷秩缛事。后王后帝，崇德报施。继继承承，垂于万世。

（据《陵川集》卷一，摛藻堂《四库全书荟要》本）

【注释】

①大荒：荒远的地方；边远地区。《山海经·大荒东经》："东海之外，大荒之中，有山名曰大言，日月所出。"左思《吴都赋》："出乎大荒之中，行乎东极之外。"刘逵注："大荒，谓海外也。"

②肇：开始，初始。天一：谓与天合而为一。《庄子·大宗师》："安排而去化，乃入于寥天一。"郭象注："安于推移而与化俱去，故乃入于寂寥而与天为一也。"

③洞荡：犹涤荡。《后汉书·马融传》："若乃《阳阿》衰斐之晋制，阐蛙华羽之南音，所以洞荡匈臆，发明耳目。"

④艮：八卦之一，代表山。

⑤八索：古书名，后多以指称古代典籍或八卦。《左传·昭公十二年》："是能读《三坟》《五典》《八索》《九丘》。"杜预注："皆古书名。"孔颖达疏引孔安国《尚书序》："八卦之说，谓之八索。索，求其义也。"又引贾逵云："八索，八王之法。"

⑥真宰：宇宙的主宰。《庄子·齐物论》："若有真宰，而特不得其眹。"杜甫《遣兴》之一："性命苟不存，英雄徒自强，吞声勿复道，真宰意茫茫。"

⑦人皇：传说中远古部落的酋长，后将其神化，与天皇、地皇合称"三皇"。唐司马贞补《史记·三皇本纪》："人皇九头，乘云车，驾六羽，出谷口。兄弟九人，分掌九州，各立城邑。"《初学记》卷九引《春秋纬》："天皇地皇人皇，兄弟九人，分九州，长天下也。"

⑧俶载：始事，开始从事某种工作。《诗经·大雅·大田》："俶载南亩，播厥百谷。"朱熹集传："取其利耜而始事于南亩，既耕而播之。"

⑨禹：传说中国夏代的第一个君主，他曾经治过洪水。

⑩岱宗：泰山。泰山旧谓居五岳之首，为诸山所宗，故称。《尚书·舜典》："岁二月，东巡守，至于岱宗。"孔传："岱宗，泰山，为四岳所宗。"唐杜甫《望岳》诗："岱宗夫如何？齐鲁青未了。"

⑪比隆：同等兴盛。《史记·刘敬叔孙通列传》："娄敬说曰：'陛下都洛阳，岂欲与周室比隆哉？'"

⑫瘴海：指南方海域。唐翁绶《行路难》："双轮晚上铜梁雪，一叶春浮瘴海波。"

⑬飙：暴风。赫赫：形容炎热炽盛。《庄子·田子方》："至阴肃肃，至阳赫赫。"成玄英疏："赫赫，阳气热也。"

⑭阖户：闭门。《周易·系辞上》："是故阖户谓之坤，辟户谓之干。"孔颖达疏："阖户，谓闭藏万物若室之闭阖其户。"

⑮玄都：传说中神仙居处。《海内十洲记·玄洲》："上有大玄都，仙伯真公所治。"晋葛洪《枕中书》："《真记》曰：玄都玉京七宝山，周回九万里，在大罗之上，城上七宝宫，宫内七宝台，有上中下三宫……上宫是盘古真人元始天尊太元圣母所治。"幽府：阴间地府。

⑯寒冱：严寒冻结；极寒。唐陈岵《履春冰赋》："因润下而生德，由寒冱以生姿。"《新唐书·西域传下·识匿》："王居塞迦审城，北临乌浒河。地寒冱，堆阜曲折，沙石流漫。"

⑰乾维：天的纲维。唐李义府《在巂州遥叙封禅》："飞声总地络，腾化抚乾维。"明李东阳《送伍广州诗序》："乾维所覆，地络所至，其间名山胜地遗迹巨浸，固未易以枚举。"

⑱奄：覆盖。东国：东方之国。上古指齐、鲁、徐夷等国。晋陆机《演连珠》："是以三卿世及，东国多衰弊之政；五侯并轨，西京有陵夷之运。"李善注："东国，谓鲁也。"《史记·孟尝君列传》："其攻秦也，欲王之令楚王割东国以与齐，而秦出楚怀王以为和。"张守节正义："东国，齐、徐夷。"

⑲帝孙：星名，即织女星。一称天孙。

⑳司命：神名，掌管生命的神。《庄子·至乐》："吾使司命复生子形，为子骨肉肌肤。"

㉑橐籥：喻指造化，大自然。陆机《文赋》："同橐籥之罔穷，与天地乎并育。"

㉒大初：天地未分之前的混沌元气。《列子·天瑞》："太初者，气之始也。"

㉓巨灵：《楚辞·天问》"戴山抃"王逸注引《列仙传》："有巨灵之鳌，背负蓬莱之山而抃舞。"

㉔鳌：传说中海里的大龟或大鳖。矫首：昂首；抬头。

㉕襄：上举，昂起。

㉖土著：亦作"土箸"。世代定居一地。《史记·西南夷列传》："其俗或土箸，或移徙，在蜀之西。"《汉书·西域传上》："西域诸国，大率土著。"颜师古注："言着土地而有常居，不随畜牧移徙也。"

㉗瞰临：居高视下。《汉书·王莽传中》："反膺高视，瞰临左右。"

㉘轩轾：车前高后低叫轩，前低后高叫轾，此处为前后。语出《诗经·小雅·六月》："戎车既安，如轾如轩。"朱熹集传："轾，车之覆而前也。轩，车之却而后也。凡车从后视之如轾，从前视之如轩，然后适调也。"

㉙封略：封界；边境。《左传·昭公七年》："封略之内，何非君土。"《晋书·天文志下》："翼又楚分野，孙权封略也。"

㉚捽：方言，揪。

㉛琅邪：山名。在今山东省诸城市东南海滨。《孟子·梁惠王下》："吾欲观于转附朝舞，遵海而南，放于琅邪。"《史记·秦始皇本纪》："南登琅邪，大乐之，留三月。"横骛：纵横驰骋。班固《答宾戏》："侯伯方轨，战国横骛。"李善注："东西交驰谓之骛。"

㉜龟蒙：龟山和蒙山的并称。均在山东省境内。二山连续，长八十余里，其西北一段名龟山，东南名蒙山。《诗经·鲁颂·閟宫》："奄有龟蒙。"毛传："龟，山也；蒙，山也。"

㉝瀹：疏导（河道）。济：济水，古水名，源于今中国河南省，流经山东省入渤海。漯：漯河，古水名，在今中国山东省。

㉞汶：汶水，水名，在中国山东省。亦称"大汶河"。沂：沂水，水名，源出中国山东省，至江苏省入海。

㉟潴：水积聚。大霈：大雨。雷夏：古泽名，即雷泽。其地当今山东菏泽东北面黄河南岸。《书·禹贡》："九河既道，雷夏既泽，澭沮会同。"《艺文类聚》卷六引汉扬雄《衮州箴》："九河既导，雷夏攸处。"

㊱郫：古国名，在中国今山东省邹县。漷：漷水，今中国山东省南沙河的古称，源出滕州市，入运河。

㊲合沓：重叠；攒聚。贾谊《旱云赋》："遂积聚而合沓兮，相纷薄而慷慨。"

㊳剑门：剑门山。

㊴天台：山名，在浙江天台县北。

㊵太行：在山西高原与河北平原间。从东北向西南延伸。北起拒马河谷，南至晋豫边境黄河沿岸。西缓东陡，受河流切割，多横谷，为东西交通孔道，古有"太行八陉"之称。

㊶偃蹇：高耸貌。《离骚》："望瑶台之偃蹇兮，见有娀之佚女。"王逸注："偃蹇，高貌。"峠崿：亦作"峠峉"。山深险貌。嵇康《琴赋》："互岭巉岩，峠崿岖崯。"李善注："皆山石崖崄峻之势。"

㊷草昧：草野；民间。宋梅尧臣《读范桐庐述严先生祠堂碑》："所遇在草昧，既贵不为起。"

㊸偏方：指一隅，一方。

㊹建极：建立中正之道。语本《尚书·洪范》："皇建其有极。"孔颖达疏："皇，大也。极，中也。施政教，治下民，当使大得其中，无有邪僻。"一说谓建立法度、准则。蔡沈集传："建，立也。极，犹北极之极。至极之义，标准之名，中立

而四方之所取正焉者也。”

㊺绰绰：宽裕貌。

㊻巘：大山上的小山。

㊼宵民：犹小民。普通老百姓。南朝梁江淹《齐籍田乐歌·享神歌》：“方燮嘉种，永毓宵民。”《新唐书·吴凑传》：“中人所市，不便宵民，徒纷纷流议。”

㊽客气：谓言行虚骄，并非出自真诚。《左传·定公八年》：“公侵齐，攻廪丘之郛……主人出，师奔。阳虎伪不见冉猛者，曰：‘猛在此，必败。’猛逐之，顾而无继，伪颠。虎曰：‘尽客气也。’”杜预注：“言皆客气，非勇。”杨伯峻注：“客气者言非出于衷心。”

㊾衮冕：衮衣和冕。古代帝王与上公的礼服和礼冠。《周礼·春官·司服》：“王之吉服，祀昊天上帝则大裘而冕；祀五帝亦如之；享先王则衮冕……公之服，自衮冕而下，如王之服。”《国语·周语中》：“弃衮冕而南冠以出，不亦简彝乎。”韦昭注：“衮，衮龙之衣也；冕，大冠也。公之盛服也。”黻：古代礼服上黑与青相间的花纹。珽：玉笏。

㊿疏越：疏通瑟底之孔，使声音舒缓。《礼记·乐记》：“清庙之瑟，朱弦而疏越，壹唱而三叹，有遗音者矣。”孔颖达疏：“越，谓瑟底孔也，疏通之使声迟，故云疏越。”后以指悠扬、隽永。

(51)岿：高大屹立的样子。

(52)躩：快步。

(53)恪：恭敬，谨慎。

(54)社首：山名。在山东省泰安市西南，上有社首坛，因周成王封禅得名，唐宋帝王也到此封禅。《汉书·郊祀志上》：“周成王封泰山，禅于社首。”

(55)鸷：凶猛的鸟，如鹰、雕、枭等。鹗：鸟，性凶猛，背暗褐色，腹白色，常在水面上飞翔，捕食鱼类。通称“鱼鹰”。

(56)丰隆：高大崇隆。《艺文类聚》卷六引南朝梁萧子范《建安城门峡赋》：“瑰诡丰隆，质状不同，班黄糅采，玄紫潜通。”

(57)青帝：我国古代神话中的五天帝之一，是位于东方的司春之神，又称苍帝、木帝。《史记·封禅书》：“秦宣公作密畤于渭南，祭青帝。”

(58)玄台：神话中天帝藏书之台。《汉武帝内传》：“(《五岳真形图》)书形秘于玄台，而出为灵真之信。”

(59)瀛州：传说中的仙山。《列子·汤问》：“渤海之东，不知几亿万里……其中有五山焉，一曰岱舆，二曰员峤，三曰方壶，四曰瀛洲，五曰蓬莱……所居之人，皆仙圣之种。”

(60)蓬壶：蓬莱。古代传说中的海中仙山。晋王嘉《拾遗记·高辛》：“三壶则海中三山也。一曰方壶，则方丈也；二曰蓬壶，则蓬莱也；三曰瀛壶，则瀛洲也。形如壶器。”

61菌蠢：谓如菌类之短小丛生。张衡《南都赋》：“芝房菌蠢生其隈，玉膏滵溢流其隅。”李善注：“菌蠢，是芝貌也。”东方古国名。后亦代称日本。《南齐书·东南夷传赞》：“东夷海外，碣石、扶桑。”《梁书·诸夷传·扶桑国》：“扶桑在大汉国东二万余里，地在中国之东，其土多扶桑木，故以为名。

62阳乌：神话传说中在太阳里的三足乌。左思《蜀都赋》：“羲和假道于峻岐，阳乌回翼乎高标。”李善注：“《春秋元命苞》曰：‘阳成于三，故日中有三足乌，乌者，阳精。’”

63苍筤：青色。多指竹。《易·说卦》：“为苍筤竹。”孔颖达疏：“竹初生之时，色苍筤，取其春生之美也。”

64羲和：古代神话传说中的人物，驾御日车的神。《离骚》：“吾令羲和弭节兮，望崦嵫而勿迫。”王逸注：“羲和，日御也。”《初学记》卷一引《淮南子·天文训》：“爰止羲和，爰息六螭，是谓悬车。”原注：“日乘车，驾以六龙，羲和御之。”

65触石而云，肤寸而合：指云的形成情况。《公羊传·僖公三十一年》：“触石而出，肤寸而合，不崇朝而遍雨乎天下者，唯泰山尔。”按：一指宽为寸，四指宽为肤。故“触石肤寸”是说云因湿空气受山石抬升而出现，并且由分散纤小的云丝而汇为大块发展起来。

66崇朝：终朝。从天亮到早饭时。有时喻时间短暂，犹言一个早晨。亦指整天。崇，通“终”。《诗经·鄘风·蝃蝀》：“朝隮于西，崇朝而雨。”毛传：“崇，终也。从旦至食时为终朝。”

67暵旱：干旱，天旱。

68衣被天下：比喻广施恩惠于百姓。被，同“披”，把衣服给百姓穿上或披上。唐释元康《肇论疏》卷上：“言垂示文章，作世间之轨则也，有本云，衣被苍生，亦可然也。”

69纩：絮衣服的新丝绵。

70勾芒：古代传说中主管树木的神。《尚书大传》卷三：“东方之极，自碣石东至日出榑木之野，帝太皞神勾芒司之。”班固《白虎通·五行》：“其神勾芒者，物之始生，其精青龙。芒之为言萌也。”

71煦：温暖。

72太皞：《荀子·正论》：“自太皞、燧人莫不有也。”杨倞注：“太皞，伏羲也。燧人，太皞前帝王。”唐司马贞补《史记·三皇本纪》：“太皞庖牺氏，风姓，代燧人氏继天而王。”《文学源流》：“况仓颉以前，文字未立，太皞之世，未见椎轮。”

73兰茝：本指生于沅澧两岸的芳草，后用以比喻高洁的人或事物。

⑭松椿：松树与椿树。喻高寿。

⑮器车：谓器与车。器，指银瓮丹甑之类。车，指山车垂钩之类。古代认为是盛世出现的祥瑞之物。《礼记·礼运》："天降膏露，地出醴泉，山出器车。"郑玄注："器谓若银瓮丹甑也。"孔颖达疏："按《礼纬斗威仪》云：'其政太平，山车垂钩。'注云：'山车，自然之车；垂钩，不揉治而自圆曲。'"

⑯珠璧：比喻珍贵之物。

⑰唐虞：唐尧与虞舜的并称。亦指尧与舜的时代，古人以为太平盛世。《论语·泰伯》："唐虞之际，于斯为盛。"

（钟铮　注）

元明

胡祗遹

【作者简介】

胡祗遹(1227—1295),字绍闻,号紫山,磁州午安(今河北武安)人。历任户部员外郎、太原路治中、山东东西道提刑按察使、江南浙西道提刑按察使等职,贞元元年(1153)卒。赠礼部尚书,谥文靖。著有《紫山大全集》二十六卷。

孔子手植桧儒冠赋

【题解】

此赋以孔子手植之桧为譬,引出修身主旨:不仅外表要以儒生衣冠为准,更要注重内心的自守。即不可只重外表,不修德行,废弛于内。

【原文】

昔余年之总发兮①,恭承先生之严命。冠汝字汝兮,毋坠汝祖曾高之家庆②。不弁以武冠儒服儒兮③,敬之哉,终此身于仁义中正。蹈道之士④,充之则贤,庶几要归乎大而化之之圣⑤。荏苒于兹四十年余,种种乎素发之垂颈⑥。吁嚱长嗟,立德立功,负我先君之志兮,日惭怍乎临镜。旦旦理发,整冠以自警兮,追训言于无声之听⑦。慎尔话言,敬尔威仪,矧承时之人许身以从政?德不称服兮,何异乎犬羊其质而被虎文之炳?赫赫师尹⑧,民具尔瞻兮,一貌一容,尤不可以不整。群目所视，众手所指兮，持身于日恭而日敬[9]。今晨何晨？有客叩门，袖木寸余，曰：此孔子之手植桧也，千五百年贮云含雾，而霜雪莫能悴也。物各有数，火于贞祐之兵，鬼神莫得而卫也。灰沿烬飞，蟠根九地，发土得之，坚若金石，真可宝而不可弃也。嗅圣手之泽，香润袭人，断而为冠，是可戴而不忍佩也。一簪华发，万古清风，殷之弁，周之冕[10]，邈乎其不可类也。貂蝉惠文[11]，进贤白编[12]，卒然遇之，恐退缩而失其贵也。三沐三薰[13]，洁我衰鬓。悚乎若圣手之遗也。希圣之德，辱神之惠，振尘而增叹喟焉。乱曰：首可饰兮，发可理兮，心难乎其无愧兮。勿徒矜庄于外，而废弛于内兮。毋状类古人，而黾勉以随世兮[14]。毋盗跖其躬[15]，而掩宣尼之袂兮[16]。岌岌峨峨[17]，高自标置，为欲所驱，而氿氿伣伣[18]，低头服膺，卑屈于利兮。冠不汝误，汝无为冠之累兮。

（据《紫山大全集》卷一，清文渊阁《四库全书》本）

【注释】

①总发：束发，指童年或少年。

②家庆：指家中喜庆之事。

③弁：古代的一种帽子。古代贵族子弟行加冠礼时用弁束住头发，礼成后把弁去掉不用。武冠：古代武官戴的一种帽子。相传战国赵武灵王效胡服始用。儒服：古代儒者的服饰。《礼记·儒行》："鲁哀公问于孔子曰：'夫子之服，其儒服与？'孔子对曰：'丘少居鲁，衣逢掖之衣。长居宋，冠章甫之冠。丘闻之也，君子之学也博，其服也乡。丘不知儒服。'"郑玄注："逢，犹大也。大掖之衣，大袂禅衣也。"

④蹈道：履行正道。《穀梁传·隐公元年》："若隐者，可谓轻千乘之国，蹈道，则未也。"范宁注："未履居正之道。"陆德明释文："蹈，履行之名也。"

⑤大而化之：谓光大德业，以化万民。《孟子·尽心下》："充实而有光辉之谓大，大而化之之谓圣。"赵岐注："大行其道使天下化之，是为圣人。"

⑥素发：白发。

⑦训言：教诲之言。

⑧师尹：指周太师尹氏。《诗经·小雅·节南山》："赫赫师尹，民具尔瞻。"毛传："师，太师，周之三公也。尹，尹氏，为太师。"后用为三公之称。

⑨持身：立身；修身。《列子·说符》："子列子学于壶丘子林。壶丘子林曰：'子知持后，则可言持身矣。'"

⑩冕：中国古代帝王及地位在大夫以上的官员们戴的礼帽，后专指帝王的皇冠。

⑪貂蝉：貂尾和附蝉，古代为侍中、常侍等贵近之臣的冠饰。《后汉书·舆

服志下》："侍中、中常侍加黄金珰，附蝉为文，貂尾为饰，谓之'赵惠文冠'。"刘昭注："劭《汉官》曰：'说者以金取坚刚，百炼不耗。蝉居高饮洁，口在掖下，貂内劲捍而外温润。'此因物生义也。"惠文：惠文冠。

⑫进贤：古冠名，古时朝见皇帝的一种礼帽。原为儒者所戴，唐时百官皆戴用。《晋书·礼志下》："汉顺帝冠，又兼用曹褒新礼，乘舆初加缁布进贤，次爵弁、武弁，次通天，皆于高庙，以礼谒见世祖庙。"

⑬三沐三薰：亦作"三沐三熏"。再三沐浴熏香，表示郑重或虔敬。

⑭黾勉：勉强。

⑮盗跖：相传为古时民众起义的领袖。名跖，一作"蹠"，"盗"是当时统治者对他的贬称。借指盗贼或盗魁。

⑯宣尼：汉平帝元始元年(1)，追谥孔子为褒成宣尼公，后因称孔子为宣尼。见《汉书·平帝纪》。

⑰岌岌：高貌。《楚辞·离骚》："高余冠之岌岌兮，长余佩之陆离。"王逸注："岌岌，高貌。"

⑱沁沁伣伣：怯懦貌。《明史·邹智传》："及与议事，又唯诺惟谨，伈伈伣伣，若有所不敢，反不如一二俗吏足以任事。"

（钟铮　注）

刘敏中

【作者简介】

刘敏中(1243—1318)，字端甫，号中庵，章丘(今属山东济南)人。历任中书掾擢兵部主事、监察御史、御史台都事等职。追封齐国公，谥文简。著有《平宋录》三卷、《中庵集》二十五卷。

励志赋并序

【题解】

刘敏中因父罢官居家，家境贫寒，故作《励志赋》勉励自己不因贫困而消磨求学意志。作者先写幼年时从父亲那里接受的启蒙教育，既而写自己生活的困窘，但并不因此消沉，反而恪守圣人遗训，以高远的志向激励自己。结尾部分神思飞扬，充溢着浪漫色彩，从中可以感受到作者自强不息之心志。

【原文】

余读书既冠，殊拙于生理[①]，其于求田问舍之事[②]，辽然不知也。然给养之资日以艰窘，恐以贫乏累其志气，乃用《励志赋》以自勉，其词曰：

吁咄哉[③]，何天之生我也悟然而有知？既不能粹我以超然而智兮，又不能愚我以朦然而痴。自亲生之膝下兮，固亦知爱敬之日孜[④]。元气假我以五常兮[⑤]，父母鞠我以恩慈[⑥]。逮总角之嬉戏兮[⑦]，导我以文字为学之规。既庭训祗受兮[⑧]，亦学礼而兴诗。信圣之不我欺兮，日是诵而是师。知仁义之为美兮，以忠信而自持。纫秋兰以为佩兮[⑨]，服薜芷与江蓠[⑩]。审先民之行为兮，独愤然而永思。既踊跃以欣慕兮，亦慷慨而伤悲。彼皋陶之在上兮[⑪]，既帝载之克熙[⑫]。释耒耜以天下自任兮，永徽烈乎商伊[⑬]。辞传岩以即相兮，岂时运之或奇也哉？夫何三闾之憔悴兮[⑭]？沈溺乎江之湄。贾谊倏其轩举兮[⑮]，忽长沙之弃遗。嗟小人之纷扰兮，莫不移世以阿时[⑯]。既靡靡以自安兮，亦睊睊以相危[⑰]。恃其志之已得兮，惟侈纵之日滋[⑱]。苟一时之荣耀兮，实万世之嗤也。兹既通塞之异轨兮[⑲]，何清浊之不可力而推也？蹇余生之不辰兮[⑳]，抱寸诚以孳孳[㉑]。企古人之悠邈兮，喟遑遑其欲追[㉒]。拟修名之屹立兮[㉓]，以圣道而自期。春与秋其代序兮，日月忽其若驰。翔世途以徘徊兮[㉔]，抚斯文以嗟咨。时既与我龃龉兮，事与我而相违。学澶漫而未精兮，形瘵弱其神疲[㉕]。顾生资之迫狭兮[㉖]，虑给养之莫支。余既不能规规于田舍兮，又不能求龙断而登之[㉗]。望朱门而将进兮[㉘]，无愉色与妍辞。愿得羽翼如云之我身兮，余将薄六合而远飞。又欲浮灵槎于沧海兮[㉙]，泛昆仑以游嬉。乘天风以越阊阖兮[㉚]，访王母于瑶池。饵金砂以炼质兮，漱琼液以生肥。跨鸾鹤以为驭兮[㉛]，襜云霞以为衣[㉜]。亦知兹怀之不可必兮，竟郁郁以安归？已焉哉，盖士于世也，穷达否泰讵能极兮，姑俯仰而随宜。幸孔门之可以倚依兮，依颜曾以栖迟[㉝]。从众人之相易兮，保良心而靡移。听天命以升沈兮，余终不能若儿女子之所为也。

（据《中庵集》卷一，清文渊阁《四库全书》本）

【注释】

①生理：为人处世之道。杜甫《自京赴奉先县咏怀五百字》："以兹悟生理，独耻事干谒。"

②求田问舍：专营家产而无远大志向。《三国志·魏书·陈登传》："备曰：

‘君有国士之名，今天下大乱，帝主失所，望君忧国忘家，有救世之意；而君求田问舍，言无可采。’”

③吁咄：表示惊讶的语气。

④孜：勤勉，不懈怠。

⑤五常：谓仁、义、礼、智、信。

⑥鞠：养育，抚养。

⑦总角：古时儿童束发为两结，向上分开，形状如角，故称总角。

⑧庭训：《论语·季氏》记孔子在庭，其子伯鱼趋而过之，孔子教以学《诗》《礼》。后因称父教为庭训。

⑨纫：缝缀。

⑩薜：常绿灌木，茎蔓生，果实球形，可做淀粉，捣汁可做饮料。江蓠：香草名。

⑪皋陶：传说虞舜时的司法官。

⑫帝载：帝王的事业。

⑬徽烈：宏业，伟业。

⑭三闾：屈原。《后汉书·孔融传》：“忠非三闾，智非晁错，窃位为过，免罪为幸。”李贤注：“即屈原也，掌王族三姓，曰昭、屈、景，故曰‘三闾’。”

⑮轩举：气宇轩昂貌。

⑯阿时：迎合时好。

⑰睊睊：侧目相视貌。

⑱侈纵：奢侈放纵。

⑲通塞：谓境遇之顺逆。潘岳《西征赋》：“生有修短之命，位有通塞之遇。”

⑳蹇：文言语助词。如《九歌·湘君》：“蹇谁留兮中洲。”不辰：不得其时。

㉑孳孳：同“孜孜”。

㉒遑遑：惊恐匆忙，心神不定。

㉓修名：美好的名声。

㉔世途：尘世的道路，人生历程。

㉕澶漫：放纵，宽泛。瘵：病，多指痨病。

㉖迫狭：局促，不顺心。

㉗龙断：垄断。本指独立的高地，引申为独占其利。

㉘朱门：权贵之家。

㉙槎：木筏。

㉚阊阖：阖闾城，苏州别称。

㉛鸾鹤：鸾与鹤，相传为仙人所乘。

㉜襜：古代一种短的便衣。

㉝栖迟：栖息。《诗经·陈风·衡门》："衡门之下，可以栖迟。"朱熹《诗集传》："栖迟，游息也。"

（张帆　注）

东山赋

【题解】

此赋为思念友人而作。作者登临历城之东长白山远眺，所见邈远萧瑟，想念故人，心中悲愁，沉吟长歌。

【原文】

东山者，实长白山也，自历城观之，故言东山。时吾友人智仲敬寓迹于兹山之左[①]，故作《东山赋》以叙相忆之意云耳。

历城之东，直望百余里，见云峰之嶕峣[②]。实曰长白，傲然今古，横绝于层霄。崖崩壁削，岚飞烟薄兮，变气候于昏朝。麇鹿游而猿鹤哀鸣兮，木无风而萧萧。念佳人兮此留，度期会兮何遥。想夫君兮安适？抑余怀之罔极。或登高而望远，亦沈吟而太息[③]。穷仙台之胜境，访黉堂之遗迹[④]。慨然长歌而悲啸，忽风惊而云析。山泉鸣兮笔雨寒，山光动兮酒波碧。发壮怀于尘世，飞妙墨于石壁。仰苍穹兮何言？抚丹心兮谁识？顿骐骥之骏足，戢鸿鹄之劲翮[⑤]。亦必能扫情而涤思，听其时而自得。望夫君兮安至？忧纷纷兮心醉。知危楼之几登？越河桥兮再四。目苍波之东注，恨白日之西坠。每当濡君之德，望君之颜兮空徘徊，把酒挹夫东山之余翠[⑥]。

（据《中庵集》卷一，清文渊阁《四库全书》本）

【注释】

①寓迹：犹寄足。暂时寄住。

②嶕峣：峻峭，高耸。《汉书·扬雄传》："泰山之高不嶕峣，则不能浡滃云而散歊烝。"颜师古注："嶕峣，高貌也。"

③沈吟：亦作"沉吟"，深思。太息：亦作"大息"。大声长叹，深深地叹息。

④黉堂：学堂；学校。

⑤骐骥：骏马。《楚辞·离骚》："乘骐骥以驰骋兮，来吾道夫先路。"戢：收敛，收藏。翮：鸟翎的茎，翎管。

⑥挹：舀，把液体盛出来。

（钟铮　注）

张　须

【作者简介】

张须，宋元之交人，至元十六年(1279)前后在世。字达善，道江(今属四川)人。从金华王柏求学。至元中，吴曼庆延至江宁学官，从其游学者甚多，称为道江先生。朝廷特命其为孔、颜、孟三氏教授，邹鲁之人，服诵遗训，久而不忘。至正中，真州守臣作三贤祠并祭张须、郝经及吴澄三人。著有经说及文集传于世，《元史》有传。

太白楼赋

【题解】

太白楼在中国现存四处：山东济宁太白楼、安徽马鞍山太白楼、安徽歙县太白楼、四川江油太白楼。从赋中"徐方""沂泗"等地名判断，此赋吟咏的乃是济宁太白楼。作者借吟咏太白楼，回想李白、贺知章等人曾畅游此处，进而抒发对前圣先贤的敬仰钦佩之情，表现自己不同流俗、高洁傲岸之情怀。

【原文】

惟凤姓之苗裔兮，爰资始于虙羲。分徐方以启土兮①，乃任国之攸基。稽成周之邦域兮②，属东鲁之封内。逮季任之处守兮，至战国而犹在。既郡县之遂置兮，仍旧号曰任城③。顾汉世之多贤兮，繄白衣之垂名④。余登楼以四望兮，慨山川之不改。溯沂泗之清泠兮，盼凫绎之杳霭⑤。伊谁架兹栋宇兮，谓太白之曾游。时贺令之称贤兮，微斯人其谁俦⑥。想劝酬之欢乐兮，恍英灵之在目。锵玉佩之陆离兮，美荷衣之被服⑦。伤孔孟之不可作兮，叹中行之莫与眷耦⑧。耕荷蒉之为伦兮[9]，庶几超绝而可语。指谪仙以相谓兮[10]，羌青眼之夙开[11]。取狂客以表名兮[12]，亦旷世之雄才。观史氏之称述兮，固莫知其志也。世溷浊而独清兮，宜高标之不可几也。托餔糟而混迹兮[13]，盖慕晋人之风流。宁泥途之曳尾兮[14]，窃自比于庄周。瞻青山之崚嶒兮[15]，观镜湖之渺漭。朝欲攀其美木兮，夕欲揽其宿莽[16]。仰浮游于太虚兮，疑篆云而乘风[17]。将驾景而凌烟兮，追高躅而奚从[18]。倚朱栏而怅望兮，天惨惨其无色。俯清流而鼓枻兮[19]，空盘桓而及侧。乱曰[20]：我思昔人神飞驰兮，古今一息胡俾我底兮，往过来续逝者如斯兮。

（据《历代赋汇》卷一〇九，清康熙四十五年内府刊本）

【注释】

①徐方：指古徐国。《诗经·大雅·常武》："徐方绎骚，震惊徐方。"高亨注："徐方，徐邦。"

②成周：古地名，即西周的东都洛邑。故址据传在今河南省洛阳市东郊。

③任城：古县名。今山东省西南部济宁地。

④白衣：古代平民服。即指平民，亦指无功名或无官职的士人。垂名：留传名声。

⑤凫绎：凫山和绎山，均在山东省邹县。杳霭：幽深渺茫貌。

⑥俦：同辈，伴侣。

⑦荷衣：传说中用荷叶制成的衣裳。亦指高人、隐士之服。《九歌·少司命》："荷衣兮蕙带，倏而来兮忽而逝。"

⑧中行：中庸德行。

⑨荷蒉：语本《论语·宪问》："子击磬于卫，有荷蒉而过孔氏之门者。曰：'有心哉，击磬乎！'既而曰：'鄙哉，硁硁乎！莫己知也，斯己而已矣。深则厉，浅则揭。'"朱熹《诗集传》："此荷蒉者亦隐士也。"后用为隐士之典。

⑩谪仙：指李白。唐孟棨《本事诗·高逸》："李太白初自蜀至京师，舍于逆旅。贺监知章闻其名，首访之。既奇其姿，复请所为文。出《蜀道难》以示之。读未竟，称叹者数四，号为'谪仙'。"

⑪青眼：指对人喜爱或器重。语出《世说新语·简傲》"嵇康与吕安善"刘孝标注引《晋百官名》："嵇喜字公穆，历扬州刺史，康兄也。阮籍遭丧，往吊之。籍能为青白眼，见凡俗之士，以白眼对之。及喜往，籍不哭，见其白眼，喜不怿而退。康闻之，乃赍酒挟琴而造之，遂相与善。"

⑫狂客：指贺知章。因其自号"四明狂客"，故称。

⑬餔糟：吃酒糟。比喻屈志从俗，随波逐流。语出《楚辞·渔父》："众人皆醉，何不餔其糟而歠其醨？"苏轼《再和》："当年曹守我胶西，共厌餔糟与汩泥。"

⑭途:污泥。比喻与其显身扬名于庙堂之上而毁身灭性,不如过贫贱的隐居生活而得逍遥全身。曳尾:典出《庄子·秋水》:"庄子持竿不顾,曰:'吾闻楚有神龟,死已三千岁矣,王巾笥而藏之庙堂之上。此龟者宁其死为留骨而贵乎?宁其生而曳尾于涂中乎?'二大夫曰:'宁生而曳尾涂中。'"

⑮崚嶒:高耸突兀。

⑯宿莽:经冬不死的草。此句语出《离骚》:"朝搴阰之木兰兮,夕揽洲之宿莽。"

⑰笨云:高耸入云。

⑱高躅:有崇高品行的人。

⑲鼓枻:划桨,泛舟。

⑳乱:古代乐曲的最后一章或辞赋末尾总括全篇要旨的部分。俾:使。

(张帆　注)

祝　尧

【作者简介】

祝尧,字君泽,上饶(今属江西)人,元仁宗延祐五年(1318)进士,曾任江山尹,无锡州同知,博学能文,著有《古赋辨体》等。

手植桧树赋

【题解】

此赋以孔子亲手所植桧树历经千载依然根深叶茂,象征孔子之儒家思想绵延不衰,赞誉元依斯道必将盛世清平开亿载之文明。

【原文】

繄孔庭之乔木兮[①],自夫子之文章。象三林以毓秀兮,开万叶以流芳。根诗书之正脉兮,表吾道之昌长。昔阙里之微言兮[②],称后凋之松柏。惟若木之柏叶松身兮,固手之而不能释。谅因材以栽培兮,在人物以如一。元气会乎其根兮,集条理而大成。日月拂乎其枝兮，揭文明而上行[3]。映尼山之正色兮，纷苍翠之曾敷。承泗波之余泽兮，润渗漉而不枯。云风欻霍而经庭兮[4]，差芳气之袭子。八音噌吰以砰磕兮，忽升堂而惊顾。凤飘飖以衔图兮，遥千载以来下。麒麟有时而出兮，或迟兹而游豫[5]。彼春秋之风雨兮，超震凌以自揭。后七雄之斩艾兮，曾不足动其一发。金石媲乎其坚刚兮，纵百秦而何焚。神左右以扶持兮，知未丧于斯文。吾闻孔坛之杏兮，配斯文以永久。何兹桧之鼎峙兮，亦兹杏之不朽。信圣人之于万物兮，无一物而不仁。苟仁心一有所寓兮，自当与天地而长春。建深根而不拔兮，矻儒家之柱石[6]。今将指天地为期兮，寿皇图于箕翼[7]。北极建杓而秉持兮，奎璧灿然而成行[8]。扶桑昭晰以警晔兮，条风发乎震方。皇览乎六艺之芳润兮，熙文运以再昌。录孔氏之孙兮，揽庭秀而不敢忘。访故家而爱其木兮，当百倍乎甘棠。命青阳使发敷兮[9]，起朱融使楙鬯[10]。戒颢收来杀兮，警神冥以孳养。谓英材之并育兮，待栋梁以为用。矧先圣之亲植兮[11]，诚有土之所重。嗟七十子而承挈提兮，各抱材而有施。何梁木之既坏兮[12]，余乃不得与兹桧而同时。幸壁藏之亡恙兮[13]，瞻墙仞以有基。托余阴以延伫兮，结芳条而遐思。衣前后之襜如兮[14]，恍洋洋而在斯。虽朽质之莫雕兮，亦求柯而为则。喜斯道之有依兮，遂游歌而不息。歌曰：桧之根兮轮囷[15]，桧之节兮嶙峋。自周及元，吾不知其几春。桧之古兮有神，桧之今兮有灵。维元继周，益将开千万亿载之文明[16]。

（据《历代赋汇》卷一一七，清康熙四十五年内府刊本）

【注释】

①繄(yì)：文言助词，用于句首。

②阙里：春秋时孔子住地。在今山东省曲阜市城内阙里街。因有两石阙，故名。

③文明：文采光明。

④欻(xū)霍：迅疾貌。

⑤游豫：指帝王出巡。春巡为游，秋巡为豫。

⑥矻：石坚貌。

⑦箕翼：二十八宿中箕宿与宿翼的并称。

⑧奎璧：二十八宿中奎宿与壁宿的并称。旧谓二宿主文运，故常用以比喻文苑。

⑨青阳：指春天。楙(mào)：同“茂”，茂盛。

⑩鬯(chàng)：通“畅”，旺盛。

⑪矧(shěn)：况且。

⑫梁木：栋梁。亦以喻能负重任的人才。

⑬壁藏：收藏在夹墙中。多指藏书。

⑭襜如：（衣服前后摆动）整齐的样子。

⑮轮囷：盘曲貌。

⑯文明：谓文治教化。

（郑宏伟　注）

吴师道

【作者简介】

吴师道（1283—1344），字正传，今浙江兰溪人。年少时因诵宋儒真德秀遗书，乃致力于理学研究。元英宗至治元年（1321）登进士第，授高邮县丞。后再迁奉议大夫。以礼部郎中致仕，终于家。享年六十二岁。著有《礼部集》二十卷。

望峄山赋

【题解】

此赋以孟氏故里峄山之气貌喻孟子伟特浩然之气，并借以抒己“有怀而不见”，“欲语其谁同”之情。

【原文】

友人黄君晋卿，向尝为予言邹县之境，东望峄山，峭然孤起，孟子实生于是，可想见其人焉。予过其地，睇瞻兴怀，信斯言之有征，因赋以道之。其词曰：

济重江而北征兮，漫千里之平陆。过邾娄之故墟兮①，极东乡以骋目。群山委蛇而奔凑兮②，青遥遥其相属③。崒峻峰之孤起兮，俨雄踞而特尊。绝浮云而上出兮，俯培塿其无邻。曰兹惟东鲁之峄山兮，实岱宗之陪辅。杳日观其犹未觌兮④，乃独快兹先睹。表积石之嶙峋兮，却朽壤而弗附。势络绎而绵延兮，宜著名于终古。惜行迈之靡靡兮，盼辽邈而不可登。披图牒而考稽兮⑤，嘉诗书之所称。神禹定其职贡兮，繄孤桐之挺植。鲁侯荒于大东兮，遂保有以为域。彼祖龙其何知兮[⑥]，穷万里之辙迹。升遐巅而颂功兮，斯献谀而助贼。咸阳既已飞灰兮，野火宜不赦夫顽石。侈心忽其安在兮，惟树德之罔极[⑦]。吾独羡夫山川之精英兮，微圣贤其孰当。伟孟氏之特起兮，在战国而堂堂。气浩然而刚大兮，压后土而蟠穹苍。虽拟圣之有迹兮，邈余子其奚敢望。屹兹山之犹故兮，信并立而俱长。微予友之昔言兮，羌有怀而不见。怅欲语其谁同兮，徒激昂而增叹。

峄山一名邾峄山，亦名邹山。（邾后改邹，故山从邑变）《史记正义》引《括地》云：在兖州邹县南二十二里。《邹山记》云：邹山，古之峄山。言络绎相属也。今犹多桐树。然则诗凫绎之绎，书之峄阳，同此山也。书《蔡传地志》云：东海郡下邳县，西有葛峄山。古文以为峄山，下邳，今淮阳军下邳县。此据郑氏说。按此，则徐有两峄，窃恐邹峄为是也。

（据《礼部集》卷一，清文渊阁《四库全书》本）

【注释】

①邾(zhū)娄：邾国，春秋时诸侯国名。

②委蛇：绵延屈曲貌。奔凑：集聚，会合。

③相属：相连接；相继。

④觌(dí)：相见。

⑤图牒：图籍，表册。

⑥祖龙：指秦始皇。

⑦罔极：无穷尽。

（郑宏伟　注）

杨维桢

【作者简介】

杨维桢(1296—1370)，字廉夫，号铁崖，浙江诸暨人。少好学，善读书，进士及第后授天台县尹，后改任钱清场盐司令，因性情耿直多触犯别人，十年未升迁，一度以卖文授徒为生。明初应诏至京师修礼乐书，因病辞归而卒，终年七十五岁。元末明初四十余年里，实为文坛盟主，自称“铁雅派”，诗名“铁崖体”。

封禅赋

【题解】

此赋追溯至三皇五帝之时，采用设问之手法，证之以历史事实，斥封禅之不经，赞许懋辟众邪能直笔，实为可资之鉴。

【原文】

噫吁嘻，封禅何始也。五三无其宪[①]，其秦汉之侈心乎？六籍无其载，其纬书之诐淫乎[②]？由人主之好名，纷佞臣之逢欲。故劳民而张费，贻一时之惨毒。崇封降禅，其祀兮何志？泥金涂玉，其秘兮何辞？上不足以格皇穹[③]，下不足以福蒸黎，不过夸诩功德，而为长生不死之祈者乎？昔重华之巡守，至于岱宗之下，尝燔柴以告至[④]。岂五色之封土[⑤]，惟昧者之罔觉。凿钩命之簧鼓，证礼器之升中[⑥]。封泰山而禅梁父，遂一趋而问惑妄[⑦]。殊流之原祖，登分丘而禨石，谓卒业之有取[⑧]。然而立名纪功，何二叶而亡羊[⑨]。致海内之虚耗，亦封峦之启行[⑩]。或巨迹与三呼[⑪]，受面罔于聋盲。世祖拒群臣之请，亦先代之惩羹。何谶文之重蔽，遽转石而纷更[⑫]。彼有后元之主，分独守其俭节。天监之君，聆嘉谟而遽辍[⑬]。迨贞观之采议，德太微之警孛[⑭]。何开元之旋踵[⑮]，又天人之敢咈。噫吁嘻，考封禅之不经兮，信非三代圣王之对越。孰能阐正经之通议，灭纬书之曲说。嫉邪如魏公，尚以其时为未可。达道如昌黎，犹纵其君之蹈辙。痛草仪于身后，纷相尤于佞舌。夫郊上玄于圆丘[⑯]，祀申仪于方泽[⑰]。遍灵祇于四望，有山川与乔岳。躬秉精以端诚，侈天子之礼乐。兹祀典之所昭，马皇皇其更索[⑱]。自伯者夸大，管氏犹不能以格非[⑲]。七十二君之无稽，又焉用夫诞为。尚论古人，独一许懋之建议，辟众邪于直笔。其曰圣主不封禅，而凡主之不应兮。岂非百代之元龟[⑳]，而足以箴时君之痼疾。

（据清劳权家抄本《铁崖赋稿》卷上）

【注释】

①五三：五帝三王。

②纬书：汉代依托儒家经义宣扬符箓瑞应占验之书。相对于经书，故称。诐淫：佞辞淫说。

③格皇穹：感通皇天。

④燔柴：古代祭天仪式。将玉帛、牺牲等置于积柴上而焚之。

⑤五色：青、赤、白、黑、黄五种颜色。古代以此五者为正色。

⑥簧鼓：用动听的言语迷惑人。升中：古帝王祭天上告成功。

⑦惑妄：迷于邪说。

⑧卒业：完成未竟的事业或工作。

⑨二叶：两世，两代。

⑩封峦：封禅。

⑪巨迹：神话传说中巨人的足迹。

⑫谶文：具有预示性质的图箓或文字。纷更：变乱更易。

⑬嘉谟：犹嘉谋。

⑭孛(bèi)：古书上指光芒强盛的彗星。

⑮旋踵：掉转脚跟。形容时间短促。南朝梁沈约《七贤论》："受祸之速，过于旋踵。"

⑯ 圆丘：古代祭天的圆形高坛。

⑰方泽：方丘。古代夏至祭地祇的方坛。因为坛设于泽中，故称。

⑱皇皇：美盛貌；庄肃貌。

⑲格非：纠正错误。语出《尚书·冏命》："绳愆纠谬，格其非心。"

⑳元龟：比喻可资借鉴的往事。

（郑宏伟　注）

汪克宽

【作者简介】

汪克宽(1304—1372)，字德一，祁门(今属安徽)人，会试以答策切直见黜。弃科举业，尽力于经学，学者称环谷先生。明初，参与修《元史》。书成，却以老病辞官归家，终年六十九岁。有《环谷集》八卷。

夫子之墙赋

【题解】

此赋写敏学主人与博古先生游孔子故里，通过主客问答的形式，围绕“夫子之墙”进行思想对话，从“喟然而叹”到“展然而笑”明“物理之不齐，亶巨纤之异宜”之理，最终释然。

【原文】

敏学主人与博古先生游于尼山之麓，曲阜之墟。造孔林之阙里，瞻玄圣之攸居①。楩楠连云而荟郁，桧柏参天而扶疏②。跸亭嵯峨而倚空，杏坛甃甓而荒芜③。列横序之层构，峙巨殿之中峀。屹崇门之突兀，缭周垣之回纡。主人喟然而叹曰：端木子所谓数仞之墙，其在兹乎？吾子衣蹁跹之逢掖，冠崔嵬之章甫④。涂抹丹铅⑤，摹写今古。行式渊骞，言称求路。盍为我抽思逞辞，饬章绘句，铺张弘丽之规，缘饰高广之度。极词人之炫耀，亟援笔而为赋。先生曰：嘻，夫子之墙，岂今之所谓墙哉？粤自二龙绕室，五星降庭⑥。萃大块之清淑，会元气之晶英。缵圣神之华胄⑦，集条理之大成。拓天下之广居⑧，开异代之文明。夫是以覆泰宇以为榈，立人极以为柱⑨。存至诚而为基，凝至道以为土。文章为之华饰，德业为之培累，贯一理以为桢⑩，崇万善而为堵。仁义中正乃其板载之方，诗书礼乐乃其畚插之具⑪。不思不勉，初何事于经营；弥高弥坚，又奚烦于削镂。悠久无疆，乃斯墙巩固之迹；博厚配地，乃斯墙延袤之数。盖非有冯冯之声，俾人得而闻；又非有薨薨之形，俾人得而睹。子舆守约而独诣，复圣瞻前而无方。卫赣及肩之浅室，仲由驻足而升堂。彼州仇之何人，固无惑乎不足以窥圣域之渺茫⑫。主人展然而笑曰：繄尼父之诲人，若太虚之时雨。示后进之表仪，固无行而不与。夫岂强蔽于垣墉，岌岌乎城堞之扞御⑬。使升高而无阶，漫颙颙而延伫。先生曰：非也，夫物理之不齐，亶巨纤之异宜。凡藏蓄之广博，必高深而难窥。倘其中之狭隘，外卑薄以奚疑。苟处下而视高，曾何异乎斥鷃笑大鹏于藩篱。主人于是与客蹑高躔，眺清赏；辟重扃，披宿莽。历石级而步趋，睇宫庭之峻广。扣玲珑之绮疏，拜蒙倛之遗像。览碑碣之籀文，聆丝竹之绝响。爰从容而咏归，挹清风之萧爽。

（据《环谷集》卷一，清文渊阁《四库全书》本）

【注释】

①玄圣:指有大德而无爵位的圣人。

② 楩(pián)楠:黄楩木与楠木。皆大木。扶疏:枝叶繁茂分披貌。

③ 甃(zhòu)甓(pì):指砖壁。

④ 逢掖:宽大的衣袖。章甫:商代的一种冠。

⑤ 丹铅:指点勘书籍用的朱砂和铅粉。亦借指校订之事。

⑥ 二龙绕室,五星降庭:指孔子降生。典出东晋王嘉《拾遗记》卷三《周灵王》条。

⑦华胄:指显贵者的后代。

⑧广居:宽大的住所。儒家用以喻仁。

⑨泰宇:犹天下。人极:纲纪,纲常。社会的准则。

⑩桢:古代打土墙时所立的木柱,泛指支柱。

⑪畚插:泛指挖运泥土的用具。亦借指土建之事。

⑫圣域:犹言圣人的境界。

⑬扞御:防卫;抵御。扞,同"捍"。

(郑宏伟　注)

梁思立

岱宗赋

【题解】

此赋先言岱宗成为五岳之雄长、众山之宗主的缘由,又以夸张之手法描摹作者乘泠然高风遍览岱宗奇景的神奇感受,最后通过对秦碑、汉石的感叹,称誉圣皇重文教轻封禅之举。

【原文】

巍乎高哉,岱宗之为山也。邈峻极兮齐天,兀巉岩而撑柱。镇坤维而独雄,奠鳌极而永固①。蔽亏日月之光,欻翕英灵之聚②。壮蕃屏于徐方③,表瞻望于齐鲁。

据中原而至尊，钟神秀于太古。擅万物交代之雄，为帝王柴望之所[4]。故屹然居五岳之雄长，巍然为众山之宗主也。尔其高厚磅礴，绵亘杳邈。巍巍岩岩，嵯峨超卓。耸天柱之高擎，划巨灵之乍擘[5]。峰峦献奇，神剜鬼削。翠输碧凑，隐显交错。低聊凫绎之玲珑，下视龟蒙之岝崿。俯东山之培塿，若儿孙之罗列。割阴阳于昏晓，轶云雨于寥廓。摩青冥而直上，超鸿蒙而埃壒。予尝驭泠然之高风，梯青云而奋力。东据日观之颠，西挹华峰之碧。南瞻衡岳之遥，北睇常山之逸。亘黄河之如带，俯九州之历历[6]。眼高四海，神怡心逸。俯汉柏之偃蹇，仰秦松之孤直。遨游接息，遍览奇迹。下有洞天之深邃，上有天门之高出。隔仙凡于几尘，近九重于咫尺。赫鲸波之夜红[7]，见扶桑之初日。沂银潢之滉漾[8]，接北斗而酌挹。茫茫乎不知其何之，飘飘乎遗世而独立。于是扪萝陟降，远缆旁索。辨秦碑之遗篆，模汉石之遗刻。炫封禅之盛事，侈铭功而颂德。金书玉检，封椷谁议[9]。叹当时之遗谩，诒诮于今日[10]。夫何封禅之书仪不见于唐虞之时，而柴望之礼纪载于典谟之册。知巡狩为圣代之盛典，封禅徒荒唐而无益。故时迈之歌永播于周颂之什[11]，秦汉之文虚沦于剥落之石。是知秦皇汉武之封禅适足为泰山之羞，唐虞之肆覲诚足为万代之式也。方今圣皇御世，德迈唐虞。望秩之礼远追乎尧舜，时巡之迹行汲乎徐方，鄙封禅而不论，蔼文教之洋洋[12]。壮基图于磐石。俾泰山巍然永镇乎亿万年之封疆。

（据宛委别藏本《青云梯》卷下）

【注释】

①坤维：指西南方。因《周易·坤》有“西南得朋”之语，故以坤指西南。鳌极：神话传说中指女娲断鳌足所立的四极天柱。

②欻(xū)翕：迅疾貌。

③蕃屏：护卫。蕃，通“藩”。徐方：指古徐国。

④柴望：古代两种祭礼。柴，谓烧柴祭天。望，谓祭国中山川。亦泛指祭祀。

⑤巨灵：神话传说中劈开华山的河神。

⑥历历：清晰貌。

⑦鲸波：犹言惊涛骇浪。

⑧银潢：天河，银河。

⑨椷(jiān)：箱子一类的器具。

⑩诒诮：让人笑话；留下笑柄。

⑪时迈：按时巡行。

⑫望秩：谓按等级望祭山川。文教：指礼乐法度；文章教化。

（郑宏伟　注）

程明远

【作者简介】

程明远(1311—1398),字用晦,号南山清隐。安徽休宁人,少聪慧,过目成诵。拜朱枫林为师,通经博古,服膺朱子。明初征辟不起。一生著述颇多,其作多散佚,今存《清隐遗稿》六卷。事见《清隐遗稿》序及汪回所撰之《明故清隐程先生墓铭》。

浴沂赋

【题解】

程明远服膺程朱理学,在此赋中有鲜明的体现。作者以《论语》中的《侍坐》篇篇旨和自身的感想为主线写出此赋,语言平实舒缓、从容不迫,正与理学中人所追求的平淡和乐境界一致。此赋没有呆板生硬的理学迂腐气息,而是巧妙地将自我胸襟气度、人生理想和理学境界结合起来,兼具语言的优美宛转和思想的深邃理致。

【原文】

余尝访陈而遐览兮[1],亘海宇而周流[2]。思东鲁之形胜兮[3],爰以遂夫斯游[4]。向城南以散策兮[5],玩沂水之悠悠[6]。□煦和至丽景兮[7],诞乐事之愉愉[8]。羌感今而思古兮[9],究浴沂之因由[10]。伟宣圣之道化兮[11],会英游与同俦[12]。假容色以怡怡兮[13],盎和气之浮浮[14]。降大德而自谦兮,相尔汝而问酬[15]。将以诱其尽言兮,于以观其志谋[16]。彼三子之言志兮[17],汩人欲而有求[18]。懿曾点之一言兮[19],特气象之不侔[20]。宜夫子有吾与之称兮,喟然叹其独优[21]。想夫当斯时也,侍函丈而云联兮,纷众言之蜂起[22]。当舍瑟而间歇兮[23],忽遐思而远企[24]。神恍惚其天随兮,心有契乎妙旨[25]。志超卓而独诣兮[26],言必合乎天理[27]。私欲净尽于吾心兮[28],至公存乎一己[29]。衣自凉于无风兮[30],身自洁而非水。浴予德于圣泽之深兮[31],澡余心与圣囦之涘[32]。迥然脱夫污浊兮[33]，澄然消其尘滓[34]。沿其流兮，浩浩乎广如天津。测其深兮，茫茫乎儗于蒙汜[35]。曰斯浴之非时兮，疑温泉之在是[36]。嗟浴沂之兴趣兮[37]，因以见夫天真[38]。之趣何深而不訾兮[39]，兴何浩其无垠[40]。鱼自乐而跃渊兮，鸢自飞而戾天。瓢在树而自调兮，物无言而自春[41]。礼云得之于无体兮，乐云不鸣之大钧[42]。拉许由以洗耳兮[43]，将远屏夫幻尘[44]。招灵均以濯缨兮[45]，抑何假乎江之滨[46]。道有体兮在吾身，乐有要洗忘其贫。将游泳于洙泗之上兮，南之泝乎江之汶。浴沂沂沂兮，沛圣泽之澄渊[47]。溉源头之活水兮，沁余心以时化。与盘铭之谟训兮[48]，并阳德之日新。

（据《历代辞赋总汇·明代卷》第六册）

【注释】

①陈：春秋诸侯国名，在今河南淮阳及安徽亳州一带。《史记·陈杞世家》载："陈胡公满者，虞帝舜之后也……至于周武王克殷纣，乃复求舜后，得妫满，封之于陈，以奉帝舜祀，是为胡公。"遐览：往远方访察游览。晋傅咸《小语赋》："折薛足以为棹，舫粒糠而为舟，将远游以遐览，越蝉溺以横浮。"

②海宇：犹海内、宇内，谓国境以内之地。《梁书·武帝纪》："浃海宇以驰风，罄轮裳而禀朔。"周流：四处游走。《离骚》："览相观于四极兮，周流乎天余乃下。"

③东鲁：原指春秋鲁国，后指鲁地，相当于今山东省兖州及曲阜一带。李白《寄东鲁二稚子》："我家寄东鲁，谁种龟阴田。"形胜：山川壮美。高适《观宓子贱神祠碑》诗："形胜驻群目，坚贞指苍穹。"

④爰（yuán）：于是，就。张衡《思玄赋》："将答赋而不暇兮，爰整驾而亟行。"

⑤城南：鲁国故城南，今在山东曲阜。散策：拄杖散步。杜甫《郑典设自施州归》："北风吹瘴疠，羸老思散策。"

⑥沂（yí）水：又名沂河，在今山东曲阜南。郦道元《水经注·沂水》载："沂水出泰山盖县艾山，南过琅琊临沂县东，又南过开阳县东。又东过巷贲县东，屈从县南，西流，又屈南过郯县西。又南过良城县西，又南过下邳县西，南入于泗。"

⑦□，原字日旁，右边欠清晰，似是时字。丽景：美景。南朝齐谢朓《三日侍宴曲水代人应诏（其四）》："丽景则春，仪方在震。"

⑧乐事：欢乐的事。谢灵运《拟魏太子邺中集诗序》："天下良辰、美景、赏心、乐事，四者难并。"愉愉：心情舒畅。张衡《东京赋》："我有嘉宾，其乐愉愉。"

⑨羌：助词，用在句首，无义。《离骚》："羌内恕己以量人兮，各兴心而嫉妒。"

⑩浴沂：在沂水洗澡。此水因有温泉流入，暮春时即可入浴。《论语·先进》："暮春者，春服既成，冠者五六人，童子六七人，浴乎沂，风乎舞雩，咏而归。"

⑪宣圣：孔子。汉平帝元始元年(1)谥孔子为褒成宣公，此后历代王朝皆尊孔子为圣人，故诗文中多称之为"宣圣"。道化：以儒家伦理原则教化。《南齐书·皇后传·和帝王皇传论》载："后妃之德，著自风谣，义起闺房，而道化天下。"

⑫英游：英俊有才智之人。范仲淹《杨文公写真赞》："当时台阁英游，盖多出于师门矣。"同俦：旧时称同朝或同官署做官的人。曹植《节游赋》："命友生，携同俦。诵风人之所叹，遂驾言而出游。"此处指子路、曾皙、冉有、公西华侍坐。

⑬容色：容貌神色。《论语·乡党》："享礼有容色，私觌愉愉如也。"怡怡：和顺貌。《论语·子路》："切切偲偲，怡怡如也，可谓士矣。"

⑭盎：洋溢。《孟子·尽心上》："其生色也睟然，见于面，盎于背。"和气：和睦融洽。陈师道《南柯子·贺彭舍人黄堂成》："万家和气贺初成，人在笙歌声里暗生春。"浮浮：流动貌。《九章·抽思》："悲秋风之动容兮，何回极之浮浮。"此二句意为弟子们陪孔子闲谈时轻松自由、和谐融洽的气氛。

⑮《论语·先进》：子曰："以吾一日长乎尔，毋吾以也。居则曰：'不吾知也。'如或知尔，则何以哉？"

⑯此二句意为孔子循循善诱，从弟子回答中了解他们的志向。

⑰《论语·先进》："子路率尔而对曰：'千乘之国，摄乎大国之间，加之以师旅，因之以饥馑；由也为之，比及三年，可使有勇，且知方也。'"又子求曰："方六七十，如五六十，求也为之，比及三年，可使足民。如其礼乐，以俟君子。"又赤曰："非曰能之，愿学焉。宗庙之事，如会同，端章甫，愿为小相焉。"由，子路。子求，冉有。赤，公西华。

⑱汩(gǔ)：发出，说出。

⑲懿：赞美。班固《幽通赋》："懿前烈之纯淑兮，穷与达其必济。"曾点：曾皙。《论语·先进》："(子曰：)'点，尔何如？'鼓瑟希，铿尔，舍瑟而作，对曰：'异乎三子者之撰。'子曰：'何伤乎？亦各言其志也。'曰：'莫春者，春服既成，冠者五六人，童子六七人，浴乎沂，风乎舞雩，咏而归。'夫子喟然叹曰：'吾与点也。'"

⑳气象：《四书集注》朱熹引程子曰："孔子与点，盖与圣人之志同，便是尧

舜气象也。”不侔：不等同。《后汉书·荀彧传》载：“海内未喻其状，所受不侔其功。”子路、冉求、公西华志向虽不同，但均直言从政。而曾皙不讲从政；而是刻画一个师生暮春郊游的盛世图景，表达出在儒家思想教化下的天下大同、和乐融融之景。曾皙的精神境界远高于其他三位弟子，孔子对此很满意。

㉑喟然：感叹、叹息貌。《礼记·礼运》：“昔者仲尼与于蜡宾，事毕，出游于观之上，喟然而叹。”《论语·先进》载：“夫子喟然叹曰：‘吾与点也！’”此二句意为孔子称赞曾皙之言。

㉒函丈：对前辈学者或老师的敬称。明徐渭《答龙溪师书》：“冒妄之深，伏希函丈裁之。”众言：犹群言，亦指一般人的言论。《左传·定公十年》载：“驷赤谓侯犯曰：‘众言异矣。’”

㉓《论语·先进》载：“(曾皙)鼓瑟希，铿尔，舍瑟而作。”《诗经·山有枢》云：“子有酒食，何不日鼓瑟。”

㉔遐思：悠远地思索或想象。唐韩偓《香奁集序》：“遐思宫体未降，称庾信攻文，却诮《玉台》，何必倩徐陵作序。”

㉕契：合，投合。苏轼《上神宗皇帝书》：“以先主君臣之契，尚复虑此，而况其他乎！”妙旨：精微幽深的旨意。《梁书·沈约传》载：“穷其妙旨，自谓入神之作。”此二句意为曾皙灵感恍然如从天而降，心中所想之言与孔子妙旨契合。

㉖超卓：高超卓越。陶渊明《晋故征西大将军长史孟府君传》：“文辞超卓，四座叹之。”独诣：指学养上的独到之处。诣，学业、技艺等所达到的程度。明李东阳《送乔生宇归乐平》：“微言析毫芒，独诣超畛域。”

㉗天理：天道，自然法则，此处指宋明理学中居于哲学本原地位的道德本体。

㉘《朱子语类》：“做到私欲净尽，天理流行，便是仁。”

㉙公：宋明理学用语，与“私欲”相对。周敦颐《通书》：“无欲则静虚动直。静虚则明，明则通，动直则公，公则溥。”王夫之《思问录·内篇》：“私欲净尽，天理流行，则公矣。”

㉚欧阳修《送朱生》：“植桂比芳操，佩兰思洁身。何必濯于水，本无缨上尘。”此二句言曾皙品德高洁。

㉛泽：水聚汇处。《尚书·禹贡》：“九川涤源，九泽既陂。”

㉜囦，古同“渊”，深潭。《诗经·鹤鸣》云：“鱼潜在渊，或在于渚。”此二句将《论语》中的《侍坐》篇看作教化与启迪后世学者的圣学渊泽。

㉝迥然：卓越不群貌。岑参《虢中酬陕西甄判官赠》：“夫子廊庙器，迥然青冥姿。”

㉞澄然：干净的样子。尘滓：喻污秽的事物。南朝梁陶弘景《周氏冥通记》卷二："太霞郁紫盖，景风飘羽轮；直造尘滓际，万秽浇我身。"以上四句意为沂水可洗去身上的污浊物，喻修德去浊。

㉟儗，古通"拟"，比拟。蒙汜：古代神话中所指日落之处。《楚辞·天问》："出自汤谷，次于蒙汜；自明及晦，所行几里？"以上四句意为沂河宽广水深。

㊱董仲舒《雨雹对》："水极阴而有温泉，火至阳而有凉焰。"浴沂的时间是暮春，言"非时"则说明不是暮春的时候沐浴，但因有温泉水，所以觉得适宜。

㊲兴趣：兴致，情韵。杜甫《西枝村寻置草堂地(其二)》："从来支许游，兴趣江湖迥。"

㊳天真：指天机真意，宋明理学中常以"天真"来指称万事万物背后的本原性依据。

㊴訾，古同"恣"，恣纵，狂放。陆游《冬夜读书》："归来稽山下，烂漫恣探讨。"

㊵无垠：无边际。《楚辞·远游》："道可受兮而不可传，其小无内兮其大无垠。"以上四句意为作者因浴沂中可得窥见天理之至乐，所以沐浴，兴致深远。

㊶瓢：葫芦。《周礼·春官·鬯人》："禜门用瓢赍。"此二句意为葫芦到了冬天就凋落，草木花朵到了春天就充满生机，言万物都随着时节变化。

㊷《礼记·孔子闲居》："孔子曰：'无声之乐，无体之礼，无服之丧，此之谓三无。'"孔颖达疏："此三者，皆谓行之在心，外无形状，故称无也。"大钧：天，自然。此处指乐是源于无具象音声的自然本真。

㊸蔡邕《琴操·河间杂歌·箕山操》："许由以清节闻于尧。尧大其志，乃遣使以符玺，禅为天子。于是许由喟然叹曰：'匹夫结志，固如盘石，采山饮河，所以养性，非以求禄位也；放发优游，所以安己不惧，非以贪天下也。'使者还，以状报尧，尧知由不可动，亦已矣。于是许由以使者言为不善，乃临河洗耳。樊坚见由方洗耳，问之：'耳有何垢乎？'由曰：'无垢，闻恶语耳。'坚曰：'何等语者？'由曰：'尧聘吾为天子。'坚曰：'尊位，何为恶之？'由曰：'吾志在青云，何乃劣为九州伍长乎？'于是樊坚方且饮牛，闻其言而去，耻饮于下流。"

㊹幻尘：虚幻的尘世。《圆觉经》："幻身灭故，幻心亦灭；幻心灭故，幻尘亦灭。"

㊺灵均：屈原之字。《楚辞·离骚》："名余曰正则兮，字余曰灵均。"濯(zhuó)缨：《楚辞·渔父》："乃歌曰：'沧浪之水清兮，可以濯吾缨；沧浪之水浊兮，可以濯吾足。'"

㊻江之滨：屈原与渔父对话的地方。指王逸《楚辞章句》："屈原放逐，在江、湘之间，忧愁叹吟，仪容变易。而渔父避世隐身，钓鱼江滨，欣然自乐。"此二句

意为请屈原来沂水洗濯冠缨，不必依渔父所言在沅江水边洗濯，表示在沂水沐浴亦可陶冶情志。

㊼沛：盛大貌，充足貌。《庄子·天地》："君子明于此十者，则韬乎其事心之大也，沛乎其为万物逝也。"

㊽盘铭：古代刻在盥洗盘器上的劝诫文辞。《旧唐书·杜希全传》载："殷有盘铭，周有欹器，或诫以辞，或警以事。"谟训：谋略和训诲。《尚书·胤征》："圣有谟训，明征定保。"

（赵骥　注）

陈　琏

【作者简介】

陈琏（1370—1454），字廷器，号琴轩，东莞人。从其邑人黄绩学习书经，洪武二十三年庚午（1390）乡荐为桂林府教授，建文三年（1401）升国子助教。永乐元年（1403）除许州知州，永乐三年（1406）改滁州知州，永乐七年（1409）升扬州知府，永乐二十二年（1424）任南京通政使。宣德元年（1426）掌南京国子监事，正统元年（1436）复调南京礼部左侍郎，明正统六年（1441）辞官归故，明景泰五年（1454）病逝，年八十五岁。陈琏文采出众，一生著述颇丰，著有《琴轩集》《归田稿》《罗浮志》《永阳志》等；藏书甚富，家有"万卷堂"。滁州人将他与欧阳修、王禹偁合为"三贤祠"，东莞县令吴中将他与李用、李春叟合祀为"三贤祠"。

登泰山赋

【题解】

此赋以游客登山之视角来展开对泰山的描写，是一篇吊古赋。赋的开篇将泰山与东蒙、徂徕、梁父、长白等齐州九点进行对比，突出泰山之巍峨，进而引出泰山的神圣"七十二君封禅之山""三千余里鬼神之宅"。紧接着跟随作者的观光视角想象，览泰山之遗迹，游泰山之仙境。最后望旧迹，回想泰山荣耀之时，抒发出"时有盛衰，运有隆替"的感慨。

【原文】

巍乎高哉，岱宗之为山也[①]。嵚岑磅礴，峻极高崇[②]。为齐鲁之巨镇，奠后土之庞鸿[③]。盖清淑之气，至此凝而不散，阖辟之机，由此蕴而无穷[④]。此其纪名载籍，为群山之宗者乎[⑤]。宜乎广也无朋，高也无匹[⑥]。东蒙逊其森秀，徂徕让其纡郁[⑦]。夹以梁父，辅以长白[⑧]。巍巍之高，四万余尺。齐州九点，视犹蚁蛭[⑨]。阴阳镠辐，日月出没。烟霞岚霭，吞吐郁勃[⑩]。神奇灵异，变化莫测。揆耳目之听观，曾不究其万一[⑪]。所以表七十二君封禅之坛[⑫]，为三千余里鬼神之宅也。时予典司桂籍，旋旆瑶京[⑬]。行寻洙泗，思访祖庭[⑭]。招白云而径进，乘飙轮而迅征[⑮]。既载临于社首，遂弭节乎岩扃[⑯]。于焉披榛莽，陟峥嵘，虽一冒于垂堂，偿夙愿于平生[⑰]。信飞步之自然，履崄巇而如平[⑱]。喜上跻于天门，纷鸾鹤之来迎[⑲]。遂登绝顶，以纵大观[⑳]。东临日观之峰，西陟月华之峦[㉑]。肃瞻岱宗之主，行寻封禅之坛。玉牒何在，金泥已干[㉒]。望仙山兮延伫，抚秦松兮盘桓[㉓]。振尘衣兮岩际[㉔]，舒长啸兮云端。维时季秋，金风始肃[㉕]。天风号寒，响振林木。倏阳光之熹微，渐华星之烨煜[㉖]。嬉游已契乎夙心，栖息喜安乎幽独[㉗]。爰假榻于洞房，喜清梦之方熟[㉘]。俨群真之下临，来麾幢之联属[㉙]。参以青鸾，导以白鹿[㉚]。招我乎琼台，宴我乎瑶屋[㉛]。擘麟脯以荐霞觞，歌洞章而鸣丝竹[㉜]。从而遗以玄圃之芝，赠以昆仑之玉[㉝]。语以象外之言，授以长生之箓[㉞]。嘉会未终，归兴何速[㉟]。倏焉璧月西流，天鸡咿喔，琪林飞鸟，玉关控鹤[㊱]。怅仙驭之迢迢，梦蘧蘧而如觉[㊲]。是知仙可遇而不可求，道可悟而不可学。孰能违正理，越天常，而超冥漠也耶[㊳]。爰念岱宗，钟灵厚地[㊴]。望祭之名，始于虞氏[㊵]。历代因之，礼有常祀[㊶]。夫何封禅之名，盛于秦汉诸帝。瑑珪璧之有光，纷坛墠之有制[㊷]。玉检金书，期存永世[㊸]。岂知时有盛衰，运有隆替[㊹]。睹遗迹之荒凉，悼流光之易逝[㊺]。坛壝荒兮绿草积，碑碣老兮紫苔翳[㊻]。因登山兮吊古，增予心兮歔欷[㊼]。

（据聚德堂本《琴轩集》卷一）

【注释】

①岱宗：泰山，为五岳之首。《汉书·郊祀志上》："岱宗，泰山也。"《汉书·五行志中之下》："泰山，岱宗，五岳之长。"

②嵚岑：亦作"嵚崟"，山势高峻的样子。屈原《楚辞·招隐士》："嵚岑碕礒兮山。"洪兴祖补注："嵚岑，山高险也。"磅礴：广大无边的样子。峻：山险貌。屈原《楚辞·涉江》："山峻高以蔽日兮。"

③巨：大。镇：重要或险要的地方。奠：稳固地安置。后土：土地或地神。

《礼记·月令》:“其帝皇帝,其神后土。”庞鸿:高大貌。王延寿《鲁灵光殿赋》:“乱曰:彤彤灵宫,岿靠穹崇,纷庞鸿兮。”李善注:“皆高大之貌。”

④盖:大概。清淑:清和。范成大《邵阳口路粗恶,积雨余泞难行》:“不知清淑气,果复曾郁积。”阖:闭。辟:开。蕴:积聚,蓄藏,包含。

⑤纪、载:记载,记录。宗:尊奉,尊崇。

⑥宜乎:宜,应当,这里与“乎”字连用,有“当然”的意思。乎,用在形容词、动词、副词的后面,表示事物或动作的状态,同“然”。匹:匹配。

⑦东蒙、徂徕:山名。东蒙,即蒙山,亦称东山,是泰沂山脉系的一个分支。徂徕,位于泰山东南。《水经注集释订讹》:“汶水又西南,流径徂徕山西。”郦道元注:“在泰安府东南四十里。”逊、让:不及。森秀:清秀。纡郁:深远曲折的样子。王延寿《鲁灵光殿赋》:“屹山峙以纡郁,隆崛岉乎青云。”

⑧梁父、长白:山名。梁父,又作“梁甫”,泰山南面的一座山。张衡《四愁诗》:“一思曰:我所思兮在太山,欲往从之梁父艰。”李善注:“梁父,太山下小山也。”长白,位于山东长山县西三十里。《抱朴子》:“长白乃泰山之副岳。”

⑨齐州:指鲁,今山东。九点:指围绕在泰山周围的小山,如东蒙、徂徕、梁父和长白等。蚁蛭:蚂蚁和水蛭。借指泰山周围的小山。

⑩烟霞:烟雾和云霞。岚霭:山间雾气和云气。郁勃:旺盛貌。

⑪揆:揣测。曾:竟,还。究:探求。万一:形容极微小,这里指泰山变幻莫测不易使人捉摸。

⑫七十二君:指上古到泰山封禅的七十二君主。班固《典引》:“作者七十有四人。”李善注:“古封禅者七十二君,今又加之二汉。”封禅:一种表示君王受命于天的典礼。封是祭天,禅是祭地。第一个举行封禅典礼的是秦始皇,他在泰山祭天,在梁父祭地。《史记·秦始皇本纪》:“二十八年,始皇东行郡县,上邹峄山。立石,与鲁诸儒生议,刻石颂秦德,议封禅望祭山川之事。”

⑬予:我。典司:主管。《春秋左传》:“先君桓公命我先人典司宗祐。”桂籍:科举考试登第人员的名籍。旋旆:凯旋。《后汉书·窦融传》附《窦宪传》:“于是域灭区单,反旆而旋。”旆,古同“旌”,旗子。瑶京:玉京,指帝都。

⑭行寻:寻察,寻访。洙泗:洙水和泗水。古时二水自今山东省泗水县北合流而下,至曲阜北,又分为二水,洙水在北,泗水在南。《礼记·檀弓上》:“吾与女事夫子于洙泗之间。”郑玄注:“洙泗,鲁水名。”祖庭:本指送殡前举行的祭奠,这里指帝王举行典礼的地方。

⑮径:径直。飙:疾风。迅征:急行。孙绰《游天台山赋》:“济楢溪而直进,落五界而迅征。”吕向注:“言济此险阻,经峻道而疾行也。”

⑯社首:山名,在山东省泰安市西南,上有社首坛。因周成王封禅得名。

《管子》:“周成王封泰山,禅社首。”遂:于是。弭节:指停车。《离骚》:“抑志而弭节兮,神高驰之邈邈。”岩扃:山洞的门。

⑰榛莽:丛杂的草木。陟:登。《说文》:“陟,登也。”峥嵘:山势高峻突出貌。班固《西京赋》:“于是灵草冬荣,神木丛生,岩峻崷崒,金石峥嵘。”李善注引郭璞《方言注》:“峥嵘,高峻也。”垂堂:靠近堂屋檐下。因檐瓦坠落可能伤人,故以喻危险的境地。这里指泰山险峻。《汉书·爰盎传》:“千金之子不垂堂,百金之子不骑衡。”颜师古注:“垂堂,谓坐堂外边,恐坠堕也。”偿:满足。

⑱信:依靠,凭借。飞步:快步,疾步。履:走。崄巇:险峻崎岖。嵇康《琴赋》:“丹崖崄巇,青壁万寻。”吕良注:“崄巇,倾侧貌也。”

⑲上跻:亦作“上隮”,上升。班固《西都赋》:“神明郁其特起,遂偃蹇而上跻。”鸾鹤:鸾与鹤,相传为仙人乘。

⑳遂:于是。绝顶:山的最高峰。大观:盛大壮观的景象。范仲淹《岳阳楼记》:“予观夫巴陵胜状,在洞庭一湖。衔远山,吞长江,浩浩汤汤,横无际涯,朝晖夕阴,气象万千,此则岳阳楼之大观也。”

㉑日观:泰山峰名,为著名的观日出之处。郦道元《水经注·汶水》引汉应劭《汉官仪》:“泰山东南山顶名曰日观。日观者,鸡一鸣时,见日始欲出,长三丈许,故以名焉。”月华:月光,月色。

㉒玉牒:古代帝王封禅、郊祀的玉简文书。《史记·孝武本纪》:“封泰山下东方,如郊祠泰一之礼。封广丈二尺,高九尺,其下则有玉牒书,书秘。”金泥:以水银和金粉为泥,作封印之用。汉应劭《风俗通义·封泰山禅梁父》:“克石纪号,着己绩也。或曰:金泥银绳,印之以玺。”

㉓延伫:久立。屈原《离骚》:“悔相道之不察兮,延伫乎吾将反。”王逸注:“延,长也;伫,立貌。”盘桓:徘徊,逗留。班固《幽通赋》:“承灵训其虚徐兮,伫盘桓而且俟。”李善注:“盘桓,不进也。”

㉔尘衣:沾有灰尘的衣服。

㉕维时:当时。季秋:秋季的最后一个月。《礼记·月令》:“季秋之月,日在房,昏虚中,旦柳中。”金风:秋风。南朝梁简文帝《倡妇怨情》:“玉关驱夜雪,金气落严霜。”肃:形容秋天的天气萧瑟。

㉖倏:忽然。熹微:光线淡弱貌。陶潜《归去来辞》:“问征夫以前路,恨晨光之熹微。”华星:明星。曹丕《芙蓉池作诗》:“丹霞夹明月,华星出云间。”李善注引《法言》曰:“明星皓皓,华藻之力也。”烨煜:光华闪烁貌。明刘基《为杭州郑善止题蓬莱山图》:“钟山烛龙在其北,两眼烨煜如朝暾。”煜,明亮的样子。

㉗嬉游:游乐,游玩。契:相合,相投。夙心:夙愿,平素的心愿。《后汉书·赵壹传》:“惟君明叡,平其夙心。”幽独:指独处。

㉘爰：连词，于是。假榻：暂时借住。宋冯时行《游云泉寺》："从容寻后约，假榻卧云根。"洞房：石洞房。清梦：美梦。方：正。

㉙真：泛指仙人。麾幢：旗帜，仪仗。联属：绵延相连。

㉚青鸾：鸟名。传说中的神鸟。似凤，五色备举而多青。导：指引，带领。白鹿：白色的鹿。传说仙人多骑白鹿，古人认为白鹿是祥瑞之物。

㉛招：招待。宴：设宴。

㉜擘：同"掰"。麟：麒麟，指珍贵肉。脯：肉干。荐：劝，进献。霞觞：犹霞杯。唐曹唐《送刘尊师祗诏阙庭》诗之二："霞觞共饮身虽在，风驭难陪迹未闲。"觞，古代酒器。洞章：指道教经书。《云笈七签》卷四〇《上清大洞戒》："咏诵洞章，奚求不得。"丝竹：弦乐器与竹管乐器之总称。《礼记·乐记》："德者，性之端也，乐者，德之华也，金石丝竹，乐之器也。"

㉝遗：给予，馈赠。玄圃：传说中昆仑山顶的神仙居处，中有奇花异石。玄，通"悬"。郦道元《水经注·河水一》："昆仑之山三级：下曰樊桐，一名板桐；二曰玄圃，一名阆风；上曰层城，一名天庭，是为太帝之居。"芝：灵芝，这里泛指仙草。昆仑：昆仑山。传说中昆仑山上有瑶池、阆苑、增城、悬圃等仙境。

㉞语：说，告诉。象外：犹物外，物象之外。晋孙绰《游天台山赋》："散以象外之说，畅以无生之篇。"授：传授。箓：符文，这里指长生的秘文。

㉟嘉会：美好的聚会。曹植《送应氏》诗之二："清时难屡得，嘉会不可常。"归兴：归思；回乡的兴致。

㊱倏：忽然。璧月西流：指月亮落山。璧月，月亮的美称。南朝梁简文帝《慈觉寺碑序》："龙星启曜，璧月仪天。"天鸡：神话中天上的鸡。咿喔：象声词。天鸡的叫声。琪林：珍异的林子。控鹤：相传周灵王太子王子乔喜吹笙，学凤鸣，道士浮丘公接他上嵩山。三十年后，有人找到他，他说：叫我家里人在七月七日那天在缑氏山等我。到时候，王子乔骑着白鹤在山顶上向大家招手。具体见汉刘向《列仙传·王子乔》。晋孙绰《游天台赋》："王乔控鹤以冲天，应真飞锡以蹑虚。"

㊲仙驭：仙驾，指仙人骑得鹤。唐薛能《答贾支使寄鹤》："瑞羽奇姿踉跄形，称为仙驭过青冥。"迢迢：道路遥远貌，晋潘岳《内顾诗》之一："漫漫三千里，迢迢远行客。"蘧蘧：悠然自得貌。唐杨炯《卧读书架赋》："风清夜浅，每待蘧蘧之觉；日永春深，常偶便便之腹。"

㊳孰：谁。违：违背。正理：正当的道理。越：越过。天常：天的常道。超：超越。冥漠：死亡。杜甫《九日》诗之三："欢娱两冥漠，西北有孤云。"

㊴钟灵：谓灵秀之气汇聚。明顾起纶《国雅品·士品三》："钟灵五泽，竞爽三吴。"厚地：指大地。《后汉书·王充王符仲长统传》："当君子困贱之时，跼高

天，踏厚地，犹恐有镇厌之祸也。”

㊵望祭：特称祭山川。《公羊传·僖公三十一年》：“三望者何？望祭也。然则曷祭？祭泰山、河、海。”虞氏：指舜，古代传说中的圣君。

㊶因：沿袭。常祀：固定的祭祀。《左传·僖公三十一年》：“礼不卜常祀。”

㊷璨：光彩，耀眼。珪璧：古代祭祀朝聘等所用的玉器。南朝梁刘孝标《辩命论》：“周宣祈雨，珪璧斯罄。”纷：众多。坛墠：古代祭祀的场所。筑土曰坛，除地曰墠。《礼记·祭法》：“天下有王，分地建国，置都立邑，设庙祧坛墠而祭之。”制：规定。

㊸玉检、金书：见注㉑。期：希望。

㊹岂：助词，表示反诘。盛衰：兴盛与衰败。运：气运。隆替：盛衰；兴废。晋潘岳《西征赋》：“人之升降，与政隆替，杖信则莫不用情，无欲则赏之不窃。”

㊺睹：看。遗迹：指古代或旧时代的人和事物遗留下来的痕迹。这里指秦汉诸帝封禅留下的痕迹。悼：悲伤，哀念。流光：指如流水般逝去的时光。

㊻坛壝：坛场。祭祀之所。《周书·武帝纪上》：“丁亥，初立郊丘坛壝制度。”积：聚集。碑碣：石碑方首者称碑，圆首者称碣。后多不分，以之为碑刻的统称。这里指前人封禅后立的碑。翳：遮蔽。

㊼吊古：凭吊往古之事。唐李端《送友人》：“闻说湘川路，年年吊古多。”增：增加。歔欷：悲泣；抽噎；叹息。《离骚》：“曾歔欷余郁邑兮，哀朕时之不当。”王逸注：“歔欷，惧貌。或曰：‘哀泣之声也。’”

（李炜　注）

杨应奎

【作者简介】

杨应奎（1486—1542），字文焕，号渑谷，益都人（今山东青州）。据光绪《益都县图志·杨应奎传》载：“嘉靖二十一年卒，年五十六，祀乡贤。”知应奎生于成化二十二年（1486）。其先回族人，始祖赛典赤·詹思丁为元佐命，累世袭王爵，其孙莫苏于明洪武初年迁居益都，遂以世居。正德六年（1511）进士及第，授仁和知县，历任兵部主事、礼部员外郎、临洮知府、南阳知府。在临洮任上，整理驿政，引水灌田，民为之立去思碑。又于南阳策荒政活数万人，民感其德立祠祀之。天性孝友，博览群书，精工右军书法。罢归居乡，与缙绅结洋溪吟社，以唱和为乐。与石存礼、蓝田、冯裕、刘澄甫、陈经、黄卿、刘渊甫七人唱和之诗结为《海岱会集》。编纂《临洮府志》《南阳府志》，又著有《渑谷集》《海岱会稿》等，嘉靖《青州府志》卷四、康熙《益都县志》卷七、康熙《青州府志》卷一六、咸丰《青州府志》卷四四、民国《山东通志》卷一六一等皆有传，尤以光绪《益都县图志·益都县人物志七》甚详。

潍水赋①

【题解】

此赋见于明抄本《海岱会稿》，前题"渑谷居士杨应奎文焕甫撰"，为杨氏自撰赋集，收赋十七篇，多览古怀古之作，如《怀鲁仲连赋》《吊田横赋》《琅琊台赋》等，《潍水赋》即为其中一篇。《海岱会稿》鲜有人关注，另一同题唱和诗集《海岱会集》收入《四库全书》，提要谓"盖山间林下自适性情，不复以文坛名誉为事，故不随风气为转移。而八人皆闲散之身，自吟咏外无别事，故互相推敲，自少疵类"。又，《海岱会集》前录有冯裕《长至日海岱会集序》、刘渊甫《上巳日海岱会集序》、杨应奎《七月七日海岱会集序》等，均识为嘉靖十五年(1536)前后。《海岱会稿·修禊赋》载有"嘉靖丁酉季春三日，扛友同游"，《雪霁赋》有"嘉靖丙申季春，初吉"之语。据此，盖《海岱会稿》与《海岱会集》均为一时之作，在嘉靖十五年前后，于应奎罢官归家闲居之时，《潍水赋》作年亦当在此间。

题为"潍水"，即指潍河，在今山东东部。楚汉时期此地曾发生潍水之战，韩信大败齐楚联军，灭齐国，杀龙且，是历史上的著名战役。赋文所怀之古，即围绕潍水之战而展开。大致可以分为三个部分。赋开篇即发表了凭吊古迹之感叹，继而描述了潍水的地理位置与河流走向，抒发时代更替而地道未改之感。第二部分由淮水追忆往昔，叙述了潍水之战的过程，齐楚联军"据平昔言貌观人"而轻视韩信战力，并因此付出代价，"改齐封而楚疆"。第三部分由怀古转为伤今，韩信被刘邦处死，功臣的命运任由帝王操纵，汉日西落，功业凄凉。往日斗智角力之英雄豪杰都已烟消云散。人生之境遇也是如此，虽暂处于困厄之中，但历史在前进，时间在推移，只有江山无改，潍水长流。如此一来，或可"息心旌之摇摇"。赋末进一步感叹道，水无古今，人有通歇，唯思江山风月，而不必论人事困厄。赋文通俗流畅，览古伤今，由潍水联想至潍水之战，又进而归于人生感悟，同苏轼《前赤壁赋》有相似之处。然应奎本就是青州之人，多以潍水、岱宗、琅琊入赋，虽思想上无多可观之处，结构上也基本一仍其旧，但其极力抒写海岱地理风物，并以之发思的创作，是《淮水赋》可兹一观的特殊旨趣。

【原文】

羌余性之好游兮，酷寻幽而搜奇②。鄙俗躅之委靡兮，吊往辙之雄威③。嗟贤圣之湮没兮④，庸众人其何词。铺东莱以历觌兮，依岱宗而左披⑤。按箕屋之巨浸兮，贯东武曰潍⑥。起琅琊而北注兮，径都昌以归海⑦。时代绵邈以更适兮，地道宛其未改⑧。风尘靡靡而不定兮，川微茫而耀彩⑨。

慨青齐之疆大兮，固战争之首追⑩。纷折戟遗镞之难认兮，是惟楚汉之相挨⑪。当田荣之蹙于汉兵兮，来龙且之远救⑫。脱历下之席卷兮，夹潍水而相守。方是时也，兵多将勇，意矫志炫。气吞全齐，目中无汉。凭拔山之英烈兮，蹴韩兵如压卵⑬。肆下赵破燕之余烈兮，无复寄食胯下之觍面。据平昔言貌之观人兮，正堕量己量敌之愚见⑭。夜囊沙拥上流兮，乃辙北于甫战。追逐半渡兮，决停之如箭铲。楚师兮斩上将，水为赤兮下流绝于弃仗⑮。楚猴夺魄兮，田横魂散⑯。跨有海岱兮，称假自状⑰。陵尚父而轹小白兮⑱，乾坤为震荡。右揭汉而左握楚兮，鼎势成而块漭⑲。寻论功行赏以带砺兮，改齐封而楚疆⑳。

殆弓藏而狗烹兮，功业于焉凄凉㉑。汉日西落兮，中原星黄。区区一隅之胜败兮㉒，曾何与于存亡。侈当时之振耀兮㉓，遗此寂寥。骇昔人之掀揭兮㉔，吁嗟萧条。繄汀渚之推移兮㉕，波涛与漂。循陵谷之变迁兮，风烟递迢㉖。兵壑森其涯湄兮，矗崖岸之峣峣㉗。杂凫鸥之出没兮，棹歌起而缥缈㉘。噫岂兹水之独然兮㉙，虽江河曾为之喧嚣。抚残山与剩水兮，终万古其遥遥。叹英雄豪杰之斗智角力兮，几雾灭而烟消。悟生世之困于抢攘兮，何不息心旌之摇摇㉚。想江山之无言兮，宁不默笑人之焦劳。

乱曰：潍之来兮源洁，潍之流兮不辍㉛。青士之纲纪兮淄与之协，三齐之润泽兮海承其泄㉜。斯水无古今兮，人事有通歇。对景思兮江风山月㉝。

（据明抄本《海岱会稿》）

【注释】

①潍水：指潍河，在今山东东部。《汉书》"潍"字作"淮"。《莱州府志》："淮河即潍水。"今潍河上游沿岸居民仍习称淮河，应与"四渎"之一的淮河相区别。

②酷：极，甚，程度深。寻幽：寻求幽胜。李商隐《闲游》："寻幽殊未极，得句总堪夸。"

③俗躅：俗，庸俗。躅，足迹，踪迹。"俗躅"与"往辙"相对，指平凡庸俗的经历。委靡：颓唐，不振作。《明史·范济传》："迩来士习委靡，立志不弘，执节不

固。”往辙：辙，车压过的痕迹。往辙即前车之辙，此与“俗躅”相对，指前贤往圣雄壮威武的经历。

④湮(yān)没：埋没，湮灭。《史记·游侠列传》：“自秦以前，匹夫之侠，湮灭不见，余甚恨之。”

⑤东莱：古地名。在今山东省北胶河以东。《国语·齐语》：“通齐国之鱼盬于东莱，使关市几而不征。”韦昭注：“东莱，齐东夷也。”历觌(dí)：历，遍、完全。觌，观之也。《淮南子·主术训》：“使史黯往觌焉。”披：依傍。《史记·五帝本纪》：“披九山，通九泽。”张守节正义：“谓傍其山边以通。”此句谓整体观之，淮水左边依傍泰山，于东莱之地完全铺开。

⑥箕(jī)屋：山名，箕山与屋山的合称，前者为潍水北源，在今山东省沂水县；后者为潍水南源，为今沂水县杨庄镇与莒县东莞镇的界山。《说文·水部》：“潍水，出琅琊箕屋山，东入海。”巨浸：大水，指大河流。东武：今山东诸城。

⑦琅(láng)琊(yá)：今山东临沂。都昌：今山东昌邑。归海：指潍水发源于临沂，途径昌邑，汇入渤海。

⑧绵邈：长远，悠远。此句谓时代长远，不断更替，潍水之地貌却似未曾改变。

⑨风尘：此以喻战乱，戎事。《后汉书·班固传下》：“设后北虏稍强，能为风尘，方复求为交通，将何所及？”靡靡：纷乱貌。此句谓时代悠长，纷乱不定，潍水虽然渺小，却能够在历史长河中熠熠生辉。

⑩青齐：代指山东地区。青州是《尚书·禹贡》古九州之一，“海岱惟青州”，大体指今渤海至泰山之间的区域。齐是周代诸侯国名，疆域在今山东北部、东部和河北东南部。青齐合称代指山东地区。迨：及也。

⑪遗镞(zú)：遗弃或残剩的箭镞。相挨：指楚汉相争。

⑫田荣：恐田广或田横之误。汉三年(前204)，韩信引兵击齐。此前，田荣已死，时田广为齐王，田横为相。蹙：迫也，逼迫。龙且：项羽手下第一猛将，与季布、钟离昧、英布、虞子期同为楚军五大将。此句谓韩信东击齐，田广、田横受其逼迫，楚使龙且救齐。《史记·淮阴侯列传》：“楚亦使龙且将，号称二十万，救齐。”

⑬历下：古邑名，今山东济南西。拔山：喻楚军威武雄壮，气势壮大。《史记·项羽本纪》：“力拔山兮气盖世，时不利兮骓不逝。”蹴：践踏。此三句谓韩信击破历下，汉军与齐楚联军对峙于潍水两岸。潍水之战前夕，楚军大将龙且表现出对韩信的轻视。《史记·田儋列传》：“汉王使郦生往说下齐王广及其相国横。横以为然，解其历下军。汉将韩信引兵且东击齐。齐初使华无伤、田解军于历下以距汉，汉使至，乃罢守战备，纵酒，且遣使与汉平。汉将韩

信已平赵、燕，用蒯通计，度平原，袭破齐历下军，因入临淄。”《史记·淮阴侯列传》：“齐王广、龙且并军与信战，未合。人或说龙且曰：‘汉兵远斗穷战，其锋不可当。齐、楚自居其地战，兵易败散。不如深壁，令齐王使其信臣招所亡城，亡城闻其王在，楚来救，必反汉。汉兵二千里客居，齐城皆反之，其势无所得食，可无战而降也。’龙且曰：‘吾平生知韩信为人，易与耳。且夫救齐不战而降之，吾何功？今战而胜之，齐之半可得，何为止！’遂战，与信夹潍水陈。”

⑭肆：纵兵也。《诗经·大雅·大明》：“肆伐大商，会朝清明。”寄食：指韩信少年时期曾依赖漂母过活。《史记·淮阴侯列传》：“信钓于城下，诸母漂，有一母见信饥，饭信，竟漂数十日。信喜，谓漂母曰：‘吾必有以重报母。’母怒曰：‘大丈夫不能自食，吾哀王孙而进食，岂望报乎！’”胯下：指韩信胯下受辱之事。《史记·淮阴侯列传》：“淮阴屠中少年有侮信者，曰：‘若虽长大，好带刀剑，中情怯耳。’众辱之曰：‘信，能死，刺我；不能死，出我胯下。’于是信孰视之，俛出胯下，蒲伏。一市人皆笑信，以为怯。”靦(miǎn)面：面容羞愧。此句言韩信如今已破燕赵，不再依赖漂母生活，也摆脱了胯下受辱之愧。龙且仍然仅以往昔之言论与外貌看待韩信，则必定在审己量敌之时得出愚蠢的结论。

⑮囊：盛满沙的袋子。拥：遮盖，塞雍。甫战：始战。甫，始也。此言开始交战就另有目的。决：排除阻塞物，疏通河道。箭铲：铲子箭。箭头呈铲刀状，杀伤力大。此言水如箭头，冲向楚军。《史记·淮阴侯列传》：“韩信乃夜令人为万余囊，满盛沙，壅水上流，引军半渡，击龙且，详不胜，还走。龙且果喜曰：‘固知信怯也。’遂追信渡水。信使人决壅囊，水大至。龙且军大半不得渡，即急击，杀龙且。龙且水东军散走，齐王广亡去。信遂追北至城阳，皆虏楚卒。”

⑯楚猴：戏称项羽。《史记·项羽本纪》载，项羽攻下咸阳后，想回故乡炫耀富贵，曰：“富贵不归故乡，如衣绣夜行，谁知之者！”时人讽刺其爱虚荣，曰：“人言楚人沐猴而冠耳，果然！”后因以楚猴戏称项羽。《史记·田儋列传》：“后岁余，汉灭项籍，汉王立为皇帝，以彭越为梁王。田横惧诛，而与其徒属五百余人入海，居岛中。高帝闻之，以为田横兄弟本定齐，齐人贤者多附焉，今在海中不收，后恐为乱，乃使使赦田横罪而召之。”后田横自刭，“横始与汉王俱南面称孤，今汉王为天子，而横乃为亡虏而北面事之，其耻固已甚矣。且吾亨人之兄，与其弟并肩而事其主，纵彼畏天子之诏，不敢动我，我独不愧于心乎？且陛下所以欲见我者，不过欲一见吾面貌耳。今陛下在洛阳，今斩吾头，驰三十里间，形容尚未能败，犹可观也。遂自刭，令客奉其头，从使者驰奏之高帝”。

⑰《史记·淮阴侯列传》：“汉四年，遂皆降平齐。使人言汉王曰：‘齐伪诈多变，反覆之国也，南边楚，不为假王以镇之，其势不定。原为假王便。’”

⑱陵、轹(lì)：凌驾，超越。尚父：吕望，姜子牙。封于营丘，建立齐国。小

白：公子小白，齐桓公，春秋五霸之首。

⑲块漭：盖"坱漭"之误。坱漭，意同"泱漭"，广远寥廓之意。《史记·淮阴侯列传》载，蒯通对韩信曰："当今两主之命县于足下。足下为汉则汉胜，与楚则楚胜。臣原披腹心，输肝胆，效愚计，恐足下不能用也。诚能听臣之计，莫若两利而俱存之，参分天下，鼎足而居，其势莫敢先动。"

⑳带砺：衣带和砥石。喻功臣受皇家恩宠，与国同休之典。《史记·高祖功臣侯者年表》："封爵之誓曰：'使黄河如带，泰山若厉。国以永宁，爰及苗裔。'"裴骃集解引汉应劭曰："封爵之誓，国家欲使功臣传祚无穷。带，衣带也；厉，砥石也。河当何时如衣带，山当何时如厉石，言如带厉，国乃绝耳。"《史记·淮阴侯列传》："汉五年正月，徙齐王信为楚王，都下邳。"

㉑《史记·淮阴侯列传》韩信曰："果若人言：'狡兔死，良狗烹；高鸟尽，良弓藏；敌国破，谋臣亡。'天下已定，我固当烹！"

㉒一隅之胜败：指潍水之战。

㉓侈：侈谈，夸大。

㉔掀揭：掀天揭地，犹言翻天覆地，比喻声势浩大或本领高强。

㉕繄：语气词，一般用于句首，同"惟"。汀渚：水中小洲或水边平地。推移：变化、移动或发展。《礼记·王制》："中国戎夷，五方之民，皆有性也，不可推移。"

㉖循：顺着走。《左传·昭公二十三年》："循山而南。"陵谷：《诗经·小雅·十月之交》："高岸为谷，深谷为陵。"后以喻世事变迁，高下易位。北周庾信《周大将军司马裔神道碑》："是以勒此丰碑，惧从陵谷，植之松柏，不忍凋枯。"风烟：战乱、战火。递迢：遥远。此句言时间推移，世事变迁，潍水之战早已成为遥远的历史。

㉗兵壑：以喻军队人数众多。森：森严的排列。涯湄：岸边。涯，水边。湄，河岸。崖岸：山崖，堤岸。垚垚(yáo)：高貌。此言军队曾部署在潍水两岸。

㉘凫鸥：均为水鸟。棹歌：行船时所唱之歌。汉武帝《秋风辞》："箫鼓鸣兮发棹歌，欢乐极兮哀情多。"

㉙独然：独特如此。晋陶潜《咏贫士》之六："此士胡独然？实由罕所同。"

㉚抢攘(rǎng)：纷乱貌。唐柳宗元《吊屈原文》："支离抢攘兮，遭世孔疚。"心旌：喻不宁静的心神。《战国策·楚策一》："寡人卧不安席，食不甘味，心摇摇如悬旌，而无所终薄。"

㉛源洁：水源清洁。不辍：不断绝，不终止。

㉜青士：齐国将士。青，青州。淄与之协：淄水协同潍水。淄，水名，今称淄河，在山东省境内。《尚书·禹贡》："海岱惟青州。嵎夷既略，潍、淄其道。"三

齐：泛指山东地区。秦亡，项羽以齐国故地分立齐、胶东、济北三国，后泛称三齐。《史记·项羽本纪》：田荣“并王三齐”。海承其泄：指潍水汇入渤海。

㉝通歇：指人事之通达困厄。江山风月：苏轼《前赤壁赋》：“惟江上之清风，与山间之明月，耳得之而为声，目遇之而成色。取之无禁，用之不竭。”

（雷雨豪　注）

琅琊台赋

【题解】

此赋写作者想象自己登上琅琊台极目远望，看到海天远景，联想起有关琅琊台的诸多历史人物和典故，在历史与现实、繁盛与衰败、虚幻和传说中寄予思索与感叹。赋作的语言风格奇崛有力，将琅琊台上所见的壮阔景象表现得如在目前。

【原文】

琅琊有台旧矣，肇自句践，修于齐景，而大盛于始皇，再兴于汉武。奇踪秘迹，诡谲难考①。隐秀蓄奇②，幽僻莫传③。余生长齐邦④，南北游历，殆将三载于兹。而台为境内秀拔之地⑤，反不能一目一足置乎其间，所以驰神遐想，情酣心醉。俯仰咏叹恍惚之际，若亲履其上者。乃于春明之睱⑥，援笔赋之，聊以纾郁抑之怀⑦，遣旷雅之兴，辞采不足观也。赋曰：

羌荒台之嶕峣兮⑧，瞰渤海之巨洋⑨。盘全齐之震方兮⑩，收山河十二于一望。西接常山马耳之崒嵂兮⑪，北接转拊朝舞之嵻峗⑫。岱宗崔嵬于右陲兮⑬，左焉联属蓬瀛与方丈⑭。阳乌赫噏而先波兮⑮，早得夫皎洁之蟾光。且拥漭沆之巨潮兮⑯，□□滉漾之汐潢⑰。天风激而礚礚兮⑱，麓垠□□□□塘。排岛屿之矗矗兮，海市变而无方⑲。大鹏□□三千兮，尘世匆匆其沧桑。繄飞仙之往来其间兮，但见芝草仙鹤驾之颉颃⑳。抑云物之有所瞻观兮，霸业于焉开疆。景公赉志于先王兮㉑，游观徒付与言庞。宣王设险于长城兮，成蜿蜒乎钜防㉒。祖龙之桥海以观日兮㉓，皇舆三止而彷徨。崇筑不日而告成兮，徙黔首烟火于四旁。爰伐石而颂德纪功兮，丰碑屹乎堂堂㉔。醴泉涌起而甘洌兮，混污秽而绝淙㉕。秦鹿奔而阿房火兮㉖，又何问抔土拳石之存亡㉗。岩岫嶕嵘而烟云布护兮㉘，霸业消歇而中伤。肆建元之恢大兮，跨四海以为宅。怪徐福之不返兮㉙，虽少君栾大其奚择。睹崇基之宏壮兮㉚，新木石与金碧。殆轮台之有诏兮[31]，悟文成五利迂诞而遐隔[32]。丹青剥削而落落兮[33]，瓦砾于焉狼藉。崖础纷其磊磊兮[34]，越寒暑其谁易。忆琼瑶之散乱兮，澌尽灰灭而分擘[35]。雷殷殷其暮鸣兮，雨冥冥而砉湱[36]。雪霜砭蚀而摧抑兮，盲飙荡而无际。倚危峰之峥嵘兮，井邑宛于龟折[37]。惜名胜之处穷僻兮，故难擅名于两仪[38]。抑地之显晦有数兮，昔何盛而今若兹。境旷阔而寂历兮，白日忽其迟迟[39]。将植杖而周章兮[40]，筋力倦而神疲。仍羽人之神化兮，言洪大而难师[41]。友赤松而携偓佺兮[42]，丹丘宛乎离离[43]。知往古来今之如旦暮兮，山亭亭其何知。悲吾人之囿于形气兮，焉能越此藩篱。希奇术之可以驻颜兮，奈何非金石之姿。

乱曰：高山嵯峨[44]，迥不可以尺丈兮。危台巀嶭[45]，森不可以形状兮。神泉汹汹，物不可以溷谤兮[46]。秦皇汉武，邈不可以想像兮。玉简金书，秘不可以搜访兮。台之枕大海者，殆将与天地同俯仰也噫。

（据明抄本《海岱会稿》）

【注释】

①诡谲：怪异，奇怪。王褒《洞箫赋》："趣从容其勿述兮，鹜合遝以诡谲。"范成大《嘲峡石》："云何清淑气，孕此诡谲迹。"

②隐秀：幽静秀丽。颜延之《颜府君家传铭》："青州隐秀，爰始奠居。"蓄奇：藏有奇丽的风景。

③幽僻：幽静偏僻。《北齐书·陆法和传》："此寺幽僻，可以免难。"莫传：声名没有传扬开来。

④齐邦：齐国旧邦，泛指山东地区。

⑤秀拔：秀丽不群，超出众类。《三国志·蜀书·彭羕传》："超问羕曰：'卿才具秀拔，主公相待至重'。"

⑥春明：春和景明。

⑦纾(shū)：解除，排除。《后汉书·庞参传》："鲁人喜其纾难。"

⑧羌：语气助词，多用于句首。《离骚》："羌内恕己以量人兮，各异心而嫉妒。"嶕峣(jiāo yáo)：峻峭，高耸。《汉书·扬雄传下》："泰山之高不嶕峣，则不能浡滃云而散歊烝。"

⑨瞰：远望。渤海：琅琊台今所临者为黄海。

⑩盘：居于，在。全齐：整个齐地。震方：东方。《梁书·武帝纪下》："前代因袭，有乖礼制，可于震方，简求沃野。"

⑪常山：河北省阜平县东北的古北岳恒山。汉、宋避帝文帝、真宗讳，称常山。《史记·赵世家》："简子乃告诸子曰：'吾藏宝符于常山上，先得者赏。'诸子驰之常山上，求，无所得。毋恤还，曰：'已得符矣。'简子曰：'奏之。'毋恤曰：'从

常山上临代，代可取也。'"马耳：山东省诸城市马耳山，因其主峰双石并立，状似马耳而得名。萧颖士《游马耳山》："兹山表东服，远近瞻其名。合冥尽溟涨，浑浑连太清。"崒嵂(zú lǜ)：高耸险峻。陆游《大寒》："为山傥勿休，会见高崒嵂。"

⑫转拊朝舞：芝罘山与成山。芝罘在今山东省烟台市芝罘岛上，成山在今山东省荣成市。《孟子·梁惠王下》："吾欲观于转附、朝舞，遵海而南，放于琅邪。"赵岐注："转附、朝舞，皆山名也。"清焦循《孟子正义》："秦皇、汉武所游自琅邪而北则至之罘、成山 …… 转附即之罘也，朝舞即成山也。"嵣崆(dàng mǎng)：山石广大貌。张衡《南都赋》："其山则崆嵷嶱嵑，嵣崆嶚刺。"

⑬崔嵬：高大雄伟。李白《蜀道难》："剑阁峥嵘而崔嵬，一夫当关，万夫莫开。"

⑭蓬瀛：蓬莱与瀛洲。蓬莱、瀛洲、方丈是中国古代传说中的三座仙山。

⑮阳乌：太阳。赫：炽盛、盛大。

⑯漭沆(mǎng hàng)：水广大的样子。张衡《西京赋》："前开唐中，弥望广潒。顾临太液，沧池漭沆。"

⑰ 滉漾(huàng yàng)：广阔无涯。曹植《节游赋》："望洪池之滉瀁，遂降集乎轻舟。"葛洪《抱朴子·畅玄》："或滉漾于渊澄，或雰霏而云浮。"汐：黄昏时候的潮水。潢：形容水深广的样子。刘向《九叹》："扬流波之潢潢兮，体溶溶而东回。"

⑱礚礚：此处形容大风吹着石头所发出的声响。

⑲海市：海市蜃楼。

⑳芝草：灵芝。颉颃：原指鸟上下翻飞，引申为不相上下，互相抗衡。《诗经·邶风·燕燕》："燕燕于飞，颉之颃之。"《晋书·文苑传序》："潘、夏连辉，颉颃名辈。"

㉑赍(jī)志：怀抱着愿望。唐黄滔《祭崔补阙文》："赍志殁地，其痛何如？"

㉒长城：指齐国长城，从齐桓公时期开始修建，至齐宣王时最终完成，西起济南平阴，东至黄海之滨的青岛。《(道兴)沂水县志二》："齐宣王筑长城于此，西起齐州，东抵海，犹存遗址。"郦道元《水经注》："县北偏东百五里，上有穆陵关；关之南北为沂朐分界处，齐宣王筑长城于此。"钜防：防门。《战国策·燕策一》："长城、钜防，足以为塞。"

㉓祖龙：指秦始皇。《史记·秦始皇本纪》："秋，使者从关东夜过华阴平舒道，有人持璧遮使者曰：'为吾遗滈池君。'因言曰：'今年祖龙死。'使者问其故，因忽不见，置其璧去。使者奉璧具以闻。始皇默然良久，曰：'鬼固不过知一岁事也。'"秦始皇曾三次巡游胶东，"于是乃并勃海以东，过黄、腄，穷成山，登之罘，立石颂秦德焉而去。南登琅邪，大乐之，留三月"。

㉔堂堂：形容盛大、有志气或有气魄。《晏子春秋·外篇》："（齐景公）曰：'寡人将去此堂堂国者而死乎！'"何晏《景福殿赋》："尔乃丰层覆之耽耽，建高基之堂堂。"张铣注："堂堂，高敞貌。"

㉕淙：水声，水流。

㉖秦鹿：比喻秦国的帝位。司马迁《史记·淮阴侯列传》："秦失其鹿，天下共逐之，于是高材疾足者先得焉。"

㉗抔（póu）：捧、一捧。《史记·张释之冯唐列传》："假令愚民取长陵一抔土，陛下何以加其法乎。"

㉘嶕嶫（jí yè）：山貌高峻。司马相如《上林赋》："嵯峨嶕嶫。"

㉙徐福：字君房，是秦朝著名方士，道家名人曾担任秦始皇的御医，出生于战国时期的齐国。传说，秦始皇时期，徐福率领三千童男女自山东沿海东渡。

㉚崇基：指建筑物的高大基座。潘岳《籍田赋》："结崇基之灵趾兮，启四涂之广阼。"郦道元《水经注·浊漳水》："东北迳鲁班门西，双阙昂藏，石壁霞举，左右结石修防，崇基仍存。"

㉛轮台：古地名，在今新疆轮台南，本仑头国（一作轮台国），汉武帝时为李广利所灭，置使者校尉，屯田于此。武帝晚年颁发《轮台罪己诏》中的轮台即此。后并于龟兹。

㉜文成五利：指汉方士李少翁、栾大。《史记·孝武本纪》："是时上方忧河决，而黄金不就，乃拜大为五利将军。"潘岳《西征赋》："武雄略其焉在？近惑文成而溺五利！"李善注为："文成将军李少翁、五利将军栾大，皆方术士。"迂诞：迂阔荒诞；不合事理。《史记·孝武本纪》："言神事，事如迂诞，积以岁乃可致。"遐隔：指辽远的道路，阻隔的山川。张载《拟四愁》之二："愿因归鸿超遐隔，终然莫致增永积。"

㉝落落：稀疏；零落。汉杜笃《首阳山赋》："长松落落，卉木蒙蒙。"陆机《叹逝赋》："亲落落而日稀，友靡靡而愈索。"韩愈《东都遇春》诗："悠悠度朝昏，落落捐季孟。"

㉞础：事物的基底或根基。

㉟澌尽：据扬雄《方言》："澌，尽也。"分擘（bò）：分离，分开。唐顺之《叶包庵先生寿序》："又各自以其师说转相授受，虽支派分擘，莫不绳然，以世迭谱。"

㊱濩（huò）：波涛冲击声。郭璞：《江赋》："㴔濩㴒潚。"

㊲龟折（guī shé）：犹龟坼。明刘基《再用韵和石末公闵雨诗》："旱魃为妖殄岁功，田畴龟折遍污隆。"

㊳擅名：享有名声。《晏子春秋·问上四》："是上独擅名，而利下流也。"钱起《送陆赞擢第还苏州》："乡路归何早，云间喜擅名。"清王士禛《池北偶谈·谈

艺二·杜律细》:“芜湖萧尺木云从,以画擅名江左。”两仪:两仪在古典哲学中指阴阳。天地初开,一切皆为混沌,是为无极,无极生太极,太极生两仪,两仪为阴阳,赋中此处指天地之间。《易经》:“易有太极,是生两仪,两仪生四象,四象生八卦。”

㊴迟迟:慢慢。陈子昂《感遇》:“迟迟白日晚,袅袅秋风生。”

㊵周章:周流,周游。《参同契》卷下:“金化为水,水性周章。”晋葛洪《抱朴子·明本》:“开车褰帷,周章城邑。”

㊶洪大:指大而有力,响亮。扬雄《法言·孝至》:“秀颖德行之谓洪。”李轨注:“禾之秀其颖,犹人之洪其道也,禾秀颖则实结,人崇道则德闻洪大。”《旧唐书·江王元祥传》:“元祥体质洪大,腰带十围,饮啖亦兼数人。”

㊷偓佺(wò quán):古传说中的仙人名。《史记·司马相如列传》:“偓佺之伦暴于南荣。”司马贞索隐引韦昭曰:“古仙人,姓偓。”刘向《列仙传·偓佺》:“偓佺者,槐山采药父也,好食松实,形体生毛,长数寸,两目更方,能飞行逐走马。”杜甫《秋日夔府咏怀奉寄郑监李宾客一百韵》:“本自依迦叶,何曾藉偓佺。”苏轼《山坡陁行》:“仙人偓佺自言其居瑶之圃,一日一夜飞相往来不可数。”清孙枝蔚《赠林茂之》诗之一:“好与偓佺为伴侣,不须更谒信陵君。”

㊸ 丹丘:亦作“丹邱”,传说中神仙所居之地。《楚辞·远游》:“仍羽人于丹丘兮,留不死之旧乡。”王逸注:“丹丘昼夜常明也。”郦道元《水经注·汳水》:“于是好道之俦自远方集,或弦琴以歌太一,或覃思以历丹丘。”唐韩翃《同题仙游观》:“何用别寻方外去,人间亦自有丹丘。”宋林景熙《宿台州城外》诗:“荒驿丹邱路,秋高酒易醒。”清吴伟业《海市四首次张石平观察韵》之三:“却笑燕齐迂怪士,只知碣石有丹邱。”离离:旷远貌;空貌。苏轼《郭熙画秋山平远》:“离离短幅开平远,漠漠疏林寄秋晚。”明唐寅《金粉福地赋》:“碧琐离离,素女窥月中之影;白榆历历,青龙伏天上之形。”

㊹嵯峨:山高峻貌。淮南小山《招隐士》:“山气巃嵸兮石嵯峨,谿谷崭岩兮水曾波。”王逸注:“嵯峨巀嶭,峻蔽日也。”唐彦谦《送许户曹》:“将军楼船发浩歌,云樯高插天嵯峨。”

㊺巀嶭(jié niè):亦作“巀嶭”,高峻貌。《汉书·司马相如传上》:“九嵕巀嶭,南山峨峨。”李善注引郭璞曰:“巀嶭,高峻貌也。”欧阳修《和韩学士襄州闻喜亭置酒》:“巀嶭高城汉水边,登临谁与共跻攀。”

㊻溷(hùn):浑浊。《广雅·释诂三》:“溷,浊也。”《楚辞·涉江》:“世溷浊而莫余知兮。”

(赵骥　注)

程大约

【作者简介】

程大约(1541—约1616),字幼博,又名君房、士芳,号筱野。徽州歙县岩镇人。制墨家,彩绘印版画家。与罗小华、方于鲁、邵格之并称明代制墨四大名家。嘉靖四十三年(1564)以捐资入国子监,屡试不中。万历十二年(1592),以太学生充任鸿胪寺序班。后坐杀人罪而入狱,出狱后,一心制墨。民国《歙县志》卷一〇《人物志》称其:"善制墨,竭桐膏之焰五石入漆,缩烟百两,寂光内韫,神采坚莹,时人喻为墨妖。"董其昌《程氏墨苑序》赞曰:"百年以后无君房,而有君房之墨;千年以后无君房之墨,而有君房之名。"亦工诗文,而不拘格律。著有《程幼博集》《程氏墨苑》《人文爵里》等。

徂徕之松赋

【题解】

此赋作年无考。徂徕山位于泰山东南。程大约为徽州歙县岩镇人,且为明代制墨名家,松木又是制墨之重要原料,盖游历至此而有感于徂徕之松,故与制墨之事相连,并为之作赋。赋文篇幅不长,多着笔于松树,从松之精神与形态上,赞其精神坚贞不凋,誉其姿态如凤似龙。从松之功用上,古代的仙人因食其果而籍名仙箓,松与延年益寿的仙道之书及灵药异兽也有紧密联系。此外,松于大约最要紧之功用乃为制墨,因之在赋末自然与制墨联系了起来,与更早的石墨相比,赞美了松烟制墨的妙用。宋晁说之《墨经》曰:"古用松烟、石墨二种,石墨自晋魏以后无闻,松烟之制尚矣。汉贵扶风隃麋终南山之松。"赋文末二句即谓以徂徕松制墨不仅能够超越魏时之石墨,又能够胜过隃麋之松烟墨,从制墨的角度夸赞了徂徕之松。

【原文】

惟灵山之嵯峨[①],挺贞松之蹇产[②]。傲冱寒之雪霜[③],凌排空之崿巘[④]。

贯四运以不雕[5]，历千年而长衍。条盘结而益密[6]，枝纷披而弥远[7]。形如鸾凤[8]，势若虬龙[9]。象亭云之霭霭[10]，类偃盖之童童[11]。抽纤茎以森竦，布芳颖之青葱[12]。迎轻飔而发响[13]，俨静夜之丝桐[14]。上有翠实素髓[15]，离离馥馥[16]，偓佺食而养性[17]，永籍名于仙箓[18]。下有青牛紫苓[19]，灵药异兽，探玉策之秘记[20]，延万龄之长寿。然彼苍烟[21]，以代漆书[22]，陋魏台之石墨[23]，超汉室之隃麋[24]。

（据《历代赋汇·补遗》卷一五，清文渊阁《四库全书》本）

【注释】

①灵山：指徂徕山，在今山东泰安。《诗经·鲁颂·閟宫》："徂来之松，新甫之柏。是断是度，是寻是尺。"后因以徂徕指生长栋梁之材的大山。

②蹇(jiǎn)产：形容高而盘曲。左思《蜀都赋》："经三峡之峥嵘，蹑五屼之蹇浐。"刘良注："峥嵘、蹇产，高深诘曲也。"

③冱(hù)寒：寒气凝结，极为寒冷。《左传·昭公四年》："其藏冰也，深山穷谷，固阴冱寒，于是乎取之。"

排④空：凌空，耸向高空。崿(è)巘(yǎn)：指极险峻的山崖。崿，山崖。张衡《西京赋》："坻崿鳞眴。"巘，大小成两截的山。《广韵》："巘，山形如甑。"

⑤四运：指四时，四季。雕：通"凋"，零落。《吕氏春秋·辨土》："寒则雕，热则修。"

⑥盘结：旋绕，盘绕。

⑦纷披：散乱张开的样子。庾信《枯树赋》："纷披草树，散乱烟霞。"弥远：与"益密"相对，用以指枝条散乱张开的程度，长得很长。

⑧鸾凤：鸾鸟与凤凰。刘向《九叹·远游》："驾鸾凤以上游兮，从玄鹤与鹪明。"

⑨虬(qiú)龙：古代传说中的一种龙。《汉书·司马相如传》："乘镂象，六玉虬。"

⑩亭云：凝聚不散之云。霭霭：云密集貌。陶渊明《停云》："霭霭停云，蒙蒙时雨。"

⑪偃(yǎn)盖：车篷或伞盖。喻指圆形覆罩之物。借以形容松树枝叶横垂，张大如伞盖之状。童童：茂盛貌，重叠貌。《三国志·蜀书·先主传》："有桑树高五尺余，遥望见童童如小车盖。"

⑫纤茎：指纤小的茎条。茎，指松树的枝干。南朝梁吴均《赠王桂阳》："弱干可摧枝，纤茎易陵忽。"森竦：耸立，挺立。隋炀帝《北乡古松诗》："古松惟一树，森竦讵成林。"布：散布，遍布。芳颖：芳香的颖芒。颖，禾本科植物末端带芒

的锋颖。此以喻松针的锋芒。三国魏钟会《菊花赋》："华实离离，晖藻煌煌。□□规圆，芳颖四张。"青葱：翠绿色。此两句谓抽出松树挺拔而纤小的茎条，布满了翠绿芳香的颖芒。

⑬轻飔(sī)：微风。朱熹《秋暑》："疏树含轻飔，时禽啭幽语。"

⑭俨(yǎn)：宛然，好像真的。唐李群玉《黄陵庙》："小姑洲北浦云边，二女容华自俨然。"丝桐：指琴。古人削桐为琴，练丝为弦，故称。汉王粲《七哀诗》："丝桐感人情，为我发悲音。"

⑮翠实：青绿色的果实。汉刘桢《鲁都赋》："翠实离离，凤凰攸食。"素髓：白脂，此指松脂。晋许询《诗》："青松凝素髓，秋菊落芳英。"

⑯离离：盛多貌。《诗经·小雅·湛露》："其桐其椅，其实离离。"馥馥：形容香气很浓。汉苏武《别友》："烛烛晨明月，馥馥秋兰芳。"

⑰养性：修养身心，涵养天性。

⑱仙箓(lù)：仙人图箓。

⑲青牛：千年木精所变之牛。《太平御览》卷九〇〇引《嵩高记》："山有大松，或千岁，其精变为青牛。"紫苓(líng)：长生药，灵芝的一种。明罗洪先《松峰歌》："炼翠茑兮采紫苓，羌服食，延长生，悦千岁兮命无倾。"

⑳玉策：指仙道之书。汉应劭《风俗通义·正失·封泰山禅梁父》："俗说岱宗上金箧玉策，能知人年寿修短。"

㉑苍烟：苍茫的烟雾，此指用松烧烟制墨。

㉒漆书：古时无纸笔，以漆书于竹简，故称。《东观汉记·杜林传》："杜林字伯山，扶风人，于河西得漆书《古文尚书经》一卷。"

㉓陋：以……为陋，鄙薄。魏台：三国魏都邺有铜雀、金虎、冰井三台，故名。北魏郦道元《水经注》："邺都铜雀台北曰冰井台，高八尺，有屋一百四十间，上有冰室数井，井深十五丈，藏冰及石墨焉，石墨可书。"此句谓与松烟所制的墨相比，魏台的石墨显得非常鄙陋。

㉔隃(yú)麋：古县名，汉置，因隃麋泽而得名。故地在今陕西千阳东。以产墨著称，后世因借指墨或墨迹。此句谓松烟所制之墨优于汉代隃麋所产之墨。

（雷雨豪　注）

黄　卿

【作者简介】

黄卿(？—1540)，字时庸，号海亭，益都人(今山东青州)。正德三年(1508)进士，历知武进县、涉县，迁守山西应州，升南京刑部郎。擢守太原，修废决滞，成效显著。又升浙江右参政，后调陕西、江西，升江西左布政使。嘉靖庚子(1540)，岁饥荒，发帑赈济灾民，全活万众。同年十月入觐述职，中道卒。卿博学有操行，于任上宽仁廉正，明识大体，重农桑勤。一生嗜学，老而弥笃，晚年与石存礼、蓝田、杨应奎等七人结诗社于北郭禅林，号为海带诗社，所唱和吟诗之作结为《海岱会集》。卿又著有《编茗集》《编茗诗话》《闲抄漫纪》《拟珠集》。事见嘉靖《青州府志》卷一四、万历《山西通志》卷一六、康熙《南昌郡乘》卷二七、光绪《江西通志》卷一二七、《本朝分省人物考》卷九七等。

怀鲁仲连赋

【题解】

此赋收入黄卿《编茗集》卷一，同卷又有《琅琊台赋》《雪霁赋》《海市赋》《杏坛赋》《潍水赋》《吊田横义士赋》等，与杨应奎《海岱会稿》赋题基本一致。又卿与应奎均为海岱诗社成员，观其诗集，多为同题之作，乃诗社八人之间相互唱和吟诵者也。故赋亦同题，且所咏均与海岱相关，鲁仲连也为齐国高士，盖结社后所作，《海岱会集》载有诗社成员之序五篇，序后所识之日均在嘉靖十五年(1536)前后，此赋作年亦当在此间。

鲁仲连，亦称鲁仲连子或鲁连子，战国末期齐国人。《史记·鲁仲连邹阳列传》主要记载了鲁仲连义不帝秦，以及助田单破聊城二事，赋文即围绕此二事展开铺叙。开篇追思乡国之高士，讽刺了谄媚逐利、阿附权贵的小人，引出割地赂秦之事。第二部分以上述二事为中心，以铺叙历史的方式描写了鲁仲连解决纷乱的才能与志节不凡的德行。赋末怀古伤今，面对如今的齐地，却难觅同仲连一样的高士，感叹其生晚而不登先圣之列的同时，表达对鲁仲连的崇敬与仰慕。通篇以骚体的形式怀念了同乡高士鲁仲连，与杨应奎《潍水赋》一样，都是以抒写海岱地区地理、历史、人物为中心的赋作，可见海岱诗社成员的创作实绩不仅限于诗，以赋体的方式进行与地域紧密联系的创作同样是该诗社的一大特点。

【原文】

猗衡茅之旷靓兮①，披简编以论世②。想芳躅而翘跂兮③，眷乡国之高士④。嗟逢时瞀瞶兮⑤，仰万仞以励志⑥。众靡靡以相效兮，裂规矩以眩工⑦。纷媚灶以诡遇兮⑧，胥吻吻而求成⑨。窥漏隙以欺绐兮⑩，若狐渡与猱升⑪。对炮胾而垂涎兮⑫，希鳖鼎与舍鱼⑬。夸车服之扬扬兮⑭，进及阶以趦趄⑮。设揣摩以捭阖兮⑯，改雌黄而嗫嚅⑰。熇弄播顿之扰扰兮⑱，乃幸成而窃誉⑲。噫生民之亡辜兮⑳，何戈戟之日寻㉑。中原旧国之岌岌兮㉒，将强秦之并吞。哀游谈之连横兮㉓，劝割地以赂秦㉔。咸慑悸而诡随兮㉕，非鬒帼之帑㉖。

懿先生之昂昂兮㉗，遗荣爵而自全㉘。俯市侩之劳瘁兮㉙，矫高步而孤骞㉚。尔其抗直皎皎兮㉛，虽在国以无嫌㉜。仿巢许之远逸兮㉝，中酌处而盘旋㉞。彩凤之戢音兮，固万鸟之莫攀㉟。长蛟之幽潜兮㊱，或蜿蜿而出渊㊲。顾人国之沦胥兮㊳，乃援手而慨慷㊴。当平原之震馁兮㊵，孰一启其迷方㊶。惜帝王之神器兮㊷，揭大义之琅琅㊸。决帝秦之利害兮，聊数言而已明㊹。宁沧海之陨蹈兮㊺，不臣首功之邦㊻。斥聚议之噤喑兮㊼，藐百万之虎狼㊽。新垣衍之拆服兮㊾，谅至论之必从㊿。譬防盗而保家兮，亦黔首之同情[51]。知敌国之有人兮，虽秦将而敛锋[52]。悯围城之寖急兮[53]，誓危言以舍生[54]。岂千金之重于身兮，至事定而言功[55]。乃若燕将之延残喘兮，哀聊城之黎庶[56]。射尺书以觉悟兮[57]，若长风之卷雾[58]。彼枭雄之制命兮[59]，聿策略切中之故。惟千金之孤弩兮，在一发之无误。先生之悯纷难兮，允机宜之有素[60]。有鹯隼之逐鹑鸠兮[61]，见灵鸟而释抟[62]。羌秦燕之二将兮，亦武弁之可谕[63]。伟先生之郤金兮[64]，允风节之瑰奇[65]。彼鹰鹘之竞雀鼠兮[66]，鹫鹓戛其去之[67]。贵驺虞之称瑞兮[68]，岂牛马之可羁[69]。激澄澜于颓波兮[70]，流晶晶之景晖[71]。匪游客之悬绝兮[72]，亦我土之可帅[73]。于戏独行卓荦兮[74]，何所求于尘寰[75]。谓世之鲜知兮，实自昔之所难[76]。田单平原之已试兮，孟尝亦纳其高谈[77]。虽迎接之恭腆兮[78]，概未谓之识贤。嘉子顺之独见兮[79]，止钦羡于幽潜。当战国之求士兮，殆有急于车船[80]。得一毅而燕昌兮[81]，何齐赵之不然。若先生之决于遗逸兮[82]，亦非圣之经权[83]。

噫嘻！弗聘弗庸兮[84]，传未知其详。惜先生之生晚兮，不登先圣之堂[85]。璞玉之获琢磨兮，荐宗庙之圭璋[86]。昔宣圣之不得中行兮[87]，盖惓惓于狷狂[88]。蹇薄劣之瞻宗国兮[89]，嗅馨懿之莫忘[90]。临颓荡之嚣嚣兮[91]，郁耿耿其余伤[92]。

渡淄渑而望牛山兮[93]，怅仁里之邈茫[94]。采采药荅蕙茝兮[95]，望白云而歌高山之章[96]。

（据《编茗集》卷一，明嘉靖刻本）

【注释】

①猗(yī)：叹词，用于句首。《诗经·齐风·猗嗟》："猗嗟昌兮，颀而长兮。"毛传："猗嗟，叹辞。"衡茅：衡门茅屋，简陋的居室。晋陶潜《辛丑岁七月赴假还江陵夜行涂口》："养真衡茅下，庶以善自名。"旷靓：明亮貌。《说文·日部》："旷，明也。"《字汇·青部》："靓，明也。"

②披：翻开，翻阅。唐韩愈《进学解》："口不绝吟于六艺之文，手不停披于百家之编。"简编：书籍。明方孝孺《心远轩记》："穷居则乐之以终身，垂之于简编，岂不诚远矣哉！"

③芳躅(zhú)：前贤的踪迹。《史记·万石张叔列传》司马贞述赞："敏行讷言，俱嗣芳躅。"翘跂：翘首企足，形容盼望殷切。朱熹《与颜提举札子》："窃与一郡官吏军民同切翘跂，以俟嘉命。"

④乡国：家乡。

⑤嗟：嗟叹。逢时：所逢时代风气。瞀(mào)瞶(guì)：看不清楚。以喻事理晦暗不明。

⑥万仞：古代八尺为仞，形容极高。

⑦规矩：规和矩，校正圆形和方形的两种工具。《礼记·经解》："规矩诚设，不可欺以方圜。"孔颖达疏："规所以正圆，矩所以正方。"眩工：炫耀工巧。言不合礼法、规矩，以特殊的手段炫耀自己，博取赏识。

⑧媚灶：比喻阿附权贵。汉崔寔《政论》："长吏或实清廉，心平行洁，内省不疚，不肯媚灶。"诡遇：比喻用不正当的手段去追求、取得某种东西。白居易《适意》诗之二："直道速我尤，诡遇非吾志。"

⑨膏吻吻：以油脂滋润嘴唇。膏，滋润。《广雅·释言》："膏，泽也。"此以喻谄媚之士调唇弄舌以求取成功。

⑩欺绐(dài)：欺骗。汉桓宽《盐铁论·褒贤》："主父偃以口舌取大官，窃权重，欺绐宗室。"

⑪狐渡：狐狸渡水。以狐喻逢迎之意，狐媚。猱(náo)升：猿猱上树。比喻猿猴似的轻捷攀登。唐杨弘贞《棘猴赋》："穷高是处，亦可异于猱升。"

⑫炮胾(zì)：烤熟的肉块。南朝梁沈约《高士赞》："心安藜藿，口绝炮胾。"

⑬鳌鼎：象征诸侯王权的器物。舍鱼：《孟子·告子上》："鱼，我所欲也；熊掌，亦我所欲也。二者不可得兼，舍鱼而取熊掌者也。"此言君子之义。

⑭车服：车舆礼服。《书·舜典》："敷奏以言，明试以功，车服以庸。"孔颖达疏："人以车服为荣，故天子之赏诸侯，皆以车服赐之。"扬扬：飘扬。此言得意貌。《荀子·儒效》："呼先王以欺愚者而求衣食焉，得委积足以掩其口，则扬扬如也。"

⑮及：至也。疑惧不决，犹豫观望。趦(zī)趄(jū)：疑惧不决，犹豫观望。趦，同"赼"。

⑯揣摩：战国时之游说术。揣度国君心思，使游说投合其本旨。汉王充《论衡·答佞》："仪秦，排难之人也，处扰攘之世，行揣摩之术。"捭阖(hé)：战国时纵横家分化、拉拢的游说之术。《鬼谷子·捭阖》："捭阖者，以变动阴阳四时开闭，以化物纵横……此天地阴阳之道，而说人之法也。"

⑰雌黄：妄加评论。郦道元《水经注·渠》："夷甫虽体荷俊令，口擅雌黄，污辱君亲，获罪羯勒。"嗫(niè)嚅(rú)：欲言又止貌。韩愈《送李愿归盘谷序》："伺候于公卿之门，奔走于形势之途，足将进而趑趄，口将言而嗫嚅。"

⑱熻(xī)弄播顿：此言博取君王信任所表现出的各种手段与丑态。熻，燃烧。顿，下首也。扰扰：纷乱貌；烦乱貌。

⑲窃誉：窃取声名。王勃《上刘右相书》："未尝降身摧气，逡巡于列相之门；窃誉干时，匍匐于群公之室。"

⑳亡辜：无辜，无罪。

㉑戈戟：戈和戟，借指战争。唐胡曾《咏史诗·流沙》："七雄戈戟乱如麻，四海无人得坐家。"日寻：每日寻求。此言经常发起战争。

㉒岌(jí)岌：危急貌。《孟子·万章上》："天下殆哉岌岌乎？"

㉓游谈：游说。《战国策·赵策二》："秦阳君妒大王不得任事，是以外宾客游谈之士，无敢尽忠于前者。"连横：战国时张仪游说六国共同事奉秦国称连横。《战国策·齐策一》："张仪为秦连横。"

㉔赂：贿赂。宋苏洵《六国论》："六国破灭，非兵不利，战不善，弊在赂秦。"

㉕慑(shè)悸(jì)：《后汉书·刘瑜传》："臣悾悾推情，言不足采，惧以触忤，征营慑悸。"诡随：不顾是非而妄随人意。此言恐强秦而随其意。《诗经·大雅·民劳》："无纵诡随，以谨无良。"朱熹集传："诡随，不顾是非而妄随人也。"

㉖鬀(tì)帼：鬀，剃发。《说文·髟部》："鬀，鬄发也。从髟弟声。大人曰髡，小人曰鬀，尽及身毛曰髡。"帼，古代妇女的发饰。《晋书·宣帝纪》："亮数挑战，帝不出，因遗帝巾帼妇人之饰。"此句恐有脱文。

㉗懿：赞美，称颂。班固《幽通赋》："懿前烈之纯淑兮，穷与达其必济。"李善注引曹大家曰："懿，美也。"昂昂：出群，高洁。《楚辞·卜居》："宁昂昂若千里之驹乎？将泛泛若水中之凫乎？"王逸注："昂昂，志行高也。"

㉘遗:舍弃。荣爵:显贵的爵位。《史记·平津侯主父列传》司马贞述赞:"宠备荣爵,身受肺腑。"自全:保全自己。《史记·高祖功臣侯者年表序》:"《尚书》有唐虞之侯伯,历三代千有余载,自全以蕃卫天子,岂非笃于仁义,奉上法哉?"

㉙市侩:小市民。《新唐书·食货志四》:"鬻两池盐者,坊市居邸主人、市侩皆论坐。"劳瘁:辛苦劳累。《诗经·小雅·蓼莪》:"哀哀父母,生我劳瘁。"

㉚矫高步:矫,举也。文选·扬雄《长杨赋》:"莫不矫足抗手。"张铣注:"矫、抗皆举也。"高步:阔步,大步。此处引申为超群出众。明胡应麟《诗薮·国朝上》:"独李文正才具宏通,格律严整,高步一时,兴起李何,厥功甚伟。"孤骞:同"孤骞",超逸,与众不同。宋周密《齐东野语》卷一〇引宋牟端明《返桌图赞》:"孤骞兮风雅,唾视兮爵禄。"

㉛抗直:刚强正直。《史记·鲁仲连邹阳列传论》:"邹阳辞虽不逊,然其比物连类,有足悲者,亦可谓抗直不挠矣。"皎皎:洁白正直的品格。曹植《蝉赋》:"皎皎贞素,侔夷节兮。帝臣是戴,尚其洁兮。"

㉜在国:居住于都市。《孟子·万章下》:"在国曰市井之臣,在野曰草莽之臣,不敢见于诸侯,礼也。"虽:即使。无嫌:犹无妨。北魏贾思勰《齐民要术·作鱼鲊》:"作裹鲊法……有茱萸、橘皮则用,无亦无嫌也。"

㉝巢许:巢父和许由的并称。蔡邕《郭有道碑文》:"将蹈鸿涯之遐迹,绍巢许之绝轨。"远逸:清远隐逸。

㉞酌处:酌情处理。苏轼《赐保宁军节度使知大名府冯京进奉兴龙节并冬至正旦马诏》:"今朝廷待卿之意,酌处其中。"盘旋:周旋进退。

㉟彩凤:凤凰。唐李商隐《无题》诗之一:"身无彩凤双飞翼,心有灵犀一点通。"戢(jí)音:停止鸣音。戢,止也。《左传·隐公四年》:"夫兵,犹火也;弗戢,将自焚也。"固:固然。莫攀:赶不上,比不上。杜甫《戏为六绝句》之五:"窃攀屈宋宜方驾,恐与齐梁作后尘。"此二句以彩凤比鲁仲连,以万鸟喻"熗弄播顿"之众,或言万鸟鸣音也比不上凤凰不鸣,借以称赞鲁仲连之高洁隐逸

㊱长蛟:蛟龙。幽潜:深水。此言隐伏,隐居。汉王褒《九怀·通路》:"鲸鲟兮幽潜,从虾兮游陼。"

㊲蜿蜿:屈曲貌。《楚辞·离骚》:"驾八龙之蜿蜿兮,载云旗之委蛇。"

㊳人国:国家,此指赵国。《史记·范雎蔡泽列传》:"谒君得无与诸侯客子俱来乎?无益,徒乱人国耳。"沦胥:沦陷、沦丧。《史记·鲁仲连邹阳列传》:"赵孝成王时,而秦王使白起破赵长平之军前后四十余万,秦兵遂东围邯郸。"

㊴援手:《史记·鲁仲连邹阳列传》:"此时鲁仲连适游赵,会秦围赵,闻魏将欲令赵尊秦为帝,乃见平原君。"

⑩平原：平原君赵胜，战国四君子之一。震馁：震恐馁怯。《史记·鲁仲连邹阳列传》："鲁仲连谓平原君曰：'事将奈何？'平原君曰：'胜也何敢言事！前亡四十万之众于外，今又内围邯郸而不能去。魏王使客将军新垣衍令赵帝秦，今其人在是。胜也何敢言事！'"

㊶孰：谁。迷方：迷失方向。《史记·鲁仲连邹阳列传》："赵王恐，诸侯之救兵莫敢击秦军。魏安釐王使将军晋鄙救赵，畏秦，止于荡阴不进。魏王使客将军新垣衍间入邯郸，因平原君谓赵王曰：'秦所为急围赵者，前与齐湣王争强为帝，已而复归帝；今齐已益弱，方今唯秦雄天下，此非必贪邯郸，其意欲复求为帝。赵诚发使尊秦昭王为帝，秦必喜，罢兵去。'平原君犹预未有所决。"

㊷神器：代表国家政权的实物，借指帝位、政权。左思《魏都赋》："刘宗委驭，巽其神器。"吕延济注："神器，帝位。"此言珍惜帝位，不轻易向秦称臣。

㊸琅琅：坚贞，高洁。潘岳《马汧督诔》："慨慨马生，琅琅高致，发愤囹圄，没而犹视。"李善注："《广雅》曰：'琅琅，坚也。'"

㊹《史记·鲁仲连邹阳列传》："鲁仲连谓新垣衍曰：'今秦万乘之国也，梁亦万乘之国也。俱据万乘之国，各有称王之名，睹其一战而胜，欲从而帝之，是使三晋之大臣不如邹、鲁之仆妾也。且秦无已而帝，则且变易诸侯之大臣。彼将夺其所不肖而与其所贤，夺其所憎而与其所爱。彼又将使其子女谗妾为诸侯妃姬。处梁之宫。梁王安得晏然而已乎？而将军又何以得故宠乎？'"

㊺沧海：东海。曹操《步出夏门行》："东临碣石，以观沧海。"陨蹈：鲁连蹈海，指宁愿蹈死东海，也不向秦称臣。《史记·鲁仲连邹阳列传》："彼即肆然而为帝，过而为政于天下，则连有蹈东海而死耳，吾不忍为之民也。"

㊻首功之邦：指秦国。《史记·鲁仲连邹阳列传》："彼秦者，弃礼义而上首功之国也，权使其士，虏使其民。"司马贞索隐："秦法，斩首多为上功。谓斩一人首赐爵一级，故谓秦为'首功之国'也。"

㊼聚议：聚集商议。噤喑(yīn)：不说话。如平原君曰："胜也何敢言事！"

㊽虎狼：秦国。《史记·屈原贾生列传》："秦，虎狼之国，不可信，不如勿行。"

㊾新垣衍：战国时期魏国将军。奉魏王之命怂恿赵王拥秦为帝，与鲁仲连辩论。折服：疑作"折服"。

㊿谅：料想，推想。至论：指高超的或正确精辟的理论。《淮南子·精神训》："藏《诗》《书》，修文学，而不知至论之旨，则拊盆叩瓴之徒也。"《史记·鲁仲连邹阳列传》："于是新垣衍起，再拜谢曰：'始以先生为庸人，吾乃今日知先生为天下之士也。吾请出，不敢复言帝秦。'"

51黔首：指平民。《礼记·祭义》："明命鬼神，以为黔首则。"郑玄注："黔首，谓民也。”

㊽敛锋：收敛锋芒。《史记·鲁仲连邹阳列传》：“秦将闻之，为却军五十里。适会魏公子无忌夺晋鄙军以救赵，击秦军，秦军遂引而去。”

㊾怊(chāo)：怅也。寖急：越来越急迫。寖，通“寖”，益也，渐也。汉赵晔《吴越春秋·王僚使公子光传》：“渔父又歌曰：‘日已夕兮予心忧悲，月已驰兮何不渡为？事寖急兮当奈何？’”

㊿危言：直言。《汉书·贾捐之传》：“臣幸得遭明盛之朝，蒙危言之策，无忌讳之患。”颜师古注：“危言，直言也。言出而身危，故曰危言。”舍生：舍生取义，言鲁连蹈海。

55《史记·鲁仲连邹阳列传》：“于是平原君欲封鲁连，鲁连辞让者三，终不肯受。平原君乃置酒，酒酣起前，以千金为鲁连寿。鲁连笑曰：‘所贵于天下之士者，为人排患释难解纷乱而无取也。即有取者，是商贾之事也，而连不忍为也。’遂辞平原君而去，终身不复见。”

56聊城：今山东聊城。黎庶：黎民。《史记·鲁仲连邹阳列传》：“（邯郸之围）其后二十余年，燕将攻下聊城，聊城人或谗之燕，燕将惧诛，因保守聊城，不敢归。齐田单攻聊城岁余，士卒多死而聊城不下。”鲁仲连助齐将田单收复聊城。

57尺书：书信。《史记·鲁仲连邹阳列传》：“鲁连乃为书，约之矢以射城中，遗燕将。书曰：吾闻之，智者不倍时而弃利，勇士不却死而灭名，忠臣不先身而后君。今公行一朝之忿，不顾燕王之无臣，非忠也；杀身亡聊城，而威不信于齐，非勇也；功败名灭，后世无称焉，非智也。三者世主不臣，说士不载，故智者不再计，勇士不怯死。今死生荣辱，贵贱尊卑，此时不再至，原公详计而无与俗同……”

58长风之卷雾：以喻收复聊城如长风卷雾一般迅速。

59枭雄：指燕将。制命：掌握命运。言燕将处于鲁仲连的掌握之中。《史记·鲁仲连邹阳列传》：“燕将见鲁连书，泣三日，犹豫不能自决。欲归燕，已有隙，恐诛；欲降齐，所杀虏于齐甚众，恐已降而后见辱。喟然叹曰：‘与人刃我，宁自刃。’乃自杀。聊城乱，田单遂屠聊城。”

60允：用以，以。《尚书·尧典》：“允厘百工。王引之释词：“言用厘百工也。”机宜：时宜。依据客观情势所采取的对策。白居易《论行营状》：“若攻战机宜，非臣所习，而军国利害，虽愚亦知。”

61鹯(zhān)隼(sǔn)：猛禽。鹯，鹰鹞类猛禽。隼，隼科类通称。以喻凶猛的势力。鹓鸠：鹌鹑，鸠科类鸟。鸠，鸠科类鸟通称。以喻弱小的势力。

62灵鸟：以喻鲁仲连。释抟：指猛禽放开卷紧的小鸟。抟，把东西卷紧。

《周礼·考工记·鲍人》:"卷而抟之,欲其无迆也。"此言放弃了欺压弱小的势力。

㊸武弁(biàn):《明史·熹宗纪》:"国家文武并用,顷承平日久,视武弁不啻奴隶,致令豪杰解体。"谕:晓也。

㊹郤金:拒绝千金。郤,同"却",推辞,拒绝。

㊺允:助词,用于句首。《诗经·周颂·时迈》:"允王维后。"风节:风骨节操。《三国志·魏书·王凌毌丘俭等传论》:"王凌风节格尚,毌丘俭才识拔干。"瑰奇:美好特出。《晋书·桓玄传》:"及长,形貌瑰奇,风神疏朗。"

㊻鹰鹞:鹰与鹞。驯养后可助畋猎。《新唐书·高宗纪》:"癸酉,禁进犬马鹰鹞。"此以喻追名逐利之人。竞:逐也。《诗经·商颂·长发》:"不竞不絿,不刚不柔。"雀鼠:麻雀和老鼠。以喻小利。

㊼鹫鹓(yuān):鹫,猛禽,即雕。鹓,凤凰一类的鸟。以喻鲁仲连,隐逸高士,放弃名利、千金。戛:鸟鸣声。

㊽驺虞:传说中的义兽名。《诗经·召南·驺虞》:"彼茁者葭,壹发五豝,于嗟乎驺虞。"毛传:"驺虞,义兽也。白虎,黑文,不食生物,有至信之德则应之。"

㊾羁:束缚。此以驺虞喻鲁仲连,言怎么能够如同牛马一般被束缚。

㊿澄澜:清波。隋虞世基《奉和幸江都应诏》:"澄澜浮晓色,遥林卷宿烟。"颓波:比喻衰颓的世风或事物衰落的趋势。李白《上留田》:"高风缅邈,颓波激清。"

⑦①晶晶:明亮闪光貌。景晖:阳光照耀清波发出的光辉。

⑦②游客:门客,投靠权贵之人。《后汉书·朱穆传论》:"至乃田、窦、卫、霍之游客,廉颇、翟公之门宾,进由势合,退因衰异。"悬绝:相差极远。旧题汉李陵《答苏武书》:"客主之形,既不相如;步马之势,又甚悬绝。"

⑦③我土:指齐地。言鲁仲连与一般游士高下分明,其才可帅齐地。

⑦④于戏:感叹词。卓茕(qióng):卓绝出众。宋冯京《论用材》:"使环玮卓茕者有所奋焉,以行其志。"

⑦⑤尘寰:人世间。唐权德舆《送李城门罢官归嵩阳》:"归去尘寰外,春山桂树丛。"

⑦⑥自昔:往昔,从前。《诗经·小雅·楚茨》:"自昔何为?我蓺黍稷。"

⑦⑦孟尝:孟尝君田文,战国四君子之一。《战国策·齐策三》:"孟尝君有舍人而弗悦,欲逐之。鲁连谓孟尝君曰:'猿猴错木据水,则不若鱼鳖;历险乘危,则骐骥不如狐狸。曹沫奋三尺之剑,一军不能当;使曹沫释其三尺之剑,而操铫鎒与农夫居垄亩之中,则不若农夫。故物舍其所长,之其所短,尧亦有所不及矣。今使人而不能,则谓之不肖;教人而不能,则谓之拙。拙则罢之,不肖则弃

之，使人有弃逐，不相与处，而来害相报者，岂非世之立教首也哉！'孟尝君曰：'善。'乃弗逐之。"

⑱恭腆（tiǎn）：恭敬优厚。

⑲子顺：孔斌，孔子六世孙，曾出任魏国宰相。《资治通鉴·秦纪一》："魏安釐王问天下之高士于子顺，子顺曰：'世无其人也；抑可以为次，其鲁仲连乎！'王曰：'鲁仲连强作之者，非体自然也。'子顺曰：'人皆作之。作之不止，乃成君子；作之不变，习与体成；习与体成，则自然也。'"

⑳殆：副词，表示肯定。《商君书·更法》："君亟定变法之虑，殆无顾天下之议之也。"

㉑毅：乐毅，战国时燕将，乐羊后裔，辅佐燕昭王振兴燕国。燕昭王二十八年（前284），率军击破齐国，先后攻下七十余城，因功封于昌国（今山东淄博），号昌国君。

㉒遗逸：隐居。《汉书·五行志》："是岁遣博士褚大等六人持节巡行天下，存赐鳏寡，假与乏困，举遗逸独行君子诣行所在。"

㉓经权：经，指事物的常住性或不易之常道。权，指事物发展过程中的变动性或权衡不同情况所采取的对策。《朱子语类》卷三七："经者，道之常也；权者，道之变也。"此言不符合儒家圣人之道。

㉔弗聘弗庸：指不应邀请担任职务。《孟子·万章上》："伊尹耕于有莘之野，而乐尧舜之道焉。汤使人以币聘之。"宋周敦颐《通书·文辞》："文所以载道也。轮辕饰而人弗庸，徒饰也，况虚车乎？"

㉕先圣：先世圣人。《吕氏春秋·尊师》："天子入太学，祭先圣。"

㉖荐：进献，祭献。《左传·隐公三年》："可荐于鬼神，可羞于王公。"圭璋：两种贵重的玉制礼器。《礼记·礼器》："圭璋特。"此言璞玉经过雕琢能够成为祭祀宗庙的礼器。

㉗中行：合乎中庸之道的人。

㉘惓惓：恳切貌。宋玉《神女赋》："褰余帱而请御兮，愿尽心之惓惓。"狷狂：狷介与狂放之人。《论语·子路》："子曰：'不得中行而与之，必也狂狷乎！狂者进取，狷者有所不为也。'"

㉙蹇：助词，用于句首。薄劣：浅陋不才，自谦之辞。杜甫《独酌》："薄劣惭真隐，幽偏得自怡。"宗国：国家，朝廷。此指齐地。

㉚馨懿：馨，香气。懿，美德。此以喻鲁仲连。

㉛颓荡：陨坠，倒塌。指齐地萧索之貌。宋文同《平云阁观雨》："喷崖倒壑恣颓荡，咫尺不可辨牛马。"罿罿：虚空貌。

㉜郁：忧愁，愁闷。耿耿：不安。《楚辞·远游》："夜耿耿而不寐兮，魂茕茕

而至曙。”洪兴祖补注：“耿耿，不安也。”

⑬淄渑(shéng)：淄水和渑水的并称，皆在今山东省。《战国策·齐策六》："黄金横带而驰乎淄渑之间，有生之乐，无死之心，所以不胜者也。”牛山：山名，在今山东省淄博市。《晏子春秋·谏上十七》："景公游于牛山，北临其国城而流涕曰：'若何滂滂去此而死乎？'"

⑭仁里：仁者居住的地方。《论语·里仁》："里仁为美。”邈茫：时地远隔，模糊不清。

⑮采采：茂盛，众多貌。《诗经·秦风·蒹葭》："蒹葭采采，白露未已。”药葧(bó)：皆草名。药，白芷。《楚辞·九歌·湘夫人》："桂栋兮兰橑，辛夷楣兮药房。”葧，蓝的别名，染草。《广韵·入声·陌韵》："葧，蓝之别名。”蕙茝：皆香草名。《楚辞·离骚》："杂申椒与菌桂兮，岂维纫夫蕙茝。”王逸注："蕙茝皆香草，以喻贤者。"

⑯高山之章：《诗经·小雅·车辖》："高山仰止，景行行止。”以喻对高尚品德之人的崇敬、仰慕之情。

（雷雨豪　注）

申　旞

【作者简介】

申旞，字仪卿，大名府魏县人（今河北魏县），其先世山西潞城石流里人，因号潞石。嘉靖二十三年(1544)进士，授固始县以治闻，迁刑部主事。二十九年(1550)，受王邦瑞举荐改兵部职，愤咸宁侯仇鸾专横骄姿，上书明职守语侵鸾，鸾阴中以事廷杖，谪莱州推官。鸾败复官车驾司，改职方署员外事。后丁继母忧，四十年(1561)由兵部起本官，迁吏部验封司郎中，转考功司故事。以父忧归，未几卒，葬于城西南三十五里前牛疃村东南。性刚，颇负气，不能容人短而怜才爱士。与王永寿、刘禟号“魏县三杰”。著有《潞石集》四卷。事见康熙《魏县志》卷三、乾隆《大名县志》卷三〇、民国《大名县志》卷一八等。

泰山观日出赋

【题解】

赋云“岁惟壬子兮，余有西行”，知此赋作于嘉靖三十一年(1552)。申旞于嘉靖二十九年(1550)忤仇鸾而谪莱州推官，三十一年八月，仇鸾被革职忧惧而死。乾隆《大名县志》卷三三《乡贤传五》载“鸾败复官车驾司”，又赋云“景薄孟冬”，知其年申旞在推官任上被起用，由莱州西行复官，途径齐鲁而驱车登山观日，并作此赋。

赋文首先交代了此次游历泰山的基本信息，登山过程中的所见之景逐一展现，泰山的自然风光与人文胜景尽皆呈露，读之如身临其境。第二部分以浓墨重彩之笔展开对海日奇观的抒写，极尽描写之能事，用词华丽，想象独特，既呈现日出的整个过程，又着重于细节方面的刻画。第三部分由景入心，归于人生感悟，处泰山之巅而小天下，登临的苍茫之感与自我的渺小体悟自然地涌现出来，兴亡之感、劳生之哀、思乡之情、归耕之愿、砥砺之志一并袭来，感悟立体而丰富，滋味多样而交融。泰山被视作道教仙山，列为三十六小洞天之一，道教称为第二小洞天。因之赋中也出现与道教密切相关之语，如“验灵经之尝读”就是指道教修炼过程中对泰山日出的利用。赋末表现得尤其明显，“周天一息千万程，不出户庭游八纮”正暗合道教的周天运气法，可见申旞受道教影响，对泰山的解读最后也归之于道教仙山。其驱车登山的原因之一，或与泰山在道教中的重要地位相关，其为申旞西行途中的必览之地。

赋文语言流畅，用语丰富，体现了赋家兼通才学的特点。如对水深的形容，借鉴《海赋》“沖瀜沆瀁”之词；对日光的描写，化用《鲁灵光殿赋》“鸿炌炾以爣阆”之语。华丽多样的辞藻体现出丰富的画面感，海日奇观的磅礴气象在赋体的写下显得异常光彩。虽多借鉴《文选》，但全文流贯畅达，典雅富丽，感悟丰富。泰山观日的赋作众多，此可谓一佳作。

【原文】

仰止兹山兮，梦想平生。岁惟壬子兮①，余有西行。道经齐鲁兮，瞻望峥嵘。飘然神往兮，觊焉心倾②。爰驱车而就之兮，指翠微以徂征③。于是景薄孟冬④，序犹杪秋⑤。红树吟风⑥，寒禽啁啾⑦。雁尽天空⑧，雨霁烟浮⑨。尔乃振步于红门之麓兮⑩，攀青磴之逶迤⑪。历幽壑之窈窕兮⑫，怨层峦之蔽亏⑬。忘登顿之萦纡兮[14]，恣选胜而探奇[15]。漱水帘之飞泉兮[16]，弄白鹤之涟漪。窥龙吻之嵱岈兮[17]，摩莲峰之葳蕤[18]。既扪萝以度险兮[19]，亦策杖而支疲[20]。抚秦松之霜姿兮，吊汉畤之荒圮[21]。悲御帐之虚无兮[22]，俯明堂之芜基[23]。溯往迹以僶佪兮[24]，心感慨而犹夷[25]。仰睇奎娄[26]，引手可掇。回望白云，四山如雪。不堪赠持，聊以怡悦[27]。尔乃蹑天门之崔嵬兮[28]，陟霞宫之岧峣[29]。礼蓬玄之洞天兮[30]，觐绛节之仙朝[31]。剑佩俨其班列兮[32]，虎豹躨跜而怒骁[33]。帝室赫奕以威神兮骁[34]，天妃嬉睐而逍遥[35]。

吾欲觌海日之奇观兮[36]，验灵经之尝读[37]。遍三峰以翱翔兮[38]，留日观而止宿。魂中夜而屡惊兮，恐宵兴之不夙[39]。闻鸡鸣而衣裳兮，又虞夫繁云之碍目[40]。起视星河之耿耿兮骁[41]，愉璇霄之霁肃[42]。澳淴靖而无纤埃兮[43]，玉绳粲而腾煜[44]。乃冥心兮澄神[45]，穆诚想兮寅宾[46]。迟东方兮未明，晰微茫兮海滨。渐赤霞兮万里，映沧波兮粼粼。朱光腾烁兮一跃，惊见火山兮半轮。谓曦驾兮已升[47]，乃鲛宫兮尚沦[48]。圆辉外见兮如隔琉璃之景[49]，曜德中涵兮若居元化之娠[50]。浺瀜沆瀁兮映初照以明灭[51]，胶滆澒洞兮浮玄旻而无垠[52]。忽乾坤之低昂兮，荡漾摇空。互水天以吐吞兮[53]，曈昽欲晨[54]。光呵欻以掩忽兮[55]，嘘吸潮汐[56]。波涬滈而潗湁兮[57]，簸荡化钧[58]。沃焦沸汩兮饯日车[59]，阳侯炽威兮辞坎居[60]。离水际兮登太虚[61]，将出潜兮光未舒[62]。洊上盈而下缩兮[63]，似欲去而踌躇[64]。俄缩极而规涌兮[65]，晴辉飏而阴气除[66]。冯夷回驭兮[67]，海冥冥而就沉[68]。六龙飞辔兮[69]，云鳞鳞而铄金[70]。叆叇收兮旸谷罢[71]，祲晴旭射兮[72]，霞彩高临。炘炎景之照灼兮[73]，二仪开而融朗[74]。扬燎烛之光耀兮[75]，五色绚而弥深。濯濩磷乱目矆睒而不能视兮，炉焜爣阆视瞑矌而不能任[76]。溢光华于六合兮昭物像[77]，散阳和于万品兮惬群心[78]。

畅流览于辽阔兮，疏烦郁于心胸。俯九垓之茫茫兮[79]，见万有之茸茸[80]。远而嵩华恒霍秀如拳石兮[81]，近而龟凫沂羽山如蚁封[82]。带水辨百川之潮淙兮[83]，町畦俯千仞之崇墉[84]。醯鸡蠛蠓纷纭以往来兮[85]，乃群生之兴亡相代而利害相攻。信乎登泰山而小天下兮，倚天拔地而为五岳之宗也。叹劳生之堪哀兮，吾何为乎淹留[86]。望故乡之谙蔼兮[87]，心灼烁其离忧[88]。怀亲舍而惨云飞兮[89]，气歔欷而涕流[90]。情眷然而思归耕兮[91]，慕曾氏之前修[92]。反初服以敕吾身兮[93]，获中心之所求。警夙夜而惕厉兮[94]，庶以寡此生之愆尤[95]。

系曰：无阂之先遐鸿蒙[96]，六区之外邈难穷[97]。海岳高深天地中，阴阳变化陶冲融[98]。晦明寒暑递始终[99]，阳精丽天絶太空[100]。斡旋元气行西东[101]，远游何必追荒躅[102]，俯仰堪舆适所欲[103]。人生几何俟河清[104]，焉用倒景凌蓬瀛[105]。愿得归田娱我情，静观无始契无名[106]。周天一息千万程[107]，不出户庭游八纮[108]。

（据《明文海》卷一六，清文渊阁《四库全书》本）

【注释】

①壬子：嘉靖三十一年(1552)。据《明清进士题名录索引》，申旞中嘉靖二十三年(1544)甲辰科进士。因知此壬子为嘉靖三十一年。

②贶(kuàng)：赐也，犹爱也。《仪礼·燕礼》："君贶寡君多矣。"

③翠微：指青翠掩映的山腰幽深处。司马光《和范景仁谢寄西游行记》："八水三川路渺茫，翠微深处白云乡。"徂(cú)征：远行。陆机《于承明作与士龙》："牵世婴时网，驾言远徂征。"吕延济注："驾言，谓驾车马出游也。徂，往。征，行也。"

④景薄孟冬：时下迫近初冬。景，光景。薄，迫近。序：季节。《魏书·律历志上》："然四序迁流，五行变易。"

⑤杪(miǎo)秋：晚秋。《楚辞·九辩》："靓杪秋之遥夜兮，心缭悷而有哀。"

⑥红树：指经霜叶红之树，如枫树等。唐韦应物《登楼》："坐厌淮南守，秋山红树多。"

⑦寒禽：冬季的飞禽。啁(zhōu)啾(jiū)：鸟鸣声。王维《黄雀痴》："到大啁啾解游飏，各自东西南北飞。"

⑧雁尽：雁已飞尽。言空中没有飞雁。

⑨雨霁：雨止转晴。唐崔颢《题潼关楼》："客行逢雨霁，歇马上津楼。"

⑩ 红门：在今泰山大藏岭的丹崖南端。由南天门下一折为小天门，再折为二天门，三折为天门，四折为"红门"。因"丹壁悬崖"处有两片红色似门的石头而得名。清沈德潜《红门》："到顶五十盘，红门起初步。"麓：山脚下。

⑪青磴(dèng)：青石磴道。唐欧阳衮《神光寺》诗："香刹悬青磴，飞楼界碧空。"逶迤：曲折绵延貌。

⑫幽壑：深谷，深渊。

⑬蔽亏：谓因遮蔽而半隐半现。孟郊《梦泽行》："楚山争蔽亏，日月无全辉。"

⑭登顿：上下，行止。谢灵运《过始宁墅》："山行穷登顿，水涉尽洄沿。"李周翰注："登顿，谓上下也。"萦纡(yū)：盘旋环绕。班固《西都赋》："步甬道以萦纡，又杳窱而不见阳。"

⑮恣：放纵，无拘束。

⑯漱：通"欶"，吮吸。张衡《思玄赋》："漱飞泉之沥液兮，咀石菌之流英。"

⑰龙吻：又称大吻，吞脊兽。安放在正脊两端张口向内龙形装饰物。岭岈(hán yá)：山深谷空貌。南朝梁元帝《玄览赋》："岭岈豁闻，背原面野，填飞流

于天末。”

⑱莲峰：此言奇峰似莲。葳蕤：草木茂盛貌。

⑲扪萝：攀援葛藤。唐宋之问《灵隐寺》：“扪萝登塔远，刳木取泉遥。”

⑳策杖：拄杖，也称杖策。曹植《苦思行》：“策杖从我游，教我要忘言。”支疲：支撑疲惫的身体。

㉑汉畤(zhì)：汉时帝王祭天地五帝的地方。明谷宏《行经华阴》诗：“秦关日落行人少，汉畤天阴古殿空。”荒圮：此言荒凉毁坏的遗迹。

㉒御帐：御用帷帐。指帝王前往泰山封禅时所宿的帷帐。

㉓明堂：古代帝王宣明政教的地方。凡朝会、祭祀、庆赏、选士、养老、教学等大典，都在此举行。《孟子·梁惠王下》：“夫明堂者，王者之堂也。”芜基：荒芜的遗迹。基，地基，墙角。《诗经·周颂·丝衣》：“自堂徂基。”毛传：“基，门塾之基。”

㉔溯：追溯。儃(chán)佪：徘徊。《楚辞·九章·惜诵》：“欲儃佪以干傺兮，恐重患而离尤。”王逸注：“儃佪，犹低佪也。”

㉕犹夷：犹豫。

㉖奎娄：奎宿和娄宿，均为二十八宿之一。

㉗南北朝陶弘景《诏问山中何所有赋诗以答》：“山中何所有，岭上多白云。只可自怡悦，不堪持赠君。”此二句化用陶诗。

㉘蹑(niè)：登也。天门：天宫之门。《楚辞·九歌·大司命》：“广开兮天门，纷吾乘兮玄云。”泰山有多道“天门”，见注⑩。

㉙陟(zhì)：登高。霞宫：天宫，仙宫。泰山绝顶有碧霞宫。

㉚蓬玄之洞天：泰山列为三十六小洞天之一，道教称为第二小洞天。宋张君房《云笈七签》：“第二东岳泰山洞，周回一千里，名曰蓬玄洞天。”

㉛绛节：传说中上帝或仙君的一种仪仗。唐杜甫《玉台观》诗之一：“中天积翠玉台遥，上帝高居绛节朝。”仙朝：仙君庙堂。

㉜剑佩：宝剑和垂佩。南朝宋鲍照《代蒿里行》：“虚容遗剑佩，实貌戢衣巾。”俨：整齐貌。班列：朝班的行列。晋潘岳《夏侯常侍诔序》：“天子以为散骑常侍，从班列也。”

㉝夔(kuí)跜(ní)：踞伏貌。李白《化城寺大钟铭》：“尔其龙质炳发，虎形夔跜。”怒骁：气盛勇猛。

㉞帝室：帝，天帝。室，家族。赫奕：显赫貌。

㉟天妃：本指南海女神，此或言碧霞元君，道教女神，全称“东岳泰山天仙玉女碧霞元君”，泰山绝顶有碧霞宫。睐(lài)：旁视也。曹植《洛神赋》：“明眸善睐。”

㊱海日：云海日出。

㊲灵经：指道教经书。

㊳三峰：多座山峰。泰山有峰百余座。元李简《登岳》："三峰突兀与天齐，天门未到劳攀跻。"翱翔：犹遨游。《诗经·齐风·载驱》："鲁道有荡，齐子翱翔。"毛传："翱翔，犹彷徉也。"

㊴宵兴：夜间起来。潘岳《哀永逝文》："启夕兮宵兴，悲绝绪兮莫承。"刘良注："宵兴，夜起也。"不夙：未至清晨日出。夙，早晨。《尚书·舜典》："夙夜惟寅，直哉惟清。"孔传："夙，早也。"

㊵虞：忧虑，忧患。《左传·昭公四年》："君若苟无四方之虞。"

㊶耿耿：明亮貌。谢朓《暂使下都夜发新林至京邑赠西府同僚》："秋河曙耿耿，寒渚夜苍苍。"李善注："耿耿，光也。"

㊷璇霄：犹碧空。元周巽《郊祀曲》："瑶阶降甘露，璇霄罗景星。"霁肃：云雾散去，天气清朗。

㊸淟（tiǎn）涊（niǎn）：污浊。《楚辞九叹·惜贤》："拨谄谀而匡邪兮，切淟涊之流俗。"王逸注："淟涊，垢浊也。"靖：除去。任昉《百辟劝进今上笺》："一匡靖乱。"纤埃：微尘。

㊹玉绳：星名。常泛指群星。张衡《西京赋》："上飞闼而仰眺，正睹瑶光与玉绳。"李善注引《春秋元命苞》曰："玉衡北两星为玉绳。"腾煜：腾，跳跃。煜，明亮貌。此言星星闪烁明亮，似腾跃跳动。

㊺冥心：泯灭俗念，使心境宁静。澄神：使心智和精神得以安静和澄清，不受外物的干扰。徐幹《中论》："心澄体静。"

㊻寅宾：恭敬导引。《尚书·尧典》："分命羲仲，宅嵎夷曰旸谷，寅宾出日。"孔传："寅，敬。宾，导。"孔颖达疏："令此羲仲恭敬导引将出之日。"

㊼曦驾：太阳神曦和驾日车而升。《楚辞·天问》："羲和之未扬，若华何光？"王逸注："羲和，日御也。言日未出之时，若木何能有明赤之光华乎？"

㊽鲛宫：鲛室。谓鲛人水中居室。杜甫《秋日夔府咏怀奉寄郑监李宾客一百韵》："俗异邻鲛室，朋来坐马鞯。"此以喻云中居室。沦：没也。此言太阳逐渐升起，鲛宫尚且沉没于云海之中。后文皆以水喻云，描写云海日出之景。

㊾圆辉：浑圆的光辉。琉璃：一种有色半透明的玉石。宋戴埴《鼠璞·琉璃》："琉璃，自然之物，彩泽光润逾于众玉，其色不常。"

㊿曜德：光大德泽。晋潘岳《夏侯常侍诔》："思弘儒业，小大双名。显祖曜德，牧兖及荆。"元化：造化，天地。娠：怀孕。

51沖（chōng）瀜（róng）沆（hàng）瀁（yǎng）：水深广貌。木华《海赋》："沖瀜沆瀁，渺弥泼漫。"李善注："沖瀜沆瀁，深广之貌。"明灭：谓忽明忽暗。王维

《山中与裴迪秀才书》:“夜登华子冈,辋水沦涟,与月上下,寒山远火,明灭林外。”

㊾胶潙:水深广貌。胶,疑应作“漻”。木华《海赋》:“襄陵广舄,漻潙浩汗。”李善注:“潙,广深之貌。”澒(hòng)洞:水势汹涌。苏轼《庐山二胜·栖贤三峡桥》:“空蒙烟霭间,澒洞金石奏。”玄旻(mín):玄天,泛指天。

㊿吐吞:形容水天争雄之势。王安石《昆山慧聚寺》诗之二:“峰岭互出没,江湖相吐吞。”

㊹曈(tóng)昽(lóng):日初出渐明貌。《说文·日部》:“曈,曈昽,日欲明也。”

㊺呵欻(xū)、掩忽:吞吐光色,昏暗不明。木华《海赋》:“呵嗽掩忽,矆睒无度。”刘良注:“呵嗽掩忽,谓吞吐光色疾也。”李善注:“呵嗽掩郁,不明貌。”

㊻嘘吸:吞吐。木华《海赋》:“嘘噏百川,洗涤淮汉。”李周翰注:“嘘,吹;噏,欲也。言潮起则百川逆流,若吹之也;潮落则如欲之而入也。”噏,同“吸”。

㊼浡(bó)潏(yù):大水沸涌的样子。木华《海赋》:“天纲浡潏,为凋为瘵。”李善注:“浡潏,沸涌貌。桓子《新论》曰:‘夏禹之时,鸿水浡潏。’”濈(jí)濪(nì):水流沸腾的声音。木华《海赋》:“葩华踧沑,澒泞濈濪。”李善注:“濈濪,沸声也。”

㊽簸荡:颠动震荡。化钧:造化。宋范成大《水龙吟·寿留寺》:“黄扉紫闼,化钧高钞,风霆挥扫。”

㊾沃焦:古代传说中东海南部的大石山。李善注《养生论》引晋司马彪曰:“在扶桑之东,有一石,方圆四万里,厚四万里,海水注者无不燋尽,故名沃燋。”郭璞《江赋》:“出信阳而长迈,淙大壑与沃焦。”沸汩(gǔ):沸,水腾涌貌。汩,水流也。明刘基《苦斋记》:“其泄水皆啮石出,其源沸沸汩汩,澌潀曲折,注入大谷。”饯:饯别。以喻日出。日车:神话中太阳所乘的六龙驾的车。《庄子·徐无鬼》:“有长者教予曰:‘若乘日之车而游于襄城之野。’”

㊿阳侯:古代传说中的波涛之神。《战国策·韩策二》:“塞漏舟而轻阳侯之波,则舟覆矣。”鲍彪注:“说阳侯多矣。今按《四八目》,伏羲六佐,一曰‘阳侯’,为江海。盖因此为波神欤?”炽威:火热的威力。明杨循吉《折扇赋》:“尔乃寒韵来欢,炽威亡酷。”辞:离开。坎居:水中居室。坎,八卦之一,代表水。此言日光炽热,云海沸腾,波涛之神也离开了水中居室。

61太虚:指天,天空。孙绰《游天台山赋》:“太虚辽廓而无阂,运自然之妙有。”李善注:“太虚,谓天也。”

62出潜:此言太阳从云海中上升。舒:舒展。

63洊:同“荐”,再,屡次,接连。鲍照《舞鹤赋》:“众变繁姿,参差洊密。”李善注:“《字书》曰:洊,仍也。”盈、缩:盈满,收缩。此以喻日出“踌躇”。

㉔踌躇:徘徊不进。

㉕俄:短时间。规涌:指太阳完全涌出。规,圆形。《楚辞·大招》:“曾颊倚耳,曲眉规只。”王逸注:“规,圜也。”飏(yáng):飞扬也。张衡《东京赋》:“飏檦燎之炎炀。”

㉖阴气:寒气,肃杀之气。《管子·形势解》:“秋者阴气治下,故万物收。”

㉗冯夷:传说中的黄河之神,即河伯。泛指水神。《庄子·大宗师》:“冯夷得之,以游大川。”成玄英疏:“姓冯名夷,弘农华阴潼乡堤首里人也。服八石,得山仙。大川,黄河也。天帝锡冯夷为河伯,故游处盟津大川之中也。”回驭:驾驭云车返回。《淮南子·原道训》:“昔者冯夷、大丙之御也,乘云车入云蜺,游微雾。”

㉘冥冥:昏暗貌。《诗经·小雅·无将大车》:“无将大车,维尘冥冥。”朱熹集传:“冥冥,昏晦也。”

㉙六龙飞辔:指太阳升起。汉刘向《九叹·远游》:“贯澒蒙以东揭兮,维六龙于扶桑。”陆机《演连珠》之三三:“飞辔西顿,则离朱与蒙瞍收察。”李善注:“飞辔、悬景,皆谓日也。日有御,故云辔也。顿犹舍也。西顿,谓已夕也。”

㉚鳞鳞:鳞状物,形容云彩。鲍照《还都道中作》:“鳞鳞夕云起,猎猎晚风遒。”吕延济注:“鳞鳞,云貌。”铄金:熔化金属。《周礼·考工记序》:“铄金以为刃,凝土以为器。”此言云海慢慢散去。

㉛叆(ài)叇(fèi):昏暗貌。《文选·木华》:“气似天霄,叆叇云布。”李善注:“叆叇,昏闇貌。”旸谷:古称日出之处。《尚书·尧典》:“分命羲仲,宅嵎夷,曰旸谷,寅宾日。”孔颖达疏:“日所出处,名曰旸明之谷。”

㉜祲晴:云气散去,天空放晴。祲,日旁云气。《周礼·春官·保章氏》:“以五云之物,辨吉凶,水旱降丰荒之祲象。”贾公彦疏:“祲谓日旁云气。”旭射:日光四射。

㉝炘(xīn):热也。扬雄《甘泉赋》:“扬光曜之燎烛兮,垂景炎之炘炘。”炎景:光芒,光焰。

㉞二仪:指天地。曹植《惟汉行》:“太极定二仪,清浊始以形。”融朗:融通明朗。木华《海赋》:“三光既清,天地融朗。”

㉟燎烛:明烛。

㊱瞪(kēng)矇(méng):盖瞠矇之误,看不分明貌。《广韵·平声·庚韵》:“瞠矇,视不分明。”

㊲光华:光芒,光彩。六合:天地四方。《庄子·齐物论》:“六合之外,圣人存而不论;六合之内,圣人论而不议。”成玄英疏:“六合者,谓天地四方也。”

⑦⑧阳和:温暖,暖气。《史记·秦始皇本纪》:"维二十九年,时在中春,阳和方起。"万品:犹万物,万类。

⑦⑨九垓:中央至八极之地。《国语·郑语》:"王者居九垓之田,收经入以食兆民。"韦昭注:"九垓,九州之极数。"

⑧⓪万有:犹万物。《子华子·阳城胥渠问》:"太初胚胎,万有权舆。"茸茸:柔细浓密貌。言高处俯视万物之景。

⑧①嵩华恒霍:嵩山、华山、恒山、霍山。霍山,衡山别称,东汉应劭《风俗通义·山泽》:"南方衡山,一名霍山。霍者,万物盛长,垂枝布叶,霍然而大。"拳石:小石块。

⑧②龟凫沂羽:龟山、凫山、沂山、羽山。龟山,在山东省泗水县东北。凫山,在山东省邹县西南,因形如凫飞得名。沂山,位于山东省沂水县之北,临朐县之南。羽山,位于江苏东海县和山东临沭县交界。蚁封:蚁穴外隆起的小土堆。《孟子·公孙丑上》:"泰山之于丘垤。"汉赵岐注:"垤,蚁封也。"

⑧③带水:此喻河水如衣带一般大小。明袁宏道《戏作三星行送曹子野归楚时予亦将归里》:"望江上之青峰,指湘皋之云树。汉沔相踞,一衣带水,竢君于油口之渡。"潮淙:同"朝宗",比喻小水流注入大水。《尚书·禹贡》:"江汉朝宗于海。"

⑧④町(tǐng)畦(qí):田界。唐杜甫《到村》诗:"蓄积思江汉,疏顽惑町畦。"仇兆鳌注:"町畦,田畔之界也。"俯:低头。《汉书·项籍传》:"百粤之君俯首系颈。委命下吏。"千仞:此处形容极高。此言于泰山俯视,高耸的城墙犹如田界一般矮小。

⑧⑤醯(xī)鸡蠛(miè)蠓(měng):醯鸡,即蠛蠓,虫名。体微细,将雨,群飞塞路。扬雄《甘泉赋》:"历倒景而绝飞梁兮,浮蠛蠓而撇天。"李善注引孙炎《尔雅》注:"蠛蠓,虫小于蚊。"纷纭:多盛貌。

⑧⑥《楚辞·离骚》:"长太息以掩涕兮,哀民生之多艰。"淹留:羁留,逗留。《离骚》:"时缤纷其变易兮,又何可以淹留?"

⑧⑦谙蔼:遥远貌。张衡《思玄赋》:"据开阳而俯视兮,临旧乡之暗蔼。"

⑧⑧灼烁:鲜明貌。此言强烈的羁旅之忧。三国魏缪袭《嘉梦赋》:"心灼烁其如阳,不识道之焉如。"

⑧⑨《旧唐书·狄仁杰传》:"其亲在河阳别业,仁杰赴并州,登太行山,南望见白云孤飞,谓左右曰:'吾亲所居,在此云下。'瞻望伫立久之,云移乃行。"后因以"白云亲舍"为思念亲人的典故。

⑨⓪歔欷:悲泣,抽噎,叹息。《楚辞·离骚》:"曾歔欷余郁邑兮,哀朕时之不当。"

㉑眷然：顾念貌，依恋貌。《汉书·王莽传中》："皇天眷然，去汉与新。"

㉒曾氏：曾参。张衡《思玄赋》："嘉曾氏之《归耕》兮，慕历阪之钦崟。"李善注引《琴操》："《归耕》者，曾子之所作也。曾子事孔子十有余年，晨觉，眷然念二亲年衰，养之不备，于是援琴鼓之，曰：'歔欷归耕来兮！安所耕历山盘兮！'"前修：前贤。

㉓初服：未入仕时的服装，与"朝服"相对。《楚辞·离骚》："进不入以离尤兮，退将复修吾初服。"敕：告诫。《史记·乐书》："余每读《虞书》，至于君臣相敕，维是几安。"

㉔惕厉：警惕谨慎，警惕激励。《周易·乾》："君子终日乾乾，夕惕若厉，无咎。"

㉕庶：但愿，或许。愆尤：过失，罪咎。张衡《东京赋》："卒无补于风规，祇以昭其愆尤。"

㉖无阂：没有阻碍。阂，阻隔。孙绰《游天台山赋》"太虚辽阔而无阂，运自然之妙有，融而为川渎，结而为山阜。"遐：遥远。鸿蒙：宇宙形成前的混沌状态。《庄子·在宥》："云将东游，过扶摇之枝，而适遭鸿蒙。"成玄英疏："鸿蒙，元气也。"

㉗六区：谓上下四方。张衡《思玄赋》："愿得远度以自娱，上下无常穷六区。"李善注："六区，上下四方也。"穷：穷尽，达到。

㉘陶：化育。《太玄·玄告》："岁岁相荡，而天地弥陶。"范望注："陶，化也。"冲融：冲和，混融。宋张君房《云笈七签》："帝真灵府命元，高真冲融之气。"

㉙晦明：黑夜和白昼。明张煌言《拟古》诗之二："晦明本如毂，日日相推移。"

⑩阳精：指太阳。《礼记·月令》："月令第六"孔颖达疏："月是阴精，日为阳精。"赩(xì)：赤貌。《蜀都赋》："丹沙赩炽出其坂。"李善注引毛苌《诗》传："赩，赤貌也。"

⑩斡旋：运转，扭转。明龚廷贤《万病回春·序》："方今圣天子斡旋元气于上，贤公卿调和元气于下。"元气：道教基本概念，原本为先秦道家用语，指产生和构成天地万物的原始物质，或阴阳二气混沌未分的实体。《道德经》："万物负阴而抱阳，冲气以为和。"《太平经》："元气恍惚自然，共凝成天，名为一也，分而生阴而成地，名为二也；因为上天下地，阴阳相合施生人，名为三也。"

⑩荒躅(zhuó)：荒远的足迹，此言长远行程留下的踪迹。荒，荒远。躅，足迹。

⑩③堪舆：扬雄《甘泉赋》李善注引许慎曰："堪，天道也；舆，地道也。"后因以"堪舆"指称天地。

⑩④俟：等待。河清：古称黄河千年一清，因以"河清"比喻时机难遇。汉王粲《登楼赋》："惟日月之逾迈兮，俟河清其未极。"

⑩⑤倒景：倒影，指水中幻影，此言以此途径登凌蓬瀛仙山是不可行的，与"不出户庭游八纮"相对。凌蓬瀛：登上蓬瀛仙山。蓬瀛，蓬莱和瀛洲。神山名，相传为仙人所居之处。亦泛指仙境。晋葛洪《抱朴子·对俗》："或委华驷而辔蛟龙，或弃神州而宅蓬瀛。"

⑩⑥无始：南朝齐明僧绍《正二教论》："而道常出乎无始，入乎无终。"契：体会，领悟。东晋陶潜《癸卯岁作与从弟敬远》："寄意一言外，兹契谁能别？"无名：道家称天地未形成时的状态为"无名"。《道德经》："无名天地之始，有名万物之母。"王弼注："凡有皆始于无，故未形无名之时，则为万物之始。"

⑩⑦周天：原意指谓绕天球大圆一周。《逸周书·周月》："日月俱起于牵牛之初，右回而行，月周天起一次而与日合宿。"此指道教术语，周天运气法。一息：一呼一吸。《性命圭旨·亨集》："一息尚存，皆可复命。人若知添油之法，续尽灯而复光明。"

⑩⑧八纮(hóng)：八方极远之地。《淮南子·地形训》："九州之外，乃有八殥……八殥之外，而有八纮，亦方千里。"高诱注："纮，维也。维落天地而为之表，故曰纮也。"

（雷雨豪　注）

王守仁

【作者简介】

王守仁(1472—1528)，字伯安，号阳明，馀姚(今属浙江)人。弘治十二年(1499)进士，授刑部主事。因劾刘瑾，廷杖谪龙场驿丞，累官至太仆少卿。正德间，擢右佥都御史巡抚四省。嘉靖初，议加尚书，封建新伯。后授总制两广军务。嘉靖七年(1528)，卒南安舟中，年五十七，加恤为侯，谥文成。守仁生有异禀，天资绝伦。其为教，专以致良知为主。谓宋周、程二子后，唯象山陆氏简易直捷，有以接孟氏之传。而朱子《集注》《或问》之类，乃中年未定之说。学者翕然从之，世遂有"阳明学”云。又精通军事，谓“终明之世，文臣用兵制胜，未有如守仁者”。著有《王文成公全书》《传习录》《大学问》等。事见《明史》卷一九五、万历《吉安府志》卷一七、同治《赣县志》卷二七、光绪《滁州志》卷四之二等。

太白楼赋

【题解】

此太白楼在今山东济宁。赋云“岁丙辰之孟冬兮”，知其作年在弘治九年(1496)，时年王阳明二十五岁，书生意气，雄姿英发。《明史·王阳明传》称其“年十五，访客居庸、山海关。时阑出塞，纵观山川形胜。弱冠举乡试，学大进。顾益好言兵，且善射”。从中亦能看到青年李白的影子，守仁登临太白楼，自然联想到李白，并作此赋。

此赋先明写作时间与登楼机缘，继而铺叙从太白楼“观乎四海”之景。木叶萧萧，江海浩浩，鲸涌鹏翔，山石生辉。天姥山遮蔽在长烟之中，庐山之云松变得渺小。“四海之景”隐隐约约均留有李白的踪影，配合登临产生的苍茫之感，形成了历史的穿越与时空的重叠，自然而然与李白联系起来。赋文第二部分回顾古人之世，天宝末代，朝纲颓败，淫色信谗，小人当道，守仁感叹李白生不逢时，而正是污浊的时代，塑造了李白的高贵品格与豪放姿态，“宁直死以颇颔兮，夫焉患得而局促”。第三部分写到李白参加永玉幕府之事，虽“佐璘失节”，但仍逸气徘徊。在“其谁无过”的理解中，赞扬了李白“虽悔费摧”的初心。守仁所处之世亦与李白相同。“妇妾驰骛”“贤者改度”，凸显李白品格难能可贵的同时，暗含其对直逸之气的肯定与追求。赋末以舟中之人暗比李白，照应前文写景中隐约透露出的李白踪影，在登临的苍茫感中，增添了一分意趣。以“太白楼”为题的赋作众多，此赋语言通俗畅达，意气慷慨苍凉，见识客观高远，历代为人称道，是赋咏太白楼的代表之作。

【原文】

岁丙辰之孟冬兮①，泛扁舟予南征②。凌济川之惊涛兮③，览层构乎任城④。曰太白之故居兮⑤，俨高风之犹在⑥。蔡侯导余以从陟兮⑦，将放观乎四海⑧。木萧萧而乱下兮⑨，江浩浩而无穷⑩；鲸敖敖而涌海兮⑪，鹏翼翼而承风⑫；月生辉于采石兮⑬，日留景于岳峰⑭；蔽长烟乎天姥兮⑮，渺匡庐之云松⑯。慨昔人之安在兮，吾将上下求索而不可[17]。蹇予虽非白之俦兮[18]，遇季真之知我[19]。羌后人之视今兮，又乌知其不果[20]？吁嗟太白公奚为其居此兮[21]？余奚为其复来？倚穹霄以流眄兮[22]，固千载之一哀！

昔夏桀之颠覆兮[23]，尹退乎莘之野[24]；成汤之立贤兮[25]，乃登庸而伐夏[26]。谓鼎俎其要说兮[27]，维党人之挤诟[28]。曾圣哲之匡时兮[29]，夫焉前枉而直后[30]！当天宝之末代兮[31]，淫好色以信谗[32]。恶来妹喜其猖獗兮[33]，众皆狐媚以贪婪[34]。判独毅而不顾兮[35]，爰命夫以仆妾之役[36]。宁直死以颛颔兮[37]，夫焉患得而局促[38]。开元之绍基兮[39]，亦遑遑其求理[40]。生逢时以就列兮[41]，固云台麟阁而容与[42]。夫何漂泊于天之涯兮？登斯楼乎延伫[43]。信流俗之嫉妒兮[44]，自前世而固然[45]。怀夫子之故都兮[46]，沛余涕之湲湲[47]。庙堂之偃蹇兮[48]，或非情之所好。惟不合于斯世兮，恣沉酣而远眺[49]。

进吾不遇于武丁兮[50]，退吾将颜氏之箪瓢[51]。奚曲糵其昏迷兮[52]，亦夫子之所逃。管仲之辅纠兮[53]，孔圣与其改行[54]。佐璘而失节兮[55]，始以见道之未明[56]。睹夜郎之有作兮[57]，横逸气以徘徊[58]；亦初心之无他兮[59]，故虽悔而弗摧[60]。吁嗟其谁无过兮，抗直气之为难[61]。轻万乘于褐夫兮[62]，固孟轲之所叹[63]。旷绝代而相感兮[64]，望天宇之漫漫[65]。去夫子其千祀兮[66]，世益隘以周容[67]。媒妇妾以驰骛兮[68]，又从而为之吮痈[69]。贤者化而改度兮[70]，竞规曲以为同[71]。

卒曰：峄山青兮河流泻[72]，风飔飔兮澹平野[73]。凭高楼兮不见[74]，舟楫纷兮楼之下[75]。舟之人兮俨服[76]，亦有庶几夫子之踪者[77]！

（《王文成公全书》卷一九，据明隆庆时期谢廷杰刊本）

【注释】

①丙辰：明孝宗弘治九年（1496）。时年王阳明二十五岁。孟冬：冬季的第一个月。《礼记·月令》："孟冬之月，日在尾。"

②南征：南行。《王阳明年谱长编》："十月，南归经济宁（任城），登太白楼，作《太白楼赋》咏怀。"

③凌：渡过。济川：济水，古四渎之一。发源于今河南，流经山东入渤海。今河南济源，山东济南、济阳、济宁，都从济水得名。

④层构：高耸而多重的建筑物。汉枚乘《七发》："连廊四注，台城层构。"任城：在今山东济宁。

⑤太白：李白，字太白。故居：从前住过的地方。《太平广记·才名》引《本事诗》曰："初，白自幼好酒，于兖州习业，平居多饮。又于任城县构酒楼，日与同志荒宴其上，少有醒时。邑人皆以白重名，望其重而加敬焉。"

⑥俨：庄重貌。《诗经·陈风·泽陂》："有美一人，硕大且俨。"高风：高尚的

风操。此指李白。

⑦蔡侯：其人不详。从陟(zhì)：跟随登高。从，跟随蔡侯。陟，登高。

⑧放观：放眼观赏。

⑨萧萧：象声词，草木摇落的声音。唐杜甫《登高》："无边落木萧萧下，不尽长江滚滚来。"

⑩浩浩：水盛大貌。《书·尧典》："汤汤洪水方割，荡荡怀山襄陵，浩浩滔天。"

⑪敖敖：长貌。《诗经·卫风·硕人》："硕人敖敖，说于农郊。"毛传："敖敖，长貌。"涌海：在海中翻涌。

⑫鹏：传说中的大鸟。《庄子·逍遥游》："化而为鸟，其名为鹏。鹏之背，不知其几千里也。怒而飞，其翼若垂天之云。"李白作有《大鹏赋》。翼翼：飞动貌。晋陶潜《归鸟》："翼翼归鸟，晨去于林。"承风：乘风翱翔。

⑬采石：采石矶，在今安徽马鞍山长江东岸。《新唐书·李白传》："尝乘月与崔宗之自采石至金陵，着宫锦袍坐舟中，旁若无人。"相传为李白醉酒捉月溺死之处。

⑭留景：留下身影。景，同"影"。岳峰：指五岳之首，泰山。李白曾游泰山，有《游泰山六首》。

⑮蔽：遮盖，弥漫。长烟：指弥漫在空中的雾气。晋郭璞《游仙诗》之六："升降随长烟，飘飖戏九垓。"天姥(mǔ)：山名。在今浙江嵊州市与新昌县之间。李白《梦游天姥吟留别》："海客谈瀛洲，烟涛微茫信难求；越人语天姥，云霞明灭或可睹。"

⑯渺：渺茫。匡庐：庐山。在今江西九江。李白曾游庐山，作《望庐山瀑布》等。云松：高大的松树。此言由太白楼上观，庐山之云松也很渺小。

⑰吾将上下求索：《离骚》："路漫漫其修远兮，吾将上下而求索。"

⑱蹇(jiǎn)：通"謇"。句首语气词。屈原《九歌·湘君》："君不行兮夷犹，蹇谁留兮中洲。"俦(chóu)：同辈，伴侣。张衡《思玄赋》："魂惝惘而无俦。"

⑲季真：贺知章，字季真。唐孟棨《本事诗·高逸》："李太白初自蜀至京师，舍于逆旅。贺监知章闻其名，首访之。既奇其姿，复请所为文。出《蜀道难》以示之。读未竟，称叹者数四，号为'谪仙'。"

⑳乌知：怎知。不果：不是事实。

㉑奚为：为什么。奚，文言疑问代词。

㉒倚：倚靠。穹霄：指天空。流盻(xì)：流转目光观看。三国魏阮籍《咏怀》："流盻发姿媚，言笑吐芬芳。"

㉓夏桀：夏朝末代君王，名履癸，暴虐荒淫。汤起兵伐桀，败之于鸣条，流死

于南巢。颠覆：灭亡。

㉔尹：伊尹。商汤大臣，名伊，一名挚，尹是官名。相传生于伊水，故名。是汤妻陪嫁的奴隶，后助汤伐夏桀，被尊为阿衡。退：退隐。莘之野：有莘国的山野。《孟子·万章上》："伊尹耕于有莘之野，而乐尧舜之道焉。"赵岐注："有莘，国名。伊尹初隐之时，耕于有莘之国。"

㉕成汤：商开国之君。契的后代，子姓，名履，又称天乙。夏桀无道，汤伐之，遂有天下，国号商，都于亳。立贤：提拔贤才。《孟子·离娄下》："汤执中，立贤无方。"

㉖登庸：选拔任用。《尚书·尧典》："帝曰：畴咨若时登庸。"孔传："畴，谁。庸，用也。谁能咸熙庶绩，顺是事者，将登用之。"

㉗鼎俎：鼎和俎。泛称割烹的用具。《韩非子·难言》："上古有汤至圣也，伊尹至智也；夫至智说至圣，然且七十说而不受，身执鼎俎为庖宰，昵近习亲，而汤乃仅知其贤而用之。"要说：求取游说汤的机会。

㉘党人：朋党。《离骚》："惟夫党人之偷乐兮，路幽昧以险隘。"挤诟：排挤诟骂。《孟子·万章上》：万章问曰："人有言，'伊尹以割烹要汤'，有诸?"《史记·殷本纪》："伊尹名阿衡。阿衡欲干汤而无由，乃为有莘氏媵臣，负鼎俎，以滋味说汤，至于王道。"

㉙曾：曾经。圣哲：德才超群之人。匡时：匡正时世，挽救时局。《后汉书·荀淑传论》："平运则弘道以求志，陵夷则濡迹以匡时。"

㉚前枉而直后：最初曲折而后顺利。枉，弯曲，与"直"相对。

㉛天宝：唐玄宗李隆基的年号(742—746)。末代：衰亡的时期。

㉜淫：过分。好色：喜好美色。信谗：听信谗言。均指唐玄宗。

㉝恶来：商纣王之臣。有武力，信谗言。周武王伐纣时被杀。妺(mò)喜：夏桀的妃子。桀伐有施国，有施国以妺喜嫁之，貌美而无德行，桀很宠幸她，凡事言听计从，昏乱失道，终于导致夏朝灭亡。猖獗：任意横行。

㉞狐媚：以阴柔手段迷惑人。贪婪：贪得无厌，不知足。

㉟判：离也，引申为抛弃。独毅：独特刚毅。

㊱爰：改易，更换。命夫：古称受有天子爵命的男子。《周礼·天官·阍人》："凡外内命夫命妇出入，则为之辟。"贾公彦疏："内命夫，卿大夫士之在宫中者，谓若宫正所掌者也。对在朝卿大夫士为外命夫。"仆妾之役：奴仆婢妾的差役。此言李白不受玄宗重用。

㊲直死：正直而死。顑(kǎn)颔(hàn)：因饥饿而面黄肌瘦的样子。《离骚》："苟余情其信姱以练要兮，长顑颔亦何伤。"洪兴祖补注："顑颔，食不饱，面黄貌。"

㊳患得：指患得患失。谓斤斤计较个人得失。《论语·阳货》："子曰：'鄙

夫，可与事君也与哉？其未得之也，患得之；既得之，患失之。苟患失之，无所不至矣！'"局促：形容受束缚而不得舒展。《后汉书·仲长统传》："六合之内，恣心所欲。人事可遗，何为局促？"

㊴开元：唐玄宗年号(713—741)。绍基：继承基业。

㊵遑遑：匆忙急切。求理：寻求治国理政之策。

㊶逢时：谓遇上好时运。唐权德舆《奉和张仆射朝天行》："逢时自是山出云，献可还同石投水。"就列：就位，任职。《论语·季氏》："陈力就列，不能者止。"何晏集解："言当陈其才力，度己所任，以就其位。"

㊷固：因此，所以。云台：汉宫中高台名。汉光武帝时，用作召集群臣议事之所，后用以借指朝廷。南朝梁沈约《为武帝与谢朏敕》："今方复引领云台，虚己宣室。"麟阁：麒麟阁的省称。汉代阁名，在未央宫中。汉宣帝时曾图霍光等十一功臣像于阁上，以表扬其功绩和卓越功勋。《三辅黄图·阁》："麒麟阁，萧何造，以藏秘书，处贤才也。"容与：从容闲舒貌。《楚辞·九歌·湘夫人》："时不可兮骤得，聊逍遥兮容与。"此言唐朝开元时期急需贤才治理国政，为士人创造了良好的入世环境。

㊸延伫：久立，久留。《离骚》："悔相道之不察兮，延伫乎吾将反。"王逸注："延，长也；伫，立貌。"

㊹信：确实，的确。流俗：指流于世俗之人。

㊺前世：以前的时代。固然：本来就如此。《楚辞·离骚》："鸷鸟之不群兮，自前世而固然。"

㊻夫子：古代对男子的敬称。此指李白。故都：故居。《楚辞·远游》："绝氛埃而淑尤兮，终不反其故都。"此指任城。

㊼沛：充盛貌。湲湲：纷错貌。指眼泪流淌。

㊽庙堂：朝廷。《庄子·在宥》："故贤者伏处大山嵁岩之下，而万乘之君忧栗乎庙堂之上。"偃蹇：艰涩，艰难。此言朝政腐败，入仕境况艰难。

㊾恣：放纵，无拘束。沉酣：饮酒尽兴，酣畅。唐皮日休《酒中十咏·酒城》："万仞峻为城，沉酣浸其俗。"

㊿武丁：商代国王名，后世称为高宗，盘庚弟小乙之子。相传少时生活在民间，即位后，重用傅说、甘盘为大臣，力求巩固统治。在位五十九年。《离骚》："说操筑于傅岩兮，武丁用而不疑。"

51颜氏：颜回，春秋末鲁国人。名回，字子渊。孔子学生。贫居陋巷，箪食瓢饮，而不改其乐。箪瓢：盛饭食的箪和盛饮料的瓢。《论语·雍也》："一箪食，一瓢饮，在陋巷，人不堪其忧，回也不改其乐。贤哉回也！"以喻颜回生活简朴，安贫乐道。此言进退，指入仕与归隐。

㉜曲蘖(niè):酒。杜甫《归来》:“凭谁给曲蘖,细酌老江干。”昏迷:沉迷,沉醉。明徐渭《英烈传》第一回:“顺帝只知昏迷酒色,哪里晓得外面的灾异。”

㉝管仲:名夷吾,字仲,颍上人。初事公子纠,齐桓公即位后,由鲍叔牙推荐,被任命为相。在齐国改革内政,整顿军队,确立选拔人才制度,主张按土地好坏分等征税,使齐国力大振;又提出“尊王攘夷”的策略,终使齐桓公成就霸业。辅纠:辅佐公子纠。

㉞孔圣:对孔子的尊称。三国魏阮籍《咏怀》之三二:“孔圣临长川,惜逝忽若浮。”与:赞许。《汉书·翟方进传》:“朝过夕改,君子与之。”此言孔子对管仲不死公子纠而相桓公匡天下的行为的赞许。《论语·先问》:“子贡曰:‘管仲非仁者与?桓公杀公子纠,不能死,又相之。’子曰:‘管仲相桓公,霸诸侯,一匡天下,民到于今受其赐。微管仲,吾其被发左衽矣。岂若匹夫匹妇之为谅也,自经于沟渎而莫之知也?’”改行:改变行为。

㉟佐璘:辅佐永王李璘。指唐至德二年(757),李白应邀入永王军幕,欲辅佐永王,立功报国。失节:丧失节操。指永王兵败丹阳,李白亦受牵连,皂白难分,反成叛逆。

㊱始:起始。道之未明:指李白并非刻意谋反,只是遭逢变化莫测之时局,没有看清当时的政治局势。

㊲夜郎:在今贵州省西北部及云南、四川二省部分地区。李白以从璘事被定罪流放夜郎。

㊳横:充溢。逸气:飘逸脱俗的气概、气度。徘徊:犹彷徨。指李白流放夜郎时的诗作彷徨中仍然充溢着飘逸脱俗的气度。如《忆秋浦桃花旧游时窜夜郎》:“三载夜郎还,于兹炼金骨。”

㊴初心:指李白立功报国的初心。

㊵弗摧:不会挫败。指李白虽然未能完成报国之业,并且身陷囹圄,遭受流放,但其报国之初心并未挫败,因此诗作中仍然洋溢着逸气。

㊶抗:高举,树立。直气:正气。杜甫《别李义》:“先朝纳谏诤,直气横乾坤。”

㊷万乘:周制,天子地方千里,能出兵车万乘,因以万乘指天子。《孟子·梁惠王上》:“万乘之国,弑其君者,必千乘之家。”赵岐注:“万乘,兵车万乘,谓天子也。”褐夫:穿粗布衣服的人,古代用以指贫贱者。《孟子·公孙丑上》:“不受于褐宽博,亦不受于万乘之君;视刺万乘之君,若刺褐夫。”

㊸固:本来。孟轲:孟子,名轲。

㊹旷:久历时日。绝代:久远的年代。晋郭璞《尔雅序》:“绝代之离词,辨同实而殊号者也。”邢昺疏:“绝代,犹远代也。”

⑮天宇：天空。晋左思《魏都赋》："僧响起，疑震霆。天宇骇，地庐惊。"漫漫：广远无际貌。《管子·四时》："五漫漫，六惛惛，孰知之哉！"尹知章注："漫漫，旷远貌。"

⑯去：距离。夫子：指李白。千祀：千年。盖指王阳明与李白相距七百余年。唐柳宗元《吊屈原》："后先生盖千祀兮，余再逐而浮湘。"

⑰益：更加。隘：狭窄，险恶。指世风险恶，人心狭隘。周容：迎合讨好。《楚辞·离骚》："背绳墨以追曲兮，竞周容以为度。"王逸注："周，合也。苟合于世，以求容媚也。"

⑱媒：介绍，招致。《文心雕龙·辨骚》："丰隆求宓妃，鸩鸟媒娀女。"妇妾：妇人妻妾。驰骛：奔竞。妇人妻妾之间相互争宠。此以夫妻喻君臣。

⑲吮痈（yōng）：用嘴吸痈疽的脓血以祛毒。以喻逢迎谄媚之人。《汉书·邓通传》："文帝尝病痈，邓通常为上嗽吮之。"后遂用为卑鄙媚上的典实。

⑳化：随顺，仿效。《吕氏春秋·大乐》："天下太平，万物安宁，皆化其上。"高诱注："化，犹随也。"改度：改变、违背常度。曹植《神龟赋》："安玄云而好静，不淫翔而改度。"

㉑竞：争相。规曲：圆滑，邪曲，不正直。同：同流合污。

㉒峄（yì）山：山名，即邹山，又名邹峄山、邾峄山。在山东省邹县东南。流泻：水迅速地流淌。

㉓飕飕：象声词，形容风声。澹：定，安定。《老子》："澹兮其若海，飂兮若无止。"平野：平坦广阔的原野。

㉔凭：倚靠。高楼：指太白楼。

㉕舟楫：泛指船只。《诗经·卫风·竹竿》："桧楫松舟。"毛传："楫所以棹舟，舟楫相配，得水而行。"纷：繁多。

㉖俨服：衣着整齐，庄重。

㉗庶几：差不多；近似。夫子：指李白。踪：踪影。

（雷雨豪　注）

范守己

【作者简介】

范守己，字介儒，明代洧川固贤（今河南长葛）人。隆庆四年

(1570)中举，万历二年(1574)登进士。本为文官，长于天文历法，亦通武略，曾任云间司理，主狱讼，后为南京户曹、山西提学、秦中参议、建昌兵备等官职，擢兵部侍郎，晚年再升太仆卿，总理钦天监。事迹见《淯川县志》。今有《御龙子集》行世。

泰山赋

【题解】

此赋为作者翻阅泰山地方志后所作。作赋时作者并未到过泰山，但却将泰山的种种地形地貌、山峰谷地、历史典故、仙话传说、矿藏出产以及动植物都描写得十分详细，可以看出作者详细查阅了地方志，对泰山十分熟悉。赋中并不是单纯地描摹景象，而是将作者的历史思索贯穿到行文之中，在古今对比和感怀今昔中寄予政治理想。

【原文】

泰山胜概[①]，甲天下诸岳镇旧矣[②]。或云即蓬玄太空洞天，又云三宫空洞之天[③]。《列仙传》以为石室悬绝[④]，中有金床玉几。尸子谓有神房阿阁[⑤]。虽难尽信，而郭璞注高四十八里，《汉官仪》纪曲道五十余盘。其周回或称三千里，或称百六十里。要之各有指谓，其雄胜因可知已。岁戊寅秋，予以入贺，道徐兖，去岳不百里而遥。欲一往眺，以迫不果。暨竣事南下，又舟道漕渠，不能假羽[⑥]，东望极目漠漠耳。怀仰弥笃，因检岳志一帙，反覆寻绎，得其回磴攒峰之详，干天落瀑之状[⑦]，喟然叹曰：山灵已邀我于五云表矣，是真可以小天下也。乃撮其幽异，爰著之篇，因写胸中之磊块云：

粤维古昔无始氏，崛起空蒙之野。簸弄玄虚[⑧]，抟揉浑沌。嘘滮清浊，辟拓澒洞[⑨]。爰命太始氏握乾叙轨，秉度摄灵[⑩]。八纮若纪，七曜受成[⑪]。于是眄睐艮震之陬，轸维终始之府，特简东皇氏往涖厥土[⑫]。东皇氏拜手稽首曰：噫，予禀炁上清，分符下界[⑬]。灌莽蓊郁，敲尘叆叇[⑭]。昼多喧豗，夜乏沆瀣[⑮]。隔断天人，而何熙载[⑯]？太始曰：俞哉，予维女居，其为之岱。乃命盘固筑基，倏忽督役[⑰]。女娲搜石，愚公运篑。夸蛾移峰，巨灵分巘[⑱]。磅礴乎三千余里，岩岩乎撑天而绝地。尔乃嵯岈崒嵂，突兀巑岏[⑲]。群峰插玉，绝顶蜚泉[⑳]。拔起四千余丈，萦回五十余盘。嵚崟叠嶂，缥缈层峦。干青宵而直上[㉑]，摩白榆其可攀。

其峰则丈人夙立，独秀龙蟠。鸡笼耸翠，狮子啸寒。飞鸦高翥，回雁孤翾。

莲花簇锦，芙蓉耀颜[22]。嶙嶙峋峋，岧岧矗矗[23]。欹万仞之危崖，俯千寻之幽谷。耸日观之巍峨，窥海波之夜旭[24]。其岭则青岚飞霭，黄岘横空[25]。思乡吊影，回马骤风。长城据崄，分水流春。升仙蜕委，明月朣胧[26]。磊磊砢砢，巀巀嶫嶫[27]。走赤虬而激浪，聚青螺以冒雪。睹仙闾之巉岩[28]，更孤骞而供远瞥。

至若云云亭亭，肃然梁甫。鞍牛徂徕，神霄玉女。石马雕窝，傲来蒿里。凫绎龟蒙，远环近峙[29]。或拱或伏，如孙如子。其它丘尼亘秀于南隅，长白跨雄于北阯[30]。千佛据胜于乾维，九女罗翠于坤纪。恍忽兮眏岱之傲风，微杳兮丘垤之抗雨。石则仙影剑匣，虎阜龙文，臙脂方正，望海试心。峪则石经石壁，鬼儿仙趾，酆都佛寺，桃花椒子。其天绅甘醴，白鹤飞鸾，水帘香井，羊舍玉环，是为山麓之蒙泉。白云金母，迎阳朗然。白鹤金丝，蜕仙鬼仙，是为山侧之洞。岩之上数者，窅窱谽谺，嶒嵫环玮，峛岃争奇，晶莹耀美[31]。烟岚幻其昕夕[32]，风雷释其积滓。盖翼翼乎接钧天而邻帝都[33]，不徒为斯世之块垒也。乃命苍精鼓橐，象罔搜珎[34]。洪纤罗列，飞走并臻。其岭多白玉水玉，玖瑰琼英，钟乳云母，玄璧黄琮，赤白石脂，紫白石英。韫杂奇诡[35]，扬辉曜精。其趾有紫金黄鍮，银鎏铅锡，龙芮石硫，松肪柏实。的皪灿错，炫碧呈赤[36]。至若卉木樛棼[37]，百千异状。荟蔚蒙茸[38]，缘崖附嶂。山榴燹火，野棠摇风。猕桃缀紫，羊枣翻红。团翠盖兮槲与楸而耸列，架青幄兮榕抗栾以穹窿[39]。乃有菖蒲赤箭，漏芦青芝。景天百部，女蕤茵宇。芎䓖泽漆。葳灵地榆。玄胡之索，鼓子山栀。或华或实，延绵葳蕤[40]。并太乙之余粮，俱疾疢之盐梅[41]。

其茂育而游于林薮者，则有狪狪之兽如豘而韫珠，两足之兔跳跃而趯趯[42]。斑文之鱼应时以生息，桃虫之鸟变化而拚飞[43]。至若脊令雌雄，翡翠画眉，山僧拖练。文雉黄鹂。殊音异彩，娱饱号饥，益可以见神岳之大，而显化育之元机。

自轩辕御历，体道凝真，建宫表岳，以通昆仑。乃遣七女子，云冠羽衣，以修以焚。其一慕道，含虚合神，是为玉女，号为元君。乃藐东皇，潜居斯岳。肖形龛石，肆其斫削。东皇视之，亦为漠漠。或曰元君即天帝之孙织女之侣，天帝命之，以察斯土。东皇敦让，莫之敢侮。其云冠羽衣者，隶为徒伍，于焉游嬉，以侍尊俎[44]。是以修真之士，踵踵继至，皆欲探天倪，索灵秘，翩翩焉超太清而绝尘[45]。白光老父，稷丘隐君，饵石张子，卖药崔文[46]，安期吕公，笑傲追寻。依依山麓，玩弄风云。虽无裨益于神岳，而可嘉尚其清襟。至若便诐之臣，夸昆之见[47]。借四望而侫柴燔[48]，导万乘以事封禅。五辂奔雷，六龙驰电。屯舆卫而遍林邃，走黼冕而登绝巘[49]。金泥宣祝，玉简扃函[50]。蕲千龄与万祀，欲咸五以登三[51]。蹈祖龙之故辙，寻汉武之遗镌。将欲取媚于青帝，而徒贻羞于天孙者也。

于乎，隆古无闻，往迹可鉴。轩皇遗弓[52]，有无难辨。虞帝陟方，苍梧不返[53]。秦皇纪德，沙丘遗怨[54]。高宗启衅，明皇养乱[55]。宋真东封，群邪酿患[56]。

慨山灵之蒙耻，谅东皇之见厌。哲士达观，邃古有几。宣尼辨马，伯牙避雨[57]。曾参作歌，荣期乐死[58]。郭璞注经，张华阐鬼[59]。虽识趣之不同，于斯山乎有取。彼秦松栖雨，汉柏团云[60]。丰碑无字，磨崖有文[61]。李斯小篆，唐玄八分[62]。苏颋之书法类晋，张说之颂序拟秦。徒苔封而藓蚀，供雨泐而风焆[63]。何足计有无而嗟没存也哉。呜乎，于皇维岳，维天所命。而世主乃号为天齐，加之仁圣。册以王帝。夸其尊奉。衮冕圭璜，古今辉暎。维皇视之，腐鼠斯并。麾斥不遑，而亦何有于格应。

惟我国家，统一区宇。厘正谬习[64]，以返隆古。革号称神，崇禋饰宇[65]。拒封禅之邪说，新岳麓之庙庑。于是重榈碍日[66]，画栋栖云。周垣障雾，幽阁绝尘。楼榭璀璨以崚嶒，罘罳珑璁而氤氲[67]。丹臒耀紫[68]，白垩翻银。仿佛兮青都之烜荼[69]，依稀乎紫极之辉焜。乃妥神灵，虔修岁事[70]。玉版金帛，珍香种至。宗伯祠宫，寅清一志[71]。致天子之精白，竭执事之敬畏。以故三灵效顺，六气布祥[72]。驺虞游野，瑞禾垂疆[73]。河流屡清，海波不扬。巩皇图于磐石，固金瓯之荧煌[74]。于戏盛哉。乃又充拓昭真之观，崇饰灵应之宫。檐牙啄电，廊腰呼风。盘郁俯硐[75]，凌厉摩空。绚彩碧霞之额，肃将玉女之英。睹威灵之震耀，遍寰区以向风。

由是遐迩啧啧，盻夆可即[76]。橐金挚帛，摅悰披赤[77]。缗钱积委[78]，朽索狼藉。国帑籍之[79]，以宽民力。又有长春升元，天书龙泉。皆古今玄观，倚麓附岩。或剥或落，有颓有完，竹林普照，谷山灵岩，皆古今巨刹，嶂抱峰环。礼冥祈福，阇黎盘桓[80]。及夫过化之楼，岩岩之亭，飞云之阁，御香之庭，醴泉灵液，环翠五松，建废不一，踞立峥嵘，皆可以豁逸人之幽抱，寄游客之高踪。是以缙绅先生，烟霞野老，褰袂来游，曳踵登眺。啸清风而挽白云，探奇葩而搜幽草。畅逸志于绝峰，奋玄思于远岛。奚囊漫启[81]，綵笔骤提。藻思泉涌，墨滓淋漓[82]。合綦组以成章[83]，截匹锦而迟疑。摹石遍壁，辑草盈编。琬琰曜目[84]，绮丽蜚烟。皆有以发山灵之秘秀，而写神明之机械[85]。于戏光哉，于嗟噫嘻。妥乾灵，殿坤纪，莫大于岳。总希夷，握玄牝，莫先于岱[86]。亘天地而无始，摄鬼神而无外。凌厉苍茫者，块然之形。幻化云雨者，倏然之怪。彼其诞精毓秀，终始万汇，固自有超于形气之先者在。所贵哲人体化，君子合神。壁立千仞，磊落绝尘。绵绵若存，万有之门。依稀乎与东皇者相揖让，固无事于步翠微而攀嶙峋。

（《御龙子集·吹剑草》卷三，据明万历十八年侯廷珮刻本）

【原文】

①胜概：美景。李白《夏日陪司马武公与群贤宴姑熟亭序》："此亭跨姑熟之水，可称为姑熟亭焉。嘉名胜概，自我作也。"杜甫《奉留赠集观院崔于二学士》：

"故山多药物，胜概忆桃源。"

②岳镇：指四岳等名山。《新唐书·礼乐志一》："中祀社稷、日月、星辰、岳镇、海渎、帝社、先蚕。"

③蓬玄太空洞天：道教中有三十六洞天的说法，泰山即其中的蓬玄洞天。三宫空洞之天：道教指西玄山清灵宫、葛衍山紫阳宫、郁绝根山极真宫。

④《列仙传》：据传为西汉刘向所著，是一部系统叙述神仙的传记，具体成书时间与作者争议颇多，主要记述上古及三代、秦、汉之间多位神仙的事迹及成仙过程。石室：此处指传说中的神仙洞府。陶潜《搜神后记》："始兴机山，东有两岩，相向如鸱尾。石室数十所。经过，皆闻有金石丝竹之响。"

⑤尸子：尸佼，战国时期著名的思想家，著有《尸子》。阿阁：四面有檐霤的楼阁。《尸子》："泰山之中有神房阿阁帝王录。"

⑥假羽：借助羽毛，即飞翔而去。

⑦干天：参天，高出空际。郦道元《水经注》："崖峻险阻，岩岭干天，交柯云蔚，霾天晦景，谓之泷中。"

⑧簸弄(bǒ nòng)：摆弄。韩愈《别赵子》："婆娑海水南，簸弄明月珠。"

⑨嘘：吹。刘禹锡《天论》："嘘为雨露，噫为风雷。"漉：过滤。澒洞(hòng dòng)：虚空混沌的样子。贾谊《旱云赋》："运清浊之澒洞兮，正重沓而并起。"韩愈《南山诗》："蒸岚相澒洞，表里忽通透。"

⑩此处指厘定乾坤清浊，创立阴阳法度。

⑪八纮(hóng)：八方极远之地，也泛指天下。《淮南子·坠形训》："九州之外，乃有八殥……八殥之外，而有八纮，亦方千里。"三国魏刘桢《赠徐幹》："兼烛八纮内，物类无偏颇。"七曜：古代将日(太阳)、月(太阴)、金(太白)、木(岁星)、水(辰星)、火(荧惑)、土(填星、镇星)等称为七曜。晋范宁《春秋穀梁传序》："阴阳为之愆度，七曜为之盈缩。"杨士勋疏："谓之七曜者，日月五星皆照天下，故谓之曜。"

⑫眄(miǎn)：看，望。《庄子·山木》："虽羿、逢蒙不能眄睨也。"睐(lài)：本意为瞳仁不正，后引申为向旁边看，又泛指看。曹植《洛神赋》："丹唇外朗，皓齿内鲜。明眸善睐，靥辅承权。"艮(gèn)：此处指东北方向。《周易·说卦》："艮，东北之卦也。"震：此处指东方。《周易·说卦》："万物出乎震。震，东方也。"陬(zōu)：角落。轸(zhěn)：二十八宿之一。涖(lì)：到任，执行职务或治理政事。

⑬稽首(qǐ shǒu)：古代跪拜礼，常为臣子拜见君父时所用。《史记·赵世家》："公子成再拜稽首曰：'臣固闻王之胡服也。'"炁(qì)：指构成人体及维持生命活动的基本能量与生理机能。《老子想尔注》："道散形为炁，聚形为太上老君。"上清：道家所称的三清境之一。《云笈七签》："其三清境者，玉清、上

清、太清是也。亦名三天，其三天者，清微天、禹余天、大赤天是也……灵宝君治在上清境。”分符：剖符，即帝王封官授爵，分与符节的一半作为信物。孟浩然《送韩使君除洪州都曹》：“述职抚荆衡，分符袭宠荣。”

⑭灌莽：丛生之草木。鲍照《芜城赋》：“灌莽杳而无际，丛薄纷其相依。”叆叇(ài dài)：云彩厚重貌，形容浓云蔽日。潘尼《逸民吟》：“朝云叆叇，行露未晞。”

⑮喧豗(huī)：轰响喧闹声。李白《蜀道难》：“飞湍瀑流争喧豗。”沆瀣(hàng xiè)：指夜间的水汽，露水。司马相如《大人赋》：“呼吸沆瀣兮餐朝霞。”

⑯熙载：弘扬功业。《汉书·叙传》：“畴咨熙载，髦俊并作。”

⑰盘固：盘古，神话传说中的创世大神。倏忽：据《庄子·应帝王》：“南海之帝为倏，北海之帝为忽，中央之帝为浑沌。”

⑱夸蛾：传说中的大力神。《列子·汤问》：“帝感其诚，命夸蛾氏二子负二山，一厝朔东，一厝雍南。”巇(xī)：险恶，险峻。《九辩》：“何险巇之嫉妒兮，被以不慈之伪名？”

⑲嵯岈(cuó xiā)：意为错杂不齐貌。明王世贞《过故陆虞郭第有感》：“此梅十亩阴，老龙吐嵯岈。”巑岏(cuán wán)：山高锐貌。鲍照《登庐山望石门》：“崭绝类虎牙，巑岏象熊耳。”

⑳蜚：同“飞”。

㉑青宵：青天，天空。左思《蜀都赋》：“干青霄而秀出，舒丹气而为霞。”

㉒丈人、鸡笼、狮子、飞鸦、回雁、莲花、芙蓉：俱为泰山山脉上的山峰。翥(zhù)：指鸟向上飞。陶渊明《杂诗》：“猛志逸四海，骞翮思远翥。”翾(xuān)：指轻柔地飞或者快速飞翔。

㉓峃(xué)：山多大石貌。韩愈《会合联句》：“吟巴山荦峃，说楚波堆垄。”

㉔夜旭：指夜色中的大海渐渐生出旭日阳光。

㉕岘(xiàn)：小而高的山岭。谢灵运《从斤竹涧越岭溪行》：“逶迤傍隈隩，苕递陟陉岘”。李善注：《声类》曰：“岘，山岭小高也。”

㉖瞳胧(tóng lóng)：月初出将明。潘岳《秋兴赋》：“月瞳胧以含光兮，露凄清以凝冷”

㉗磊砢(lěi luǒ)：亦作“磊坷”“磥砢”，此处指壮大高耸貌。王延寿《鲁灵光殿赋》：“万楹丛倚，磊砢相扶。”李善注：“磊砢，壮大之貌。”巀(jié)：挺立高峻貌。嶪(yè)：高峻。

㉘睹：看，目睹。仙闾：指泰山南麓的石闾。方士指为仙人聚居处，汉武帝曾为立祠，故称仙闾。《史记·孝武本纪》：“夏，遂还泰山，修五年之礼如前，而加禅祠石闾。石闾者，在泰山下阯南方，方士多言此仙人之闾也，故上亲禅焉。”

巉岩(chán yán):高而险的山岩。李白《蜀道难》:"问君西游何时还?畏途巉岩不可攀。"

㉙梁甫:又名梁父,泰山下的小山。这几句所说的都是泰山及其周围的小山及山峰。

㉚丘尼:指尼山,位于山东省曲阜市东南,原名尼丘山,后人避孔子讳称为尼山。长白:指山东境内的长白山,位于邹平南部,山势峻拔,有泰山副岳之称。

㉛窅窱:亦作"窅窕"。幽深曲折貌。秦观《同子瞻端午日游诸寺赋得深字》:"参差水石瘦,窅窕房栊深。"谽谺(hān xiā):山谷空旷貌、山石险峻貌。独孤及《招北客文》:"其北则有劒山巉巉,天凿之门,二壁谽谺,高岸嶙峋。"嶒(céng):指崚。㟍(róng):古同"嵘",山势高峻的样子。峛(liè):山势曲折。岦(lì):山峰高峻的样子。

㉜昕夕:朝暮,谓终日。沈括《贺年启》:"祈颂之诚,昕夕于是。"

㉝钧天:古代中国神话传说中天帝住的地方。苏轼《潮州韩文公庙记》:"钧天无人帝悲伤,讴吟下招遣巫阳。"

㉞苍精:据郑玄《礼记正义》:"此苍精之君木官之臣。自古以来著德立功者也。大皞宓戏氏句芒少皞氏之子曰重为木官。"鼓橐(gǔ tuó):鼓动风箱。《墨子·备穴》:"以颉皋冲之,疾鼓橐熏之。"《淮南子·本经训》:"鼓橐吹埵,以销铜铁。"象罔:古代寓言中的人物。《庄子·天地》:"黄帝游乎赤水之北,登乎昆仑之丘而南望,还归,遗其玄珠。使知索之而不得,使离朱索之而不得,使吃诟索之而不得也。乃使象罔,象罔得之。"王先谦集解引宣颖曰:"似有象而实无,盖无心之谓。"

㉟韫(yùn):蕴藏,包含。陆机《文赋》:"石韫玉而山晖。"

㊱的皪(de lì):光亮、鲜明貌。司马相如《上林赋》:"明月珠子,的皪江靡。"左思《魏都赋》:"丹藕凌波而的皪,绿芰泛涛而浸潭。"灿错(càn cuò):意思是色彩缤纷。陶谷《清异录·哑瑞》:"此物毛羽灿错,但鸣不中律吕。"

㊲樛(jiū):此处意为铰接,盘缠。《仪礼·丧服》:"殇之致,不樛垂,盖未成人也。"棼(fén):此处意为纷乱,紊乱。《左传·隐公四年》:"犹治丝而棼之也。"

㊳荟蔚(huì wèi):草木繁盛貌。宋李格非《洛阳名园记》:"林木荟蔚,烟云掩映。"蒙茸:蓬松杂乱的样子,或指杂乱的草。苏轼《后赤壁赋》:"履巉岩,披蒙茸。"

㊴穹窿:此处指中间高而四周下垂的样子。

㊵菖蒲、赤箭、漏芦、青芝、景天、百部、女葳、茵宇、芎䓖、泽漆、葳灵、地榆、玄胡等都是可以入药的草本植物。葳蕤(wēi ruí):形容植物生长茂盛的样子。东方朔《七谏》:"上葳蕤而防露兮。"

㊶疾疢(jí chèn):病害。《左传·襄公二十三年》:"臧孙曰:'季孙之爱我,疾疢也;孟孙之恶我,药石也。美疢不如恶石。夫石犹生我,疢之美,其毒滋多。'"盐梅:调和,和谐。刘勰《文心雕龙·声律》:"声得盐梅,响滑榆槿。"苏辙《除冯京彰德军节度使制》:"和而不同,性有盐梅之德。"此二句意为泰山中所生长的草药是神仙所食,可治世间之种种病害。

㊷狪狪(tóng tóng):一种神话中的野兽。形似野猪,体内含珠,在山中生活,叫声即为自己的名字。《山海经》:"又南三百里,曰泰山,其上多玉,其下多金。有兽焉,其状如豚而有珠,名曰狪狪,其鸣自詨。"豘(tún):通"豚"。趯趯(tì tì):跳跃跳动貌。《诗经·草虫》:"喓喓草虫,趯趯阜螽。"曹植《孟冬篇》:"趯趯狡兔,扬白跳翰。"

㊸桃虫:鹪鹩。《诗经·小毖》:"肇允彼桃虫,拚飞维鸟。"

㊹尊俎:宴席的代称。《战国策·齐策》:"千丈之城,拔之尊俎之间;百尺之冲,折之衽席之上。"姜夔《法曲献仙音·张彦远官舍》:"树鬲离宫,水平驰道,湖山尽入尊俎。"

㊺天倪:自然的本真。《庄子·齐物论》:"何谓和之以天倪?"郭象注:"天倪者,自然之分也。"灵秘:神奇莫测的奥秘。唐李峤《百僚贺瑞石表》:"吐川之灵秘,开神之韫匮。"太清:此处泛指仙境。李白《庐山谣寄卢侍御虚舟》:"先期汗漫九垓上,愿接卢敖游太清。"

㊻崔文:指崔文子,古代中国民间传说中的仙人。泰山人,精于医药,曾售药于都市。后至蜀中卖药,蜀人视之如神仙。《列仙传》:"崔文子者,太山人也。文子世好黄老事,居潜山下,后作黄散赤丸,成石父祠,卖药都市,自言三百岁。后有疫气,民死者万计,长吏之文所请救。文拥朱幡,系黄散以徇人门。饮散者即愈,所活者万计。"

㊼便诐(pián bì):指为统治者所亲近的奸邪小人。夸毗(kuā pí):即夸毗以谄谀、卑屈取媚于人。《后汉书·崔骃传》:夫君子非不欲仕也,耻夸毗以求举。李贤注:"夸毗,谓佞人足恭,善为进退。"

㊽柴燔:燔柴,古代祭天仪式,将玉帛、牺牲等置于积柴上而焚烧之。《尔雅·释天》:"祭天曰燔柴,祭地曰瘗薶。"

㊾邍(yuán):古同"原",平原。黼冕(fǔ miǎn):绘黑白斧形的礼服和礼帽。《后汉书·鲍永传》:"时郡学久废,德乃修起横舍,备组豆黼冕,行礼奏乐。"绝巘(jué yǎn):极高的山峰。郦道元《水经注》:"绝巘多生怪柏,悬泉瀑布,飞漱其间。清荣峻茂,良多趣味。"

㊿金泥:以水银和金粉为泥,作封印之用。汉应劭《风俗通义》:"克石纪号,著己绩也。或曰:金泥银绳,印之以玺。"晋王嘉《拾遗记》:"卫青、张骞、苏武、傅

介子之使，皆受金泥之玺封也。”李贺《咏怀》：“惟留一简书，金泥泰山顶。”玉简(yù jiǎn)：玉质的简札，帝王封禅、诏诰用的文书。南朝宋刘义恭《失题》：“金牒封梁父，玉简禅岱山。”梅尧臣《喜谢师厚及第》：“风从天门来，吹下玉简名。”

㉛薪：求。《吕氏春秋・振乱》：“所以薪有道行有义者。”咸五以登三：指帝德广被，同于五帝而超于三王。《史记・司马相如列传》：“方将增泰山之封，加梁父之事，鸣和鸾，扬乐颂，上咸五，下登三。”《汉书・司马相如传》引此文，颜师古注：“咸，皆也，言汉德与五帝皆盛，而登于三王之上也。”

㉜轩皇遗弓：据说轩辕黄帝选用用泰山南乌号之柘制成一张弓。

㉝据《尚书》，舜曾经巡守四岳。《尚书・舜典》：“岁二月，东巡守，至于岱宗，柴。望秩于山川，肆觐东后。协时月正日，同律度量衡。修五礼、五玉、三帛、二生、一死贽。如五器，卒乃复。五月南巡守，至于南岳，如岱礼。八月西巡守，至于西岳，如初。十有一月朔巡守，至于北岳，如西礼。归，格于艺祖，用特。”

㉞秦始皇统一中国后，在全国各地曾先后刻石七处以赞颂秦之功绩，秦泰山刻石铭文为秦始皇功德铭和二世诏书，由丞相李斯篆书。

㉟《旧唐书・高宗本纪》：“麟德三年春正月戊辰朔，车驾至泰山顿。是日亲祀昊天上帝于封祀坛，以高祖、太宗配飨。己巳，帝升山行封禅之礼。庚午，禅于社首，祭皇地祇，以太穆太皇太后、文德皇太后配飨；皇后为亚献，越国太妃燕氏为终献。辛未，御降禅坛。”高宗封禅泰山与皇后武则天一同前往，赋作此处指武后渐涉朝政权柄，为日后武周代唐埋下祸根。唐玄宗于开元十三年(725)封禅泰山。《全唐文・允行封禅诏》：“奇兽神禽，甘露醴泉，穷祥极瑞者，朝夕于林籞。王公卿士，罄乃诚于中；鸿生硕儒，献其书于外。莫不以神祇合契，兆同心。斯皆烈祖圣考，垂裕余庆。故朕得荷皇天之景祐，赖祖庙之介福，敢以眇身，而专其让？是以敬承群议，宏此大猷，以光我高祖之丕图，以绍我太宗之鸿业。”

㊱《宋史・真宗本纪》：“己酉，五色云起岳顶。庚戌，法驾临山门，黄云覆辇，道经险峻，降辇步进。先夕大风，至是顿息。辛亥，享昊天上帝于圜台，陈天书于左，以太祖、太宗配。帝衮冕奠献，庆云绕坛，月有黄光。命群臣享五方帝诸神于山下封祀坛，上下传呼万岁，振动山谷。降谷口，日有冠戴，黄气纷郁。壬子，禅社首，如封祀仪。”此处指宋真宗大造祥瑞以粉饰太平，满足帝王私欲虚荣，致使奸人佞臣纷纷借献祥瑞而进位，终至造成种种社会危机。

㊲《列子・汤问》：“伯牙游于泰山之阴，卒逢暴雨，止于岩下。心悲，乃援琴而鼓之。初为霖雨之操，更造崩山之音。曲每奏，钟子期辄穷其趣。伯牙乃舍琴而叹曰：‘善哉，善哉，子之听夫！志想象犹吾心也。吾于何逃声哉？’”

㊺传说曾参曾歌《商颂》，声如金石。《庄子·让王》："曾子居卫，缊袍无表，颜色肿哙，手足胼胝，三日不举火，十年不制衣，正冠而缨绝，捉衿而肘见，纳履而踵决，曳縰而歌《商颂》，声满天地，若出金石。"指春秋时贤人荣启期处世乐观、心胸豁达之事。《列子·天瑞》："孔子游于太山，见荣启期行乎郕之野，鹿裘带索，鼓琴而歌。孔子问曰：'先生所以乐，何也？'对曰：'吾乐甚多，天生万物，唯人为贵。而吾得为人，是一乐也。男女之别，男尊女卑，故以男为贵；吾既得为男矣，是二乐也。人生有不见日月，不免襁褓者，吾既已行年九十矣，是三乐也。贫者士之常也，死者人之终也，处常得终，当何忧哉？'孔子曰：'善乎！能自宽者也。'"

㊾郭璞曾为《尔雅》《方言》《山海经》《穆天子传》《葬经》作注，并传于世。张华曾编纂志怪小说集《博物志》。

⑥0秦松：指泰山上的五大夫松。《史记·秦始皇本纪》："二十八年，始皇东行郡县，上邹峄山。立石，与鲁诸儒生议，刻石颂秦德，议封禅望祭山川之事。乃遂上泰山，立石，封，祠祀。下，风雨暴至，休于树下，因封其树为五大夫。"汉柏：据记载，汉武帝登泰山时曾于山上种下柏树。

⑥1丰碑：指泰山玉皇顶玉皇庙门前的无字石碑。磨崖：同"摩崖"，在山崖上刻出图画或文字。摩崖石刻在泰山及其周围留存遗迹很多，其中最著名的有唐玄宗御制御书的《纪泰山铭》摩崖石刻等。

⑥2李斯小篆：指秦始皇二十八年（前219）巡狩泰山时所立泰山刻石，其文字为小篆，由丞相李斯所书。唐玄八分：指碑文《纪泰山铭》，由玄宗亲自撰写，并以隋唐风行的八分书体凿就于泰山石崖之上。

⑥3泐（lè）：石头依其纹理而解裂。《周礼·考工记》："石有时以泐，水有时以凝，有时以泽，此天时也。"

⑥4厘正：整理、治理、改正。孔颖达《〈毛诗正义〉序》："先君宣父，厘正遗文，缉其精华，褫其烦重。"

⑥5禋（yīn）：古代烧柴升烟以祭天。《史记·五帝本纪》："舜乃在璿玑玉衡，以齐七政。遂类于上帝，禋于六宗，望于山川，辩于群神。揖五瑞，择吉月日，见四岳诸牧，班瑞。"

⑥6櫩（yán）：古同"檐"，屋檐。司马相如《上林赋》："步櫩周流。"

⑥7崚嶒（léng céng）：高耸突兀貌。沈约《钟山诗应西阳王教》："郁律构丹巘，崚嶒起青嶂，势随九疑高，气与三山壮。"罘罳（fú sī）：古代设在门外或城角上的网状建筑，用以守望和防御。《汉书·文帝纪》："未央宫东阙罘罳灾。"颜师古注："罘罳，谓连阙曲阁也，以覆重刻垣墉之处，其形罘罳然，一曰屏也。"桓宽《盐铁论·散不足》："今富者积土成山，列树成林，台榭连阁，集观增楼。中者祠堂

屏闼,垣阙罘罳。”珑璁(lóng cōng):指青翠茂盛的样子。

⑱丹雘(dān wò):涂饰的红色颜料。宋周必大《二老堂杂志》:“(上)从至翠寒堂,栋宇显敞,不加丹雘。”

⑲烜苶:盛大,显著,光明。

⑳妥:此处意为安置。岁事:指一年中应做的事。《礼记·王制》:“成岁事,制国用。”孔颖达疏:“成岁事者,断定计要,一岁事成,乃制来岁之国用。”

㉑寅(yín)清:言行敬谨,持心清正。《尚书·舜典》:“夙夜惟寅,直哉惟清。”

㉒三灵:此处指日月星。六气:指阴阳风雨晦明。《左传·昭公元年》注云:“天有六气,谓阴阳风雨晦明也。

㉓驺虞:古代神话传说中的仁兽,虎躯猊首,白毛黑纹,生性仁慈。《山海经·海内北经》:“林氏国有珍兽,大若虎,五彩毕具,尾长于身,名曰驺虞,乘之日行千里。”清段玉裁《毛诗故训传》:“驺虞,义兽也,白虎黑文,不食生物,有至信之德则应之。”瑞禾:嘉禾,一株多穗或异株同穗之禾。古人视作祥瑞。《宋史·五行志》:“二年,简州、安德军麦秀两歧。曹州生瑞禾。”

㉔荧煌:明亮,辉煌。杜牧《阿房宫赋》:“明星荧荧,开妆镜也。”张衡《二京赋》:“煌光驰而星流。”

㉕磵(jiàn):同“涧”,山间的水沟。

㉖盻(xì):看。《红楼梦》第五回:“盻纤腰之楚楚兮,风回雪舞。”蚃(xiǎng):同“蚼”,指浮尘子等水稻害虫。

㉗橐(tuó):口袋。摅悃(shū sù):发表或表示出真实的心情,诚意。

㉘缗(mín)钱:用绳穿连成串的钱。《旧唐书·刘悟传》:“悟少有勇力,叔逸準为汴帅,积缗钱数百万于洛中,悟辄破扃镝,悉盗用之。”《旧五代史·王章传》:“官库出纳缗钱,皆以八十为陌。”

㉙国帑(guó tǎng):国家的公款。宋文莹《玉壶清话》卷七:“况国帑、重兵、宗庙、禁掖,若泰山之安,根本不可轻动也。”

㊱阇黎:一译作“阇梨”,梵语“阿阇黎(梨)”之省也,意为高僧,也泛指僧人、和尚。

㊲奚囊:指贮诗之袋。典出《全唐文》卷七八〇《李贺小传》:“每旦日出,与诸公游……恒从小奚奴,骑距驴,背一古破锦囊,遇有所得,即书投囊中。”后因称诗囊为“奚囊”。

㊳滓:渣子,沉淀物。

㊴綦组:组织文辞。清刘大櫆《赠大夫闵府君墓志铭》:“其端严之德,肃穆之言,綦组之工,书翰文辞,咸高出侪辈。”

⑭琬琰：泛指美玉。《楚辞·远游》："吸飞泉之微液兮，怀琬琰之华英。"洪兴祖补注："琬音宛，琰音剡，皆玉名。"《淮南子·说山训》："琬琰之玉，在洿泥之中，虽廉者弗释。"刘峻《辨命论》："火炎崐岳，砾石与琬琰俱焚；严霜夜零，萧艾与芝兰共尽。"韩愈《送穷文》："携持琬琰，易一羊皮，饫于肥甘，慕彼糠糜。"

⑮机槭(jī hán)：犹机密。曹之骐《腾越光复纪略》："事犹未成，机槭先泄。"

⑯希夷：指虚寂玄妙。《老子》："视之不见名曰夷，听之不闻名曰希。"河上公注："无色曰夷，无声曰希。"南朝梁萧统《谢敕参解讲启》："至理希夷，微言渊奥，非所能钻仰。"唐权德舆《奉和郑宾客相公摄官丰陵扈从之作》诗："莫究希夷理，空怀涣汗恩。"玄牝(xuán pìn)：道家指孳生万物的本源，比喻道。《老子》："谷神不死，是谓玄牝。"河上公注："玄，天也，于人为鼻；牝，地也，于人为口。"后因以玄牝指人的鼻和口。

（赵骥　注）

苏志乾

【作者简介】

苏志乾，明万历间福建莆田人。万历初年避乱迁金陵，任新会县令十年。后因谗谪归，卜居沙县。苏志乾善于书法，亦工诗，对苏轼仰慕备至，因借其籍贯，自号苏眉山。

岱山赋有序

【题解】

岱山即泰山。此赋表现泰山壮丽瑰奇之景，结尾由泰山壮美景色进而发出"时圣道踸"的慨叹，歌颂盛世。

【原文】

泰山，五岳之东岳也。天帝之孙，群灵之府。主召人魂魄，世界贵贱修短之事①。又为岱宗，群岳之长，王者膺受符命②，报告成功，必秩而祭之。七十二君尝有事焉[3]。日月之所隐避，云雨之所郁蒸，帝王之所升封，圣哲之所钟孕，亿兆之所奔走，品汇万有之所蕃滋，功化弘矣，胜概具焉[4]。余以计偕继马山椒[5]，纵目眺览。五色炫辉，四时翕备[6]。遂为之赋，以叩山灵[7]。

粤稽灵岳，岧嵘阴阳[8]。璿玑齐政[9]，角离伊疆。晃煜玄枵，岁星位彰[10]。青徐兖镇，嵫厘东方[11]。岩岩矗矗，以临彷徨。荷天衢以拓宇，恢地纮而张皇[12]。宣醲龢之浏协[13]，霭细缊之淳光。其状则嵬崑岃崱，巊嵘嵽落。嶙嶒巃嵸，岭巘峻霍。其旷洞绵邈，则寥廓轇輵。歙赩骧腾，嵚岢岌娑，窈窕嶒崚[14]。亘以百六十里，纡以五十余盘。谲坱圠而傑纷，纠磈磡而巑岏[15]。族云气，幻宫阙。盎合肤，翛霰浡[16]。梁父长白罗以为辅，济河齐岱歓以为臬[17]。三宫空洞，帝座蓬玄[18]。胚胎元命[19]，兼总群仙。府神阈鬼，石室辽悬。灵真九万，嶕崒四千[20]。封云云者霞蔚，禅亭亭者云聊。丹房阿阁[21]，金床玉几。宝策瑛图，虫绿蝌紫。出震奠卯[22]，木德王青。玉绳上显，倒景下经。五祠三庙，璠墄绮棂[23]。金铺献曜，觚棱炙茎[24]。驾景福之爣阆，陋灵光之岿形[25]。碧霞敪敹其翚暎，青帝奕翥而轩亭[26]。炉琛璧与瑬琁，翼瑞玟而玱玎[27]。雕甍磊砢而麟焕，朱楹熠爚以髹彤[28]。枅栌戢晷而璀璨，楄柱杈枒而绚翰[29]。雺峥嵘以俶傥，伷懿潩以罨藏[30]。龇䶨䶪而奋噬，蹲躨跜而肮脏[31]。于是日观岳峙，则夜半天鸡叫玉鸡鸣。出于旸谷[32]，浴金漾精。微茫掣电，岛屿惊瞪。扶桑拂景，车轮红晶。蕊渊出血，阳乌炎明[33]。发皇耳目，披荡心神。天柱昂霄，碧落撑擎。长剑直倚天外，鳌极永藉弗倾[34]。开颢淠于参寥[35]，垂文虹于苍垠。月朏庚方[36]，观自西成。三壶县圭，八鸿萦襟[37]。瓠子带衍，沧海杯呈。其山则凤凰石间，徂来嶚羡[38]。石马象鹿，青黄缅转[39]。峰有丈人，周秦互弁[40]。莲花芙蓉，屹屼连卷[41]。石有试剑，龙蟠虎践。胭脂红门，硉矹硡搢[42]。昆仑不足比，阆风不足恋[43]。其洞则水帘迎阳，黄华窋窸。其纡余崖则仙影御帐，鹁鸽婵媛[44]。其枝旟岭有青岚黄岘，十笏络瑶[45]。岩峪嵣嵜，仙阯如如[46]。金陀椒子，剢峉趦趄[47]。弄月锁云，弥高仙闾。走坎窞于杳森，轧蓊蒙而崎岖[48]。拱台登仙峙其隈[49]，凤凰瞻鲁踞其侧。天门玄武之瑰琦，醴泉碾驼之漻洫[50]。漆泮梳洗，溅歕以砏泮[51]。药园仙寨，棋布而绣织。桥步天以漱玉，湾饮马而忽雷。井翻馨以渟泓，涧汇溪而汊洄[52]。大龙十八之盘诘，迎天升中之徘徊。瑶草琪花之烂漫，奇禽怪兽之犹焞[53]。秦松汉柏之蚴蟉，大夫处士之哄廖[54]。爰有梨栗棘柿，樱梅林禽。中黄文冠[55]，翼翼繁阴。石榴银杏，芍药玉簪。紫薇牡丹，吐芳耀珍。萱葵兰蕙，芬披层嵚[56]。青芝赤箭[57]，远志长卿。太一余粮，钟乳人葠[58]。黍稷稻麦，黄茂绿青。胡麻巨胜，种各异名。绵丝麖葛[59]，桐芽苔清。石焦黄白，宝藏骈臻[60]。鸴鸲鸳鹭，鹂鸶鹖鹰[61]。翡翠布谷，巧妇山僧。獐狪貛兔，斑文凝冰[62]。探之而靡竭，按之而弥深。天地岼幪其籧篨[63]，日月升沉其户牖。烟霞玩弄其几席，风雨洒扫其墟薮。超然而远凝，旷然周览[64]。入无而出有，挟仙飞羽。浴日御风，问天而搔首。握震旦于弹丸，吞云梦者八九[65]。瞰青畴于获麟之野，连翠屺于辨马之峰[66]。祥洽五云之太甲[67]，茅开三脊之丰茸。北里鄗上，彧彧蓬蓬。苍麟赤凤，鲽鲽鹣鹣[68]。不求而自足，不召而咸从。搜河图赤符之纬谶，讨玉牒石检之玄踪[69]。觅金泥银绳之诰篆，演峄亭云甫之登封[70]。郕有荣期之歌，侧无苛虎之哭[71]。何逃声于霖雨崩山之音，亦兆符于岩岩坠云之覆。稷丘濯质而炼形，老父服术而绝谷[72]。散神楼安期之匕，宝崔文赤丸之馥。餐芝饵石者安道于永嘉，林檎系裙者列籍于仙族。元气浩瀚，太虚无倪[73]。虎豹九关[74]，阊阖上梯。白榆析木[75]，挥手允挤。玉京玄阙[76]，清微弗迷。蕣华菱彩[77]，荫霞逼霓。金波素舒，飞璧净奎。游河射目，聚井雪题[78]。金翘红蕊，䃈䃰朝跻。播景风之习习，霿紫露之穲穲[79]。蒙蒙乎渗膏龙泽，皑皑乎玉马银獐。投蜺则化玉流彩，齐骛则披锦盉光[80]。生烟漠漠，滃雾零霜。秦阶玉烛，六气调襄。匒匌乎坤轴乾门，瀺灂乎祝融篸岭[81]。硉矹乎嵩华二室，洊淀乎恒藩霍屏。又何八海之瀿瀷[82]，十岳之蹬骋。恍惝乎气马尻轮，岑晕乎九垓八极[83]。滥觞乎员峤壶岭，斟酌乎神潢水碧[84]。魁梧长者，颀皙大人。白毫金粟，法流化津[85]。蔚蓝瑶水，征侨隐沦[86]。雾光龙威，烟客羽臣。凌空栩栩，扶摇踬踬[87]。戴胜而出尊，吉量以延辰。祝余迷谷，鹿蜀猼訑。鸁犨鹦鷗，鹡鸰臹脂。鸾鸟载蔽，玗琈陆离。婴玉瑾瑜，红光是司。莫不辐辏而沓还，逻蜂午而充驰。飘飘乎矫列缺以轻举，罝罝乎汎磅礴于云螭[88]。此亦天下之玮丽壮观也。尔其皇风载融，帝道郅理[89]。鄂烨乎云官，缉熙乎鸟纪[90]。滳浬烽绝，狼胥望已[91]。有铭鼎粪车之醇，无白云黄竹之靡。八骏弢骅骥之乘，谐媚杜郿郲之呰。屈轶生庭，蓂荚挺吧。萐蒲飄摇，瑞芝华起[92]。鲑鯱驺虞[93]，循陆游沚。龙盈孔沼之流，乌骈三足之踦。穆穆蔼蔼[94]，清宁康泰。埒造化而受功[95]，德二仪而跻大。一人有庆，兆民共赖。皇哉皇哉，猗欤休哉[96]。是泰山靡记而梁甫靡几，管仲之所不必谏，长卿之所不必书者是也[97]。乱曰：玄玄黠闳[98]，廓上真兮。黼芾焜煌[99]，散澄凝兮。黔昇，展庨豁兮[100]。□駈邋遼[101]，终徭駱兮。会心爽垲[102]，凿形骸兮。洸洸荡荡[103]，豁我怀兮。时圣道韪[104]，盛孰涯兮。

（据《历代赋汇》卷一四，清康熙四十五年内府刊本）

【注释】

①修短：长短，指人的寿命。

②膺受：接受，承担。符命：上天预示帝王受命的符兆。

③七十二君：相传上古到泰山封禅的君王共有七十二位。《史记·封禅书》：“古者封泰山禅梁父者七十二家。”

④郁蒸:凝聚和蒸腾。升封:登泰山封禅。亿兆:指庶民百姓。品汇:事物的品种类别。功化:功业与教化。胜概:美景,美好的境界。

⑤绁:系,拴。山椒:山顶。

⑥翕:合,聚。

⑦叩:叩拜。

⑧嵂嶪:山高峻相连的样子。

⑨璿玑:璇玑,泛指北斗。

⑩晃煜:亦作"晃昱",明亮,辉煌。玄枵:十二星次之一。与二十八宿相配为女、虚、危三宿,与十二辰相配为子,与占星术的分野相配为齐。岁星:即木星。古人认识到木星约十二年运行一周天,其轨道与黄道相近,因将周天分为十二分,称十二次。木星每年行经一次,即以其所在星次来纪年,故称岁星。

⑪嵫厘:高峻貌。

⑫荷:负荷。天衢:天空广阔,任意通行,如世之广衢,故称天衢。地纮:犹地维,古谓地有八纮。张皇:势盛貌。

⑬雝龢:同"雍和",融洽,和睦。

⑭骧腾:驰骋。馺娑:众盛貌。嶒崚:高而险峻,不平。

⑮坱圠:地势高低不平貌。傑:参差不齐。礧磡:山崖。巑岏:峻峭。

⑯儵:同"鲦",一种鱼。浡:涌出。

⑰骫:弯曲。臬:标准,法式。

⑱三宫:指紫微、太微、文昌三星座。帝座:古星名。

⑲元命:天之大命。

⑳灵真:道教用语,指修真得道。嶕崒:高峻。

㉑丹房:道教炼丹的地方,道观。阿阁:四面都有檐霤的楼阁。《尸子》卷下:"泰山之中有神房阿阁帝王录。"

㉒出震:八卦中的震卦位应东方,即出于东方。

㉓璚:同"琼",赤色的玉。墄:台阶的梯级。

㉔觚棱:宫阙上转角处的瓦脊成方角棱瓣之形,借指宫阙。

㉕景福:宫殿名,三国魏明帝建。爣阆:宽敞明亮貌。灵光:汉代鲁灵光殿。岿形:高大屹立的样子。

㉖翙翙:不迎自来。翚:古书上指有五彩羽毛的雉。暎:同"映"。青帝:我国古代神话中的五天帝之一,是位于东方的司春之神,又称苍帝、木帝。

㉗瓀玟:美石名。玱玎:玉石撞击声。

㉘雕甍:雕镂文采的殿亭屋脊。磊砢:众多委积貌。髹彤:丹漆。

㉙枅栌:柱子上的方木。戢舂:众多。栭:柱顶上支撑梁的方木。

㉚雰:幽深。佡:清静,寂静。懿濞:深邃貌。罨:覆盖,掩盖。

㉛舑舚:吐舌头。躨跜:盘曲貌。

㉜旸谷:古称日出之处。

㉝阳乌:神话传说中太阳里的三足乌。

㉞鳌极:神话传说中女娲断鳌足所立的四极天柱。

㉟灏溔:白水流动的样子。参寥:虚空高远。

㊱朏:天刚发亮。

㊲三壶:传说中海上三神山,即方丈、蓬莱、瀛洲。八鸿:八方。

㊳徂来:山名,在山东省泰安县东南。嶛:高峻。

㊴青黄:泛指色彩。緸:连续,相连。

㊵弁:古代的一种帽子。古代贵族子弟行加冠礼时用弁束住头发,礼成后把弁去掉不用,后比喻没用的东西,这里比喻轻视。

㊶屹屼:峭拔,险峻。

㊷硉矹:高耸,突出。

㊸阆风:阆风颠。传说中神仙居住的地方,在昆仑之巅。

㊹鹈:鸟,羽毛黑褐色,俗称"水鸪鸪"。

㊺旟:扬起,翘起。璓:一种玉。

㊻嵣嶆:山石广大的样子。阯:水中的小块陆地。

㊼椒子:花椒内的黑子。峛崺:曲折连绵。

㊽坎窞:坑穴。蓊蒙:浓郁。

㊾隈:山水等弯曲的地方,角落。

㊿醴泉:甜美的泉水。

51�:水名,在山东省新泰市。砏:水声。

52渟泓:积水深貌。汊:河流的分岔。

53瑶草琪花:仙境里珍贵奇异的花草。𬒈:锐意进取。焞:光明。

54蚴蟉:树木盘曲纠结貌。哄𠩄:争斗撞击。

55中黄:泛指勇士。

56萱:多年生草本植物,叶条状披针形,花黄色或红黄色,供观赏。亦称"金针菜"。嶔:品格特异,与众不同。

57青芝:一种贵重的中药材。相传生于泰山。又名龙芝。赤箭:天麻的别名。

58蓡:同"参"。

59麖:粗麻布。

60黄白:黄金和白银。骈臻:一并到来。

㊱鸴：山鹊。鸨：鸟类的一属，比雁略大，背上有黄褐色和黑色斑纹，不善于飞，而善于走，能涉水。鹜：鸭子。鹛：鸱类猛禽。

㊲獐：哺乳动物，形状像鹿，毛较粗，头上无角，雄的有长牙露出嘴外。皮可制革（亦称"牙獐"）。狪：古书上说的一种野兽。"（泰山）有兽焉，其状如豚而有珠，名曰狪狪，其鸣自叫。"斑文：斑驳的花纹，借指虎豹之皮。

㊳帡幪：本指帷幕，引申为覆盖。籧篨：粗竹席。

㊴周览：遍览，巡视。

㊵震旦：中国。云梦：古代大泽名。

㊶青畴：青州之地，即齐鲁之地。获麟：指汉武帝太始二年捕获白麟事。屺：没有草木的山。

㊷五云：五色瑞云，吉祥之兆。太甲：星名，即太乙。

㊸鲽鹣：喻夫妻恩爱。鲽，鱼类的一科，比目鱼的一种，体型侧扁，生活在浅海中。鹣，古代传说中的比翼鸟。

㊹河图：儒家关于《周易》卦形来源的传说。赤符：汉朝的符命。纬谶：汉代流行的神学迷信。玉牒：古代帝王封禅、郊祀的玉简文书。石检：古代封禅时，置于封禅坛方石旁用以封闭玉检的石条。

㊺金泥：以水银和金粉为泥，作封印之用。诰箓：天帝的诏诰和符箓。登封：登山封禅。指古帝王登泰山祭天祭地。

㊻郕：古邑名，在今山东省宁阳县东北。荣期：春秋时隐士荣启期。苛虎：《礼记·檀弓下》："苛政猛于虎。"

㊼稷丘：复姓，这里指稷丘圣，事迹见刘向《列仙传》。绝谷：不食五谷，道家的一种养生长寿之术。

㊽无倪：无端，边际。

㊾九关：九重天门或九天之光。

㊿白榆：指星。《古乐府·陇西行》："天上何所有，历历种白榆。"析木：星次名。十二星次之一。与十二辰相配为寅，与二十八宿相配为尾、箕两宿。

76玉京：道家称天帝所居之处。玄阙：天门，引申为天帝或神仙的住所。

77蕣华：木槿之花。

78霅：水流激荡声。

79瀼：露重的样子。穰穰：众多纷乱貌。

80投蜺：谓天降虹霓，示天下将乱。盝：过滤。

81訇訇：重叠貌。坤轴：古人想象中的地轴。瀺灂：水流声。篸岭：武当山别名。

82瀥：水暴溢。

⑧③怳惝：失意怅惘。气马尻轮：《庄子·大宗师》："浸假而化予之尻以为轮，以神为马，予因以乘之，岂更驾哉。"九垓：中央至八极之地。

⑧④员峤：神话中仙山名。神潢：传说中水名。

⑧⑤法流：佛教语，相续不绝的佛法。

⑧⑥瑶水：瑶池。征侨：古仙人名。

⑧⑦栩栩：徐徐，微动。踬：动。

⑧⑧列缺：空隙。轻举：飞升，登仙。罠：广大。云螭：传说中龙的别称。

⑧⑨皇风：皇帝的教化。帝道：理想的帝王治国之道。郅理：治理地极好。

⑨⓪鸟纪：传说古少皞氏以鸟名官。

⑨①狼胥：狼居胥山。西汉骠骑将军霍去病击败匈奴之后，积土为坛于狼居胥山以祭天。因亦用以指声威远播。

⑨②萐：古书上说的一种植物，叶大可做扇。瑞芝：灵芝草。古代认为灵芝是吉祥之物，故称。

⑨③羬：有角的母羊。觤：角倾斜。驺虞：传说中的义兽名。

⑨④穆穆：端庄恭敬。

⑨⑤埒：等同。

⑨⑥皇：大。猗：美好盛大的样子。休：吉庆，美善。

⑨⑦长卿：司马相如，长卿是他的字。汉代著名文学家，辞赋家，作品风格铺张华美，具有明显的道家与神仙色彩。

⑨⑧闳：幽静。

⑨⑨黼：古代礼服上绣的半黑半白的花纹，十分华丽。芾：茂盛，繁多。焜煌：明亮，辉煌。

⑩⓪黔：黄色。昦：同"昊"。㢋豁：高峻深邃。

⑩①邍：同"原"，平原。

⑩②爽垲：高爽干燥。

⑩③洸洸荡荡：水波动荡闪光，繁盛貌。

⑩④韪：是，对。

（张帆　注）

清

陆求可

【作者简介】

陆求可(1617—1679),字咸一,号密庵,江苏山阳(今江苏淮安)人。幼孤,事祖母与母至孝,笃志好学。顺治十二年(1655)登进士,授河南裕州知州,有惠政,以最入为刑部员外郎。升福建提学佥事,转布政司参议,旋病卒。其作古文疏畅,然风格多与时雷同,诗词亦以应酬之作为主。著有《密庵文集》二十卷,诗集八卷,诗馀四卷。事见《碑传集》卷七九、《四库全书总目提要》卷一八二。

登泰山赋

【题解】

此赋为歌咏泰山之作。不同于一般的泰山游记作品,此赋重在表现登顶望远的所见所感,辞采华美,境界开阔,意象瑰奇。

【原文】

登泰山兮意沉吟,肩摩曦驭兮胸荡层云①。望岩顶兮四十里,盘道而屈曲兮,杳不知其几千万寻②。宜其擅三十六洞之宗兮,而禅七十二代之君③。尔乃询石间而蹑介丘兮④,觅仙人之为栖。踞东南之日观兮,每日出而闻鸡。渺吴会之东处兮,指长安于直西⑤。睇黄河其如带兮,步周观而俯瞰全齐⑥。天门之松兮过十围，觅玉几与金床兮，爰石室之依稀[7]。探玉简与琼策兮，阻神府而歔欷[8]。逢钼父于崖畔兮，未审毫光于纤微[9]。觅芝童于窈窕兮，安能辨白鹿之是非[10]。汲香井兮而无绠，望神房兮末由以披帏[11]。访稷丘兮而罔即，舍文子兮其奚依[12]。岩岩兮洵鲁邦之所瞻，屹屹兮作兖镇而靡群[13]。念秦皇兮曾遇雨于何坂，溯汉帝兮爰作阙以因云[14]。标天齐以为长兮，登之方生二仪而小天下，岂东山之嵂崒兮[15]，而小鲁之足云。

（据《陆密庵文集》卷一，清康熙二十年刻本）

【注释】

①肩摩：肩与肩相摩擦，形容人多拥挤。《淮南子·齐俗训》："今之国都，男女切踦肩摩于道，其于俗一也。"曦驭：羲和驭车，指太阳运行。

②寻：古代长度单位，一寻等于八尺。

③三十六洞：三十六洞天，道教中泛指神道居住的名山胜地，这一说法大致起源于晋代。唐杜光庭《洞天福地记》详细列出了三十六洞天。七十二代之君：古人以七十二为天地阴阳五行之数，表示数量多。《史记·封禅书》："古者封泰山禅梁父者七十二家。"

④尔乃：这才，于是。蹑：踩，踏。介丘：亦作"介邱"，大山。《史记·司马相如列传》："以登介丘，不亦恧(惭愧)乎？"

⑤渺：辽远。吴会：秦汉时会稽郡治所在吴县(今江苏苏州)，郡县连称为吴会。直西：正西。

⑥周观：纵观，遍览。汉张衡《西京赋》："便旋闾阎，周观郊遂。"

⑦玉几、金床、石室：指想象中泰山神仙所用的物品。

⑧玉简：玉质的简札，帝王封禅、诏诰所用文书。琼策：连编而成的玉质简册。神府：仙府，洞府。

⑨钼父：扛锄头的农夫。毫光：如毫毛一样四射的光线。纤微：细微的事物。

⑩芝童：仙童。唐崔湜《幸白鹿观应制》："捧药芝童下，焚香桂女留。"白鹿：白色的鹿，古时以为祥瑞。

⑪绠：汲水用的绳子，如绠短汲深喻才力不能胜任。神房：进行祭祀祝祷、香供事宜的处所。末由：无由，没有门径。《论语·子罕》："虽欲从之，末由也已。"帏：帐子，幔幕。

⑫稷丘：稷丘君，汉刘向《列仙传》记录的传说中的神仙，稷丘为其姓。罔即：不能到达。文子：春秋时期哲学家思想家，道家学派代表人物，被后世道教尊为四大真人之一。奚依：还依靠什么呢？奚，胡，何。

⑬岩岩：高大，高耸。洵：诚然，实在。屹屹：高大挺立貌。鲁邦、兖镇：均指鲁

地。靡群：不群。

⑭念秦皇兮曾遇雨于何坂：《史记·封禅书》载："始皇之上泰山，中坂遇暴风雨，休于大树下。诸儒生既绌，不得与用于封事之礼，闻始皇遇风雨，则讥之。"溯汉帝兮爰作阙以因云：元封元年（前110）三月，汉武帝首次至泰山封禅，于岱顶立石。阙，陵墓前两边的石牌坊。

⑮天齐：唐玄宗封泰山神为天齐王，后世称东岳为天齐。二仪：指天地。曹植《惟汉行》："太极定二仪，清浊始以形。"东山：《孟子·尽心上》云"孔子登东山而小鲁"赵岐注："东山，盖鲁城东之高山。"嵂崒：山高峻的样子。

（张帆　注）

朱彝尊

【作者简介】

朱彝尊（1629—1709），字锡鬯，号竹垞，又号醧舫，浙江秀水（今浙江嘉兴）人。清代词人、学者、藏书家，明代大学士朱国祚曾孙。康熙十八年（1679）举博学宏词科，除翰林院检讨。以布衣入选，参与编修《明史》。二十年（1681），充日讲起居注官。典试江南。二十二年（1683），入直南书房，赐紫禁城骑马。三十一年（1692），假归。四十八年（1709），卒，年八十一。其诗与王士祯齐名，人称"南朱北王"，词宗姜夔、张炎，为浙西词派创始人，与陈维崧并称"朱陈"。著有《经义考》三百卷、《日下旧闻》四十二卷、《曝书亭集》八十卷，又辑录《明诗综》一百卷，《词综》三十六卷（汪森增补）。《清史稿》卷四八四有传。

谒孔林赋①

【题解】

此赋先写自己"谒孔林"的经过及在孔林所见景色，之后着重叙述"谒孔林"的所感。作者反感后儒牵强附会在"六经"之上的种种异说，称他们"藐往哲之嘉谟，恒末师之是则"，要求恢复儒家经典的本来面目。最后，作者表明"愿为林户”常住此地，发愿欲“近圣人之居”，“读圣人之书”，“为圣人之徒”。本赋不落窠臼，并未沉浸在对孔子的一味颂扬中，而是写出了自己的所见所感，清新明快。

【原文】

粤以屠维作噩之年，我来自东，至于仙源[②]。斯时也，坛杏花繁，庭桧甲坼[③]。元和之牺象毕陈，阙里之榛芜尽辟[④]。既释菜于庙堂，旋探书于屋壁[⑤]。乃有百石卒史[⑥]，导我周行。牵车鲁城之北，绁马洙水之阳[⑦]。即大庭之遗库，循端木之故场[⑧]。骄孙祔兮居前[⑨]，圣子藏兮在左。自黄玉之封缄，闷幽宫而密锁[⑩]。陨长鲸兮不惊，慑祖龙兮远祸[⑪]。除荆棘之丛生，罕翔禽之飞堕。雨露既濡，迟景东隅[⑫]。整衣裳之肃肃，正颜色之愉愉[⑬]。展谒方终[⑭]，诞寻往迹。超白兔之深沟，抚青羊之卧石[⑮]。爰有草也，苞蓍其名[⑯]。守之以龟，一本百茎[⑰]。我求其德，洵圆且灵[⑱]。爰有木也，题之以楷。非柏非枞，靡瘿靡魔[⑲]。历千祀而长新，贯四时而不改。惟先师之遗泽，道莫著乎六经。配光华于日月，若迭奏之琴筝。降而后儒，各事采获[⑳]。中文古文之书，先天后天之易[㉑]。目郑卫以淫邪，诬《春秋》以深刻[㉒]。藐往哲之嘉谟，恒末师之是则[㉓]。滔滔天下[㉔]，后死其悲。安得起素王于泉壤，操笔削而正之[㉕]。我思古人，耻同污俗。或六聘而收身，或三诏而逃禄[㉖]。或依李充之山，或就张超之谷[㉗]。潜户壁于服虔，变姓名于梅福[㉘]。入源水兮栽桃，隐丹霞兮种竹。讵如此地，桑海不迁[㉙]。可游可息，有歌有弦。耳不闻僧尼之鱼板，目不睹旗鼓之楼船[㉚]。乐土乐土，速营一廛[㉛]？愿为林户，躬耕墓田[㉜]。庶几近圣人之居[㉝]，读圣人之书，将不得为圣人之徒也与？

（据《曝书亭集》卷一，《四部丛刊》本）

【注释】

①孔林：孔子及其后裔的墓园，在山东曲阜市城北门外，面积约三千亩，环以高墙，曲阜“三孔”名胜之一。

②屠维作噩：己酉年，当为康熙八年(1669)。屠维，天干中己的别称。作噩，地支中酉的别称。仙源：神仙所居之处，借指风景胜地，幽美僻境。

③甲坼：草木发芽时种子外皮裂开。《周易·解》：“天地解而雷雨作，雷雨作而百果草木皆甲坼。”

④元和：太和，天地间冲和之气。牺象：古代饰有鸟形、鸟羽或象骨的酒器。一说为牺尊和象尊的合称。阙里：孔子故里，在今山东曲阜城内阙里街，因有两石阙，故名。榛芜：草木丛杂。辟：去，除。

⑤释菜：亦作“释采”，古代入学时祭祀先圣祖师的一种典礼。书：古文《尚书》等儒家经典。屋壁：西汉景帝末年，鲁恭王刘馀拆毁孔子旧宅以扩建其宫室，在孔氏墙壁中发现古文《尚书》及其他经典，后人称为“孔壁古文经”。

⑥卒史：汉代官署中属吏之一。颜师古注引臣瓒曰：“《汉注》卒史秩百石。”

⑦鲁城：曲阜的别称，春秋战国时曲阜为鲁国都城，故名。绁：系，拴。洙水：古水名。据《水经·洙水注》，源出今山东新泰市东北，西流至新泰市，折西南至泗水县北与泗水合流，西至曲阜城东北又与泗水分流，西经兖州市至济宁市合洸水，折南注入泗水。阳：南。

⑧大庭：朝廷。库：贮存东西的房屋或地方。循：同“巡”。端木：孔子弟子端木赐，以善于经商著称。场：集市。

⑨祔：奉新死者的木主于祖庙与祖先的木主一起祭祀。

⑩黄玉：黄色的玉饰，这里指孔林封条的颜色是黄色。封缄：封缄标记。幽宫：谓坟墓。王维《过秦皇墓》：“古墓成苍岭，幽宫象紫台。”

⑪陨、慑：都是使动用法。长鲸：喻巨寇。唐刘知己《史通·叙事》：“论逆臣则呼为问鼎，称巨寇则目以长鲸。”祖龙：指帝王。

⑫迟景：傍晚的日光。东隅：东方。

⑬肃肃：恭敬严正貌。《诗经·大雅·思齐》：“雝雝在宫，肃肃在庙。”《毛传》：“肃肃，敬也。”颜色：面容，神色。愉愉：和顺貌。《礼记·祭义》：“齐齐乎其敬也，愉愉乎其忠也。”

⑭展谒：敬词，犹拜谒。

⑮超：跨过。白兔：白色的兔子，古代以为是祥瑞。青羊：黑色的羊。

⑯蓍：多年生草本植物，全草可入药，茎、叶可制香料，通称蚰蜒草或锯齿草。古代用其茎占卜，如“爰龟”。

⑰本：草木的根。

⑱圆：完备，周全。

⑲枞：常绿乔木，茎高大，树皮灰色，小枝红褐色。木材供制器具，又可做建筑材料，亦称“冷杉”。瘿：植物受病菌、昆虫、叶螨、线虫等寄生后形成的囊状赘生物。庬：墙壁。

⑳迭奏：交替或轮流演奏。采获：搜集，辑录（孔子的作品，学说）。

㉑中文古文之书：今文经学和古文经学。先天后天之易：易有先天后天之分，前者指伏羲八卦，后者指文王八卦。

㉒郑卫：春秋时的郑国与卫国，古称郑卫之俗轻靡淫逸。深刻：谓《春秋》刻画透彻，暴露无遗。

㉓嘉谟：好的谋略。末师：肤浅的学者。

㉔滔滔：大水奔流貌，喻言行或其他事物连续不断。

㉕素王：空王。汉人认为孔子有王者之德而无王者之位，故称他为“素王”。泉壤：泉下，地下，指墓穴。晋潘岳《寡妇赋》：“上瞻兮遗象，下临兮泉壤。”笔：书写记录。削：删改时用刀削刮简牍。《史记·孔子世家》：“至于为《春秋》，笔则笔，削则削，子夏之徒不能赞一辞。”后遂以“笔削”指代著述。

㉖六聘、三诏：谓朝廷多次征辟为官。收身：隐退。逃禄：仕而不受禄，引申为隐居不仕。语本《国语·楚语下》：“成王闻子文之朝不及夕也，于是乎每朝设脯一束、糗一筐，以羞子文，至于今令尹秩之。成王每出子文之禄，必逃，王止而后复。”

㉗李充山、张超谷：都是古代贤士隐居之地。

㉘服虔：东汉经学家，字子慎，河南荥阳人。梅福：西汉末年九江寿春人，字子真，官南昌尉。因不满王莽当政遂变换姓名，离家遁世，相传他后来修炼成仙。

㉙讵：岂，怎么。迁：变动。

㉚鱼板：古代禅寺用来通知大众入浴、斋食的乐器或鸣器。旗鼓：古代军中指挥战斗的用具。楼船：有楼的大船，多用作战船。

㉛廛：古代城市平民的房地。

㉜墓田：坟地。

㉝庶几：有幸。

（张帆　注）

蒲松龄

【作者简介】

蒲松龄(1630—1715)，字留仙，一字剑臣，号柳泉居士，又号西周生，淄川(今山东淄博)人。清代著名文学家，小说家。少有异才，然屡试不中，遂绝意仕进，以诸生授徒于家。康熙五十年(1711)，始成岁贡生。蒲松龄一生著述颇丰，有《聊斋志异》《醒世姻缘传》《聊斋先生文集》等。事见《国朝诗人征略》《国朝耆献类征》等。

煎饼赋[1]并序

【题解】

煎饼是山东淄博、泰安、沂蒙及潍坊等地的常见主食。此赋即以作者家乡淄川（今淄博）的主食煎饼为题材，先是回顾了煎饼的发展历史，又形象细致地描写了煎饼的制作和食用方法。语言活泼灵动，风格幽默，且具有一定的史料价值。

【原文】

古面食皆以饼名，盖取面水合并之义。若汤饼蒸饼胡饼之属，已见于汉魏间。至薄溲薄持，安溲牢丸，束皙赋及之[2]，然不解其何物。齐俗则尚薄饼。昔高瓒卷大饼如庭柱，蜀赵氏合三斗面为一枚，是皆怪巧当世，即秘其传。惟明邱文庄进软饼于上而甘之[3]，因以为名，是薄饼之制，其来已数代矣。独煎饼则合米豆为之，齐人以代面食，二月二日尤竞之。是时荐新葱，富者夹半咸肉，比户胥然[4]。昔惟北齐主与石勒筒有卒律葛答之谜[5]，而他不概见，岂非自古迄今，惟齐有之与？缘行于世者不远，故见之古者尤稀。康熙中，齐亢旸甚[6]，二麦辄数岁不登，则煎饼之有裨于民生，非鲜浅也，因为之赋：

煎饼之制，何代斯兴？溲合米豆，磨如胶饧[7]。扒须两歧之势，鏊为鼎足之形[8]。掬瓦盆之一勺，经火烙而滂溯[9]。乃急手而左旋，如磨上之蚁行。黄白忽变，斯须而成。卒律葛答，乘兹热铛[10]。一翻手而覆手，作什百于俄顷。圆如望月，大如铜钲，薄似剡溪之纸[11]，色似黄鹤之翎，此煎饼之定制也。若易之以荞屑，则如秋练之辉腾。杂之以蜀黍，又如西山日落返照而霞生[12]。夹以脂肤相半之豚胁[13]，浸以肥腻不二之鸡羹。晨一饱而达暮，腹殷然其雷鸣。备老饕之一啖，亦可以鼓腹而延生[14]。若夫经宿冷毳，尚需烹调。或拭鹅脂，或假豚膏。三五重叠，慢熥成焦。味松酥而爽口，香四散而远飘。更有层层卷摺，断以厨刀。纵横历乱，绝似冷淘[15]。汤合盐豉，末剉兰椒[16]。鼎中水沸，零落金条。时霜寒而冰冻，佐小啜于凌朝[17]。额涔涔而欲汗，胜金帐之饮羊羔。奈尔东人运蹇[18]，奇荒相继，豆落南山，拟于珠粒。穷惨淡之经营，生凶年之妙制。采绿叶于椒榆，渍浓液以杂治。带藜烟而携来，色桑滑而苍翠[19]。野老于此，效得酱于仲尼，仿缩葱于侯氏[20]。朵双颐，据墙次，咤咤枨枨，鲸吞任意[21]。左持巨卷，右拾遗坠。方且笑锅底饭之不伦，讶五侯鲭之过费[22]。有锦衣公子过而美之曰：愿以我鼎之所烹，博尔手之所遗。其可乎？野老怃然，掉头不易[23]。

（据《聊斋文集》卷一，清道光二十九年刑祖恪钞本）

【注释】

①煎饼：我国北方地区传统主食之一，相传发源于山东泰安。

②溲：浸泡。薄持：一种薄饼。牢丸：汤团，一说为蒸饼。束皙：西晋时文学家，曾作《饼赋》论述各种面食。

③邱文庄：丘濬，明代中期著名的思想家、文学家、史学家和政治家，谥号"文庄"。

④比户：家家户户。胥然：都这样。

⑤石勒：十六国时期后赵政权建立者，羯族人。卒律葛答：相传为北齐时北方少数民族突厥的语言，汉语译为"前火食并"，正好组成汉字"煎饼"二字。

⑥亢旸：旱灾。

⑦胶饧：稠厚的饴糖。

⑧鏊：一种铁制烙饼炊具，平面圆形，中间稍凸。

⑨掬：舀取。滂溯：水流相击的声音。

⑩铛：烙饼或做菜用的平底浅锅。

⑪钲：古代一种铜制乐器。剡溪之纸：指"溪藤"，浙江传统名纸。剡溪地区生产古藤，用这种古藤造出的纸张就是"溪藤"。

⑫秋练：洁白的丝绢。蜀黍：一种高粱，一年生草本植物，为谷类之一。晋张华《博物志》卷四："《庄子》曰：'地三年种蜀黍，其后七年多蛇。'"

⑬豚胁：猪肋肉。《周礼·天官·醢人》："豚拍鱼醢。"汉郑玄注："豚拍，肩也。今河间名豚胁。"

⑭老饕：贪食的人。清吴伟业《脍残》："弃掷诚何细，夫差信老饕。"延生：延年。

⑮冷淘：过水面及凉面一类食品。

⑯盐豉：调味用的豆豉。剉：铡切成粉末。

⑰佐：劝，这里指就着饭菜喝一小口煎饼汤。凌：迫近，逼近。

⑱蹇：迟钝，不顺利，如时乖运蹇。

⑲藜：一年生草本植物，茎直立，嫩叶可吃。

⑳得酱于仲尼：《论语·乡党》有孔子"不得其酱不食"之语，酱指美味。缩葱于侯氏：《太平广记》卷二五八载侍御史侯思正贪吃，为在笼饼中多加肉，命其厨师制作笼饼时少放葱，时人笑称其为"缩葱侍御史"，这里亦指美味。

㉑朵颐：鼓腮嚼食。墙次：同"墙茨"，土墙栅栏一类的东西。《诗经·鄘

风·墙有茨》:“墙有茨,不可埽也。中冓之言,不可道也。所可道也,言之丑也。”《毛传》:“墙,所以防非常;茨,蒺藜也。欲埽去之,反伤墙也。”又郑玄笺:“(卫)国君以礼防制一国,今其宫内有淫昏之行者,犹墙之生蒺藜。”后遂以“墙茨”为宫廷淫乱之典实。咤咤栎栎:同“咤咤栎栎”,象声词,形容野老吃煎饼吃得香甜。

㉒五侯鲭:汉代娄护合王氏五侯家珍膳而烹饪的精美杂烩,比喻佳肴。五侯,汉成帝母舅王谭、王根、王立、王商、王逢时。鲭,肉和鱼的杂烩。《西京杂记》卷二:“五侯不相能,宾客不得来往。娄护、丰辩,传食五侯间,各得其欢心,竞致奇膳,护乃合以为鲭,世称五侯鲭,以为奇味焉。”过费:过于奢侈。

㉓博:用自己的行动获得,博取。怃然:惊愕貌。

(张帆　注)

古历亭赋[1]

【题解】

古历亭即今历下亭,清康熙三十二年(1693)由时任山东盐运使李兴祖主持修建。李兴祖写下《重葺古历亭碑记》记叙此事。蒲松龄则写作此赋,对李兴祖重建历下亭之举给予赞扬。作者先是描写历下亭及周围景色;之后回顾唐宋时期历下亭名士集会,如杜甫、李邕会于历下亭;再后叙述古历下亭由盛转衰,荒凉破败;结尾赞扬李兴祖重修历下亭并描绘修复后的盛况。

【原文】

亭以地名,物因人见。何人何代,迹肇创于华阳[2];几世几年,名永齐于水面。凭轩四望,俯瞰长渠;顺水一航,直通高殿。笼笼树色,近环薜荔之墙[3];泛泛溪津,遥接芙蓉之苑。入匡清冷,狎鸥与野鹭兼飞;聒耳哓嘈[4],禽语共蝉声相乱。金梭织绵,唼呷蒲藻之乡;桂楫张筵,容与荻芦之岸[5]。蒹葭浥露,翠生波而将流;荷芰连天,香随风而不断。蝶迷春草,疑谢氏之池塘;竹隐花斋,类王家之庭院[6]。旧题始于杜老,新亭结于盛唐[7]。方其盛也,南有嵴山北渚,西有环碧水香。沉璧浮珠,佳人拾翠之浦;乘轩载伎,名贤醉白之堂[8]。石季伦方来,闻笙歌之满路;羊侍中所到,见灯烛之成行[9]。座上之素帕青衫,莺与燕认;槛外之蓝舆蜡屐,月并荒花[10]。京兆蹇驴,过冲行盖;章台骏马,嘶立垂杨[11]。少陵之什连篇,尚留吉光于艺苑;泰和之词五韵,犹绕墨气于云庄[12]。夫何濠濮之沧涟[13]，依然鱼鸟；蓬莱之清浅，业已沧桑。摩诘之铛臼无存，叔夜之山庐近古[14]。邈矣北海太守[15]，谁操风雅之权；幸也泺水才人，起任湖山之主。珠帘画栋，复历下之奇观；茗碗诗瓢，寻天宝之坠绪。此亭之一兴也，迄今又百年矣。夕阳红湿，照凉夜于明沙；秋径微茫，缈寒萤于败堵[16]。飘摇欲尽，凄凉半亩蓬蒿；风景不殊，寂寞一蓑烟雨。苍苔遍隰，绣地为文；绿荇分钗[17]，抽茎作股。望桃源而去，再返棹已无人家；自天台而还，旋回头竟属邱莽。乃有营州国士，适司鹾政于齐门；陇右洪支，又继骚踪于湖渚[18]。苏舜钦年年鬻纸，为买沧浪[19]；谢灵运夜夜呼门，长燃火炬。而乃瓦盆再见，恍悟前身；舍宇重临，还同旧谱。先后辉映，事亦奇矣。又有神明连帅[20]，纲纪群侯。政简刑清，扬春和于光霁；鸣琴掞藻，写襟抱于弦讴[21]。散馥乎八宝毫端，则庾开府、鲍参军起凤腾蛟，拟杜圣、李仙之瑰玮；蹑履兮五花馆内，则支道人、温处士升堂入室，尽潘江、陆海之风流[22]。劝乡校以文章，即野叟黄童，亦与长公之宴；搴缇帷而过从[23]。或笔床钓具，辄偕秦望之游[24]。诗垒千秋，尤喜挥复；鸾笺五色，用助添修[25]。惊倒影之楼台，忽开紫府[26]；羡迎薰之牖户，仍傍仙洲。城上鹤归，未觉人民之异；雪中鸿香，幸有指爪之留。人相助而弥彰，迹以传而益久。乡名曾起于漆吏[27]，命曰无何；亭子如建于后山，讶为顿首。从此鸳鸯水暖，长开君子之花；宪节门高，复种先生之柳[28]。地如滕阁，伫佩玉而鸣銮；人比兰亭，更流觞而泛酒。梁园胜会，即席千言；金谷豪吟，约章三斗[29]。尘嚣热客，聊解危厉之薰；勃窣文心，共放霹雳之手[30]。霞蔚云兴之际，发遥望层城之遐思；菱陂芡沼之傍，眠倒着接䍦之狂友[31]。噫嘻！于今百年来，再衰再盛，恰逢白雪之宗焉；知千载下，复废复兴，不是青莲之后也耶[32]。

（据《聊斋文集》卷一，清道光二十九年邢祖恪钞本）

【注释】

①古历亭：亦称历下亭，因其南临历山（千佛山）得名，济南名亭。

②肇创：初创。古地区名，因在华山之阳得名。

③笼笼：枝叶茂盛覆盖貌。薜荔：植物名，又称木莲，常绿藤本，蔓生。

④聒耳、哜嘈：均形容声音嘈杂。

⑤唼呷：鱼鸟吃食声。桂楫：桂木船桨，此处代指华丽的船。张筵：设宴。

⑥谢氏之池塘：南朝宋诗人谢灵运《登池上楼》诗中有"池塘生春草，园柳变鸣禽"一句，历来为文人所称道。王家之庭院：王家即六朝望族琅琊王氏，后成为世家大族的代名词。

⑦旧题始于老杜，新亭结于盛唐：天宝四年（745），齐州司马李之芳于大明湖水域修建历下亭。又杜甫到临邑看望其弟杜颖，路经济南，适逢忘年交北海

太守李邕至济，遂于历下亭宴饮，杜甫作《陪李北海宴历下亭》一诗。

⑧沉璧：指映在水中的月影。拾翠：拾取翠鸟羽毛以为首饰，多指妇女游春，语出曹植《洛神赋》："或采明珠，或拾翠羽。"乘轩：乘坐士大夫的车子。醉白：唐朝诗人李白。

⑨石季伦：西晋石崇，以豪奢著称。羊侍中：羊侃，南北朝时期著名将领，生活奢侈。

⑩帢：古代士人戴的一种丝织便帽。蓝舆：竹轿。蜡屐：涂蜡的木屐。

⑪京兆：指长安。蹇驴：跛蹇驽弱的驴子。行盖：车盖，借指贵客。章台：西汉长安城街名，是繁华游冶之地。

⑫少陵：唐代诗人杜甫，杜甫自号少陵野老。云庄：云雾遮护的村庄。

⑬濠濮：濠、濮均为古水名。《庄子》中记载有庄子与惠子同游濠梁之上以及庄子濮水垂钓的故事，后遂以濠濮谓逍遥闲居，清淡无为。沦涟：水波起伏。

⑭摩诘：唐代诗人王维，摩诘是他的字。铛臼：茶铛、药臼。《旧唐书·王维传》载："维兄弟俱奉佛……斋中无所有，唯茶铛、药臼、经案、绳床而已。退朝之后，焚香独坐，以禅诵为事。"叔夜：三国魏嵇康，字叔夜。

⑮北海太守：唐代李邕，曾任北海太守。天宝四年(745)，李邕与杜甫等名士会于历下亭。

⑯败堵：残破的墙。

⑰钗：妇女的一种首饰，由两股簪子合成。

⑱营州国士：指李兴祖。李兴祖字广宁，奉天铁岭县人(今辽宁省铁岭市)。康熙三十一年(1692)至三十三年(1695)任山东盐运使。辽宁旧时称营州。国士，国家中才能出众的人。鹾：盐。陇右洪支：指喻成龙。喻成龙，金州人(陕西省安康县)。金州地近陇右。康熙三十年(1691)喻成龙转任山东按察使，次年转任山东布政使。洪支，帝族的支派。

⑲苏舜钦年年鬻纸，为买沧浪：苏舜钦为北宋著名文学家。北宋仁宗庆历四年(1044)，御史中丞王拱辰命其属官弹劾苏舜钦监守自盗，与同僚用院中废纸卖钱置酒饮宴。苏舜钦遂被削籍为民，次年流寓吴中，以四万钱购得苏州孙氏园址，扩建后改名"沧浪亭"。

⑳连帅：古代十国诸侯之长，后泛指地方高级长官，如按察使一类。

㉑掞藻：铺张辞藻。襟抱：襟怀抱负。

㉒馥：香气。八宝：本为天子八种印玺的总称，这里泛指印玺。毫端：笔下。庾开府：南北朝时期文学家庾信。庾信字子山，南阳新野人，官至开府仪同三司。鲍参军：南朝宋文学家鲍照。鲍照字明远，曾任刘子顼前军参军。杜甫《春日忆李白》中有"清新庾开府，俊逸鲍参军"。杜圣、李仙：杜甫、李白。蹁履：踩

踏，走过。五花馆：唐末荆南宾馆名。宋钱易《南部新书》："荆南旧有五花馆，待宾之上地也。"支道人：指晋代高僧支遁。俗姓关，字道林，从师改姓，陈留人。《世说新语·文学篇》称其"养马放鹤，优游山水。善草隶，文翰冠世"。温处士：姓温的处士。处士，有德才而不愿为官的人。潘江、陆海：钟嵘《诗品》："陆（机）才如海，潘（岳）才如江。"

㉓黄童：幼童。搴：撩起。缇帷：橘红色帷幕。过从：往来，交往。

㉔笔床：卧置毛笔的器具。秦望：山名，今浙江绍兴东南二十公里处。郦道元《水经注》卷四〇载："秦望山，在州城正南，为众峰之杰，陟境便见。"《史记》云："秦始皇登之以望南海。"

㉕诗垒：诗人的阵营。鸾笺：宋苏易简《文房四谱·纸谱》："蜀人造十色笺，凡十幅为一榻……然逐幅于方版之上研之，则隐起花木麟鸾，千状万态。"后人因称彩笺为"鸾笺"。

㉖紫府：道教称仙人所居。

㉗漆吏：漆园吏，即庄周。

㉘宪节：廉访使、巡按等风宪官所持的符节，代指廉访使、巡按等。先生之柳：代指陶渊明，号五柳先生。

㉙滕阁：滕王阁，位于今江西省南昌市西北部沿江路赣江东岸，王勃在此写下《滕王阁序》。兰亭：位于浙江绍兴兰渚山下。东晋永和九年（353）三月三日上巳节，王羲之与谢安、孙绰等共四十二人于兰亭聚会，修禊事。梁园胜会：西汉初期，梁孝王刘武筑梁园，广招四方豪杰文士，枚乘、邹阳、羊胜等名士常从梁孝王游于梁园，为一时之胜。金谷：西晋石崇主持的金谷盛会。

㉚热客：熟客。危厉：惊惧不安。勃窣：形容才气横溢，词采缤纷。文心：文思。

㉛接䍦之狂友：李白《鲁中都东楼醉起作》云："昨日东楼醉，还应倒接䍦。阿谁扶上马，不省下楼时。"

㉜白雪：指明代著名诗人李攀龙。李攀龙字于鳞，号沧溟，历城（今山东济南）人，"后七子"代表人物。辞归还乡后于家乡历城筑"白雪楼"。青莲：代指李白。李白自号青莲居士。

（张帆　注）

趵突泉赋[①]

【题解】

趵突泉是济南七十二名泉之首，号称“天下第一泉”。此赋开篇对趵突泉的基本情况做了简要介绍，然后正面描写趵突泉之美：月夜下的泉景、不同状态下趵突泉的各种美姿。之后叙写康熙游趵突泉的情景及友人的评论，侧面烘托趵突泉之瑰丽。最后以友人之歌作结，清朗俊丽。

【原文】

泺水之源，发自王屋[②]。为济为荥，时见时伏。下至稷门，汇为巨渎[③]。穿城绕郭，汹汹相续。自开府之品题，成游人之胜瞩[④]。朱槛扶人，丹楼碍目，云是旧时所为，当年所筑。尔其石中含窍，地下藏机，突三峰而直上，散碎锦而成漪[⑤]。波汹涌而雷吼，势倾洞而珠垂。砰訇兮三足鼎沸，鞺鞳兮一部鼓吹[⑥]。沉鳞骇跃，过鸟惊飞。羌无风而动藻，径上栏而溅衣。夜气长熏，涛声不断。沙阵博云，波纹似线。天光徘徊，人影散乱。怏鱼龙之腾骧[⑦]，睹星河之隐现。未过院而成溪，先激沼而动岸[⑧]。漱玉喷花，回风舞霰。吞高阁之晨霞，吐秋湖之冷飲[⑨]。树无定影，月无静光。斜牵水荇[⑩]，横绕荷塘。冬雾蒸而作暖，夏气缈而生凉。其出也，则奔腾澎湃，突兀匡襄，噜噜呟呟[⑪]，含翠色以盈裳。其散也，则石沉鹘落，鸟堕蝶飏，泯泯棼棼[⑫]，射清冷以满匡。其清则游鳞可数，其味则沦茗增香。海内之名泉第一，齐门之胜地无双。迨夫翠华东，警跸至。天颜喜，词臣侍[⑬]。爰飞鸾凤之书，写成蝌蚪之字[⑭]。如飞燕之凌风，似惊鸿之舒翼。穹碑临池，辉映万世。东海之游人，顾而叹曰：幸哉泉乎。滔滔滚滚，及千百年，夜以继昼兮，无一息之曾闲。谁知千载而下兮，邀圣主之盘桓[⑮]。诚一时之隆遇兮，觉色壮而声欢。乃歌曰：东园杨柳树，西园杨柳花。不逢邹生吹暖律，空同莓苔老仙家[⑯]。喜崩腾之小技，乃分太液之余华[⑰]。

（据《聊斋文集》卷一，清道光二十九年刑祖恪钞本）

【注释】

①趵突泉：位于山东省济南市历下区，济南七十二名泉之首，号称“天下第一泉”。

②泺水：古水名，源出今山东省济南市西南，北流至泺口入古济水（此段

古济水即今黄河）。王屋：山名，在山西省阳城、垣曲两县之间，山有三重，其状如屋，故名。

③稷门：古代齐城门名，在今山东省临淄市北古齐城西边南首，以在稷山之下得名。渎：水沟，小渠，此处泛指河川。

④开府：特指庾信。欧阳修《答判班孙待制见寄》："惟恨江淹才已尽，难酬开府句清新。"胜瞩：犹胜地，为游人所瞩目的地方。

⑤尔其：连词，表承接。赋中常用作更端之词，犹言至于，至如。三峰：趵突泉分三股涌出平地，为三泉喷涌的奇景。碎锦：细碎的锦缎，比喻绚烂闪烁的波光。

⑥砰訇：象声词，大水激荡声。鞺鞈：钟鼓声，这里说水声如同作战时的击鼓声。

⑦腾骧：飞腾，奔腾。王延寿《鲁灵光殿赋》："虬龙腾骧以蜿蟺，颔若动而躨跜。"刘良注："腾，飞；骧，举也。"

⑧激沼：泉水冲撞到池壁上。沼，池子。

⑨欿：古同"坎"，坑。

⑩水荇：荇菜，多年生水草，浮在水面，可食。

⑪匡襄：辅佐帮助。噜噜、呟呟：都是形容水声的象声词。

⑫石沉鹘落，鸟堕蝶飏：（泉水散开）如同石头沉底，鹘鹰降落，又如鸟儿坠落，蝴蝶飞扬。极言泉水散开时的迅速有力。泯泯棼棼：纷乱貌。《尚书·吕刑》："民兴胥渐，泯泯棼棼。"

⑬翠华：天子仪仗中以翠羽为饰的旗帜或车盖，代指帝王车驾。警跸：古代帝王出入，于沿途设立侍卫警戒，清道止行，谓之"警跸"。天颜：皇帝。词臣：皇帝身边的文学侍从之臣。

⑭鸾凤：喻君王。《敦煌曲子词·菩萨蛮》："良以安国部，金（今）喜回鸾凤。"蝌蚪：即蝌蚪书，古代一种字体，笔画多头大尾小，形如蝌蚪。

⑮圣主：对当代皇帝的尊称。盘桓：徘徊，逗留。

⑯邹生：邹衍。"邹衍吹律"的故事见于汉刘向《别录》："邹衍在燕，燕有谷，地美而寒，不生五谷，邹衍居之，吹律而温气至，而黍生，今名黍谷。"莓苔：青苔。此处形容青苔遍地，人迹罕至的仙家居所。

⑰太液：汉代古池名，在陕西省长安县西。武帝元封元年（前110）开凿，周回十顷。池中筑渐台，又起三山，分别象征瀛洲、蓬莱、方丈三神山，刻金石为奇珍异兽之属，极为豪奢。

（张帆　注）

周拱辰

【作者简介】

周拱辰，字孟侯，桐乡（今浙江崇德）人。顺治三年（1646）岁贡。著有《公羊墨史》《庄子影史》《离骚草木小史》《圣雨斋诗文集》等，道光时合刊为《周孟侯全书》。

尼山履赋有序

【题解】

尼山履，相传是孔子穿过的鞋子。《论语·隐义注》："孔子至蔡，解于客舍。入夜，有取孔子一只屐去，盗者置屐于受盗家。孔子屐长一尺四寸，与凡人异。"孔子履、汉高祖斩白蛇剑、王莽头被称为三国宝，一并被珍藏。西晋惠帝元康五年（295），洛阳大火，三物俱被烧毁。此赋以孔子履为切入点赞扬孔子的德行功绩。西王母核桃被虫蛀，斩白蛇剑也不再锋利，唯独孔子的教化之功千秋永存。通过这种对比，突出孔子之教泽被万世。

【原文】

东平王苍传[①]，鲁国藏仲尼车舆冠履，明德盛者光灵远也。又汉藏孔子履，汉高斩蛇剑，西王桃核，至胜国犹存[②]。及明初内库被火，三物都烬。说者谓库火时，见汉剑化赤龙飞去。此事颇诞不足信，然唐徐寅作《斩蛇剑赋》，明宋濂作《蟠桃核赋》，播之好事以为美谈。而孔履阙焉。抑德懋者忘言[③]，物庸者难状与。夫阙里之迹，已鞠茂草[④]，而水精之舄，笥袭至今[⑤]。昔有睹户牖盘盂作铭者，有陈几杖衣裳作颂者，岂非思其人，因歌其物乎？况乃生民胥溺[⑥]，吾岂匏瓜[⑦]。一履虽微，几于狐篆奠地，鳌足柱天。以视剑核，还应河汉[⑧]。诵读之暇，聊为赋之。比于赋活龙三尺，青鸟一双者，或小存大雅之致云尔。其辞曰：

若夫荣河星下，吹律知殷。祖述宪章，天纵斯文。烹天地而去其滓，铸圣王而存其液。隆礼与尊亲并荣，明德配星辰同食。生民未有，予可无赘而述也。乃其煌煌制作，郁郁文章[⑨]。君有礼乐，我有衣裳。其行也深，其立也方。立兮则长剑陆离，行兮则佩玉琳琅。非珠非玉，非绣非芒。是为圣履，示我周行。至如坐若龙蹲⑩，峙如凤蹢。处处直绳，行行玉尺。嘉晋文之黄綦，揖姬公之赤舄⑪。访仙人之紫气，矫矫龙犹；踏泰山之层云，遥遥马白。眼阔步迂，天多地窄。地窄兮天昏，叫阊阖兮无门。抚幽兰兮长啸，望龟山以烦冤⑫。风雨凄兮荒原，夕阳迷兮古渡。青莎封揭厉之痕⑬，绿泥志辙环之步⑭。非葛屦兮霜多⑮，非命屦兮尘讹⑯。居夷兮而踯躅，浮海兮而蹉跎。胡为来兮，尚渍伤麟之泪⑰；迷阳刺足兮⑱，犹哀缠衰凤之歌。俄而岁值龙蛇⑲，溘焉梁栋。脱如弃屣⑳，憖予致痛㉑。悲来曳杖之吟，辛苦奠楹之梦㉒。代复代兮世界换，天河坼兮玉绳断㉓。爝火炽兮阳微㉔，夜漫漫兮曷旦㉕。峥嵘俎豆兮瞽宗㉖，后唐宋兮前炎汉㉗。谁操孺子荐屦心，徒留秘府充珍玩。嗟乎哉，人亡履在，悠悠我思。尚有典型，与六经垂。岂男子之乱裳携出，抑曾孙之线缕能仔。依栖救民㉘，彼何人斯。远而望之，不殊东海巨人之迹；近而捧之，依然遒人道路之遗㉙。遵阙里以游，行五十载之杏花如识；历山川而跳㉚，跋七十国之青草能知。此固卫力之所不能削，嬴火之所不能焚也㉛。而奈何与斩蛇之剑、西王之核同陈。蟠桃核兮蛀欲腐，斩蛇剑兮腥触人。吾将命丁雷拾取，别藏修文之馆兮，倩壁中之丝竹，供养如新。庶几免亵圣之显诮，与精灵之暗颦。

（据清初刻本《圣雨斋集·赋集》卷二）

【注释】

①东平王苍：指汉刘苍。因其封东平王，故称。

②孔子履：孔子穿过的鞋子。汉高斩蛇剑：相传汉刘邦起事前曾醉行泽中，遇大蛇当道，乃拔剑斩之，见《史记·高祖本纪》。西王桃核：即西王母与汉武典故。《汉武故事》："（王母）因出桃七枚，母自啖二枚，与帝五枚，帝留核着前，王母问曰：'用此何为？'上曰：'此桃美，欲种之。'母笑曰：'此桃三千年一着子，非下土所植也。'"诗文中常用其事。胜国：前朝。已亡之国为今国所胜，故称胜国。

③德懋：在德行上勉力。

④鞠：大，穷极。

⑤笥：盛饭或衣物的方形竹器。

⑥胥溺：相继沉没。语本《诗经·大雅·桑柔》："其何能淑，载胥及溺。"

⑦匏瓜：本为一年生草本植物，喻男子独处无偶。

⑧河汉：指银河。

⑨煌煌：光彩夺目貌。郁郁：文采盛貌。

⑩龙蹲：龙盘踞的样子，又《太平御览》卷三七七引《春秋演孔图》："孔子长

十尺，大九围，坐如蹲龙，立如牵牛，就之如昴，望之如斗。”后因以“龙蹲”指孔子，也与本文相关。

⑪赤舄：古代天子、诸侯所穿的鞋，赤色，重底。

⑫龟山：山名，在山东省泗水县东北。

⑬青莎：莎草。多年生草本植物。地下块根名香附子，供药用。

⑭揭厉：高举而扬厉之。

⑮辙环：喻周游各地。

⑯葛屦：用葛草编成的鞋。

⑰命屦：古代帝王赐予命夫、命妇的单底鞋。

⑱伤麟：《公羊传·哀公十四年》：“麟者仁兽也，有王者则至，无王者则不至。有以告者，曰：‘有麇而角者。’孔子曰：‘孰为来哉！孰为来哉！’反袂拭面，涕沾袍。颜渊死，子曰：‘噫，天丧予！’子路死，子曰：‘噫，天祝予！’西狩获麟，孔子曰：‘吾道穷矣！’”后以“伤麟”感叹不得其时，不能施行正道。

⑲迷阳：无所用心，诈狂。

⑳龙蛇：《汉书·扬雄传上》：“以为君子得时则大行，不得时则龙蛇。”

㉑弃屣：扔掉鞋子。比喻轻视。语出《孟子·尽心上》：“舜视弃天下，犹弃敝蹝。”

㉒憗：从。

㉓奠楹：《礼记·檀弓上》：“予畴昔之夜梦坐奠于两楹之间，而天下其孰能宗予？予殆将死也，盖寝疾七日而没。”后因以“奠楹”为死亡的婉辞。

㉔玉绳：泛指群星。

㉕爝火：小火。

㉖曷旦：鹖鴠。古籍中的鸟名，又名寒号鸟。

㉗俎豆：俎和豆。古代祭祀、宴飨时盛食物用的两种礼器。亦泛指各种礼器。瞽宗：殷学校名。后借指最高学府。

㉘依栖：谓在他人处居住或安身。

㉙遒人：古代帝王派出去了解民情的使臣。

㉚跳：走。

㉛嬴火：指秦始皇焚书坑儒。

（张帆　注）

高士奇

【作者简介】

高士奇(1645—1704),字澹人,号瓶庐,又号江村。世居浙江钱塘(今浙江杭州),清代史学家。早年家贫。康熙十年(1671)入国子监,留翰林院,供事于内廷。康熙十四年(1675),授詹事府录事,不久升任内阁中书,赐居西安门内。康熙十八年(1679)后,历任翰林院侍讲、侍读、侍读学士、《大清一统志》副总裁官、詹事府少詹事。康熙二十八年(1689)随帝南巡,后解职归乡。康熙三十三年(1694)奉诏入京修《明史》。康熙三十六年(1697)以养母求归,特授詹事府詹事。康熙四十一年(1702),升礼部侍郎兼翰林院学士,以母老未赴。次年卒于家,谥文恪。著有《左传纪事本末》《经进文稿》《清吟堂全集》等。事见《国朝先正事略》《清史稿》。

驾幸阙里赋并序

【题解】

康熙二十三年(1684),康熙帝东巡,至曲阜祭拜孔子。高士奇随行,写作此赋以记其事。

【原文】

隆古之世[①],作君作师,理同事一。三代以还,君师之统分矣。夫祖述尧舜,宪章文武。圣人之学,本师帝王。贵贵贤贤,彼此迭尚。君师之理,何尝不同条共贯哉?汉自高祖,迨于建武、永平、元和、延光之世;唐则乾封、开元;宋则大中祥符,皆降万乘之尊,折节韦布[②]。议者谓或俭于德,或歉于时。元明遣官祭告,修举具文而已。上以底定之余[③],缉熙勤学[④]。诗书之泽,蒸于穹壤[⑤]。乃复躬祀阙里,昭兹隆轨。今古希遘,儒生幸焉。臣以陋劣,珥笔从六辔之后[⑥],获观盛典。使阙而不书,无以昭我皇上右文之治,臣滋愧矣。爰拜手稽首而作赋曰:

岁纪阏逢宫[⑦],月临黄钟[⑧]。三辰协极,四野告丰。劳农息力,索蜡报功。

暄将回乎春谷，霜不杀乎寒丛。天子既飞旆于江淮之表，旋轸于济河之封。顾瞻鲁邑，罘然其宫[9]。伊素王之旧宅[10]，接青帝之崇墉[11]。森亘峙兮南北，错相瞰兮西东。爰乃翥翠凤，翼苍龙。遵修睦，景遐踪[12]。络绎乎其奔会者，若趋跄之亚亚；疾徐乎其进止者，若俎豆之雍雍。讵探奇于岣嵝[13]，类问道于崆峒。时则风伯敛飙，雨师收霡。碧藓承轮[14]，丹枫荫轭[15]。日华于林，霞绮于陌。天地为之而澄宇，山川因之而绚色。折冲次飞之旅[16]，执殳而荷戈；出警入跸之臣[17]，吟鞭而颂策。罼罕遥舒[18]，箫笳竞集[19]。目泝兮洙泗之灵源，心游兮金丝之奥室。褒成之后，夹画辀以拱立；四氏之徒，罗芳径以通籍。结羽葆兮开重闉[20]，导鸣鸾兮入圣域[21]。陋叔孙之礼仪，嗤诸儒之故实。启帐殿以斋居，进行帷而旰食[22]。于是乎筹人戒旦，袠人视明。祝人洁币，宰人刑牲。苾芬兮秬鬯[23]，匡敕兮粢盛[24]。将车服兮在望，即履绚兮毕呈。焜煌乎碧甃[25]，灼烁乎朱楹。蔼蔼乎三桧之植，赫赫乎七壁之铭。历阶而进焉，矩步而行焉[26]。盥洗以致乃敬焉，释奠以告乃成焉。其礼器，则有山罍象勺，笾实铏羹[27]。合萧扬燎，仿佛兮神明。其乐舞，则有朱干玉戚[28]，蕢鼓匏笙[29]。登歌间咏，洋溢兮韶英。上乃纾睿虑之乾乾[30]，湛宸容之穆穆[31]。九流仰镜，万古钦躅。银钩铁画，揭藻彩于日星；珠榜璇题[32]，耸嶒崚于寥廓。交窗之楹雾争霏，对霤之檐晖欲落。肃寝周廊，重檐斗桷。仰兮如翚，俯兮若啄。昼徐徐兮杏坛，夕暖暖兮松幄。回二气之惨舒[33]，驻千年之晦朔[34]。言憩乎诗礼之堂，载升乎奎文之阁。几策并陈，弦诵可作。莫不开龙颜之一霁，叹凤德之犹昨[35]。既徘徊以容与[36]，复诹谋而询度[37]。迨于缓琴辔，回玉轸[38]。坐讲堂，联庶尹[39]。念儒林之繁会，矧圣里之标准。诏子弟以修鼓箧之仪[40]，俨胶庠而播遒铎之警[41]。韦编并启，壁书无隐。阐大义兮方昭，续微言兮未泯。琅琅兮天语，若钟镛之初叩；亹亹兮经生，若函丈之群请。周旋中规，进退惟谨。若夫峄山之傍，尼山之畛。望五老之峰而回车[42]，访坤灵之洞而结靷[43]。或起或伏，或远或近。抚往迹以留连，觌遗徽于梦寝。于是乎出自北门，瞻彼中林。想衣冠于马鬣之道[44]，数封植于兔沟之浔[45]。岱撤壤以培其厚，海飞沫以环其深。气阡阡而奕奕，景郁郁而沈沈。其石则有龟趺距丈[46]，麟碣摩寻。翁仲秉笏[47]，华表栖禽[48]。其木则有文楷攒绣，苍柏接阴。樾檀布戟[49]，枌柞抽簪[50]。缭樊垣以为卫，戒采拾而靡侵。荆不芟兮自翦[51]，草皆茁兮成琛[52]。恍精诚之有格，式凭吊之常钦。伊神符而道合，斯豁目而畅心。是日也，巽风匝地，解泽弥天。屯膏勿壅，涣号勤宣。既省耕而省敛，亦议恤而议蠲。帝王之辙迴矣，圣人之泽存焉。爰及苗裔，世守土田。户复于籍，丁免于廛。览谣俗兮周知乎疾苦，历郡县兮弗改乎贸迁。悬宽租于令甲，戒索赋于穷堧[53]。更乃收白虎之幡，树金鸡之竿。振鹓鹭之武[54]，腾苍赤之欢[55]。照耀兮广轮之曦旭，霑濡兮率土之垓埏[56]。荡荡乎德乃至，巍巍乎功始全。粤稽一元肇分，三才爰立。上下定位，尊卑别秩。惟驭世之弘纲，与觉民之懿迹。理并符乎畴载[57]，数相嬗乎翕辟[58]。缅古皇图，咸崇儒术。或创绪于兵戈，或蒙安于宗祏[59]。或希心于汰侈，或邀誉于润色。纵陟降之在庭，未炳蔚乎史册。伊昭代之授箓兮[60]，踵禹范与羲画。维我皇之凝祉兮[61]，挈尧尊与舜瑟。综性道而焕文章兮，建君师之极则[62]。

（据清康熙刻本《经进文稿》卷一）

【注释】

①隆古：远古。

②韦布：韦带布衣，借指寒素之士，平民。

③底定：平定，安定。

④缉熙：《诗经·大雅·文王》："穆穆文王，于缉熙敬止。"《毛传》："缉熙，光明也。"

⑤穹壤：天地。

⑥珥笔：古代史官、谏官上朝，常插笔冠侧，以便记录，谓之"珥笔"。六辔：古一车四马，马各二辔，其两边骖马之内辔系于轼前，谓之軜，御者只执六辔。辔，缰绳。

⑦阏逢：十干中的甲。

⑧黄钟：古代为了预测节气，将苇膜烧成灰，放在律管内，到某一节气，相应律管内的灰就会自行飞出。黄钟律和冬至相应，时在十一月。

⑨罕然：高远貌。

⑩素王：指孔子，谓具有帝王之德而未居帝王之位。

⑪青帝：我国古代神话中的五天帝之一，是位于东方的司春之神，又称苍帝、木帝。崇墉：高墙，高城。

⑫遐踪：先贤的事迹。晋卢谌《赠刘琨》："慷慨遐踪，有愧高旨。"李善注："言心慷慨，慕古贤之远踪。"

⑬峋嵝：山石一层层的重叠不平。

⑭碧藓：青苔。

⑮丹枫：经霜泛红的枫叶。

⑯折冲：使敌人的战车后撤，即制敌取胜。

⑰跸：帝王出行时的警卫。

⑱罕罕：古代帝王出行时前导的仪仗。

⑲箫笳：管乐器名。

⑳重闉：几重宫门或城门。

㉑鸣鸾：装在轭首或车衡上的铜铃。车行摇动作响。有时借指皇帝或贵族

出行。

㉒旰食：晚食。指事务繁忙不能按时吃饭。

㉓苾芬：芬芳，祭品的馨香。秬鬯：古代以黑黍和郁金香草酿造的酒，用于祭祀降神及赏赐有功的诸侯。

㉔匡敕：正直谨慎。语本《诗经·小雅·楚茨》："既齐既稷，既匡既敕。"粢盛：古代盛在祭器内以供祭祀的谷物。

㉕焜煌：明亮，辉煌。碧甃：青绿色的井壁。

㉖矩步：端方合度的行步姿态。形容举动合乎规矩，一丝不苟。

㉗笾：古代祭祀和宴会时盛果品等的竹器。

㉘朱干：红色的盾。

㉙鼗鼓：大鼓，军鼓。匏笙：笙。因用匏为座，故名。

㉚睿虑：皇帝的思考。乾乾：敬慎貌。

㉛宸：北极星所在，后借指帝王所居，又引申为王位、帝王的代称。穆穆：端庄恭敬。

㉜璇题：玉饰的椽头。

㉝惨舒：张衡《西京赋》："夫人在阳时则舒，在阴时则惨，此牵乎天者也。"后以"惨舒"指忧乐、宽严、盛衰等。

㉞晦朔：阴阳交相变化。

㉟凤德：《论语·微子》："楚狂接舆歌而过孔子曰：'凤兮！凤兮！何德之衰！'"后即以"凤德"指德行名望。

㊱容与：徘徊犹豫，踌躇不前貌。

㊲诹谋：谋议，商议。

㊳玉轸：天子车舆的美称。

㊴庶尹：百官。

㊵鼓箧：击鼓开箧，古时入学的一种仪式，借指经业，学术。

㊶胶庠：周时胶为大学，庠为小学，后世通称学校为"胶庠"。遒铎：语出《尚书·胤征》："遒人以木铎徇于路。"孔传："木铎，金铃木舌，所以振文教。"后以"遒铎"喻警世。

㊷五老之峰：五老峰，江西省庐山东南部名峰。五峰形如五老人并肩耸立，故称。峰下九叠屏为李白读书处；东南有白鹿洞书院遗址，为朱熹讲学处。

㊸坤灵：大地的灵秀之气。靷：牛鼻绳。

㊹马鬣：马鬃。

㊺封植：壅土培育，培养人才。

㊻龟趺：碑下的龟形石座。

㊼翁仲：传说秦始皇初兼天下，有长人见于临洮，其长五丈，足迹六尺，仿写其形，铸金人以像之，称为“翁仲”，见《淮南子·泛论训》高诱注。后遂称铜像或石像为“翁仲”。

㊽华表：古代设在桥梁、宫殿、城垣或陵墓等前兼作装饰用的巨大柱子。

㊾欃檀：檀木的别名。

㊿抽簪：谓弃官引退。古时作官的人须束发整冠，用簪连冠于发，故称引退为“抽簪”。

(51)芟：割草，引申为除去。

(52)琛：珍宝。

(53)堧：城下宫庙外及水边等处的空地或田地。

(54)鹓鹭：鹓和鹭飞行有序，比喻班行有序的朝官。

(55)苍赤：百姓。

(56)垓埏：天地的边际，指极远的地区。语出司马相如《封禅文》：“上畅九垓，下溯八埏。”

(57)帱载：天地之德。

(58)翕辟：开合，启闭。语出《周易·系辞上》：“夫坤，其静也翕，其动也辟，是以广生焉。”

(59)宗祏：宗庙中藏神主的石室，亦借指宗庙，宗祠。

(60)昭代：政治清明的时代，常用以称颂本朝或当今时代。授箓：道教正一派授受符箓的仪式。

(61)凝祉：长久的福分。

(62)君师：古代君、师皆尊，故常以君师称天子。极则：最高准则。

（张帆　注）

爱新觉罗玄烨

【作者简介】

爱新觉罗玄烨（1654—1722），即清圣祖。清朝第四位皇帝，定都北京后第二位皇帝。世祖顺治帝第三子。八岁登基，年号康熙，十四岁亲政，康熙八年（1669）除权臣鳌拜。亲政后宣布停止圈地，鼓励垦荒，治理黄河。康熙二十一年（1682）削平三藩。康熙二十二年（1683）收复台湾。之后又驱逐沙俄并与之缔结《尼布楚条约》，平定准噶尔部噶尔丹叛乱，巩固国家统一。康熙一生重视儒术，提倡程朱理学，开博学宏词科。在位六十一年，庙号圣祖，谥号仁。

阙里古桧赋[①]并序

【题解】

阙里古桧相传为孔子亲手种植，历经多次劫难仍傲然屹立。康熙二十三年(1684)，康熙帝东巡，至曲阜祭拜孔子，并决意修缮孔庙。此行中，康熙写作了《御制至圣先师孔子庙碑》《祭至圣先师孔子文》《重修阙里孔子庙碑》《阙里古桧赋》多篇诗文。

【原文】

孔子手植桧在杏坛之侧[②]，金贞祐间，无复存矣。元至元三十年，再茁故处。明弘治间，又毁于火。今所遗者，不枯不荣，屹立霜露，而秀色独异。抚摩久之，乃作赋曰：

维槎枒之灵质[③]，实钧化之所钟[④]。标扶舆之奇特[⑤]，峙先圣之故宫[⑥]。涵元气以不朽[⑦]，与至道而俱崇[⑧]。尔其黛干苍苍[⑨]，孤柯濯濯[⑩]。鹤骨初扶[⑪]，霜鳞未作[⑫]。俨茁轧以方舒[⑬]，类鸿荒之忽凿[⑭]。谢缛采于春华[⑮]，完淳风于太朴[⑯]。夭矫拂勃[⑰]，星临露滴。枝无取于樛樛[⑱]，叶全稀于槭槭[⑲]。夕飙度兮弗惊，朝旭烘兮如涤[⑳]。伊间气之潜滋[㉑]，惟神爽之咸集[㉒]。徘徊延却，宛转断连。蟠屈兮若佾羽之在列[㉓]，耸削兮若簨簴之待悬[㉔]。则有筑以崇封，沃以膏壤。方以周阑，角以文磉[㉕]。足缩心歔，目给神赏[㉖]。罗烟夺翠[㉗]，松籁失响[㉘]。于是楷因之而擢颖[㉙]，蓍感之而抽茎[㉚]。争葳蕤于弦诵之里[㉛]，齐扶疏于礼乐之庭[㉜]。朝菌惭兮一旦[㉝]，大椿让兮千龄[㉞]。上泝真宰之功[㉟]，远契无为之代[㊱]。均云行兮雨施[㊲]，等乾始兮坤载[㊳]。畴则出混茫之中[㊴]，而居耳目之外。与三才以并植[㊵]，绵历祀其长在[㊶]。亦有扶桑海表，若木山颠。东瀛西极[㊷]，揭日摩天[㊸]。迹虽夸于神异，植非出于文宣[㊹]。宜瞠乎其后矣[㊺]，邈无得而称焉。

(据《圣祖仁皇帝御制文集》卷三〇，摛藻堂《四库全书荟要》本)

【注释】

①阙里：孔子故里，在今山东曲阜城内阙里街，因有两石阙，故名。这里借指曲阜孔庙。桧：常绿乔木，木材桃红色，有香气，亦称“刺柏”。

②杏坛：相传为孔子举徒授业讲学处。《庄子·渔父》："孔子游乎缁帷之林，休坐乎杏坛之上。弟子读书，孔子弦歌鼓琴。"

③槎枒：亦作"槎丫"，树木枝杈歧出貌。

④钧化：天地造化。钧，制作陶器所用转轮，引申为造就。

⑤扶舆：亦作"扶于"，犹扶摇，旋转升腾貌。汉王褒《九怀·昭世》："登羊角兮扶舆，浮云漠兮自娱。"

⑥峙：直立，耸立。

⑦元气：泛指宇宙自然之精华。

⑧至道：最高原则，人世间精微的大道理。

⑨黛干：青黑色树干。

⑩柯：草木的枝茎。濯濯：明净清朗貌。《诗经·大雅·崧高》："四牡跻跻，钩膺濯濯。"《毛传》："濯濯，光明也。"

⑪鹤骨：修道者的骨相。孟郊《石淙》之五："飘飘鹤骨仙，飞动鳌背庭。"这里指古桧瘦削的样子。

⑫霜鳞：鱼鳞色白，故称。

⑬茁轧：宋沈括《梦溪笔谈·人事一》载："欧阳修主试，举子刘几好为怪险之语，曰：'天地轧，万物茁，圣人发。'修斥之。"后以"茁轧"谓文辞怪异生涩，这里指古桧形状弯曲怪异。

⑭鸿荒：太古混沌之世。

⑮缛采：春天各种鲜花绚丽的色彩。

⑯完：全。淳风：敦厚古朴之风。太朴：亦作"大朴"，原始质朴的大道。桓温《荐谯元彦表》："太朴既亏，则高尚之标显。"刘良注："太朴，大道也。"

⑰夭矫：木枝屈曲貌。《汉书·扬雄传上》："蹻夭矫，娭涧门。"颜师古注："夭矫，亦木枝曲也。"

⑱樛樛：树枝曲折下垂貌。

⑲槭槭：象声词，风吹叶动声。

⑳旭：早晨的太阳。

㉑间气：古时谓英雄豪杰上应星象，禀天地之气，间世而出，称为"间气"。《太平御览》卷三六〇引《春秋演孔图》："正气为帝，间气为臣。"

㉒神爽：神魂，心神。明李东阳《北上录序》："神爽飞越，心胸开荡。"

㉓蟠屈：盘旋屈曲。佾：古代乐舞行列。

㉔簨：古代悬挂钟、磬、鼓的架子上的横梁。簴：古代挂钟磬架子上的立柱。

㉕磉：柱下的石墩。

㉖目给神赏：赏心悦目。

㉗罗烟：四处弥漫的烟雾。罗，散布。

㉘松籁：风吹松树发出的自然声响。

㉙楷：落叶乔木，亦称"黄连木"。擢颖：犹抽穗，指穗状花实。

㉚蓍：多年生草本植物，可入药，茎叶可制香料，通称"锯齿草"，古代用于占卜。

㉛葳蕤：草木茂盛貌。

㉜扶疏：枝叶繁茂分披貌。《世说新语·汰侈》："枝柯扶疏，世罕其比。"

㉝朝菌：某些朝生暮死的菌类植物，比喻短促的生命。《庄子·逍遥游》："朝菌不知晦朔，蟪蛄不知春秋。"

㉞大椿：古寓言中的树名，以一万六千岁为一年。《庄子·逍遥游》："上古有大椿者，以八千岁为春，以八千岁为秋。"

㉟泝：同"溯"。真宰：宇宙的主宰。《庄子·齐物论》："若有真宰，而特不得其眹。"

㊱契：相合。无为之代：古人想象中上古时期无为而治的时代。

㊲雨施：喻施泽广泛而平均。

㊳坤载：谓帝后功德博厚，如地之载育万物。

㊴混茫：混沌未分。

㊵三才：天、地、人。

㊶绵历：犹绵延。

㊷东瀛：东海。西极：西方极远之处。

㊸摩天：迫近蓝天，形容极高。

㊹文宣：指孔子。唐玄宗开元二十七年(739)封孔子为文宣王。

㊺瞠乎其后：干瞪着眼，落在后面赶不上，语出《庄子·田子方》："夫子奔逸绝尘，而回瞠若乎后矣！"

（张帆　注）

安　篔

【作者简介】

安篔，安致远次子，山东寿光人，诸生。有《绮树阁赋稿》传世。事见《绮树阁赋稿》之《拙石先生墓志铭》。

云门山赋[1]并序

【题解】

此赋描写云门山。云门山位于今山东省青州南。夏秋季节，山南侧“云窟”开闸放云，白云经云门洞升天，故得名。

【原文】

揽东秦之胜概[2]，抚广固之雄图[3]。岧峣带郭[4]，巀嶭环郛[5]。眝云门而挹斠其秀[6]，濡踰麋而枚举其模[7]。赋曰：

哓岫叠岚，驼峰拱腋。晚碧拂霞，凤岭衔脊。石𠂆洞开兮，想巨灵之神威[8]；峭壁巉凿兮[9]，缅秦皇之遗迹[10]。比华岳之箭栝门通[11]，恍金牛之五丁力辟[12]。尔乃攀缘攸跻，指顾生妍[13]。蹲金支于鸟道[14]，敞孤亭之翼然[15]。松溜雨而蟠屈[16]，萝缀碧而芊绵[17]。石磴层回而突临奥阙[18]，嵌岩矗立而别有洞天。开皇之窟口云阴[19]，忆烂柯于终局[20]；希夷之榻下龙蛰[21]，支企脚而高眠[22]。睇岘口而说寄奴之绩[23]，俯残堞而思永嘉之年[24]。浮青撩紫，灿比春蓴[25]。路转峰回，近联齐郭。幽人寻胜[26]，时来谢客之游屐[27]；羽侣凭襟，渺翔王子之缟鹤[28]。斯神仙之洞府，洵逸士之丘壑[29]。晴云叆叇而常流[30]，丹崖峭削而疑划[31]。岩树蟠螭[32]，龛佛蚀藓。芙蓉涵绿，西带笔砦之峰；鹫鹫溶烟[33]，东俯花林之疃[34]。接瀛蓬于咫尺，挹沧溟于漫衍[35]。群峦竞秀，揽列嶂之千重[36]；一镜高悬，鉴齐州于九点[37]。至若曩迹回环，胜概辐辏[38]。逢山之石鼓遥闻[39]，绳水之带城远漱[40]。五龙涧口[41]，飞澎濞之湍涛[42]；七级禅林[43]，缥琉璃之甃甃[44]。伊耆庙像[45]，刀剑之迹垒黄石；慕容城郭，坛壝之踪迷赤兽。石井云封，故宫禾秀。揽彼千容，拱兹一窦。登崇巅而弥望[46]，列平原而若绣。峻岭逶逦兮[47]，绝巘崇隆[48]。金茎卓地兮[49]，吐纳霓虹。千仞洞劈兮，仿睹神功[50]。斧斫谁施兮，上辟鸿蒙[51]。洵青社之巨镇兮[52]，昂屹立于大东[53]。

（据清康熙刻本《绮树阁赋稿》）

【注释】

①云门山：位于山东省青州南。夏秋季节，云门山南侧“云窟”开闸放云，白云经云门洞升天，云门山以此得名。

②东秦：战国时秦昭王曾称西帝，齐闵王称东帝，两国皆以富强而东西并

立，后因称齐地为东秦。胜概：美景，美好的境界。

③广固：今山东青州西北四公里尧王山附近，十六国时为南燕都城。

④岧峣：高峻，高耸。

⑤巀嶭：同“嶻嶭”，高峻貌。《汉书·司马相如传上》：“九嵕巀嶭，南山峨峨。”郛：古代城圈外围的大城。

⑥眝：远视。挹斞：舀取，这里指领略。

⑦濡隃麋：沾湿文墨，即开始写文章。隃麋，古县名，在今陕西千阳东，以产墨著称，后世引申为文墨。

⑧巨灵：巨大而强有力的神灵。

⑨巉凿：也作“巉刻”，山峰高峻陡峭。

⑩秦皇：秦始皇。相传秦始皇东游至云门山，命人凿山，形成了云门洞。

⑪秳：舂捣不易破碎的粟。

⑫五丁：神话传说中五个力士。《艺文类聚》卷七引汉扬雄《蜀王本纪》：“天为蜀王生五丁力士，能献山，秦王（惠王）献美女与蜀王，蜀王遣五丁迎女。见一大蛇入山穴中，五丁并引蛇，山崩，秦五女皆上山，化为石。”

⑬指顾：手指目视，指点顾盼。

⑭蹲：待着，闲居。金支：本为一种黄金饰品，多装点于乐器之上，故指代乐器。南朝宋谢庄《上封禅仪注疏》：“金支宿县，镛石润响。”鸟道：险峻狭窄的山路。李白《蜀道难》：“西当太白有鸟道，可以横绝峨眉巅。”

⑮翼然：鸟展翅貌，此处形容亭台高耸开张之状。

⑯溜雨：从松树枝干上顺下来雨水。

⑰萝：某些能爬蔓的植物。芊绵：草木绵延不绝貌。

⑱磴：石头台阶。奥：深，隐蔽。阙：通“缺”。

⑲开皇：道书以为劫名。《隋书·经籍志四》：“然其开劫，非一度矣，故有延康、赤明、龙汉、开皇，是其年号。其间相去经四十一亿万载。”

⑳烂柯：南朝梁任昉《述异记》载：“信安郡石室山，晋时王质伐木，至，见童子数人，棋而歌，质因听之。童子以一物与质，如枣核，质含之，不觉饥。俄顷，童子谓曰：‘何不去？’质起，视斧柯烂尽，既归，无复时人。”后以“烂柯”谓岁月流逝，人事变迁。

㉑希夷：《老子》：“视之不见名曰夷，听之不闻名曰希。”后因以之谓虚寂玄妙。龙蛰：谓阳气潜藏。

㉒支企脚：跷起脚。

㉓岘：小二高的山岭。寄奴：南朝宋高祖刘裕的乳名。东晋义熙五年（409），刘裕北伐，攻克南燕都城广固，灭南燕，收复大量北方失地，此为文章所

说的寄奴之绩。

㉔永嘉：西晋怀帝司马炽年号(307—312)。永嘉年间，匈奴刘汉军攻破晋都洛阳，俘虏晋帝，最终灭亡西晋，中国也由统一走向分裂。

㉕萼：花瓣下部的一圈叶状绿色小片，指代花朵。

㉖幽人：幽居之人，隐士。

㉗谢客：指南朝宋谢灵运，灵云幼名客儿，故称。

㉘王子之缟鹤：王子乔所乘之白鹤。王子，即王子乔，传说中的仙人名，见汉刘向《列仙传·王子乔》。

㉙洵：确实，实在。逸士：高逸之士。丘壑：山陵和溪谷，指隐士居住的幽僻之地。

㉚叆叇：云盛貌。晋潘尼《逸民吟》："朝云叆叇，行露未晞。"

㉛丹崖：绚丽的岩壁。

㉜蟠螭：盘曲的无角之龙，常用作器物装饰。

㉝鹜：古书上说的一种水禽，似野鸭而稍大。

㉞疃：禽兽践踏的地方。

㉟沧溟：大海。《汉武帝内传》："诸仙玉女，聚居沧溟。"漫衍：流溢，泛滥。

㊱嶂：形容高险如屏障的山。

㊲齐州：犹中州，古时指中国。

㊳辐辏：集中，聚集。

㊴逄山：山名，位于今山东省青州市西南。

㊵绳水：古水名，在山东境内，发源于临淄齐故城小城西。

㊶五龙：古代传说中五个人面龙身的仙人，道教称为五行神。

㊷澎赑：水下泄冲击声。

㊸七级禅林：七层的禅寺。

㊹甃甃：用对称的砖瓦砌成的井壁，也代指井。

㊺伊耆：古帝号，即神农，一说即帝尧。

㊻弥望：满眼。

㊼逶迤：蜿蜒曲折貌。

㊽绝巘：极高的山峰。郦道元《水经注·江水二》："绝巘多生怪柏。"崇隆：高，高起。

㊾金茎：用以擎承露盘的铜柱。杜甫《秋兴》之五："蓬莱高阙对南山，承露金茎霄汉间。"卓地：直立于地。

㊿神功：神灵的功力。

51鸿蒙：宇宙形成前的混沌状态。

㉜青社：祭祀东方土神处，东方之地，此处借指青州。巨镇：一方的主山。

㉝大东：极东。

（张帆　注）

纪台览古赋并序

【题解】

纪台乃春秋时纪国故城遗址。纪国为春秋初期诸侯国，位于今山东寿光，齐襄公八年（前690）为齐国所灭，其地改称“剧”。作者由纪台遗址回想春秋时期纪国历史，通过纪国故城的盛衰变迁抒发世事无常的兴亡慨叹。结尾做一转折，称赞纪地“地灵扶舆，实多国良”，涌现出众多杰出人物，使赋作不致过分消沉。

【原文】

汉之剧县，即春秋之纪国也。《水经注》云：城之北侧有故台，台西有方地。今城与台，巍然俱存。予世居台之南，偏暇即载酒游歌其上，因为赋之。

蹇产层台①，高揭崔嵬②。于蕤之涘③，于浵之隈④。俯临浪莽，揽眺裴回⑤。追维昔者，嘻吁悲哉。逝水潺湲⑥，城郭消烟。北侧依旧，方地犹传。松柏樵薪，殿阁犁田⑦。姑胥游鹿，蜀道啼鹃⑧。王孙已矣，芳草萋然。客曰：台踞城内，百尺凭陵⑨。抱双流兮萦带，罗万岫兮崚嶒⑩。是在昔侯王望云物时观游之所登也。意兹台之终始，与兹城同其废兴乎？溯纪侯之违难⑪，实特书于麟经⑫。震邻洊食⑬，脱屣长征⑭。玉甑去而社屋⑮，金鞭断而涕零。洎炎德之中叶⑯，志耿侯之武功⑰。戈挥月白，血染川红。树十二郡之旗鼓⑱，殪草窃间之枭雄⑲。东汉张步都剧，耿弇破之。盖自春秋秦汉，以逮南燕北魏之世，岩城作镇，百雉垣墉⑳。而台于其间，尚屹然壮丽而穹窿也。嗣是而城隳矣㉑，台荒矣。倾重璧矣㉒，火柏梁矣㉓。眺蟾圮矣，望鹄戕矣。萦蔓草矣，空夕阳矣。咏禾黍矣㉔，吊苍凉矣。徒令千秋百世之人，踯躅歌吟其上，为之太息而徬徨也。若夫地灵扶舆，实多国良。则有九江尉之吏治滕抚，上艾长之文章徐幹。王武侯之伟略王猛，滕大夫之清刚滕中正。四公皆剧人。常凭高而览古，怀往哲之遗芳。遗芳兮未歇，池隍湮兮流水咽㉕。繁华销沉兮，云飞雨绝。台高似昔兮，巍峨孤揭㉖。作觞咏之胜地兮，醉春风与秋月。抚虬松之盖偃兮㉗，慨千年之一瞥。登铜雀而悲操兮，过通天而问彻。

（据清康熙刻本《绮树阁赋稿》）

【注释】

①蹇:文言语助词,用于句首。屈原《九歌·湘君》:"君不行兮夷犹,蹇谁留兮中洲。"

②崔嵬:本指有石的土山,泛指高山。

③蕤:草木繁盛的样子。涘:水边。

④沵:水满。隈:山水等弯曲的地方,角落。

⑤裴回:徘徊留恋貌。

⑥潺湲:流水貌。《九歌·湘夫人》:"慌忽兮远望,观流水兮潺湲。"

⑦樵薪:柴薪。

⑧姑胥游鹿:姑胥,即姑苏台。《史记·淮南衡山列传》:"臣闻子胥谏吴王,吴王不用,乃曰:'臣今见麋鹿游姑苏之台也。'今臣亦见宫中生荆棘,露沾衣也。"后以"游鹿"比喻国家沦亡、宫殿荒废的凄凉景象。蜀道啼鹃:杜鹃啼血的典故,见《史书·蜀王本纪》。

⑨凭陵:逾越,登临其上。

⑩崚嶒:形容山高耸突兀。

⑪纪侯:春秋时纪国末代国君纪隐侯。

⑫麟经:《春秋》。

⑬洊:通"荐",再,屡次。

⑭脱屣:比喻看得很轻,无所顾恋,犹如脱掉鞋子。

⑮甑:古代蒸饭的一种瓦器。社屋:社庙。

⑯炎德:火德,指汉朝。

⑰耿侯:耿弇,东汉开国功臣,名将,谥号愍侯。

⑱旗鼓:古代军中指挥战斗的用具。

⑲殪:杀死。

⑳百雉:城墙长度达三百丈。雉,古代计算城墙面积的单位,长三丈高一丈为一雉。垣墉:墙。《尚书·梓材》:"若作室家,既勤垣墉,惟其涂塈茨。"

㉑嗣是:从这以后。

㉒重璧:古台名。《穆天子传》卷六:"天子乃为之台,是曰重璧之台。"

㉓柏梁:柏梁台。

㉔禾黍:《诗经·王风·黍离序》:"黍离,闵宗周也。周大夫行役至于宗周,过故宗庙宫室,尽为禾黍。闵宗周之颠覆,彷徨不忍去而作是诗也。"后以"禾黍"为悲悯故国破败或胜地废圮之典。

㉕池隍:古代掘土筑城,城下之地,有水称池,无水称隍。因以"池隍"借指

城市。

㉖揭：高举。

㉗偃：仰面倒下，放倒。

（张帆　注）

历下亭赋为鹾使广宁李公作

【题解】

历下亭，因南临历山（千佛山）而得名，济南名亭。康熙三十二年（1693），山东盐运使李兴祖（字广宁）主持重修历下亭，作者写作此赋以记之。

【原文】

左辅名都[①]，金舆故郡[②]。地仍谭子之遗墟[③]，城作青方之重镇[④]。东秦十二[⑤]，指挥则海岳为图；稷下三千[⑥]，俯仰则溪山生韵。缅胜概之未湮，粤齐乘之可讯。乃有娥姜源水[⑦]，澎涌如轮。湍流侧注，澜漪粼粼。名泉竞发兮，汇净池于城阃[⑧]。曩贤选胜兮，结亭榭于湖湄[⑨]。兹亭也，面翠屏而挹夕秀，背清沼而覆长檐。水木明瑟，景物澄鲜。郦道元纪于水经之注，李尚书构于天宝之年。时则北海太守谯集宾僚之地[⑩]，更有杜陵诗人追陪酬赠之篇[⑪]。秩绮筵兮北渚沦涟[⑫]，森绿玉兮修竹婵娟[⑬]。信适性于濠梁兮[⑭]，更发兴于云山[⑮]。皂盖青荷[⑯]，纷披掩映；哀丝芳晏[⑰]，踯躅流连。玉佩之清歌未歇[⑱]，蒲桃之新制犹传[⑲]。逮夫陵谷几更[⑳]，废兴相倚。洎有明之中叶，维沧溟之后李[㉑]。凭吊遗踪，修葺旧址。嘉湖之风景不殊，虚亭之疏寮复峙[㉒]。于兹遨游，于兹燕喜[㉓]。时招殷许群贤，兼携华袭二子。抒天半峨嵋之奇[㉔]，壮七字长城之垒。风流表百代之人豪，指顾灿成章之红紫[㉕]。一觞一咏，相羊于此[㉖]。迄今未二百年，而俯仰之间已为陈迹矣。爰有银城硕彦[㉗]，铁岭高贤。政通人和之余暇，裴回往迹而兴慨焉[㉘]。于是度形胜[㉙]，接旷闲。营隙地[㉚]，敞步榈[㉛]。堲苏壁[㉜]，回朱栏。护储胥[㉝]，莪杜茴[㉞]。左右之楸梧非旧[㉟]，飞沉之鱼鸟翛然[㊱]。庆落成之不日，夸东国之懿观[㊲]。溯伊昔三李之休风[㊳]，可前后践武而援扳也[㊴]。尔其自公退食之余[㊵]，宾筵文酒之会[㊶]。济南之名士接席，淇澳之新筠拂砌[㊷]。于焉凭眺，目穷无际。隐见岚光[㊸]，岭嵤附缀[㊹]。揽花萼之晴峦，卓佛螺之翠髻[㊺]。苍崖点黛以刺天[㊻]，单椒秀泽而桀立[㊼]。青囊长往[㊽]，丹灶犹存[㊾]；白鸟高飞[㊿]，玉函已逝[51]。睇千岩之竞秀兮，崪映带乎埠垸[52]。若夫渌溆溁洄[53]，晴澜溶潏[54]。蘋藻翠衿[55]，芙蕖红袂。载酒兮泛木兰之船[56]，采莲兮鼓沙棠之枻[57]。朱帘卷罨画之溪湄[58]，素手搴芳洲之茝蕙[59]。况复朝霞夕霭，云阴烟霁。景象万千，迢递隐蔽。湖山之胜，既备且丽矣。于焉濯素波，对碧岑[60]。怀往哲，抚瑶琴[61]。倒醽醁[62]，叠讴吟[63]。志明德，倾素心[64]。相与掞芳摘藻[65]，俪古妃今[66]。追南皮西园之讌[67]，彷习池岘首之游[68]，而似续乎杜陵北海之遗音。爰拊节而歌曰：世清穆兮岁丰穰[69]，大小东兮颂乐康[70]。刑政简兮日月长，抚遗迹兮临沧浪[71]。占佳胜兮翼曲廊，池籞廓兮种修篁[72]。公退食兮肆徜徉，适啸咏兮布壶觞[73]。燕嘉宾兮奏笙簧，溯遗文兮兰蕙芳[74]，越千载兮有辉光。

（据清康熙刻本《绮树阁赋稿》）

【注释】

①左辅：汉三辅之左冯翊的别称，因在京兆尹之左（东）得名，后指代京东之地。

②金舆：帝王的车轿。

③谭子：春秋时期古谭国（地在今山东省章丘市）国君，谭姓始祖。

④青方：东方。杨炯《老人星赋》："青方半月，东井连珠；辰极之齐七政，泰阶之平六符。"

⑤东秦：战国时秦昭王称西帝，齐湣王称东帝，后因称齐地为东秦。

⑥稷下：战国齐都城临淄稷门附近，有学宫，各派曾在此讲学。

⑦娥姜：水名，又名泺水，源出历城县西南，东流经章丘、邹平等地，至博兴时合水入海。

⑧闉：瓮城的门。

⑨漘：同"滣"，水边。

⑩北海太守：李邕，书法家，李善之子。曾任北海太守，世称"李北海"。天宝四年(745)李邕与杜甫在历下相会。

⑪杜陵：杜甫。

⑫绮筵：华丽丰盛的筵席。李清照《庆清朝慢》："绮筵散日，谁人可继芳尘？"渚：水涯。沦涟：水波起伏。

⑬绿玉：竹的别名。白居易《履道新居二十韵》："篱菊黄金合，窗筠绿玉稠。"

⑭适性：称心，合意。濠梁：犹濠上，即庄子惠子游于濠上之典。梁，桥梁。

⑮发兴：激发意兴。

⑯皂盖：古代官员所用的黑色蓬伞。

⑰哀丝：哀婉的弦乐。晏：温柔和悦。

⑱清歌：清亮的歌声。

⑲蒲桃：常绿乔木。叶对生，披针形。夏季开花，花大，白色。

⑳陵谷:深谷。《诗经·小雅·十月之交》:"高岸为谷,深谷为陵。"

㉑后李:即李攀龙,"后七子"代表人物,号沧溟,济南历城人,明代著名文学家。

㉒寮:小屋。

㉓燕喜:宴饮喜乐。

㉔天半:半空。

㉕成章:积辞成篇,作成诗文。

㉖相羊:亦作"相佯",徘徊,盘桓。《离骚》:"折若木以拂日兮,聊逍遥以相羊。"

㉗爰:于是。硕彦:才智杰出的学者。

㉘裴回:徘徊留恋貌。

㉙形胜:山川壮美。

㉚隙地:空着的地方。

㉛步榈:檐下的走廊。

㉜荪:古书上说的一种香草。

㉝储胥:栅栏,藩篱。

㉞蓺:同"艺"。蕳:兰草。

㉟楸:落叶乔木,干高叶大,木材质地致密,耐湿,可造船,亦可做器具。

㊱翛然:无拘无束,超脱貌。

㊲懿观:美好的景色。

㊳休风:美好的风格、风气。

㊴践武:跟着别人的脚步走,比喻继承前人的事业。

㊵退食:就食于家或公务之余休息。语出《诗经·召南·羔羊》:"退食自公,委蛇委蛇。"

㊶宾筵:宴请宾客的筵席。文酒:饮酒赋诗。

㊷淇澳:淇水弯曲处。《诗经·卫风·淇奥》:"瞻彼淇奥,绿竹猗猗。"新筠:新竹。

㊸岚光:山间雾气经日光照射而发出的光彩。

㊹岭峃:深邃貌。

㊺佛螺:相传释迦牟尼佛头发如螺旋状,故以"佛螺"借指盘旋高耸的山峦。

㊻点黛:古时妇女用黑青色颜料画眉,这里形如山色。

㊼单椒:孤峰。清姚鼐《偕一青仲郛应宿登城北小山至夜作》:"余照在单椒,暝色生林下。"桀立:耸立。

㊽青囊:古代医家存放医书的布袋。

㊾丹灶:炼丹用的炉灶。

㊿白鸟:白羽毛的鸟,如鹤、鹭。

51玉函:指"玉函方",泛指医书。

52崪:山峰高耸险峻。垷:城上矮墙。

53渌潋:水清。潆洄:水流回旋貌。

54潏:水涌出疾流貌。

55蘋藻:水草名,古人常用于祭祀。翠衿:形如水色绿如鹦鹉胸前的翠色羽毛。

56木兰:香木名。又名杜兰、林兰。皮似桂而香,状如楠树。

57沙棠:木名。木材可造船,果实可食。枻:船舷。

58藿画:色彩鲜明的绘画。多形容自然景物的艳丽多姿。

59搴:拔取。茝蕙:香草名。《离骚》:"既替余以蕙纕兮,又申之以揽茝。"

60碧岑:青山。杜甫《上后园山脚》:"自我登陇首,十年经碧岑。"

61瑶琴:用玉装饰的琴。

62醽醁:美酒名。

63讴吟:歌唱吟咏。

64素心:纯洁的心地。

65摛:舒展,铺张。攡:舒展,铺陈。

66俪、妃:配对。

67南皮西园之讌:南皮,县名,今属河北省。汉末建安中,曹丕与友人吴质等饮酒赋诗,欢聚于此,传为佳话。后"南皮之宴"成为称述朋友间雅集宴游的典故。

68习池:习家池,在襄阳岘山南。后多借指园池名胜。岘首:湖北襄阳县南的岘山。

69清穆:清静,清和。蔡邕《释诲》:"夫子生清穆之世,禀醇和之灵。"

70乐康:安乐。

71沧浪:青苍色的水。

72籞:帝王的禁苑。修篁:修竹。

73壶觞:酒器。陶渊明《归去来兮辞》:"引壶觞以自酌,眄庭柯以怡颜。"

74遗文:前人留下的诗文。

(张帆　注)

孔毓埏

【作者简介】

孔毓埏，字钟舆，号宏舆，山东曲阜人。袭五经博士。著有《远秀堂集》，刻于乾隆八年(1743)。《清史稿·儒林传》载孔毓圻于康熙二十三年(1684)奏请重修孔子庙，孔毓埏《曲阜赋》中提及圣皇增修孔子庙，该赋称作于乙未春暮，则此乙未必为康熙五十四年乙未(1715)，可知其为康熙时人。事见《清史稿》及《全清词钞》卷八、《清诗汇》卷五〇。

曲阜赋并序

【题解】

此赋名为“曲阜赋”，实则用意有二：一则歌颂圣皇(康熙)重修孔子祠庙之盛举，二则歌颂以孔子为宗的儒家文教。

【原文】

乙未春暮[①]，修禊于南郊[②]，傍古城，沿曲岸，至于浮香亭畔。缅咏归之芳徽[③]，溯流觞之遗韵[④]。旷然远览，志舒神畅，徜徉久之。有沂滨居士谓昌平主人曰[⑤]：“维我曲阜为古帝之宏图，圣贤之奥区[⑥]，六艺之渊薮，仁义之灵囿[⑦]。自昔迄今，万有千祀，山川犹是，流风未泯。兹者时际休明，天子崇儒重道，声教四讫，人文风动。海内鸿生硕儒，适庙堂而观车服礼器者，毂击肩摩[⑧]。考据故实，咨询风土，颇觉应对之为疲。可无总括数语以代酬答？”昌平主人瞿然而惊曰[⑨]：“是何言之易也！昔《三都赋》就[⑩]，平原为之阁笔[⑪]；《灵光赋》成[⑫]，中郎因而辍翰[⑬]。鲁自文考公斡二赋炳绝千古，乃欲以井蛙之见续雕龙之章，予虽狂愚，亦不至此。”居士曰：“非此之谓。摛汉藻者专凝思于古殿，摅魏词者惟注意于遗墟。至于沿革损益，古今异制，林庙之增崇，新邑之创建，踵事增华，愈久弥光，可无扬扢之辞哉[⑭]？亦各道其实耳。”主人曰：“唯唯。”

曲本天邑，降国称鲁。炎帝焕号以开疆，金天光宅而拓土。轩辕应瑞而降神，周公酬庸以启宇[⑮]。逖矣西土之人[⑯]，伟哉东方之主。带汶沂洙泗之渊深，襟凫峄龟蒙之峻阻。辟峄峦以为门[17]，犄岱峰而为堵[18]。考度究躔[19]，粲粲奎宿之分焉[20]；毓秀钟灵，历历贤圣之聚焉。水惟西流，山咸东峙。土田附庸，七百余里。当元子初侯于鲁也[21]，爰革礼而变俗，越三年而报政。作肹誓以平戎[22]，率淮徐而听命。延三十四世之久，同八百灵长之庆。论夹辅之不沦[23]，迈齐桓而独盛。彼姜祚以移陈[24]，此维姬而一姓。兹赫赫之鲁邦，讵泱泱之可并！迨至黍离歌而西周陨，麒麟获而《春秋》作[25]。政逮陪臣[26]，岁朘月削，叹皇纲之解纽，抑天运之乘除。王者之迹熄焉，鲁公之祀忽诸[27]。幸斯文之未丧，值吾道之将兴。继衰周而诞圣，集百王之大成。乃律天而袭土，斯著训以垂经。阐两间之道学[28]，立万代之章程。历观群后之御世，罔弗备极其推尊[29]。究百度之具举，诚莫尚于皇清。既增修夫祠庙，复扩充乎茔林[30]。辉煌壮丽，难以缕陈。立宫墙之万仞，建七袭之重门。跨以虹梁[31]，濬以灵津[32]。蹑快睹之业业，戴仰高之蓁蓁。矗奎文之杰阁，蕴秘奥之羲文[33]。琼笈闪烁，玉轴缤纷。上窥姚姒[34]，旁及周秦。循除而进，拾级而升。金铺翠幌，炫耀光晶。仰观目眩，俯瞩神惊。重闱豁达[35]，曲槛纵横。左挟玉振，右掖金声。觅丰碑之相望，如日月之合明。画戟设于兰锜，罘罳罥乎檐铃[36]。苍皮古桧，孑立孤撑。左旋右纽，弗瘁弗荣。神干敛其牙蘖[37]，灵根畜其精英。经霜愈茂，凌雪增妍。鄙若木之神异，逾大椿之长年。圣皇感之，遂作赋焉。崔巍嵽嵲[38]，是为杏坛。缁帷岳岳，红萼翩翩。周以廊庑，列祀群贤。俨侍坐之訚訚[39]，恍受业之拳拳。仰瞻邃殿，峻极于天。云楣绣桷，复霤重檐。登由阼阶[40]，降自右平。将纳陛而屏息[41]，甫摄齐而怔营[42]。致懔严乎对越[43]，虔蠲洁其精诚。饰绛疏之镂槛[44]，凿蜿蜒之雕楹。疏龙首于藻井[45]，跃鳞栭之峥嵘。羽葆葳蕤[46]，陈之丹陛[47]；天章璀璨，揭于朱甍。方其展禋祀而修岁事也[48]，典乐审缀兆之俯仰[49]，司仪习进退之详节。兵司察徼卫之森严[50]，农司视粢盛之丰洁。于是考凫钟[51]，伐鼍鼓[52]。设庭燎[53]，列房俎[54]。陈簠簋[55]，荐稷黍。涤牺象[56]，贮清酤。树崇牙[57]，悬笋虡[58]。建旄麾，秉籥羽[59]。琴瑟张，箫管举。桓圭将事[60]，相以簪组[61]。多士跄跄，硕人俣俣。始则酌郁鬯于金垒[62]，奠玉斝于坛所[63]。既彻馔而乐阕，飏樵燎于北户。惟时神具醉止，降福穰穰[64]。谯序昭穆[65]，齿爵分行[66]。萃观礼之宾，集金丝之堂。献酬交错，佐以笙簧。进英隽之士[67]，歌楚茨之章[68]。客既饱于仁义，幸获际夫烝尝[69]。莫不雍雍肃肃，霭霭怡怡。忻瞻百官之富[70]，快觌万舞之仪。延陵兴观止之叹[71]，龙门深景行之思。然此乃释奠之恒度[72]，未睹幸鲁之隆规。详在盛典一书，可考可稽，非余肤浅所能铺扬洪烈者也。

若乃毓粹东启，诗礼堂高。瞻御书之炳焕[73]，诵宝训之宣昭。古壁余金丝之逸响[74]，寒泉涵圣泽之琼膏。白石纪于太初，绿槐荫自神尧。嗟根株托于灵址[75]，如女萝施于松标[76]。洵以圣贤为依归，斯附骥尾而名超。历观德以南迈，跻矍相之遗圃[77]。盖闻子路延射而入，公罔扬觯而语[78]。麾三恶于门墙[79]，跻六善于宾侣。义弗取于主皮[80]，力弗尚乎饮羽[81]。习揖让于一时，标准的于万古。国庠家序，于焉是邻。秉铎司训[82]，秩侔成均。迪三物于四氏[83]，稽六经于千春。既彬彬以郁郁，亦侃侃以䜣䜣。成德不辍于弦诵，达才端赖夫陶钧。由棂星而却转[84]，擢穹坊以隆起。仪象魏之岧峣[85]，无觚棱之谲诡[86]。优优圣域，峨峨阙里。义路礼门，仁途道轨。峻如天梯之难攀，平如周道之易履。入其室者谁耶？得其门者寡矣！若夫开来继往，左以传贤；启后承先，右以传子。展颜庙者企箪瓢陋巷之风，谒孔祠者参无过不及之旨。虽有福地与洞天，曾未足以比拟也。

粤新邑之初构，自胜国之武宗。废仙源之湫隘[87]，即归德之函宏。卫兹庙貌，筑此崇墉[88]。据爽垲以显敞，载厚基以凭隆。昔门十二，今则为五。秉礼崇信，延恩宗鲁。岩岩仰圣，居庙之阳。并乾坤而永奠，讵巩固乎金汤。期门为市，列肆分行。泰山殖材之地，徂徕产木之乡[89]。荡僇艳炽以呈瑞[90]，璠玙瑟焕以辉光。瑰玮充牣[91]，于何不有，而家怀俭朴，户尚敦庞[92]。委琼瑶于媚谷，弛斤斧于崇冈。覃耜铸于家冶，茧丝育于檿桑。服农利于钱镈[93]，适体胜于缣缃[94]。薄酒干霸，国之师旅，纤缟屈强，弩之锋芒。三尺入市而不欺[95]，又奚有沈犹氏之饮羊[96]？其中则圣裔贤胄，鳞次比屋。堂构勿替[97]，斯歌斯哭。廨署夹衢[98]，闾阎接毂。所恶者浇漓，所勉者姻睦。成不丰不约之风，为不华不陋之俗。盈盈古泮，近接城隅。青芹碧茅，绿藻红蕖。思乐之所颂美，清暑之所攸居。其南则画塍界洫[99]，区陂分畎。青篁莽蕁以龙蟠，紫稻穲以云卷。傍沂岸以临流，凭舞雩而遐览[100]。缅争长之后任，因滕薛之在眼。忆鲁柝以闻邾[101]，见芳邻之未远。过稷章之废雉，感相鲁之徽猷[102]。哂桓子之浅识，陋与国之权谋。贻二八之妖艳，伦百二之骅骝[103]。诡周遍以终日，听容玑之齐讴[104]。畏妇谒而出走，失中兴于东周。聊优游以卒岁，终还辕而息鄹。慨三都之烬灭，独两观之尚存。非圣知之迥出，几漏网于闻人。纷偃蹇以棋布，耸众台之嶙峋。春秋致严于褒贬，郊禘肃将乎明禋[105]。郈氏金距以斗鸡，太史簪笔以书云。其东则防岫遥遥以轩豁[106]，尼山隐隐以朦胧。重峦崄巇，孤嶂巃嵸。萦飞霞于朝暮，霁残雪于春冬。似对终南之阴岭，如登日观之高峰。若乃山名，颜母林号。梁公迈灵奇于壶峤，齐博厚于华嵩。瞰穷桑之广莫，郁陵寝之在望。怀帝德之广渊，流终古之灵贶[107]。伟云阳之拳石，纡龙脉之曲畅。懿不封不树之俭德，嗤玉雁金凫之厚葬。螭首夭矫以菌蠢[108]，龟趺贔屃以狼抗[109]。竦如华阙之当涂，屹如骏马之立仗。玉帛时将于彤墀[110]，佳气肸蚃而弥壮[111]。近大庭之古库，亦凭吊所徘徊。岂蓄储以主富，备荒扎以通财。占云物于启闭，验机祥于眚灾[112]。非所拟于长府[113]，洵媲美乎灵台[114]。违兹数武，势逐形移。乃灵光之故址，繄太庙之遗基。怅肖然其焉在，托遗韵于雄辞。幸存群公之宗祏[115]，犹为元圣所凭依。凝苍烟以晻霭[116]，笼丹碧以迷离。欹器示中正之规矩[117]，金人戒戎好之枢机。若夫赤舄几几[118]，绣裳衮衣。端冕垂旒[119]，于穆圣姿。岂鲰生所敢梦[120]，庶亲炙于崇祠[121]。其西遵神京之大陆[122]，接漕渠之通津。鹢首之所暂舣[123]，冠盖之所遥临[124]。靡不假道于斯，而遂其仰止之殷焉。环郊近郭，为农为圃。田无不昏作劳之民，廛有蓄赢鬻优之贾。若其莓莓坟衍[125]，畇畇原隰[126]，维糜维芑，或麦或稷。荏菽旆旆[127]，绮错五色。连茎同颖，崇墉比栉。遗秉滞穗，粒米狼籍。其蔬则有苦荼甘荠，早韭晚菘。露葵及夏，鹑鸱御冬。滑有薇蕨，辛则芥葱。瓜汇匪一，异质殊形。连畛距阡，春播夏成。其果则纂纂瓶枣，漪漪拳栗。女仪之贽，笾豆之实。胡桃抱璞，外刚内质。文官怀宝，重韬什袭[129]。朱樱黄李，素柰青梅。林檎蘋婆，红柿紫梨。石榴绽肤，蒲萄裂肌。含津蕴液，美媲荔枝。隙地为场，暇以讲武。彻扎穿杨[129]，拔石投距。宣力图功，折冲御侮[130]。其北则对九仙之蹇嵼[131]，包龙湫之灵源[132]。潜冥冥以跃蜧[133]，佐兴霖于天孙[134]。旱无祷而弗应，倏电飞以云屯。听伐木于春山，步石门之西麓。幽幽泉石，狉狉麇鹿[135]。景昔贤之肥遁[136]，聿仁里之过轴[137]。尔乃洙水涓涓，泗河洴洴。夹讲堂而双流，盖取法乎瀍涧[138]。敬业乐群，执经问难。删六籍以明述，昭万古而为宪。欲征斯文之盛衰，盍视兴废于坛坫[139]。亦有泾阳之东林，南皋之首善。倡理学于季业，续党锢于东汉。恭逢圣主之右文，特阐白鹿而染翰。跻紫阳于十哲[140]，出宸谋于乾断[141]。盖尊师与崇儒，本同条而共贯。玩涟漪于泗水，仅湁潗以滥觞[142]。受行潦而纳谷[143]，亦时险于瞿塘。或乘舟而击楫，或涉厉以褰裳[144]。其水族则有鲔鲂鳜白，鳊鲫鳣鳇。游虾鼓须，曝蛤含浆。鳖则衷甲，蟹则戴匡。乃集渔人，泛清渚。驾轻舠[145]，摇短橹，施罨罩，张网罟。斮锦鳞，作醢脯[146]。用之不竭，缘弗尽取。既周观乎四境，举梗概其略知。不睹圣林之雄伟，乌能有憾而弗遗。若推论其形势，则宛肖乎凤仪。崇阜轩轾于上下[147]，则如延颈曳尾独立于高冈也。峻墙矢棘于左右，则迅翮藻翰来仪而来翔也[148]。风声鸟韵，则中律协吕，音奏笙簧也。黄叶绿树，则览辉焕彩，五色成章也。以茔域为丹穴[149]，以泰山为翠岭。颜坊表以长春，期万祀以有永。苍松作羽声之翙翙[150]，碧亭象目光之炯炯。达辇路于中央[151]，徯六龙之时骋。列里闬于东西，盈百室而就蒙。昼司栽培，宵职巡警。缭以壖垣[152]，壮以楼观[153]。覆碧瓦之傑池[154]，填赪壤之绵曼。长桥轶轧以卧坡[155]，华表崒嵂而插汉。落落角端，性肫肫以合元[156]；熊熊金光，文蔚蔚以应变。永弭耳而宛足[157]，受仁羁而义绊。松楸掩享殿以森森[158]，苔藓被翁仲而蒨蒨[159]。左翼翼以秉笏，右桓桓而带剑。其后则迢迢墓道，谧谧坛壝。仰故封之马鬣[160]，望令谥之龙碑。位壬山而向丙，法坎止于明离[161]。若夫荒台古屋，筑室之场。风瑟瑟以入户，月冷冷而穿窗。恸相向之失声，贻千载之悲凉。饬栋宇以白垩[162]，盖永志乎心丧。至于亭名驻跸，始自祥符[163]。八銮所莅[164]，七校所趋。邀翠华于甲子，式恢廓其规模[165]。旁茁苞蓍，蕴秀扬芬。守以神龟，瑞霭氤氲。六爻以贡，八卦是陈。吉凶悔吝，筮之则分。抚端木之植楷，启百代之私淑[166]。挺枯干之槎枒[167]，哀生气之浓郁。饱风雨之侵凌，恒弗倾而弗仆。厥种繁滋，一名文木。焙叶为茗，占雨前之枪旗[168]；采芽作蔬，甲御冬之旨蓄[169]。刳瘿为杯，珍过岷山之胥余[170]；析枝为杖，贵逾大夏之笻竹[171]。规木为棋，响逾楸枰[172]；醡子为油，焰夺柏烛。下有文虫，形同尺蠖。迷蝶翅之离离，彰雉翚之灼灼。奇木异卉，骈阜弥冈。及门诸贤，携自遐方。其树则䰟檀雒离，女贞槲松。赤桋白杨，柞枌柏枞，欐佹㸑骫，蔽日杭风。其卉则黄精赤箭，金铃虋冬。鹿霍狼毒，钩薮唐蒙。异产文草，叶作十形。挂短垣以绿字，垂残碣以刻铭。竞地数于河图，冠天干于辰名。实分五采，味配五行。散凯费之缔锦[173]，敷猗梠之络缨[174]。厥有薯蓣，肤若琼脂。延龄益气，功侔参耆。黄菌寄生，累结芃芃[175]。滑拟香蕈，味擅鸡㙡。蔓衍丛薄，荫蔚棫朴。幽霭过于邓林[176]，蓊郁鄙乎西蜀。神农莫辨其甘辛，卢跗罔测其名目[177]。上无巢窠，下绝荆榛。覆天弗劳于碧簇，剪棘不事乎虞人[178]。尔乃朝宗鸑鷟[179]，时集异禽。郯子莫详其类，公冶难审其音[180]。则有深目锐喙，頳脰长腰。锦臆绣颈，玉瓜金翘。昂首振尾，梳翮理毛。咔喉调舌，竞巧逞娇。莫不喈喈啧啧，啾啾嘈嘈。分之则管籥，合之成箫韶。当清商之应律，伊百卉之初凋。红深绿变，落木萧萧。染吾谷之丹枫，建赤城之霞标。斯游人所欣赏，而孝子慈孙履霜怵惕以悲号者也[181]。

尔其辰逢冬朔，节届清明。凡我子姓，毕集林茔。芟莱除坛，设醴陈牲。入思堂而悽悽，奉祝帛以兢兢。随宗公而陪祀，爰各及其高曾。千坟万垄，灯火荧荧。是日也，商旅辐辏，车马云并。器用流溢，品物充盈。遐陬之士[182]，异域之氓。共侣同侪，济济烝烝。于是披繁芜，求古迹。撷橡斗，掇松实。携归乡土，以耀宾戚。如获瑶岛之琼芝，渤澥之珂珹。蹑足掎裳，从朝竟夕。筋力倦，游观毕。乃相与扬眉挢舌[183]，喟然而叹曰：览斯邑之制度，亶夐绝而罕匹。既弗侈而弗泰，亦弗厄而弗僻。极东西南朔之名胜，洵维此地为安宅。生平之愿遂，遨游之兴息。征舆论之佥同[184]，信鄙见之无忒。愧疏陋而寡学，未能状什一于千百。聊以颂君恩，述祖泽。敬桑梓，美宗国。若归父之言鲁乐，则非余意之所出。居士曰：诚哉兹言之匪诬，快予酬答之愿塞。盖子所知者山川风物之瞭然，不能形者巍巍难名之圣德。又乌可以管窥而蠡测也哉！

（据《远秀堂集》卷四，清乾隆八年刻本）

【注释】

①乙未：康熙五十四年(1715)。

②修禊：古代民俗于农历三月上旬的巳日（三国魏以后始固定为三月初三）到水边嬉戏，以祓除不祥，称为修禊。王羲之《兰亭集序》："永和九年，岁在癸丑，暮春之初，会于会稽山阴之兰亭，修禊事也。"

③咏归：《论语·先进》："莫春者，春服既成，冠者五六人，童子六七人，浴乎沂，风乎舞雩，咏而归。"后遂以"咏归"为很多人聚合吟诗之典。

④流觞：古代习俗，每逢夏历三月上旬的巳日，人们于水边相聚宴饮，认为可祓除不祥。后人仿行，于环曲的水流旁宴集，在水的上流放置酒杯，任其顺流而下，杯停在谁的面前，谁就取饮。王羲之《兰亭集序》："又有清流激湍，映带左右，引以为流觞曲水。"

⑤昌平：太平。

⑥奥区：腹地，深奥之处。《后汉书·班固传上》："防御之阻，则天下之奥区焉。"李善注："奥，深也。"

⑦灵囿：苑囿的美称，比喻精粹汇集之所。

⑧毂击肩摩：形容车马行人众多，来往拥挤。

⑨瞿然：惊骇貌。

⑩《三都赋》：晋左思作。构思十年始成，人们竞相传抄，洛阳为之纸贵。

⑪平原：陆机，曾任平原内史。陆机曾打算写作《三都赋》，看到左思作品后为之折服，遂放弃念头。

⑫《灵光赋》：《鲁灵光殿赋》，东汉辞赋家王延寿作品。

⑬中郎：蔡邕。董卓当政时曾拜蔡邕为左中郎将，故称"蔡中郎"。《后汉书·王逸传》："（王延寿）少游鲁国，作《灵光殿赋》。后蔡邕亦造此赋，未成，及见延寿所为，甚奇之，遂辍翰而已。"

⑭扬扢：扬抑，褒贬，评说。

⑮酬庸：酬功，酬劳。指周公子伯禽因周公的功劳而受封于鲁，此即鲁国之始。

⑯逖：远。

⑰峄峦：峄山，又名邹山，在今山东省邹县东南，地处鲁国南部边境。

⑱岱峰：泰山，齐国与鲁国以泰山为界。

⑲躔：天体运行的轨迹。

⑳奎宿：星宿名。二十八宿之一，为西方白虎七宿的第一宿，有星十六颗。因其形似胯而得名。古人多因其形亦似文字而认为它主文运和文章。

㉑元子：天子或诸侯的嫡长子。

㉒肸：散布，传播。

㉓夹辅：辅佐。

㉔姜祚：齐国政权本为姜姓吕氏，战国初年，姜姓吕氏为陈国田氏取代，此所谓田氏代齐。

㉕麒麟获而《春秋》作：指春秋时鲁哀公十四年猎获麒麟，相传孔子作《春秋》至此辍笔。

㉖陪臣：古代天子以诸侯为臣，诸侯以大夫为臣，大夫又自有家臣。因此大夫之于天子，大夫家臣之于诸侯，中间都隔了一层，故称为陪臣。春秋时期各国政权普遍落入大夫乃至大夫家臣之手。

㉗忽诸：忽然（灭亡）。《左传·文公五年》："臧文仲闻六与蓼灭，曰：'皋陶、庭坚不祀忽诸。德之不建，民之无援，哀哉！'"

㉘两间：天地之间，即人间。

㉙罔弗：无不。

㉚茔林：孔林。

㉛虹梁：拱桥。

㉜灵津：天河，银河。

㉝羲文：伏羲和周文王的并称。

㉞姚姒：指虞舜和夏禹。相传舜为姚姓、禹为姒姓。

㉟重闱：重重宫门。

㊱罘罳：设在屋檐或窗上以防鸟雀的金属网或丝网。罥：悬挂。

㊲牙蘖：草木新生的枝芽。引申为始端、端绪。

㊳岼嶪：高峻貌。

㊴訚訚：说话和悦而又能辨明是非之貌。

㊵阼阶：东阶。汉贾谊《新书》："礼，天子适诸侯之官，诸侯不敢自阼阶。阼阶者，主之阶也。"

㊶纳陛：古代帝王赐给有殊勋的诸侯或大臣的"九锡"之一。凿殿基为登升的陛级，纳之于檐下，不使尊者露而升，故名。

㊷摄齐：提起衣摆。古时官员升堂时谨防踩着衣摆，跌倒失态。表示恭敬有礼。怔营：惶恐不安。

㊸对越：答谢颂扬。

㊹绛疏：五彩的刻画雕饰。

㊺藻井：我国传统建筑中天花板上的一种装饰处理。一般做成圆形、方形或多边形的凹面，上有各种花纹、雕刻和彩画。

㊻羽葆：古时葬礼仪仗的一种。以鸟羽聚于柄头如盖。

㊼丹陛：宫殿的台阶，借指皇帝。

㊽禋祀：古代祭天的一种礼仪。先燔柴升烟，再加牲体或玉帛于柴上焚烧。

㊾缀兆：谓古代乐舞中舞者的行列位置。

㊿徼：巡逻，巡察。

51凫钟：《周礼·考工记·凫氏》："凫氏为钟。"以"凫钟"指作为乐器的铜钟。

52鼍鼓：用鼍皮蒙的鼓。

53庭燎：古代庭中照明的火炬。

54房俎：周时祭器。

55簠簋：两种盛黍稷稻粱之礼器。

56牺象：古代饰有鸟形、鸟羽或象骨的酒器。一说为牺尊和象尊的合称。

57崇牙：悬挂编钟、编磬之类乐器的木架上端所刻的锯齿。亦代指钟磬架。

58筍虡：古代悬挂钟磬的架子。

59籥：古代通风鼓火器上的管子。

60桓圭：古代帝王与公、侯、伯、子、男五等诸侯于朝聘时各执玉圭以为信符。圭有六种，表不同的爵秩等级，"桓圭"为公爵所执。

61簪组：冠簪和冠带，借指官宦。俣俣：魁伟貌。

62郁鬯：香酒。用鬯酒调和郁金之汁而成，古代用于祭祀或待宾。

63玉斝：玉制的酒器。

64穰穰：众多貌。

65昭穆：古代宗法制度，宗庙或宗庙中神主的排列次序，始祖居中，以下父子（祖、父）递为昭穆，左为昭，右为穆。

66齿爵：年龄和官职。

67英隽：同"英俊"。

68楚茨：《诗经·小雅》篇名，共六章，诗序云："楚茨，刺幽王也。"后也用"楚茨"代指祭祀之诗。

69烝尝：本指秋冬二祭。后泛指祭祀。

70忻：同"欣"，快乐。

71延陵：指春秋时吴国公子季札。季札离国赴延陵，终身不入吴国，世称延陵季子。《礼记·檀弓下》："延陵季子，吴之习于礼者也。"观止：称赞所见事物好到极点。

72释奠：古代在学校设置酒食以奠祭先圣先师的一种典礼。

73炳焕：鲜明华丽。

74金丝：借指弦乐器。

75灵址：对坛基的美称。

76松标：松树梢头。骥尾：语出《史记·伯夷列传》："颜渊虽笃学，附骥尾而行益显。”

⑦矍相：古地名，在山东省曲阜市城内阙里西。后借指学宫中习射的场所。

⑱延射、扬觯：《礼记·射义》：“孔子射于矍相之圃，盖观者如堵墙。射至于司马，使子路执弓矢出延射，曰：‘贲军之将，亡国之大夫，与为人后者不入，其余皆入。’盖去者半，入者半。又使公罔之裘、序点扬觯而语。”后用为选贤典故。扬觯，举起酒器。古时饮饯时的一种礼节。

⑲三恶：指暴、虐、颇（不正）三种恶劣品质。

⑳主皮：古代乡射礼共射三次，第二次以射中皮质的箭靶为主，故称“主皮”。

㉑饮羽：箭深入所射物体，中箭。羽，箭尾上的羽毛。

㉒秉铎：担任文教之官。

㉓三物：指六德、六行、六艺。《周礼·地官·大司徒》：“以乡三物教万民，而宾兴之。一曰六德：知、仁、圣、义、忠、和。二曰六行：孝、友、睦、姻、任、恤。三曰六艺：礼、乐、射、御、书、数。”

㉔棂星：指棂星门，旧时学宫孔庙的外门。

㉕象魏：古代天子、诸侯宫门外的一对高建筑，为悬示教令的地方。

㉖觚棱：宫阙上转角处的瓦脊成方角棱瓣之形，亦借指宫阙。

㉗仙源：道教称神仙所居之处，这里指代道家及道教。湫隘：低下狭小。

㉘崇墉：高墙，高城。

㉙徂徕：山名，在山东省泰安市东南。

㉚镠：成色好的金子。艴炽：形容光彩赤红如火。璠玙：美玉名。

㉛充牣：丰足。

㉜敦庞：敦厚朴实。

㉝钱镈：泛指农具、农事。

㉞缥缃：供书写用的浅黄色细绢，借指书册。

㉟三尺：指小儿。

㊱饮羊：使羊喝饱水以增加重量。指以欺诈手段做生意牟利。语本《孔子家语·相鲁》：“鲁之贩羊有沈犹氏者，常朝饮其羊，以诈市人。”

㊲堂构：语出《尚书·大诰》：“若考作室，既底法，厥子乃弗肯堂，矧肯构。”后用来比喻继承祖先遗业。

㊳廨署：官署。

㊴塍：田间的土埂。

㊵遐览：远望。

㊶柝：古代打更用的梆子。

⑩徽猷：美善之道。

⑩骅骝：《荀子·性恶》："骅骝骐骥纤离绿耳，此皆古之良马也。"

⑩齐讴：齐歌。

⑩郊禘：古帝王以祖先配祭昊天上帝。明禋：指明洁诚敬的献享。

⑩轩豁：高大开阔。

⑩灵贶：神灵赐福。

⑩螭首：古代彝器、碑额、庭柱、殿阶及印章等上面的螭龙头像。

⑩菌蠢：谓如菌类之短小丛生。龟趺：碑下的龟形石座。狼抗：傲慢，暴戾。

⑪彤墀：丹墀，借指朝廷。

⑪肸蚃：散布，弥漫。

⑪眚灾：因过失而造成灾害。

⑪长府：藏财货武器的府库。

⑪灵台：古时帝王观察天文星象、妖祥灾异的建筑。

⑪宗祏：宗庙中藏神主的石室。亦借指宗庙，宗祠。

⑪晻霭：昏暗的云气。

⑪欹器：古代一种倾斜易覆的盛水器。水少则倾，中则正，满则覆。人君可置于座右以为戒。

⑪赤舄：古代天子、诸侯所穿的鞋。赤色，重底。

⑪垂旒：古代帝王贵族冠冕前后的装饰，以丝绳系玉串而成。

⑫鲰生：浅薄愚陋的小人。

⑫亲炙：亲受教育熏陶。

⑫神京：帝都，首都。

⑫鹢首：船头。古代画鹢鸟于船头，故称，此处泛指船。舣：停船靠岸。

⑫冠盖：泛指官员的冠服和车乘。

⑫坟衍：指水边和低下平坦的土地。

⑫原隰：广平与低湿之地。

⑫荏菽：大豆。

⑫什袭：重重包裹，谓郑重珍藏。什，十。

⑫彻扎：穿透铠甲。

⑬折冲：使敌人的战车后撤，即制敌取胜。冲，冲车。战车的一种。

⑬九仙：九仙山，在今山东曲阜东北三十公里处。蹇嵼：高而盘曲。

⑬龙湫：上有悬瀑下有深潭谓之龙湫。

⑬蜧：古书上记载的一种能兴云雨的黑色神蛇。

⑬兴霖：下雨。晋张华《博物志》卷一："泰山一曰天孙，言为天帝孙也，主召

人魂。”天孙：即泰山。

⑬⑤狉狉：群兽奔走貌。

⑬⑥肥遁：同“肥遯”。《周易·遯》：“上九，肥遯，无不利。”指代退隐。

⑬⑦仁里：仁者居住的地方，语出《论语·里仁》：“里仁为美。”

⑬⑧瀍涧：瀍水和涧水的并称。东周以来的古都洛阳（今河南洛阳东），瀍水直穿城中，涧水环其西，故多以二水连称谓其地。这里说孔子的思想与文教秉承自周代礼文化。

⑬⑨坛坫：会盟的坛台，这里指杏坛。

⑭⓪紫阳：宋代理学家朱熹的别称。朱熹父朱松曾在紫阳山读书，朱熹居福建崇安后，题厅事曰紫阳书室，以示不忘。

⑭①宸谋：帝王的谋划。乾断：帝王的裁决。

⑭②淴潒：水沸涌貌。

⑭③行潦：沟中的流水。

⑭④涉厉：涉水。语本《诗经·邶风·匏有苦叶》：“济有深涉。深则厉，浅则揭。”褰裳：相传公输班为楚设置云梯，欲攻宋，墨翟闻之，“自鲁趍而十日十夜，足重茧而不休息，裂衣裳裹足”，赴郢说楚王，事见《战国策·宋卫策》《淮南子·修务训》。后用“褰裳”指不辞辛劳，为国事奔波。

⑭⑤轻舠：轻快的小舟。

⑭⑥醢脯：肉酱和干肉。

⑭⑦轩轾：轩昂，气度不凡。

⑭⑧迅翮：迅疾的飞鸟。

⑭⑨茔域：墓地。

⑮⓪翙翙：鸟飞声。

⑮①辇路：天子车驾所经的道路。

⑮②壖垣：宫外的墙。

⑮③楼观：泛指楼殿之类的高大建筑。

⑮④傑池：参差不齐貌。

⑮⑤軮轧：广大貌。

⑮⑥肫肫：诚恳。

⑮⑦弭耳：驯服、安顺貌。

⑮⑧享殿：祭殿。

⑮⑨翁仲：传说秦始皇初兼天下，有长人见于临洮，其长五丈，足迹六尺，仿写其形，铸金人以像之，称为“翁仲”。见《淮南子·泛论训》高诱注。后遂称铜像或石像为“翁仲”。

⑯马鬣：坟墓封土的一种形状，亦指坟墓。

⑯明离：《周易·离》："明两作离，大人以继明照于四方。"后以"明离"指太阳。

⑯白垩：白土，石灰岩的一种，白色，质软而轻。工业上用途甚广，是烧制石灰和水泥等的原料，橡胶制品和油漆等的填充物，亦可入药。

⑯祥符：指宋真宗年号大中祥符(1008—1016)。

⑯八銮：指天子车驾。

⑯恢廓：宽阔。

⑯私淑：私自敬仰而未得到直接的传授。

⑯槎枒：树木枝杈歧出貌。

⑯枪旗：成品绿茶之一。由带顶芽的小叶制成。芽尖细如枪，叶开展如旗，故名。

⑯旨蓄：贮藏的美好食品。

⑰胥余：椰子树的别名。大夏：古国名，即巴克特里亚王国，约公元前三世纪中叶由希腊殖民者在中亚建立的奴隶制国家，汉代称之为大夏。

⑰筇竹：竹名。因高节实中，常用以为手杖，为杖中珍品。

⑰楸枰：棋盘。古时多用楸木制作，故名。

⑰髣髴：依稀，仿佛。

⑰猗柅：婀娜柔美。

⑰芃芃：茂盛貌。

⑰邓林：古代神话传说中的树林。

⑰卢跗：春秋时良医卢扁和相传黄帝时良医俞跗的并称。

⑰虞人：古掌山泽苑囿之官。

⑰鹙鹙：凤的别名。

⑱郯子：春秋时郯国国君，孔子曾追随他学习。公冶：即孔子学生公冶长。

⑱怵惕：戒惧，惊惧。

⑱遐陬：边远一隅。

⑱挢舌：舌翘起不能出声。形容畏葸难言或惊讶的样子。语出《史记·扁鹊仓公列传》："舌挢然而不下。"

⑱佥同：一致赞同。

（张帆　注）

罗继传

【作者简介】

罗继传，清朝人，生卒年不详。

历山赋以自耕稼陶渔以至为帝为韵

【题解】

此赋追忆古圣先贤，写帝舜耕于历山，四方臣服，九州既定，乡邻安居，风俗纯善；又列举诸多名山劳四方之力，以衬历山帝舜之恭谨律己。

【原文】

勋绍中天[1]，业开胜地[2]。虹感呈祥，象耕记异。非来历之无稽，实名山其有志。三十载征庸尚滞[3]，版未升蒲，十二州辑瑞犹迟[4]，方殊统翼。纵后此馆隆贰室[5]，可忘发迹之式微[6]；而由兹风动四方，还仰出身之有自[7]。稽古帝舜[8]，诸冯诞生[9]。运逢揖让[10]，绩奏成平[11]。近御则勤思日赞[12]，遐陬则遍树风声[13]。分工虞水火之司，九州奠定[14]；纪侯甸要荒之里[15]，五服弼成[16]。总狩东狩南狩西狩北之归，无不巡其所守；受纳米纳粟纳秸纳总之贡，何尝与彼并耕[17]。然而侧陋未扬[18]，尊荣何藉。尺土无凭，半筹莫借[19]。姚邱坠昌项之传[20]，沩汭迟英皇之嫁[21]。惟服田而力穑[22]，可望有秋；纵易地而就时[23]，不离负夏[24]。兽蹄鸟迹，其时不碍邻居；禹溺稷饥，此地实开躬稼[25]。有山焉，瑞称虹样，神比高嵩。林游鹿豕[26]，径乱蓬蒿。大麓之风雷未试[27]，光天之日月犹韬。成厥邑都[28]，良友或来乎陶甫；居偕木石[29]，臣邻未接乎禹皋[30]。虽不同巢父长辞[31]，水曾避颍；亦不及帝尧小试，国早封陶[32]。传名曰历，其义何与。谓涉历之险，不闻登陟者趑趄[33]；谓阅历之古，不闻凭吊者欷歔。谓经历者瘁，不见摧败有轮舆[34]；谓游历者熟，不见纪胜有史书。遗民相述，神圣实居。比炎帝之崛兴[35]，教先耒耨[36]；拟羲皇之有作[37]，利始佃渔[38]。是则此山也，山泽既灵，山林复美。山水清奇，山峦迤逦[39]。地固近乎虞滨，居亦邻于栗里[40]。虽朝觐讼狱[41]，舆巡方之岳不伦[42]；而凿井耕田，有击壤之衢可拟[43]。弟兄相好矣，安处自然；父母其顺乎，解忧足以。迨于四岳荐行[44]，百官誊备[45]。世仰文明，人称大智。溥德施于无疆，宏孝思之不匮[46]。十六族登诸山泽[47]，野无遗贤；十二章绘以山龙[48]，朝颁文织。自天受禄，山珍偕海错以登[49]；益地呈图，航海复梯山而至[50]。彼夫山吊灵妃[51]，怀九嶷也[52]；山窜逆苗，志三危也[53]。吕梁山凿[54]，险为夷也；玉屋山矗，平复陂也[55]。以至泰山东峙，势权奇也[56]；衡山南耸，程险巇也[57]。华山西削，象峨嵯也；衡山北卫，径逶迤也。未始不劳四方之宣力[58]，而于恭己者要无为也[59]。惟兹深山，虞帝所憩[60]。木老石荒，云辉星晢。客有问土风，考世系[61]。拨荆榛[62]，攀薜荔。快登临于此日，足可骋怀；想号泣于当年，转为陨涕。从可知处于畎亩[63]，实由大任之降天；而继彼陶唐[64]，终致重华之协帝[65]。

（据《赋海大观》卷三上，清光绪二十年上海鸿宝斋石印袖珍本）

【注释】

①勋：功勋，事业。绍：继承。中天：高空中，当空。

②业：功劳。胜地：名胜之地。

③征庸：谓被征召任用。

④辑瑞：《尚书·舜典》："辑五瑞，既月乃日，觐四岳群牧，班瑞于群后。"后遂以"辑瑞"指会见属下的典礼。

⑤贰室：别室，离宫。

⑥发迹：指兴起的过程或情况。式微：衰微，衰败。

⑦有自：有其原因。

⑧稽古：考察古事。

⑨诸冯：古地名。《孟子·离娄下》："舜生于诸冯。"杨伯峻注："诸冯，传说在今山东菏泽县南五十里。"一说在山西。清顾祖禹《读史方舆纪要·山西三·平阳府》："又诸冯山，在县东北四十里，《孟子》云舜生诸冯，盖即此。"

⑩揖让：禅让，让位于贤。

⑪成平：和平，安宁。

⑫近御：指帝王的亲近侍从。勤思：勤苦思索，时时想念。

⑬遐陬：边远一隅。风声：教化，好的风气。《尚书·毕命》："彰善瘅恶，树之风声。"孔传："明其为善，病其为恶；立其善风，扬其善声。"

⑭九州：古代分中国为九州，但说法不一。

⑮侯甸：侯服与甸服。指古代王畿外围千里以内的区域。要荒：要，要服；荒，荒服。古称王畿外极远之地，亦泛指远方之国。

⑯五服：古代王畿外围，以五百里为一区划，由近及远分为侯服、甸服、绥服、要服、荒服，合称五服。服，服事天子之意。

⑰并耕：指君民一起耕作。

⑱侧陋：处在僻陋之处的贤人或卑贱的贤者。

⑲半筹：半个筹码，表示数量很少。

⑳项：古帝“颛顼”的省称。

㉑汭汭：犹“妫汭”。舜的居地，借指有名望的贤祖。英皇：帝舜二妃女英与娥皇的并称。

㉒服田：种田，从事耕作。力穑：努力耕作。《尚书·盘庚上》：“若农服田力穑，乃亦有秋。”

㉓就时：乘时，把握时机。《史记·五帝本纪》：“舜耕历山，渔雷泽，陶河滨，作什器于寿丘，就时于负夏。”

㉔负夏：又作“负瑕”。古邑名，在今山东兖州市北。《史记·五帝本纪》：“舜就时于负夏。”

㉕躬稼：亲身务农。《论语·宪问》：“禹稷躬稼，而有天下。”朱熹集注：“禹平水土暨稷播种，身亲稼穑之事。”

㉖鹿豕：鹿和猪，比喻山野无知之物。《孟子·尽心上》：“舜之居深山之中，与木石居，与鹿豕游，其所以异于深山之野人者几希。”

㉗大麓：犹“总领”，谓领录天子之事。《尚书·舜典》：“纳于大麓，烈风雷雨弗迷。”孔传：“麓，录也。纳舜使大录万机之政，阴阳和，风雨时，各以其节，不有迷错愆伏。”

㉘邑都：都城，都市。

㉙木石：树木和山石。《孟子·尽心上》：“舜之居深山之中，与木石居，与鹿豕游。”

㉚皋：皋陶，舜臣名。

㉛巢父：传说为尧时的隐士。

㉜陶：皋陶，舜臣名。

㉝登陟：登上。赼趄：想前进又不敢前进，形容疑惧不决，犹豫观望。张载《剑阁铭》：“一人荷戟，万夫赼趄。”李善注：“夫挥戟，万人不得进。《广雅》曰：‘赼趄，难行也。’”

㉞摧败：折损，损坏。轮舆：指车轮，车舆。

㉟炎帝：传说中上古姜姓部族首领。相传少典娶于有蟜氏而生。姜姓部落原居姜水流域，后向东发展到中原地区。一说炎帝即神农氏。

㊱耒耨：犁与锄，亦泛指农具。

㊲羲皇：伏羲氏。

㊳佃渔：猎兽和捕鱼。佃，通“畋”。

㊴迤逦：曲折连绵貌。

㊵栗里：地名。在今江西省九江市西南，晋陶潜曾居于此。

㊶朝觐：谓臣子朝见君主。讼狱：诉讼。

㊷巡方：指天子出巡四方。

㊸击壤：《艺文类聚》卷一一引晋皇甫谧《帝王世纪》："（帝尧之世）天下大和，百姓无事，有五十老人击壤于道。"后因以"击壤"为颂太平盛世的典故。衢：大路，四通八达的道路。

㊹四岳：泰山、华山、衡山、恒山的总称。《左传·昭公四年》："四岳、三涂、阳城、大室、荆山、中南，九州之险也。"杜预注："东岳岱，西岳华，南岳衡，北岳恒。"

㊺餥：祭祀。

㊻孝思：孝亲之思。

㊼十六族：指古代传说中高阳氏的后代八恺和高辛氏的后代八元，为舜向尧推荐的十六个贤臣。因其各有大功，皆赐氏族，故称，也称十六相。

㊽十二章：古代天子之服绘绣的十二种图像。衣绘日、月、星辰、山、龙、华虫，称"上六章"；裳绣宗彝、藻、火、粉米、黼、黻，称"下六章"。

㊾海错：《尚书·禹贡》："厥贡盐絺，海物惟错。"孔传："错杂非一种。"后因称各种海味为海错。

㊿梯山：攀登高山。

51灵妃：指娥皇、女英。

52九嶷：山名，在湖南宁远县南。《山海经·海内经》："南方苍梧之丘，苍梧之渊，其中有九嶷山，舜之所葬，在长沙零陵界中。"郭璞注："其山九溪皆相似，故云'九疑'。"

53三危：古代西部边疆山名。《尚书·禹贡》："三危既宅。"孔传："三危为西裔之山也。"

54吕梁：山名，在今山西省西部，位于黄河与汾河间。主峰在离石区东北。夏禹治水，凿吕梁以通黄河，即指此。

55夷：平，平坦。陂：山坡。

56权奇：奇谲非凡。

57险巇：险峻崎岖。嵇康《琴赋》："丹崖险巇，青壁万寻。"吕良注："险巇，倾侧貌也。"

58未始：犹没有，未必。用于否定词前，构成双重否定，语气较肯定句委婉。宣力：效力；尽力。

59恭己：谓恭谨以律己。《论语·卫灵公》："无为而治者，其舜也与？夫何为哉？恭己正南面而已矣。”

⑥⓪虞：传说中的中国朝代名，舜所建。

⑥①世系：家族世代相承的系统。

⑥②荆榛：亦作“荆蓁”。泛指丛生灌木。

⑥③畎亩：田地，田野。

⑥④陶唐：古帝名，即唐尧。帝喾之子，姓伊祁，名放勋。初封于陶，后徙于唐。《尚书·五子之歌》：“惟彼陶唐，有此冀方。今失厥道，乱其纪纲，乃厎而亡。”

⑥⑤重华：虞舜的美称。《尚书·舜典》：“曰若稽古帝舜，曰重华，协于帝。”孔传：“华，谓文德。言其光文重合于尧，俱圣明。”

（钟铮　注）

涂景涛

【作者简介】

涂景涛，湖南长沙人，于同治十三年（1887）作《山海经类对赋自序》。

登岱赋

【题解】

此赋详细记录了登泰山之所见所想，登临途中多见怪石瀑布，景色奇绝惊险。登顶远眺，观日出之景，烟云海色混沌。细数山间奇特景色及丰富物产，最后联想至古来君王前往此地封禅祭祀，慨叹自己生不逢时，不得一睹其盛况。

【原文】

繄大钧之块圠[1]，斡元气以下运[2]。肇胚胎于苍精[3]，郁磅礴而出震[4]。总地络乎东夏[5]，配蓬玄之极峻。躔奎娄以孕灵[6]，屹齐鲁而作镇[7]。夫其骇骁崴魁[8]，嵚崟巃嵸[9]。申脊海表[10]，正趾河东[11]。盘二州以为基[12]，冠五岳而称宗[13]。

道奉高以遐瞩[14]，虢梃埴于神工[15]。纷岩岩以峣峣[16]，势丰博而穹窿[17]。溷青冥其一色[18]，羌难得而形容。尔乃戒徒御[19]，策款段[20]。绝尘而奔[21]，隐辚騑騑[22]。自朝迄午，爰薄山畔[23]。征轺既驻[24]，篮舆斯换。傃环水之澴漕[25]，即林鹿以旋转。俶蚓寅而蟹仄[26]，复蚁缘而鱼贯。践陂陀之荦岦[27]，披幂罿乎丛灌[28]。石关嶚刺而迸笋，瀑布渍薄而横练[29]。裂硥虎卧以当道[30]，飞梁虹申于绝涧[31]。深峪窅窱而向晦[32]，峻阪曲觯而疑断[33]。仰视绝顶，隐天切汉[34]。残雪尚积，翔阳已旰[35]。游侣虢退，舁夫喘汗[36]。穷日之力，曾不及半。于是简仆从，谢朋侪。倒接䍦[37]，趿青鞋。蹑坡峨，睎厜㕒[38]。鼓勇上升，罙阻探奇[39]。蹴重甗之崭岿[40]，度盘道之陂陕[41]。洞朝阳而忽暝，岩御风而裂肌。木客啰唻以群啸[42]，山魈睒睒而潜睼[43]。石壁中擘而如衕，悬磴陡绝而累梯。通一线之窔辽[44]，俨井观而穴窥。扪铁组以蹒跚[45]，扶石槛而跛踦[46]。纵十步而九憩，犹足茧而气隤。臻山巅以栖止，心蹩蜳而不怡[47]。循来径而回顾，浑下界之迷离。假精蓝以蹦跌[48]，俄蘧蘧而已觉。方蒲牢之初叩[49]，惊天鸡之俶叫[50]。元猋息而郁怒，素灵匿而沈耀。踏霜棱以迅步，登日观而凭眺[51]。云幂空而墨滃[52]，烟凝寒而碧峭[53]。海色黮䨴而莫辨[54]，天容混沌其无窍。倏灏气之轩豁[55]，忽飞熖之熏燎。紫澜腾沸于渤澥，赪霞氜费于蓬峤。半规乍隐以衔晕，一轮突出而吐曜。变万象于须臾，亶容光之毕照。于时宇合显朗，雰埃消除[56]。峰峦纠纷，千里瞭如[57]。

乃攀天柱，步云衢。升神霄，倚仙闾[58]。迄乎封中，周观四隅。其东南则有娄子之洞，老人之砦。马鞍祝鸡[59]，巉削崄隘。峨峨摩天[60]，云气叆叇。延坡石练，屏风张盖[61]。中陵崶若，卓立天外。其西南则峮嶙九峰[62]，五陀三尖。石缑嵯峨[63]，红叶霜妍。淩汉巍巍，下伏金泉[64]。旁睨丹穴[65]，火焰烛天。其东北则石坞崔嵬[66]，黄花列栈。双凤九龙，回翔蜿偃。天烛森矗[67]，冰牢巉嵃。莲花攒簇，辉映大岘。仙台对峙，袤延九坂[68]。其西北则青天蔚蓝，黄石崯岈。雕窝雁飞，幞头老雅[69]。岭拂清风，峪烂桃花。夕阳在西，嫣然映霞。主峰独尊，端拱无偶。广大博厚，中含枢纽。精气旁溢，衍为群阜[70]。分条傲来，缀支社首[71]。高里承趾[72]，新甫系肘。挟肃然以翼左[73]，挈亢父而弼右[74]。尤崃介石障其前，玉符琨瑞扆其后[75]。云亭双拥以佐辅，蒙峄遥参而佝偻。高者嶙嶒，庳者培塿。起如列戟，伏如覆瓿[76]。纷若方伯连帅[77]，槐三棘九。执笏搢珽[78]，以朝元后[79]。尔其郁积烟煴，含泽藏云。悬淙迸飞[80]，灵液中喷。龙峪浡潏，马跑滀潫[81]。洞拂水蒹[82]，岩拖天绅[83]。或仄出于石罅[84]，或觱沸于云根。始湢汃以沸渭[85]，旋湁潗而奔腾。泏泏泌泌[86]，滃滃溅溅。灂瀑滂濞[87]，漻汩潺湲[88]。破崄出窅，擘坂啮磐[89]。椒绝岩而蹦渚[90]，潆盘窟而涒粼[91]。溜汩湸而飙迅[92]，响潝濈而雷轰[93]。百道交驰，异流同源。汇汶灌河，终成巨川。

若夫阳气触地[94]，生殖蕃嫩。则有槐檀杶桧[95]，楸梧楷枳[96]。桑榆柞槽[97]，楝檞楮杞[98]，灵枫怪柏，贞松文梓[99]。挺撖抗衡，异柎连理[100]。蝴榭葱阡[101]，杣乔欐佹[102]。萮蔘獭猭[103]，卷挛茷骪[104]。棣矗参天[105]，幡缅拂晷[106]，大都孳芽庞鸿[107]，萌柢太始[108]。历蔀阅统[109]，积年累祀[110]。将扶若以比寿，何秦封与汉纪。至如珍果灵药，奇华异卉。海棠银杏，含桃郁李。林檎蘋婆[111]，若榴嘉林[112]。将离远志[113]，景天苿莒[114]。朱藤赤箭[115]，黄精白芷[116]。鹿葱昌歜[117]，龙芝威喜。太乙之粮，千岁之藟[118]。根茁五加，香薰九里。雨膏坼甲，露裛垂蕊[119]。斗雪冬葱，蔚霞晴绮。晻薆咇茀[120]，葳蕤蓓蕾。馡馡馣馣[121]，蓁蓁薿薿[122]。阳蓝阴敷[123]，弥阜被坻[124]。千名亿类，不可殚记。乃有题肩焦尞[125]，夫不鶅渠[126]。戴任窃脂[127]，盍旦卑居[128]。蝌蛦刚虫[129]，独豹训狐[130]。风伯阜君[131]，牟母勃姑[132]。奇翰错羽[133]，修翘短咮[134]。鼓翮狐狐[135]，流睛瞿瞿。求匹索偶，哺彀将雏[136]。钩辀格磔[137]，怪歌哀讴。夜啾朝嘲，聱耴其区[138]。又若封狼野貛[139]，文狸斑貉。刺汇竹鼬[140]，黄独青邑[141]。硕鹿只貉[142]，乌鷈白额[143]。狪狪类豕[144]，狌狌如玃[145]。足蹯迹蹂[146]，毛诡皮骹[147]。翩幡跳梁[148]，駓騃略逴[149]。扣跋林莽[150]，陵越岩壑。洞幽穴邃，惟兹是宅。

于赫岳灵[151]，厥为天孙。序青阳以正位[152]，首方祇而叙伦[153]。伟赞化于灵威[154]，佐执规而司春[155]。权阴阳之交代，物资始其惟元[156]。肇髌演于摄提[157]，重典礼于庱县[158]。视三公以列秩[159]，崇五祠之明禋[160]。尔其苕苕广殿[161]，嶈嶈重屋。绣橑崒棁[162]，雕梁镂桷[163]。白缀皓曜，丹墀采缛[164]。戊瓯镳金[165]，阶阤琢玉[166]。启牖七二，辟户卅六。长廊旁延，高闳中矗[167]。丹碧爣阆[168]，藻缋份彧[169]。瑰谲洪纷[170]，陆离斑驳[171]。神栖攸托，庙貌惟肃。灵贶骈臻，士女以毂[172]。是以遐迩报赛[173]，严翼齐遨。搴裳聊襂[174]，夫扶妇服。错趾接武[175]，重蹠累足。蹩躠踶跂[176]，鞠跽蒲伏[177]。冒崄抵危，跻椒循麓。缩茅以献[178]，操豚以祝者，日以千计。靡不矢駉駉，竭罜罜[179]。擎跽百拜[180]，稽首厥角[181]。此外，又有天街云阙[182]，阿阁神房[183]。斗姥之观[184]，老君之堂[185]。宫祀元君[186]，殿奉玉皇[187]。层台璧圜，崇坛规方。摩崖列碑[188]，冠斗树坊。飞亭标云，绀塔连冈[189]。金画寥寥以度基[190]，凿礶碭而开场[191]。烂五色之玢璘[192]，焕七宝之严庄[193]。宪洪规于紫宫[194]，廓旧则于灵光。璃楼夥于层城，琳宫丽于清凉。既含灵而苞祇[195]，又侣集乎缁黄[196]。

于是遗世玩道之士[197]，采尧韭，拾禹粮。拍洪崖，访伯阳[198]。竞于屈戹洞壑[199]，终乐此以相羊。迩乃俯仰陈迹，歔欷迂古。穷震旦之神域[200]，讨乾符之策府[201]。追升封于八九[202]，景绝轨于三五[203]。金简缈而莫觅[204]，宝坛荒其无主。慨后王之嗣作，侯告代之蜂午[205]。侈立石于嬴氏，愚探策于汉武[206]。繇典午而递降，难殚述以覙缕[207]。率剖符而合契[208]，夸淮茅与鄗黍。神钩谶之诰箓[209]，冀磬图而纳祜。争勒封以告成，曾何恤元元之疾苦[210]。惟圣清之凝命[211]，数考祥以卜征。嘉五繇之诸觳[212]，踵虞巡而东行。临介邱以驻跸，慰望幸于苍灵[213]。敬燔柴以修秩，允殷荐之惟馨。扫机巫之诞辞[214]，耻盖号以况荣[215]。勤度方而省俗，浸仁惠于萌生。爰摛藻以纪实[216]，寿元石而镂铭。伻扬辉于万嗣[217]，庶永保乎鸿名。憾我生之独晚，未滥厕于法从[218]。缅景铄于前烈[219]，徒临风而第颂。愧登高之能赋，羞荆璞之自贡[220]。望泆荡其俶开，幸天门之可狃[221]。胜赏既洽，游目亦周。旷怀思玄，冥想通幽。索丹经于崔文[222]，企高躅于稷邱。怅古人之不作，傥神仙之可求。憙灵奇之独臻[223]，信蝉蜕乎埃嚣。小天下于一览，庶夙愿之稍酬。惭登临之违礼，冒不韪以逍遥。睇荆衡而杳然，感南云之油油[224]。嗟游子之行役，苦偃蹄之告劳。羲驭驰以薄余[225]，势安得夫久留。辞山灵而北征，申后约于重游。

（据《卧知斋骈体文》卷一，清宣统元年藏山楼刻本）

【注释】

①大钧：指天或自然。块圠：亦作“块轧”，漫无边际貌。

②斡：转，旋。元气：泛指宇宙自然之气。

③肇：开始，初始。胚胎：比喻事物的开始或起源。

④出震：出于东方。八卦中的震卦位应东方。

⑤地络：犹地脉，土地的脉络。亦指疆界。东夏：古代泛指中国东部。

⑥躔：天体的运行。奎娄：都是星名，二十八宿之一。二十八宿，东方有角、亢、氐、房、心、尾、箕，北方有斗、牛、女、虚、危、室、壁，西方有奎、娄、胃、昴、毕、觜、参，南方有井、鬼、柳、星、张、翼、轸也。

⑦作镇：镇守一方。

⑧骏骁：高大貌。扬雄《甘泉赋》：“崇丘陵之骏骁兮，深沟岩岩而为谷。”李善注：“骏骁，高大貌也。”崴魁：同“崴嵬”，不平貌。

⑨嵚崟：高大，险峻。张衡《思玄赋》：“嘉曾氏之归耕兮，慕历阪之嵚崟。”张铣注：“嵚崟，高貌。”巃嵸：山势高峻貌。汉司马相如《上林赋》：“于是乎崇山矗矗，巃嵸崔巍。”

⑩海表：犹海外，古代指中国四境以外僻远之地。

⑪河东：黄河流经山西省境，自北而南，故称山西省境内黄河以东的地区为“河东”。

⑫盘：回旋，回绕，屈曲。

⑬五岳：中国五大名山，即东岳泰山、西岳华山、南岳衡山、北岳恒山、中岳嵩山。

⑭奉高：古县名。汉武帝元封元年（前110）封禅泰山至此，置以奉祀泰山。治今山东省泰安市东。置有工官。历汉、魏、晋均为泰山郡治所。北齐废入岱山县。隋初改岱山为奉高，治今泰安市东南，开皇六年（586）又改名岱山。遐瞩：远眺，远望。

⑮骇:惊叹。埏埴:和泥制作陶器,引申为泰山的创造。

⑯岩岩:高大,高耸。峣峣:高貌。《汉书·扬雄传上》:“直峣峣以造天兮,厥高庆而不可呼强度。”颜师古注:“峣峣,高貌。”

⑰丰博:丰富而博大。穹窿:高大。

⑱溷:混。青冥:青苍幽远。

⑲徒御:挽车、御马的人。

⑳款段:马行迟缓貌。

㉑绝尘:脚不沾尘土,形容奔驰神速。《庄子·田子方》:“夫子奔逸绝尘,而回瞠若乎后矣。”成玄英疏:“奔逸绝尘,急走也。”

㉒隐辚:象声词,车马杂沓声。騑騑:马行进的样子。

㉓薄:迫近。山畔:山边。

㉔征轺:远行的车。

㉕澴潆:流水回旋怒涌。

㉖俶:开始。蚓寅:蚯蚓蠕动。蟹仄:像螃蟹一般爬行。

㉗陂陀:倾斜不平貌。荦岀:亦作“荦确”,怪石嶙峋貌。

㉘幂歷:披覆貌。丛灌:丛生的灌木。

㉙练:白绢。指瀑布喷薄流淌如横垂白绢。

㉚碄:黑色磨刀石。

㉛飞梁:凌空飞架的桥。绝涧:高山陡壁之下的溪涧。

㉜窅窱: 幽深貌,阴暗貌。

㉝峻阪:陡坡。曲茀:山势曲折。

㉞汉:天河。

㉟翔阳:太阳。旰:天色晚。

㊱舁:轿子。

㊲接䍦:古代的一种头巾。

㊳睎:眺望。㕒㕓:山巅高峻。

㊴罙:深入。

㊵甗:上大下小形状像甑的山。

㊶隇陕:又作“威夷”,险阻。

㊷木客:传说中的深山精怪。哧:呼声。

㊸睒睒:疾视,一瞥。睼:斜着眼看。

㊹窔辽:幽深的様子。

㊺絙:大绳索。

㊻槛:栏杆。踧踦:行步不稳貌。

㊼䗍蜳：怵惕不安貌。

㊽精蓝：佛寺，僧舍。精，精舍。蓝，阿兰若。

㊾蒲牢：古代传说中的一种生活在海边的兽。据说它吼叫的声音非常宏亮，故古人常在钟上铸上蒲牢的形象。班固《东都赋》："于是发鲸鱼，铿华钟。"李善注引三国吴薛综曰："海中有大鱼曰鲸，海边又有兽名蒲牢。蒲牢素畏鲸，鲸鱼击蒲牢，辄大鸣。凡钟欲令声大者，故作蒲牢于上。所以撞之者为鲸鱼。"后因以"蒲牢"为钟的别名。

㊿天鸡：神话中天上的鸡。南朝梁任昉《述异记》卷下："东南有桃都山，上有大树，名曰桃都，枝相去三千里。上有天鸡，日初出，照此木，天鸡则鸣，天下鸡皆随之鸣。"

51日观：泰山峰名。为著名的观日出之处。

52幂：覆盖。滃：形容云起。

53碧峭：形容山峰苍翠陡峻。

54海色：将晓时的天色。黮䨴：昏暗。

55灏气：弥漫在天地间之气。轩豁：高大开阔。

56雰埃：尘雾。

57瞭如：清楚明白的样子。

58仙闾：指泰山南麓的石闾。方士指为仙人聚居处，汉武帝曾为立祠，故称。

59祝鸡：发出"祝祝"声呼鸡。

60峨峨：高貌。

61张盖：张开伞盖。

62嶙嶙：山相连貌。

63緱：刀剑等柄上所缠的绳。

64金泉：对泉水的美称。

65丹穴：山穴。

66石坞：用石头建筑，供守卫用的堡垒。

67天烛：天然的光明。

68袤延：犹延袤，伸展延续。坂：山坡，斜坡。

69幞头：古代包头软巾，有四带，二带系脑后垂之，二带反系头上，令曲折附顶。也称"四脚""折上巾"。

70阜：土山。

71社首：山名。在山东省泰安市西南，上有社首坛，因周成王封禅得名。

72高里：山名，在山东省泰安市西南，为泰山之支阜。

⑬肃然：山名，在泰山东麓。

⑭亢父：古邑名，战国齐地，在今山东济宁市南。弼：辅佐。

⑮扆：古代宫殿内设在门和窗之间的大屏风。

⑯瓿：古代的一种小瓮，青铜或陶制，用以盛酒或水。

⑰方伯：殷周时代一方诸侯之长。后泛称地方长官。汉以来之刺史，唐之采访使、观察使，明清之布政使均称“方伯”。连帅：古代十国诸侯之长。

⑱笏：古代大臣上朝拿着的手板，用玉、象牙或竹片制成，上面可以记事。搢珽：犹缙笏，插笏。古代君臣朝见时均执笏，用以记事备忘，不用时插于腰带上。《礼记·玉藻》：“天子搢珽，方正于天下也。”郑玄注：“此亦笏也。谓之珽，珽之言珽然无所屈也。”

⑲元后：天子。

⑳悬淙：指瀑布。

㉑湁潗：水回旋貌。

㉒蒹：未开花的荻。

㉓天绅：自天垂下之带。多形容瀑布。

㉔石罅：石头的缝隙。

㉕湢汃：水流动之状。沸渭：水翻腾奔涌貌。

㉖汩汩：水流貌。《文子·道原》：“夫道者，高不可极，深不可测，苞裹天地，禀受无形，原流汩汩，冲而不盈。”泌：泉流轻快的样子。

㉗濕瀑：(水)沸腾汹涌。滂濞：澎湃，浪相击声。

㉘漻泪：水流疾貌。张衡《南都赋》：“长输远逝，漻泪淢汩。”张铣注：“漻泪淢汩，疾流貌。”

㉙擊：旁击也。啮：侵蚀。

㉚砯：水激石貌。峃：疾风激水击石成声。湍涛：水浪相激声。郭璞《江赋》：“砅岩鼓作，湍涛𤅊瀞。”李善注：“湍涛、𤅊瀞，皆大波相激之声也。”

㉛涒：(水流)回旋曲折。

㉜汩湣：(水)急速流动。

㉝潋滟：湍急的水流。

㉞阳气：暖气，生长之气。触地：到处，遍地。

㉟槐：槐树，落叶乔木。檀：落叶乔木，木质坚硬，用于制家具、乐器。亦称“青檀”。杶：香椿。桧：常绿乔木，木材桃红色，有香气，可作建筑材料。亦称“刺柏”。

㊱楸：落叶乔木，干高叶大，木材质地致密，耐湿，可造船，亦可做器具。梧：梧桐，落叶乔木。木质轻而坚韧，可制乐器和各种器具，种子可食，亦可榨油。

楷:落叶乔木,木材可制器具,种子可榨油,树皮和叶子可制栲胶。亦称"黄连木"。枳:落叶灌木或小乔木,小枝多刺,果实黄绿色,味酸不可食,可入药。亦称"枸橘"。

⑰桑榆:桑树与榆树。柞:落叶乔木,叶子长椭圆形,结球形坚果,叶可喂蚕;木材坚硬,可制家具,供建筑用,树皮可鞣皮或做染料。亦称"麻栎""橡",通称"柞树"。

⑱楝:落叶乔木,种子和树皮都可入药。樠:古书上说的一种树木——松樠,即松心木。楮:落叶乔木,树皮是制造桑皮纸和宣纸的原料。

⑲文梓:有文理的梓树,为良木美材。

⑩柎:花萼;亦指草木子房。连理:异根草木,枝干连生。旧以为吉祥之兆。

⑩晻:荫。𣗋:同"晻"。

⑩欐佹:树木枝条交叉盘结貌。

⑩𧄼蔘:枝干耸立貌。獑猭:相连延状。

⑩卷挛:亦作"卷脔"。犹拳曲,枝叶盘纡屈曲貌。

⑩橚矗:竹、木长直貌。《文选·左思〈吴都赋〉》:"橚矗森萃,蓊茸萧瑟。"李善注:"橚矗,长直貌。"

⑩幡纚:亦作"幡洒"。飞扬貌。《史记·司马相如列传》:"垂条扶于,落英幡纚。"司马贞索隐引张晏曰:"幡纚,飞扬貌。"晷:日影。

⑩孳:滋生,繁殖。庞鸿:亦作"庞洪",浑然宏大。古人以天体未形成之前,宇宙浑沌一体称为"庞鸿"。

⑩柢:树木的根。太始:古代指天地开辟、万物开始形成的时代。

⑩蔀:古历法的计算单位,十九年为一章,四章为一蔀。

⑩祀:殷代指年。

⑪林檎:落叶小乔木,果实像苹果而小,是常见的水果。蘋婆:梵语 bimba 音译,蘋果。

⑫若榴:亦作"若留",即石榴。

⑬将离:芍药的别名。远志:多年生草本植物。茎细,叶子互生,线形,总状花序,花绿白色,蒴果卵圆形。根入药,有安神、化痰的功效。又名小草。

⑭景天:多年生草本植物。叶长椭圆形,白绿色;花白色带红,供观赏。见明李时珍《本草纲目·草九·景天》。芣苢:古书上指"车前",多年生草本植物,开淡绿色花,叶和种子可入药。

⑮朱藤:紫藤。赤箭:天麻的别名。

⑯黄精:药草名。多年生草本,中医以根茎入药。白芷:香草名。夏季开伞形白花,果实长椭圆形,根入药,有镇痛作用,古以其叶为香料。

⑪⑦鹿葱：藜芦的别名。昌歜：菖蒲根的腌制品。又称“昌菹”。昌，通“菖”。

⑪⑧藟：藤。

⑪⑨裛：同“浥”，沾湿。

⑫⓪晻薆：香气馥郁。咇茀：香气盛。

⑫①馡馡：香气散逸貌。馣：苾，芳香。

⑫②蓁蓁：草木茂盛貌。薿薿：茂盛貌。

⑫③阳蓲：谓阳气使万物温暖而回苏。阴敷：谓遍布于阴湿之地。左思《蜀都赋》：“甘蔗辛姜，阳蓲阴敷。”吕向注：“若姜之类，皆生于阴地，故云阴敷。敷，布也。”

⑫④阜：土山。坻：高坡地。

⑫⑤题肩：鸟名，鹞鹰的一种。

⑫⑥夫不：鸟名，即布谷鸟。鷛渠：亦作“庸渠”等。鸟名，所指不一。或谓水鸟，似鸭而鸡足，详《史记》《汉书》《文选》中所引司马相如《上林赋》诸家注释。或谓鹡鸰，朱骏声《说文通训定声·丰部》：“此鸟喜飞鸣作声，其音邕邕而和。”亦象其鸣声，详《诗经·小雅·常棣》毛传、《尔雅·释鸟》郭璞注、《玉篇·鸟部》。

⑫⑦戴任：亦作“戴胜”。鸟名，状似雀，头有冠，五色如方胜，故称。窃脂：传说中的一种鸟名。

⑫⑧盍旦：鸟名。《礼记·坊记》：“《诗》云：’相彼盍旦，尚犹患之。’”郑玄注：“盍旦，夜鸣求旦之鸟也。”卑居：鸟名。鸦类，比鸦小而腹下白。《诗经·小雅·小弁》：“弁彼鸒斯。”毛传：“鸒，卑居；卑居，雅乌也。”

⑫⑨鵆蛦：鸟名。左思《蜀都赋》：“鵆蛦山栖，鼋龟水处。”李善注引刘逵曰：“鵆蛦，鸟名也，如今之所谓山鸡。其雄色斑，雌色黑，出巴东。”刚虫：凶猛的禽兽。张衡《西京赋》：“百卉具零，刚虫搏挚。”吕延济注：“刚虫，鹰犲也。”

⑬⓪独豹：鸮的别名，明李时珍《本草纲目·禽一·鸮》：“罗愿云：鸮有豹文，故名独豹，而讹为鸮也。”训狐：鸮的别名。俗称猫头鹰。

⑬①风伯：禽名，鸢的一种。《禽经》：“风翔则风。”晋张华注：“风禽，鸢类，越人谓之风伯，飞翔则天大风。”皁君：鹳雀的别名。见明李时珍《本草纲目·禽一·鹳》。

⑬②勃姑：鸟名，勃鸪。

⑬③翰：长而坚硬的羽毛。

⑬④咮：鸟嘴。

⑬⑤鼓翮：鼓动翅膀飞翔。翄：飞翔。

⑬⑥鷇：须母鸟哺食的雏鸟。将雏：携带幼禽。

⑬⑦格磔：鸟鸣声。

⑬⑧聱耴：众声杂作。左思《吴都赋》："鱼鸟聱耴，万物蠢生。"李善注："聱耴，众声也。"

⑬⑨封狼：大狼。

⑭⓪鼩：同"鼦"。竹鼠，生活在竹林中，专吃竹根及嫩茎的鼠。

⑭①独：兽名。明李时珍《本草纲目·兽四·狨附独》："独，似猿而大，其性独，一鸣即止，能食猿猴。故谚曰：'独一鸣而猿散。'"㲋：一种像兔而较大的青色兽。

⑭②觡：有蹄兽类的骨质实心的角。

⑭③乌䖘：《说文新附》："䖘，楚人谓虎为乌䖘。从虎，兔声。"白额：猛虎。

⑭④㺔㺔：传说中的兽名。

⑭⑤狌狌：猩猩。玃：大猿，俗称"马猴"。

⑭⑥蹯：兽足掌。

⑭⑦皵：皮肤皲裂。

⑭⑧翩幡：行动轻疾貌。司马相如《上林赋》："（众兽）长啸哀鸣，翩幡互经。"跳梁：亦作"跳踉"。犹跳跃。《庄子·逍遥游》："子独不见狸狌乎？卑身而伏，以候敖者；东西跳梁，不辟高下。"成玄英疏："跳梁，犹走掷也。"

⑭⑨駓：疾走的样子。《楚辞·招魂》："逐人駓駓些。"逴：跳，跳跃。

⑮⓪扣跋：排击。张协《七命》："口咬霜刃，足拨飞锋，瓡林蹶石，扣跋幽丛。"李善注："孔安国《论语》注：'扣，击也。'毛苌《诗》传：'跋，躐也。'"吕向注："扣跋，击排也。"林莽：丛生的草木，草木丛聚之处。

⑮①于赫：叹美之词。《后汉书·光武帝纪赞》："于赫有命，系隆我汉。"李贤注："于赫，叹美之词。音乌。"

⑮②青阳：明堂名。明堂有五室，位于左面东方的叫青阳，为帝王祭祀、布政之所。此处代指东方。

⑮③方祇：指大地。颜延之《宋文皇帝元皇后哀策文》："圆精初铄，方祇始凝。"吕延济注："圆精，谓天也；方祇，谓地也。"

⑮④赞化：赞助教化。语本《礼记·中庸》："能尽物之性，则可以赞天地之化育；可以赞天地之化育，则可以与天地参矣。"灵威：威灵，威势。

⑮⑤司春：掌管春令。

⑮⑥资始：指事物起始所凭借者。

⑮⑦摄提：古代传说自天地开辟至春秋鲁哀公十四年（前481）获麟，共分为十纪。摄提为第三纪。

⑮⑧庪县：祭山。《尔雅·释天》："祭山曰庪县。"郭璞注："或庪或县，置之于

山。《山海经》曰‘县以吉玉’是也。”

⑮⑨三公：古代中央三种最高官衔的合称。列秩：按品级排列。

⑯⓪禋：诚心祭祀。

⑯①岧岧：高貌。

⑯②橑：屋椽。綷：五色相杂。棁：梁上的短柱。

⑯③桷：方形的椽子。

⑯④丹墀：指宫殿的赤色台阶或赤色地面。缛：繁密的彩饰。

⑯⑤戊：屋顶上仰着铺的瓦，另说是向下覆盖的瓦。甑：牡瓦，俯盖的瓦，俗称“阳瓦”。鑢：磨治，打磨。

⑯⑥戺：台阶两旁所砌的斜石。

⑯⑦闳：巷门。

⑯⑧丹碧：泛指涂饰在建筑物或器物上的色彩。

⑯⑨藻缋：彩色的绣纹；错杂华丽的色彩。

⑰⓪瑰谲：奇异，怪异。洪纷：雄伟多彩。

⑰①陆离斑驳：形容色彩绚丽灿烂。

⑰②士女：泛指人民、百姓。

⑰③报赛：犹报答，报效。

⑰④搴裳：揭衣，用手提起衣裳。搴，通“褰”。襟：衣袖。

⑰⑤接武：步履相接，形容人多拥挤。

⑰⑥蹩躠：缓行貌。踶跂：用尽心力，勉力行之的样子。

⑰⑦跽：长跪，挺直上身两膝着地。蒲伏：犹匍匐，伏地而行。

⑰⑧缩：捆束。

⑰⑨匔匔：亦作“匑匑”，恭谨貌。罬罬：谨愿貌。《汉书·鲍宣传》：“愿赐数刻之间，极竭罬罬之思，退入三泉，死亡所恨。”颜师古注：“罬，音沐。沐沐，犹蒙蒙也。如淳曰：谨愿之貌。”

⑱⓪擎跽：拱手跪拜。

⑱①稽首：古时一种跪拜礼，叩头至地，是九拜中最恭敬者。厥角：《孟子·尽心下》：“若崩厥角稽首。”后因用“厥角”指以额触地。

⑱②云阙：为云雾掩映的宫阙。

⑱③阿阁：四面都有檐霤的楼阁。

⑱④斗姥：亦作“斗姆”，道教所信奉的女神。传说为北斗众星之母，故名。宋元以来崇奉渐盛，尊为“先天斗姆大圣元君”。

⑱⑤老君：指老子，李老君或太上老君的省称。

⑱⑥元君：道教语，女子成仙者之美称。

⑱⑦玉皇:道教称天帝曰玉皇大帝,简称玉帝、玉皇。

⑱⑧摩崖:山崖,多指在山崖石壁上所刻的诗文、佛像等。

⑱⑨绀:红青,微带红的黑色。

⑲⑩窐寥:开阔貌。

⑲①礶碕:山貌。

⑲②玢璘:文采貌。《古文苑·黄香〈九宫赋〉》:"蚩尤之伦,玢璘而要斑斓。"章樵注:"玢璘,音彬邻,文采貌。"

⑲③七宝:泛指多种宝物。

⑲④洪规:大法。紫宫:神话中天帝的居室。

⑲⑤含灵:内蕴灵性。

⑲⑥缁黄:指僧道。僧人缁服,道士黄冠,故称。

⑲⑦遗世:超脱尘世,避世隐居。

⑲⑧洪崖:亦作"洪涯",传说中的仙人名。伯阳:古贤人,相传为舜七友之一。

⑲⑨屌扅:依此层层堆积。

⑳⓪震旦:古代印度称中国为震旦。

⑳①乾符:旧指帝王受命于天的吉祥征兆。策府:帝王藏书之所。

⑳②升封:登泰山封禅。

⑳③绝轨:犹远迹,指先贤的事迹。

⑳④金简:金质的简册,常指道教仙简或帝王诏书。

⑳⑤告代:新王朝取代旧王朝之后,帝王祭告上天以报其功,谓之告代。蜂午:纷然并起貌。

⑳⑥嬴氏:特指秦始皇。探策:求签。

⑳⑦典午:"司马"的隐语。觋缕:指详述事情的原委。

⑳⑧剖符:犹剖竹。古代帝王分封诸侯、功臣时,以竹符为信证,剖分为二,君臣各执其一,后因以"剖符""剖竹"为分封、授官之称。

⑳⑨钩谶:指纬书和谶语。诰箓:天帝的诏诰和符箓。

㉑⓪元元:百姓,庶民。《战国策·秦策一》:"制海内,子元元,臣诸侯,非兵不可!"高诱注:"元,善也,民之类善故称元。"

㉑①凝命:谓使教令严整。《周易·鼎》:"象曰,木上有火,鼎,君子以正位凝命。"王弼注:"凝者,严整之貌也……凝命者,以成教命之严也。"

㉑②五繇:犹五卜,古代帝王巡狩,预卜五年,以占吉凶。

㉑③望幸:谓臣民、妃嫔希望皇帝临幸。

㉑④禨:迷信鬼神,向鬼神求福。

㉑⑤况荣：赐予荣誉。况，通“贶”。司马相如《封禅文》：“意泰山梁甫，设坛场望幸，盖号以况荣。”

㉑⑥摛藻：铺陈辞藻，意谓施展文才。

㉑⑦伻：使。

㉑⑧滥厕：谓混充其间。法从：跟随皇帝车驾，追随皇帝左右。《汉书·扬雄传上》：“又是时赵昭仪方大幸，每上甘泉，常法从，在属车间豹尾中。”颜师古注：“法从者，以言法当从耳，非失礼也。一曰从法驾也。”

㉑⑨景铄：盛美，盛明。班固《东都赋》：“铺鸿藻，信景铄，扬世庙，正雅乐。”张铣注：“景，大也。铄，美也。谓申大美于光武庙也。”

㉒⑩荆璞：指楚人卞和从荆山得的未经雕琢的璞玉，比喻具有美好资质的人才。

㉒①矼：到。

㉒②丹经：讲述炼丹术的专书。高蹈：指归隐。

㉒③灵奇：指奇异秀丽之景色。

㉒④南云：南飞之云。常以寄托思亲、怀乡之情。油油：流动貌。常形容云、水。

㉒⑤羲：羲和，神话中驾日车的神。

（钟铮　注）

吴　育

【作者简介】

吴育，字山子，江苏吴江人。

岱顶看云图赋

【题解】

此赋着重描画登临泰山之巅后见云海翻涌与山峦绵延不绝之景，着笔于山间云雾氤氲及层峦碧色交融，意境朦胧梦幻亦不失高远之气。

【原文】

峻极崔嵬兮，穆崇巄以造天[1]。嶕峣崱屴兮，又峛崺而连延[2]。肃嶟以临夫勃海兮，揖嵩华乎云间[3]。大哉不可为状兮，神功亦乌可得而言？聿游兆之清秋兮[4]，有沧霞之仙人。乘一气而览登兮，乃经造与天齐之渊[5]。顾山灵之欣兹兮，荟云起乎封中[6]。旷独立于嵯峨兮，睹银海之容容[7]。然轮囷其翕艴兮，渐滃浡以丰隆[8]。芒洋瞢腾，倏忽变幻，不知其故兮，亦霏疊氛氲奄霭乎庭除[9]。嵚嵚崎崎兮嶷嶷，皑皑沈沈兮裔裔[10]。眺碧树之四合兮[11]，与群峰而交翠。矫若蛇龙蜿蜒而上跻兮，崒若鸥鹭群飞而下坠[12]。澮兮㩧㩧，森兮嵱嵱，纷纭积岭，杳窱断冈[13]。倏若来而无际，忽有去而相徉[14]。历日观而经天关兮，隐阿阁而出神房[15]。抚新徂于腕底兮，曦岩嶅之濯濯[16]。矗橚森之抢攘兮，眇巑岏之鹿鹿[17]。幌摇摇以上下兮，翼雺雺其左右[18]。缥翩翩之无纪兮，泛淫淫其待族[19]。羌凭高而远瞩兮，逴千里之昙昙[20]。猗生平之大观兮，匪以荡夫幽襟[21]。吾将携之以雨天下兮，不崇朝而遍之[22]。信肤寸之神奇兮，奚假夫风力而连之[23]？乃为歌曰：山岑崿兮[24]，物资生兮。云喷薄兮，雨流形兮。光光之业[25]，参天地兮。雷霆曦旭，唯所施兮。乘物以游，宣阳发滞兮。顾瞻周道[26]，将以为类兮。

（据烟画东堂小品本《吴山子遗文》）

【注释】

①崇巄：高，高起。造：到，去。

②嶕峣：高貌。《汉书·扬雄传下》："泰山之高不嶕峣，则不能浡滃云而散歊烝。"颜师古注："嶕峣，高貌也。"屴：山峰高峻的样子。峛崺：曲折绵延貌。

③嶟：高峻的样子。临：挨着，靠近。嵩：嵩山。华：华山。

④聿：文言助词，无义，用于句首或句中。

⑤经：通过。天齐：唐玄宗封泰山神为天齐王，后称东岳为天齐。

⑥顾：回头看，泛指看。欣：草木茂盛的样子。兹：通"滋"，多。荟：云雾弥漫的样子。

⑦旷：空阔。嵯峨：高耸的山。容容：烟云浮动貌。

⑧轮囷：盘曲貌。翕艴：光色盛貌。滃浡：亦作"滃勃"，云蒸雾涌貌。

⑨芒洋，亦作"芒羊"，辽阔无边貌。瞢腾：模糊迷蒙。霏：云气。疊：动。氛氲：云雾朦胧貌。奄霭：亦作"奄蔼"，暗貌。庭除：庭院。

⑩嵚：山高峻的样子。嶷嶷：高耸貌。沈沈：亦作"沉沉"，盛貌。裔裔：行貌，引申为连绵不断。

⑪眺：望，往远处看。四合：四面围拢，相应。

⑫陟：登上，升起。崒：山峰高耸险峻。

⑬杳篠：亦作"窅篠"，深远、深邃的样子。

⑭无际：犹言没有间隙，没有间歇。相佯：亦作"相徉"，徘徊，盘桓。

⑮天关：犹天门。阿阁：四面都有楼霤的楼阁。神房：《尸子》卷下："泰山之中有神房阿阁帝王录。"

⑯徂：过去，逝。岩嶅：高峻的山。濯濯：光明貌。

⑰矗：直立，高耸。橚森：橚椮，草木茂盛。抢攘：纷乱貌。眇：远看。巑岏：高峻的山峰。刘向《九叹》："登巑岏以长企兮，望南郢而窥之。"王逸注："巑岏，锐山也。"

⑱摇摇：摆动，摇曳貌。雰雰：飘落貌。《诗经·小雅·信南山》："上天同云，雨雪雰雰。"

⑲缥：轻轻飞起来的样子。翩翩：飘动貌。纪：散丝的头绪。泛：漂浮。淫淫：远去貌。族：聚合，集中。

⑳逴：远。昙昙：密集貌。《初学记》卷八引汉陈琳《柳赋》："蔚昙昙其杳蔼，象翠盖之葳蕤。"

㉑猗：叹词，常用于句首，表示赞叹，相当于"啊"。幽襟：幽怀。

㉒崇朝：终朝，从天亮到早饭时，有时喻时间短暂，犹言一个早晨。

㉓肤寸：借指下雨前逐渐集合的云气。晋张协《杂诗》之九："虽无箕毕期，肤寸自成霖。"奚：文言疑问代词，相当于"胡""何"。

㉔岑崿：高崖。明李梦阳《陟峤》："锦绣乱岑崿，晨夕改观眺。"

㉕光光：显赫威武貌。《汉书·叙传下》："子明光光，发迹西疆，列于御侮，厥子亦良。"

㉖周道：普遍的道理。

（钟铮　注）

爱新觉罗弘历

【作者简介】

爱新觉罗弘历，即清高宗(1711—1799)，雍正元年(1723)封为和硕宝亲王，雍正十三年(1735)八月即皇帝位，第二年(1736)改元乾隆。嘉庆四年(1799)崩，谥纯皇帝，庙号高宗。著有《乐善堂全集》及《御制文初集》三十卷、二集四十四卷、三集十六卷,《诗初集》四十八卷、二集一百卷、三集一百二十卷、四集一百二十卷、五集一百卷,余集二十卷。

望峄山赋

【题解】

此赋在欲登峄山却无奈川原阻隔不得实现的情况下,以自身所联想的相关先贤与历史背景构筑而成。

【原文】

居义府之邃深兮①,借艺苑以遨游②。惭修绠之汲古兮③,羌魄渊其如流④。邈高山而景仰兮,余独愧夫前修⑤。夭中志以日征兮,庶自画之免羞⑥。闻峄阳之耸峙兮⑦,厥维在乎东邹⑧。余仲氏其再经兮⑨,为余道其缘由。子车氏之故墟兮⑩,溯芳轨之尚留。欲跻攀以顾瞻兮,阻川原之亘悠⑪。爰徘徊而永念兮,运绮思而裁句⑫。于丽则乎何有兮,名望峄山之赋。昔神禹之任土兮⑬,取兹阳之孤桐⑭。鲁僖公之保有兮⑮,乃遂荒于大东。固坤舆所钟灵兮⑯,气旁薄而莫穷⑰。配浩然之至正兮⑱,挽战国之颓风。卑衍诡与仪辩兮,非大丈夫之谓也。排杨墨之淫辞兮⑲,曰维正道之足贵也。丁巨艰而独往兮,迈仔肩于千载也⑳。其功不在禹下兮,斯言确其可味也㉑。惟树德之既坚兮,吾独羡夫孕育之所由来。奚必夸夫川原之绵衍兮,侈形胜之崔嵬。重曰:望峄山兮鲁之邦,隔千里兮天苍茫。窃仰止兮路修长,慎自迩兮勤就将㉒。指余驾兮息彼乡,徜尼山兮犹可望㉓。

(据《乐善堂全集》卷一三,清文渊阁《四库全书》本)

【注释】

①义府:义理之府藏。常指《诗》《书》而言。《左传·僖公二十七年》:"《诗》《书》,义之府也。"邃深:精深。

②借:依靠。艺苑:文学艺术荟萃的处所,亦泛指文学艺术界。《宋书·傅亮传》:"余以暮秋之月,述职内禁,夜清务隙,游目艺苑。"

③修绠:汲水用的长绳。明郑若庸《玉玦记·送行》:"鸿迹等浮萍,银瓶怯修绠。"汲古:谓钻研或收藏古籍、古物,如汲水于井。韩愈《秋怀诗》之五:"归愚识夷涂,汲古得脩绠。"

④魄渊：指月亮。魄，通“霸”。柳宗元《天对》：“规毁魄渊，太虚是属。”

⑤前修：犹前贤。《离骚》：“謇吾法夫前脩兮，非世俗之所服。”

⑥自画：自己限制自己。明文徵明《送周君振之宰高安叙》：“振之行矣，其无以乡贡自画。”

⑦峄阳：峄山的南坡，此指峄山。

⑧邹：中国周代诸侯国名，在今山东省邹县东南。

⑨仲氏：兄弟或姐妹中排行第二者。经：治理。

⑩子车：复姓。

⑪亘：空间和时间上延续不断。

⑫。绮思：美妙的文思。南朝梁简文帝《赠张缵》：“绮思暧霞飞，清文焕飙转。”

⑬神禹：夏禹的尊称。任土：随土，凭依土地，谓适应土地的方位、地貌、地形等具体情况。明方孝孺《郑叔度字说》：“任土制邑，建都立国，或画田为井，或树城作屏。”

⑭孤桐：据《风俗通》，梧桐生于峄山之阳，岩石之上，采东南孙枝为琴，声极清亮。《尚书·禹贡》：“峄阳孤桐。”

⑮保有：拥有，获得。《诗经·周颂·桓》：“桓桓武王！保有厥士，于以四方，克定厥家。”

⑯坤舆：《周易·说卦》：“坤为地……为大舆。”孔颖达疏：“为大舆，取其能载万物也。”后因以“坤舆”为地的代称。

⑰旁薄：亦作“旁礴”“旁魄”，充塞，蕴积。宋文天祥《正气歌》：“是气所旁薄，凛烈万古存。”

⑱至正：最中正之道。《庄子·骈拇》：“此皆多骈旁枝之道，非天下之至正也。”

⑲杨墨：指杨墨的学说。杨朱主张为我，墨翟主张兼爱，是战国时期与儒家对立的两个重要学派，此处借指儒家以外的各学派。

⑳仔肩：所担负的任务；责任。语出《诗经·周颂·敬之》：“佛时仔肩。”

㉑味：体会，研究。

㉒迩：近，此处指靠近。

㉓尼山：尼丘，山名。在山东曲阜县东南，连泗水、邹县界。相传孔子父叔梁纥、母颜氏祷于此而生孔子。故孔子名丘，字仲尼。

（钟铮　注）

牛运震

【作者简介】

牛运震(1706—1758),字阶平,号真谷,又号空山。滋阳(今山东兖州)人。雍正十一年(1733)中进士,曾任平番知县,后因弹劾免官。主晋阳、河东两书院,著有《空山堂文集》十二卷、《史论》二十卷、《金石图》二卷。

峄山赋

【题解】

此赋从泰山之雄壮绵延、博大气势写起,转至峄山,细腻描绘其陡峭奇绝之势与其间草木繁盛、山泉交错的幽密景象。

【原文】

泰山从海上来,冲会中条[①],扼不得西。迤逦而南二百余里,欲断不断,齿齿离离[②]。虬拮地脉,蜿蟺郁积[③]。扶空直上数十千尺。士人穿走孔洞,往往如数间屋,迷不知出。丽山分气[④],厥名曰峄。是山也,盘根第郁[⑤],建标崒嵂[⑥]。岧崎崄巇[⑦],崟岩巉嵓[⑧]。或十步而回折,既岝客之皑皑[⑨],或互隈之参差,又崘峣而崖陨[⑩]。或豁尔而中绝[⑪],乃横纵之相追。其上则峰列为五,探海插天。竦若画屏,直若剑铤[⑫]。鲜丽兮珠光之在夜,菁葱兮芙蓉之在悬[⑬]。是不可上,盖惟飞仙。若夫绝壁无土,断如杵臼[⑭]。箭括通天,如刀削就。窈窕无地[⑮],双人可受。山中人指曰:此天门也。往往云吐不三四丈,山下四野立雨。青莲泊池[⑯],丹樱烧林,地髓天苏,文台紫姑[⑰],周环阴森[⑱]。王母之石,可坐千夫,仙迹如箕[⑲],苔藓蚀侵。伟楼杰阁,鳞露岩壑南[⑳]。华冠疑在天上,又岂人间所能寻邪?洞曰天田,岩曰大通。皇皇环材[㉑],落落长松。青围一束,驰矗云封。青天不动,明月遗踪。匪丝而响,金石玲珑[㉒]。凤凰何处,接我弦中。天雨新霁[㉓],瀑布争界。冲涧击壑,潋滟澎湃[㉔]。砠汃沕潏[㉕],井井如带[㉖]。毂转云集[㉗],交引却会[㉘]。礚礚震天[㉙],潼潼高厉[㉚]。斯亦峄山之巨观也哉!日稳风柔，尘浅草绝。相与扪萝分葛[31]，陟彼翠微[32]。周览其上，邈若凌飞。践莓苔之滑滑[33]，揽樛木之垂垂[34]。仿君山之金奏[35]，挹琅琊之爽晖。悼纪城之离黍[36]，怅秦门之石碑。捡孔洞之遗书，窥孟里之芳徽。为曼声而长歌，心慷慨以忘归，歌曰：峄山之青青到天，青光断处飞泉路。尺五曾无一线迹，怅望神仙从此渡。石仄苔径滑，一步三回顾。下山莫拂袖，袖得白云山下去。

（据《空山堂文集》卷一一，清嘉庆八年空山堂牛氏全集刊本）

【注释】

①冲会：犹要冲，指重要道路会合之所。中条：谓排列次序居中的一项。《礼记·王制》："凡执技，论力。"孔颖达疏："执技之事凡有三条……中条论执技之人，并射御之外祝史医卜之等。"

②齿齿离离：若断若续，相连貌。

③蜿嬗：屈曲盘旋貌。嵇康《琴赋》："澥汩澎湃，蜿嬗相纠。"李善注："蜿嬗，展转也。"

④丽山：谓附着于山，言峄山靠近泰山。

⑤茀郁：山势曲折。

⑥建标：树立标识。晋孙绰《游天台山赋》："赤城霞起而建标，瀑布飞流以界道。"李善注："建标，立物以为之表识也。"崒嵂：高峻貌。陆游《大寒》诗："为山傥勿休，会见高崒嵂。"

⑦岿：高大屹立的样子。崄巇：崄峻崎岖。

⑧崟岩：高峻貌。

⑨嶻嵲：形容山势不整齐。五代宋齐丘《陪游凤皇台献诗》："嵯峨压洪泉，嶻嵲撑碧落。"

⑩嶒：宽大相连的样子。隤，倒下，崩溃。

⑪豁尔：开裂断缺。

⑫鋋：古代一种铁柄短矛。

⑬菁葱：青葱，葱绿色。明蒋一葵《长安客话·德胜门庵》："其南则晶淼千顷，草树菁葱。"

⑭杵臼：杵与臼，舂捣粮食或药物等的工具。

⑮窈窕：深远貌，秘奥貌。南朝宋宗炳《明佛论》："萍沙见报于白兔，释氏受灭于昔鱼，以示报应之势，皆其窈窕精深，迂而不昧矣。"无地：犹言看不见地面，形容位置高渺或范围广袤。《楚辞·远游》："下峥嵘而无地兮，上寥廓而无天。视倏忽而无见兮，听惝恍而无闻。"

⑯青莲：青色莲花。瓣长而广，青白分明。南朝梁江淹《莲花赋》："发青

莲于王宫，验奇花于陆地。”胡之骥注：“观音大士生于王宫，坐青莲花上。”

⑰紫姑：神话中厕神名，又称“子姑”“坑三姑”。相传为人家妾，为大妇所嫉，每以秽事相役。正月十五日激愤而死。故世人以其日作其形，夜于厕间或猪栏边迎之，见南朝宋刘敬叔《异苑》卷五、南朝梁宗懔《荆楚岁时记》。一说，姓何名楣，字丽卿，为唐寿阳刺史李景之妾，为大妇曹氏所嫉，正月十五日夜，被杀于厕中，上帝怜悯，命为厕神。旧俗每于元宵在厕中祀之，并迎以扶乩，事见《显异录》以及宋苏轼《子姑神记》。

⑱周环：周围，四周。

⑲箕：簸箕形的指纹，不成圆形。

⑳鳞露：密集地显露。

㉑皇皇：美盛貌，庄肃貌。《诗经·鲁颂·泮水》：“烝烝皇皇，不吴不扬。”毛传：“皇皇，美也。”

㉒金石：金和美石之属，此处指美玉。玲珑：玉声，清越的声音。班固《东都赋》：“凤盖棽丽，和銮玲珑。”李善注引《埤苍》：“玲珑，玉声。”

㉓霁：雨雪停止，天放晴。

㉔湫淡：水流貌。

㉕汃：波浪冲击声。沕潏：泉流貌。司马相如《封禅文》：“大汉之德，逢涌原泉，沕潏曼羡。”李善注：“服虔曰：‘潏，泉貌。’徐广曰：‘沕，没也。亡必切。’”吕向注：“沕潏，泉流貌。”

㉖井井：洁净不变貌。

㉗毂转：此处指车。

㉘交引却会：集会。形容雨后瀑布泉水流动之声如同车轮滚滚，人之云集。

㉙磕磕：物相碰声。

㉚潼潼高历：高貌。宋玉《高唐赋》：“巨石溺溺之瀺灂兮，沫潼潼而高历。”李善注：“潼潼，高貌。”

㉛扪萝：攀缘葛藤。南朝梁范云《送沈记室夜别》：“扪萝正忆我，折桂方思君。”

㉜翠微：泛指青山。高适《赴彭州山行之作》：“峭壁连崆峒，攒峰叠翠微。”

㉝莓苔：青苔。晋孙绰《游天台山赋》：“践莓苔之滑石，搏壁立之翠屏。”

㉞樛木：枝向下弯曲的树。《诗经·周南·樛木》：“南有樛木，葛藟累之。”郑玄笺：“木下曲曰樛。”

㉟君山：山名。在湖南洞庭湖口，又名湘山。金奏：泛指音乐或乐声。南

朝宋颜延之《五君咏·阮咸》:"达音何用深,识微在金奏。"

㊱离黍:周大夫行役至于宗周,过故宗庙宫室,尽为禾黍,闵周室之颠覆,彷徨不忍去,而作是诗也。后遂以"离黍"为慨叹亡国之典。

(钟铮 注)

蔡 新

【作者简介】

蔡新,字次明,号葛山,漳浦(今福建云霄)人。乾隆元年(1736)进士,曾任文华殿大学士,吏部尚书,谥文恭。著有《缉斋诗文集》。

壁中闻丝竹赋并序

【题解】

此赋从儒家经籍遭秦焚书坑儒之乱后散佚严重写起,汉伏胜授书使儒家经典得以传续。至鲁恭王发现孔壁中的藏书后,经历代注疏解说,经义大振。赋中对孔壁中乐声进行了着重刻画,乃是醒世之声。

【原文】

昔者汉经秦火之后[①],六籍榛芜[②]。颇求遗书,犹多散佚。其时老生宿儒[③],如伏胜之授书[④],厥功甚巨。然千圣真传,未能悉记靡遗[⑤]。至鲁恭王得古文尚书于孔壁,而全经始备。汉书传壁中闻丝竹之声,纪为盛事。此殆天将以夫子为木铎[⑥],而非荒诞无稽之说也。谨作赋曰:

缅维先圣,道高德隆。删诗定礼[⑦],既广且崇。典谟训诰[⑧],帝德王功,矻矻纂修[⑨],群言折衷[⑩]。自唐暨虞[⑪],及周之东。精文奥义,靡不会通。立百王之大法,觉万世之颛蒙[⑫]。盖沉晦敛藏者,几百年而忽得之于壁中。于时正学将明[⑬],炎精嗣起[⑭]。彼东鲁之藩封,当杏坛之故里[⑮]。思卜宅以自广,遂命材而饬庀[⑯]。爰审爰度,载经载营。阒尔无见,忽焉有声。微闻而意欲动,渐听而耳遂倾。似奏钧天之乐[⑰],如聆箫韶之成[⑱]。逸韵铿锵,彻宫墙之数仞;和声依永[19]，绕余梦于两楹[20]。岂七十子之弦歌[21]，余音未歇；疑十二牧之师济，拜手扬赓。何堂上堂下之皆遍兮，若升歌间歌之奏于诸伶也[22]。宁风浴咏归之余韵兮[23]，抑师襄师挚之各假以鸣也[24]。将戛击搏拊之竞响兮[25]，或黄钟大吕之实大而声宏也。徐而聆之，应使广大清明，倾勾吴之公子[26]；即而观之，不仅易象春秋，羡晋国之名卿。于是恭王肃然敬，跃然惊。瑶函斯启[27]，玉检以盛[28]。献之秘府[29]，传之经生。岂不足以昭兹来许，壮我汉京哉？是虽涉于神奇兮，寔灼然而可睹[30]。彼天禄与石渠兮[31]，经诸贤之训诂。汉代则注疏之必详，宋儒则义蕴之悉数。迨及我皇，远迈隆古。纬史经经，咸三登五[32]。道法接于唐虞，渊源传自邹鲁。惟前圣之有开而必先，斯教泽历久而弥溥[33]。乃作歌曰：邃古之初尚结绳[34]，中天谟典揭升恒[35]。秦灰项马纷相仍[36]，炎汉方中正学兴。壁间丝竹声飞腾，奇文蝌斗显瑞征[37]。我皇首出大宝登，耿耿单传丕灵承[38]。鼓吹休明治允升[39]，表章六籍觉群瞢[40]。日月光昭莫不增，明良会合庶绩凝[41]。

（据清乾隆刻本《缉斋文集》卷二）

【注释】

①秦火：指秦始皇焚书事。

②六籍：六经。班固《东都赋》："盖六籍所不能谈，前圣靡得言焉。"李善注："六籍，六经也。"

③宿儒：修养有素的儒士。

④伏胜：汉时济南人，名胜，或云字子贱。原秦博士，治《尚书》。始皇焚书，伏生以书藏壁中。汉兴后，求其书已散佚，仅得二十九篇，以教于齐鲁间。文帝即位，闻其能治《尚书》，欲召之。然伏生年已九十余，老不能行，乃诏太常使掌故晁错往受之。西汉《尚书》学者，皆出其门下。相传撰有《尚书·大传》三卷，疑为后学杂录所闻而成。参阅清陈寿祺《尚书大传序录》。

⑤靡遗：没有遗漏，毫不遗漏。

⑥木铎：以喻宣扬教化的人。《论语·八佾》："天下之无道也久矣，天将以夫子为木铎。"

⑦删诗：指孔子删《诗》之说，其出自《史记·孔子世家》。谓古者诗三千余篇，及至孔子，去其重，取可施于礼义者凡三百篇，孔子皆弦歌之，以求合韶武雅颂之音。后世以司马迁去古较近，所言必有因而然，多信之。然亦有疑者，如唐孔颖达于《诗谱序疏》中称："如《史记》之言，则孔子之前，诗篇多矣，案书传所引之诗，见在者多，亡逸者少，则孔子所录不容十分去九，马迁言古诗三千余篇，未可信也。"更有甚者，如清崔述则以《论语》有"诗三百"之语，断言："当孔子之时，

已止此数，非自孔子删之而后为三百也。"考今存《诗经》三百零五篇内容。

⑧典谟：《尚书》中《尧典》《舜典》和《大禹谟》《皋陶谟》等篇的并称，此处指经典、法言。训诰：《尚书》六体中训与诰的并称。训乃教导之词，诰则用于会同时的告诫，泛指训导告诫之类的文辞。

⑨矻矻：勤劳不懈貌。

⑩折衷：亦作"折中"，取正，用为判断事物的准则。

⑪唐：传说中的中国朝代名，尧所建。虞：传说中的中国朝代名，舜所建。

⑫颛蒙：愚昧。《汉书·扬雄传下》："天降生民，倥侗颛蒙，恣于情性，聪明不开，训诸理。"

⑬正学：谓合乎正道的学说。西汉武帝时，排斥百家，独尊儒术，始以儒学为正学。

⑭炎精：指火德，火的本性。王延寿《鲁灵光殿赋》："殷五代之纯熙，绍伊唐之炎精。"李善注："言汉盛于五代纯熙之道，而绍帝尧火德之运。"

⑮杏坛：相传为孔子聚徒授业讲学处，此处指正统儒学。

⑯饬：古同"饰"，巧饰。庀：具备。

⑰钧天之乐：指天上的音乐，仙乐；后形容优美雄壮的乐曲。《异闻录·韦安道》："行百许步，复有大殿，上陈广筵重乐，罗列樽俎，九奏万舞，若钧天之乐。" 钧天，古代神话传说指天的中央。

⑱箫韶九成：指箫韶音乐奏了九章。《尚书·益稷》："箫韶九成，凤凰来仪。"箫韶，虞舜时的乐章。九成，九章。

⑲依永：谓乐声之高低抑扬依随歌咏而变化。

⑳两楹：房屋正厅当中的两根柱子。

㉑七十子：同"七十二子"。七十，举其成数。《孟子·公孙丑上》："以德服人者，中心悦而诚服也，如七十子之服孔子也。"十二牧：传说中舜时十二州的长官。

㉒升歌：谓祭祀、宴会登堂时演奏乐歌。

㉓风浴咏归：《论语·先进》："莫春者，春服既成，冠者五六人，童子六七人，浴乎沂，风乎舞雩，咏而归。"后遂以"咏归"作为很多人聚合一起吟诗作赋之典。

㉔师襄：春秋国乐官，善弹琴、击磬。据《史记·孔子世家》，孔子曾从其学琴。

㉕戛击搏拊：古乐器名。《尚书·益稷》："戛击鸣球、搏拊、琴瑟以咏。"孔传："搏拊以韦为之，实之以糠，击之以节乐。"

㉖勾吴：句吴，即吴国。

㉗瑶函：玉制的书套，佛家、道家用以贮藏经文、符箓。

㉘玉检：玉牒书的封箧。

㉙秘府：古代称禁中藏图书秘记之所。

㉚灼然：明显貌。

㉛天禄与石渠：汉代阁名，后亦通称皇家藏书之所。清严有禧《漱华随笔·采访遗方》："不拘抄本刻本，随时进呈，以广石渠天禄之储。"

㉜咸三登五：《史记·司马相如列传》："方将增泰山之封，加梁父之事，鸣和鸾，扬乐颂，上咸五，下登三。"《汉书·司马相如传下》引此文，颜师古注："咸，皆也，言汉德与五帝皆盛，而登于三王之上也。"

㉝溥：广大。

㉞结绳：上古无文字，结绳以记事。

㉟升恒：《诗经·小雅·天保》："如月之恒，如日之升。"后用为祝颂事业发达的套语。

㊱相仍：相继，连续不断。《楚辞·九章·悲回风》："观炎气之相仍兮，窥烟液之所积。"王逸注："相仍者，相从也。"

㊲蝌斗：蝌蚪，古文字体的一种。笔画多头大尾小，形如蝌蚪，故称。

㊳丕灵：大善，神圣。

㊴休明：美好清明。

㊵表章：同"表彰"，显扬之意。《汉书·武帝纪赞》："卓然罢黜百家，表章《六经》。"

㊶明良：谓贤明的君主和忠良的臣子。语本《尚书·益稷》："元首明哉，股肱良哉，庶事康哉！"三国蜀诸葛亮《便宜十六策·考黜》："进用贤良，退去贪懦，明良上下，企及国理。"庶绩：各种事业。

（钟铮　注）

蔡邦绂

【作者简介】

蔡邦绂，安徽合肥县举人，生活于清道光年间。

太白酒楼赋以五百年前旧酒楼为韵

【题解】

此赋极赞李太白之才，文章独盛，亦叹其怀才不遇，只得寄情于山野江湖，于此酒楼之上谈笑慷慨。作者登楼感怀古人，慕太白高风，叹其遭际。

【原文】

李太白作赋能工，吟诗不苦。脱颖愿超乎三千[1]，好剑尝学于十五。金陵览胜，台忆凤皇[2]；汉口探奇，洲题鹦鹉[3]。谪从天上，此君原是仙人；戏向人间，一醉不知今古。堂堂春梦，悟二生明月之身；落落闲云，作几处青山之主。原夫胜概轩轩，遥情脉脉，曾依贺监之贤[4]，遂寄任城之迹[5]。故人落魄，已罢朝官；邑令怜才[6]，偏逢狂客。话旧雨而低徊[7]，抚良辰而珍惜。高轩来日[8]，门前啼鸟数声；画省闲时，庭下落花盈尺。畅深衷于联袂[9]，影恰成双；舒豪兴于举杯，数应过百。乃升峻级，乃陟崇巅。用申缱绻，益致留连。俯仰楼中之天地，周旋酒里之圣贤[10]。望四面之材墟，桑麻处处；谈半生之嗜好，曲蘖年年。叹使君才本不凡，凤翔千仞[11]；看学士饮真无算[12]，鲸吸百川。犹记宫袍璀璨[13]，彩笔澄鲜[14]。来自锦江[15]，胸罗星斗；行经玉垒[16]，身带云烟。献新词于阙下[17]，赓雅调于亭前[18]。欣拂贵妃之研[19]，懒登天子之船[20]。非不才名震铄，恩宠联翩。知遇方隆，沐九重之雨露[21]；文章独盛，被一代之管弦。无如贝锦才成[22]，蛾眉衅构。怅文字之兴戎[23]，幸君王之仁宥[24]。由是纵眼湖山，放怀宇宙。大鹏不飞，寒驴依旧。侧身西望，终南之宫殿如云；访友东来，济北之郊塍若绣。淋漓中酒，激昂不减壮年；谈笑登楼，欢会若因神祐。迨至一别堪悲，两情空负。胜游不再，任物换而星移；遗迹犹存，共天长而地久。方以天津桥畔[25]，问风景其奚如；比之采石江边[26]，呼精魂而在否。踏处但余芳草，终古荒凉；飞来时有白云，几人消受[27]。升斯楼者，莫不仰太白之高风，而酬以青州之美酒[28]。当此寒烟漠漠，夕照悠悠。行人指点，过客淹留[29]。酌瑶尊兮写恨[30]，倾玉液兮消愁。岂不以杜子美梦里之人[31]，无端流落；韩荆州阶前之士，第一风流。偶焉小憩，遂足千秋。至今一径棠梨[32]，莫怅野村无酒；祗此四围杨柳，偏宜春色满楼。

（据《赋海大观》卷二一上，清光绪二十年上海鸿宝斋石印袖珍本）

【注释】

①脱颖:犹冒尖。

②凤皇:凤凰。凤凰台,古台名,在今江苏省南京市南面。李白《登金陵凤凰台》:"凤凰台上凤凰游,凤去台空江自流。"王琦注:"《江南通志》:凤凰台,在江宁府城内之西南隅,犹有陂陀,尚可登览。宋元嘉十六年,有三鸟翔集山间,文彩五色,状如孔雀,音声谐和,众鸟群附,时人谓之凤凰。起台于山,谓之凤凰台。山曰凤台山,里曰凤凰里。"

③汉口:地名。湖北省武汉市,长江与汉水交汇处北岸的京广铁路线上,古称夏口。原属江夏县,地处水路交通枢纽,1949年与武昌、汉阳合并为武汉市。在今湖北省武汉市西南长江中。相传东汉末江夏太守黄祖长子射在此大会宾客,有人献鹦鹉,祢衡作《鹦鹉赋》,故名。后衡为黄祖所杀,葬此。自汉以后,由于江水冲刷,屡被浸没,今鹦鹉洲已非宋以前故地。李白《鹦鹉洲》:"鹦鹉来过吴江水,江上洲传鹦鹉名。"

④贺监:唐贺知章尝官秘书监,晚年自号秘书外监,故称。

⑤任城:古县名。今山东省西南部济宁地。

⑥邑令:县令。

⑦旧雨:杜甫《秋述》:"时车马之客,旧,雨来;今,雨不来。"谓过去宾客遇雨也来,而今遇雨却不来了。后以"旧雨"作为老友的代称。低徊:徘徊,流连。

⑧高轩:高车,贵显者所乘,亦借指贵显者。

⑨深衷:内心,衷情。联袂:衣袖相联,喻携手偕行。

⑩周旋:引申为交往,交际应酬。

⑪千仞:形容极高或极深。古以八尺为仞。

⑫无算:不计其数。极言其多。

⑬宫袍:古代官员的礼服。

⑭彩笔:《南史·江淹传》:"(江淹)又尝宿于冶亭,梦一丈夫自称郭璞,谓淹曰:'吾有笔在卿处多年,可以见还。'淹乃探怀中得五色笔一以授之。尔后为诗绝无美句,时人谓之才尽。"后遂以"彩笔"称五色笔,比喻美妙文才。

⑮锦江:岷江分支之一,在今四川成都平原。传说蜀人织锦濯其中则锦色鲜艳,濯于他水,则锦色暗淡,故称。

⑯玉垒:指玉垒山,在四川省理县东南,多作成都的代称。

⑰阙下:宫阙之下,借指帝王所居的宫廷。

⑱赓:续作。亭:此处指沉香亭。宋乐史《杨太真外传》:"开元中,禁中重芍药,即今之牡丹也,得数本红紫浅红通白者,上因移植于兴庆池东,沉香亭前……

上曰:‘赏名花,对妃子,焉用旧乐词为?’遂命李龟年持金花笺,宣赐翰林李白立进《清平调辞》三章。”

⑲欣拂贵妃之研:史传李白作诗,贵妃研磨,力士脱靴。

⑳懒登天子之船:杜甫《饮中八仙歌》以“天子呼来不上船,自称臣是酒中仙”形容李白。

㉑九重之雨露:帝王的恩泽。

㉒贝锦:指像贝的文采一样美丽的织锦。

㉓兴戎:发动战争,引起争端。

㉔仁宥:仁德宽宥。

㉕天津桥:古浮桥名。故址在今河南省洛阳市西南。隋炀帝大业元年(605)迁都,以洛水贯都,有天汉津梁的气象,因建此桥,名曰天津。隋末为李密烧毁,唐宋屡次改建加固,金以后废圮。

㉖采石:指采石矶。《新唐书·李白传》:“(李白)尝乘月与崔宗之自采石至金陵,着宫锦袍坐舟中,旁若无人。”

㉗消受:禁受,忍受。

㉘青州:《世说新语·术解》:“桓公有主簿善别酒,有酒辄令先尝。好者谓‘青州从事’,恶者谓‘平原督邮’。青州有齐郡,平原有鬲县。从事,言到脐;督邮,言在鬲‘膈’上住。”意谓好酒的酒气可直到脐部。从事、督邮,均官名。后因以“青州从事”为美酒的代称。

㉙淹留:逗留。

㉚瑶尊:瑶樽,玉制的酒杯。亦用作酒杯的美称。

㉛杜子美梦里之人:杜甫作《梦李白二首》。

㉜棠梨:俗称野梨。落叶乔木,叶长圆形或菱形,花白色,果实小,略呈球形,有褐色斑点。可用做嫁接各种梨树的砧木。

(钟铮　注)

周　藩

【作者简介】

周藩,清代人,字可屏,桂东(今属湖南省郴州市)人。乾隆六年(1741)拔贡,充景山教习,权青州同知,历知昌邑、聊城、泰安诸县。

泰山赋以措天下于泰山之安为韵

【题解】

此赋写泰山奇险之景与历代帝王封禅祭祀、文章大家之华美文辞。

【原文】

惟岳渎之成形[①]，视公侯之分措[②]。水顺流而朝宗[③]，山常峙而巩固。望北极之崚嶒[④]，自浑源而飞渡[⑤]。瞻南陆之岧峣[⑥]，翳祝融其孤露[⑦]。削三峰于太华[⑧]，绝龙岭之依附。列二室于中嵩[⑨]，凭女几而回顾。是宜作镇以居方，莫不效灵而绵祚[⑩]。若乃调元出震[⑪]，宰物参天[⑫]。疆分鲁室，星曜角躔[⑬]。冠群岳而称宗，扶舆郁积[⑭]；筦芸生而迭代，造化司权[⑮]。结轮囷之福地[⑯]，吐奇秀于层巅。扳跻则盘磴数十[⑰]，绕匝亦步武盈千[⑱]。石偃蹇而堆阜[⑲]，洞潺湲而流泉。池一泓而清浅，峪万态之阿卷。当峰回而路转，临绝壁于深渊。甫停云于岭上，寻骋目于祠前[⑳]。久推灵府，厥号蓬元。尔其正位当阳[㉑]，升高自下。仙影如迎，德星不夜[㉒]。秦碑无字以撐撑[㉓]，玉女乘风而羽化。狻猊卓立而扬威[㉔]，猛虎狰狞而恐吓。云锁卷舒以自成，水帘滴沥而珠泻。飞龙夭矫而虬藏[㉕]，翔凤雝喈而鹤哑[㉖]。五花三字，扪手有棱；流水高山，暴经无榭。时拊石以试心[㉗]，还避风而抵罅[㉘]。既凌汉而弥高，亦朝阳而望驾。斯则御幛之岩壑皆奇，而邀封之大夫堪诧者也。他如神霄分列，翠影相于[㉙]。顾瞻左右，遍历崎岖。探巃嵸之雕窝，启邃幽于仙闾[㉚]。望海若之澎湃[㉛]，观星宿之乘除。吴门渺以阒寂[㉜]，洛邑化为邱墟[㉝]。日甫出而曈曈[㉞]，雁倦飞而徐徐。数三尖之默默，揽独秀而鱼鱼。乍凭空以挝鼓[㉟]，思临涧而投书[㊱]。将授经而卒业[㊲]，宁藏剑以沦胥[㊳]。石景贤其特立，台可止而何居。彼君子兮，方高蹇而迈俗[㊴]；有丈人者[㊵]，若矗起而招子。爰是策藤杖，卸篮舆[㊶]，蹑游屐，飘仙裾。发金丝之响[㊷]，陟石马之砠[㊸]。怖虎饮之饕餮[㊹]，感猴愁而欷歔。明月嶂前阴翳[㊺]，桃花洞里泥淤。朗然子归乌有[㊻]，黄伯阳属子虚。亦何事向懒张而问道，临黑闼以踌躇[㊼]。则且管窥博物[㊽]，钞青小谓。一灵布濩[㊾]，万象敷与[㊿]。仙茗香远而轧茁，巧妇韵清而栖庐[51]。山僧赞佛而不辍[52]，天麻滴泪而堪锄。练拖红白而熠耀[53]，英餐紫赤而常储。参抽四叶而种别，兔蹶两足而技疏。狷狷仅志于神禹，斑斑偶似夫王余[54]。是特标奇之末节[55]，而为他山所弗如。矧槐自唐而枝茂，柏从汉而条舒。经风霜之剥蚀，穆然想见乎古初[56]。懿夫上下交，地天泰。

麟凤游，车书会[57]。以时巡，方春蔼。载青旂，张翠盖。勤法官[58]，鸾声哕[59]。坐明堂[60]，恩膏沛。一人庆，兆民赖[61]。歌四国之是皇[62]，告三时之不害[63]。是其省方也[64]，务使宣德达情[65]；而其望祀也[66]，不过燔柴沃酹[67]。王心无逸以作所，穆穆尔容；神灵申命而用休，绵绵其赉[68]。夫何七十二代之君[69]，陋习相沿，上封下禅，徒喜功而好大。日云云与亭亭，侈规模之无外。若天书与灵芝[70]，尤伎俩之狡狯。聿有景行前哲[71]，仰止高山。藐六合于指掌[72]，梯九仞而难扳[73]。叹苛政而心恻，望匹练而鬓斑[74]。云飘飘而呜咽，殚子职于宽闲[75]。象岩岩以笃生[76]，看云气之往还。怀尔音于霖雨，志吾过于郊关[77]。析春秋之奥旨，堪砭订夫愚顽。若烟霞之锢疾[78]，驻大药于朱颜[79]。或完真而蜕故，伤寂莫之维艰[80]。或留芳而表异[81]，要象数之素娴[82]。神已游乎方外，世不类乎人间。苟传疑而多阙，讵仙籍之可删[83]？至若登皋以啸者，有味乎言之。邱陵发兴于宣圣，篆籀勒石于李斯[84]。子建之才高七步[85]，张衡之韵叶四思[86]。李杜之气体高迈，陆谢之句法参差[87]。相如留札于身后，洪迈撰记于当时[88]。燕国公落墨自太，回道人琢句生姿[89]。宛陵以穷考而弥工，髯苏以壮游而恢奇[90]。铭天门而气冲霄汉，赋日观而彩映瀛池。凡夫萃美宣和之制，磨崖阴字之碑[91]。罔不彪彪而炳炳[92]，信大文之在乎兹[93]。因作歌曰：登岱岳兮望长安，辉宸翰兮陋紫坛[94]。卿云缦缦兮，零露泼泼，山光勃发兮，庙貌殊观。纪翠华之驻跸兮，来舞鹤与骖鸾[95]。惟明德之荐馨兮，极上际而下蟠。元君聿彰其丕应兮[96]，万年厌而百福攒。何高厚之不择土壤兮[97]，占鸿雁于渐磐。思成民以致力兮，惧蚊负而旷厥官。抒长言以向往兮，灵踊跃于毫端。

（据《泰山志》卷五，清嘉庆六年刻本）

【注释】

①岳渎：五岳和四渎的并称。蔡邕《陈太丘碑文》："征士陈君禀岳渎之精，苞灵曜之纯。"李善注引《孝经援神契》："五岳之精雄圣，四渎之精仁明。"

②公侯：泛指有爵位的贵族和官高位显的人。

③朝宗：比喻小水流注大水。

④北极：指北极星。崚嶒：高耸突兀。

⑤浑源：县名。在山西省大同市东南部、桑干河支流浑河上游。

⑥南陆：南方，南方大地。岧峣：亦作"岹峣"。高峻，高耸。

⑦翳：遮蔽。祝融：神名。南方之神，南海之神。

⑧三峰：三山峰。指华山之莲花、毛女、松桧三山峰。太华：山名。即西岳华山，在陕西省华阴市南，因其西有少华山，故称太华。

⑨二室：指中岳嵩山的太室、少室二山。

⑩效灵：显灵。

⑪调元：谓调和阴阳。出震：出于东方。八卦中的震卦位应东方。

⑫宰物：掌理万物。

⑬角：星名，二十八宿之一。躔：天体的运行。

⑭扶舆：亦作“扶于”“扶与”。犹扶摇，盘旋升腾貌。郁积：蓄积，积聚。

⑮造化：创造化育。

⑯轮囷：盘曲貌。

⑰扳跻：攀登。盘磴：盘曲而上的石级。

⑱步武：脚步。

⑲偃蹇：高耸貌。《离骚》：“望瑶台之偃蹇兮，见有娀之佚女。”王逸注：“偃蹇，高貌。”堆阜：小丘。

⑳骋目：放眼远望。

㉑当阳：古称天子南面向阳而治。

㉒德星：古以景星、岁星等为德星，认为国有道有福或有贤人出现，则德星现。不夜：没有黑夜。形容月光或灯火照耀如同白天。

㉓秦碑：指秦始皇所建的石碑。

㉔狻猊：兽名。狮子。《穆天子传》卷一：“狻猊□野马走五百里。”郭璞注：“狻猊，狮子，亦食虎豹。”

㉕夭矫：屈伸貌。虬：古代传说中有角的小龙。

㉖雝喈：鸟和鸣声。

㉗拊石：泛谓击石。

㉘罅：缝隙，裂缝。

㉙相于：相厚，相亲近。

㉚仙闾：指泰山南麓的石闾。方士指为仙人聚居处，汉武帝曾为立祠，故称。

㉛海若：传说中的海神。《楚辞·远游》：“使湘灵鼓瑟兮，令海若舞冯夷。”王逸注：“海若，海神名也。”乘除：消长盛衰。

㉜吴门：指春秋吴都阊门（一作“昌门”）。阒寂：静寂，宁静。

㉝邱墟：亦作“邱虚”。废墟，荒地。

㉞甫：刚刚，才。曈曈：日初出渐明貌。

㉟挝鼓：击鼓。

㊱投书：谓将文书或信件投入水中。

㊲授经：讲授经书。卒业：完成未竟的事业或工作。

㊳沦胥：泛指沦陷、沦丧。

㊴高蹇：孤傲貌，洁身自好貌。韩愈《南溪始泛》之一："余年懔无几，休日怆已晚。自是病使然，非由取高蹇。"钱仲联集释："《离骚》王逸章句：'偃蹇，高貌。'《左传》杜预注：'偃蹇，骄傲。'"迈俗：超脱世俗。《世说新语·文学》"初，注《庄子》者数十家"刘孝标注引《向秀别传》："秀与嵇康、吕安为友，趣舍不同。嵇康傲世不羁，安放逸迈俗，而秀雅好读书。"

㊵丈人：古时对老人的尊称。《周易·师》："贞，丈人，吉。"孔颖达疏："丈人，谓严庄尊重之人。"

㊶篮舆：古代供人乘坐的交通工具，形制不一，一般以人力抬着行走，类似后世的轿子。

㊷金丝：借指弦乐器。

㊸砠：上面有土的石山；一说为上面有石的土山。

㊹饕餮：贪婪地吞食。

㊺阴翳：遮蔽。

㊻朗然：光明貌。

㊼闼：宫中小门。

㊽管窥：从管中看物。

㊾一灵：谓人的心灵，灵魂。布濩：散布。

㊿敷与：开舒。

51巧妇：鹪鹩。

52赞佛：讽诵佛经；赞颂佛法。不辍：亦作"不惙"，不止，不绝。

53熠耀：光彩，鲜明。

54王余：鱼名。晋左思《吴都赋》："双则比目，片则王余。"刘逵注："王余鱼，其身半也。俗云：越王鲙鱼未尽，因以残半弃水中，为鱼，遂无其一面，故曰王余也。"

55末节：细节，小节。

56古初：古时，往昔。

57车书：《礼记·中庸》："今天下车同轨，书同文。"谓车乘的轨辙相同，书牍的文字相同，表示文物制度划一，天下一统。

58法官：司法官吏。

59哕：呕吐，气逆。

60明堂：古代帝王宣明政教的地方。凡朝会、祭祀、庆赏、选士、养老、教学等大典，都在此举行。

61兆民：古称天子之民，后泛指众民，百姓。

62四国：四方邻国。亦泛指四方，天下。《诗经·大雅·崧高》："揉此万邦，闻于四国。”郑玄笺：“四国，犹言四方也。”

㊸三时：指春、夏、秋三季农作之时。《左传·桓公六年》：“洁粢丰盛，谓其三时不害而民和年丰也。”杜预注：“三时，春、夏、秋。”

㊹省方：巡视四方。《周易·观》：“先王以省方观民设教。”孔颖达疏：“省视万方，观看民之风俗。”

㊺宣德：宣扬圣德。达情：对各种情况清楚明白。

㊻望祀：古代祭名。遥祭山川地祇之礼。

㊼燔柴：古代祭天仪式。将玉帛、牺牲等置于积柴上而焚之。沃酹：以酒浇地而祭奠。

㊽申命：命令。赉：赐予，给予。

㊾七十二：用以表示数量多。

㊿天书：道家称元始天尊所说之经，或托言天神所赐之书。灵芝：传说中的瑞草、仙草。张衡《西京赋》：“浸石菌于重涯，濯灵芝以朱柯。”薛综注：“石菌、灵芝，皆海中神山所有神草名，仙之所食者。”

71景行：犹景仰。

72六合：天地四方，整个宇宙的巨大空间。《庄子·齐物论》：“六合之外，圣人存而不论；六合之内，圣人论而不议。”成玄英疏：“六合者，谓天地四方也。”

73九仞：六十三尺。一说七十二尺。常用以形容极高或极深。

74匹练：白绢。形容瀑布、云雾。

75宽闲：从容，闲暇。

76笃生：谓生而得天独厚。

77郊关：四郊之门。古代城邑四郊起拱卫防御作用的关门。《孟子·梁惠王下》：“臣闻郊关之内，有囿方四十里。杀其麋鹿者，如杀人之罪。”赵岐注：“郊关，齐四境之郊皆有关。”孙奭疏：“四境郊皆有关者，盖四郊之门也。”

78锢疾：痼疾。经久难治的疾病。锢，通“痼”。

79大药：道家的金丹。

80寂莫：同“寂寞”，沉寂，无声。

81表异：指表现与众不同。

82象数：《左传·僖公十五年》：“龟，象也；筮，数也。物生而后有象，象而后有滋，滋而后有数。”杜预注：“言龟以象示，筮以数告，象数相因而生，然后有占，占所以知吉凶。”

83讵：岂，怎。

84篆籀：篆文和籀文。勒石：刻字于石。亦指立碑。李斯：秦代政治家。

㉟子建：曹植。七步：相传三国魏曹植七步成诗，后常以“七步”形容才思敏捷。

㊱张衡：东汉科学家、文学家。韵叶：标韵字的叶形竹、木片。供作诗定韵之用。

㊲李杜：唐李白与杜甫的并称。陆谢：晋陆机和南朝宋谢灵运的并称。

㊳相如：汉代文学家司马相如。洪迈：南宋文学家、学者。

㊴回道人：吕洞宾的别称。亦称“回老”“回处士”。

㊵髯苏：宋苏轼的别称，以其多髯故。

㊶。阴字：阴文。宋张世南《游宦纪闻》卷五：“所谓款识，乃分二义，款为阴字，是凹入者，刻画成之。识为阳字，是挺出者。”

㊷罔：无，没有。彪彪：颜色鲜丽貌。炳炳：指文采鲜明。

㊸大文：宏大的文章，伟大的作品。

㊹宸翰：帝王的墨迹。紫坛：紫色祭坛。帝王祭祀人典用。

㊺骖鸾：谓仙人驾驭鸾鸟云游。江淹《别赋》：“驾鹤上汉，骖鸾腾天。”吕向注：“御鸾鹤而升天汉。”

㊻元君：贤德的国君。丕应：很好地应和。攒：积聚，积蓄。

㊼高厚：谓恩德深厚。

㊽蚊负：比喻力小任重。《庄子·应帝王》：“其于治天下也，犹涉海凿河，而使蚊负山也。”

（钟铮　注）

曹学诗

【作者简介】

曹学诗，字以南，一字震雄，安徽歙县人。乾隆十三年（1748）考取进士，为麻城、崇阳知县。著有《经史通》《易经蠡测》及《香雪文钞》四十卷、《笠荫楼诗集》四十卷，以及《宦游集》《古诗笺意》《游黄山记》等书。

阙里赋有序

【题解】

此赋详尽地呈现了尊师崇儒之世君王祭祀孔庙之象，君主仪仗队伍宏大，祀典庄重华丽。

【原文】

臣闻牖民觉世之权[1]，君师并重；治道崇儒之世，今古为荣。是以赤绂麟书[2]，南面之文宣如在[3]；翠华鸾辂[4]，东山之胜地频临[5]。维道脉之悠长[6]，实宸衷之矜式[7]。我皇上膺图御极[8]，见至圣于羹墙[9]；拜老临雍[10]，仰先师于俎豆[11]。慕玉振金声之室[12]，余韵犹留；思车服礼器之堂[13]，风流未远。矧云蒸霞蔚[14]，当人文全盛之年；而斗转星移，正淑气初旋之日[15]。和风翔洽[16]，道化旁敷[17]；粹德懋昭[18]，心源默合[19]。爰御六飞之驾[20]，警跸龟蒙[21]；更崇九献之仪[22]，升歌象管[23]。臣躬逢盛典[24]，目睹休徽。簪笔螭头[25]，扬扢谁登雅颂[26]；垂鞭豹尾[27]，升平愿播讴歌。朱弦闻璧沼之音[28]，愿赓歌于洙泗[29]；青黛望防山之路，如扈圣于崆峒[30]。乃拜手稽首而献赋曰[31]：

皇帝心符健顺，极建中和[32]。泰运则重熙累洽[33]，淳风则仁渐义摩。黜百家之庞杂，勤六艺之纲罗[34]。治星昭而云烂，民草偃而风多[35]。尊典谟兮秘阁[36]，奏雅曲兮卷阿[37]。披紫气于瑶图[38]，瑞祉则三灵拱极[39]；探赤文于金检[40]，荣光则五老浮河[41]。肃清容兮振鹭[42]，播大乐兮灵鼍[43]。翠葆朱旗[44]，屡幸西雝之钟鼓[45]；细旃广厦[46]，弥怀东鲁之弦歌。于时候应勾芒[47]，杓横角亢[48]。陈卤簿兮青郊[49]，护旌旄兮黄帐[50]。周庐则七萃云屯[51]，环卫则千官气壮。近宝骑于香轮[52]，逐彩斿于仙仗[53]。红随马尾，杏花之墟落微茫[54]；绿映龙鳞，柳絮之沙堤飘荡。幽燕之云树空苍[55]，凫峄之山川清旷。臣僚则冠剑群趋[56]，父老则壶浆竞饷[57]。三春莺燕，争窥御幄于榆烟；万灶貔貅[58]，不碍平田之麦浪。土膏欲动兮，欣地德之霑濡[59]；风物恬融兮，识天颜之欢畅。缓辔于青畦绿野兮，昌平之路径徐经；停骖于碧瓦朱甍兮[60]，归德之门闾在望。仰端严于衮冕兮[61]，两楹之梦奠依然[62]；瞻美富于宫墙兮，三代之樽罍无恙[63]。尔乃崇祀典，誓祠官[64]。省牲鼐，洁斋坛。晓霞升而散绮[65]，浴日上而如丸[66]。鸡人号以报旦[67]，虎旅卫而凌寒[68]。赞春卿兮琮璧[69]，和仙露兮金盘[70]。肃百僚兮陪位，虔九奏兮迎銮[71]。荐明禋兮铏豆[72]，严对越兮衣冠[73]。奠黄流兮郁鬯[74]，薰宝鼎兮椒兰[75]。六代悬兮笙磬[76]，两阶舞兮羽干[77]。仰帝车于星汉，飘仙曲于云端。听咸韶兮乐阕[78]，瞻萧燎兮烟阑。盛礼既终兮，已见居歆之飨[79]；宸衷渊默兮[80]，弥存颙若之观。屈万乘以尊师兮，入室而精诚默感[81]，辟四门以观礼兮，圜桥而冠带交欢。既而步巡辇于故宫，访遗踪于先代。爰税驾于孔林[82]，更褰帷乎华盖[83]。金丝韵远兮[84]，依稀坏壁之余音；诗礼堂空兮，仿佛趋庭之謦欬[85]。望奎文之经阁兮[86]，觚棱半出于斜阳[87]；经矍相之射堂兮[88]，鸳瓦高凌于暮霭[89]。鸦能避客，已寂静兮无喧；草不刺人，任丛生兮何碍。抚钟奇于楷木兮[90]，长留五色之烂班；寻毓秀于灵蓍兮[91]，尚带六爻之苍翠[92]。蝌文缥缈兮，云藏瓮里之丹书；龙爪婆娑兮[93]，雨滴焚余之古桧。杏坛鼓瑟兮[94]，愉穆穆之天容；槐市执经兮[95]，聚青青之衿佩[96]。惟胜迹其长留，恍哲人其宛在。百世而渊源可接兮，还殊汾水之游；一心而先后同揆兮[97]，岂止涂山之会[98]。溯苞符之既启，旋图范之初分。慨周纲其解纽[99]，嗟大雅其无闻[100]。自尼山之挺出，任绝学于斯文[101]。垂宪章于删述[102]，黜荒远于邱坟[103]。麟出郊而谁主，凤有德而非群。聿考历朝之报飨，非无入庙之苾芬[104]。汉赐褒成之优渥[105]，唐修展祀之殷勤。碑积苔痕兮，曾拭乾封之雨[106]；亭空树影兮，犹看驻跸之云。然而行幄之松风已远[107]，回銮之草色初薰[108]。孰降尊于黄屋[109]，亲荐奠于元纁[110]。惟皇帝之崇师，更远超于千古。宣至教兮鼓钟[111]，奉微言兮绳矩[112]。洒御翰兮辉煌[113]，迓乘舆兮歌舞[114]。亲承灵爽于素王[115]，近接休光于圣祖[116]。文明炳焕于日星[117]，道德荣逾于衮黼[118]。三薰三沐兮[119]，躬承阙里之馨香；一豫一游兮[120]，并访穷檐之疾苦[121]。太牢亲祀兮[122]，非汉室之能同；像赞书词兮[123]，岂唐宗之可数。羡词臣于辇路[124]，同扈从于征轺[125]。法驾之清尘已远[126]，宫袍之香气未销。大典初光于邹鲁，元音已奏于箫韶[127]。觐龙光于柳陌，闻凤吹于花朝[128]。瞻帐殿之巡游兮[129]，沂泗之欢声正洽；侍属车而眺览兮[130]，唐虞之景色非遥[131]。授简分笺兮[132]，孰进琳琅之金薤[133]，扬休导美兮，思镂版牒于琼瑶。近曲阜而驱车兮，喜入圣人之里巷；听康衢之击壤兮[134]，愿和天子之风谣。

（据清乾隆刻本《香雪文钞》卷一）

【注释】

①牖民：诱导人民。《诗经·大雅·板》："天之牖民，如埙如篪。"毛传："牖，道也。"孔颖达疏："牖与'诱'古字通用，故以为导也。"

②赤绂：赤芾。《周易·困》："九五，劓刖，困于赤绂。"高亨注："赤绂，赤色之蔽膝，大夫所服，此赤绂象征服赤绂之大夫。"麟书：麒麟书。后为对别人文字的尊称。

③南面：古代以坐北朝南为尊位，故帝王诸侯见群臣，或卿大夫见僚属，

皆面向南而坐，因用以指居帝王或诸侯、卿大夫之位。如《论语·八佾》："祭如在，祭神如神在。"谓祭祀神灵、祖先时，好像受祭者就在面前。后称祭祀诚敬为"如在"。

④翠华：天子仪仗中以翠羽为饰的旗帜或车盖。司马相如《上林赋》："建翠华之旗，树灵鼍之鼓。"李善注："翠华，以翠羽为葆也。"鸾辂：天子王侯所乘之车。《吕氏春秋·孟春纪》："天子居青阳左个。乘鸾辂，驾苍龙。"高诱注："辂，车也。鸾鸟在衡，和在轼，鸣相应和。后世不能复致，铸铜为之，饰以金，谓之鸾辂也。"

⑤东山：《孟子·尽心上》："孔子登东山而小鲁。"赵岐注："东山，盖鲁城东之高山。"后因以代指鲁地。

⑥道脉：犹道统。敬重和取法。

⑦宸衷：帝王的心意。矜式：《孟子·公孙丑下》："我欲中国而授孟子室，养弟子以万钟，使诸大夫、国人皆有所矜式。"赵岐注："矜，敬也；式，法也。欲使诸大夫、国人皆敬法其道。"

⑧膺图：承受瑞应之图。指帝王得国或嗣位。御极：登极，即位。

⑨至圣：孔子。羹墙：《后汉书·李固传》："昔尧殂之后，舜仰慕三年，坐则见尧于墙，食则睹尧于羹。"后以"羹墙"为追念前辈或仰慕圣贤的意思。

⑩临雍：亲临辟雍。雍，指辟雍，本为西周天子所设大学，历代皆有，亦常为祭祀之所。

⑪俎豆：俎和豆。古代祭祀、宴飨时盛食物用的两种礼器。亦泛指各种礼器，引申为谓祭祀，奉祀。

⑫玉振金声：谓磬声振扬。《孟子·万章下》："集大成也者，金声而玉振之也。"

⑬车服：车舆礼服。《尚书·舜典》："敷奏以言，明试以功，车服以庸。"孔传："功成则赐车服以表显其能用。"孔颖达疏："人以车服为荣，故天子之赏诸侯，皆以车服赐之。"

⑭云蒸霞蔚：形容事物蓬勃兴起，蔚为大观。

⑮淑气：指天地间神灵之气。

⑯翔洽：周遍。明董其昌《少司徒方采山公九十寿序》："今天子久道成化，和气翔洽。"

⑰道化：道德风化。

⑱懋昭：勉力宣明。《尚书·仲虺之诰》："王懋昭大德，建中于民。"孔传："欲王自勉明大德。"

⑲心源：犹心性。佛教视心为万法之源，故称。

⑳六飞之驾：亦作“六骓”“六蜚”。古代皇帝的车驾六马，疾行如飞，故名。《史记·袁盎晁错列传》：“今陛下骋六骓，驰下峻山。”裴骃集解引如淳曰：“六马之疾若飞。”古代皇帝的车驾六马，疾行如飞，故名。

㉑龟蒙：龟山和蒙山的并称。均在山东省境内。二山连续，长八十余里，其西北一段名龟山，东南名蒙山。《诗经·鲁颂·閟宫》：“奄有龟蒙。”毛传：“龟，山也；蒙，山也。”

㉒九献：九次献酒。周天子接待上公朝聘的享礼。《周礼·秋官·大行人》：“上公之礼……飨礼九献。”贾公彦疏：“九献者，王酌献宾，宾酢主人，主人酬宾，酬后更八献，是为九献。”

㉓升歌：谓祭祀、宴会登堂时演奏乐歌。象管：指笛。

㉔躬逢：亲身遇上。

㉕簪笔：谓插笔于冠或笏，以备书写。古代帝王近臣、书吏及士大夫均有此装束。《汉书·赵充国传》：“（张安世）本持橐簪笔事孝武帝数十年，见谓忠谨，宜全度之。”颜师古注引张晏曰：“近臣负橐簪笔，从备顾问，或有所纪也。”螭头：唐代史官起居郎、起居舍人的别称。唐李浚《松窗杂录》：“四季则用朱印联名牒送史馆，然皆依外史例悉上闻，庶明臣等守职如螭头官。”唐李肇《唐国史补》卷下：“两省谑起居郎为螭头，以其立近石螭也。”

㉖扬扢：扬抑，褒贬，评说。

㉗豹尾：天子属车上的饰物，悬于最后一车。后亦用于天子卤簿仪仗。

㉘朱弦：用熟丝制的琴弦。泛指琴瑟类弦乐器。璧沼：璧池，古代学宫前半月形的水池。借指太学和皇帝的选士之所。

㉙赓歌：酬唱和诗。洙泗：洙水和泗水。古时二水自今山东省泗水县北合流而下，至曲阜北，又分为二水，洙水在北，泗水在南。春秋时属鲁国地。孔子在洙泗之间聚徒讲学。《礼记·檀弓上》：“吾与女事夫子于洙泗之间。”后因以“洙泗”代称孔子及儒家。

㉚扈圣：跟随皇帝出行。崆峒：山名。也称“空同”“空桐”。在今甘肃省平凉市西。相传是黄帝问道于广成子之所。《庄子·在宥》：“黄帝立为天子，十九年，令行天下，闻广成子在于空同之上，故往见之。”

㉛拜手：亦称“拜首”。古代男子跪拜礼的一种。跪后两手相拱，俯头至手。《尚书·太甲中》：“伊尹拜手稽首。”孔传：“拜手，首至手。”稽首：古时一种跪拜礼，叩头至地，是九拜中最恭敬者。

㉜中和：中庸之道的主要内涵。儒家认为能“致中和”，则天地万物均能各得其所，达于和谐境界。《礼记·中庸》：“喜怒哀乐之未发谓之中，发而皆中节谓之和；中也者，天下之大本也，和也者，天下之达道也。致中和，天地位

焉，万物育焉。”

㉝重熙：旧时用以称颂君主累世圣明。累洽：谓太平相承。班固《东都赋》：“至于永平之际，重熙而累洽。”张铣注：“熙，光明也；洽，合也。言光武既明而明帝继之，故曰重熙累洽也。”

㉞六艺：古代教育学生的六种科目。《周礼·地官·大司徒》：“三曰六艺：礼、乐、射、御、书、数。”亦作“六藝”。又指儒家的“六经”，即《礼》《乐》《书》《诗》《易》《春秋》。

㉟草偃：《论语·颜渊》：“君子之德风，小人之德草，草上之风，必偃。”比喻在上者能以德化民，则民之向化，犹风吹草仆，相率从善。

㊱典谟：《尚书》中《尧典》《舜典》和《大禹谟》《皋陶谟》等篇的并称。秘阁：古代宫中收藏珍贵图书之处。

㊲雅曲：典雅的乐曲。卷阿：《诗经·大雅》篇名。

㊳紫气：紫色云气。古代以为祥瑞之气，附会为帝王、圣贤等出现的预兆。瑶图：精美的图像。

㊴三灵：指日、月、星。《汉书·扬雄传上》：“方将上猎三灵之流，下决醴泉之滋。”颜师古注引如淳曰：“三灵，日、月、星垂象之应也。”拱极：犹拱辰。

㊵赤文：红色图像。古代谶纬家谓帝王受命的祥瑞。金检：金色封缄。

㊶五老浮河：神话传说中的五星之精。《竹书纪年》卷上：“率舜等升首山，遵河渚，有五老游焉，盖五星之精也。”

㊷振鹭：《诗经·周颂·振鹭》：“振鹭于飞，于彼西雝。”孔颖达疏：“言有振振然洁白之鹭鸟往飞也……美威仪之人臣而助祭王庙亦得其宜也。”又《鲁颂·有駜》：“振振鹭，鹭于下。”毛传：“鹭，白鸟也，以兴洁白之士。”郑玄笺：“洁白之士群集于君之朝。”后因以“振鹭”喻在朝的操行纯洁的贤人。

㊸大乐：古代指典雅庄重的音乐。用于帝王祭祀、朝贺、燕享等典礼。《礼记·乐记》：“大乐与天地同和，大礼与天地同节。”灵鼍：鼍龙。一种与鳄鱼相似的动物，皮可鞔鼓。因借指鼓。

㊹翠葆：帝王仪仗的一种。以翠羽连缀于竿头而成，形若盖。

㊺西雝：亦作“西廱”。古代位于都邑西郊的泽宫。指周天子四门之学的辟雍。

㊻细旃广厦：细织之毛毡，高大的房屋。《汉书·王吉传》：“广夏之下，细旃之上。”颜师古注：“旃与毡同。”

㊼勾芒：古代传说中主管树木的神。《尚书大传》卷三：“东方之极，自碣石东至日出榑木之野，帝太皞神勾芒司之。”引申为春天草木发芽。

㊽杓：古代指北斗第五、六、七颗星。亦称“斗柄”。角亢：角宿与亢宿的

并称，即二十八宿中东方苍龙七宿中的第一、第二宿。

㊾卤簿：古代帝王驾出时扈从的仪仗队。出行之目的不同，仪式亦各别。自汉以后亦用于后妃、太子、王公大臣。唐制四品以上皆给卤簿。汉蔡邕《独断》卷下："天子出，车驾次第谓之卤簿。"青郊：指春天的郊野。

㊿旌旄：泛指旗帜。

(51)周庐：古代皇宫周围所设警卫庐舍。《史记·秦始皇本纪》："卫令曰：'周庐设卒甚谨，安得贼敢入宫？'"裴骃集解引三国吴薛综曰："士傅宫外，内为庐舍，昼则巡行非常，夜则警备不虞。"七萃：周天子的禁卫军。《穆天子传》卷一："天子于当水之阳，天子乃乐口，赐七萃之士战。"郭璞注："萃，集也，聚也；亦犹《传》有七舆大夫，皆聚集有智力者，为王之爪牙也。"泛指天子的禁卫军或精锐的部队。

(52)香轮：香木作的车，车的美称。

(53)彩斿：亦作"彩旒"。旗帜上的彩色飘带，借指彩旗。颜延之《车驾幸京口三月三日侍游曲阿后湖作》："形云丽琁盖，祥飙被彩斿。"李善注："斿，旌旗之旒也。"仙仗：指皇帝的仪仗。

(54)墟落：村落。

(55)幽燕：古称今河北北部及辽宁一带。唐以前属幽州，战国时属燕国，故名。

(56)冠剑：古代官员戴冠佩剑，因以"冠剑"指官职或官吏。

(57)壶浆：茶水、酒浆。以壶盛之，故称。语出《孟子·梁惠王下》："箪食壶浆，以迎王师。"原谓竹篮中盛着饭食，壶中盛着酒浆茶水，以欢迎王者的军队。后多用指百姓欢迎、慰劳自己所拥护的军队。

(58)貔貅：多连用以比喻勇猛的战士。

(59)地德：大地的本性；大地的德化恩泽。霑濡：浸润。

(60)朱甍：朱红色的屋顶。

(61)衮冕：衮衣和冕。古代帝王与上公的礼服和礼冠。《周礼·春官·司服》："王之吉服，祀昊天上帝则大裘而冕；祀五帝亦如之；享先王则衮冕……公之服，自衮冕而下，如王之服。"

(62)两楹：房屋正厅当中的两根柱子。两楹之间是房屋正中所在，为举行重大仪式和重要活动的地方。梦奠：《礼记·檀弓上》载，孔子将死，曰："予畴昔之夜，梦坐奠于两楹之间……予殆将死也。"后因以"梦奠"指死亡。

(63)三代：指夏、商、周。《论语·卫灵公》："斯民也，三代之所以直道而行也。"邢昺疏："三代，夏、殷、周也。"樽罍：樽与罍皆盛酒器。罍似坛。亦指饮酒。

㉞祠官：掌管祭祀之官。

㉟散绮：展开美丽的绸缎。比喻绚丽的云霞。语本南朝齐谢朓《晚登三山还望京邑》："余霞散成绮，澄江净如练。"

㊱浴日：语本《淮南子·天文训》："日出于旸谷，浴于咸池。"后以"浴日"指太阳初从水面升起。

㊲鸡人：周官名。掌供办鸡牲。凡举行大典，则报时以警夜。《周礼·春官·鸡人》："鸡人掌共鸡牲，辨其物。大祭祀，夜呼旦以嘂百官。凡国之大宾客、会同、军旅、丧纪，亦如之。凡国事为期，则告之时。凡祭祀，面禳衅，共其鸡牲。"孙诒让正义："'鸡人'者，叶钞《释文》作'鷄人'。阮元云：'从隹者小篆，从鸟者籀文。'"后指宫廷中专管更漏之人。

㊳虎旅：虎贲氏与旅贲氏的并称。两者均掌王之警卫。后因以"虎旅"为卫士之称。张衡《西京赋》："陈虎旅于飞廉，正垒壁乎上兰。"李善注："《周礼》：'虎贲，下大夫；旅贲氏，中士也。'"

㊴春卿：周春官为六卿之一，掌邦礼。后因称礼部长官为春卿。琮璧：玉制礼器。亦指珍贵的物品。

㊵仙露：本指汉武帝所造铜仙人捧盘所接的甘露。

㊶九奏：指古代行礼奏乐九曲。《尚书·益稷》："《箫韶》九成，凤凰来仪。"孔传："备乐九奏而致凤凰。"孔颖达疏："成，谓乐曲成也。郑云：'成，犹终也。每曲一终，必变更奏。'故经言九成，传言九奏，《周礼》谓之九变，其实一也。"

㊷明禋：洁敬。指明洁诚敬的献享。《尚书·洛诰》："伻来毖殷，乃命宁予以秬鬯二卣，曰明禋，拜手稽首休享。"蔡沈集传："明，洁；禋，敬也，以事神之礼事公也。"铏：古代盛羹的小鼎，两耳三足，有盖。

㊸对越：指帝王祭祀天地神灵。

㊹黄流：指酒器以黄金为饰的流水口。《诗经·大雅·旱麓》："瑟彼玉瓒，黄流在中。"毛传："黄金所以饰流鬯也。"郑玄笺："黄流，秬鬯也。"孔颖达疏："酿秬为酒，以郁金之草和之，使之芬香条鬯，故谓之秬鬯。草名郁金，则黄如金色；酒在器流动，故谓之黄流。"传，笺，疏不同，此从传。郁鬯：香酒。用鬯酒调和郁金之汁而成，古代用于祭祀或待宾。《周礼·春官·郁人》："郁人掌裸器，凡祭祀宾客之裸事和郁鬯以实彝而陈之。"郑玄注："筑郁金煮之以和鬯酒。"

㊺椒兰：椒与兰。皆芳香之物，故以并称。

㊻六代：指黄帝、唐、虞、夏、殷、周。《晋书·乐志上》："周始二《南》，《风》兼六代。昔黄帝作《云门》，尧作《咸池》，舜作《大韶》，禹作《大夏》，殷作《大

濩》,周作《大武》,所谓因前王之礼,设俯仰之容,和顺积中,英华发外。”笙磬:笙和磬。磬,乐器。以玉石或金属制成,形状如曲尺。

⑰两阶:宫廷的东、西阶梯。主人走东阶,客人走西阶。《尚书·大禹谟》:“帝乃诞敷文德,舞干羽于两阶。”孔传:“干,楯;羽,翳也。皆舞者所执。修阐文教,舞文舞于宾主阶间,抑武事。”

⑱咸韶:尧乐《大咸》与舜乐《大韶》的并称。泛指古乐。乐阕:乐终。《礼记·文王世子》:“有司告以乐阕。”郑玄注:“阕,终也。告君以歌舞之乐终。”

⑲居歆:安然享用。《诗经·大雅·生民》:“卬盛于豆,于豆于登。其香始升,上帝居歆。”孔颖达疏:“上帝则安居而歆飨之。”

⑳宸衷:帝王的心意。渊默:亦作“渊嘿”“渊嚜”,深沉静默。

㉑精诚:真诚。《庄子·渔父》:“真者,精诚之至也,不精不诚,不能动人。”默感:暗中感受。

㉒税驾:犹解驾,停车,谓休息或归宿。税,通“脱”。孔林:孔子及其后裔的墓园。

㉓褰帷:撩起帷幔。

㉔金丝:借指弦乐器。

㉕趋庭:亦作“趍庭”。《论语·季氏》:“(孔子)尝独立,鲤趋而过庭。曰:‘学诗乎?’对曰:‘未也。’‘不学诗,无以言。’鲤退而学诗。他日,又独立,鲤趋而过庭。曰:‘学礼乎?’对曰:‘未也。’‘不学礼,无以立。’鲤退而学礼。”謦欬:亦作“謦咳”,咳嗽。亦借指谈笑,谈吐。

㉖奎文:犹御书。

㉗觚棱:宫阙上转角处的瓦脊成方角棱瓣之形。班固《西都赋》:“设壁门之凤阙,上觚棱而栖金爵。”吕向注:“觚棱,阙角也。”

㉘矍相:古地名。在山东省曲阜市城内阙里西。《礼记·射义》:“孔子射于矍相之圃,盖观者如堵墙。”郑玄注:“矍相,地名。”

㉙鸳瓦:指成对的瓦。

㉚楷木:黄连木。《说文·木部》:“楷,楷木也。孔子冢盖树之者。”

㉛灵蓍:占卜用的蓍草。

㉜六爻:《易》卦之画曰爻。六十四卦中,每卦六画,故称。爻分阴阳,“—”为阳爻,称九;“- -”为阴爻,称六。每卦六爻,自下而上数:阳爻称初九、九二、九三、九四、九五、上九;阴爻称初六、六二、六三、六四、六五、上六。《周易·系辞上》:“六爻之动,三极之道也。”孔颖达疏:“言六爻递相推动而生变化,是天、地、人三才至极之道。”

㉝龙爪:书体名。唐封演《封氏闻见记·文字》:“南齐萧子良撰古文之书

五十二种，鹄头、蚊脚、悬针、垂露、龙爪……皆状其体势而为之名，虽义涉浮浅，亦书家之前流也。”

⑭杏坛：相传为孔子聚徒授业讲学处。《庄子·渔父》：“孔子游乎缁帷之林，休坐乎杏坛之上。弟子读书，孔子弦歌鼓琴。”

⑮槐市：汉代长安读书人聚会、贸易之市。因其地多槐而得名。后借指学宫，学舍。据《三辅黄图》：“仓之北，为槐市，列槐树数百行为队，无墙屋，诸生塑望会此市，各持其郡所出货物及经传书记、笙磬乐器相与买卖。”

⑯衿佩：指青年学子。语出《诗经·郑风·子衿》：“青青子衿，悠悠我心。……青青子佩，悠悠我思。”

⑰同揆：同一法则，同一道理。

⑱涂山：古国名。相传为夏禹娶涂山女及会诸侯处。《尚书·益稷》：“予创若时，聚于涂山。”孔传：”涂山，国名。”

⑲周纲：周代的法度。解纽：喻国家纲纪废弛。晋干宝《晋纪总论》：“名实反错，天纲解纽。”吕延济注：“纲，维也；纽，束也；解束，谓失纲纪也。”

⑳大雅：《诗经》的组成部分之一。旧训雅为正，谓诗歌之正声。《诗大序》：“雅者，正也，言王政之所废兴也。政有小大，故有《小雅》焉，有《大雅》焉。”

㉑绝学：谓造诣独到之学。斯文：指礼乐教化、典章制度。《论语·子罕》：“天之将丧斯文也，后死者不得与于斯文也。”

㉒宪章：典章制度。删述：相传孔子序《书》删《诗》，又自称“述而不作”，见《论语·述而》。后以“删述”谓著述。

㉓邱坟：传说中的上古典籍。即三坟、五典、八索、九邱。亦泛指古代经典文献。

㉔苾芬：犹芬芳，本指祭品的馨香。《诗经·小雅·楚茨》：“苾芬孝祀，神嗜饮食。”

㉕褒成：汉时对孔子及其后代所封的爵号。《汉书·平帝纪》：“（元始元年）封……孔子后孔均为褒成侯，奉其祀。追谥孔子曰褒成宣尼公。”

㉖乾封：晒干新筑的祭坛。封，封禅时所建的祭坛。后泛指天旱。

㉗行幄：古代帝王外出时的临时营帐。

㉘回銮：旧时称帝王及后妃的车驾为“銮驾”，因称帝、后外出回返为“回銮”。

㉙黄屋：古代帝王专用的黄缯车盖。

㉚荐奠：犹祭奠。祭祀的仪式，即向鬼神敬献祭品。元纁：玄纁。指黑色的币帛。古代帝王常以玄纁为征聘贤士的贽礼。

㉛至教：谓极其高明的道理和见解。

⑫微言：精深微妙的言辞。绳矩：墨绳与矩尺。比喻规矩、标准。

⑬翰：长而坚硬的羽毛，借指毛笔和文字、书信等。

⑭迓：迎接。

⑮灵爽：指神灵，神明。素王：指孔子。汉王充《论衡·定贤》："孔子不王，素王之业在《春秋》。"

⑯休光：盛美的光华。亦比喻美德或勋业。

⑰炳焕：鲜明华丽。

⑱衮黼：衮衣黼裳。古代帝王或上公的礼服。

⑲三薰三沐：同"三衅三浴"，再三薰香、沐浴。表示待以优礼，对人尊重。沐，或作"浴"。《国语·齐语》："（管仲）比至，三衅三浴之。桓公亲迎之于郊。"韦昭注："以香涂身曰衅，亦或为'薰'。"阙里：孔子故里。在今山东曲阜城内阙里街。因有两石阙，故名。孔子曾在此讲学。后建有孔庙，几占全城之半。

⑳一豫一游：常指帝王的游乐生活。豫，游乐。

㉑穷檐：指穷人所住的地方。《淮南子·修务训》："今使人生于辟陋之国，长于穷檐漏室之下……独守专室而不出门，使其性虽不愚，然其知者必寡矣。"

㉒太牢：古代祭祀，牛羊豕三牲具备谓之太牢。

㉓像赞：为人物画像或人的相貌所做的赞辞。

㉔词臣：旧指文学侍从之臣，如翰林之类。天子车驾所经的道路。班固《西都赋》："辇路经营，脩除飞阁。"李善注："辇路，辇道也。"

㉕扈从：皇帝出巡时的护卫侍从人员。征轺：远行的车。

㉖法驾：天子车驾的一种。天子的卤簿分大驾、法驾、小驾三种，其仪卫之繁简各有不同。《史记·吕太后本纪》："乃奉天子法驾，迎代王于邸。"裴骃集解引蔡邕曰："天子有大驾、小驾、法驾。法驾上所乘，曰金根车，驾六马，有五时副车，皆驾四马，侍中参乘，属车三十六乘。"

㉗箫韶：舜乐名。《尚书·益稷》："《箫韶》九成，凤皇来仪。"

㉘花朝：指百花盛开的春晨。亦泛指大好春光。

㉙帐殿：古代帝王出行，休息时以帐幕为行宫，称帐殿。北周庾信《三月三日华林园马射赋序》："止立行宫，裁舒帐殿。"倪璠注："帐殿，天子行幸所在以帐为殿也。"

㉚属车：帝王出行时的侍从车。秦汉以来，皇帝大驾属车八十一乘，法驾属车三十六乘，分左中右三列行进。《汉书·贾捐之传》："鸾旗在前，属车在后。"颜师古注："属车，相连属而陈于后也。属，音之欲反。"

㉛唐虞：唐尧与虞舜的并称。亦指尧与舜的时代，古人以为太平盛世。

㉜授简：给予简札。谓嘱人写作。语出南朝宋谢惠连《雪赋》："梁王不悦，

游于兔园……授简于司马大夫，曰：‘抽子秘思，骋子妍辞，侔色揣称，为寡人赋之。’”

⑬金薤：倒薤书的美称。喻文字之优美。韩愈《调张籍》：“平生千万篇，金薤垂琳琅。”韩醇注：“金薤，书也。古有薤叶书……言李杜文章，播于金石云尔。”

⑭击壤：《艺文类聚》卷一一引晋皇甫谧《帝王世纪》：“（帝尧之世）天下大和，百姓无事，有五十老人击壤于道。”后因以“击壤”为颂太平盛世的典故。

（钟铮　注）